本味何由知

《野草》研索新集

郜元宝 编

复旦大学出版社

目 录

一往无前：鲁迅反抗虚无的独特方式
——兼谈《野草》研究中的新索隐派　　　　　陈漱渝 / 1

《野草》的精神分析　　　　　　　　　　　　张梦阳 / 8

Lu Xun's *Wild Grass*: Autobiographical Moments of the
Creative Self 《野草》：鲁迅自传冲动时刻留下的见证
　　　　　　　　　　　　　　　　Mabel Lee（陈顺妍）/ 27

《野草》研究的经脉　　　　　　　　　　　　孙郁 / 50

试谈《野草》的先锋意识　　　　　　　　　　陈思和 / 59

《野草》出版广告小考　　　　　　　　　　　陈子善 / 66

说"喜欢""欢喜"和"大欢喜"
——《野草》用语一解　　　　　　　　　　　王锡荣 / 77

从"枣树语句"说起：论《秋夜》的白话诗学　　文贵良 / 86

《野草》的创作缘起　　　　　　　　　　　　王彬彬 / 105

"虚妄"中的力量与理想
——对《野草》主题的一点理解　　　　　　　　　　　　阎晶明 / 121

《野草》命名来源与"根本"问题　　　　　　　　　　　　符杰祥 / 140

五四代际之争与辛亥原点再议
——以《失掉的好地狱》为中心　　　　　　　　　　　　刘春勇 / 170

论鲁迅在北京的四次迁居与文学生产　　　　　　　　　　陈洁 / 198

《十八岁出门远行》接续了鲁迅的《过客》？　　　　　　龚刚 / 220

《野草》：意义的黑洞与"肉薄"虚妄　　　　　　　　　　王风 / 226

反抗"永远重复"与漫游求索：《野草》与《查拉图斯特拉如是说》的两个相似主题　　　　　　　　　　　　　　张钊贻 / 268

审视，并被审视
——作为鲁迅"自画像"的《野草》　　　　　　　　　　张洁宇 / 295

《野草》与鲁迅的重返"战士真我"　　　　　　　　　　彭小燕 / 319

《野草》：焦虑及反抗哲学的实现形式　　　　　　任毅　陈国恩 / 331

"于天上看见深渊"
——鲁迅《野草》中的深渊意识及沉沦焦虑　　　　　　　张闳 / 348

"我"的内在秩序与外部关联
——也论鲁迅《野草》的主体构建问题　　　　　　　　　李国华 / 364

《野草》通讲：生活与美学　　　　　　　　　　　　　张业松 / 382

透过《自言自语》重读鲁迅的《野草》
——献给亡友冯铁教授　　　　　寇志明（Jon Eugene von Kowallis）/ 396

鲁迅《野草》得名试论　　　　　　　　　　　　　　秋吉　收 / 420

"旧事重提"
——忆柳青娘（梅娘）编译拙论《〈复仇〉和长谷川如是
　闲以及阿尔志跋绥夫》　　　藤井省三　著　杨慧颖　译 / 439

《复仇》和长谷川如是闲以及阿尔志跋绥夫
　　　　　　　　　　　　　　藤井省三　著　柳青娘　译 / 444

《复仇（其二）》与耶稣的神人二性　　　　　　　　刘云 / 451

破《野草》之"特异"　　　　　　　　　　　　　　郜元宝 / 467

《野草》研究的两种路径与一条副线
——内外结构分析及其与亚洲现代性的关联　　　　赵京华 / 497

近代东亚的鲁迅《野草》批评
——丁来东的《鲁迅和他的作品》及其学术贡献　　洪昔杓 / 519

"诗心"、客观性与整体性：《野草》研究反思　　　　汪卫东 / 546

Contemporary Reading of *Goodbye, My Shadow*
in China and Beyond　　　　　　Hemant Adlakha（海孟德）/ 554

Literature's Work: On Form and Use in *Wild Grass*
　　　　　　　　　　　　　　　　　　　　　Roy Chan/ 563

Going Wild with *Wild Grass*　　　　　　　G. Davies/ 580

The Buddha's Gift Reconfigured: From the *Lotus Sūtra*
to Lu Xun's *Dead Fire*　　　　　　　　　　Ying Lei/ 600

编后记　　　　　　　　　　　　　　　　　　　　郜元宝 / 619

一往无前：鲁迅反抗虚无的独特方式
——兼谈《野草》研究中的新索隐派

□ 陈漱渝

在南开大学中文系读书时，系主任李何林教授说，鲁迅全部作品中最难懂的是《野草》《故事新编》和五篇文言论文；就是说，读懂了这三组文章，也就读懂了鲁迅。李先生不讲专业课，只开专题课，上四年级时他老人家亲自上阵讲《野草》，用的是笨办法，那就是硬着头皮一字一句地串讲。我至今仍记得他用浓重的安徽口音诵读文本的情景："以罗伊，以罗伊，拉马撒巴各大尼"（"我的上帝，你为甚么离弃我"）；还有什么"择心自食，欲知本味。创痛酷烈，本味何能知"。不过文意当时并没搞懂，如今仍然不大懂。只是保存着那份用粗糙得发黑的纸张印发的讲义。当时正值"三年自然灾害"时期，连馒头都会发黑，更何况纸张。

我不懂《野草》，不等于《野草》研究没有进展。《野草》的篇什中最早创作于一九二四年秋，发表于一九二四年冬，距今已有九十三年；一九二七年七月结集出版，至今整整九十年。可以说，《野草》的研究史跟《野草》的传播史同样漫长。早在一九二五年，章衣萍就在《古庙杂谈》中回忆道，鲁迅明白告诉过他，自己的哲学都包括在《野草》里面，这提供了一把打开《野草》艺术宝库的钥匙。北新书局初版《野草》时还有一则简短的广告词："《野草》可以说是鲁迅的一部散文诗集，用优美的文字写出深奥的哲理，在鲁迅的许多作品中是一部风格最特异的作品。"这就指明了《野草》的文体特征，以及这部作品具有的文学性、哲理性和独异性。虽然鲁迅有为书刊写广告的先例，但我们没有证据证明这句话出自鲁迅手笔。以鲁迅跟北新书局的关系，这则广告发表之前应该是征询过鲁迅意见并得到鲁迅首肯的。研究《野草》的第一部专著的作者是卫俊秀，该专著出版至今也有六十三年了。

由于《野草》研究的历史漫长，硕果累累，所以要跨越前人，读出一点新意，着实是一件困难的事情。我选择了一个小题目："一往无前：鲁迅反抗虚无的独特方式"，副题是"兼谈《野草》研究中的新索隐派"，以《野草》中的《过客》为论述中心。

我为什么会选择《过客》这一篇呢？因为在《野草》中这一篇篇幅最长，哲理性最强，形式最为独特：是诗之剧、剧之诗；是一篇生存性的寓言。前后酝酿的时间长达十年，其间经历的自我煎熬，灵魂撕裂都是中外文学史上罕见的。把握《过客》的内涵可以说很难，也可以说很容易。说很容易，是因为鲁迅在一些文章和书信当中对《过客》的创作意图进行过说明，所以理解起来不应该太离谱。《过客》写出的两个月后，鲁迅写了一篇《北京通信》，对"过客"精神进行了很好的诠释："因为我自己也正站在歧路上——或者，说得较有希望些，站在十字路口。站在歧路上是几乎难于举足，站在十字路口，是可走的道路很多。我自己，是什么也不怕的，生命是我自己的东西，所以我不妨大步走去，向着我自以为可以走去的路，即使前面是深渊、荆棘、峡谷、火坑，都由我自己负责。"（《华盖集》)可见,过客精神就是无所畏惧的精神,一往无前的精神,不因死亡而消沉歇脚的精神。有学者将鲁迅的《过客》跟屠格涅夫的《门槛》和伊东干夫的《我独自行走》进行比较,认为都描绘了奋进者的形象,我觉得很有道理。

说很难理解,是因为《过客》中主人公的"三问"——"你是谁""你从哪里来""到哪里去",涉及对人生价值和生命意义的终极追问,因而赋予了这篇作品以超文学的意义。而对于这个人类的"永恒追问",至今并没有任何中外哲学家做出过完美解答。因此我们必须以"过客"义无反顾的精神研究《过客》这篇作品,无论是用疏证的方法,或者用"心诠"的方法,只要是用自己的人生经验、心灵感应和学术训练去解读《野草》,我认为都是值得尊重、值得鼓励的。不过,这三十多年以来,也有些学者不断用《红楼梦》研究中那种"新索隐派"的研究方法解读《野草》,甚至断言《野草》诸篇从头到尾描写的都是爱情,表现的都是"性爱道德主题",我觉得没有什么说服力,因而不值得提倡。

当然,这种"爱情说"也不能说是全无依傍。比如,许广平曾把鲁迅形容为"一个出丧时的乞丐的头儿",《过客》中的女孩也把"过客"视为"乞丐"。《过客》中那女孩出场时曾向东"看一看",发现了"乞丐",许广平在《两地书》中曾说她每周都"翘盼着"听鲁迅讲小说史。"翘盼"就是踮着脚尖想看鲁迅。"过客"不愿用女孩递过的一条白布裹伤,鲁迅刚开始跟许广平交往时认为自己"不配爱"。如此,等等。但用以上论据把《过客》中的女孩跟许广平画上等号,显然是经不起学理和史实检验的。

从史实层面考察,《过客》写成于一九二五年三月二日,而许广平主动给鲁迅写第一封信是一九二五年三月十一日。也就是说，创作《过客》时，鲁迅跟许广平不仅没有产生恋情，而且许广平作为一般学生，有可能完全没有进入鲁迅的视野。许广平对鲁迅产生爱意是一九二五年八月，而定情同年十月，这是有据可查的。所以，《野草》中因许广平激发灵感的只有创作于一九二五年十二月二十六日的《腊叶》，而非《过客》，更不是全书的二十四篇文章。

从学理层面看，《野草》是一部写实主义与象征主义相结合的作品，大量运用了象征主义手法，不仅大量描写梦境以象征现实，而且很多人物与意境都具有象征意义。早在《〈域外小说集〉杂识》中，鲁迅就曾谈到象征主义的特点："象征神秘之义，意义每不昭昭，惟凭读者主观，引起或一印象，自为解释而已。"文艺作品中的细节源自生活，但一旦被熔铸为形象或典型之后，这些细节跟原型的关系就会被剥离。鲁迅塑造人物的主要手法，就是杂取种种人，合成一个。如果要将人物跟有关细节的来源一一对号，那这个形象或典型势必被肢解。将《野草》中的人物或意象跟现实生活中的人物直接对号，甚至会得出一些十分荒唐的结论。

比如，鲁迅不愿贸然接受布施，讲的是他的一种生活态度，一种处世原则，并不是专门针对许广平个人。在致文艺青年赵其文信中，他就明确说，一个人怀有太多的感激之情，就会成为精神的负累，使翅膀赘上重物，无法奋飞。将《过客》中的女孩跟现实生活中的具体人物对号，只能增加对《野草》阐释的随意性，结果那女孩一会儿化身为许广平，一会儿又化身为朱安。《过客》中有一句话："倘使我得到了谁的布施，我就要像兀鹰看见死尸一样，在四近徘徊。"有人说"死尸"就是朱安，因为鲁迅想到了她的死，希望亲眼看到她的死亡；有研究者又说"死尸"是许广平。因为年龄、健康和婚姻状况，鲁迅在许广平面前有自卑感；又怀疑高长虹追求许广平，出于男人的嫉妒，于是"祝愿她灭亡"，还说鲁迅在致许广平信中写过，跟他有关系的活着他就不放心，死了就安心。然而这封信写于一九二五年五月三十日，是在创作《过客》两个月之后，怎能用这种时空倒错的方式进行主观推论呢？

那么，《过客》表达的基本主题是什么？我以为就是在生存论的层面反抗虚无。一往无前就是鲁迅反抗虚无的一种独特的方式。在不同国度，对"虚无"的概念有不尽相同的理解和阐释。我们常说的虚无主义，在不同国家和不同历史时期也曾被赋予了不同的褒贬含义。简而言之，"虚"就是极大，"无"就是极小。"虚"加上"无"等于空无所有。这是一种否定性的精神态度。从否定物质世界，否定人的基本价值，进而否定一切崇高价值——即所谓最高价值的自行贬值，这当然是错误的。尤其是崇高价值的虚无化，更是一种阴森可怕的现象，使人类的精神无所皈依，人类的精神家园一片荒芜，于是一切丑恶的现象随即应运而生。

鲁迅所受虚无观念的影响，有的来自道家、佛家，有的来自尼采。早在留学日本时期，鲁迅又通过俄国小说家屠格涅夫的名著《父与子》接受了虚无主义的影响，但主要不是生存论的虚无主义，而是小说主人公巴扎罗夫那种"不服从任何权威，不跟着旁人信仰任何原则"的叛逆精神，并将这种精神贯穿于旧文化的破坏和新文化重建这一历史过程。鲁迅既看到了人生的终结处是"坟"，又认为生命是进步的、乐天的。

在散文诗《过客》中，鲁迅并没有正面回答"你是谁""你从哪里来""到哪里去"这三个人类的"终极追寻、终极思考"，而主要是强调要一往无前，永不停歇，尽管受了伤，淌着血。"过客"一直听从前方声音的召唤，虽然这种声音并不清晰；坚持永不回转地前行，虽然通往坟场的那条路"似路非路"。鲁迅承认人生的悲剧性，然而在他看来，"死亡"和"坟"是生命之泥，能够催生"新"的诞生。走过"坟"，也就超越了死亡，让人能够"沿着无限的精神的三角形的斜面向上走"。一往无前，于是从无所希望中得救。我们不能因为鲁迅没有具体勾勒"黄金世界"的宏伟蓝图而低估他独自行走的意义。因为这种蓝图描绘得越具体，就越将经不起未来现实的检验。"过客"的行走是向死而生，正如死后的雨转化而为旋转升腾的雪花。这种行走的本身远胜于单纯对生命意义的焦虑和追问。"过客"这种无论前面是深渊、荆棘、峡谷、火坑都义无反顾的精神，是一种专门跟黑暗捣乱的行动哲学。这种精神也就是贯穿于《野草》全书的战斗实践精神。马克思主义对虚无主义的克服和扬弃，首先表现在用人的实践活动取代此前哲学家们的抽象的"存在"，不仅希望哲学能够"解释世界"，而且更希望通过人的实践活动"改变世界"。这种观念，在我看来是跟"过客精神"相通的。

当下中国社会面临着一场新的转型和大的变革，前方有"中国梦"的美好愿景在召唤，但也面临着价值虚无主义的危机。鲁迅多次指出，不停顿的改革是迎来中国历史上未曾有过的"第三样时代"的必然要求。在中国进行改革极其艰难，哪怕是挪动一张椅子都可能会流血。然而，改革的征程尽管充满坎坷，但必须一代接一代地努力去实践,将改革进行到底。像鲁迅那样,在跟实际接触的过程中总结经验,吸取教训。鲁迅克服进化论的历史观,就是实践的结果。这也是我当下重读《过客》的一点感悟。

　　二〇一七年十一月二十日于复旦大学文学院

《野草》的精神分析

□ 张梦阳

一 精神环境

我爱夜读《野草》。

是在深夜里,万籁俱寂,除了夜游的东西,什么都睡着,似乎是华老栓抖抖地去买"药"的时分;是在孤独中,一人独倚小屋床头,除一盏孤灯和一本《野草》之外,什么都没有,似乎体悟到一种独处宇宙中的大孤独、大寂寞。

我感到,只有在这种大孤独、大寂寞中才能苦苦嚼出《野草》的滋味,体悟出《野草》的真精神,因为鲁迅正是在这种精神环境中写出《野草》的。

研究一位作家,绝不可忽视他所处的精神环境,特别是鲁迅这样的"精神的人",《野草》这种"精神的人"在特殊的精神环境中孕育的精神之花。

鲁迅描述过自己这时的精神环境:"后来《新青年》的团体散掉了,有的高升,有的退隐,有的前进,我又经验了一回同一战阵中的伙伴还是会这么变化,并且落得一个'作家'的头衔,依然在沙漠中走来走去,不过已经逃不出在散漫的刊物上做文字,叫作随便谈谈。有了小感触，就写些短文，夸大点说，就是散文诗，以后印成一本，谓之《野草》。得到较整齐的材料，则还是做短篇小说，只因为成了游勇，布不成阵了，所以技术虽然比先前好一些，思路也似乎较无拘束，而战斗的意气却冷得不少。新的战友在那里呢？"在沙漠中走来走去""散漫的刊物""随便谈谈"和"思路也似乎较无拘束"，正是鲁迅创作《野草》和《彷徨》时期的精神环境。从政治思想上说，当然有进与退、好与坏、热与冷之别，但是从创作心境上说，《野草》《彷徨》时期其实是鲁迅处于最佳状态的时候，散淡、无拘束——是从事文学创作的最佳精神环境。

除了精神环境之外，还需要物质环境，也就是生存空间与创作空间。一九二四年五月二十五日，鲁迅移至北京阜成门内宫门口西三条胡同二十一号居住。这是经鲁迅亲自设计改建而成的一座小四合院，北屋由外间向北延伸出去一间平顶的灰棚，这就是鲁迅先生的卧室兼工作室——"老虎尾巴"，亦称"绿林书屋"。这间书屋，虽然房顶低矮，形似"斗室"，但因北墙上部全是玻璃窗，既可看到大片碧蓝的天空，又可以射进充足的光线，所以，房间虽不过方丈左右，但并不给人闷促的感觉。窗外是一个小小的后园，园正中有一口小井，周围沿着三面墙根，栽植着几株青杨、花椒、刺梅和碧桃等。再向园外望去，是两株钻天的枣树。鲁迅在这里一直居住、写作到一九二六年八月二十六日。《野草》中的散文诗，除了《题辞》之外，其余二十三篇是在这里写的。最后两篇《淡淡的血痕中——纪念几个死者和生者和未生者》和《一觉》，也是三一八惨案后在医院避难，夜深人静时偷偷跑回"老虎尾巴"写的。许广平回忆《野草》产生过程时曾这样说过："因为工作繁忙和来客的不限制，鲁迅生活是起居无时的。大概在北京时平均每天到夜里十至十二时始客散。之后，如果没有什么急待准备的工作，稍稍休息，看看书，二时左右就入睡了。他并不以睡眠而以工作做主体，譬如倦了，躺在床上睡两三小时，衣裳不脱，甚至盖被不用。就这样，象兵士伏在战壕休息一下一样，又像北京话的'打一个盹'，翻个身醒了，抽一支烟，起来泡杯清茶，有糖果点心呢，也许多少吃些，又写作了。《野草》，大部分是在这个时候产生出来的。"

这个时候，正是夜深时分，是独自一人在孤寂的小屋中。因而也不能不想到人们讳莫如深而又无法回避的问题：性的苦闷。鲁迅一九〇六年、二十五岁时由母亲包办与朱安完婚，没有同居即很快离去，以后一直是有名无实的夫妻。因此，鲁迅从青年到中年的漫漫二十年间，实质上是过着"古寺僧人"式的独身生活。深夜里，没有夫妻恩爱，然而正值情欲壮旺的青壮年时代，他该怎样度过那漫漫长夜？特别是一九二五年至一九二六年的创作《野草》时期，是他冲决家庭羁绊与许广平实现爱情结合的前夜。黎明前的黑暗最为浓重，这时的性压抑与性苦闷是最强烈的。这强烈、浓重的苦闷该如何舒解？这真是再明白不过的事了，然而多少年来成为无人正视的禁区。有人做过鲁迅与羽太信子有私情等胡乱猜测，我认为都不属实。鲁迅作为一个极其深刻的"精神的人"，是不会做这种浅薄事的。他是将性的苦闷转移与升华为精神作品了，这正是《野草》具有一种独特的深度、甚至阴森气象的重要因素。长期的性压抑这种人间的大苦闷锻铸出鲁迅的独特风骨，《野草》是鲁迅风骨的突出代表。

总之，如果不是在团体散掉、自由散淡的精神环境中，而是在组织严密、集体行动、理论拘束过死的条件下；不是在"老虎尾巴"这间独处的小屋里，而是仍在八道湾那种纷扰的大家庭中；不是在深夜时分、孤独一人的性压抑之下，而是在温馨香暖、夫妻恩爱之中，是绝对不会产生《野草》的。

二　精神根柢

我主张正视鲁迅持续大半生的性压抑问题，但是并不同意弗洛伊德将一切归结为性问题的泛性欲主义。这种脱离人的复杂和广阔的社会性的分析方法，用以分析一般人尚且有误，对于鲁迅这种"精神的人"就更不完全适宜了。性压抑是鲁迅精神形成独特风骨的重要因素，却不是他的精神根柢。鲁迅的精神根柢是彻底的反主奴精神，主张从人类社会根除主奴关系。鲁迅说过，他的哲学都包括在他的《野草》里。透过《野草》，可以清彻地洞鉴他的这一精神根柢。

梦，是人在睡眠时由于超我监督的松弛、被压抑的冲动和愿望乘虚而出所形成的一种精神现象。在梦境中，人可以不遵循醒觉时的思想逻辑法则，冲决时间、空间的限制，自由自在地进行精神创造。如果说鲁迅这时在醒觉中思路也较无拘束的话，那么在梦境里就更其无拘无束了。《野草》中有九篇是写梦的，占三分之一强。深夜时分，在"老虎尾巴"中梦醒后，翻身起来写梦，的确是在情理中的。

写梦的篇章，最能反映鲁迅反主奴的精神根柢。其中最为警拔、透辟的，则是仅有百余字的《狗的驳诘》。"我"梦见在坠入困顿的

"隘巷"中遇到了狗,"我"叱咤狗势利,狗竟说"愧不如人呢",并发了一番尖刻的议论:

> 我惭愧:我终于还不知道分别铜和银;还不知道分别布和绸;还不知道分别官和民;还不知道分别主和奴;还不知道……

不可小觑这段狗的议论!俗话说:"旁观者清,于事者迷。"大凡与特定事物保持一定距离,从旁冷眼观之,倒可能看得清楚。鲁迅也选了个旁观者。入选者,不是人,而是人所蔑视的狗,旁观的并非细微琐事,而是对整个人类社会作整体性、根本性的哲学和伦理的思考。是的,主奴关系是人类社会脱离野蛮状态,出现私人占有制之后才确定的。历史的每一次进步,都伴随着一种罪恶现象的产生。人类一方面拥有了科学和文明,脱离了蒙昧状态;另一方面也知道了分别铜和银的贵贱,布和绸的好坏,官和民的尊卑,主和奴的上下。这种不自由、不平等的主奴关系,正是人类社会产生"势利眼"的根源。所以,就这一点而论,狗的驳诘实在是无懈可击的,人的确不如狗。"我"只能"逃出梦境"。

"非有天马行空似的大精神即无大艺术的产生"。鲁迅称得上是有天马行空似的大宇宙精神,他不仅从空间上想到以狗为旁观者从整体上对人类的主奴社会进行根本性的观察与思考,而且从时间上、以梦境中的"死后"的感受为基点进行审视。死后,不能反抗了,旁人也再无顾忌。死人被芦席卷着放在棺材里。放之前,有人责备死人:"怎么要死在这里?"在主奴社会里,处于奴隶地位的人,连凄惨的路毙也不对了。而奴隶主则死后也要住"地下宫殿",有奴隶和天下珍宝殉葬。死者在棺材里同样也只能是"六面碰壁",然而即便在这样的境地,"勃古斋旧书铺的跑外的小伙计",竟然还硬要他买昂贵的珍本书《明板公羊传》,商人赚钱赚到了死人身上,对死人还要剥削。难怪"我即刻闭上眼睛,因为对他很厌烦"。这是对主奴社会的极大厌烦和强烈憎恶。"现在又影一般死掉了,连仇敌也不使知道,不肯赠给他们一点惠而不费的欢欣。……我觉得在快意中要哭出来"。表现出作家对死的态度:即使死了,也不会消除对主奴社会的痛恨。这种态度贯穿于鲁迅的终生。

鲁迅也从正面以寓言形式刻画了人类的主奴社会。《聪明人和傻子和奴才》里,奴才总不过是寻人诉苦,聪明人叹息着,流着假惺惺的眼泪,说几句"你总会好起来"的空话,而傻子听了奴才关于狭小破屋的诉苦后,却要动手给他"打开一个窗洞来"。结果呢,奴才哭嚷着喊人把傻子当作"强盗"赶走,因而得了主人的夸奖。聪明人跑来祝贺,得了奴才一番感谢:"你先前说我总会好起来,实在是先见之明……"聪明人因而高兴,主奴社会因此也就年复一年地延续下去。

做人难!在这样的主奴社会里实在难于做人。《立论》里的"我""愿意既不谎人,也不遭打",结果只能说:"呵唷!哈哈!Hehe!he,hehehehe!"

这样不合理的主奴社会真令人厌恶,鲁迅在梦中编织着"好的故事",梦寐以求地向往好的社会:"许多美的人和美的事,错综起来像一天云锦,而且万颗奔星似的飞动着,同时又展开去,以至于无穷。"

这种好的社会究竟是怎样的社会呢？鲁迅这时并不清楚，因此写得纵然极美，却并不具体，然而有一点是可以肯定的：这是一个根除了主奴关系的没有人奴役人、人压迫人现象的无阶级社会。

但是，"至今为止的统治阶级的革命，不过是争夺一把旧椅子"，是打倒旧奴隶主、自己做新奴隶主的"取而代"式的革命罢了。鲁迅对这种所谓的革命是极端憎恶的，早在一九一九年五月发表的《随感录五十九"圣武"》中就进行了尖锐的批判："古时候，秦始皇帝很阔气，刘邦和项羽都看见了；邦说，'嗟乎！大丈夫当如此也！'羽说，'彼可取而代也！'羽要'取'什么呢？便是取邦所说的'如此'。'如此'的程度，虽有不同，可是谁也想取；被取的是'彼'，取的是'丈夫'。所有'彼'与'丈夫'的心中，便都是这'圣武'的产生所，受纳所。"后来，鲁迅一再阐明这一思想，并把这一思想升华为散文诗《失掉的好地狱》。

《失掉的好地狱》形象地概括了人、鬼、神之间互相争夺地狱统治权的所谓革命：魔鬼曾经战胜天神，掌握了主宰一切的大威权，然而又被人类所推翻。人类完全掌握主宰地狱的大威权之后，不仅没有解放欢呼他胜利的鬼魂们，而且"那威棱且在魔鬼以上"，把反狱的鬼魂们当作"人类的叛徒"，予以"永劫沉沦的罚，迁入剑树林的中央"，对阿谀成性的牛首阿旁却给以"最高的俸草"。魔鬼呢，则又"去寻野兽和恶鬼"，准备反扑去了。这真是一幅"取而代"式革命的绝妙缩影。诚如鲁迅在写这篇散文诗之前一个月所说的："称为神和称为魔的战斗了，并非争夺天国，而在要得地狱的统治权。所以无论谁胜，地狱至今也还是照样的地狱。"

过去，有的研究者把这篇散文诗的象征意义理解得过于狭窄，认为仅仅影射当时的军阀混战,甚至因为鲁迅说过因为"那时还未得志的英雄们的脸色和语气"而作该文的话,就断定"还未得志的英雄们"是指国民党右派,甚至蒋介石。这都未免牵强,缩小了鲁迅思想的深刻意义。还是把这篇散文诗理解为"取而代"式革命的缩影,更符合鲁迅的原意和思想本质。对这种争夺"旧椅子",打倒旧奴隶主,自己当新奴隶主的"取而代"式的革命,主张从人类社会根除主奴关系的鲁迅先生是极端憎恶的。彻底的反主奴精神,正是他最深层的精神根柢。

三 精神矛盾

然而,从人类社会根除主奴关系谈何容易,这简直是一场绝望的抗争。

在鲁迅看来,绝望的主要原因不在于反动统治者的强大,而在于旁观者太多。因此,他在《复仇》中记一男一女,持刀对立旷野中,无聊人竟随而往,以为必有事件,慰其无聊,而二人从此毫无动作,既不拥抱,也不杀戮,以致无聊人仍然无聊,至于老死,永远不可能沉浸于生命的飞扬的极致的大欢喜中,主奴社会也因而凝固、僵死,长此不变。

旁观的庸众是怎样造成的呢?鲁迅在《淡淡的血痕中》象征性地归结为既反动又怯弱的"造物主":"他暗暗地使天变地异,却不敢毁灭一个这地球;暗暗地使生物衰亡,却不敢长存一切尸体;暗暗地使人类流血,却不敢使血色永远鲜秾;暗暗地使人类受苦,却不敢使人类永远记得。"而且为"人类中的怯弱者"设想了一套苟且偷生的办法，使这些可怜的庸人，看见华屋的安适生活而忘记了废墟和荒坟，用流逝的时光，冲淡了血痕和苦痛，在一杯微甘的苦酒中，过着如醉如醒的苟安者的生活，使他们在咀嚼着"人我的渺茫的悲苦"，同时还"各各自称为'天之僇民'，以作咀嚼着人我的渺茫的悲苦的辩解，而且悚息着静待新的悲苦的到来"。对于"新的悲苦"，他们处在"恐惧，而又渴欲相遇"的矛盾心态中。这真是绝妙地画出了中国相当一部分人的风貌与心理。"造物主"其实正是依靠这种人的广泛存在维持这人吃人的主奴社会的，所以需要这样的"良民"。

面对这样的"造物主"和"良民"，先觉者只能遭到厄运。鲁迅深刻预感到这种厄运，并一再加以痛切的表现。在《复仇（其二）》中，他以基督耶稣被钉杀的故事象征了这种厄运：人们"打他的头，吐他，拜他……""他在手足的痛楚中，玩味着可悯的人们的钉杀神之子的悲哀和可咒诅的人们要钉杀神之子，而神之子就要被钉杀了的欢喜"。在《颓败线的颤动》中以一位妇女年轻时以自己的肉体的牺牲养育女儿、垂老后却被女儿一家抛弃的故事象征了这种厄运："她那伟大如石像，然而已经荒废的，颓败的身躯的全面都颤动了。这颤动点点如鱼鳞，每一鳞都起伏如沸水在烈火上；空中也即刻一同振颤，仿佛暴风雨中的荒海的波涛。"

前景是绝望的，然而又必须抗争，鲁迅感到巨大的精神矛盾。《野草》中最难懂的两篇散文诗：《影的告别》与《墓碣文》，集中反映了这种精神矛盾。

《影的告别》早已引起了鲁迅学界的浓厚兴趣。李何林认为这篇散文诗的中心思想是："人的影子，向人告别，就是它不愿意跟随人了；它不愿意做一个不明不暗的影,偷生苟活于不明不暗的境地。"孙玉石认为"这一篇《影的告别》主要是剖析自己内心深处的矛盾和阴影","向虚无和失望的阴影告别"。而钱理群则对这篇散文诗里所说的黄金世界,作了鞭辟入里的分析。所有这些见解都是非常可贵的。我则感到汲取弗洛伊德精神分析学说与荣格原型批评学说的合理成分,可能会提供一条分析这篇散文诗的新思路。

弗氏认为:"潜意识是一个特殊的精神领域,它具有自己的愿望冲动,自己的表现方法以及它特有的精神机制。"也就是说,凡是人类社会的道德、宗教和法律所不能容许的本能冲动,都蛰伏在潜意识之中。当负有监视、严防和压抑潜意识闯进意识领域职责的"检查员"("自我")稍有松懈、疏忽,原来被禁锢的性的本能冲动就会趁机而起,寻隙而出,或改头换面,蒙混过关。梦,就是这种被压抑的欲望的伪装的满足。当然,弗氏理论也有谬误处。他把本能冲动完全归结为性欲,就是一大谬。他的学生荣格批判了这一谬误,创立了"集体无意识"学说,认为有一种"集体无意识"的超个性心理"原型",普遍存在于我们每一个人身上。这种"原型"来源于人类各原始民族、部落的心理经验,其中之一就是潜伏于人格后面的"阴影"。荣格指出:"阴影是个性的有机部分,因此它希望以某种形式与个性聚合一体。它的存在是不会因为人们对它有所争辩就能够加以排除的,它的危害也不会因为把它理性化就可以消灭掉。"

将弗洛伊德与荣格的理论结合起来进行思考,鲁迅在《影的告别》里所说的"影子",可以理解为蛰伏于潜意识深层的"阴影"。这个"阴影"并不是什么"虚无和失望的阴影",恰恰相反,倒是未被传统道德扭曲过的人类心理原型中的良知。鲁迅说过:"人呢,能直立了，自然是一大进步；能说话了，自然又是一大进步；能写字作文了，自然又是一大进步。然而也就堕落，因为那时也开始了说空话。说空话尚无不可，甚至于连自己也不知道说着违心之论。"所谓"违心之论"，正是违背人类心理良知的种种道德、准则。历史研究告诉我们，人类在原始社会时期并没有人奴役人的现象，也没有种种从属于主奴关系的法律和伦理束缚，而是人人平等的。只是进入阶级社会之后，才出现了主奴关系和维护这种关系的意识形态。社会虽然进步了，人却被异化了，日益出现了"似乎一身，分为二截"的分裂人格。鲁迅是人，不是神，他也处在极其复杂、激烈的人格二重性矛盾的纠缠之中，而且比一般人尖锐、深刻得多。在写《影的告别》的同一天夜里，他在给一位青年的信中这样写道："我自己总觉得我的灵魂里有毒气和鬼气，我极憎恶他，想除去他，而不能。"所以"影的告别"，恰恰是蛰伏于潜意识深层的"阴影"，向自我灵魂里的毒气和鬼气告别；是人类心理原型中的良知，向维护主奴关系的传统道德告别；是自由的天然原始的个性，向被扭曲的"彷徨于明暗之间"的异化了的分裂人格告别；是执着于"现在"的现实主义精神，与"希望将来"的种种幻觉——基督教来世赐福的"天堂"诱惑、佛教来世报应的"地狱"恐吓，特别是"黄金世界"的罗曼蒂克幻想告别；是宁愿"被黑暗沉没"的大无畏牺牲精神，向瞻前顾后、犹豫不决的"彷徨"情绪告别。

《墓碣文》更是难懂。其难点在于不仅反映了鲁迅的精神矛盾，而且表述了鲁迅的充满深刻辩证观念的矛盾哲学。如果说鲁迅的哲学都包括在《野草》里面的话，那么最集中反映鲁迅哲学的篇目就是《墓碣文》。

先分析墓碣阳面的碑文——

　　……于浩歌狂热之际中寒；于天上看见深渊。于一切眼中看见无所有；于无所希望中得救……

这正是鲁迅思想中最可贵之处！他多少次在人们浩歌狂热之际保持极其冷静的头脑啊！最著名的要算是《庆祝沪宁克复的那一边》了。当人们沉浸于庆祝盛典之际，鲁迅却提醒胜利中的人们警惕"革命的势力一扩大……革命的精神反而会从浮滑，稀薄，以至于消亡，再下去是复旧"。如果听到这种提醒就"扫兴了，那就是革命精神已经浮滑的证据"。的确，倘使从"浮滑"的角度审视鲁迅，也肯定不会懂得鲁迅，甚至会把鲁迅思想与个性中真正坚实、深刻的东西当作谬误抛弃。"于天上看见深渊"，就是从天真者或各类骗子预示给人们的"黄金世界"和"天堂"中看见"深渊"，看见黑暗。鲁迅曾在给许广平的一封信中说："我疑心将来的黄金世界里，也会有将叛徒处死刑。"《失掉的好地狱》里面，主宰地狱的"人类"不就把反狱的鬼魂们打成"叛徒"，予以"永劫沉沦的罚"吗？"于一切眼中看见无所有"，就是从这类"浩歌狂热""黄金世界""天堂"等一切表面的实有中看见"无所有"，看见虚无和伪善。鲁迅在给许广平的另一封信中说："在中国活动的现有两种'主义者'，外表都很新的，但我研究他们的精神，还是旧货，所以我现在无所属。"对一切人物都无不进行深刻的洞察，"研究他们的精神"，正是鲁迅的突出特点。"于无所希望中得救"，就是在对一切现实中的虚伪的东西"无所希望"中"反抗绝望"，脚踏在现实的硬地上，切切实实为生存和发展奋斗，只有这样才可能得救。

> ……有一游魂，化为长蛇，口有毒牙。不以啮人，自啮其身，终以殒颠……

这是鲁迅的自我写照。他来到人世间，的确像高尔基笔下的丹诃那样，掏出自己的心，当作火炬，照亮道路，引导众人走出森林。而众人并不理解他，甚至诅咒或扭曲他。他则像"化为长蛇"的"游魂"，虽然"口有毒牙"，却从来是为他人着想，自己虐待自己，终要身亡。鲁迅的这种自虐心理，与周作人的自恋心理是相对立的，这正是鲁迅与周作人两兄弟走上不同道路的深层次的个性心理基因。

> ……离开……

这两个字很难懂，有的研究者解释为："……我离开了人间……"看来不确。我以为这其中一个意思是说：众人太麻木，人世太黑暗了，我还是离开吧！另一个意思是说：像我这样的"游魂"，本属于别一世界的人，世人还是离开我吧！可能还有其他深意有待挖掘。阳面的碑文主要说的是鲁迅对外界的哲学。

再分析墓碣阴面的碑文——

> ……抉心自食，欲知本味。创痛酷烈，本味何能知？……
> ……痛定之后，徐徐食之。然其心已陈旧，本味又何由知？……

答我。否则,离开!……

"抉心自食",正是鲁迅的自我感受。他把自己当作历史的"中间物",通过无情面地解剖自己,使青年人得到教益,离开黑暗,到宽阔光明的地方去。然而他也总感到矛盾和痛苦:"发表一点,酷爱温暖的人物已经觉得冷酷了,如果全露出我的血肉来,末路不知要到怎样。我有时也想就此驱除旁人,到那时还不唾弃我的,即使是枭蛇鬼怪,也是我的朋友,这才真是我的朋友。倘使并这个也没有,则就是我一个人也行。"所以,他面临是"创痛酷烈"时食心还是"心已陈旧"时"徐徐食之"的矛盾,要旁人予以回答,"否则,离开!"阴面的碑文主要说的是鲁迅对自我的哲学。

《墓碣文》写得阴森可怖,读来令人毛骨悚然,艺术上反映出作家受到"安特莱夫(L. Andreev)式的阴冷"的深刻影响,的确"神秘幽深,自成一家"。这种"阴冷"和"神秘",促人震惊,悚然,从而深思其中"幽深"之意。于深夜孤屋中读之,倍感鲁迅精神矛盾之深。

四 精神求索

"路漫漫其修远兮,吾将上下而求索。"

精神矛盾纵然深刻,精神苦闷纵然沉重,鲁迅却始终没有消沉,始终在漫漫长路上苦苦求索。他绝不是论敌所说的绝望的虚无主义、悲观主义者,而是对未来充满希望,充满比一般盲目的乐观主义者深沉得多、坚实得多的希望。《野草》中的《希望》就是"因为惊异于青年之消沉"而作的,全篇围绕希望与绝望之间的矛盾起伏展开,充满了深刻的辩证法。

开头一句就是:"我的心分外地寂寞。"五四以后,革命文学阵营急剧分化,有的高升,有的退隐,呈现出一片寂寞荒凉的古战场的情景。在这种深沉的寂寞感中,鲁迅的心"很平安",由热情的呐喊转入冷静的沉思,他感到自己从生理到魂灵都苍老了。回忆起过去的"血和铁,火焰和毒,恢复和报仇",既感到激愤,又反思到过去那种"有时故意地填以没奈何的自欺的希望"本身就包含着空虚,就是如此这般地耗尽了青春。但是,"虽然是悲凉漂渺的青春罢,然而究竟是青春",仍然是值得怀恋的,难道世上的青年也多衰老了么?鲁迅虽然分外地寂寞,却并没有绝望,他感到:"只得由我肉薄这空虚中的暗夜。"

于是,引出了匈牙利爱国诗人裴多菲的短诗《希望》之歌。有的研究者认为鲁迅是借用这首诗来否定"希望"。实质上,从全文来看,鲁迅所否定的并不是建筑在现实基础上的希望,而是那种"有时故意地填以没奈何的自欺的希望"。那种"希望",本身包含着空虚,所以必然导致空虚的绝望。这里有必要重提一下鲁迅对"黄金世界"的批判,他在小说《头发的故事》里,曾借用阿尔志跋绥夫的话,质问中国的空想社会主义的信奉者们:"你们将黄金时代的出现预约给这些人们的子孙了,但有什么给这些人们自己呢?""改革么,武器在哪里?工读么,工厂在哪里?"他一再嘲笑海涅关于"上帝请他吃糖果"的"神话",忠告左翼作家说:倘不明白"革命是痛苦,其中也必然混有污秽和血",是"容易变成'右翼'"的。并以俄国诗人叶遂宁的悲剧为例说明"对于革命抱着浪漫谛克的幻想的人，一和革命接近，一到革命进行，便容易失望""碰死在自己所讴歌希望的现实碑"上。因此，鲁迅对那种希望的否定，正是对建筑在现实基础上的希望的肯定，是警告人们不要因为幻想而陷入绝望。

因此，鲁迅最后终止了徘徊，摒弃了绝望，肯定了希望，"还要寻求那逝去的悲凉漂渺的青春"，"只得由我来肉薄这空虚中的暗夜"，"也总得自己来一掷我身中的迟暮"。

总而言之是："绝望之为虚妄，正与希望相同！"这个结论包含深刻的辩证法，说明希望与绝望是相互转化的："故意地填以没奈何的自欺的希望"，由于其本身的空虚而必然转化为绝望；在绝望之中的坚韧挣扎，拼死肉薄，则由于明白的理性和深沉的勇气而迎来真正的希望。

这一哲理在散文诗剧《过客》中得到形象的表现。过客、老翁、小女孩这三个人物形象形成鲜明对比，他们关于"前面是怎么一个所在"的争论，充分反映了不同的精神世界：老翁说"前面，是坟"；小女孩却说前面"有许许多多野百合，野蔷薇"；过客听了"西顾，仿佛微笑"，就是说他和小女孩都有过如花的理想，但是他经过风雨的洗礼，绝不那么天真，明白前面是"坟"，然而又绝不像老翁那么悲观，因为前面是"坟"就回转去，而是倔强地向前求索。诚如鲁迅一九二五年四月十一日在致赵其文的信中所说的："虽然明知前路是坟而偏要走，就是反抗绝望，因为我以为绝望而反抗者难，比因希望而战斗者更勇猛，更悲壮。"

鲁迅的精神求索是无比勇猛，无比悲壮的。

五　精神升华

在这种无比勇猛、悲壮的求索中，鲁迅的精神得到高度的升华。

他的反主奴精神是这样彻底，无论主奴意识存在于哪里，是别人头脑中，还是自己心灵深处，都要根除干净。然而他是世界上真正从主奴意识中解脱出来的很少的几个伟人之一，既没有拥占资产奴役他人，也没有爬上官位役使下属，甚至连制驭妻子的事也没有做过，他该从何解剖自己的主奴意识呢？唯一使他感到内疚的事，是长幼有序的社会里，他少年时代也曾无意识地偶尔压迫过自己的小兄弟，这就是所谓的风筝事件。一九一九年九月他曾就此事写过一篇题为《我的兄弟》的小文表示忏悔，一九二五年一月二十四日又写成蕴藉深厚的散文《风筝》。多数研究者认为这篇散文表现了鲁迅严于解剖自己的沉重的自责精神，有的研究者却认为散文中的"我"并不是鲁迅本人，鲁迅是不会做这种压抑孩子的事的，他"不过是借一个虚构的故事，来抒发他对于正在威逼着他的'严冬'的憎恨，对于压迫、摧残正在生长的事物的旧势力、旧教育、旧学说、旧手段的憎恨"。这位研究者维护鲁迅的心意是好的，然而沿着这条思路去阅读《风筝》是不可能获得正确理解的。鲁迅后期在《从孩子的照相说起》一文中说过："中国一般的趋势，却只在向驯良之类——'静'的一方面发展，低眉顺眼，唯唯诺诺，才算一个好孩子，名之曰'有趣'。活泼，健康，顽强，挺胸仰面……凡是属于'动'的，那就未免有人摇头了，甚至于称之为'洋气'。""其实，由我看来，所谓'洋气'之中，有不少是优点，也是中国人性质中所本有的，但因了历朝的压抑，已经萎缩了下去。"这种"萎缩"的过程，就是奴化的过程。鲁迅毕生研究、解剖这一过程，为了从人类社会根除主奴关系不惜牺牲自己的一切，难道还会隐藏心灵深处的些微污点吗？无须为贤者讳，鲁迅在《风筝》中的沉重自责，不仅丝毫不会有损于他的崇高形象，而且正反映了他反主奴精神的深刻性与彻底性。只有从这一点出发，才可能正确把握《风筝》所包含的精神机制，也才可能体验出中国几代知识分子所沉重负荷着的原罪感。

正是出于彻底的反主奴精神，鲁迅对奴隶式的求乞表示了极端的憎恶。在《求乞者》中，鲁迅描绘了一幅灰暗颓败的社会图景："四面都是灰土"，"我顺着剥落的高墙走路"，"另外有几个人，各自走路"，反映出这是一个人际关系冷漠冷酷的社会。求乞孩子的出现，则又标志着这是一个贫富不均的主奴社会。那么，为什么鲁迅丝毫不怜悯求乞者，反而既反对求乞，又反对布施呢？鲁迅的这种态度，在《过客》等文章中也一再表现过。他说："我所憎恶的太多了，应该自己也得到憎恶，这才还有点像活在人间；如果收得的乃是相反的布施，于我倒是一个冷嘲，使我对于自己也要大加侮蔑。"其意是说：自己向主奴社会掷出"憎恶"的匕首与投枪，必然"也得到憎恶"。这倒"像活在人间"，符合主奴社会的现实状况，也说明自己击中了要害。"如果收得的乃是相反的布施"，则只能说明自己没有击中主奴社会的要害，布施与求乞这种主奴关系制驭下的人际往来方式仍然堂而皇之地存在，仍然维护着主奴社会，并给这种不合理的社会涂上一层迷惑人的假慈悲色彩。这对于主张根除主奴关系的精神界之战士，岂不是一个冷嘲，使他对于自己也要大加侮蔑吗？因此，鲁迅既反对布施，又反对求乞，憎恶一切奴颜与媚骨。他竭尽全力启发人们根除奴性，以不惜与"大石车"偕亡的牺牲精神，激励"死火"跃出"冰谷"，使曾经高昂的革命精神重新高扬起来，即便"死火"烧完也甘心情愿。在他的笔下，所有正面出现的物象都无不具有这种高昂的革命精神，连《秋夜》中的枣树也"默默地铁似的直刺着奇怪而高的天空"，有着铮铮硬骨；《雪》中的"朔方的雪花"也"蓬勃地奋飞"，"使太空旋转而且升腾地闪烁"，没有丝毫奴性。《题辞》中的"野草"即使"将遭践踏，将遭删刈"，也绝不屈服，直至奔突的"地火"喷出，将一切烧尽。整部《野草》中，占主导地位的形象，是为从人类社会根除主奴关系而韧性战斗的"过客""这样的战士"与"叛逆的猛士"。正因为如此，鲁迅时时感到"荷载独彷徨"的大孤独与大寂寞。这是先觉者的大孤独，思想家的大寂寞。倘若品读《野草》时，能够于这种大孤独、大寂寞中体悟出鲁迅精神的深刻性与独特性，那么自己的精神也会随而升华。

我爱夜读《野草》……

初稿于一九九〇年，
二〇二一年五月二十四日修订于北京香山孤静斋

Lu Xun's *Wild Grass*: Autobiographical Moments of the Creative Self
《野草》：鲁迅自传冲动时刻留下的见证

□ Mabel Lee（陈顺妍）

Lu Xun 鲁迅（1881-1936）has generated a vast body of academic research that continues unabated in China and internationally. His short story "Diary of a Madman"（1918）instantly transformed him into a celebrity and the hero of Chinese youth, credentials that were consolidated by a series of stories written in rapid succession, and later published as his collections *Outcry* 呐喊（1922）and *Hesitation* 彷徨（1926）. Both collections were bestsellers in the burgeoning world of commercial publishing in China, as were his collected essays of social criticism. Lu Xun's powerful indictments of traditional culture coincided with a Nietzsche fever raging in the Chinese intellectual world during the May Fourth era 五四时期（1915-1921）. Nietzsche's notion of the Superman extolled heroic action by the individual, and called for the revaluation of all traditional values. When the Paris Peace Conference of 1919 left Chinese citizens feeling betrayed by the Western democracies, Nietzsche's ideology fused with passionate, widespread Chinese nationalism. The older generations' clear failure to deal with international issues empowered Chinese youth to seize the mantle of authority and to take center stage in pontificating about how to bring China into the modern world.

Writers were the most articulate amongst the intellectuals, and inspired by Nietzsche, they saw themselves as the heroic voice of the people. They argued the case for cultural modernity and demanded a revolution in literature. Classical writings were indicted for promoting a culture that was inappropriate for modern times. It was decreed that China's new literature must be written in the vernacular language in order to reach a wider audience, and it should also deal with contemporary issues. Lu Xun's short stories addressed these criteria, but even more important was his towering intellect, incisive language and unique literary prowess. He was immediately joined by a cohort of younger writers such as Zhou Zuoren 周作人 (1885-1967), Yu Dafu 郁达夫 (1896-1945), Mao Dun 茅盾 (1896-1981) and Guo Moruo 郭沫若 (1892-1978), whose writings together formed a critical mass that succeeded in laying the foundations of China's modern literature. Writers of that generation had received a rigorous training in classical literature, and like Lu Xun also read extensively in foreign literatures, either in the original language or in translation. Furthermore, like Lu Xun, they were known for their translations of foreign authors, including Nietzsche.[①] Rigorous training in

---

[①] For political reasons the impact of Nietzsche on modern Chinese literature for many years was deliberately obscured. The first publication to emerge was an English-language study by Marián Gálik, "Nietzsche in China (1918-1925)," *Nachrichten der Geseelschaft für Natur- und Volkerkunde Ostasiens* 110 (1971): 5-47. The first Chinese-language study was Yue Daiyun's 乐黛云 "Nicai yu xiandai Zhongguo wenxue 尼采与现代中国文学 ["Nietzsche and Modern Chinese Literature"], *Beijing daxue xuebao* 北京大学学报 3 (1980): 20-33; trans. Cathy Poon, in *The Journal of the Oriental Society of Australia* (JOSA) 20 & 21 (1989-90): 199-219. The most recent study on the topic is Zhang Zhaoyi 张钊贻 (a.k.a. Chiu-yee Cheung) ed., *Nicai yu huawen wenxue lunwenji* 尼采与华文文学论文集 [*Essays on Nietzsche and Sinophone Literature*] (Singapore 新加坡: Global Publishing 八方文化创作室, 2013). Chiu-yee Cheung has also published numerous Chinese and English-language works on Lu Xun and Nietzsche, notably *Lu Xun: the "Gentle" Chinese Nietzsche* (Frankfurt am Main: Peter Lang, 2001) that was updated and published in Chinese by Peking University Press in 2011.

classical literature from early childhood allowed this generation of writers instinctively to create writings in the vernacular language that retained the musicality inherent in the tonal nature of the Chinese language. On the other hand, their readings in foreign literatures substantially expanded the literary forms available for their "modern" writings.

Their writings encouraged other writers to use the vernacular language, and that new literature was further defined by a clear agenda for social reform. These new writings became templates for children to learn to write in the vernacular language that from 1921 progressively replaced the classical language in the school education system.

The Fate of *Wild Grass*

In "Author's Preface to *Anthology of Self-Selected Works*" 自选集自序（1932）Lu Xun lists his prose-poem collection *Wild Grass*（1927）alongside *Outcry*（1922）and *Hesitation*（1926）① as his creative works. He discounts his collections *Morning Blossoms Picked at Dusk* 朝花夕拾（1927）and *Old Tales Retold* 故事新编（mostly written in 1926, but not published in book form until 1935）as works written to satisfy his publishers.② As his *Wild Grass* poems began to appear in *Thread of Talk* 语丝 magazine from late 1924, readers sensed their aesthetic appeal but

---

① These three works are contained in the 20-volume *Lu Xun quanji* 鲁迅全集 [*Lu Xun's Collected Works*]（Beijing 北京: Renmin wenxue chubanshe 人民文学出版社, 1973）; hereafter LXQJ, vol. 1.

② LXQJ, vol. 5.

were confounded by the unfamiliarity and strange imagery of the prose-poem form that they encountered. The 23-poem collection, published with Lu Xun's Preface, by the Shanghai-based Beixin Publishing House 北新书局 in July of 1927, instantly drew criticism for its negativity, pessimism, darkness, despair and nihilism as well as comments on the beauty of its language and ambiguity of meaning. Such reactions are confirmed in the 168-page chronological compilation of Chinese-language opinions, reviews and studies on *Wild Grass* (extracts plus the author's commentary) contained in Volume 2 of Zhang Mengyang's 张梦阳 *Comprehensive History of Lu Xun Studies in China* 中国鲁迅学通史 (2002).① Some representative works have been provided below to give some idea of reader reactions, and trends in *Wild Grass* scholarship.

For writers Ye Shengtao 叶圣陶 (1894-1988) and Xia Mianzun 夏丏尊 (1886-1946) whose primary concern was education and not politics, *Wild Grass* was viewed differently. In their co-authored work *Heart of Literature* 文心 (1933) they note that middle school students were reading Lu Xun's poem "Autumn Night" 秋夜 alongside ancient texts such as the acclaimed "Record of Climbing Mount Tai" 登泰山记 (1775) written by the Qing dynasty 清朝 essayist Yao Nai 姚鼐 (1731-1815), and that some children had been puzzled by the two date trees in Lu Xun's prose poem. Ye and Xia explained that Lu Xun and Yao Nai were both writing

---

① Zhang Mengyang, *Zhongguo Lu Xun xue tongshi* 中国鲁迅学通史 [*Comprehensive History of Lu Xun Studies in China*] (Guangzhou 广州: Guangdong jiaoyu chubanshe 广东教育出版社, 2001-2002).

about their personal experiences, and because children would not have experienced much of life, it was natural for them to find this prose poem hard to understand.① Obviously Ye Shengtao and Xia Mianzun liked "Autumn Night" and had therefore included it in the curriculum, but it is clear that they themselves were uncertain as to why Lu Xun mentions two separate date trees.

Zhang Mengyang singles out Sun Yushi's 孙玉石 monographs *A Study of Wild Grass*《野草》研究(1982)② and *The Real and the Philosophical: A Reinterpretation of Lu Xun's Wild Grass* 现实的与哲学的：鲁迅《野草》重释(2001)③ as "milestones" in *Wild Grass* studies.④

Zhang notes that fifty years of *Wild Grass* studies are surveyed in the former work, but states that it is Sun's methodology that provides the most significant breakthrough: instead of examining one or two individual poems out of context, Sun's method is to classify into three groups the entire collection of 24 poems, including the preface, and to

---

① Xia Mianzun 夏丏尊 and Ye Shaojun 叶绍钧(Ye Shengtao 叶圣陶), *Wen xin* 文心 [*Heart of Writing*](Beijing 北京: Kaiming shudian 开明书店, 1933), 1-9, cited in Zhang Mengyang, *Tongshi*, vol. 2, 21.

② Sun Yushi 孙玉石, *Yecao yanjiu*《野草》研究 [*A Study of Wild Grass*](Beijing 北京: Zhongguo shehui kexue chubanshe 中国社会科学出版社, 1982).

③ Sun Yushi, *Xianshi de yu zhexue de: Lu Xun Yecao chongshi* 现实的与哲学的：鲁迅《野草》重释 [*The Real and the Philosophical: A Reinterpretation of Lu Xun's Wild Grass*](Shanghai 上海: Shanghai shudian chubanshe 上海书店出版社, 2001).

④ Zhang Mengyang, *Tongshi*, vol. 2, 106.

subject each group to systematic analysis.[1] He also notes other major breakthroughs: Sun Yushi's attack on the use of subjective conjecture and the lack of historical evidence, as well as his proposal that aesthetic criteria should be used to analyze the poems of *Wild Grass*: "Complex artistic images must be understood by means of complex thinking." [2]

Fifteen years later, during 1996 Sun Yushi published a series of essays in *Lu Xun Monthly* 鲁迅研究月刊 that were subsequently published in 2001 as *The Real and the Philosophical: A Reinterpretation of Lu Xun's Wild Grass.* Zhang Mengyang maintained that of greatest import was Sun's critique on methodologies and the history of research, and he cites from Sun's "Serving as Preface" 代序:

> *I have read a whole lot of such new writings, and I think that they are very profound, but somewhat incomprehensible. What they tell of is far more extensive and penetrating than anything people like us could ever attain. Yet I often feel: are these really the meaning of Lu Xun's original creations? Or do they have nothing to do with Lu Xun, but are things drawn from the researcher's imagination and foisted onto the person of Lu Xun? I suspect that in some of the research of the past few years, during the process of "demythologizing" Lu Xun, he has again been "mythologized" from yet another angle.*

---

[1][2] Zhang Mengyang, *Tongshi*, vol. 2.

(陆续地读了一些这方面的新作,觉得深奥得很,不甚清楚,其论述的广远与深刻是为我辈所远远不及的。但我又常常觉得:这些真的是鲁迅自己创作的原来的意思吗?还是研究者更多的想象加在鲁迅身上一些并不属于他自己的东西?我隐隐地感觉到,这几年的一些研究里,在排除鲁迅的"神化"过程中鲁迅又从另一个侧面正在被"神化"了。)①

The abnormal path of *Wild Grass* studies in China was mirrored in the same period by an equally abnormal path in the West that took the form of a virtual lack of scholarly interest, while in Taiwan Lu Xun's publications were banned. This abnormal path was of course a negative reaction to Lu Xun's godlike status in the CCP literary pantheon. Tsian Hsia's 夏济安 *The Gate of Darkness: Studies on the Leftist Literary Movement in China* (1968) was for many years a standard college textbook on modern Chinese literature in the English-speaking world. Hsia is highly dismissive of *Wild Grass*, rejecting the notion that it has any literary merit.② Nonetheless, he seems to concede with reluctance that Lu Xun may have possessed elements of genius. ③

As politics is today no longer a consideration, both Lu Xun and his *Wild Grass* will gradually shed the political scabs that have accumulated

---

① Sun Yushi 孙玉石, *Xianshi de yu zhexue de*, 3, cited in Zhang Mengyang, *Tongshi*, vol. 2, 112.

② Hsia Tsi-an 夏济安, *The Gate of Darkness: Studies on the Leftist Literary Movement in China* (Seattle and London: University of Washington Press, 1968).

③ Ibid., 158.

over many decades. There is evidence that *Wild Grass* is asserting its significance in Lu Xun studies, and it is likely that it may soon gain the recognition it deserves as Lu Xun's finest literary achievement. Another acclaimed writer, Yu Hua 余华, names Lu Xun as his favorite twentieth century writer, and states further that: "Every word he wrote was like a bullet, like a bullet straight to the heart."① Such strong affirmations of Lu Xun's status as a writer are important, especially when voiced by accomplished writers who have clearly disaggregated Lu Xun and his writings from politics.

English-language studies on *Wild Grass* have taken significant strides in recent times, and are important because of their rigorous methodological practices as well as extensive coverage of primary and secondary sources. This practice is less apparent in Chinese-language publications. Two works by Nick Admussen have established new standards for meticulous scholarly analysis of *Wild Grass* in the context of the introduction of the prose-poem form in modern Chinese vernacular literature: "A Music for Baihua: Lu Xun, *Wild Grass*, and 'A Good Story'" (2009) and "Trading Metaphors: Chinese Prose Poetry and the Reperiodization of the Twentieth Century" (2010).② In studies such as

---

① Megan Shank, "The Challenges of Conveying Absurd Reality: An Interview with Chinese Writer Yu Hua," *LA Review of Books* (25 October 2013): http://lareviewofbooks.org/interview/conveying-absurd-reality-yu-hua/.

② Nick Admussen, "A Music for Baihua: Lu Xun, *Wild Grass*, and 'A Good Story'," Chinese Literature: Essays, Articles, Reviews 31 (December 2009): 1-22; "Trading Metaphors: Chinese Prose Poetry and the Reperiodization of the Twentieth Century," *Modern Chinese Literature and Culture* 22.2 (2010): 88-129.

Eileen J. Cheng's 庄爱玲 *Literary Remains: Death, Trauma, and Lu Xun's Refusal to Mourn* (2013) [1] and Gloria Bien's *Baudelaire in China: A Study in Literary Reception* (2013), [2] *Wild Grass* is treated as a crucial text for the study of Lu Xun. Significantly, Nicholas A. Kaldis's *The Chinese Prose Poem: A Study of Lu Xun's Wild Grass (Yecao)* [3] was published in early 2014, and is the first English-language monograph on *Wild Grass*.

Wild Grass and the Suicide of the Creative Self

The remainder of the present study sets out from the basis of a lengthy inter-textual study on *Wild Grass* that I wrote more than three decades ago: "Suicide of the Creative Self: The Case of Lu Hsün" (1981).[4] Although not explicitly stated, the methodology employed was to establish Lu Xun's intellectual preoccupations by scouring other of his

---

[1] Eileen J. Cheng, *Literary Remains: Death, Trauma,* and *Lu Xun's Refusal to Mourn* (Honolulu: University of Hawaii Press).

[2] Gloria Bien, *Baudelaire in China: A Study in Literary Reception* (Newark: University of Delaware Press, 2013).

[3] Nicholas A. Kaldis, *The Chinese Prose Poem: A Study of Lu Xun's Wild Grass (Yecao)* (Amherst: Cambria Press, 2014).

[4] Mabel Lee, "Suicide of the Creative Self: The Case of Lu Hsün," in A.R. Davis and A.D. Stefanowska, eds., *Austrina: Essays in Commemoration of the 25th Anniversary of the Founding of the Oriental Society of Australia* (Sydney: Oriental Society of Australia, 1981).

writings during the period demarcated by the first poem "Autumn Night" (dated 15 September 1924) and his "Preface" 题辞 (dated 26 April 1927). More specifically, the study scrutinized the *Wild Grass* poems against the backdrop of Lu Xun's translations of Kuriyagawa Hakuson's writings, his collected essays *Grave*, his annotated collections of the Wei-Jin poets 魏晋诗人, as well as his personal correspondence, diary entries, and other writings of the time. Also discussed in detail are several of Lu Xun's essays, which reveal how he saw literary creation and politics as following trajectories leading in opposite directions. Lu Xun's *Wild Grass* Preface is treated as an integral part of *Wild Grass* that testifies to his termination of that part of his literary life. The study took the temporal limits of the composition of *Wild Grass* as a microcosm through which to view transformations in Lu Xun's intellectual and literary endeavors, and to measure the persistent influence of his early intellectual and literary background.[①]

The data so obtained allowed me to argue that the *Wild Grass* poems chronologically documented Lu Xun's psychological state after he had resolved to turn his pen to politics, fully aware that this would necessitate the suicide of his creative self. In other words, Lu Xun perceived of himself as a bifurcated person. There was a physical person known as Lu Xun that people recognized, and there was Lu Xun's creative self

---

[①] See also, Mabel Lee, "From Chuang-tzu to Nietzsche: On the Individualism of Lu Hsün," *Journal of the Oriental Society of Australia* 17 (1985): 21-38.

that was hostage to no other.① He would rather have the products of his creative self burn up than have them contaminated by politics, as stated in his Preface to *Wild Grass*. This bifurcated self explains the existence of the two date trees in his first poem "Autumn Night" (15 September 1924) and the poet and his shadow in his second poem "The Shadow's Farewell" (24 September 1924): dualities that had for a long time confounded readers. Christ's rejection of the myrrh to deaden the pain while nailed on the cross in "Revenge II" 复仇（其二）(20 December 1924) symbolizes the poet who knows he must fully experience undiluted pain, just like Christ. The corpse that has gouged out its heart to taste it in "The Epitaph" 墓碣文 (17 June 1925) is a metaphor for the poet who has allowed his creative self to suicide, and the corpse in "After Death" 死后 (12 July 1925) indicates that the poet knows that he will in effect be a living corpse thereafter (ibid.). In my follow-up study, "Solace for the Corpse With Its Heart Gouged Out: Lu Xun's Use of the Poetic Form," I argue that after ceasing to write poetry in the classical form for almost two decades, following the publication of *Wild Grass*, Lu Xun returned to writing classical poetry; ② and in "On Nietzsche and Modern

---

① Mabel Lee, "Zarathustra's 'Statue': May Fourth Literature and the Appropriation of Nietzsche and Lu Xun," in David Brooks and Brian Kiernan, eds., *Running Wild: Essays, Fictions and Memoirs Presented to Michael Wilding* (Sydney and New Delhi: Sydney Association for Studies in Society and Culture and Manohar Publishers, 2004).

② Mabel Lee, "Solace for the Corpse with Its Heart Gouged Out: Lu Xun's Use of the Poetic Form," *Papers on Far Eastern History* 26 (1982).

Chinese Literature," I posit that Lu Xun's volumes of translations in all likelihood failed to bring him the same joy of creation that he had briefly experienced before committing his creative self to the grave.①

Born with a powerful intellect and an uncompromising spirit, Lu Xun subjected himself to rigorous training in classical Chinese literature and philosophy. As a young adult he sporadically wrote poetry in the classical language to express his innermost emotions, as had poets of previous eras. Reading widely on the philosophy and literature of the West, he also began to translate writings from Japanese, German and Russian. From the May Fourth era he demonstrated his unique style and literary prowess by writing the short stories and essays that established him as a celebrity writer. When faced with his decision to limit his writing to the political, it was again to the poetic form that he would turn to gain psychological and emotional release. Lu Xun most certainly was familiar with Baudelaire, as pointed out in Admussen.② But my view is that it was the freedom of the prose-poem form itself that Lu Xun came to know via Baudelaire, rather than its content or literary devices, that prompted Lu Xun to adopt the form for his psychological and creative needs.

Wild Grass is Lu Xun's dirge for the death of his creative self, a

---

① Mabel Lee, "On Nietzsche and Modern Chinese Literature," *Literature and Aesthetics* 12 (November 2002).

② Nick Admussen, "A Music for Baihua," 1-22.

long dirge beginning with "Autumn Night" and ending with his Preface, a period spanning more than two years. Each of the poems expresses moments of his psychological state, and I suspect that he wrote each poem rapidly at a single sitting. Absolutely unwavering in his decision, isolated and overcome by a sense of overwhelming loneliness, he would inevitably turn to meditating on the implications of his decision, and his surroundings would ignite emotions that clamored for aesthetic expression in language. He knew he had created enemies with his his ascerbic attacks on various individuals and groups, but also that there were many who loved him for his writings: in his Preface he dedicates his *Wild Grass* poems to both. The prose-poem form admirably suited his personal need to grieve, and at the same time allowed him to cloak in ambiguity and symbolism the source of his suffering. He refused to and did not seek to beg for anyone's sympathy, as seen in "The Beggars" 求乞者 (24 September 1924), which he had written on the same day as "The Shadow's Farewell." Lu Xun resolutely concealed the death of his creative self.

Traumatic Experience and the Autobiographical Impulse

In the following, I seek to strengthen the theoretical basis of "Suicide of the Creative Self" by positing that trauma provoked in Lu Xun an intense psychological impulse to autobiography, and that he dealt with this impulse by writing in the prose-poem form that he had come to learn about via Baudelaire in translation.① In recent years, the study of trauma has resulted in a vast body of works on trauma theory that largely relate to trauma victims finding the need to narrate their experiences, and how aspects of those narrations have been represented in fiction, narrative poetry, art or performance. Such studies largely draw on the memories and creations of survivors of the Holocaust.② However in Lu Xun's case, his poetic articulation of personal trauma in *Wild Grass* was of the present, and not the narration of memories of the past. Cognizant of his own moral clarity and his own intractable nature he knew that his decision was nonnegotiable and irreversible. It may be said that in the writing of the *Wild Grass* poems he savored the lengthy dying process of his creative self, as symbolized by the corpse that had gouged out its heart to taste it in "The Epitaph" (17 June 1925).

In the poem "Dead Fire" 死火 (23 April 1925) Lu Xun indicates that as a child he was aware of his creative drive: he liked watching the "foam churned up by fast ships and the flames from furnaces." As an adult, the flames of his creativity had been frozen, encased by ice that symbolized

---

① Mabel Lee, "Suicide of the Creative Self".

② See for example Cathy Caruth, ed., *Trauma: Explorations in Memory* (Baltimore and London: The John Hopkins Press, 1995); Dominick LaCapra, *Writing History, Writing Trauma* (Baltimore: The John Hopkins University Press, 2001); Jill Bennett, *Empathetic Vision: Affect, Trauma, and Contemporary Art* (Stanford: Stanford University Press, 2005); Linda Anderson, *Autobiography* (Oxford and New York: Routledge, 2011); and Meera Atkinson and Michael Richardson, eds., *Traumatic Affect* (Newcastle upon Tyne: Cambridge Scholars Publishing, 2013).

his responsibility to family and nation. From "Dead Fire" it can be seen that he understood that his creative self had fully awakened through his short stories and the *Wild Grass* poems themselves, but "Dead Fire" also states categorically that his creative self was destined to die. Lu Xun was 43 years of age when he wrote the first *Wild Grass* poem, "Autumn Night," and the sacrifice of his creative life is rendered even more poignant when considered in the light of Roland Barthes's observations about middle age. Barthes describes how an artist who has experienced the joy of writing desires to create work that is not repetitive, and shows how trauma and bereavement can serve as catalyst for such a desire.[①] It is likely that Lu Xun was fully aware that his creative urge and the surging of his creative potential made him desire to create new work, a drive similar to Barthes' theory, which would be written some fifty years later. Lu Xun had a tendency never to expose his innermost feelings, and I would argue that the closest he comes to doing so is in his *Wild Grass* poems. He is characteristically cold and clinical in his writings, yet he states in his Preface to *Wild Grass*: "I love my wild grass...." [②] I believe this kind of language reflects the brighter side of Lu Xun's contradictory experience: in the course of writing the *Wild Grass* poems he experienced both the ecstasy of creation as well as the agony of watching the death of

---

[①] Roland Barthes, *The Preparation of the Novel: Lecture Courses and Seminars at the Collège de France (1978-1979 and 1979-1980)*, trans., Kate Briggs (New York: Columbia University Press, 2011), 3-6.

[②] LXQJ, vol. 1, 464.

his creative self.

It is worth noting that Zhang Mengyang does not cite any example that considers the significance of the *Wild Grass* Preface (26 April 1927). In fact, the Preface was restored in the 1973 edition of *Lu Xun's Complete Works* and bears a footnote stating that it had been omitted from the 1938 edition of *Lu Xun's Complete Works*. It is therefore possible that some *Wild Grass* studies were made without even having read the Preface. However the Preface is critical to my understanding of *Wild Grass*, and I regard it as the key to identifying Lu Xun's motivation for creating these extraordinary poems that continue to resonate for readers, even if they do not fully understand them. This raises the question as to whether all poetic works in fact can be said to exude clarity of meaning. I suggest that the opposite is usually the case, and argue that many great writers have resorted to poetry simply to articulate in language for themselves their innermost thoughts, to affirm their existence as a unique being, and to experience the supreme ecstasy of aesthetic creation. Of course it is not obligatory to expose fully one's innermost feelings, even if trauma can ignite the impulse to autobiography. Lu Xun's ingenuity as a writer allowed him to satisfy that impulse while deliberately cloaking in ambiguity the full significance of the collection *Wild Grass.*

Wild Grass and the Poetics of Immediacy

Born in 1881 in Imperial China, Lu Xun received a traditional education in classical literature, a part of which was the composition of poetry according to patterns that had evolved over centuries to capture the aesthetic beauty of the tonal qualities inherent in the Chinese language. Fired with patriotic concerns, Lu Xun was intent on acquiring a modern education, and left home in May 1898 to study at the Nanjing Naval Academy 南京海军学堂. The first available example of his poetry was written in March 1900 when he succumbed to homesickness after his first trip home. Between 1900 and 1903 he wrote a total of fifteen poems, demonstrating his skill as a poet and the fact that he resorted to writing poetry at times of heightened emotion. In March 1903 while living in Japan, he cut off his queue to indicate solidarity with his revolutionary compatriots: to commemorate the solemnity of this act he wrote a poem swearing to spill his own blood for the Chinese people.[①]

Lu Xun remained in Japan for almost a decade where he began to read and write about European philosophy and literature, and to translate European and Japanese authors. For a period he also undertook several months of study in classical philology with one of the leading practitioners of the discipline at the time: Zhang Taiyan 章太炎 (1868-1936). Zhang was the single most powerful propagandist for the revolution that resulted in the establishment of the Republic of China in January of 1912. Outrageously outspoken about what he perceived to be morally correct, Zhang was incarcerated for two three-year periods between

---

① See also Mabel Lee, "Solace for the Corpse with Its Heart Gouged Out".

1903 and 1916, and he so incensed some of his former revolutionary comrades that they planned to have him assassinated.① Although not a flamboyant eccentric like his teacher, in terms of intellectual prowess, critical thinking, and powerful writing style Lu Xun was at least his equal, and in all likelihood his superior. Both men subscribed to a strand of philosophical tradition that emphasized the individual as independent and slave to none, but simultaneously an integral part of society and the cosmos.②

It was with his innate literary sensibility and rigorous training in classical scholarship that Lu Xun evaluated literary texts in other languages. His powerful writing style in the vernacular language derives from his background in classical composition, and the poetic timbre of his language derives both from his writing of classical poetry and his understanding of the philological underpinning of the Chinese language itself. It is Lu Xun's extraordinary use of language that sets his vernacular writings apart from that of his younger counterparts in the vernacular literature movement, and this is particularly true in the case of the poems of *Wild Grass*.

As maintained above, *Wild Grass* is a dirge consisting of 23 poems to mourn the death of Lu Xun's creative self. There are shifts in mood over the lengthy period of mourning, and while there are many bleak and

---

① See Mabel Lee, "Zhang Taiyan: Daoist Individualism and Political Reality," *Frontiers of Literary Studies in China* 7.3 (2013).

② See Mabel Lee, "From Chuang-tzu to Nietzsche," 21–38.

somber poems, this is not so all the time. In fact, contrasting degrees of terror and ecstasy, darkness and light occur both within poems and between poems, generating a dynamic of heightened tension and relaxation that adds to the overall aesthetics of the individual poems and the collection as a whole. Lu Xun clearly loved his creative self, and invested every literary resource embedded in his inner being to write these poems that are a farewell gesture to his creative self.

Wild Grass is amongst the earliest collections of poetry written in the Chinese vernacular language, and arguably without peer at the time when it was written. Unlike many other languages, tenses are not emphasized in classical Chinese writings, and this is particularly the case with lyrical poems that are pure expressions of emotion. Poems from the distant past are linguistic actualizations of lived instants, and this lack of temporal distance plays a significant role in their aesthetic appeal across time and across cultures. In the early twentieth century, writing in the vernacular language, Lu Xun deletes the past tense in the prose poems that he names *Wild Grass*. In these poems he speaks of his immediate present, and he draws readers into the particular moment of his present. Lu Xun's training in classical poetry presumably led to his intuitive use of the present tense in poetry, but it should not be overlooked that he was living in modern cosmopolitan China, and he was exposed to, as well as being highly interested in, the most recent developments occurring in all aspects of modern Chinese, European and Japanese cultural life.

Lu Xun's aesthetic sensibilities extended into the visual arts as documented in early studies such as Huang Mengtian's 黄蒙田 *Lu Xun and Art* 鲁迅与美术（1973）① as well as many later studies. Striking visual images are manifested in the *Wild Grass* poems. Whether or not he would have described it in these terms, his use of the present tense allowed him to achieve the effect of cinematic panning as his eye shifted to various parts of his physical surroundings. Whereas lengthy descriptions of past perceived scenery would have provoked a sense of tedium in the context of the fast pace of modern life, in the immediate moment of Lu Xun's poetic creations, tedium is never a consideration. He is writing in the Chinese language, narrating psychological moments as if they are occurring in his present reality. His poems are visual images with kinesthetic qualities suspended before the eyes of both the poet and the reader.

The literary narration of past events in the Chinese language can be projected into the psychological present of both the poet and reader. Trained in classical literature, Lu Xun intuitively transposed this particular aesthetics into his vernacular language writings.

In *Wild Grass*, the way in which dream and memory are figured as present reality provokes a powerful sense of surreality, ambiguity, and multiplicity. When dream experiences are narrated in Chinese, there is no indication of past tense, as required in languages like English and French. It is as if events are unfolding before one's eyes at this very

---

① Huang Mengtian 黄蒙田, *Lu Xun yu meishu* 鲁迅与美术 [*Lu Xun and Art*]（2 volumes）（Hong Kong 香港：Daguang chubanshe 大光出版社, 1972）.

moment. Furthermore, in actual fact dream events only ever occur in the present of the dreamer or the narrating dreamer: tenses never occur in dreams. Nine of the twenty-three *Wild Grass* poems are presented as dreams: "The Shadow's Farewell" 影的告别, "The Good Story" 好的故事, "Dead Fire," The Dog's Retort" 狗的驳诘, "The Good Hell That Was Lost" 失掉的好地狱, "Tremors of Degradation" 颓败线的颤动, "The Epitaph" 墓碣文, "On Expressing an Opinion" 立论, and "After Death" 死后.

"The Passerby" 过客 adopts the form of a play, an event performed in the real-time of the present before an audience, or the reader. The immediacy of the poem's representation of actors speaking and performing their roles with their bodies produces a visual layer that brings the poem close to the present of both narrator and reader, much in the way that the framing of the dream poems does. The poetic form receives visual reinforcement through the performers, through their speech, as well as their movements from head to toe. "The Kite" 风筝 narrates an event located in the past, but does so in a surprisingly present-oriented way, relating an anecdote from Lu Xun's childhood not as a separate and distant event but as a situation that reverberates in the present, from the narrator's philosophizing to the gloomy winter weather.

The *Wild Grass* Preface plus the thirteen remaining poems "Autumn Night" 秋夜, "The Beggars" 求乞者, "My Lost Love" 我的失恋, "Revenge" 复仇, "Revenge (II)" 复仇（二）, "Hope" 希望, "Snow" 雪, "Such a Fighter" 这样的战士, "The Wise Man, the Fool and the

Slave" 聪明人和傻子和奴才, "The Blighted Leaf" 腊叶, "Amid Pale Bloodstains" 淡淡的血痕中, and "The Awakening" 一觉 describe observations of natural scenery or are philosophical reflections, and are naturally narrated in the present tense.

Lu Xun consistently maintained that he knew little about poetry. He also expressed doubts as to whether the vernacular language could ever achieve the standards set by poetry written in the classical language.[①] However I would argue that the aesthetic heights achieved in his *Wild Grass* poems indicate otherwise. An accomplished poet in the classical language, Lu Xun instinctively transposed significant attributes of classical poetry into the vernacular-language poems of *Wild Grass*. The poems retain the immediacy of the present, and resonate with the tone-based musicality inherent in the words and sentence structures. Lu Xun was never inclined to boastfulness, but it can be detected from his Preface that he believed the poems were an appropriate farewell gift for his creative self, as he launched himself into political writings.

Lu Xun was aware of experiencing ecstasy during the process of writing his aesthetic creations, and the realization that he had to terminate his creative life induced in him a state of psychological trauma. During that period of trauma, at times he was gripped by the agony of his decision, but sometimes his physical environment would provoke him to write a poem that would excite him as the poet because of its sheer

---

① Mabel Lee, "Solace for the Corpse with Its Heart Gouged Out".

aesthetic beauty. He wrote 23 poems to grieve the imminent death of his creative self, and when he finally decided the time had come, he wrote a 24th poem to serve as Preface for the collection that he named *Wild Grass*. By creating these poems of exquisite beauty he allowed himself to savor the full extent of his creative potential, and it was in this way that he treated his self-diagnosed trauma.

《野草》研究的经脉

□ 孙郁

鲁迅的《野草》是可以意会而难以言传的文本，其间的美对读者一直有不衰的引力。作家们对其境界的暗仿，时断时续，有不少佳作呼应着它的主题，这已成了批评界关注的现象。就学者的研究而言，早已形成规模，研究专著相当可观了。对一个谜一般的文本进行关照，不得不在难言之处而言之，那挑战可以想见。一个有趣的现象是，这个诞生于二十世纪二十年代的自由的文本，对它的系统研究恰是从思想齐一的五十年代开始的。一九五四年，卫俊秀出版了《鲁迅〈野草〉探索》，但不久遭难，却也开启了对该文本的研究之风。那时候李何林于南开大学开设鲁迅研究课，在《野草》研究上颇下了些功夫，七十年代有《鲁迅〈野草〉注释》以内部发行的方式流传。八十年代孙玉石等在北大开《野草》专章研究，遂有《〈野草〉研究》的问世。此后关于这个领域的思考者不乏其人，有诸多的成果出现。观点的差异很大，不同群落的人思路迥异，也因之使《野草》的研究史，披上了玄奥的色调。

汪晖当年的博士论文，写到鲁迅小说的艺术性时，就从《野草》里吸取了灵感，以其间的哲学意象去反观鲁迅的小说世界，的确也可以得到些启示。钱理群对鲁迅心灵的探讨，最有参照价值的自然也是《野草》里的思路。九十年代后，许多鲁迅的话题在《野草》那里生长出来，王乾坤探讨鲁迅的生命哲学，在这本书中找到诸多隐喻性的文字，有了阅读海德格尔文本式的快慰。我们总结几代人的研究历史，就会发现思维方式的变迁，研究史里的话题与文本的话题同样丰富。这个现象，在现代作家那里，是颇为少见的。

许多研究者意识到了这一点。对鲁迅的述说的变化，是知识界自我意识与经典文本对接的过程。我们看近几年的学风的多元性，也能够证明鲁迅的经典价值多种阐释的空间。比如，陈丹青在鲁迅的文字里看到色彩里的学问，汪卫东以交响音乐的调式来研究鲁迅文字的音乐性。还有的学者在佛教的语境中把握《墓碣文》《死火》的特色，杂学层面的智慧也成了关照鲁迅文本的参照。这里值得一提的是张洁宇，她近年在人民大学给学生开设了《野草》研究课，颇受欢迎。我一直没有看到她的讲稿，细节知之不详。直到看了她的新书《独醒者与他的灯》，才体味了作者的风格。从阐释学的角度上说，她的思路，有了另一种鲜活的感觉。

从前我读《野草》，喜欢那种黯淡里的微火，在明暗之间跳动着哲思，把人引向幽玄之所。那是中国文章里从没有的意象，生命深处的美被一种阔大之力召唤出来了。但让人说清那美的特质，又茫然而不知所云，这也就是觅而无踪的现象之谜吧。缪哲先生说的好，优秀的诗文乃"非诗""非文"，那是不错的。鲁迅的文章好，大约也在这种非正宗的叙述里。从文章学的角度看，鲁迅不仅扬弃了士大夫的笔意，也把新文艺腔颠覆了。好的文章在于"忤逆"的维度的大小，龚自珍《定庵文录序》说，文章之道在于"逆"，"小者逆谣俗，逆风土，大者逆运会，所逆愈甚，则所复愈大，大则复于古，古则复于本"。鲁迅文章的"忤逆",有龚自珍所云的复古之思,亦多西洋文学的理趣。佛经与《圣经》的遗绪,近代欧洲诗文的反俗之气均汇于此,斑驳如印象派之绘画,幽微如德彪西之小夜曲。新文学的审美高地,是在这里出现的。木心先生说鲁迅有一支雷电之笔,那也是看到内在之意的。

《野草》的难解之处,在于晦涩处有逻辑无法解析的存在,而且语言被撕裂了。这也让解读它的人可以从不同角度切入内在的肌理,看那微明里的隐含。卫俊秀、李何林、孙玉石都做过一些尝试,对后人一直有一种影响力。张洁宇是在这个基础上前行的人,却又显示了更为开阔的视野。她的特点是,论从史出,不涉空言。而叙述中又不乏审美的呼应,所谓以小见大,微妙里见真精神正是。比如对《秋夜》中鲁迅自我形象的体察,对《墓碣文》里的"另一个自我的审视",对《颓败线的颤动》"双重梦境将自己隔离开来的作者"的描述,有着史笔与诗笔的功力,文章全不见八股的演绎,其灵动之气也分明染有五四式的清俊,阅之有散文的美质在。鲁迅研究倘不敏感于文体的内在性问题,大概总有隔膜的地方。这著作在审美体味的深切上,有别人所没有的特质在。

如何看《野草》的本质,世人观点不一。张洁宇说,《野草》是鲁迅的自画像,且从这个角度进入那个丰富的存在,有考据,有追问,许多疑问就涣然冰释了。那是对鲁迅精神形象的一种勾勒。我们看鲁迅喜欢的作家夏目漱石、陀思妥耶夫斯基等人,都有自画像类的作品在。那些自画像,多是一种变形与自嘲,还有放逐自我的一面。这就涉及真实性的问题。完全从现实中印证那文本的隐含,可能词不达意。张洁宇认为,这个真实里,包括了"现实的真实""内心的真实"和"文学的真实"。她从上述层面穷原竟委,维度就开阔多了。而从这三个层面考察文本,就避免了阐释时的单值思维。面对"非文"与"非诗"的"真文""真诗",可行的解释理念能否建立,也是能否进入鲁迅内心的考验之一。

这一本书的价值是细读的深,作者没有满足在一般的线索上,而是发现了许多新的相关资料,又没有因袭前人的思路,而有自己的诸多心解。在面对这些文字时,她常常从鲁迅同期的译作里寻找意象的对应,就把一些精神来源说清了。从具体文本出发,放开思路,厘清背景,把时代环境与人文地理还原出来,文章背后的宽阔之地历历在目。现实的还原可以窥见背景的原貌,而思想的梳理则可以找到逻辑的线索。最难是那意象的透视,那里其实是一种智性的表达,乃对麻木的"忤逆"。这里,丝毫没有苦雨斋文人的幽然的士大夫之调。鲁迅写《野草》,许多篇章发表在《语丝》上,其实也在文体上故意与周作人式的悠然作对,彻底把自己从文人的圈子放逐到荒漠里。雅趣、恬淡、静穆统统消失了,代之而来的是死火、丛葬、沉夜。鲜活的语言,是只有穿越了死灭之地后才可以诞生的。那些带着朝露与野草气息的文字,抖落了千百年的士大夫的陈腐之气,于无光之地忽见烛照,灿然于世。读其文字,内冷外热,那灰暗里流出的暖意,我们何曾能够忘记?

作曲家王西麟曾说鲁迅的《野草》像肖斯塔柯维奇的旋律,在不规则的惊悸里有突围的伟力。画家赵延年则在鲁迅词语的黑白之间意识到冲荡的气韵,这是在欧洲版画里才有过的隐喻。艺术界对《野草》的接受史,已是一个话题,可惜文学研究者不太注意。鲁迅的文字能够提供如此的色彩和音符,在先前汉语的表达里是罕见的。

周作人、废名的文章只有东方的安宁的思想,却无《圣经》式的浑厚灿烂。而独鲁迅有之,幽微里的洪荒处,绿色得以生长。人在无路时的突围,不仅要踏过荆棘,也要经历死灭的清寂。张洁宇讨论《过客》时,看见鲁迅一音多调,一身数形的隐含。解析《希望》时,从荒谬里看到真,对扭曲的真的描述有突兀之笔,那是鲁迅的策略还是自然地流露,都不好说。我觉得《野草》的许多篇章都是失败的硬汉的独白。在希望丧失的绝境中,无希望的希望因为燃烧而转化为强力意志。在这强弱的转换里,身边的黑暗大而广,挣扎者的存在小而强。这个对比使对象世界黯然失色,我们记住的不是地狱般的惊恐,却是那微弱的死火的光泽。在无所希望里诞生的生命的强力,是鲁老夫子在审美上的胜利。

在这个意义上讨论《野草》,看得出真是具有挑战意味的选择。张洁宇说鲁迅"写作几乎是与他的人生同为一体的,他的写作也就是他以生命的心血进行灌溉的过程"。读解鲁迅,也是随其穿越认知极限的过程。在陌生化的词语里受洗的片刻,才知道士大夫的表达是多么有限。汉语的潜能火山一般地喷发着,也由此,鲁迅的文字照亮了民国的天空。

《野草》在许多方面印出鲁迅的特异性。他借鉴了六朝的语汇,也有西方诗歌的意象,还有画家的笔意。许多词语打破了逻辑秩序,但精神的力量感是超强的。慈悲、恶心、无望、渴念、牺牲、主我等意象,以反常规的方式呈现在我们面前。在这里,汉语思维的基本点,被一种旋风般的逻辑颠覆。词语在地火里重新洗刷了一遍。对于一个灰暗的世界,要有背叛的话语逻辑才能证明背叛者的世界。所以,鲁迅的词语召唤出被压抑的王国的生命之流,那些被扭曲的词组和句子，才有了一种不可思议的美。

许多优秀的作家在文本的表达上有类似的特点，国外的小说家与诗人有此气象者可以举出许多。陀思妥耶夫斯基、卡夫卡、马尔克斯，都是这样的天才。卡尔维诺在讨论文学文本的时候，强调过语言的轻重问题。他看到了词语背后的强弱变化在审美层面的作用。伟大的艺术家常常与词语进行较量，卡尔维诺认为从文艺复兴起，艺术家就显示出这种高明的技艺。在论及达·芬奇时，他说：

> 他的手稿是与语言进行斗争的绝妙文献。他与粗糙的、结结巴巴的语言进行斗争，寻求丰富的、细腻的、准确的表达方式。弗朗西斯·蓬日把思想形成的各个阶段都发表出来，因为他认为真正的作品不在于它的最终形式，而在于为了逐渐接近这个最终形式而采取的各个步骤。

只有敏感的作家，才能够感受到文本的隐秘。鲁迅当年在阅读迦尔洵、安德烈、尼采的文字时，就感受到词语背后的幽复之美。在这样的词语里，一切都在开始，没有终点地跋涉在召唤人们向未知的世界挺进。《野草》在精神上是一种超常的速度，词语的强弱之变改变了认知的图式。我们可以和欧美的现代主义气质明显的文本相比，它们深层的幻觉所牵涉的意象，把视觉、听觉的感知逻辑更为强烈的诗意化了。

如果不是从鲁迅式的表达入手，我们对文本的把握可能有些问题。鲁迅厌恶学界的语言，以为有酸腐气和暮气。与鲁迅的文字相逢时，倘以士大夫与道学的词语对话，终究会词不达意。所以，研究鲁迅的文本，没有诗人气质与哲思的对应，也是不得其妙的尴尬。可以说，鲁迅写《野草》，是一次自我再生的过程。他在无路中走路的决然，带来一种脱俗的冲动。旧有的时空在岩浆般的激情的冲击下坍塌，代之而来的乃创世纪式的轰鸣。我们的古人在泼墨为文之际，即便是沉郁极点的时候，词语依然有温润的秩序，辞章的转化都在规则之间。鲁迅的《野草》，全然没有这些，词语在不规则里转动，却直指内心的隐秘。当环境使自我的表达不适的时候，当陈词滥调充塞文坛的时候，《野草》式的表达，就有了一种自救的可能。鲁迅在无词的言语里救出自己，后人也于其间被救。我们在阅读它的时候，时时感到了这样的内力。

这或许就是一代又一代人对其文字颇感新鲜的原因。每一代人进入《野草》，就如同被电击般地感到一种震颤，在没有意义的地方发现了意义。而且情思是如此浩大，如同不绝的光源辐射到我们的内心。张洁宇这一代进入鲁迅世界时所呈现的心境，已远不同于孙玉石那代学者。但她所表达的精神的幽微与冲荡感，与前人并不隔膜。我在书中读出了历史的回音。鲁迅传播史中动人的环节，在这里是可以找到的。

想起李何林先生当年关于《野草》的文字，感到几代人思维方式的变化。八十年代的《野草》研究，是有一个对话的场域的。李何林、许杰、孙玉石彼此在默默攀谈，他们之间的争论，可以看出学术语境的差异。但现在的学术探讨，似乎都是独自面对文本，自言自语的时候多了。关于《野草》研究，是有过争论的。李何林就写过《〈野草〉〈故事新编〉的争鸣》一文，言及不同思路的交锋。我印象最深者，是关于鲁迅文本的解析应"实"一点好，还是"虚"

一点好呢？他列举许多看法，给研究者的思路是多样的。《野草》最难办的地方，其实就是如何面对虚实的问题。鲁迅的表达有时候是从现实出发，又远离现实，将精神以变形的方式呈现出来的。周作人就从鲁迅的文字中，看出诗的因素大于史的内容。所以对文本的分析不能过实，将诗与史对应起来看，不以史害意，非因词乱史，是可行的办法之一。鲁迅的复杂性，随着文本的细读，能够体味得更加明显。

所以，进入《野草》，一方面要弄清鲁迅与现实对话的语境，一方面要理解其撕裂词语的用意。过于切实，可能把诗意的隐含搞得无趣。而过于空灵，则与生命体验的纠结远了。理解鲁迅的难度在于，他和现实对话时，把流行的汉语颠覆了。我们以现实的语境去衡量他的词语，往往有南辕北辙的错位。鲁迅研究史中，这样的错位一直没有消失过。不懂得他对现实判断的复杂性以及表达的隐曲性，我们可能离他更远。

是否可以这样说，《野草》研究，是有一种经脉在的，这里涉及词语与哲思、爱欲与复仇、慈悲与反抗诸多问题。而核心的，则是历史与审美之间的张力。这个张力是在冲突里完成的。雅斯贝尔斯在一篇文章里引用尼采的观点说："衡量大哲学家的标准乃是看在他们内心之中究竟蕴藏着有多大规模的矛盾。"鲁迅的文本，就是多种无解的矛盾的纠结。一方面在回答现实的问题，另一方面，在面对心灵的问题。当这两方面问题都无解的时候，他以无所希望的坦然抵抗了现实与精神的难题。这种抵抗，不是自恋地告知读者他能抵达何处，而是直面自己的有限性。恰恰是这种对有限性的凝视中，才敲开进入无限性的大门。他在极为不可能之中，实现了自己的可能。有人说《野草》有鲁迅的哲学本色,无疑是对的。只有经历了与鲁迅近似的体验,对其文本才会有亲昵的感觉。而能于此得到一二心解,则幸甚至哉。

二〇一三年三月十日

试谈《野草》的先锋意识

□ 陈思和

《野草》是鲁迅研究中的一个永恒性的题目,是鲁迅研究领域中被不断阐释的题目。这里我想结合近期对现代文学史的理解来谈自己对《野草》的一点想法。

说是"近期",也不算近——中国现代文学在近二十年,尤其是新世纪以来,一直受到海外学界的挑战。五四的意义在被贬低、被质疑,而近代小说被抬得越来越高。这好像已经成了趋势。我一直想正面来解释五四新文学的意义究竟应该如何理解,但是,简单地说,我要捍卫五四新文学,那也不准确。对五四新文学评价很高,把晚清小说的价值压得很低,也确实不符合事实。所以,从十九世纪向二十世纪的转型过程中,五四新文化运动、新文学兴起究竟起了什么作用?它对我们今天还有什么意义?这是我思考的切入点,也是今天谈论《野草》的一个切入口。

二〇〇五年底,我在《复旦学报》发表了《试论五四新文学的先锋性》一文,提出了一个观念——第一次世界大战前后,在意大利和俄罗斯都出现了政治倾向不同的未来主义,在法国出现了超现实主义,德国也有表现主义,等等,当时在欧洲各个地方都相应地出现了先锋文学思潮。对先锋文学,我们有不同的理解,但一个比较明显的特征,先锋文学的第一原则就是非常激烈地反对社会现状、反对文化传统,它是双重反对的。一般的反传统运动比较简单,就是站在今天的立场上反对以前的文化传统。但是先锋文化是一种彻底的反叛文化,它不仅反对传统,对当下的文化现状、政治现状它也是全盘否定的。在这样一个双重的否定当中,它把自己逼到了一个绝境上去。它不是依靠某一种力量去反对另外一种力量,它是仗着自己的一种反叛立场与勇气,以个人为主体,既反对传统,也反对现状。这样一种文化现象,在五四前后的新文化运动中表达得特别明显,陈独秀、鲁迅、周作人、钱玄同、郭沫若,等等,都是以这样一种面目出现在五四文坛上的。所以那个时候进化论特别流行,进化论是把希望建筑到未来的维度,对现状与传统都是持批判立场的。五四新文化运动也是非常复杂,各种思想文化流派都容纳在里面,但其中有一种文学意识起到最重要的作用,而且是在晚清小说与诗歌里面都不具备的——我把它界定为先锋意识。这样一种先锋意识是五四新文化最核心的元素。我把晚清一直到民国的文学发展分为两种形态,一种属于常态的变化发展。所谓的常态,就是文学变化是随着社会变化而发生的。社会发生新问题、新现象,文学中会自然而然地反映出来,然后在形式上、审美上它都会相应地慢慢表现出来。这样一种变化,是常态的变化。常态变化是所有古今中外在正常情况下文学发展的模式,文学跟随社会的主流发展而发展,与生活变化结合在一起。唯独先锋文学是一个异端,它是在一个社会的正常发展过程中,社会内在矛盾突然爆发中产生的,先锋文学把自己与社会完全割断联系,与历史也完全切断联系,就像二十世纪九十年代朱文、韩东提出来的一个词:"断裂"。因为它把自己与前面的历史和现实中的社会环境都断裂了,自身的力量就一下子被夸张得非常强烈。先锋意识总是以历史超前的姿态来表达战斗性。这样一种意识在正常社会发展中很少出现,但在特殊的历史情况下它会发挥强大的作用。我不知道是幸还是不幸,在中国,在二十世纪中国特殊的现代化过程中,这样一种先锋文化现象一再出现。不仅是一再出现,而且每一次出现都伴随着社会动荡,与政治思潮结合在一起,然后会导致整个社会政治发生变化。它成为二十世纪文化思潮中带有核心力量的文化思潮。

回过来讲文学,我一直把鲁迅看作是这个先锋文化的代表者。为什么?因为鲁迅在同时期的社会改革运动中总是超前的,代表了一种超前的社会立场。比如说《狂人日记》,现在有很多人说,比《狂人日记》更早的白话小说都有啊,也有人说,以前有比鲁迅写得更好的白话小说啊,各种说法都有,那么我们应当如何界定鲁迅的伟大呢?我觉得在鲁迅的身上有一种非常强烈的自觉的先锋意识。这种先锋意识使鲁迅不仅对传统持彻底的否定态度——我们现在也在讨论鲁迅的这种否定对不对,比如说他认为中国青年最好不读中国书,他还认为所有历史记载的都是吃人的历史,等等,就是这种非常夸张的先锋意识,这种夸张表达了一种与传统彻底断裂的先锋立场。对鲁迅而言,他不仅否定历史,也不仅否定现状,他连自我也放到了否定的范畴里,这就着重体现了他对人本身的怀疑。这是个非常有意思的事。周作人强调"人的文学",我们今天谈的五四精神,就是个性解放、人道主义,人是最美好的,人是至高无上的,所以周作人的《人的文学》能够成为一个纲领性的文章。可是在鲁迅的《狂人日记》里,他反反复复证明人是要吃人的,而且所有的人都要吃人，包括狂人自己也吃过人。《狂人日记》这种彻底否定人自身的意识，接近了西方卡夫卡那样的作品。按理说，五四新文化运动是对人的肯定、人的自我发现，可是在鲁迅的作品里恰恰不仅对抽象的人否定，而且对具体的自我也是否定的。他就是自己都觉得自己有问题。《狂人日记》最后几段说"没有吃过人的孩子，或许还有？救救孩子"！他的意思不是说，要保护弱者，不要让孩子被人吃掉，他是在证明礼教社会中的人每一代都有吃人的习惯，没有吃过人的只有孩子，也不是说孩子比今天的人好，而是说孩子太幼小，还来不及吃人，所以我们要赶快救救孩子，让他们不要再去吃人了。当然你可以说鲁迅对未来还是有希望的，希望下一代、希望孩子不要吃人，可是这个大前提是孩子也会吃人。他这种彻底否定是让人感到震撼，鲁迅为什么会有这样一个极端的否定态度？如果不用先锋的概念界定，就很难把鲁迅当年的文学创作与别的人（比如说胡适）拉开距离，鲁迅创作体现了非常独特的意识，那就是先锋意识。这个先锋意识在《野草》的创作中，我认为是达到了完美的标杆，在鲁迅的其他小说里面——比如《阿Q正传》里也有，但是《野草》是鲁迅的先锋意识最有代表性的作品。

在《野草》里面，我们很难看到鲁迅平时说的"为人生"啊，什么遵命于先驱者的将令啊，甚至连保护弱小者的普通的人道主义思想也是不存在的。《野草》里出现的是对人的绝望，连对孩子也一起感到绝望。《野草》里是没有希望的，但是也不是简单的绝望，而是对绝望、悲观也超越了，那也就是学者们所说的"反抗绝望"。但是"反抗绝望"不是说他就倒退到希望那里。不是的。死火被遗弃在冰窟里要被"冻灭"，但是逃到冰谷外也要被"烧完"，也要死的。

《影的告别》里，影子到了黎明要消失，但留在黑暗中也要消失——"然而黑暗又会吞没我，然而光明又会使我消失"。就是说你无处可走，无地可走，你唯有在此时此地存在着，是独立的，之前之后你都是要消失的，你这个处境是没有出路的，往前看吧是一片黑暗，往后看也是一片黑暗。他把一个人的可能性的状况全部否定了。那么全部否定以后又变成什么呢？是不是就是此时此刻的我是存在着的呢？但鲁迅又说，此时此刻的存在也是虚假的，其实是不存在的。在《墓碣文》里，"抉心自食，欲知本味"，但"创痛酷烈，本味何能知"？而如果稍微过了一段时间，虽然创伤不那么痛了，但这个心又被风干了，当时是什么滋味也是不知道了，这就是"心已陈旧，本味又何由知"？这个意象体现了鲁迅意识中的非常极端的痛苦，就是最后连自己是什么？此时此刻的自己是什么？也都是无法知道的，所知道的永远是假象。他就这样否定的否定，最后连自己也给否定了。然而就是在这样的一种双重否定中，鲁迅塑造了一个伟大的自我形象。我们在《野草》中没有因为鲁迅的自我否定而觉得鲁迅的软弱与虚无，恰恰相反，鲁迅的生命就是在这样一种反抗绝望中存在而且永生了。

其实这样一种自觉的先锋意识，在中国五四新文学中带有一定普遍性。比如郭沫若写《凤凰涅槃》也是这样的，凤凰先把客观世界否定了，最后又把自己也否定了（自焚）。《天狗》里天狗把外界的月亮太阳星星都吞吃了，最后连自己的神经骨头都吃掉了，最后"一的一切""一切的一"都没有了，都消散了。在这个意义上，我觉得郭沫若的《凤凰涅槃》、鲁迅的《狂人日记》《野草》，还有郁达夫的很多小说，等等，构成了五四新文学最核心的先锋意识。这种核心力量,我们今天还能讨论它,就是因为它至今没有完成自己的历史使命。直到今天我们也没有人能够这么彻底地把自己否定,把自己完全解构,今天还没有人真正做到这个程度的。所以,五四新文学传统的核心——先锋意识——在今天仍然能够给我们一种震撼。

如此,在整个二十世纪文化发展过程当中,五四先锋精神就成为一个革命的文化核心力量。这个内核从五四到"四五",它是一波一波地爆发的,包括一九二七年大革命失败后爆发的"革命文学"、一九三〇年代的左翼文艺运动,等等,一直到一九四九年以后,甚至在"文革"中,都有这种爆发性的先锋精神。它整个过程就是通过不断地否定前人的世界,又不断否定自我的内在世界,自己把自己的外衣剥开,把自己的内在消解掉,就像郭沫若笔下的天狗意象。它不断地用一个力量否定另外一个力量,否定完这个力量,自己又被一个新的力量所否定,它永远是在革命与被革命中自我膨胀和自我消解。五四带来的就是这样一种先锋精神,它让人的生命中始终存在一种深刻的不安。这样一种精神,我把它界定为先锋精神。它到今天为止仍然是一个从天而降的谜,一个到今天仍然没有被识破和谈透的文化现象。

如果把这种先锋意识与中国二十世纪整个革命文化思潮联系起来看的话,我们就可能会接近二十世纪中国文化发展中的某些核心的元素,就可能会理解为什么我们老是处在一种激烈的文化冲撞过程中。世界各国的先锋文化都是很短暂的,先锋文化一般兴起几年以后就会消失,会与主流的常态文化融汇在一起。可是中国的情况很特殊,在我们整整一个世纪的文化发展过程中,我们对常态状态的文化现象往往采取排斥态度,总觉得那是不重要的,是属于大众的，然后对先锋文化现象则充满了迷恋，这就构成了我们文化追求的核心。这种核心的文化力量，被鲁迅通过《野草》表达得淋漓尽致。鲁迅的《野草》作为世界先锋文化丛中的奇葩也当之无愧。一般的先锋文学是缺乏艺术性的，先锋文学主要是要把一个最尖锐、最前卫的思想讲出来，来不及在艺术上臻于成熟和完美，所以我们通常认为，像马雅可夫斯基的那种先锋诗歌，往往语言非常粗俗，意象也很简单。而鲁迅《野草》的先锋性，恰恰是创造了一个非常美的抒情形式。它的形式怪诞特异，却又异常完美。恰恰在这个非常美的抒情形式中，寄托了极端虚无的先锋意识。

二〇一七年十二月十九日根据录音整理，
初刊《学术月刊》二〇一八年第二期

《野草》出版广告小考

□ 陈子善

鲁迅的散文诗集《野草》出版至今已经整整九十周年了。此书虽然在鲁迅生前出版的作品集中篇幅最为短小,在鲁迅文学创作史上却占着一个特殊而极为重要的位置。如何理解《野草》?海内外学界一直在认真探讨,新见迭出。笔者新近考定的鲁迅亲撰《野草》出版广告,或可视为对研究《野草》不无裨益的一个小小的新收获。

《野草》所收二十三篇散文诗最初陆续刊载于北京《语丝》周刊,第一篇《秋夜》刊于一九二四年十二月一日《语丝》第三期,最后两篇《淡淡的血痕中》《一觉》同刊于一九二六年四月十九日《语丝》第七十五期。① 四个月后,鲁迅就离京南下,执教于厦门大学国文系了。半年以后,鲁迅继续南下,于一九二七年一月到广州出任中山大学文学系主任。

正是在广州期间,鲁迅开始了《野草》的编订。具体的编

---

① 《野草》首篇《秋夜》在《语丝》初刊时,总题为"野草",分题"一 秋夜"。《影的告别》《求乞者》《我的失恋》三篇则在总题"野草"之下,分题"二 影的告别""三 求乞者""四 我的失恋"。自第五篇《复仇》起,才改题为"复仇——野草之五",这个题式一直沿用到最后一篇《一觉》。由此可见,鲁迅创作《野草》,自一开始就有了书名,这与他的其他作品集是有所不同的。

辑过程，鲁迅日记并无详细的直接记载，但留下了关键的一条。一九二七年四月二十八日鲁迅日记云：

> 寄小峰信并《野草》稿子一本。①

显而易见，这天鲁迅把已经编好的《野草》书稿寄给还在北京的北新书局老板李小峰，交其付梓。而在此前两天，鲁迅完成了《〈野草〉题辞》。这篇有名的《题辞》篇末落款正是"一九二七年四月二十六日，鲁迅记于广州之白云楼上"②，在时间上完全衔接。

有必要指出的是，当时北京未名社曾有希望出版《野草》之议，负责未名社出版部的韦素园曾写信向鲁迅提出，以至鲁迅在一九二六年十一月二十一日致韦素园信中明确表示："《野草》向登《语丝》，北新又印'乌合丛书'，不能忽然另出。《野草丛刊》也不妥。"③也就是说，鲁迅并未采纳韦素园的提议，仍打算把《野草》交给正印行《语丝》和出版"乌合丛书"的北新书局出版。后来《野草》果然作为"乌合丛书"第七种也即最后一种出版了。作为补偿，鲁迅把一直在未名社主办的《莽原》上连载的"旧事重提"系列散文交给未名社出版，书名改定为《朝花夕拾》，列为鲁迅自己主编的"未名新集"之一。

---

① 鲁迅：《鲁迅全集》第十六卷（日记），北京：人民文学出版社，二〇〇五年，第19页。
② 鲁迅：《题辞》，《野草》，《鲁迅全集》第二卷，第164页。
③ 鲁迅：《261121致韦素园》，《鲁迅全集》第十一卷（书信），第624页。

也因此，编定《野草》之后，鲁迅立即续编《朝花夕拾》。他在一九二七年五月一日所作的《〈朝花夕拾〉小引》中提到了他编辑这两部书稿时的心情："广州的天气热得真早……看看绿叶，编编旧稿，总算也在做一点事。做着这等事，真是虽生之日，犹死之年，很可以驱除炎热的。前天，已将《野草》编定了；这回便轮到陆续载在《莽原》上的'旧事重提'。"① 这"前天"即一九二七年四月二十九日，比寄出《野草》书稿的四月二十八日晚了一天，很可能是鲁迅笔误。

从鲁迅寄出《野草》书稿，直到一九二七年七月《野草》由北京北新书局推出初版本止，鲁迅与李小峰和上海北新书局的通信统计如下：

  五月十八日　得小峰信，八日发自上海。
  五月十九日　寄小峰信。
  六月八日　复沪北新书局信。
  六月十八日　下午寄小峰信。
  六月二十七日　寄小峰译稿三篇。
  七月三日　晚寄小峰信。
  七月九日　得小峰信，一日发。
  七月十九日　午后得小峰信，十三日发。
  七月二十日　寄小峰信。②

---

① 鲁迅：《小引》，《朝花夕拾》，《鲁迅全集》第二卷，第235页。
② 上述九则日记分别引自《鲁迅全集》第十六卷（日记），第22—30页。

之所以不厌其烦地抄录鲁迅日记，无非是要证明，李小峰已在五月上旬从北京到了上海，负责上海北新书局和《北新》周刊的事务，而《野草》书稿则留在北京，仍由北京北新书局印行，《野草》初版本版权页上也已印明："北京东厂胡同西口外迤北　北新书局发行"①，鲁迅此时寄给上海李小峰的信和稿大都与向《北新》周刊投稿有关。

《野草》原计划作为鲁迅主编的"乌合丛书"第六种出版，二〇〇五年十一月人民文学出版社出版的《鲁迅全集》第八卷《集外集拾遗补编》中，已收入了鲁迅所撰《〈未名丛刊〉与〈乌合丛书〉》印行书籍广告。这份广告初刊一九二六年七月未名社初版《关于鲁迅及其著作》（台静农编）版权页后的广告页。其时，《野草》并未编就，所以，"乌合丛书"的广告仅列入了前五种，即《呐喊》（鲁迅著，四版）《故乡》（许钦文著）《心的探险》（高长虹著）《飘渺的梦及其他》（向培良著）和《彷徨》（鲁迅著）。《彷徨》的广告，因《彷徨》尚未出书，还只是预告"校印中"。原定的第六种《野草》则还未编成，其广告并不在内，完全在情理之中。

那么，《野草》有没有出版广告呢？答案是肯定的。《野草》出版广告刊于何处？就刊登在一九二七年七月《野草》初版本版权页之后的广告页"乌合丛书"广告第三页。该广告页重刊了《〈未名丛刊〉与〈乌合丛书〉》印行书籍广告，包括已经出版的《彷徨》广告，只是删去了"校印中"，改为"实价八角"。但在《彷徨》之后，新增了一则《野草》出版广告，全文照录如下：

① 北新书局一九二七年七月初版《野草》，书末版权页。

野草　　实价三角半

《野草》可以说是鲁迅的一部散文诗集,优美的文字写出深奥的哲理,在鲁迅的许多作品中,是一部风格最特异的作品。①

这则《野草》出版广告也出自鲁迅之手,如何证明呢?可以从远因和近因两个角度来考察。

远因是鲁迅给自己的著译撰写出版广告由来已久。早在青年时代,他与周作人合译的第一本也是他文学生涯的第一本书《域外小说集》的广告,就是鲁迅自己所撰。②说鲁迅是中国现代作家中给自己的著、译、编和翻印的书刊撰写广告最多的一位,应该是能够成立的。③因此,从理论上讲,鲁迅为《野草》撰写出版广告的可能性完全存在。

近因呢,可从以下六个方面论证:

一、这则《野草》广告列在署名"鲁迅编"的《未名丛刊与乌合丛书》中的"乌合丛书"已有五种作品集出版广告之后,无疑应视为"乌合丛书"整体广告之最新一种,不可能前五则广告都是鲁迅亲撰,而这最后一种会出自他人之手。

---

① 北新书局一九二七年七月初版《野草》,书末广告页第3页。
② 参见"会稽周树人":《〈域外小说集〉第一册》,上海《时报》一九〇九年四月十七日第一版。《鲁迅全集》第八卷(《集外集拾遗补编》),第455页。
③ 人民文学出版社二〇〇五年《鲁迅全集》第七卷中的《集外集拾遗》"附录"和第八卷《集外集拾遗补编》"附录一"中,收录了鲁迅所撰著、译、编和翻印书刊广告,数量相当可观,可参阅。

二、如上所述,《野草》出版前,北新书局老板李小峰已经到了上海。这则《野草》出版广告,在京的北新编辑写得出吗?李小峰也未必能写,作者只能是鲁迅自己。

三、"乌合丛书"总共才七种,第一至五种,都由鲁迅亲撰出版广告。《野草》本列为第六种,所以在《野草》初版本广告页上刊登的"乌合丛书"出版广告中,《野草》广告也列为最后一种即第六种。不料,"乌合丛书"又新增了一种,即淦女士(冯沅君)的短篇小说集《卷葹》,一九二七年一月由北京北新书局初版,列为"乌合丛书"第六种。《卷葹》是鲁迅的青年朋友王品青推荐,李小峰"允印",临时安排进"乌合丛书"的,并不在鲁迅原定计划之内。鲁迅一九二六年十一月二十日致许广平信和同年十二月五日致韦素园信两次提及此事,致韦素园信这样说:

> 这稿子,是品青来说,说愿出在《乌合》中,已由小峰允印,将来托我编定,只四篇。我说四篇太少;他说这是一时期的,正是一段落,够了。我即心知其意,这四篇是都登在《创造》上的,现创造社不与作者商量,即翻印出售,所以要用《乌合》去抵制他们,至于未落创造社之手的以后的几篇,却不欲轻轻送入《乌合》之内。但我虽这样想,却答应了。①

---

① 鲁迅:《鲁迅全集》第十一卷(书信),第645页。淦女士(冯沅君)著《卷葹》所收的《隔绝》《旅行》《慈母》《隔绝之后》四篇小说,均初刊《创造季刊》和《创造周报》。但鲁迅信中所说的创造社"不与作者商量,即翻印出售"淦女士这些小说,至今未见原书,只能存疑。也许这只是创造社的一个出书计划,并未实施。

所以，鲁迅并未为之撰出版广告，《卷葹》初版本书后也未印上"乌合丛书"的出版广告，而《野草》实际上也就变成了"乌合丛书"第七种。但在《野草》初版本广告页所印的"乌合丛书"广告中，《野草》仍为第六种，这也从另一个角度可证这则《野草》出版广告出自鲁迅之手。

四、把《野草》视为"散文诗集"，是这则《野草》出版广告中首次提出的，这点很重要，可视为鲁迅自己对这部作品的"定位"。已知新文学创作中，最早使用"散文诗"这个提法的是刘半农[①]，而鲁迅显然认同刘半农的提法，清楚"散文诗"之所指，并不止一次地使用。他在一九二七年五月三十日所作的自译荷兰望·蔼覃著《小约翰》的《引言》中，在说到《小约翰》续编时，就据作者"同国的波勒兑蒙德说，则'这是一篇象征底散文诗'"[②]。在"乌合丛书"《飘渺的梦及其他》和"未名丛刊"《小约翰》出版广告中，也先后使用"散文诗"的提法，称《飘渺的梦及其他》里作者"自引明波乐夫的散文诗"，又称《小约翰》"是用象征来写实的童话体散文诗"[③]，这些当然都不是偶然的巧合。到了一九三〇年五月十六日，

---

① 刘半农在《新青年》一九一八年五月第四卷第五期发表翻译"印度歌者 RATAN DEVI 所唱歌"《我行雪中》，同时还翻译了原刊此歌词的美国《VANITY FAIR 月刊记者之导言》，《导言》首句即为"下录结构精密之散文诗一章"。

② 鲁迅：《〈小约翰〉引言》，《鲁迅全集》第十卷（《译文序跋集》），第286页。

③ 鲁迅编《未名丛刊与乌合丛书》，《野草》初版本，北京：北新书局，一九二七年，广告页第3、7页。

鲁迅新作《自传》，又提到自己著作中有"一本散文诗"[①]。一九三二年四月，鲁迅重订《鲁迅译著书目》时，又将《野草》称为"散文小诗"[②]。同年十二月，鲁迅编自选集，在《〈自选集〉自序》中，仍把《野草》称为"散文诗"："后来《新青年》的团体散掉了，有的高升，有的退隐，有的前进，我又经验了一回同一战阵中的伙伴还是会这么变化，并且落得一个'作家'的头衔，依然在沙漠中走来走去，不过已经逃不出在散漫的刊物上做文字，叫作随便谈谈。有了小感触，就写些短文，夸大点说，就是散文诗，以后印成一本，谓之《野草》。"[③] 由此可知，鲁迅把《野草》看作"散文诗"一以贯之，但《野草》诸篇在《语丝》陆续刊载时，并未注明体裁，鲁迅这种看法正是自这则《野草》出版广告才公开的。

五、这则《野草》广告提出"优美的文字写出深奥的哲理"，用这种说法概括和介绍《野草》。"哲理"这个词，鲁迅使用过吗？他在早期论文《人之历史》中评论歌德（鲁迅当时译作"瞿提"）时就使用了"哲理"这个词："于是有瞿提（W. von Goethe）起，建'形蜕论'。瞿提者，德之大诗人也，又邃于哲理，故其论虽凭理想以立言，不尽根于事实，而识见既博，思力复丰，则犁然知生物有相互之关系，其由来本于一原。"[④] 接着在另一篇早期论文《科学史教篇》中评论笛卡尔（鲁迅当时译作"特嘉尔"）时再一次使用了"哲理"：

[①] 鲁迅：《鲁迅自传》，《鲁迅全集》第八卷（《集外集拾遗补编》），第343页。

[②] 鲁迅：《鲁迅译著书目》，《三闲集》，《鲁迅全集》第四卷，第183页。

[③] 鲁迅：《〈自选集〉自序》，《南腔北调集》，《鲁迅全集》第四卷，第469页。

[④] 鲁迅：《人之历史》，《坟》，《鲁迅全集》第一卷，第11页。

"特嘉尔（R. Descartes，一五九六至一六五〇）生于法，以数学名，近世哲学之基，亦赖以立……故其哲理，盖全本外籀而成，扩而用之，即以驭科学，所谓由因人果，非自果导因，为其著《哲学要义》中所自述，亦特嘉尔方术之本根，思理之枢机也。"[①] 尤其是前一次使用时，揭示歌德既是"大诗人"又"邃于哲理"，与《野草》广告中"优美的文字写出深奥的哲理"这一句句式正有暗合之处。因此，鲁迅在这则广告中使用的"哲理"这个词完全找得出文字根据。

六、除了《野草》初版本广告页，别的刊物上是否也刊登过这则《野草》出版广告呢？答案也是肯定的。上海《北新》周刊自一九二七年七月起，陆续刊出《野草》出版预告，七月十五日第三十九、四十期合刊《新书出版预告》中，有《野草 鲁迅著》的预告，但只预告了一个书名，八月一日第四十一、四十二期合刊的《野草 鲁迅著》预告就是一大段话了：

《野草》　　鲁迅著

快出版了！

野草，野草当然不是乔木，也不是鲜花。

但，鲁迅先生说：

"我自爱我的野草，——"

"我以这一丛野草，在明与暗，生与死，过去与未来之际，献于友与敌（仇），人与兽，爱者与不爱者之前作证。"

---

① 鲁迅：《科学史教篇》，《坟》，《鲁迅全集》第一卷，第31—32页。

鲁迅先生的著作是不用花言巧语式的广告的，我们现在就拿他自己的话来做广告罢。

不难判断，从形式到口气，这则广告才出自北新书局编辑或李小峰本人之手，直接引用《〈野草〉题辞》中的原话，还明确告诉读者是借用了鲁迅自己的话来做广告。然而，到了八月十六日第四十三、四十四期合刊继续刊出《野草　鲁迅著》的同题《野草》出版广告时，内容马上做了更换，换上了上引《野草》初版本广告页上的广告，内容一模一样，只是缺少了一个逗号，同时把"鲁迅著"误排成"鲁迅译"了：

《野草》　　鲁迅译

《野草》可以说是鲁迅的一部散文诗集，用优美的文字写出深奥的哲理，在鲁迅的许多作品中是一部风格最特异的作品。

实价三角半　　北新书局出版 ①

接下来的《北新》周刊所刊《野草》出版广告，就都是这则新换上的广告了。对此，只能有一种解释，那就是当上海《北新》周刊编辑或李小峰发现北京北新书局所印《野草》初版本广告页上的这则广告后，马上就明白这出自鲁迅手笔，于是，尽管原来的广告中已经引用了《〈野草〉题辞》中的鲁迅"自己的话"，还是立即在下一期《北新》上做了更换并沿用。

---

① 这则广告刊于《北新》周刊一九二七年八月十六日第四十三、四十四期合刊第44页。

上述所列举的理由，如果单独一项，恐还难以证实这则广告作者之所属，但集中在一起，就自然形成了有力的证据链。所以，笔者敢于断定，这则《野草》出版广告确实出自鲁迅本人之手。

《野草》出版广告，连书名、定价的字数包括在内，总共才五十余字，实在是言简意赅。然而，这则广告中所提示的"散文诗""用优美的文字写出深奥的哲理"和"风格最特异"三点，各有侧重又相互关联，不正是研究《野草》应该加以重视的三个维度吗？这正可视为鲁迅对这部作品集最初的也是恰如其分的自评。[①]虽然现在的《野草》研究早已众声喧哗，各抒己见，但鲁迅当年的多次自评，包括鲁迅亲撰的这则《野草》出版广告在内，毕竟还是应该引起鲁迅研究者的注意。

研究《野草》这样蕴含极为丰富复杂的鲁迅作品，不但要讨论作者的写作过程，出版过程也理应进入研究者的视野，出版广告自然也是出版过程中不可或缺的一环。鲁迅为自己和他人著译所撰的出版广告，虽然早已有研究者关注，但至今对其之梳理仍不能称为全面和完整，《野草》出版广告未能编入《鲁迅全集》[②]，就是明显的一例。由此推测，恐怕还有我们所不知道的散见于其他报刊的鲁迅所撰出版广告，还有待进一步的发掘。

---

① 对于《野草》的写作，鲁迅先后在《〈野草〉题辞》《〈野草〉英文译本序》《〈自选集〉自序》和一九三四年十月九日致萧军信等文中从不同的角度做过自评，可参阅。

② 人民文学出版社二〇〇五年十一月初版十八卷本《鲁迅全集》、天津人民出版社二〇〇六年六月初版《鲁迅全集补遗》（刘运峰编）、光明日报出版社二〇一二年十二月初版二十卷本《鲁迅全集》等书，均未收入这则《野草》出版广告。

说"喜欢""欢喜"和"大欢喜"
——《野草》用语一解

□ 王锡荣

一

鲁迅在《野草·题辞》里用的"我对于这死亡有大欢喜",可能是鲁迅使用"大欢喜"这一词语最为人所知的。当然,在《复仇》《复仇(其二)》中也反复使用,而且用得非常令人震撼。鲁迅使用"大欢喜",最早要追溯到一九〇四年,当他在日本写给同乡蒋抑之的信中就有了这个词:"昨忽由任君克任寄至《黑奴吁天录》一部及所手录之《释人》一篇,乃大欢喜,穷日读之,竟毕。"[①] 最晚是一九三六年七月二十一日的《〈呐喊〉捷克译本序》:"捷克的兴起,自然为我们所大欢喜。"[②] 鲁迅使用这词语可说贯穿了一生的写作生涯。

在现代中国人的话语中,"大欢喜"一词并不常见,即"欢喜"

---

① 鲁迅:《041008致蒋抑卮》,《鲁迅全集》第十一卷,北京:人民文学出版社,二〇〇五年,第329页。
② 鲁迅:《〈呐喊〉捷克译本序言》,《鲁迅全集》第六卷,第544页。

也相对少，而更多使用"喜欢"。鲁迅为什么、在什么情况下使用"喜欢""欢喜"和"大欢喜"这三个词语呢？

总体上，《鲁迅全集》出现"喜欢"一词最多，达二九九次。除去注释和引用，也有二百多次。不过在《野草》中却仅在《风筝》中使用一次；使用"欢喜"一词次之，《鲁迅全集》显示有八十六次，其中除去注释和引用，实际使用四十二次。不过在《野草》中使用不多，在《复仇（其二）》《死火》中各使用一次。而使用"大欢喜"总共十二次，却有七次在《野草》中使用。其中《题辞》两次，《复仇》四次，《复仇（其二）》一次（另有一次用"欢喜"）。这一现象，可说耐人寻味。

从写作时间上说，鲁迅使用"大欢喜"，第一次是在一九〇四年十月八日《041008致蒋抑卮》，第二次在一九二四年十二月二十日《复仇》《复仇（其二）》，第三次在一九二五年十二月三十一日《华盖集·题记》，第四次一九二六年十月一一九二七年三月《铸剑》，第五次一九三六年七月二十一日《〈呐喊〉捷克译本序言》，还有一次在一九二九年《奔流编校后记》引用他人文本。总共就是这样几次。

二

在汉语中，"喜欢"和"欢喜"词义相近。按《汉语大辞典》"喜欢"有两个义项：一指愉快、高兴；二指喜爱。而"欢喜"同样有两个义项：一指愉快、高兴；二指喜爱。《汉语大词典》对这两个词的释义竟然完全相同，并没有把两者的差别体现出来。事实上，在古代汉语中，两者确实是混用的。《汉语大词典》举三国魏应璩《与从弟君苗君胄书》为例："闲者北游，喜欢无量"，这是说喜悦和欢快无限，正是今天"欢喜"一词的意涵。而《醒世恒言》卷十九"夫人平日极喜欢他的"，也与现代汉语"喜欢"语义相同。又《战国策·中山策》例"秦人欢喜，赵人畏惧"，此"欢喜"与现代汉语相同；而元关汉卿《金线池》"他真个不欢喜我了"，则是用"欢喜"表示"喜爱"。但在现代汉语日常运用中，"喜欢"偏重喜爱、爱好，"欢喜"更多表示愉快、高兴。

另外，现代汉语中南北方人的使用也是有区别的。南方人尤其是吴语区较少用"喜欢"，而多用"欢喜"，无论表示"愉悦"或"喜爱"，多用"欢喜"；北方人更多用"喜欢"表示喜爱、爱好，而表达"愉悦、高兴"，不仅基本不用"喜欢"，也很少用"欢喜"，而是用其他词语。

在鲁迅的词汇中，"喜欢"和"欢喜"也是混用的。阿Q说："我欢喜谁就是谁"[①]，《文艺和革命》开头第一句"欢喜维持文艺的人"[②]，都是用"欢喜"表示"喜欢""喜爱"；而用"喜欢"表示"愉快、高兴"的例子，最典型的是："但我当一包现银塞在怀中，沉甸甸地觉得安心，喜欢的时候，却突然起了另一思想，就是：我们极容易变成奴隶，而且变了之后，还万分喜欢。"[③] 在这里，用"喜欢"表示"愉快、高兴"，也即"欢喜"的意涵。"愿使偏爱我的文字的主顾得到一点喜欢；憎恶我的文字的东西得到一点

---

① 鲁迅：《呐喊·阿Q正传》，《鲁迅全集》第一卷，第539页。
② 鲁迅：《而已集·文艺和革命》，《鲁迅全集》第三卷，第583页。
③ 鲁迅：《坟·灯下漫笔》，《鲁迅全集》第一卷，第223页。

呕吐"①也是典型例子,"喜欢"在这里显然是"愉悦"。老年闰土对"我"说:"我实在喜欢的了不得,知道老爷回来……"②这"喜欢"就完全是"欢喜"。但在《野草》中,鲁迅只在《风筝》里有一处使用"喜欢",是说小弟弟喜欢玩风筝,表"喜爱"。

三

现在来看"大欢喜"。在"喜欢""欢喜"和"大欢喜"三者中,后者最特别。

一般认为,"欢喜"是佛教用语,但是,事实上中国古代文献《战国策·中山策》已有"欢喜"一语:"秦人欢喜,赵人畏惧。"《战国策》应该在战国时期已经成书,至迟在西汉已经定稿。而佛教传入中国的时间,一般认为在东汉。这就是说,早在佛教传入中国以前,"欢喜"一词已经产生了。而其含义,与今日的"欢喜"一词释义并无二致,即欢愉喜悦。考虑到佛教汉语文本本身是在翻译中产生的,因此,佛教经典中的"欢喜",正是用汉语来表达梵语的意涵。

那么,鲁迅使用的"欢喜"一词,与佛教有没有关系呢?我认为是有的。因为鲁迅同时使用"大欢喜"一词。而"大欢喜"是佛教独有的用语,在汉民族语言中是基本不用的。与之相联系的是"皆大欢喜"一语,虽然已经成为汉语成语,但是其来源出于佛典,却是基本可以确定的《金刚经·应化非真分》:"闻佛所说,皆大欢

---

① 鲁迅:《坟·写在〈坟〉后面》,《鲁迅全集》第一卷,第299页。
② 鲁迅:《呐喊·故乡》,《鲁迅全集》第一卷,第507页。

喜，信受奉行。"《维摩诘经》："一切众生，闻佛所说，皆大欢喜，信受奉行。"《法华经》也有类似表达。实际上，"皆大欢喜"早已是佛教诵经时的习用套语。还有"无上欢喜""极大欢喜"（旧译"妙喜""极喜"）。

据《佛学大辞典》，佛教的"欢喜"来自梵语"pramudita"，巴利语"pamudita"，音译波牟提陀。解释是："即接于顺情之境而感身心喜悦；亦特指众生听闻佛陀说法或诸佛名号，而心生欢悦，乃至信受奉行。"《中阿含经》卷六《发教化病经》："世尊为我说法，劝发渴仰，成就欢喜。"佛教认为：在佛教修行历程中，有各种不同层次的欢喜。其中，修证到初地的果位，是真正的欢喜。所以初地菩萨被称为欢喜地菩萨。但修证到初地以前的凡夫，也能经由听闻佛法，或感念佛菩萨稀有的功德，而产生欢喜之心；这就是"信受"的结果，是一种珍贵的宗教体验。根据《十地经论》卷二载：欢喜地菩萨的欢喜，有"心喜、体喜、根喜"，他的"欢喜"有九种：（一）敬信欢喜，（二）爱念欢喜，（三）庆悦欢喜，（四）调柔欢喜，（五）踊跃欢喜，（六）堪受欢喜，（七）不坏他意欢喜，（八）不恼众生欢喜，（九）不嗔恨欢喜。日本净土教认为，"欢喜"特指由于佛陀的救度，或由于决定往生净土，而产生的由衷喜悦。所以，他们常常用"信心欢喜""踊跃欢喜"来表示。印度佛教大师天亲分别表述"欢"和"喜"的意涵，"欢"是令身欣悦，"喜"是令心欣悦；"欢喜"合起来，是预知决定往生，因而内心欣悦。因此修净土宗的人，由于预知死后得往生西方而欣悦，称为"欢喜"[①]；这里的解

---

① 以上所引，均据丁福保《佛学大辞典》。

释，虽然未必是鲁迅写作时的依据，却是对于理解"欢喜"一词有意义的。

四

从上面的缕述中可以知道，鲁迅用的"欢喜"，与佛教用语中的"欢喜"语义是一致的。无论是佛典还是民间，对"欢喜"和"皆大欢喜"都很熟悉和习用，而用"大欢喜"却很少见。"皆大欢喜"使用时一般不拆分。但"皆大欢喜"是"大家都很欢愉喜悦"之意，"皆"是指复数的人，"大"是"很""非常"之意，但是如果要表达单个人非常欢愉喜悦的情绪，就不能用"皆"，于是删去"皆"，就成了"大欢喜"。民间习用成语"皆大欢喜"，而极少使用"大欢喜"。但佛教用语中，常习用"大"字作为副词与形容词、动词以至于名词组词："大慈悲""大心""大愿""大悲愿力""大士"等是。"大"字在梵语中为"mahā"，音译摩诃、么贺，指自体宽广、周遍含容，或指多、胜、妙、不可思议。所谓"周遍含摄，体无不在，物无不且，非因待小当体受称，故名为大"[①]。用"大"来形容程度的重、广、深、高。印度史诗《摩诃婆罗多》书名意即"伟大的婆罗多"，其"摩诃"即"大"，也有"至高无上"之意。

当鲁迅单用"欢喜"的时候，可以理解为"愉悦""高兴"和"喜爱"，他说"大"的时候也是常用语。但是当鲁迅把"大"和

---

① 《首楞严义疏注经》卷三之二（大三九·八六七上）。

"欢喜"连用时,就产生了一种既具有宗教色彩又并不类同于"皆大欢喜"意涵的特殊修辞效果。"大欢喜"绝不是"大"和"欢喜"两个意涵的简单叠加,而是发生了一个意义上的飞跃和提升,为这个词注入了更为丰富的内涵。这里的"大"不仅具有佛教"摩诃"的意涵,而且具有"极端""极度""极致"的意义;而"欢喜"具有"满足""陶醉""痛快"的意义。"大欢喜"不是简单的"非常快乐",而是"极度满足""极端陶醉""极致沉酣","痛并快乐着"的意涵。

五

鲁迅使用"大欢喜"一词,有三个特点值得注意。

一是:最集中使用于《野草》,而在《野草》中又集中于《题辞》《复仇》和《复仇(其二)》三篇,这个词几乎可说是为《野草》量身打造的。鲁迅十二次使用"大欢喜",除《野草》七次外,其余五次分别为《致蒋抑卮(041008)》《华盖集·题记》《铸剑》《〈呐喊〉捷克译本序言》各一次,还有一次引用他人文本。

二是:在同一文本中反复使用。这种反复使用,突出了这个词语的作用(虽然反复用"大欢喜",但是读者并不能感受到"欢喜",相反使人强烈感受到的不是"欢喜"而是难以名状的痛楚),增强了文本的感染力(一种强烈的震撼感),强化了读者的印象(一种近乎反语的修辞效果,令人过目难忘)。

三是:在使用"大欢喜"的同时,在同一文本中多次使用"大悲悯""大痛楚""大慈悲""大心愿""大苦恼",与"大欢喜"配合使用，使文气大为提升，语势大为加强。而这些词，除"大慈悲"①外，都不是佛教用语，而是鲁迅的创新性化用。

在鲁迅这里，佛教用语"大欢喜"原本的内涵"非常愉快、非常高兴"，已经发生了变异。如果说，"我对于这死亡有大欢喜"还可以说是对于"生"的讴歌，是一种"愉悦、高兴"；那么，当耶稣被钉上十字架，"碎骨的大痛楚透到心髓了"的时候，他"沉酣于大欢喜和大悲悯中"，这种"大欢喜"不是寻常意义上的愉悦、高兴，更不是寻常所说的"非常快乐"，而是一种"达到目的而感到极度满足的一种境界"②。

那么，鲁迅使用"大欢喜"一词，是否直接取自佛教经典？是否从佛典得到启发后的再创造？

从现有记载看，鲁迅大规模购买、阅读佛教经典，是在一九一二至一九一四年，尤其是一九一四年，从四月到十月底，鲁迅购读了大量佛典，几乎包括了佛教所有各宗派的经典，以及释经之书，包括《中阿含经》《维摩诘经》，以及《陀罗尼经》等。对于其中"大""欢喜"等语句及其解释与应用，应该是耳熟能详的。但是，鲁迅最早使用"大欢喜"一词是在一九〇四年，这时候还没有大量阅读佛教，目前也没有资料表明鲁迅在早年就阅读过大量佛典。因此，不能认为是因阅读佛典得到启示的直接使用。

---

① 丁福保：《佛教大辞典》解释："大慈大悲也。观无量寿经曰：'佛心者大慈悲是，以无缘慈摄诸众生。'"
② 鲁迅：《野草·题辞》注释，《鲁迅全集》第二卷，第165页。

结　语

考虑到鲁迅生活的家庭及其环境，绍兴民间的语言习惯，再加上佛教在当地的传播状况[①]，以及鲁迅的语言文字学造诣，我认为，鲁迅"大欢喜"一词的来源有三：一是绍兴当地习惯上常用"欢喜"一词来表达"愉悦"的情绪和"喜爱"的意绪；二是佛教在绍兴当地有较为广泛的传播，鲁迅对于佛教语言中用"大"来组词的习惯，是了解的；三是在民间已偶有"大欢喜"的用法（方善竞致信鲁迅也使用了"大欢喜"一词，可资证明）。

鲁迅的才思及语言文字创造能力，使他具有一种化用已有文字形式来构造新的语义系统，以增强表达效果的能力。由此在文本中，他用"大欢喜"表达了一种强烈的类似于"痛并快乐着"的情绪，而在《野草》中，他利用这个词构建了一个更加浓烈、更加震撼的"极度满足""极端陶醉"和"极致沉酣"的语义和境界，为我们更完整、透彻理解《野草》开启了领悟之门。

二〇一七年十一月八日写
二〇二一年五月二十四日改

[①] 佛教在江南民间传播是十分广泛的，佛教用语在民间使用也很普遍。例如"阿弥陀佛""十八重地狱""阎罗王"之类，常见于日常用语。

从"枣树语句"说起：论《秋夜》的白话诗学

□ 文贵良

《野草》用最常用的字，构造出奇崛不俗的语句、幽深广漠的意蕴，使得《野草》成为现代白话文学的奇葩。根据《秋夜》的写作时间（一九二四年九月十五日）和发表时间（一九二四年十二月一日），它无疑都是《野草》的第一篇。《秋夜》发表时，就标明《野草 一 秋夜》①，可见发表《秋夜》时，鲁迅对《野草》至少已有一个大致的想法。当然，从写作完《秋夜》到发表《秋夜》，有两个多月的时间。之所以标明《野草》，不外乎两种情况：一种是起初就有写作《野草》的整体想法，《秋夜》是第一篇。一种是起初并无《野草》的整体想法，不过因写作了《秋夜》而得到启示，遂有《野草》的整体设想。无论哪种情况，《秋夜》是解读《野草》不可忽视的篇章。因为即使是后一种情况，《野草》之后的诸篇将延续着《秋夜》的某些东西。笔者尝试着从现代白话诗学的角度解读《野草》。《秋夜》的第一句是："在我的后园，可以看见墙外有两株树，一株是枣树，还有一株也是枣树。"②这句话引起过许多研究者的兴趣，赞叹者有之，质疑者有之。李长之认为鲁迅"秀"语言技巧太过分，

---

① 鲁迅：《野草 一 秋夜》，《语丝》第三号，一九二四年十二月一日。
② 同上。

简直堕入恶趣了。① 笔者把《秋夜》的第一句称为"枣树语句",通过展开对"枣树语句"的分析,试图揭示《秋夜》的诗学特质,并简略论及《秋夜》在《野草》中的地位。

一、枣树视图:夜看与夜思的合一

《秋夜》初刊于《语丝》第三号时没有署写作时间。"一九二四年九月十五日"这个日期是后来添上的,按照农历计算是"一九二四年八月十七日",中秋节后第二天。据鲁迅日记:"昙。得赵鹤年夫人赴,赙一元。晚声树来。夜风。"② 这则日记提供的信息不多,只是说天气晚上多云,有风。

《秋夜》中"圆满的月亮"一语来看,大致可以断定是八月十五后一两天。鲁迅于有"圆满的月亮"的晚上在后园观看夜景,他会看到些什么呢?他闭着眼睛也能知道自己后园墙外的两株树是枣树。这不是一个陌生的地方,是鲁迅自己的家。当然,尽管月光很好,如果不是自己家里,要一眼望去就知道墙外两株树的种类,也不是一件容易的事情。鲁迅在现实中夜看的情形,到鲁迅笔下夜看的情形,发生了变化,这是艺术的变化。《秋夜》中夜看枣树的方式,混合了现实中已知者(生活中的鲁迅)和虚拟未知者(比如读者)的视角,构想出一幅具有动态感的画面:

---

① 李长之:《鲁迅批判》,北京:北京出版社,二〇〇三年,第108页。
② 鲁迅:《鲁迅全集》第十四卷,北京:人民文学出版社,一九九五年,第513页。

> 在我的后园,可以看见墙外有两株树,一株是枣树,还有一株也是枣树。

有满月的晚上,鲁迅站在自家的后园里,往墙外望去。他首先看见两株树。因为明亮的月色之中,两株树是可见的,但一下子不能辨别出什么树。然后再仔细看,视点停在一棵树上,判断一株是枣树;视线向另一株树移动,再看再判断,这一株也是枣树。这就像电影镜头,先有一个总镜头整体把握,然后分镜头移动进行特写。因此,这一造句,打破了人们对日常表达的习惯性接受。它把日常生活行为形成文字后,就于平坦中显出奇崛,于熟悉中呈现陌生。

"枣树语句"的第一层意义是塑造了"枣树视图"。枣树视图指明了枣树是可见的具体形象,而且观看者的视觉在变化和流动。重要的是,观看者的视觉位移产生了时间的延宕,而这延宕给观看者的思索留出了更多的时间。我把这种思索称为"夜思"。即使是最明亮的月夜,人的视觉也会受到某种影响,这种视觉上的阻碍,就给夜思留出了更多的时间。夜思是一种思维习惯,也是一种思维品质。夜看推动夜思,夜看中夜思会特别活跃。鲁迅喜欢夜晚工作,喜欢夜思,属于夜思型作家。"昼思"更容易受到视觉干扰和声音干扰;夜晚对视觉形象和声音形象有所遮蔽,这就更加能让夜思者的"夜思"趋向一种纯净的思考状态,最大限度地回归自身的主体意识。

第二段写"我"夜看天空,而写夜看时处处充满了夜思的特质。天空"奇怪而高",何以"奇怪"?这是夜看者发出疑问,夜思开始活跃。原来，天空高到"仿佛要离开人间而去，使人们仰面不再看见"，这是夜看者的感受，道出"奇怪"的原因之一。星星的眼是"冷眼"，夜看者与星星之间不仅距离遥远，而且两者相互排斥。天空的微笑"似乎自以为大有深意"，夜看者对天空的一笑一颦都在猜测。天空"将繁霜洒在我的园里的野花草上"一句承上启下，转入下文对野花草的描写。

第三段："我不知道那些花草……我记得……她在冷的夜气中，瑟缩地做梦……她于是一笑……"这一段所写，并非"我"这个夜看者当时所看到的景色，而是所想象的情景。上一段说天空"将繁霜洒在我的园里的野花草上"，而北京的农历八月不大可能有繁霜。这是夜看者的夜思所虚构的场景；夜看者所设想的小粉红花的梦，是夜看者所虚构的梦。通过对"繁霜"看似矛盾的表达实现了文本从现实向想象的转换。

第四段回到写枣树，"夜看"与"夜思"交织进行，塑造出枣树与天空的对峙的图景，构想出枣树对天空"一意要制他的死命"的坚定形象。从开头至此，夜看者所进行的夜思是在一种没有声音状态下进行的。夜思者的夜思之所以非常活跃，只有月下景色与记忆来照面他，是在非常安静没有任何声音的月夜中进行的。夜看者所临之境没有声音，他的记忆也没有带来声音。夜看者所构想的枣树与天空的对峙关系在不断升级，由静态的"直刺着"进入到"一意要制他的死命"的战斗姿态。如果按此下去，势必需要描写一场真正的决战行动。但是：

哇的一声，夜游的恶鸟飞过了。

夜游的这只鸟为什么是"恶鸟"？有些人也许会以为这"哇的一声"的鸟是乌鸦，有些人或许认为是猫头鹰；如果真这么肯定就很武断，因为并没有任何语词显示或者暗示这只鸟是乌鸦或者猫头鹰。而且即使是乌鸦，鲁迅也不一定认为就是"恶鸟"。《药》的结尾中"乌鸦"成为夏瑜母亲的一种寄托，因为在绍兴目连戏中，乌鸦往往是慈乌的形象。而且即使是猫头鹰，也不一定是恶鸟，鲁迅还喜欢猫头鹰。实际上，是什么样的鸟并不重要，因为与"恶"无关。之所以称为"恶鸟"，因为它"哇的一声"，完全是因"声"而"恶"。此时此刻，无论何种声音，都是"恶声"。因为任何一种声音，都会打破鲁迅"夜看"而"夜思"的沉入与进行。"夜看"而"夜思"的存在状态与"夜听"而"夜思"的存在状态本无高下之分。李白"举头望明月，低头思故乡"与张籍"姑苏城外寒山寺，夜半钟声到客船"，一"望"而"思"，一"听"而"思"，境界上不分高低。鲁迅是"夜行"工作者，他喜欢夜晚工作，一般说来不会喜欢异质的声音来打破工作的安静。因为这"恶声"引起了鲁迅的不快，始而自己发出"吃吃地"笑声，继而回到自己的房里，终于形成了前后两个部分：从后园观景到房里看虫。

"吃吃"的笑声很有深意（下文分析），延续了"哇的一声"的声音，而这声音即使来自夜看者自己，夜看者也不喜欢。鲁迅写道"我也即刻被这笑声所驱逐"；同样也可以说"笑声"即刻被"我"驱逐。声音是一种打断，打断了夜看者的夜思。夜看者回到房里后，仍然是夜看：灯下看小飞虫。既然夜看者的夜思被"恶声"所打断，那么回到房里后对声音的排斥就没有那么强烈了，因为没有再继续之前的夜思。小飞虫碰在玻璃上和灯罩上"丁丁地响",夜看者也能忍受;而夜看者一旦进入对枣树与天空对峙的思考,对声音就非常警惕:"我又听到夜半的笑声;我赶紧砍断我的心绪。"这里"夜半的笑声"是上文的"吃吃地笑",之所以要砍断,是因为这笑声中有种对枣树的担忧(下文有分析)。结尾处让夜看者回到可以把捉的现实生活中,"对着灯默默地敬奠"显示了"夜看"与"夜思"统一的状态。

《秋夜》开头以夜看枣树起笔,用奇崛的句子将视觉位移隐含其中,为的是构建"夜看"与"夜思"统一的思维品质,尽情地沉入对所看之境的推断与思考。自然,"夜看"与"夜思"是一个整体,不能分割。我们之所以突出"夜思",一方面是把它作为一种艺术思维方式,能将"夜看"之境个体化,即带上作家个人的主体色彩。这看似简单,很多作家做不到;做了,也不到位。另一方面,将"夜思"作为一种内在的情绪线索,很能解释全篇的结构,前后转折自然而浑然一体。

二、重复的强调:枣树意象的存在感以及生与死的主题

《秋夜》开头的"枣树语句"在重复之中有强调突出,即突出了"枣树"这一意象的重要性。为什么在开头就写枣树?枣树意象与全文的主题有何关系?

全篇的意象有粉红花、天空、月亮、星星、枣树、恶鸟、小飞虫、小青虫等,在这些意象中,最为重要的意象是小粉红花、天空、枣树和小飞虫。根据天空与大地之间的垂直维度,可以将这些意象

分为三组①：第一组意象是天空、月亮和星星，它们处于垂直空间的最高位置，天空以其高远和辽阔成为最具压迫感的力量。闪着冷眼的星星、圆满的月亮成为"奇怪而高"的天空的附从势力。第二组意象包括小粉红花、小飞虫（小青虫），它们在垂直的空间维度中，生存在最底层，靠近大地。它们之"小"不仅显示了生存位置的低微，而且显示了自身力量的微弱。第三组意象是枣树，它处在大地与天空之间，同时也处在两组意象之间。枣树植根于大地，长在大地上，与"小粉红花""小飞虫"有相同的境遇。但枣树伸入大地更深，因而矗立于空中更高。所以枣树能直刺"奇怪而高"的天空，这就建立了枣树与天空意象群的对峙性关联，同时也建立了大地和天空的意向性关联。枣树和天空意象群的关系是《秋夜》中核心因素，是理解全文主旨的关键。《秋夜》开头就把枣树呈现出来，但并没有立即展开对其的描述，而是转而描写天空，继而描写小粉红花，再回到写枣树和天空的对抗。天空和小粉红花两者的关联是展示枣树和天空对抗的铺垫。夜看者所见的天空：

> 这上面的夜的天空，奇怪而高，我生平没有见过这样的奇怪而高的天空。他高到仿佛要离开人间而去，使人们仰面不再看见。然而现在却非常之蓝，闪闪地睒着几十个星的眼，冷眼。他的口角上现出微笑，似乎自以为大有深意，而将繁霜洒在我

---

① "恶鸟"飞行于空中，看似可以归入天空意象群。实际上，恶鸟与天空、星星、月亮等意象不发生任何关联，与枣树也不发生任何关联。它因发声打断了夜看者——"我"——的夜思而成为"恶鸟"，因此在分析意象时，不把它列入。

的园里的野花草上。

晴朗的秋夜，天空会显得特别高。这是一种自然现象，也是一种视觉感知。"奇怪而高"的天空的"奇怪"之处至少有两个方面。第一就是特别高，即"高到仿佛要离开人间而去，使人们仰面不再看见"。天空高得让人心慌，人们面对如此空旷的天空会产生不知所以的感觉。第二就是特别蓝。蓝本来就是一种冷色调。月明星稀之夜，在巨大的蓝色天幕上，映着的星星如眼睛，那是冷眼。"……闪闪地睒着几十个星的眼，冷眼"中，将"冷眼"后置表示强调。"冷眼"显示了天空对大地以及"我"的排斥、拒绝与藐视。转入想象的描写："他的口角上现出微笑，似乎自以为大有深意，而将繁霜洒在我的园里的野花草上。"有学者认为《秋夜》是写实与虚构的作品。① 因为农历八月十七的夜里不一定有"繁霜"。因此这一句是鲁迅虚构想象的情景。天空将"繁霜"洒在野花草上，于是小粉红花在"冷的夜气"中"瑟缩地做梦"。天空的力量非常强大，小粉红花根本不可能抵抗，"瑟缩地做梦"表示小粉红花把希望寄托在梦中春的到来。虽然是梦，虽然是"瘦的诗人"带给它秋冬之后春还是会照样来的消息，但也足以给承受着天空巨大威压的小粉红花带来"一笑"的开心。小粉红花与天空之间因为距离的遥远与力量的悬殊，无法形成对抗的关系。

枣树的出现试图改变小粉红花与天空之间的关系。枣树"知道小粉红花的梦，秋后要有春"。枣树何以知道？是"瘦的诗人"将小

---

① 王彬彬：《〈野草〉的创作缘起》，《文艺研究》二〇一八年第一期。

粉红花的梦告诉了枣树？是小粉红花自己告诉了枣树？这些内容并没有直接写出来，读者不可知道。不过，枣树与小粉红花同样植根于大地，植根于大地的树木花草都要经受一年四季寒暑的变化。枣树这么高大，肯定已经经历过多个寒暑的历练，懂得了"生"的道理。枣树以树木花草在植物上同类的身份，以及自己对"生"的领悟，有可能在无其他任何信息的情况下，"知道"小粉红花的梦。小粉红花的"梦"，根本上是生存之梦。因此，枣树与小粉红花在渴望"生"的意义上，是同气相求的。

至此，天空意象群与大地意象群之间"无声的对抗"得以上演：一边是天空、星星和月亮，其中心力量是天空；一边是枣树和小粉红花，其中心力量是枣树。场景如下：

> ……最直最长的几枝，却已默默地铁似的直刺着奇怪而高的天空，使天空闪闪地鬼䀹眼；直刺着天空中圆满的月亮，使月亮窘得发白。
>
> 鬼䀹眼的天空越加非常之蓝，不安了，仿佛想离去人间，避开枣树，只将月亮剩下。然而月亮也暗暗地躲到东边去了。而一无所有的干子，却仍然默默地铁似的直刺着奇怪而高的天空，一意要制他的死命，不管他各式各样地䀹着许多蛊惑的眼睛。

枣树的干子因为落尽了叶子，毫无牵累，欠身很舒服。鲁迅用"默默地铁似的直刺着"形容枣树对天空的抵抗。"默默地"用拟人的手法凸显枣树态度的坚定；"铁似的"用比喻的方式凸显枣树树干的坚硬与强力;"直指"用白描的方法凸显枣树方向的明确,由此呈现了枣树抵抗天空的刚强意识与战斗姿态。当月亮窘得发白而且躲藏的时候,天空"闪着鬼睒眼"以"蛊惑"枣树,但枣树已然识破其伎俩,不为所动,"仍然默默地铁似的直刺着奇怪而高的天空,一意要制他的死命"。语句的重复刻画了枣树坚定的意志。

就枣树的形象而言,全文的前半篇已经写完。至此,枣树的战斗雄姿已经跃然纸上,这种对"生"守护的昂扬精神令人佩服。但那"哇的一声"打断了夜看者的夜思,因而在结构上转入文章的后半部分——房内看虫。这一部分,"我"主要看小飞虫扑火的情景,仿佛与枣树无关。文章通过两条线索继续了对枣树的思索,一条是通过"吃吃地"笑声引发出对枣树战胜天空的担忧;一条是通过接续着小粉红花的小飞虫的无端扑火死亡的情景,暗示着枣树的"生"与小飞虫的"死"的对照。

鲁迅写自己发出的"笑声",采用的是"间离"手法,即并不直接写出"吃吃地""笑声"是"我"发出的,而写"我"听到"吃吃地""笑声"。这样就误以为笑声是别人发出的。"吃吃地"笑声,是那种压抑而且断断续续的笑声。如果是放声大笑,那样以为是发疯的笑。"我"何以会发出"吃吃地"笑声?上文显示:枣树和天空的对抗中,枣树"一意要制他的死命";月亮很窘,躲起来了。这一切显示,枣树仿佛是胜利者。诚然,读者不应该怀疑枣树与天空战斗的坚定意志。但是问题来了:枣树真会胜利么?天空那么高,月亮那么高;而枣树扎根在大地中,无法脱离大地。因此,枣树那制天空死命的一击永远不可能实现。既然如此,胜利又如何可能呢?"我忽而听到夜半的笑声",那"忽而"表明"我"的情绪发生了变化,这就是对枣树的胜利发生了怀疑。这样就可以合理理解"我也即刻被这笑声所驱逐"中的"驱逐"一词。"驱逐"即驱赶，使之离开，暗含着不一。"吃吃地"笑声暗含的怀疑使得"我"无法继续完成枣树对天空战斗的想象了，因此通过转移场地而截断想象就最为合理。在观看小飞虫的过程中，"我又听到夜半的笑声；我赶紧砍断我的心绪"，这利索的"砍断"表明"我"想继续着对枣树"生"的状态的思考，但又无法继续下去。那"哇的一声"在打断"我"夜思的意义上，是为"恶"；在避免"我"的夜思陷入困顿的意义上，不失为一种"恶意"的善。

"我"转入房内后，观看小飞虫为主。与枣树的静态形象相比，小飞虫是活动的，飞翔的。小飞虫在意象群的意义上，可以归入大地意象群。虽然小飞虫与小粉红花有着动物与植物的类别之分，但是就生存来看，小飞虫与小草小花是"命运共同体"，即小飞虫依靠花草树叶的环境得以生存，花草却又常常依靠小飞虫的传粉授精得以保种。在意象群的意义上，小粉红花做着瑟缩的梦，而小飞虫却付之于行动。小飞虫撞得玻璃窗丁丁地响，撞得玻璃灯罩丁丁地响。小飞虫的行动特点是"撞"，甚至"乱撞"。"撞"往往意味着缺失理智、缺失准备与缺失方向感。实际上，小飞虫是有方向的，即"火"的方向。它们在靠近"火"的道路上却是慌不择路，鲁莽行事的。结果"一个从上面撞进去了，他于是遇到火，而且我以为这火是真的"。小飞虫只知道"火"是光明的，而不知道"火"能烧死自己，这就显示出小飞虫没有辨别善恶与敌我的能力。因此"我""默默地敬奠这些苍翠精致的英雄们"，心情是十分矛盾的：一方面，"我"对小飞虫大胆行动、不屈不挠的品格欣赏称赞，所以称它们为"苍翠精致的英雄们",同时对于它们的死亡,也怀着一份敬意;另一方面,"我"对小飞虫的缺乏理智的鲁莽行为以及不明就里的死亡,暗含着深深的惋惜。孙玉石先生把这个问题提升为"反抗者的自身生命价值"的哲学问题,很有见地。①

于是,小飞虫的"死"与枣树的"生"形成对照,"我"对此如何看待?"我"并无直接的评判,只是显露它们的状态。枣树扎根于大地,保持战斗的姿态,虽然无法与天空直接交战,使得他那致其死命的一击永远无法实现,但因其决绝的战斗姿态,也足以给天空以威慑的力量。这是"我"所欣赏与赞同的,然而这种意志与姿态因其无法转化为行动,又使得"我"产生了一种无法言明的担忧、怀疑与怅惘。小飞虫见光明而勇往直前,义无反顾,精神可嘉;可是行为莽撞,其死意义不大,又可叹可惜。因此,对战斗姿态的"生"与不明不白的"死"的合体思考,成为了《秋夜》的主题向度。

三、重复的单调:寂寞情绪的舒缓表达

《秋夜》的开头的"枣树语句"中"还有一株……"这个结构给人一种期待视野,即预设了与"一株枣树"不一样的树。但"也是枣树"打破了这种期待,因为仍然是枣树。这一重复结构,给人一种"原来还是枣树"的判断,这就很单调。这种单调是否有某种意义?试比较一下:

---

① 孙玉石:《现实的与哲学的——鲁迅〈野草〉重释》,上海:上海书店出版社,二〇〇一年,第25页。

在我的后园，可以看见墙外有两株枣树。

所造之句所表达的指称意义与原句所表达的基本相同，都是说从"我"的后园往墙外看，可以看见墙外有两株树，都是枣树。所造之句比《秋夜》原句更简练干脆。不过，这个简练干脆的所造之句缺乏原句的两种东西：一是重复的单调，一是节奏的舒缓。重复的单调暗示了寂寞的心情，节奏的舒缓显现了理智的从容。这是《秋夜》的语调特质。语调这个概念在语言学界也有不同看法，在此不做介绍。在文学作品中，语调大致可做如下理解：语调是以字的声调、变调、声音的轻重、长短、快慢、高低以及停顿、语气等组合而成的声音系统，同时也是表示认知和情感的声音系统。说它是声音系统，不一定十分准确，因为语调中也包括停顿，但整体是声音系统。语调跟情绪的波动和情感的内涵特别密切。一篇文学作品，尤其是散文和抒情诗，它的情感倾向往往非常鲜明。笔者把《秋夜》开头的这种语调命名为"枣树语调"。

要理解这种语调特质，有必要回到鲁迅写作《秋夜》时的个人心境。

爱情的力量是强大的，有时能成就一个人，有时能毁灭一个人。鲁迅与朱安之间没有爱情，只是一场封建式的包办婚姻。鲁迅把朱安看作是他母亲送给他的礼物，至于这礼物是否是他所喜欢的，他母亲并没有考虑在内。在这场婚姻内，朱安是受害者，鲁迅也是受害者。在鲁迅与许广平谈恋爱之前，两人所受的痛苦可以说是一样的。鲁迅是洁身自好的。他与朱安没有爱情，但是在北京教育部做事，朱安等人不在身边的多年内（一九一二至一九一九），没有传出鲁迅有啥风流韵事。鲁迅把生命的热情与力量转化为抄古碑、搞考证等事情上。等到他动笔写了《狂人日记》后，就把生命的热情与力量转化为新文学的提倡，实践他早年"弃医从文"改造国民性的理想。

鲁迅参与《新青年》的编辑，与陈独秀、胡适、钱玄同、刘半农和周作人一起提倡新文学和新文化。白话文的自由表达拯救了那个在绍兴会馆寂寞的周树人，催生了"鲁迅"。鲁迅虽然抱着"铁屋子"不能打破的心态参与新文学的提倡，但是一旦进入状态，他是很兴奋和非常投入的。小说集《呐喊》中的篇章，以及他在《新青年》"随感录"栏目发表的杂感，都具有"呐喊"的特质；而且，鲁迅还有新诗创作以及诸多的翻译作品，可谓全面开花。可惜的是《新青年》阵营因为陈独秀参与现实政治活动等原因而迅速走向解散。鲁迅又一次感到寂寞了："寂寞新文苑，平安旧战场。两间余一卒，荷戟独彷徨。"鲁迅自比为彷徨于"新""旧"之间的小卒，可见一种散兵游勇式的孤独与寂寞。有人常常把鲁迅誉为孤独的斗士，其实鲁迅内心是渴望团队奋斗的。好在即使《新青年》阵营解散，鲁迅彷徨中也还是"荷戟"彷徨，没有放下自己的武器，而且还有兄弟周作人一起作战。

从周作人早年的日记可以看出，至少从一八九八年鲁迅去南京求学开始，两人在求学的事情上可谓一前一后，弟从兄路。一九〇九年两人合译的《域外小说集》出版，却只署名周作人译。一九一八年周作人被北京大学聘请，也有鲁迅推荐之功。在新文学阵营中，周氏兄弟并肩作战，配合默契。周作人撰写理论文章，提出"人的文学""平民的文学"等新潮观念；鲁迅则主攻小说创作，

《狂人日记》等一篇篇问世。两人个性不同,今天看来鲁迅适合小说创作,周作人适合提倡理论。但是也不能忘记,鲁迅早年撰写的《摩罗诗力说》《文化偏至论》等文显示了鲁迅敏锐的理论意识。我的猜想是两人在新文学提倡时期,大致有分工,鲁迅主攻小说,周作人主攻理论,杂感和翻译则两人一起进行。由于两人在新文学初创时期独特的贡献,人称"周氏兄弟"。这是二十世纪中国文学史上的优质品牌,而优质品牌是不容易获得的。这时候的周氏兄弟的关系倒像《秋夜》开头中的这两株枣树,并肩发展,各自独立,合则一体,分则成为两个一体。可惜的是,一九二三年七月十九日,鲁迅与周作人两人失和。周氏兄弟失和在二十世纪的中国文学史上成为独特的事件,其原因至今成谜,其影响无法确证。

爱情仍然缺如,志同道合的阵营已然解散,兄弟怡怡之亲情突遭溃败,这对鲁迅的打击无疑非常沉重,其心情的孤寂一般人想象不到。兄弟失和后鲁迅搬离八道湾,另买西三条胡同居住,远离是非者,也是一种平息。鲁迅大病一场,也许化解了失和的困惑,采取顺其自然的态度。此时的鲁迅毕竟不是那种一遇挫折就沉沦或者愤怒的人。他坚强的理智把控了这种孤寂的心情,能相对平和地面对兄弟失和的局面以及周边的环境,最为可贵的是把此升华为一种诗学的表达。

"枣树语调"是《秋夜》的基本语调,关于"小粉红花的梦"的表达语句很鲜明地体现了"枣树语调"的特征。

> 她在冷的夜气中,瑟缩地做梦,梦见春的到来,梦见秋的到来,梦见瘦的诗人将眼泪擦在她最末的花瓣上,告诉她秋虽

然来,冬虽然来,而此后接着还是春,蝴蝶乱飞,蜜蜂都唱起春词来了。

这句话比较长,压缩后成为"她……做梦,梦见……梦见……梦见……"的结构,但是鲁迅的语句构造很有特色。从语句长短看,四个小短句,接一个长句"梦见瘦的诗人将眼泪擦在她最末的花瓣上";接着又是四个小短句加一个较长句"蜜蜂都唱起春词来了"。这样短长交错相间,轻重疾徐有度。另外加上"梦见""到来"等词语的反复出现、单音节词语与双音节词语的交替使用,给人音韵上的错落有致之美。第四段写枣树对峙天空之前,又写到了小粉红花的梦:

他知道小粉红花的梦,秋后要有春;他也知道落叶的梦,春后还是秋。

如果只有前一个分句,在语调上就有点急促。但是加上后一个分句,不仅形成对称结构,而且在语调就舒缓多了。临近文末再次写到小粉红花的梦:

猩红的栀子开花时,枣树又要做小粉红花的梦,青葱地弯成弧形了……。

《秋夜》最后一句也是典型的例证:

我打一个呵欠,点起一支纸烟,喷出烟来,对着灯默默地敬奠这些苍翠精致的英雄们。

最后一段写了"我"一连串的动作——打、点、喷、对，但是没有给人急迫匆忙之感。三个小分句加一个长句的结构中，长句起到了舒缓功能。"敬奠"本来就是很寂静的事情，长句的舒缓加深了"敬奠"的寂寞心情。

"枣树语调"是《秋夜》的基本语调，抵达鲁迅精神上的孤寂之境，但态度从容舒缓，显示出鲁迅虽然在感情上遭受多重打击，却能理智把控，对如何"生"如何"死"的大问题进行思考。

结　语

学者们在整体论述《野草》的时候常常会出现两种情形，一种很重视《秋夜》在《野草》中的首篇功能，一种是常常忽略《秋夜》作为首篇的功能。李欧梵先生的《铁屋中的呐喊》给了《秋夜》很高的评价：《秋夜》是"鲁迅散文诗召唤力的最好说明"[①]，"以夜和梦的情绪为背景的《秋夜》是《野草》中最适宜的将读者引入集子的首篇"[②]。相对说来，存而不论的情况更多一些。汪晖先生把《野草》"当作一种思想性著作、一种完整的人生哲学体系去阐释"[③]，因

---

① 李欧梵：《铁屋中的呐喊》，尹慧珉译，长沙：岳麓书社，一九九九年，第106页。
② 同上书，第107页。
③ 汪晖：《反抗绝望——鲁迅及其文学世界》，石家庄：河北教育出版社，二〇〇二年，第162—163页。

而把鲁迅对于人生的思考归结为"起源于一种根本性情绪：深刻的焦虑与不安——一种找不到立足点而漂浮于空中的惶惑心态"①。这一解释在整体把握《野草》上也许是合适的，但不太符合《秋夜》这篇作品的情绪基调；这一判断如果是从《影的告别》开始就很恰当。郜元宝先生在《〈野草〉别解》（二〇〇四）一文中，对《题辞》《墓碣文》《影的告别》《复仇》《复仇（其二）》《求乞者》诸篇都有深入分析，但是没有论及《秋夜》。②陈思和先生在《试谈〈野草〉的先锋意识》中提出了《野草》的先锋意识是先否定外在世界，然后否定自己，经过双重否定后塑造了自我形象，这一自我形象因此而得永生。③这些研究确实捕捉到了《野草》的精髓，但有时会产生一个疑问：《秋夜》是《野草》的第一篇文章，发表时就题名"野草 一"，也就是说创作《野草》，在鲁迅的意识中早有考虑，尽管不是那么完整成熟。而《秋夜》的情绪基调却并不具有这种"深刻的焦虑与不安"或者"双重否定"或者"忏悔"过去的生命。因此，肯定有某种东西被批评家忽略。日本学者木山英雄先生在论述《野草》的主体建构的逻辑起点——黑暗的观念时，提出了"明暗之境式的相反相成的"观念结构。④不过，该文首先提出的依据是《野

---

① 汪晖：《反抗绝望——鲁迅及其文学世界》，石家庄：河北教育出版社，二〇〇二年，第163页。

② 郜元宝：《〈野草〉别解》，《学术月刊》二〇〇四年第十一期。

③ 陈思和：《试谈〈野草〉的先锋意识》，《学术月刊》二〇一八年第三期。

④ ［日］木山英雄：《〈野草〉主体构建的逻辑及其方法——鲁迅的诗与哲学的时代》，《文学复古与文学革命：木山英雄中国现代文学思想论集》，赵京华编译，北京：北京大学出版社，二〇〇四年，第26页。

草·题辞》，而不是《秋夜》。尽管有时也可把《野草·题辞》看作是对《野草》的总结，但是毕竟从写作第一篇《秋夜》到写作《题辞》，有间隔三年之久，而且在这三年中鲁迅参与了北京女子师范大学风潮，又有与许广平发生了但还没有最终确定的恋爱，辞职后南下厦门又转移广州中山大学的求职颠簸，这些因素也许影响着《题辞》的创作。木山英雄阐释《秋夜》中"明暗之境"观念图形时，也只是采用了枣树、小粉红花的梦以及天空等意象，而没有顾及《秋夜》后篇"我"转入房间里的夜看与夜思状态。当然，汪卫东先生在《探寻"诗心"：野草整体研究》一书中认为《秋夜》是《野草》的"序"，但是否有这么明确的序言意识，又觉得可疑。[①]

《秋夜》通过"枣树语句"的塑造与铺展，其白话诗学特质为《野草》打底了基本框架与底色："枣树视图"一方面给人视觉的移动，另一方面所形成的"夜思"成为独特的艺术思维方式。这种思维方式，重视具象、思绪活跃、想象奇幻。相对"昼思"而言，"夜思"最大可能地悬置各种俗世图像与声音，因为能直观而纯净地面对自我意识。"枣树意象"显示了鲁迅把生活中日常景物升华为一种诗歌意象的创造力。又通过枣树的"生"与"小飞虫"的"死"的对比，引发出对"生""死"问题的思考：如何"生"，如何"死"，这是人生大问题。《野草》诸篇基本是围绕这个问题展开。"枣树语调"的重复确有单调之处，但其舒缓从容处，内含了鲁迅理智地把握情绪与意识的能力，同时也形成了《秋夜》的美学特质。

[①] 汪卫东：《探寻"诗心"：〈野草〉整体研究》，北京：北京大学出版社，二〇一四年。

《野草》的创作缘起

□ 王彬彬

一

一九二四年九月十五日,鲁迅写了《秋夜》,是为散文诗集《野草》的第一篇。一九二六年四月十日,鲁迅写了《一觉》,是为《野草》的最后一篇。鲁迅为何在这不到两年的时间里,创作了这样一部散文诗集,已有的研究者从时代背景、同时代散文诗创作状况、外国文学影响以及鲁迅本人创作历史等诸方面做了不同程度的阐释。孙玉石的《〈野草〉研究》《现实的与哲学的——鲁迅〈野草〉重释》这两部著作,是这方面的代表性成果。

北洋政府统治下的社会黑暗,被认为是催生《野草》的现实政治原因。李何林出版于一九七三年的《鲁迅〈野草〉注解》,首先论述《野草》产生的社会背景,而开篇第一句便强调,鲁迅在《野草》的《题辞》中说"我自爱我的野草,但我憎恶这以野草作装饰的地面",而这"地面"就是"产生野草的社会背景"①。孙玉石在《〈野草〉研究》中,也对《野草》的产生与时代背景的关系进行了比较

---

① 李何林:《鲁迅〈野草〉注解》(修订本),西安:陕西人民出版社,一九七五年,第1页。

具体的分析。《野草》以《秋夜》始，创作于一九二四年九月十五日，这时候，在江浙发生了齐燮元与卢永祥之间的战争，打了四十天。而九月十五日至十一月三日，张作霖与曹锟、吴佩孚之间进行了第二次直奉战争。冯玉祥趁机发动了北京政变，赶走了曹锟、吴佩孚。段祺瑞重新成为中华民国执政府的总执政。孙玉石强调，从这时候至鲁迅一九二六年八月离开北京，北京在段祺瑞政府宰制下，"陷入了中国近代史上又一个最反动最黑暗的时期"①。

  黑暗的现实是催生《野草》的一种原因，五四时期散文诗创作已颇具声势，则是催生《野草》的另一种原因。鲁迅是现代小说的开山者，但在散文诗创作上却是步他人后尘。据孙玉石考察，中国现代散文诗创作始于一九一八年，而刘半农是最早尝试散文诗创作者。刘半农最初的一批散文诗创作，发表于《新青年》。一九二一年成立的文学研究会，则大力倡导散文诗创作。文学研究会创办的刊物《小说月报》《文学旬刊》等，既开展关于散文诗的理论争鸣、探讨，也发表散文诗创作。文学研究会旗下的许多作家，诸如冰心、朱自清、许地山、王统照、徐玉诺、焦菊隐、王任叔、徐雉、孙俍工等，都有散文诗创作发表，而《语丝》《狂飙》等刊物也发表了孙福熙、章衣萍、高长虹等人的散文诗作品。②以往的研究者，只是把同时代文坛上的散文诗创作状况，视作《野草》出现的一种文学背景，意在强调鲁迅是在这样一种文学氛围中创作了《野草》的。

---

  ① 孙玉石：《〈野草〉研究》，北京：北京大学出版社，二〇一〇年，第3页。
  ② 孙玉石：《〈野草〉研究》，北京：北京大学出版社，二〇一〇年，第230—231页。

日本九州大学的秋吉收副教授新近出版的研究鲁迅《野草》的专著《鲁迅——野草与杂草》，则在更深层次上阐释了《野草》与同时代散文诗创作的关系。秋吉收专著的第一章是《徐玉诺与鲁迅》，在细致地探究了徐玉诺与鲁迅的关系后，秋吉收指出鲁迅《野草》中的不少篇什，在主题思想、遣词造句等方面都模仿了徐玉诺的某些散文诗作品。①秋吉收摘取两人作品中片言只语进行对比，从而得出鲁迅的《野草》仿效了徐玉诺散文诗的结论。这样的结论要让人信服，并不容易。

但鲁迅的《野草》是明显仿效了一些外国作家的。散文诗是一种外来品种。先有对外国散文诗的翻译介绍，后有中国现代散文诗创作的产生。既然中国现代散文诗总体上便是外来影响的产物，鲁迅的散文诗创作当然也不可能例外。李万钧的论文《论〈野草〉的外来影响与独创性》，对《野草》所受外来影响有清晰的说明。鲁迅创作《野草》时，明显仿效了屠格涅夫等外国作家，《野草》蕴含的思想，则与尼采多少有些相通。李万钧还指出了日本的文艺理论家厨川白村对鲁迅的影响。鲁迅在创作《野草》的同时，也在翻译厨川白村的《苦闷的象征》和《出了象牙之塔》。厨川白村认为，生命力受压抑而产生的苦闷懊恼，乃是文艺产生的根本原因，而表现这种苦闷懊恼的方法，则是广义的象征主义。鲁迅是比较认同这种观点的。在《苦闷的象征》中，厨川白村还用很大篇幅论述了文艺创作中的梦幻情境，强调梦境与人类内心情感、欲望的深切关系。这些都深刻地影响了鲁迅。鲁迅在创作《野草》时大量运用象征手法，

---

① ［日］秋吉收：《鲁迅——野草与杂草》，福冈：九州大学出版会，二〇一六年，第33—40页。

频频写梦，都与厨川白村有关。李万钧更指出，《野草》中的《聪明人和傻子和奴才》明显受了《出了象牙之塔》之七"聪明人"和之八"呆子"的启发。①这样的看法是言之成理的。

《秋夜》是《野草》之始，但却并不是鲁迅散文诗创作之始。早在一九一九年八月十九日至九月九日，鲁迅便在《国民公报·新文艺》上发表了以《自言自语》为总题的一组六篇散文诗，它们是《火的冰》《古城》《螃蟹》《波儿》《我的父亲》《我的兄弟》，这才是鲁迅散文诗创作的尝试。一九一九年的《自言自语》与一九二四年开始创作的《野草》，有明显的渊源关系，《野草》中的《死火》实际是《自言自语》中《火的冰》的重写；《野草》中的《风筝》则是《自言自语》中《我的兄弟》的重写。②

尽管研究者从多个方面对《野草》出现的原因做了论述，但还是有些问题值得一说。

二

在《月夜里的鲁迅》一文中，我曾说：《野草》写于一九二四年九月十五日，查万年历，这一天是农历八月十七，中秋后的两天，应该有很好的月亮，只不过月出稍稍迟一点；这一晚，鲁迅送走了来访的客人，提笔写《秋夜》，而时间已经不早，一轮圆月已在空

---

① 李万钧：《论〈野草〉的外来影响与独创性》，《鲁迅与中外文学遗产》，福州：海峡文艺出版社，一九八五年，第172—184页。
② 参见孙玉石：《〈野草〉研究》，北京：北京大学出版社，二〇一〇年，第243—244页。

中;所以,《秋夜》中枣树的树枝"直刺着天空中圆满的月亮",其实是当夜的写实。① 不过,如果把《秋夜》视作写实,也有难以解释之处。应该说,《秋夜》是写实与想象的融合。在阐明这一点之前,我想先指出:长期以来,《秋夜》中描述的情境,在研究者心目中是并不很清晰的;抒情主人公"我"与"野花草"和"枣树"的空间关系,在研究者眼中是有些模糊的。"在我的后园,可以看见墙外有两株树,一株是枣树,还有一株也是枣树"。这是《秋夜》奇特而著名的开头。有的研究者解释说:

> 这里的枣树是全篇传达作者情绪的主体性的形象。它既是鲁迅生活的现实中自然景物的真实写照,当时鲁迅所住的居所确然存在着两棵枣树;同时又是全篇主要揭示的孤独的战斗者精神世界的一种艺术象征。作者没有直接地说"我家的后园有两株枣树",而是用了现在的这种类似繁琐重复和非同寻常的表现方法,是有他表达思想的特别意图的。②

《秋夜》里说的是"可以看见墙外有两株树",怎能变成"后园有两株枣树"?这两株枣树是长在"我"的后园的墙外,并不属于园内的景物。当研究者认为可以说成"后园有两株枣树"时,是把这两株枣树想象成园中景物的一部分了。在《秋夜》中,"我的后园"里只有在繁霜欺凌下瑟缩着的"野花草",战士一般的枣树是在园外。两

---

① 王彬彬:《月夜里的鲁迅》,《文艺研究》二〇一三年第十一期。
② 孙玉石:《现实的与哲学的——鲁迅〈野草〉重释》,北京:北京大学出版社,二〇一〇年,第17页。

株枣树是在小院里还是在院墙外,是并非可以忽略的差别。

确实可以试着回到鲁迅写作《秋夜》的现场。

一九二三年八月二日,鲁迅搬出与周作人共居的八道湾寓所,迁往租居的砖塔胡同六十一号。① 同时开始四处看房,拟购新宅。一九二三年十月三十日,买定阜成门内三条胡同廿一号。② 一九二四年五月二十五日,由砖塔胡同迁居装修好了的西三条胡同新居。③《野草》就是在西三条胡同写的。

西三条胡同第廿一号原是很破旧的小院,鲁迅买定后进行了改建,改建费超过了购房费④。这座小院,北房堂屋向后接出一小间房子,拖到三间北房后面,像拖条尾巴,鲁迅即居此小屋,并戏称为"老虎尾巴"。鲁迅睡觉和工作都在此室。小室北面是两扇大玻璃窗,占了整个墙面,而窗外,是一个小小的后院,院内有一眼水井和几株小树。许寿裳《亡友鲁迅印象记·西三条胡同住屋》中说:

> 望后园墙外,即见《野草》第一篇《秋夜》所谓"在我的后园,可以看见墙外有两株树,一株是枣树,还有一株也是

---

① 这一天日记有"下午携妇迁居砖塔胡同六十一号"的记载,见《鲁迅著译编年全集》之伍,北京:人民出版社,二〇〇九年,第77页。

② 这天日记有"午后杨仲和、李慎斋来,同至阜成门内三条胡同看屋,因买定第廿一号门牌旧屋六间,议价八百"的记载,见《鲁迅著译编年全集》之伍,北京:人民出版社,二〇〇九年,第92页。

③ 这天日记有"晨移居西三条胡同新屋"的记载,见《鲁迅著译编年全集》之伍,北京:人民出版社,二〇〇九年,第213页。

④ 一九二四年一月十五日日记:"与瓦匠李德海约定修改西三条旧房,工直计泉千廿。"见《鲁迅著译编年全集》之伍,北京:人民出版社,二〇〇九年,第149页。

枣树"①。

许钦文在《老虎尾巴》中也回忆说：

> 象在《野草》的《秋夜》上写的，后园有着许多花木和虫鸟。"在我的后园可以看见墙外有两株树，一株是枣树，还有一株也是枣树"。这已成为大家爱诵的句子。"哇的一声，夜游的恶鸟飞过了"。"后窗的玻璃上丁丁响，还有许多小飞虫乱撞"。从北窗到后园，连晚上都很热闹的。②

鲁迅一九二四年九月十五日日记："昙。得赵鹤年夫人赴，赙一元。晚声树来。夜风。"③这一天白天是阴天。"赴"即"讣"，得到赵鹤年夫人的死讯，赙金一元。晚上，有客人来访。客人走后，时候已很不早了。日记特意记述"夜风"，说明风刮得不小，而不小的风当然能吹散阴云，于是夜空很蓝。俗云"十五的月亮十六圆"，有时候则是十七这天最圆，农历八月十七的月亮，当然是很大很圆的。送走客人后，鲁迅推开书房兼卧室的"老虎尾巴"的后门，走到后院。在十分明亮的月光下，鲁迅先是抬眼看见了院墙外的一棵枣树，又一棵枣树；然后仰观天象，看见了蓝得有几分怪异的天空；看见

---

① 许寿裳：《亡友鲁迅印象记》，《鲁迅回忆录》(专著)上册，北京：北京出版社，一九九九年，第260页。
② 许钦文：《老虎尾巴》，见《鲁迅生平史料汇编》第三辑，天津：天津人民出版社，一九八三年，第62页。
③ 见《鲁迅著译编年全集》之伍，北京：人民出版社，二〇〇九年，第277页。

了稀疏的几十颗星星在诡异地眨眼。鲁迅又低下头,看见了院里的野花野草。野花草在有些寒意的夜里,显得有些柔弱可怜。鲁迅于是又抬头看枣树,这回看得更仔细,他看见枣树身上最直最长的几支,利剑般刺向天空。这时候,一只夜游的鸟发出一声怪叫从头顶飞过……此情此景,令鲁迅心中涌出丰富而复杂的感受,鲁迅有了强烈的创作冲动,于是转身回到室内,写下了《野草》中的第一篇《秋夜》。

我认为,《秋夜》很大程度上是当夜的写实,而《秋夜》中的"我",也就是鲁迅自己。粗读《秋夜》,容易想象成"我"是在书桌前看见后园外的两棵枣树,看见天空的"非常之蓝",看见枣树的树枝直刺天空,看见月亮逃跑似地躲开枣树……但情形并非如此。鲁迅,或者说"我",是站在后院看见院里院外、天上地下的种种,有了无限感慨,才回到室内,一气写下了《秋夜》。这一层,《秋夜》里是说明了的:"夜半,没有别的人,我即刻听出这声音就在我嘴里,我也即刻被这笑声所驱逐,回到自己的房。灯火的带子也即刻被我旋高了。"鲁迅,或者说"我",是在深夜的院里站了许久后才回到房里,这一点往往被人忽略。

三

然而,如果认为《秋夜》的景物描写完全是当夜的写实,却又有明显的说不通之处。《秋夜》中,秋,已经很深了,已经深得见底了。蓝得怪异的天空对着园中的野花草恣意地洒下繁霜:"我不知道那些花草真叫什么名字,人们叫他们什么名字,我记得有一种开过极细小的粉红花,现在还开着,但是更极细小了,她在冷的夜气中,瑟缩地做梦,……她于是一笑,虽然颜色冻得红惨惨地,仍然瑟缩着。"还有,"枣树,他们简直落尽了叶子"。这显然不可能是写作《秋夜》当夜的景象。中秋节前后的北京,气候还远没有进入深秋。气象资料显示,北京的农历八月,白天平均气温是摄氏二十六度,如果是晴天的正午,还会有些许炎热感;夜晚平均气温也有摄氏十五度,虽然有些凉意,但也不至于有寒冷之感。北京无霜期近二百天,初霜时间通常在农历的九月底。所以,鲁迅写作《秋夜》的农历八月十七日,北京还决不可能有繁霜洒下;地上的野花草还决不可能在寒冷中瑟缩、发抖;枣树也决不可能已经落尽叶子、单剩干子。如果说那一夜,鲁迅的确站在后院看天、看地、看树,并且在有所感后写下了《秋夜》,那他写下的,就是亦真亦幻的景象,是现实与想象的融汇。

怎样理解鲁迅在并不可能有霜的夜里感到了严霜,在并不寒冷的夜里感到了寒冷,这可以有两种解释。一种解释是,这表现的是鲁迅心理的真实。虽然自然界并未进入寒秋,但鲁迅站在那里,却感到有阵阵寒意袭来;"更极细小"了的、"瑟缩地做梦"的、"冻得红惨惨"的,并不是园中的野花草,而是鲁迅自己;还算得上是葱郁的枣树却落尽了叶子,也是鲁迅的幻觉。鲁迅把自己的主观感受投身到天空、枣树、园中的野花草身上,又把用自己的主观感受重塑过的这些景物写在了纸上。另一种解释是,鲁迅写的是预感中的景象,是即将到来的现实。虽然天空还并没有繁霜洒下,但很快就会有风刀霜剑降临人间;虽然枣树还在勉强地葱郁着,但很快就会叶子落得一片也不剩;虽然园中的野花草还显出生机,但很快就会瑟缩、颤抖、凋零。鲁迅预先写下了它们必然会有的命运。

至于鲁迅为何把并不寒冷的夜写得寒气袭人，原因当然并不会简单。但时代、社会的混乱、黑暗，的确可视作原因之一种。

《野草》萌生于一九二四年。而一九二四年，在中国近现代史上，是转折性的一年。不是从安定转向混乱，而是从混乱转向更混乱；不是从光明转向黑暗，而是从黑暗转向更黑暗。当时的《国闻周报》发表评论说："民国十三年，战乱相寻，杀戮无穷，百业凋敝，民不聊生。"① 罗志田、杨天宏等人合著的《中华民国史》（一九二四至一九二六），也反复强调了一九二四年的历史转折性特征。该书以这样一句话开篇："一九二四年春至一九二六年夏是近代中国政治发生重要转变的时期。"② 而鲁迅的《野草》正创作于这期间。北方和南方的政治军事力量的较量在这期间表现出十分复杂的态势，力量的对比急剧变化着。一九二三年秋，曹锟以贿选当上总统，是造成政治军事局势发生重大变化的直接原因。各路军阀分分合合，相互忽敌忽友，整个中国都陷入战乱中。局势的变化从一九二四年年初便开始，各种力量的冲突到了《野草》萌生的九月，便发展到必须战场厮杀的地步。九月三日，江浙战争爆发；紧接着，九月十五日，也就是鲁迅执笔写《秋夜》的这天，第二次直奉战争爆发。一九二四年爆发的军阀混战，在对黎民百姓的祸害方

---

① 天生：《外交与内乱》，《国闻周报》第一卷第十九期，转引自罗志田、杨天宏等人所著《中华民国史》第五卷，北京：中华书局，二〇一一年，第61页。

② 罗志田、杨天宏等人所著《中华民国史》第五卷，北京：中华书局，二〇一一年，第1页。

面，较以前有了飞跃性发展，这首先因为双方使用的武器都飞跃性地进步了。一九二四年八月三十日，曹锟命令"装配全部飞机，准备作战"①，于是，飞机作为一种作战武器出现在了第二次直奉战争爆发后的中国空中。"第二次直奉使用了当时最先进的作战手段而且规模宏大，给社会造成的灾难空前严重"②。当时的记者有这样的哀叹："此次东南东北之战事，杀人盈野，耗财千万，历时及两月，牵动遍全国。人民穷于供应，输卒毙于转徙，加以战地人民财产之丧害，与商业交通机关之损失，综其总数，殆不下数亿万元，元气斲丧，非一二十年不能恢复。"③

正因为飞机作为作战武器出现在了北京的上空，所以它也就出现在了鲁迅的《野草》里：

> 飞机负了掷下炸弹的使命，像学校的上课似的，每日上午在北京城上飞行。每听得机件搏击空气的声音，我常觉到一种轻微的紧张，宛然目睹了'死'的袭来，但同时也深切地感着'生'的存在。
>
> 隐约听到一二爆发声以后，飞机嗡嗡地叫着，冉冉地飞去了。也许有人死伤了罢，然而天下却似乎更显得太平。窗外的

---

① 韩信夫、姜克夫主编《中华民国史大事记》第三卷，北京：中华书局，二〇一一年，第2010页。

② 罗志田、杨天宏等人所著《中华民国史》第五卷，北京：中华书局，二〇一一年，第40页。

③ 诚公：《国人对时局应具之感觉》，《国闻周报》第一卷第十六期，转引自罗志田、杨天宏等人所著《中华民国史》第五卷，北京：中华书局，二〇一一年，第40—41页。

白杨的嫩叶,在日光下发乌金光;榆叶梅也比昨日开得更烂漫。收拾了散乱满床的日报,拂去昨夜聚在书桌上的苍白的微尘,我的四方的小书斋,今日也依然是所谓"窗明几净"。

这是《野草》最后一篇《一觉》开头的两段。飞机嗡嗡、炸弹爆炸的世界,与自己身边的太平、明净形成对比,而身边小小天地的太平、明净,显得那样虚幻。

四

鲁迅本来就对中国社会满怀悲愤。到了一九二四年九月,在鲁迅眼里,不仅仅是北京,而是整个中国就如一座地狱。各路军阀、各种力量的争战,无非是在争作地狱的主宰者。《野草》中的《失掉的好地狱》,正是对中国社会现状的隐喻。在写于一九三一年十一月五日的《〈野草〉英文译本序》中,鲁迅说:"所以,这也可以说,大半是废弛的地狱边沿的惨白色小花,当然不会美丽。但这地狱也必须失掉。这是由几个有雄辩和辣手,而那时还尚未得志的英雄们的脸色和语气所告诉我的。我于是作《失掉的好地狱》。"①

《野草》是一丛长在地狱边沿的小花,是鲁迅面对地狱的感受。现在我们回到一九二四年九月十五日深夜写作《秋夜》的现场。那一夜,鲁迅走出小小的卧室兼书斋,站在后院,看着世界,仿佛置身于地狱的边沿。虽然节令并不寒冷,但鲁迅却感到了逼人的寒峭,

---

① 鲁迅:《〈野草〉英译本序》,《鲁迅著译编年全集》之拾叁,北京:人民出版社,二〇〇九年,第348页。

于是，天空仿佛降下了繁霜；野花草仿佛苦苦挣扎、瑟瑟发抖；枣树的叶子也仿佛被寒风掳光，只剩光秃秃的枝子。《秋夜》中这样写天空："他的口角上现出微笑，似乎自以为大有深意。"这当然是一种主观感受。《秋夜》又有这样的表达："我忽而听到夜半的笑声，吃吃地，似乎不愿意惊动睡着的人，然而四周的空气都应和着笑。夜半，没有别的人，我即刻听出这声音就在我的嘴里"，这也当然是一种幻觉。所以，天空降下繁霜、野花草冻得发抖、枣树落尽叶子，也可以作如是观。

还有一种解释，就是此刻虽然还并不寒冷，此刻虽然枣树还勉强葱郁着、野花草还勉强红绿着，但很快，北风就会刮起，繁霜就会降下。这与人间世界的步调是一致的。人间的世界也将越来越凄惨、越来越血腥。总之，仿佛站在地狱边沿的鲁迅，切实地感到了寒冷，或者真切地预感到了寒冷，才在其实并不寒冷的夜里，写出了寒夜的景象。

在一九二四年九月十五日深夜写下《秋夜》之前，鲁迅应该并没有创作一部散文诗集的打算。九月十五日写了《秋夜》，九月二十四日写了《野草》中的第二篇《影的告别》和第三篇《求乞者》。《秋夜》发表于十二月一日出版的《语丝》周刊第三期，写作日期与发表日期相距两个半月；《影的告别》《求乞者》同时发表于十二月八日出版的《语丝》周刊第四期，这二篇的写作日期与发表日期也同样相距甚久。《语丝》是鲁迅参与创办的刊物，鲁迅的文章，一般是来了便立即发表的。《野草》中的篇什，都发表于《语丝》周刊，而从第五篇《复仇》开始，写作日期与发表日期通常都相距一周左右。《希望》写于一九二五年一月一日，发表于一月十九日出版的《语丝》周刊第十期,写作日期与发表日期相距了十八九天,这就是相距最长的。从第五篇《复仇》开始,写作日期与发表日期相距一两个月的情形再没有出现过。

《语丝》创刊号出版于一九二四年十一月十七日,这当然意味着《秋夜》等最初的篇什不可能一写出便在《语丝》发表。但是,从最初的几篇写出到《语丝》创刊,也有不短的时间。这期间,鲁迅不断在《晨报副刊》《京报副刊》《小说月报》一类报刊上发表创作和翻译。这意味着,《秋夜》于九月十五日写出后,鲁迅把它放进了抽屉,没有马上外投。同样,九月二十四日连写了《影的告别》《求乞者》后,也暂时放进了抽屉。与《影的告别》《求乞者》同时发表于《语丝》周刊第四期的,还有《我的失恋》。《我的失恋》篇末注明写于一九二四年十月三日,但本来是要在《晨报副刊》发表的,正是《我的失恋》导致了《语丝》的创刊。鲁迅在写于一九二九年十二月二十二日的《我和〈语丝〉的始终》中说,《我的失恋》写好后交给《晨报副刊》编辑孙伏园,稿子已经发排,但代理总编辑却趁孙伏园外出而到排字房把《我的失恋》抽去,孙伏园愤而辞职,便有了创办《语丝》之议。①

《语丝》是孙伏园与鲁迅等人共同创办的周刊,编辑第一期时,当然是很缺稿子的,而鲁迅作文也是义不容辞的。在《语丝》创刊号上,鲁迅发表了两篇文章:《论雷峰塔的倒掉》和《"说不出"》。《论雷峰塔的倒掉》写于一九二四年十月二十八日,其时《语丝》创刊号已在征稿,此文简直可认为就是为《语丝》创刊号而作。至

---

① 鲁迅:《我和〈语丝〉的始终》,见《鲁迅著译编年全集》之拾壹,北京:人民出版社,二〇〇九年,第346页。

于《"说不出"》，是一篇很短的文章，在《语丝》周刊发表时，没有注明写作日期，也没有作者署名，当属补白性质。此文后来收入一九三五年五月出版的《集外集》。《秋夜》《影的告别》《求乞者》这几篇作品，写好后并没有立即投出去；《语丝》创刊时，鲁迅也没有拿出这几篇作品，而是另外写了《论雷峰塔的倒掉》。这似乎说明，《秋夜》是一时冲动的产物，而《秋夜》写完后，鲁迅感到类似的作品可以写一个系列，所以这第一篇暂不急着投出，因为需要想一想这个系列总体的基调应该如何定夺。应该是在十一月下旬《语丝》要发排第三期稿件时，鲁迅拿出了《秋夜》。《秋夜》发表时，标题是《野草　一　秋夜》。作家零星发表作品的结集，通常是在结集时才起个书名，别人是这样，鲁迅一般也是这样，但《野草》这个书名，却是发表第一篇时就定下了。《秋夜》从写出到拿给《语丝》的这段时间里，鲁迅写一个散文诗系列的想法终于形成，并且把最后结集的书名也想好了。写于十月三日的《我的失恋》，本来只有三段，十二月上旬，《语丝》要发排第四期稿件时，鲁迅加了一段①，与《影的告别》《求乞者》一起拿给《语丝》，三篇同时发表于《语丝》周刊第四期，总标题则是《野草　二～四》。《我的失恋》是有着明显的游戏色彩的，应该说不无油滑意味，与《野草》的总体格调并不十分相符。鲁迅把《我的失恋》也放在《野草》的名目下发表，可能因为这时候，对《野草》总体上应该是一种什么样的艺术风格和思想、情感基调，鲁迅也还没有明确的意识。但此后，在《野草》的名义下，带有游戏和油滑意味的作品就再有没有了。此后

---

① 鲁迅：《我和〈语丝〉的始终》，见《鲁迅著译编年全集》之拾壹，北京：人民出版社，二〇〇九年，第346页。

各篇，在意旨上或许各各不同，但严肃、冷峻、沉郁，则是共同的品质。

至于鲁迅为何一开始就把预计中的散文诗集命名为《野草》，是一个颇费思量却又难以解释的问题。

二〇一七年三月二十四日凌晨

"虚妄"中的力量与理想
——对《野草》主题的一点理解

□ 阎晶明

鲁迅在《野草》里设置下的哲学"坐标",是以"黑夜"为基点的时间轴,以"空虚"为"实有"的空间轴。在这时间与空间的纵横中游动着的,是精神的丝缕在梦境中的奔走,是死亡降临前的氛围张力,以及死亡过后的超现实描写,更多的是黄昏时分和黎明时刻的临界状态。

一、"虚妄"中积蓄的力量

"空虚""虚空""虚无"以及"虚妄",是理解《野草》思想的核心概念。《野草》里使用这些概念,这些概念自身以及相互之间的纠缠,让人理解起来很难。我根据自己的阅读体会强行分析,以为鲁迅在"虚"字上加不同的前后缀,在含义上确也有些区别。

"空虚"可以说是本来有而后变成无的状态。《题辞》上来就先是"充实",然后"感到空虚",接着是"借此知道它还非空虚"。《希望》里连续使用"空虚"也有一个总的前提:"这以前,我的心也曾充满过血腥的歌声:血和铁,火焰和毒,恢复和报仇。"但是,

"而忽然这些都空虚了"。《淡淡的血痕中》也是"不肯吐弃""渺茫的悲苦",因为这样会"以为究竟胜于空虚"。也就是说,"空虚"的同时或之前,总有"充实"和自以为的"有"存在着或存在过,是"充实"的幻灭以及坚守。

"虚空",只是"空虚"二字的颠倒,但它更表示一种本来就没有,从来即是无的空空如也。《影的告别》用它强化"我能献你甚么呢?无已,则仍是黑暗和虚空而已"。也强化一种了无牵挂的落脱,"我愿意只是虚空,决不占你的心地"。这些还都是与心境有关,《复仇(其二)》里的"十字架竖起来了;他悬在虚空中"。更直观地说出了"虚空"的景象。

"虚无",则是一种本以为有而事实上却是无的状态书写,这就是《求乞者》里的"我至少将得到虚无"。"虚无"的可以"得到",使其区别于"空虚"与"虚空"。

"虚妄"则是另一范畴的概念。它更强调个人内心世界之获得感的有无,这种获得感更准确地说是一种自我对事物发展、走向、趋势的把控力的拥有。李何林解释"虚妄"为"佛家语,无实曰虚,反真曰妄。就是既不真,也不实,不真实,不存在"。这里有两个问题,一是"绝望之为虚妄,正与希望相同",是引自匈牙利诗人裴多菲之语,那原文应当不会是一个"佛家语"吧。裴多菲此信多被翻译成"绝望也是骗人的""绝望也会蒙人"。鲁迅本来就是综合了诗人一封信中的普通表白而加以提炼,使之变成一个富有哲理的警句,用北冈正子的说法,这句话事实上已离开裴多菲而独属鲁迅了。就此意义上讲,"佛家语"一说也可以行得通。但"虚妄"的含义如果是"不真实,不存在",那它同虚无、虚空、空虚还区别何在呢?事实上，鲁迅在《希望》里对"虚妄"有过"释义"，即："倘使我还得偷生在不明不暗的这'虚妄'中……"那么，"虚妄"就应该是一种悬置的精神状态，一种处在临界点上的心灵感受。正是在这个意义上，我认可这种观点，即"绝望之为虚妄，正与希望相同"是全部《野草》的核心。

"虚妄"是一种动态，一种情感的动态，思想的动态。"虚妄"是一种幻灭，不是幻灭的结果，而是正处于幻灭的过程当中。它有如箭正离弦，以极有力的姿态出发，但要击中的目标却并不清晰。《野草》几乎就是对这种悬置状态，这种幻灭过程，这种箭正离弦的临界点的尖锐、深刻而极具穿透力的描写。"在不明不暗的这'虚妄'中"的意味深长，是《野草》在艺术上的极致表达。这种悬置，有时候是两种相反事物、情态的冲撞，也有时是二者的并存，它们冲突、交融、交叉，有的在这一过程中形成错位，甚至互相吞并。一幅幅错综复杂的精神图谱，最难将息。《影的告别》里，无论是天堂、地狱、黄金世界，"我"都不愿去，甚至连必须随行的"形"也"不想跟随"了。全篇连续用五个"然而"将影的诉说反转不停，令人炫目。从空间上讲，从"我不如彷徨于无地"，到"我不愿彷徨于明暗之间"，再到"我终于彷徨于明暗之间"，无所归依。从时间上看，除了黑暗和光明，还有黄昏和黎明，所以就有"倘是黄昏，黑夜自然会来沉没我，否则我要被白天消失，如果现是黎明"。句式上的假设、倒装，时序上的明暗不定，一个单调的影被置于无限诡异、游离的状态。在这种悬置、游离、出走的状态下，影做出了最终的决断，那就是要离形而去，然而并不是走向光明，而是沉没于黑暗，那是一个未知的世界，只有一条是肯定的，"我独自远行"，"那世界全属于我自己"。是求生还是赴死？一切未知。

《求乞者》里批判了两种求乞法，他们都有可能是求乞者里的"老油条"，"我"甚至看透了他的声调其实"并不悲哀，近于游戏"，或者装作哑巴，装出求乞的手势。这些怀疑不能让人产生怜悯之心，反而让人烦腻，疑心，憎恶。鲁迅那个时代这样想，当今时代或许更甚。假设在城市的街头，天桥上，地下通道里遇到乞丐，人们的反应应当是以忽略而过为多。这种忽略，大概也源自一种认识，即乞讨不过是乞讨者的一种手段、套路。当然，《求乞者》里的"我"并不完全确定这种怀疑。也因为这种不确定，"我"开始想象"我"会如何求乞？"我"并想不出更高明、更逼真的求乞法，我只能"用无所为和沉默求乞"，那注定是什么也不会得到，但因为"我"对装腔作势、伎俩惯用的求乞憎恶无比，所以虽然同样是什么也不会求得，但，"我至少将得到虚无"。得到虚无？这真是让人绝望，但毕竟"我"能感受到这种虚无的回报，知道它是因为"我"不愿装聋作哑去求得一点什么的结果。正如他对许广平说的，"惟黑暗与虚无乃是实有"。当"我"以求真的态度做求乞之事，从而确定得到虚无的结果时，"我"至少确认了"无所为和沉默"的确无法得到任何"实有"，那么，这个虚无的回报就真的因为被确认而成为实有了。在这个意义上讲，求乞无果的绝望也是虚妄的，因为它证明了将会得到虚无的结果。这是什么道理？这就是"绝望之为虚妄，正与希望相同"。

叙事性较强的《风筝》，或应列入《朝花夕拾》，收入《野草》，实是创作立意决定了的。的确，这仍然是一篇寻求忏悔的散文，《我的兄弟》收尾时虽然也是忏悔无果，却仍然吁求兄弟的原谅，《风筝》却不再乞求这样单向的原谅，因为，"无怨的恕，说谎罢了"。所以，"我的心只得沉重着"。希望得到的忏悔变成了一种虚妄。而且，这种虚妄导致的悲哀，也是"无可把握的悲哀"，它的无解使它注定成为游走于希望与绝望之间，永久地伴随"我"，这才是真正的、彻底的虚妄。

《风筝》是"无可把握的悲哀"，《好的故事》表现的则是美好的无可把握。时间是不明不暗的"昏沉的夜"，"我"在梦中看到或在昏昏欲睡中幻化出故乡的美景。但它稍纵即逝，"我"还得回到"昏暗的灯光"里，面对坚硬的现实。

我们再看《死火》里的死火，它的"活着"还是"死去"式的难题，正是一种命运的悖论。因为"我"的温热，唤醒了死火，然而那将使它"烧完"，并非如"我"所想会"使我欢喜"。如果让它留在冰谷里呢？"那么，我将冻灭了"！这就如同唤醒"铁屋"里的人，或许带给他们生路，也或者让他们在"铁屋"里更切实地感受到痛苦。的确，如同《影的告别》里的影一样，死火也做出了抉择："那我就不如烧完。""剧情"的进一步延伸是，当"我"携死火冲出冰谷的一刹那，却有大石车急驰而至，将"我"碾死。可是它也同时跌入"冰谷"，而且再也见不着死火了。这突然的情节又将故事置于更复杂的纠缠、悬置、裂变当中。

《狗的驳诘》和《失掉的好地狱》都是对"人"的批判。这种批判不是靠语辞的激烈和用词的剧烈程度来达到，而在于提前做好的设计。我们知道，鲁迅是痛恨狗的，无论是巴儿狗还是落水狗，都是他用来批判、讽刺敌手的比喻。然而，《狗的驳诘》却颠倒式地安排了"我"和狗之间的关系。"我"以"人"的高傲叱咤跟在背后狂吠的狗："住口！你这势利的狗！"却不想狗竟然以"愧不如人"的讥讽直指人的痛处：人比狗还要势利。这是狗的态度，而人却无力反驳，只能"一径逃走"，"直到逃出梦境"。"势利"成了理解全文的关键词。人与狗之间，究竟谁更势利？"我"是作为个体还是"人"的代表在叱咤狗？从"觉得这是一个极端的侮辱"看是"人"的代表。狗的驳诘对象也显然不是只针对"我"，而是针对全体的"人"。

从写作时间上，间隔两个月的《失掉的好地狱》与《狗的驳诘》是相邻的。而且在叙述上也有"接续"的意味。《狗的驳诘》结尾，是"我""逃出梦境，躺在自己的床上"。《失掉的好地狱》开头则是"我梦见自己的躺在床上"。但比起前一篇的短小集中，这却是一篇"宏大叙事"。梦境是宏大的，仿佛置身于地狱全景。这是一个奇特的情景设置。地狱是一个争夺的战场，魔鬼战胜了天神，战后的废墟极其阴暗、荒芜，残留的硝烟还能感觉到战争的残酷。鬼魂们"在冷油温火里醒来"，他们依稀回忆起了人世，于是觉醒，"遂同时向着人间，发一声反狱的绝叫"。人类的确"应声而起，仗义执言，与魔鬼战斗"，并最终取得胜利。然而鬼魂们却面临人类的威严与叱咤，当他们再次发出"反狱的绝叫"时，就变成了人类的叛徒，因而被"得到永劫沉沦的罚"。人类整饬了地狱，一改先前的颓废，然而地狱的寄生者鬼魂们却被"迁入剑树林的中央"，失去了"好地狱"。天神、魔鬼、人类，他们争夺地狱的统治权，名义都是为了鬼魂好，为了地狱好，然而，最终的结果是，统治权的更迭使地狱一次次废弛，只有一条没有改变：带给鬼魂们的是一个"失掉的好地狱"。鬼魂们需要一个"好地狱"，他们为此而绝叫，也为胜利而欢呼。然而等待他们的命运却是地狱的一次次变成废墟，鬼魂们在被流放中呻吟，"都不暇记起失掉的好地狱"。鬼魂们要改变现状，而改变后得到的还是被迫绝叫，显然，希望是一种虚妄，然而由于"废弛"也是轮替更迭的，所以未必有一种完全的绝境，就此而言，绝望也是一种虚妄。

不同的研究者在《野草》里找到不同的"总纲"，即哪一篇最能代表《野草》。《秋夜》《希望》《墓碣文》《过客》《死火》《影的告别》都是"候选"。各有其理。我不另选，但想强调一下《失掉的好地狱》之于《野草》的全局性意义。鲁迅在《〈野草〉英文译本序》里讲述了写作《野草》的背景，并列举了数篇文章的写作意图。紧接着说："所以，这也可以说，大半是废弛的地狱边沿的惨白色小花，当然不会美丽。"这里所说"大半"，其"整体"就是全部《野草》。他紧接着又说："但这地狱也必须失掉。这是由几个有雄辩和辣手，而那时还未得志的英雄们的脸色和语气所告诉我的。我于是作《失掉的好地狱》。"自然可以认为，因为早已经有了《失掉的好地狱》，所以鲁迅把《野草》想象成就是其中的"惨白色小花"。但也无妨这样认为：鲁迅在写作《失掉的好地狱》时，实在也是有一种"宏大叙事"抱负的，那就是，这个地狱是他自身处其中的人间的隐喻。他看惯了种种"把戏"，种种名号，知道"好地狱"终将会失掉，因为没有人真正为鬼魂的生存考虑，最重要的是地狱的统治权。这非常符合鲁迅已经经历并正在经历的军阀割据、混战，民不聊生的社会现实。

《野草》里的很多文章，都是在通往死亡的路上，在与坟、墓碣相遇的途中产生的联想和遭遇的事情。创作者也一直将思路置于这样的情境中。在这个意义上，我认为终末篇《一觉》是最具理想主义的篇章。因为这篇文章里，鲁迅借身边可爱可敬的青年，真正地寄予了理想与将来。也是因为这些青年，让他产生"在人间"的信心。他说："然而我爱这些流血和隐痛的魂灵，因为他使我觉得是在人间，是在人间活着。"客观地说，以浅草社、沉钟社的青年得出如此重大的结论，有以小博大的印象。但这也是鲁迅的英雄观，他对振臂一呼的英雄似乎未见得仰望，对默默做具体事、做小事，勇于牺牲的人却十分看重。他在《一觉》里写到冯至"默默地给我一包书，便出去了"，"就在这默默中，使我懂得了许多话"。上及远古的大禹，神话里的女娲，也都具有如此品质。从《失掉的好地狱》到《一觉》，鲁迅的精神世界也仿佛在地狱与人间之间徘徊。

虚妄是一种心灵体验，更是一种精神感受。但鲁迅不是在写哲学寓言，他要表达的寓言绝非纯粹的抽象，每每具有现实的关切。因为这种关切，他在虚妄与悖论的展示中，又有一种发自灵魂根底的态度。这种态度甚至是一种刻意的拔高。如同小说《药》里"平添的花环"，《一觉》里"默默的"文学青年。这是《野草》同克尔凯郭尔的哲学寓言的最大区别，也是鲁迅思想、鲁迅精神与存在主义之间的差异。

但无论如何，虚妄以及由此产生的悖论，是解开《野草》主题里的一把钥匙。《立论》里的"我"陷入两难，说谎的得好报，说必然的遭打，然而，哪里有既不"谎人"，也不遭打的万全之策呢？除非你不置可否，将"哈哈！hehehe……"坚持到底。另一篇《聪明人和傻子和奴才》一样是将囧境写到极致。其中最大的看点，是奴才的本性与生存的困境，既并存，又冲突，而奴才的选择最终站到恪守奴才本性的一边。故事中看似三个人,但必须注意到"一群奴才都出来了,将傻子赶走"。聪明人之聪明不在别的,只在他不置可否,没有态度,即使是奴才的事也不表态。最多的是奴才,他们永远无法解决生存绝境与奴才本性之间的矛盾。他们"反狱",但他们不想失去一个做稳了奴隶的"好地狱"。最后,他们只能在这样的困境中"寻人诉苦"。他们"只要这样,也只能这样"。反抗是一种虚妄,虽然"做稳了奴隶"的安然也不过是一种虚妄而已。

《这样的战士》留有较强的杂文影子。"战士"的执着、韧性,战士的智慧、判断,战士的勇猛、果敢,一如在《战士与苍蝇》里边所描述的。但这样的战士能做到一切,却最终解决不了一个问题:他面对的是无物之阵,这种"无物",既有"杀人不见血"的意指,又有不过一副空皮囊的轻蔑,二者相加,就是一种厌恶,且必须予以致命一击。比这更难以解决的是一种精神上的困境。他为此付出一切,然而得到了什么?如此纠缠不已,果真就是一种胜利,或果真能得到一种胜利的喜悦么?这里仍然有两层含义:对付无物之阵也许并不值得付出一生的精力,以及:无物之阵永无完结,无法完全取胜。所以,"他终于在无物之阵中老衰,寿终。他终于不是战士,但无物之物则是胜者"。这让人不禁想起《希望》里表达的:"希望,希望,用这希望的盾,抗拒那空虚中的暗夜的袭来,虽然盾后面也依然是空虚中的暗夜。然而就是如此,陆续地耗尽了我的青春。""空虚中的暗夜"与"无物之阵"应属同构。它们可以抗拒,但盾后面还是空虚,还有无物之阵,所以,战士未必是哲学意义上的胜利者,他惟一能总结的是在这一过程中"陆续耗尽了我的青春",以及在这样的战斗中"老衰,寿终"。要问过程,无疑树立的是战士形象，要问结果，则难免看到"无物之物则是胜者"。胜利是一种虚妄。但他不能放弃，所以绝望也是一种虚妄。而这种虚妄则同时是一种力量，因为即使已经看透了这背后的一切实质，战士不会停下战斗的脚步，哪怕"我"已老衰，哪怕敌手喊出骗人的"太平"，他依然我行我素，坚持战斗。"但他举起了投枪"！这是战士的品格，也是他的宿命。这样一种情态和哲学观，是必须要由《野草》来承担的。即使知晓所抵抗的不过是一种虚无，但战士仍然要举起投枪，哪怕在这一循环往复的大战风车中老衰、寿终，他也心甘情愿而坚持到底。"这样的战士"比起面对实实在在敌手的战士要艰难得多，因为他必须要先解决好自己灵魂深处的"虚无"感和"虚妄"观。这样，就不难理解鲁迅为什么要这样开始他的叙述了："要有这样的一种战士——""要有"，就是可能在现实里还没有、但理想中必须有的战士；"一种"，就是这里的战士是已经化解和释然了灵魂问题的战士，而不是通常意义上的战士中的一员。否则，为什么不是更加简明的"有这样的战士——"？

《墓碣文》是透着冰冷、阴森气息的散文诗，被称为"《野草》里的《野草》"。深意何在需细分析，但其文字中处处留下的反向的、否定之否定的、悖论式痕迹，已如长蛇纠缠。"……于一切眼中看见无所有；于无所希望中得救……"特别是接下来在墓碣阴面所见文字：

　　……抉心自食，欲知本味。创痛酷烈，本味何能知？……
　　……痛定之后，徐徐食之。然其心已陈旧，本味又何由知？……

……答我。否则，离开！……

没有一个可以确定的答案，且刻于墓碑之上，仿佛是一个千古谜题。无解。

困境、悖论，是事物的意义的纠缠，就其态势而言，经常表现出处于临界状态。如《淡淡的血痕中》"日日斟出一杯微甘的苦酒，不太少，不太多，以能微醉为度，递给人间，使饮者可以哭，可以歌，也如醒，也如醉，若有知，若无知，也欲死，也欲生"。这里的临界，不是一种静态的悬置，而是箭正离弦的紧张和爆发，有如《死火》里的"死火"所处的状态，也一样是"已死，方生，将生和未生"(《淡淡的血痕中》)；有如《过客》里的"过客"，欲走欲留，欲进欲退；有如《影的告别》里的"影"，欲随欲去，欲显欲隐；有如《腊叶》里的"病叶"，终将干枯，但要"暂得保存"；有如《求乞者》里的"我"用甘愿用"沉默"求乞，让虚无也成为实有；有如《死后》里的"我"，既不满足仇敌的诅咒，也不满足朋友的祝福，"我却总是既不安乐，也不灭亡地不上不下地生活下来，都不能副任何一面的期望"。这种临界状态的精微描写，正是为箭要离弦做冲刺前的预热、准备和步步逼近，充满了无限的力量。

《过客》是一部诗剧。这一特殊的文体，可以见出鲁迅在戏剧描写上的功力。在现实故事的情景真实性、哲理意味表达的先锋性、角色语言的诗意构成上，达到恰切的融合。对话之外的布景和叙述交待部分就写得简洁、生动而又富有舞台感。叙事上采取了"雅"与"俗"交错并进的方法。一方面，过客来到小土屋和老翁、女孩的对话具有生活里普通人对话的真实感。问路、喝水、告别，都符合生活里的一般处事逻辑。但同时，每个人的话语里又带着复杂的含义，共同酿造出一杯探讨人生的苦酒。如何让小土屋里的老人、女孩同一个过路的乞丐模样的人对话出一场哲学讨论，人物在俗生活面上还符合身份，这是一个巨大的挑战。"本来叫什么""从哪里来""到哪里去"，这些苏格拉底式的问题在《过客》里被消化到俗事探讨中，并不让人特别嗅出"先锋戏剧"的味道。在俗事与哲学命题之间，颇有努力"对接"的印象，尽量让故事不离开生活很远。其实，老翁的话语具有极强的诱导力，他有点像《自言自语》里的"陶老头子"，在言语中总表现出惊人的异样。对小孩："太阳下去时候出现的东西，不会给你什么好处的。"对"过客"："不要这么感激，这于你是没有好处的。"应该说，直到近三分之一"剧情"时，"过客"并没有表现出诗人的特质。他突然开始用抒情语言自言自语，也是在受了老翁诱导之后。关于来路和前路，老翁只强调过客的来路是自己最熟悉的地方，劝过客"不如回转去"。这一建议却遭到过客的拒绝，他憎恶那曾经的过往，那里到处是驱逐、牢笼、虚伪、眼泪。《过客》就此完全进入哲理诗剧的状态。但尽管如此，一直到剧的结束，俗事的场景以及对话并未消退。小女孩在这方面起到了"打通"的作用。她稚嫩的语言，热情的态度，善良的愿望，在剧中起着柔化、沟通和亲切化的作用。

　　剧中的三个角色分别代表了过去、现在与未来，这是有道理的。老翁知道前路的终点是坟，小女孩却强调那里是野百合和野蔷薇盛开的地方。过客既知那里有花开着，也相信那是坟，但他更想知道，坟地过后是什么，这是老翁无力回答的。小土屋就是他的终点。他甚至认为，人应该回到出发的地方，去过那牢笼般的生活，"也许倒是于你们最好的地方"。然而过客却被一个声音召唤着，必须前行。这声音也曾呼唤过老翁，但显然早已互相放弃了。老翁与过客并不是论敌关系，老翁其实就是曾经的过客，但他半途而废了。明天的过客也许也会变成一个淡忘那声音的老翁。

《过客》就是这样一部先锋戏剧，它强调了受理想召唤前行的不能终止，又面临即使穿过坟地也终将得到虚无的困境，纵有代表未来的青春力量鼓励、赠予，然而"没法感激"的窘迫令人迟疑。"即刻昂了头，奋然向西走去"是过客的毅然决然，同时他又是拖着疲惫的身躯跄跄前行。困顿、受伤，前路渺茫又不肯回到"最熟悉"的地方。歇脚的小土屋门前仿佛是人生的十字路口，老翁代表了绝望后的麻木，姑娘代表了尚未启程的希望，令人难以抉择。"绝望之为虚妄，正与希望相同"。时间也是不明不暗的黄昏。一切都营造出一种临界状态。但毕竟一场戏消耗了大半个黄昏，所以最后的描写是"夜色跟在他后面"。让人想起《影的告别》，也联想到《墓碣文》。

在一定意义上说，如果"绝望之为虚妄，正与希望相同"是整部《野草》的主题，那么"过客"就是贯穿《野草》始终的形象。

二、希望的多重表达

一九二五年一月一日，新年第一天，鲁迅写下了《希望》，这太有"新年寄语"的标题下，却是另外一番风景。"虚妄"就是《希望》要表达的核心。"不明不暗"是虚妄的基本状态，它是正文对标题的悬置，是魂灵的冲击处于临界点的紧张，是两种对立情绪、多种交错意念的对冲。鲁迅说,"因为惊异于青年之消沉,作《希望》"。但很明显,这也不过是强调《希望》的写作缘起和出发点,并不能认为就是全部的主题。

《希望》里充满了"正""反"碰撞、对冲,有如湍急而下的河流,不知道在何时就会形成旋涡。河流的水势,空中的风势,河床的地势,都会造成这样的结果。《希望》里到处都是转折,八处"然而"和五处"但"的使用就是佐证。这是明显的转折,还不说语义逻辑上的隐性转折。"我的心分外地寂寞","然而我的心很平安",以这样的方式开篇。接下来的多是这样的对撞、旋转的表达法。比如这一段落:"这以前,我的心也曾充满过血腥的歌声……""而忽而这些都空虚了,但有时……""然而就是如此,陆续耗尽了我的青春。"就是在不断的转折,在相互的否定中推进的。再看接下来的一段:"我早先岂不知……但以为……虽然是……然而究竟是……"作为一篇彻底推出和阐释"虚妄"的散文诗,《希望》全篇无论从语法句式上还是语义逻辑上,都与"不明不暗的这'虚妄'"相呼应,相协调。"明"与"暗"的对比、较量,黄昏时的"蜂蜜色"(《失掉的好地狱》)为这样的表达找到了最恰切的底色。不明不暗的黄昏也是《野草》里最常见的时间节点。如《影的告别》《过客》,等等。

《希望》里引用的裴多菲的诗也是一种对冲式的情感纠缠。

> 希望是什么?是娼妓:
> 她对谁都蛊惑,将一切都献给;
> 待你牺牲了极多的宝贝——
> 你的青春——

她就抛弃你。

由此,才能推出本篇的"诗眼",甚至被认为是全部《野草》的主旋律:"绝望之为虚妄,正与希望相同。"当这一切都交融在一起时,无论你是否读懂,无论我们理解是否一致,但我们都可以感受到《希望》所拥有的从情感到观念,从语言到节奏的完美统一。"青年的消沉"是文章的缘起,但《希望》的逻辑线索是:青春并不是单色的。虽然"我"的青春已经逝去,但现时的青年还在,青春的"血和铁"就理应还在,然而眼见的现时的青年也已"衰老",让人怀疑是不是只剩下了"空虚"。然而"我"还要去追寻,哪怕这青春属于别人,而且最好属于别人,也即更多的青年。"我"没有把握说这青春一定会追寻到,但也同样不能确定它就肯定没有。希望和绝望都不确定,就如同"身外的青春"和眼前的"暗夜"同样都未见到一样。当绝望成为虚妄时,希望就不会是完全的虚妄。这是鲁迅的哲学,是他身处不明不暗的世界里的深沉思索。这思索既有失望的沉痛,也有火一般的热望。在这个意义上,虚妄不是虚无,不是消极,而是一种力量,一种呐喊,虚妄本身就是一种希望不会灭尽的执着意志。

再来看看被称为"野草里的野草"的《墓碣文》。墓碣上的斑驳文字似不知所云,却处处回转往复。阴森恐怖中未必都是黑暗与虚无,其中"于无所希望中得救"令人想起"绝望之为虚妄"。背面的描述里,"抉心自食"的"创痛"使其无法得到"本味","痛定之后"则又因"心已陈旧"而同样难获"本味"。可以说,欲知心之"本味"也一样是一种虚妄。《墓碣文》和《死后》一样,都是对死亡已经发生后的叙述，结尾也都一样的吓人，都是死尸的突然坐起。《墓碣文》的死尸坐起还"口唇不动"地说："待我成尘时，你将见我的微笑。"理解这句话比理解《墓碣文》还要难，但它又不应该是为了强化惊悚的闲笔。它让人联想到《题辞》里的那句话："死亡的生命已经朽腐。我对于这朽腐有大欢喜，因为我借此知道它还非空虚。"也让人想到鲁迅说过的心境"惟黑暗与虚无乃是实有"。死亡的意义至少还证明了它曾经存活，即使有一天因朽腐而化作尘埃，也同样证明它并非空虚。也就是说，连死亡都成了一种虚妄。不是么！因为虚妄、空虚、虚空、虚无，都并非没有意义。这就如同是绝望和希望的关系一样。因为连虚无都是实有，绝望都是一种虚妄，所以它们就不可能成为充实和希望的完全的灭绝者。这使得所有这些无论光明、黑暗，积极、消极的概念一概都成为不能祛除的火种、力量、存在，同时，也变成永远挥之不去的纠缠、痛苦、宿命。

《颓败线的颤动》是一篇关乎道德的文章，一位母亲为了自己的女儿活下来，不得不屈辱地去出卖身体，然而待女儿也做了母亲，垂老的女人却被亲人羞辱，于是愤而出走。这是悲剧，也是批判。但很奇怪，在关于《颓败线的颤动》的阐释里，这种道德批判的解读显然被当作浅显之论而不被强调。反观文本，我以为作品本身的构造格局就注定了这一点。这篇作品分上下两节，时间跨越应达二十年以上。由三条线索构成，且都达到各自的极致，又时有交叉。一是逼真的写实。上半段母女间关于饥饿的对话极其细微。下半段面对女儿一家的言辞责备一样极符合生活逻辑。二是梦的描写也绝非"借壳"而已。开头是"我梦见自己在做梦"，结尾是在梦中将压在胸脯上的手"移开"，也很符合民间关于做梦起因的说法。中间衔接跨度二十年以上的两个片段的过渡法仍然是做梦。前梦醒来，后梦来续。可以说，梦在这一篇里达到最完整的叙事"封套"效果。三是诗意化的泼墨似的挥洒。无论是开头的卖身场景，还是最后的出走景象，都用激奋的、诗意的、夸张的表达来处理。正是由于这种饱满、多重的艺术手法，让这篇"小说模样"的作品，在散文诗形式上可与《秋夜》媲美。也因此，忘恩负义的道德批判主题似乎的确不能概括作品内涵。

但不能涵盖并不等于不存在。我以为，道义上的憎恶仍然是《颓败线的颤动》主题的底色。在写作此篇的三个月前，同样是在《语丝》上，鲁迅发表了杂文《牺牲谟》。假借的叙述者口口声声说"我最佩服的就是什么都牺牲，为同胞，为国家。我向来一心要做的也就是这件事"。事实上却对牺牲者的付出意义做了完全的消解，牺牲者在零回报的同时还被要求连最后一条裤子都贡献出来。《颓败线的颤动》把这种讽喻改变成一种愤懑之情，但牺牲的回报是被怨恨、被责骂却是同样的结局。我以为这两篇作品在诉求上具有一致性，但鲁迅的视角转换非常彻底，让人难以辨认出其中的共同点。

这种彻骨的寒冷几乎是鲁迅对牺牲者命运的一向思考，也是他针对在现实世界里的遭遇所得出的不无悲哀、更多愤怒的结论。他甚至不主张人牺牲，对蛊惑别人为自己牺牲者更是给予怒斥。一九二七年初在厦门，他致信许广平，谈到狂飙社青年翻云覆雨、榨取别人的做法，他在失望中透着愤慨。

《颓败线的颤动》里，为什么要在"饥饿、苦痛、惊异、羞辱、欢欣"的描写中加上"欢欣"一词？日本学者片山智行也疑惑这里的"欢欣"是"因性的快乐还是指性行为之后得到金钱报酬"。的确,紧接着的"丰腴""轻红"也确有"身体叙事"的感觉。也许可以比较的是后半段的描写,无论如何,母亲已经衰败成一个"垂老的女人",欢欣、丰腴、轻红已经荡然无存。骨肉亲情给予的回报却是责骂和羞辱。于是,她愤然却也是冷静地出走,在深夜,"一直走到无边的荒野",她再一次颤动,但这一次已非卖身时的颤动,而是一切对立的情感同时在灵魂深处撞击后的结果:"眷念与决绝,爱抚与复仇,养育与歼除,祝福与诅咒"在"一刹那间""并合"。就像空中的波涛互相撞击形成漩涡,冲动着一种令人难耐的冰一般冷、火一样热的气流。在这里,还有一个描写,即这个站立于荒原上的垂老的女人,是"石像似的""赤身露体"地站着。然而这是没有铺垫的突兀的一笔。它合理地融入全篇,是因为所有的氛围营造做得十分到位,仿佛就应该这样似的。而这又很容易让人联想到鲁迅一直追踪、收藏的木刻。应该说是在艺术上做了这样的打通。就像他在《复仇》里让一对男女裸身站立于荒原一样。而荒原上的颤动,是人生颓败后,回顾过往的一切产生的从精神到生理的极度反应,是"发抖""痉挛"而又"平静"的糅合。连口唇间"无词的言语"也会合到一起,使"颓败的身躯的全面都颤动了"。

对于此篇,有人联想到鲁迅对高长虹等人的愤怒,有人联系到与周作人的兄弟失和后的悲哀。我却觉得这些都太具体、太追问本事了。它同样是一篇融合了鲁迅当时多种情绪并贯通着一向的人生思考的具象化的创作结果。从本节的话题上推论,一个妇人的一生命运的"颓败"之"线",是一个人的精神从希望到绝望的下坠过程。是的,希望虽然如桌上的油灯,由"分外明亮"到"因惊惧而缩小",最后的绝望却是实实在在的。当然,因为妇人身体的颤动中灵魂却归于平静,"并无词的言语也沉默尽绝",绝望也并不能让一个颓败的人完全被击垮,因为她已看穿周围的一切。于是,还是那个主题:"绝望之为虚妄,正与希望相同。"而她最后的赤身露体,除却艺术上对木刻的偏爱之外,也还有像在《牺牲谟》里的牺牲者要去做的一样,把最后仅有的一条裤子也要牺牲掉,而且还必须以饥饿之身自己离开。这当然是对文章之间关系的勾连,有点猜测,似也有一丝道理。至少有助于理解依然含有"养育""祝福"之情的理由,强化一个牺牲者的矛盾心态。就像鲁迅在给许广平的同一信中总结的,尽管因此"渐渐倾向个人主义","常常劝别人要一并顾及自己","但这是我的意思,至于行为,和这矛盾的还很多,所以终于是言行不一致"(《两地书·九五》)。这里的"矛盾",其实就包含着希望与绝望同为虚妄的意思。

一看见"虚妄"二字就以为代表着完全的悲哀、绝望、消极,是简单的望文生义式的误读。增田涉说"鲁迅的文章尽管不断出现虚无主义的气味,但有时却说出完全轻蔑虚无主义的话"(《鲁迅的印象·一四》)。道理应就在鲁迅"于无所希望中得救"的"辩证"哲学观。虚妄,在精神上不无悲哀的色彩,但同时也是一种理想不灭的力量。在艺术上,它让《野草》充满了语言的张力,让《野草》的字句有如离弦之箭,在悬置、临界的紧张中发出闪电般的、彗星似的光芒。

《野草》命名来源与"根本"问题

□ 符杰祥

一九二七年四月二十六日深夜,在广州白云楼上,当鲁迅为自己在一九二四年到一九二六年间所写的系列"野草"编集时,写下了这样奇异的"题辞":

> 当我沉默着的时候,我觉得充实;我将开口,同时感到空虚。
>
> 过去的生命已经死亡。我对于这死亡有大欢喜,因为我借此知道它曾经存活。死亡的生命已经朽腐。我对于这朽腐有大欢喜,因为我借此知道它还非空虚。
>
> 生命的泥委弃在地面上,不生乔木,只生野草,这是我的罪过。
>
> 野草,根本不深,花叶不美,然而吸取露,吸取水,吸取陈死人的血和肉,各各夺取它的生存。当生存时,还是将遭践踏,将遭删刈,直至于死亡而朽腐。
>
> 但我坦然,欣然。我将大笑,我将歌唱。
>
> ……

和同时期为编集所写的《坟·题记》《热风·题记》《朝花夕拾·小引》等叙事性、说明性的序文不同，《野草》的"题辞"完全是抒情性的、诗意性的。《彷徨》的题辞借用了屈原《离骚》中的两小段诗句来代言，不是自题，而是他引，也极具抒情色彩，但远无《野草·题辞》的诗意饱满与奇崛瑰丽。《野草》极富现代主义风味的"题辞"与多篇正文一样，遍布诗意的抒情与象征的暗示，激烈而阴郁，幽深而曲折。如果说鲁迅在《呐喊·自序》一类的序文为自己的创作缘起与写作背景提供了一种明白清楚的交代与说明，那么《野草·题辞》则以一种另类诗意的方式继续着"难以直说"①的矛盾与含混。有意味的是，即便如此，《野草·题辞》也因"地火在地下运行，奔突"的意象与"烧尽一切"的危险暗示，在印第七版时遭遇国民党书报检察官的恐慌与抽禁。②的确，《野草》诗意的题辞与其正文一样，是鲁迅文学以致现代中国文学史上极为奇异与罕见的一种存在。但无论如何难解，诗意的题辞总归还是题辞。事实上，鲁迅在书信中也把《野草》的"题辞"称为"题词"

---

① 鲁迅：《二心集·〈野草〉英文译本序》，《鲁迅全集》第四卷，北京：人民文学出版社，二〇〇五年，第365页。

② 关于《野草·题辞》被删禁事，鲁迅在书信中曾两次提及。其在一九三五年十一月二十三日给邱遇的信中说："《野草》的题词，系书店删去，是无意的漏落，他们常是这么模模胡胡的——，还是因为触了当局的讳忌，有意删掉的，我可不知道。"在一九三六年二月十九日给夏传经的信中又说："去年上海有这么一个机关，专司秘密压迫言论，出版之书，无不遭其暗中残杀，直到杜重远的《新生》事件，被日本所指摘，这才暗暗撤消。《野草》的序文，想亦如此，我曾向书店说过几次，终于不补。"鲁迅：《351123致邱遇》，《鲁迅全集》第十三卷，第589页；《360219致夏传经》，《鲁迅全集》第十四卷，第33页。

"序文"①。题辞作为序跋类的一种文体,又称"题词""题记""题跋""引"等②,是有着点题性、启发性、回顾性、总结性的功能与意义的。那么对《野草》来说,其中解读鲁迅创作起源之类的线索,也应该隐伏在"题辞"的"一丛野草"中吧。

"生命的泥委弃在地面上,不生乔木,只生野草,这是我的罪过","野草,根本不深,花叶不美"。《野草·题辞》激扬沉郁,慷慨决绝,低回高突,反复咏叹,涉笔"野草",意象繁复,有八处之多。"只生野草,这是我的罪过","根本不深,花叶不美",在鲁迅文学特有的一种赎罪般的忏悔与自省的语气中,"题辞"提示了一个涉及"根本"却常被忽略的问题:虽然"根本不深,花叶不美",但"我自爱我的野草",那么,"这一丛野草"的根脉在哪里,"根本"又是什么?当鲁迅在结集出版之际,以"去罢,野草"来结束自己的"题辞",同时也意味着对隐含读者开启了"来罢,野草"的阅读召唤。那么,鲁迅的"这一丛野草"由何而"来",又是如何生长出来的呢?

一、"野草"的命名

"题辞"的诗性文字与隐秘幽曲,与《野草》的多数篇目风格一致、意境一致,这意味着《野草》的阅读过程,同样伴随着一

---

① 鲁迅:《351123 致邱遇》,《鲁迅全集》第十三卷,第589页;《360219 致夏传经》,《鲁迅全集》第十四卷,第33页。
② 金宏宇:《文本周边:中国现代文学副文本研究》,武汉:武汉大学出版社,二〇一四年,第80页。

种"危险的愉悦"。面对《野草》的"写作草图"及其"两悖性"①，诗意的奇异同时也是一种晦涩的歧义，充满风险与挑战。但也许正是这种风险与挑战所潜含的创造性与可能性，又会引诱、刺激更多新的创造性与可能性。这也难怪，自第一篇《秋夜》开始发表，当时就有文学青年如高长虹、章衣萍等人在感到"既惊异而又幻想"②的同时，"也不敢真说懂得"③。尽管难懂，但这并不妨碍"灵魂的冒险"，薄薄的一册《野草》在问世九十余年来，由"一丛野草"迅速蔓延为一片草原，滋生了更多的解读与研究成果。不同于面向大众的杂感与小说创作，《野草》面向自我的心灵独语方式在写作艺术与意识上都是高度精英化的。鲁迅亦曾对文学青年坦言："他的哲学都包括在他的《野草》里面。"④那么，如何面对鲁迅的诗与哲学呢？借用鲁迅在其所翻译的《苦闷的象征》一书中的话来说："要明白或一事物的本质，便先去追溯本源。"⑤事实上，"寻其本"，探其源，亦是鲁迅早在论文伊始就已确立的思想与方法，一如其青年时代对"兴业振兵"之说与晚清科学主义的批判："特信进步有序，曼衍有源，虑举国惟枝叶之求，而无一二士寻其本，则有源者日长，逐末者仍立拔耳。"⑥

---

① 张光昕：《〈野草〉：写作的草图》，《东岳论丛》，二〇一七年第二期。
② 高长虹：《走到出版界：一九二五年，北京出版界形势执掌图》，《狂飙》周刊，一九二六年十一月十七日第五期。
③ 衣萍：《古庙杂谈（五）》，《京报副刊》一九二五年三月三十一日。
④ 同上。
⑤ ［日］厨川白村：《苦闷的象征》，鲁迅译，《鲁迅著译编年全集》第五卷，北京：人民出版社，二〇〇九年，第353页。
⑥ 鲁迅：《坟·科学史教篇》，《鲁迅全集》第一卷，第33页。

日本学者柄谷行人在论日本现代文学的起源问题时曾指出,当某种风景一经确立,其"起源"便会被忘却,理解也随之会发生"颠倒"①。寻找"野草"的"根本",便是在事实上将颠倒的理解重新回转过来,探求鲁迅创作《野草》的本源或起源问题。鲁迅为"这一丛野草"所写的"题辞"已有九十年的历史,对"野草"文本结果的种种解读与研究可谓丰饶,积累总量也远远超过"一丛野草"。但对于"野草"从何而来的"根本"问题,至今尚难于说清,仍有继续追问的必要。比如《野草》从何读起,哪篇是核心之作,就一直充满争议。聂绀弩在一九四〇年代就认为,《墓碣文》"是《野草》的最好的自序"②;近年则有学者认为,《秋夜》有"奠定基调的重要作用","是《野草》世界的真正开端"③;同时也有学者表示,《希望》才是解读《野草》的"核心"④。这些讨论各有道理,也触及了《野草》诗学的根本问题。不过,如果从文本发生学的层面来探寻《野草》的根脉,其实不必拘泥于《野草》发表之后的文本,不妨目光远大,去回溯《野草》发表之前,亦即"野草"萌芽时期的前文本。一个作家的任何文本都可能是一种根脉相连、"家族相似"的互文本。近观与细读《野草》当然是必要与重要的,不过当

---

① [日] 柄谷行人:《日本现代文学的起源》,赵京华译,北京:生活·读书·新知三联书店,二〇〇三年,第24页。

② 聂绀弩:《略谈鲁迅先生的〈野草〉》,《野草》月刊,一九四〇年十月二十日第三期。

③ 张洁宇:《独醒者与他的灯:鲁迅〈野草〉细读与研究》,北京:北京大学出版社,二〇一三年,第35页。

④ 汪卫东:《探寻"诗心":〈野草〉整体研究》,北京:北京大学出版社,二〇一四年,第30页。

我们适当远视与回眸，以外观内，以远观近，也许会看到一副更为清晰完整的诗学景象或文学气象。《野草》的第一篇当然是《秋夜》，但往前追溯，在《秋夜》发生之前更远的诗学时间，也不妨说，"野草"的生根萌芽是从鲁迅的第一篇诗学文章《摩罗诗力说》及其奠定的诗学精神开始的。

对《野草》的"根本"如何认识，决定了我们如何认识作为"根本"的《野草》。《野草》是悲观还是乐观，是黑暗还是光明，是消极还是积极，是虚无还是反抗，是革命还是爱情，是写实还是象征，是现实的还是哲学的？即如作为书名的"野草"意象，其象征与隐喻意义历来也是众说纷纭。其中最为极端的两种是政治索隐与情爱索隐。① 唯革命论者将"野草"视为"野火烧不尽"的象征，"吸取露，吸取水"被认为是"吸取时代进步思潮的营养"，"吸取陈死人的血和肉"被认为是"吸取过去众多革命先驱者流血牺牲的经验教训"，那么，"这一丛野草"便成了因革命而生、为革命而死的"野草"。也有唯情论者将"野草"视为情爱世界的象征："'野花草'不仅在《野草》中是鲁迅的私典，而且在汉语言文学中也是一个公认的用以指婚外恋情的隐喻。""富于暗示意味的书名'野草'"，由此"暗示部分散文诗所涵盖的情爱道德主题"②。此后更有人热衷破解诗人／私人隐秘，将整部《野草》视为"表现婚外恋情的爱情散文诗集"，而"野草"即是"爱情散文诗集的

---

① 朱崇科：《〈野草〉文本心诠》，北京：人民出版社，二〇一六年，第12页。
② 李天明：《难以直说的苦衷：鲁迅〈野草〉探秘》，北京：人民文学出版社，二〇〇〇年，第120页。

书名"①。臆测是先有了鲁迅与许广平、朱安之间的婚爱纠葛,才有了《野草》近乎情书与忏悔书的创作。那么,"这一丛野草"便成了由情而生、为情所困的"野花草"了。是革命经典,还是情爱私典?当抽象丰富的诗意被各执一端、过于现实的种种概念或观念拘束与限定,不由让人发问,这是否切合鲁迅为"野草"命名的本意?

值得注意的是,鲁迅自发表第一篇《秋夜》开始,就给自己的系列散文诗拟好了"野草"的名字。这种提前命名的方式也是《野草》让人觉得"惊异"之处,以致有学者觉得不可思议:"作家零星发表作品的结集,通常是在结集时才起个书名,别人是这样,鲁迅一般也是这样,但《野草》这个书名,却是发表第一篇作品时就定下了。""至于鲁迅为何一开始就把预计中的散文诗集命名为《野草》,是一个颇费思量却又难以解释的问题"②。《秋夜》写于一九二四年九月十五日,发表在《语丝》周刊一九二四年十二月一日的第三期,标题是"野草 一 秋夜"。九月二十四日同时完成两篇《影的告别》与《求乞者》,与此前引起撤稿风波的《我的失恋》十月三日修改稿一起交给《语丝》,三篇同时发表于《语丝》周刊一九二四年十二月八日的第四期,标题分别为"野草 二 影的告别","三 求乞者","四 我的失恋——拟古的新打油诗"。因为是同期连载,"三"与"四"前没有再加"野草"总标题。其标题格式并非《鲁迅著译编年全集》所列的"副题作《野草》二~四"③。

---

① 胡尹强:《鲁迅〈野草·题辞〉破解》,《浙江学刊》二〇〇二年第六期。
② 王彬彬:《〈野草〉的创作缘起》,《文艺研究》二〇一八年第二期。
③ 王世家、止庵编《鲁迅著译编年全集》第五卷,第283页。

"野草"是正题,并非副题,和"秋夜"一样,"影的告别""求乞者""我的失恋"都是"野草"之下的小标题。从第五篇《复仇》开始,《野草》的标题方式才改为"复仇　野草之五","复仇"成为正题,"野草之五"变成了副题。此后一直到最后一篇《一觉》,都延续了文题在先、"野草"在后的标题格式。从《野草》最初发表在《语丝》上的标题方式的微妙变化来看,"野草"是从一开始就占据了正题的位置的。这说明,鲁迅在发表第一篇《秋夜》时,就已先有了"野草"的题目。

对于《野草》在成书前的命名,有学者推断说:"在一九二四年九月十五日深夜写下《秋夜》之前,鲁迅应该并没有创作一部散文诗集的打算。""《秋夜》从写出到拿给《语丝》的这段时间,鲁迅创作系列散文诗的想法终于形成,并且把最后结集的书名也想好了"[①]。这种判断有事实,也有推想。鲁迅至于是否一开始就有将"野草"系列结集成书的想法,不好轻下结论,但将自己的散文诗创作从一开始就定名为"野草"系列,说明鲁迅还是有充分的自觉的,并非"一时冲动的产物"[②]。在鲁迅前后,现代作家的散文诗系列在发表时往往使用"散文诗三则""散文诗十章"之类的标题,比如刘半农的《诗三首》[③],王统照的《散文诗十章》[④]之类。散文诗在发表单篇文章时也常常是在题目下注明文体,如刘半农的《饿》,发表在刊载《野草》系列的同一刊物《语丝》一九二六年二月十五

[①] 王彬彬:《〈野草〉的创作缘起》,《文艺研究》二○一八年第二期。
[②] 同上。
[③] 刘复:《诗三首》,《文学旬刊》一九二四年四月二十一日第一一八期。
[④] 王统照:《散文诗十章》,《文艺春秋》一九四八年第七卷第四期。

日第六十六期上,标题为"饿(散文诗)"。再如法国诗人波德莱尔(Charles Pierre Baudelaire,一八二一至一八六七)的散文诗《巴黎的忧郁》在五四时期的译介:张定璜翻译的《镜子》,标题是"Baudelare 散文诗钞 镜子"①,和鲁迅的《再论雷峰塔的倒掉》一同发表在《语丝》一九二五年二月二十三日第十五期上。周作人翻译的《窗》,标题是"窗(散文诗)"②。焦菊隐翻译的《月亮的恩惠》,标题是"月亮的恩惠(散文诗)"③。只有鲁迅的标题比较例外,不用文体,而用意象。以《秋夜》为例,是"野草 — 秋夜",而非"散文诗钞 秋夜"或"秋夜(散文诗)"。相对而言,鲁迅似乎更重意象,而非文体。或者说,鲁迅对散文诗这种从西方译介过来的新文体是保持着一种相对开放与实验的态度的。

以最具争议的"野草"之四《我的失恋》为例,该诗进入"野草"系列,起因在于早前发生的《晨报》撤稿事件,的确具有很大的偶然性。《我的失恋》副题为"拟古的新打油诗",对东汉张衡的《四愁诗》有一种后现代式的戏仿色彩。据鲁迅回忆说,这是不满"当时'阿呀阿唷,我要死了'之类的失恋诗盛行"而"开开玩笑的"④。其体式半新半旧,半古半今,始于"打油",终于嘲讽,与《野草》总体格局似乎不太协调。学界对《我的失恋》是否为"混

---

① 波德莱尔的法文拼写 Baudelaire 漏一字母"i",原题如此。
② [法]波特莱尔:《窗》,仲密译,《妇女杂志》一九二二年第八卷第一号。
③ [法]波特莱尔:《月亮的恩惠》,焦菊隐译,《文学旬刊》一九二三年十二月第十九期。
④ 鲁迅:《三闲集·我和〈语丝〉的始终》,《鲁迅全集》第四卷,第170页。

人"，是否为"意外"，是有不同声音的。①不过我们如果从另一方面来看，《我的失恋》进入《野草》，也并非毫无道理。鲁迅的"野草"系列整体上是以意象优先、文体为次的，除了《我的失恋》是"拟古的新打油诗"，其他篇目如《过客》是"诗剧"，《狗的驳诘》《立论》近乎"寓言"，《死后》则带有小说笔法。在表面上玩世不恭、插科打诨的游戏色彩之下，《我的失恋》表现出一种反世俗、反感伤的讽刺性与解构性，以"猫头鹰""赤练蛇"之类恶的象征回赠"百蝶巾""玫瑰花"之类美的礼物，有着一种反唯美、反浪漫的强烈的恶魔性与蛮野性。这种文体风格，这种文学倾向，是内在于《野草》的诗学精神的。

《野草》目前留下的唯一一页手稿就是《我的失恋》第四首。根据相关考证，从诗幅所钤印章为上海西泠印社吴德光一九三一年六月刻所治仿汉白文"鲁迅"印来看，这幅诗稿应该是一九三一年以后的题赠稿，并非发表时的原稿。文字有三处与原诗不同："欲往从之兮"原为"想去寻她兮"，"仰头"原为"摇头"，"何以赠之"原为"回她什么"。诗稿收藏人津岛文子是当时"在上海开业的助产士"。在一九三二年、一九三六年的日记中，鲁迅有三处提到她，其中一九三二年的两处提到她为周建人夫人王蕴如生女来诊视等事。②虽然不能确定收藏人津岛文子是否就是受赠人，但从日记来看，应

---

① 张洁宇：《独醒者与他的灯：鲁迅〈野草〉细读与研究》，第76页。
② 参阅王世家：《读〈我的失恋〉（四首之四）诗稿札记》，《鲁迅研究月刊》二〇一四年第一期；乔丽华：《馆藏鲁迅诗歌手稿题记》，《上海鲁迅纪念馆藏鲁迅手稿选》，上海鲁迅纪念馆编，上海：上海人民美术出版社，二〇一七年，第136—137页。

该是鲁迅在一九三二年为感谢津岛文子所书赠的。从诗稿的情爱主题来看，也比较适合女性题赠对象。《我的失恋》作为《野草》中唯一保存下来的手稿，唯一书送日本友人的题赠品，说明鲁迅的态度是极为珍视与在意的。《我的失恋》几经修改，已由随意变得认真，形式也相对整饬。虽有游戏色彩，但也绝非可有可无之作。从另一方面来说，"开开玩笑"也是对当时爱情诗过度泛滥在形式与内容上的双重挑战，是反庸俗情诗的情诗捣乱，是反文体概论的文体犯规。就此而论，《我的失恋》不是不顾文体，而是挑战边界，实验探索，相对开放。否则，"野草"守着"艺术之宫"内"麻烦的禁令"①，拘谨呆滞，不越雷池，又何"野"之有，"野"在何处呢？

　　《野草》的写作从一九二四年延续到一九二六年，其间或急或缓，或断或续，或密或疏。至于为什么从一开始就拟定"野草"题名，作为系列文章发表，其实从鲁迅写作与编集的风格来看也不难理解。比如，在写作《野草》期间，鲁迅也写作了杂感《忽然想到（一）》《忽然想到（二）》等十一个系列，《无花的蔷薇之一》《无花的蔷薇之二》等三个系列。再如《咬文嚼字》以及后来的《"题未定"草》《门外文谈》等，也都是系列写作。区别只在于，因为篇幅关系，鲁迅没有专门编集，和其他杂文一起收入《华盖集》《华盖集续编》《且介亭杂文二集》等其他集子中了。再如《怎么写》《在钟楼上》的"夜记之一""夜记之二"系列，鲁迅自言"原想另成一书"②，"夜记"书名也是一开始就想好了的，大概是因为"夜记"系列篇目过少，没有完成，就收入别的文集《三闲集》中了。鲁迅在

---

① 鲁迅：《华盖集·题记》，《鲁迅全集》第三卷，第4页。
② 鲁迅：《三闲集·序言》，《鲁迅全集》第四卷，第5页。

《野草》时期写作的《朝花夕拾》十篇文章,也是系列写作。从第一篇《狗,猫,鼠》开始,其副标题就是以"旧事重提之一"这样的形式开始的。和《野草》一样,后来也编成了书,只不过把书名改为"朝花夕拾"罢了。为什么改名"朝花夕拾",其中的一个原因我以为是和"野草"相对的,"朝花"对"野草",两个集子一为回忆记,一为散文诗,标题相当。鲁迅自言有"对过对"的"积习"①,编集很注意整体和配对,比如《呐喊》对《彷徨》,《三闲集》对《二心集》,《伪自由书》对《准风月谈》,《南腔北调集》对未完成的《五讲三嘘集》。"朝花"对"野草"是意象的一致,字数并不整齐。如果从字数与题目来看,《朝花夕拾》与另一部小说集《故事新编》也是相对的。

鲁迅编集还有另外两个原则:文体基本一致,发表刊物一致。比如《野草》的文章,全部是交给《语丝》发表的,《朝花夕拾》的文章则完全交给《莽原》来发表。《朝花夕拾》结集出版时,鲁迅也交给了编《莽原》的北平未名社,作为其所编的《未名新集》之一出版。未名社还曾提出承接《野草》出版的建议,被鲁迅拒绝,仍交有《语丝》"老板"②之称的李小峰主持的北新书局出版,列入其所编的《乌合丛书》之一。可见,鲁迅在写作、发表、编集与出版方面都是很注意的,分得比较清楚。《野草》是先有了一个总题名,和其他多数文集先有创作后有书名的情形有所不同。但《野草》并非孤例,《朝花夕拾》与《故事新编》的编集也是如此。所以对鲁迅来说,《野草》的散文诗集先有了一个"野草"的命名,虽然特异,

---

① 鲁迅:《南腔北调集·题记》,《鲁迅全集》第四卷,第427页。
② 鲁迅:《三闲集·我和〈语丝〉的始终》,《鲁迅全集》第四卷,第172页。

但也不奇怪，不难理解。因此，真正的问题不是为什么一开始有了"野草"的命名，然后才有《野草》的成书，而是为什么一开始有了"野草"这样一个命名？或者说，为什么是"野草"，而不是其他？

二、"野草"的由来

《野草》的命名，并不仅仅是取一个名字那样简单，它事关"野草"从何处来的"根本"问题。对于"野草"这个名字的由来，日本学者秋吉收有一个新的发现，这要从成仿吾在《创造周报》一九二三年五月创刊号上所发表的一篇文章《诗之防御战》说起。①作为创造社的批评家，成仿吾的早期诗论是主张文学"以情感为生命"而反对"理智的创造"的，观点激进，用语极端："像吃了智慧之果，人类便堕落了一般，中了理智的毒，诗歌便也堕落了。我们要发挥感情的效果，要严防理智的叛逆！"②从重抒情、非理性的诗学观出发，成仿吾对文学研究会的诗人诗作做了盛气凌人、近乎谩骂的否定与攻击，其中数次以"野草"为喻：

> 现在试把我们目下的诗的王宫一瞥，看它的近情如何了。
> 一座腐败了的宫殿，是我们把它推翻了，几年来正在重新建造。然而现在呀，王宫内外遍地都生了野草了，可悲的王宫啊！可痛的王宫！

---

① ［日］秋吉收：《成仿吾与鲁迅〈野草〉》，《济南大学学报》二〇一八年第三期。

② 成仿吾：《诗之防御战》，《创造周报》一九二三年五月第一号。

空言不足信,我现在把这些野草,随便指出几个来说说。

一、胡适的尝试集……这简直是文字的游戏……这简直不知道是什么东西……

二、康白情的草儿……我把它抄下来,几乎把肠都笑断了……亏他想得周到,写得出来……

三、俞平伯的冬夜(及雪朝第三集)……这是什么东西?……

四、周作人(雪朝第二集)……这不说是诗,只能说是所见,倒亏他知道了。

五、徐玉诺的将来之花园……这样的文字在小说里面都要说是拙劣极了……

我现在手写痛了,头也痛了!读者诸君看了这许多名诗,也许已经觉得眼花头痛,我要在这里变更计划,不再把野草一个个拿来洗剥了。

……

至于前面的那些野草们,我们应当对于它们更为及时的防御战。它们大抵是一些浅薄无聊的文字;作者既没有丝毫的想象力,又不能利用音乐的效果,所以它们总不外是一些理论或观察的报告,怎么也免不了是一些鄙陋的嘈音。诗的本质是想象,诗的现形是音乐,除了想象与音乐,我不知道诗歌还留有什么。这样的文字也可以称诗,我不知我们的诗坛终将堕落到什么样子。我们要起而守护诗的王宫,我愿与我们的青年诗人共起而为这诗之防御战![1]

---

[1] 成仿吾:《诗之防御战》,《创造周报》一九二三年五月第一号。

这篇文章同时也批评了"周作人介绍的所谓日本的小诗",宗白华与冰心为代表的"所谓哲理诗","这两种因为他们的外样比前面的那些野草来得漂亮一些,他们的蔓延颇有一日千里之势"①。在秋吉收看来,成仿吾以轻蔑与轻佻的语气痛斥新诗的创作为"野草",对胡适、周作人、俞平伯等文学研究会成员的诗作做了极为恶劣的攻击:"成仿吾完全没有看到他人为革新、开拓所付出的努力,只是一味地嘲笑般地全然否定,不是'仇敌'也会感到厌恶。"②普通读者尚且反感,更何况,这些轻率恶意的攻击还包括周氏兄弟之一的周作人呢。此后,成仿吾又在《创造》季刊一九二四年二月第二卷第二期上发表了一篇《〈呐喊〉的评论》,指责鲁迅的小说"庸俗""拙劣"。成仿吾这一时期的诗学观游移而含糊,但总体倾向是为艺术而艺术和唯美主义的,所以批评周氏兄弟的两篇文章都先后有"诗的王宫""纯文艺的宫殿"这样的语词。但和其唯美主义诗学观相反的是,成仿吾攻击性的批评文字极为恶劣,以至于当时《文学旬刊》上有人暗射其为"黑松林里跳出来的李逵",乱抡"板斧"的"黑旋风"③。显然,鲁迅对成仿吾"抡板斧"的飞扬跋扈印象深刻,倍感厌恶,以致十多年后,鲁迅在编《故事新编》时,仍念念不忘,再次提到对成仿吾批评的"不能心服"与"轻视":"这时我

---

① 成仿吾:《诗之防御战》,《创造周报》一九二三年五月第一号。
② [日]秋吉收:《成仿吾与鲁迅〈野草〉》,《济南大学学报》二〇一八年第三期。
③ 梁实秋:《梁实秋致成仿吾》,成仿吾:《成仿吾致梁实秋》,《创造周报》一九二三年八月五日第十三号。

们的批评家成仿吾先生正在创造社门口的'灵魂的冒险'的旗子底下抡板斧。"[①]"抡板斧"的出处即源于一九二三年的论战。据茅盾在一九七九年发表的回忆文章，他当时看到成仿吾批评《呐喊》的文章后"很觉失望"，其中提到："当时鲁迅读了这篇评论后，劝我们不要写文章与之辩论，因为如果辩论，也不过是聋子对话。"[②]鲁迅所读的评论是指《〈呐喊〉的评论》这篇文章，而非此前的《诗之防御战》，秋吉收的考证将此弄混了。那么，鲁迅有没有读过《诗之防御战》，读过之后又有怎样的反应呢？

从攻击新诗为"野草"的《诗之防御战》来看，其文末注明是写于一九二三年五月四日，距鲁迅一九二四年九月十五日写作《野草》第一篇《秋夜》之前，约有一年四个月的时间。值得注意的是，鲁迅在《语丝》一九二四年十一月十七日的创刊号上发表著名的《论雷峰塔的倒掉》一文时，还同期发表了另一篇不太有名的小杂感《"说不出"》，讽刺了某一类"批评家"，只会大肆扫荡文坛，却拿不出像样的创作，"扫荡之后，倘以为天下已没有诗"，只会做出"说不出"一类空洞可笑的诗句。鲁迅在文中写道："我以为，批评家最平稳的是不要兼做创作。假如提起一支屠城的笔，扫荡了文坛上一切野草，那自然是快意的。"这篇文章针对的是一种倾向，并非成仿吾个人。[③]但从其中的"屠城""扫荡""野草"等字眼来看，

---

① 鲁迅：《故事新编·序言》，《鲁迅全集》第二卷，第353页。
② 茅盾：《茅盾回忆录》，孙中田、查国华编《茅盾研究资料》(上)，北京：知识产权出版社，二〇一〇年，第216、217页。
③《鲁迅全集》二〇〇五版在《"说不出"》一文中的注释中指出，鲁迅的批评是针对周灵均在一九二三年发表的《删诗》一文的，该文和成仿吾的《诗之防御战》一样，对新诗做了全盘否定。《集外集·"说不出"》，《鲁迅全集》第七卷，第42页。

也有对成仿吾在《诗之防御战》中扫荡诗坛的不点名的回应。在此后一九二九年十二月二十二日所写的回忆文章《我和〈语丝〉的始终》一文中,鲁迅再次提及了创造社当年的"攻击":"至于创造社派的攻击,那是属于历史底的了,他们在把守'艺术之宫',还未'革命'的时候,就已经将'语丝派'中的几个人看作眼中钉的。"①这篇文章当时引起了郭沫若的注意与反驳。尽管认为鲁迅的批评有事实错误,郭沫若的回应文章《"眼中钉"》还是确认了鲁迅所指的事实:"仿吾批评过鲁迅的《呐喊》,批评过周作人的小诗。"②郭沫若所说的成仿吾对周氏兄弟的批评,就是《〈呐喊〉的评论》与《诗之防御战》这两篇文章。这也说明,鲁迅是熟知《诗之防御战》的"野草"之说的,《"说不出"》就是一种反批评的批评。有意味的是,鲁迅在同期发表《论雷峰塔的倒掉》一文时,是有"鲁迅"署名的,这篇《"说不出"》只有一个题目,没有作者署名。鲁迅曾经劝茅盾不要写文章与成仿吾辩论,自己现在却忍不住提笔反击,之所以用不署名的方式回刺一下,表达不满,大概是鲁迅也不想再因此发生无谓的争论吧。秋吉收注意到这篇文章对《诗之防御战》的回应关系,他由此指出:

> 成仿吾的《诗之防御战》中说"新诗的王宫内外遍地都生了'野草'(虽说算不上恶劣的诗)了……诗坛是会堕落的",以这种极端的口吻来侮辱"野草",进而促使鲁迅如此强烈的反

---

① 鲁迅:《三闲集·我和〈语丝〉的始终》,《鲁迅全集》第四卷,第174页。
② 郭沫若:《"眼中钉"》,《拓荒者》月刊,一九三〇年五月第四、五期。

应。将自己的诗集冠以"野草"之名,进而对成仿吾宣告,他所谓的最低劣的"野草"正是自己唯一的"诗草"。①

这就是说,鲁迅的《野草》书名是为了反击成仿吾对新诗的攻击的。正像《三闲集》的书名也是拜成仿吾所赐一样②,是成仿吾的攻击催生了"野草"这样的命名。鲁迅在《野草》时期还自谦不是诗人,"于诗又偏是外行"③,却因此写出代表中国现代散文诗最高成就的《野草》来,也算是成仿吾的另一贡献吧。《"说不出"》发表在《秋夜》之前,相距月余,从某种意义上说,《"说不出"》也不妨看作《野草》的一个前引。

当时文坛对成仿吾的"野草"之说,有普遍的反感与恶感,不只是周氏兄弟。不妨再举两个可为旁证的例子。一九二三年七月九日《时事新报·学灯》上有一篇署名素数的文章,对成仿吾直接表示了不满:"近来评坛上,时常发现盛气逼人的强者。""在过去的诗内,虽不无很坏的,也不致无一首完成的。草儿内的《鸭绿江以东》《天亮了么》,冬夜内的《凄然》,女神内的《胜利的死》,却总是不朽的诗。说草儿是一堆草,说冬夜只是一堆野草,也总太抹煞事实吧"④!北京大学微波社编过一个深受鲁迅影响的文学刊物《微

---

① [日]秋吉收:《成仿吾与鲁迅〈野草〉》,《济南大学学报》二〇一八年第三期。

② 鲁迅文中说:"编成而名之曰《三闲集》,尚以射仿吾也。"鲁迅:《三闲集·序言》,《鲁迅全集》第四卷,第6页。

③ 鲁迅:《诗歌之敌》,《文学周刊》一九二五年一月十七日第五期。

④ 素数:《"新诗坛上一颗炸弹"》,原载《时事新报·学灯》一九二三年七月九日。引自邵华等编《郭沫若研究资料》(中),北京:知识产权出版社,二〇一〇年,第648页。

波》，在一九二五年五月二十七日第一期的编者《闲话》中有这样的话："我们的喊叫，只愿是出自自己的本心，是罪恶的歌也好，是赞美之辞也好，甚而是文学界的几棵恶草也好。"① 这两篇文章所回敬的"野草""恶草"之说，始作俑者，应该就是成仿吾的《诗之防御战》。

从命名的角度，我们也可以理解鲁迅在《野草》回顾性、总结性的"题辞"中为什么会说："野草，根本不深，花叶不美。""不深""不美"，就是对成仿吾的一种回击。而这种回击，除了命名的表层原因，还包含了对创造社"诗的王宫""纯文艺的宫殿"之类"为艺术而艺术"的美学观的反批评。鲁迅的文学观、美学观在后来有更为明白清楚的表达：

> 自然，做起小说来，总不免自己有些主见的。例如，说到"为什么"做小说罢，我仍抱着十多年前的"启蒙主义"，以为必须是"为人生"，而且要改良这人生。我深恶先前的称小说为"闲书"，而且将"为艺术的艺术"，看作不过是"消闲"的新式的别号。所以我的取材，多采自病态社会的不幸的人们中，意思是在揭出病苦，引起疗救的注意。②

鲁迅这篇文章虽然谈的是小说创作，但美学观与诗学观作为

---

① 转引自陈洁：《鲁迅北京时期的文学课堂》，《新文学史料》二〇一八年第一期。

② 鲁迅：《南腔北调集·我怎么做起小说来》，《鲁迅全集》第四卷，第526页。

《野草》的根本,和《呐喊》《彷徨》是一致的。鲁迅对成仿吾"野草"说的不满与回应,从根本上说是"为人生"与"为艺术"两种美学观、诗学观的冲突与分歧。"不深""不美",就是直面黑暗、腐朽、坟墓与死亡,就是关注"病态"与"不幸",就是"揭出病苦,引起疗救"。如《秋夜》中的枣树:"默默地铁似的直刺着奇怪而高的天空";如《这样的战士》中的"战士","走入无物之阵","他举起了投枪";如《淡淡的血痕》中"叛逆的猛士出于人间","他屹立着,洞见一切已改和现有的废墟和荒坟,记得一切深广和久远的苦痛,正视一切重叠淤积的凝血";如《一觉》中的"被风沙打击得粗暴"的魂灵:"因为这是人的魂灵,我爱这样的魂灵;我愿意在无形无色的鲜血淋漓的粗暴上接吻。"《野草》之"野",就是一种反"诗的王宫"、反"纯文艺的宫殿"的美学观与诗学观,就是一种鲁迅早在日本留学时期就已确立的摩罗诗学精神。"这一丛野草",是在贫瘠荒凉的中国大地上野蛮生长、顽强生存的一种向死而生、反抗绝望的力量,是在黑暗的天空下发出笑声,一种"只要一叫而人们大抵震悚的怪鸱的真的恶声"①!?这种恶声,是一种反美学的美学,一种反现代的现代。鲁迅在写作《野草》时期对此有酣畅淋漓的诗意表达:"我以为如果艺术之宫里有这么麻烦的禁令,倒不如不进去;还是站在沙漠上,看看飞沙走石,乐则大笑,悲则大叫,愤则大骂,即使被沙砾打得遍身粗糙,头破血流,而时时抚摩自己的凝血,觉得若有花纹,也未必不及跟着中国的文士们去陪莎士比亚吃黄油面包之有趣。"②正如有学者所论,鲁迅的《野草》是以真取

---

① 鲁迅:《集外集·"音乐"?》,《鲁迅全集》第七卷,第56页。
② 鲁迅:《华盖集·题记》,《鲁迅全集》第三卷,第4页。

代美，以真改写诗，是反优雅、反高贵、反浪漫、反神圣的。①这样的美学观，这样的诗学观，可以让我们发现，《野草》的创作即便是"在碰了许多钉子之后"，即便心情"颓唐"②，也正如鲁迅论厨川白村一样，"确已现了战士身而出世"③。这种直面黑暗、反抗绝望的诗学精神，可以让我们再次触及鲁迅诗学深埋于地下的"根本"之处，再次看到鲁迅首篇诗学文章《摩罗诗力说》在时代风雨浇灌中所萌芽出来的一种"摩罗"精神，所生长出来的一种"精神界之战士"的形象："立意在反抗，指归在动作""不为顺世和乐之音""争天拒俗""刚健不挠"④。

三、野草的"根本"

反击成仿吾的"野草"说，揭示了"野草"命名的缘起，但无法回答《野草》创作起源的"根本"问题。缘起毕竟是一种外部刺激，不是《野草》的"根本"所在，无法解释创作内部的问题。要真正解决这一问题，还必须回到鲁迅自己的文本那里去。

有学者注意到，"野花草"在《野草》中"是一个重要的意象群，频繁出现在诸多散文诗中"。如《过客》中的"野百合、野蔷薇"，《一觉》中的"野蓟"，《失掉的好地狱中》的"曼陀罗花"，等

---

① 张洁宇：《独醒者与他的灯：鲁迅〈野草〉细读与研究》，第33页。
② 鲁迅：《341009 致萧军》，《鲁迅全集》第十三卷，第224页。
③ ［日］厨川白村：《〈出了象牙之塔〉后记》，鲁迅译，《鲁迅著译编年全集》第六卷，第468页。
④ 鲁迅：《坟·摩罗诗力说》，《鲁迅全集》第一卷，第68页。

等。① 可惜的是，这一发现因为纠缠于狭隘的情爱隐喻观念，无法深入辨析，反倒误入歧途。也有学者注意到，鲁迅的"野草"和最后一篇《一觉》中的"浅草社"有共鸣关系。鲁迅在两三年前得到冯至送给他的《浅草》杂志，其创刊号上的卷首小语提到"黄土里的浅草"："在这苦闷的世界里，沙漠尽接着沙漠，瞩目四望——地平线所及，只一片黄土罢了。是谁播撒了几粒种子，又生长得这般鲜茂？"同期刊登的《曼言之一》也写道："散布于大地的：不是花卉，更不是树木，只是些不知名的小草。"论者据此认为："鲁迅之所以把自己的系列散文诗比喻为'野草'，是由于鲁迅当时对中国的精神文化生态的强烈的荒原体验。"② 鲁迅的"野草"的确与文学青年的"浅草"有共鸣关系，也很早就有一种启蒙理想遭遇失败的荒原与旷野体验。不过，鲁迅的荒原感并非发生在写作《野草》时期，也并非鲁迅诗学的"根本"。事实上，早在鲁迅的第一篇诗学文章《摩罗诗力说》中，就已出现了一种呐喊"援吾人出于荒寒"的"精神界之战士"的寂寞之声。

"野草"，到底是花是草？在鲁迅这里，花与草并不是一种对立的关系，而是一种对置的关系。正如鲁迅自己也称"野草"为"花"一样："大半是废弛的地狱边沿的惨白色小花，当然不会美丽。"③ 这也对应了"题辞"中的"野草，根本不深，花叶不美"。对照"题

---

① 李天明：《难以直说的苦衷：鲁迅〈野草〉探秘》，第120页。
② 田建民：《〈野草·题辞〉新解》，《中国现代文学研究丛刊》二〇一七年第六期。
③ 鲁迅：《二心集·〈野草〉英文译本序》，《鲁迅全集》第四卷，第365页。

辞",仔细辨析《野草》诸文本,可以发现,在诸多的花草意象中,鲁迅的喜爱与态度是有位阶和差别的。鲁迅爱怜《秋夜》中的"极细小的粉红花",也欣赏《好的故事》中如梦如幻般的"大红花和斑红花",但更喜欢一种带有摩罗气息与强力意志的"野花草"。在鲁迅的"野草"世界里,也只有这一类"野花草",鲁迅才赋予其一种超越的和别样的美。

首先,这些"野草"的生存是在一种特异的"野外",它们不是生长在"我的四方的小书斋",而是生长在"后园",生长在"野地里",生长在"坟地",生长在"旱干的沙漠中间",生长在"在荒寒的野外,地狱的旁边"。其次,这些"野草"的形态,是"根本不深,花叶不美"的。曼陀罗花是"花极细小,惨白可怜";"繁霜夜降"下的病叶是"独有一点蛀孔,镶着乌黑的花边,在红、黄和绿的斑驳中,明眸似的向人凝视";"野蓟经了几乎致命的摧折,还要开一朵小花";"草木在旱干的沙漠中间,拼命伸长他的根,吸取深地中的水泉,来造成碧绿的林莽"……这类野草都受过伤,饱受摧残,然而意志顽强,"拼命伸长",有着一种野性、蛮性的生存意志和强悍力量。有学者称"野草"为"贫弱的中国文艺园地里的一朵奇花"[1],这种比喻是准确的,这不仅是"奇花"的意象出自《野草》,更是因为准确把握了"野草"所散发的一种鲁迅所特有的摩罗式的、尼采式的美学气息。至于有学者将《野草》的"这一丛野草"

---

[1] 李素伯:《小品文研究》,上海:新中国书局,一九三二年,引自张梦阳:《中国鲁迅学通史》下卷,广州:广东教育出版社,二〇〇二年,第18—19页。

誉为"一<u>丛</u>带露的鲜花"①，我想，"鲜花"不是鲁迅写作《野草》的本意，而更多是一种敬仰性、修辞性的美化与描述吧。

《野草》的创作当然不是作者一夕之间的灵感冲动，就如《秋夜》中枣树所知道的："小粉红花的梦，秋后要有春；他也知道落叶的梦，春后还是秋。""野草"从生根发芽，到拼命生长，生而又死，死而又生，是经历过无数春秋变换、风霜磨砺的。《野草》文本之前有没有萌芽期的"前野草"的文本，有没有一条生长的线索？当然是有的，"野草"不会无根，无根也不会生长。且不说渊源很近的一九一九年发表的《自言自语》系列，如果我们仔细回溯，就可以发现，其实鲁迅很早之前就开始在文章中使用"野草"意象。这些意象不是渊源最近的，如《自言自语》系列，却是渊源最深的，如《摩罗诗力说》诸篇。

据笔者初步考证，涉及"野花草"意象的文字，最早出现在鲁迅写于一九〇七年的首篇诗学文章《摩罗诗力说》中：

> 盖文明之朕，固孕于蛮荒，野人狂獉其形，而隐曜即伏于内。文明如华，蛮野如蕾，文明如实，蛮野如华，上征在是，希望亦在是。

在这里，鲁迅用"华""蕾"这一草木生长的比拟来阐发尼采的"不恶野人，谓中有新力"的"确凿不可移"的真言，张扬一种作为文明之根的野性力量。因为使用的是古奥的文言文——"文明如

---

① 孙玉石：《〈野草〉研究》，北京：北京大学出版社，二〇〇七年，第1页。

华，蛮野如蕾，文明如实，蛮野如华"——没有直接用"野花""野草"这样白话的意象，但已经呼之欲出，将"野草"的意象呈现出来了。几乎与此同时，鲁迅在周作人口译的帮助下，笔述了匈牙利学者赖息论裴多菲的一篇《裴彖飞诗论》。而匈牙利诗人裴多菲（Petöfi Sándor，一八二三至一八四九），也正是鲁迅在《摩罗诗力说》中以专节方式大力称扬、无比神往的爱国诗人。在此后《野草》时期的文章和翻译里，裴多菲的名字又多次出现。如一九二五年所作《杂忆》《诗歌之敌》，如同年所译《A. Petöfi 的诗》《A. Petöfi 的诗（二）》等，更不用提鲁迅在《野草》的《希望》之篇借裴多菲之口，创造性地发出"绝望之为虚妄，正与希望相同"的心声了。

《裴彖飞诗论》和《摩罗诗力说》一同发表于一九〇八年八月五日的《河南》月刊第七号上，篇末没有注明翻译日期，但可以判断是在《摩罗诗力说》之后完成的。该文严格来说不是翻译，而是带有晚清豪杰译风尚的译作，其中有鲁迅自己改写与创作的成分。比如文章开头，便是一段按语式的说明："往作《摩罗诗力说》，曾略及匈加利裴彖飞事。独恨文字差绝，欲异国诗趣，翻为夏言，其业滋艰，非今兹能至。"可以看出，《裴彖飞诗论》是鲁迅在写完《摩罗诗力说》之后的一种补充。文章谈到裴多菲的诗歌，"爱恋为多"，"情切诗歌"，有"自然"之美，其中比拟说："正犹在山林川水中，处处见自然景色耳。自称曰无边自然之野华，当夫。"[1]第一次开始出现"野华"字眼。文中的许多用词如"荒寒"之类，与《摩罗诗力说》一致，均是鲁迅的手笔。这在裴多菲诗论中第一次出现的

---

[1] [匈]赖息：《裴彖飞诗论》，鲁迅译，《鲁迅著译编年全集》第一卷，第298页。

"野华",关涉爱与死,悲苦与反抗,是和鲁迅所召唤的"精神界之战士"的摩罗诗学精神息息相关的:

> 今索诸中国,为精神界之战士者安在?有作至诚之声,致吾人于善美刚健者乎?有作温煦之声,援吾人出于荒寒者乎?①

在《野草》诸篇中,不难听到摩罗诗力说的种种回声。所论裴多菲"妙怡人情,而讥刺深刻"的文字,在鲁迅此后的《野草》诸篇中也不难见到。鲁迅早期文章中关于植物的比拟还有很多,在与《摩罗诗力说》同时期发表的文言论文《文化偏至论》《科学史教篇》《破恶声论》诸篇中,此类文字也随处可见:

> 人有读古国文化史者,循代而下,至于卷末,必凄以有所觉,如脱春温而入于秋肃,勾萌绝朕,枯槁在前,吾无以名,姑谓之萧条而止。
> ——(《摩罗诗力说》)
> 诚以人事连绵,深有本柢,如流水之必自原泉,卉木之茁于根,倏忽隐见,理之必无。
> ——(《文化偏至论》)
> 特信进步有序,曼衍有源,虑举国惟枝叶之求,而无一二士寻其本,则有源者日长,逐末者仍立拔耳。
> ——(《科学史教篇》)

---

① 鲁迅:《坟·摩罗诗力说》,《鲁迅全集》第一卷,第102页。

> 本根剥丧,神气旁皇,华国将自槁于子孙之攻伐,而举天下无违言,寂漠为政,天地闭矣。
>
> ——(《破恶声论》)

> 特于科学何物,适用何事,进化之状奈何,文明之谊何解,乃独函胡而不与之明言,甚或操利矛以自陷。嗟夫,根本且动摇矣,其柯叶又何俇焉。
>
> ——(《破恶声论》)

为什么鲁迅喜欢以植物的根本与枝叶关系为喻,来讨论诗学、文明与民族文化的关系?其背后的知识装置是什么?有学者在研究《朝花夕拾》时发现,这"与鲁迅早年留学日本时所吸取的德国文化民族主义思潮大有关系,名字暗含着十八世纪末德国兴起的将民族比喻为植物的有机论典故"。文章指出:"青年鲁迅和那些日本作家的'民族之声的文学为基础的民族主义''摩罗诗人'的见解和呼吁——诗人、文学是对民族精神的表现等,继承的是赫尔德的思想遗产。"[①]鲁迅以文学艺术表现民族精神的观念,将"民族"比喻为植物的有机论观念,可能是源自德国批评家、哲学家赫尔德(Johann Gottfried von Herder,一七四四至一八〇三)系列思想的启发。这种发现,至少揭示了鲁迅思维方式中以植物为喻的其中一种"图式"来源。《摩罗诗力说》如此,《朝花夕拾》如此,《野草》也是如此。当鲁迅将写作稍晚于"野草"系列的"旧事重提"系列更名为"朝花夕拾",我想他一定是有意的,而且一定是在《野草》编

---

① 李音:《从"旧事重提"到"朝花夕拾"》,《文学评论丛刊》二〇一二年十二月第十四卷第二期。

订之后。从一九二七年四月二十六日写完《野草·题辞》，到五月一日写完《朝花夕拾·小引》，相隔数日，一"花"一"草"之间，鲁迅以文学的方式，构建了一个黑暗与光明、希望与绝望相纠葛、相交织的超现实的"我的后园"，来安顿自己、以及那些与自己一样"被风沙打击得粗暴"的灵魂。

在"剪刀加浆糊"的学习与接受中，鲁迅也以反抗的主体性构建了自己的和属于自己的诗学与思想。同样是以植物为比拟，鲁迅显然更喜欢"野花""野草"这样"蛮野"而强悍的意象，而非"粉红花""大红花和斑红花"之类娇艳柔弱的形象。其中就贯穿着鲁迅自己所构建、颂扬的一种"所欲常抗""好战崇力"的强力意志与摩罗精神。在摩罗诗学那里，赫尔德学说与尼采学说、摩罗诗力的精神融汇交流，已经完全融合为鲁迅自己的思想了。鲁迅曾经两次翻译《查拉图斯特拉如是说》的片段内容，其中引述过尼采的"自况"说。[①] 对鲁迅来说，《摩罗诗力说》何尝不是一种诗学理想的自况，《野草》又何尝不是一种诗学精神的自况？此前有"自言自语"，此后有"题辞"为证："我自爱我的野草。"

在《鲁迅与日本人》一书中，日本学者伊藤虎丸曾提出留日时期存在着一个构成鲁迅原型的"原鲁迅"[②] 问题。那么，我们也不妨说，《摩罗诗力说》所构建的摩罗诗学精神，其实也构成了一个"原野草"的诗学原型的存在。摩罗诗学召唤"精神界之战士"、反抗绝

[①] ［德］尼采：《察拉图斯忒拉的序言》，鲁迅译，《鲁迅著译编年全集》第三卷，第460页。

[②] ［日］伊藤虎丸：《鲁迅与日本人：亚洲的近代与"个"的思想》，李冬木译，石家庄：河北教育出版社，二〇〇一年，第59页。

望的诗质决定了鲁迅所有的创作特质。随着种子萌芽生根，鲁迅在《摩罗诗力说》之后的所有创作都是一个开枝散叶、不断生长的过程。小说如此，杂文如此，散文诗也是如此。

对于《野草》的发生，过去或者认为是时代的产物，是黑暗社会与革命政治的现实反映；或者认为是个人的产物，是精神危机或情感困境的内心折射。这些自然都是各有道理的。鲁迅的《野草》当然有现实的投影，有自我的投射，但问题是，外缘不是根本，也不等于根本。社会现实与个人遭遇，都还是一种外部刺激，犹如"野草"生长中遭遇的风雨雷鸣，它刺激"野草"的生长，却不会代替"根本"的功能，也无法回答"根本"何在、"根本"为何的问题。借用鲁迅之喻："夫外缘来会，惟须弥泰岳或不为之摇，此他有情，不能无应。"① "野草"因外缘而应变，但"根本"永远在那里，"或不为之摇"，是不会改变的。无根，永远不会有"野草"生长，而无论"野草"怎样生长，根本都会在那里。有根，"野草"有可能这样生或那样生，这时长或那时长，但总归是会生长的。"根本不深，花叶不美"，其中会有种种必然，也会有种种偶然。

从《摩罗诗力说》到《野草》，尽管遭遇了启蒙理想挫败后的"忘却的辩证法"与"苦闷的象征"②，鲁迅早年的诗学理想在现实的挫伤中备受压抑、有所扭曲与变形。但扭曲与变形并不意味着朽腐与变质。正如鲁迅在《野草》时期给《坟》所写的题记与后记中反复所说的那样，他无法忘却那些浇灌自己诗学根基的摩罗诗人。对

---

① 鲁迅：《集外集拾遗补编·破恶声论》，《鲁迅全集》第八卷，第25页。
② 参见符杰祥：《忘却的辩证法：鲁迅的启蒙之梦与中国新文学的兴起》，《学术月刊》二〇一六年第十二期。

于鲁迅来说,《野草》的"诗心"与"根本",仍然是在压抑与变形之后更具张力的"摩罗诗力"。和早期《摩罗诗力说》中单纯的诗学热情与理想相比,《野草》所闪耀的诗学精神更为丰富,也更为深沉。但无论如何,可以确定无疑的是,这是从同一根系生长出来的。

二〇一八年三月十八日　完稿
二〇一八年三月二十八日　改定

五四代际之争与辛亥原点再议
——以《失掉的好地狱》为中心

□ 刘春勇

一

在过去众多的对《野草》的解读当中,李长之的意见很独特:

> 我附带要说的,我不承认《野草》是散文诗集,自然,散文是没有问题的,但乃是散文的杂感,而不是诗。因为诗的性质是重在主观的,情绪的,从自我出发的,纯粹的审美的,但是《野草》却并不如此,它还重在攻击愚妄者,重在礼赞战斗,讽刺的气息胜于抒情的气息,理智的色彩几等于情绪的色彩,它是不纯粹的,它不是审美的,所以这不是一部散文诗集。——要说有一部分是"诗的",我当然没有话说。①

正因为如此,李长之将《野草》置于"鲁迅之杂感文"这一部分,

---

① 李长之:《鲁迅批判·鲁迅之杂感文》,郜元宝、李书编《李长之批评文集》,珠海:珠海出版社,一九九八年,第89页。

同《热风》《华盖集》《华盖集续编》和《朝花夕拾》①一起讨论。这样的观点当然有绝对化的嫌疑,不过也为我们打开《野草》提供了别样的路径,即在纯文学的观照之外,我们有必要注意《野草》的"杂感性"特征。要理解所谓的"杂感性",有两点很重要,即战斗性与此刻当下性。木山英雄在《野草论》当中以一九二四年、一九二五年为节点将鲁迅的一生分为两个时代:"我们也可以提出包括了东京留学的一九二四年、一九二五年之前和之后的两个阶段划分法……前期为'寂寞'引发喊叫的时代,后期为现在的运动立刻成为下一个运动之根据的时代。"②通俗地讲,就是前期喊叫多因"观念"而发,后期的战斗则具有自身此刻的当下性。《野草》虽然被视为从前期到后期过渡性的作品,但其实已经具备了"此刻当下"的战斗性特征,也就是李长之所说的"杂感性",不过,这一点长期被研究者忽略。

但,或许有人会提出这样的疑问,即以《失掉的好地狱》为例,多数研究者不是都注意到了其战斗性的一面吗?譬如,李何林就曾认为《失掉的好地狱》是鲁迅在影射当时的北洋军阀统治,而惊人地预测了未来国民党统治的糟糕。③这一观点后来也被孙玉石继承,

---

① 将《朝花夕拾》放在"杂感文"系列中同样引人注意。
② [日]木山英雄:《〈野草〉主体构建的逻辑及其方法》,《文学复古与文学革命:木山英雄中国现代文学思想论集》,赵京华编译,北京:北京大学出版社,二〇〇四年,第55页。
③ "当时作者所在的北方军阀统治,确实是一个人间地狱;有些绅士、学者、正人君子则在维护它,反对改革,反对不满现状,岂不是说是一座好地狱吗?但对于当时已经开始和北洋军阀在争夺这地狱的统治权的国民党右派,作者也预感到他们将来的统治,不会比军阀们更好。这预感是惊人的!"语见李何林《鲁迅〈野草〉注解》,西安:陕西人民出版社,一九八一年,第125页。

"我想,李何林先生的看法是大体接近作品实际的"①。然而,木山英雄在《读〈野草〉》当中断然否定了这种解读,"众多的研究者把这个地狱的故事与以辛亥革命为中心的中国近代史相对照来解读,也不是没有道理的。其中最有影响的是这样一种解释方案:'天神'为清朝统治,'魔鬼'为辛亥革命后的军阀统治,'人类'则为主导了北伐革命的国民党统治。对于这种解释,有人觉得鲁迅早就预见到于这篇作品写作之际才开始的国民革命的前途,未免漂亮得太离谱了,于是,将历史向上推进了一个阶段,而提出明朝统治、清朝统治、辛亥革命的结果这样的修改方案。然而,这些解读法的最大难点在于,与故事叙述者兼故事主角的'魔鬼'之特性完全相合的历史上的统治者,毕竟是不可能有的"②。很显然,双方争论的焦点不是在"战斗性",因为即便是木山也承认将"地狱的故事与……中国近代史相对照来解读,也不是没有道理",而是在"此刻当下性"。所谓"此刻当下性"是鲁迅后期一个非常重要的特点,就是所谈论的问题始终围绕自身的经验(包括阅读经验)遭际展开,即便是谈论宏阔的问题,也是从自身的此刻当下的经验而扩展的结果。木山英雄对这一点把握得相当精准,于是他接下来便把阐释的方向引向了鲁迅自身的此刻当下,他说,"特别是最后'魔鬼'向着人类的'我'顺口说出对'野兽和恶鬼'的期待等,比起可以想象的任何统

---

① 孙玉石:《现实的与哲学的——鲁迅〈野草〉重释》,上海:上海书店出版社,二〇〇一年,第180页。

② [日]木山英雄:《读〈野草〉》,《文学复古与文学革命:木山英雄中国现代文学思想论集》,赵京华编译,北京:北京大学出版社,二〇〇四年,第334—335页。

治者的言辞来，其实更接近于作者自己下面这一段述怀吧"①。接着他就引用了鲁迅《写在〈坟〉后面》那段著名的自我解剖的话（"我的确时时解剖别人，然而更多的是更无情面地解剖我自己"②），将解读导向鲁迅自身而不是外在的世界。在我看来，在众多对《失掉的好地狱》结尾这一句的阐释中，木山的这一解读是最有魅力和说服力的，它将鲁迅这篇短文的内在悖论性和含混性和盘托了出来。在我的阅读经验中，似乎很少有人注意到这一点。③ 关于结尾的这一点，本文将在后面有更为详尽的论述和分析。在这之前，我想有必要将《失掉的好地狱》写作之时的鲁迅此刻当下性的外在方面充分揭示出来。

二

所谓"此刻当下性的外在方面"，并非指鲁迅写作《失掉的好地狱》时的宏大的历史语境，而相反是指与鲁迅日常生活经验息息相关的，引起鲁迅痛感或快感的那些琐碎的个人生活语境。这些生活

---

① ［日］木山英雄：《读〈野草〉》，《文学复古与文学革命：木山英雄中国现代文学思想论集》，赵京华编译，北京：北京大学出版社，二〇〇四年，第335页。

② 鲁迅：《坟·写在〈坟〉后面》，《鲁迅全集》第一卷，北京：人民文学出版社，二〇〇五年，第300页。

③ 季中扬似乎触摸到了这一点，"更为发人深省的是，鲁迅认为肩负着'启蒙'重任的知识分子往往不是站在'鬼魂们'一边，而是'人类'之一员，甚至于他自己也可能是'人类'之一员，所以'魔鬼'说：'是的，你是人！我且去寻野兽和恶鬼……'"。季中扬：《地狱边的曼陀罗花——解析〈野草·失掉的好地狱〉中的隐喻形象》，《名作欣赏》二〇〇七年第六期，第44页。

语境在某一个阶段中，像一张网一样构成了鲁迅生活写作（日记、书信等）与文学写作的互文性，而我们阐释的工作，就是要将这一互文性充分展现出来。换言之，我们在阐释文学文本时必须对言说者主体在这一段时期内所关注的重心是什么及为什么有一个充分的把握，这样我们才能准确地把握文学文本的言说主旨，否则不是缥缈之言，就是盲人摸象。

把握互文性的方法有多种，最简便的方法是由近及远，即文本写作的前后，或者当天言说者有什么样的文本与此相关。一九二五年六月十六日写作《失掉的好地狱》的当天，鲁迅写了一篇名为《杂忆》的杂感文。这篇文章由四节组成，大致是讲光复前后及目下的中国状况，每一节所讲的内容清晰有致，第一节讲光复前的叫喊与复仇，并清晰地指出当时的精神资源有二，其一是以拜伦（George Gordon Byron，一七八八至一八二四）为首的西方摩罗诗人的诗歌之力，其二是明末遗民的血之声音及光复之志；第二节主要讲光复后中国社会短暂的光亮，虽然那时也有坏现象，然而少且温和，并且都能及时制止，然而可惜的是这少有的光亮到了后来则颓唐下去了；第三节讲成长于清末与成长于民国两代人之间的精神差异，"果然，连大学教授，也已经不解何以小说要描写下等社会的缘故了，我和现代人要相距一世纪的话，似乎有些确凿"①。"……还译他的剧本《桃色的云》。其实，我当时的意思，不过要传播被虐待者的苦痛的呼声和激发国人对于强权者的憎恶和愤怒而已，并不是从什么'艺术之宫'里伸出手来，拔了海外的奇花瑶草，来移植在华

---

① 鲁迅：《坟·杂忆》，《鲁迅全集》第一卷，北京：人民文学出版社，二〇〇五年，第236页。

国的艺苑。"① 这一节正是鲁迅此刻当下性的很好的证明,所谓文学之力与艺术之宫的针锋相对正是一九二五年困扰鲁迅的话题,同时也是鲁迅此后一系列写作的动因;第四节讲到了国民性的问题,发出了"卑怯的人,即使有万丈的愤火,除弱草以外,又能烧掉甚么呢"②的深刻洞见,并指出所谓的太平盛世则正是"因为自己先已互相残杀了了,所蕴蓄的怨愤都已消除"③的缘故,然而结尾,鲁迅还是诚恳地提出疗治的药方,"总之,我以为国民倘没有智,没有勇,而单靠一种所谓'气',实在是非常危险的。现在,应该更进而着手于较为坚实的工作了"④。

这一段杂感文很自然地令人想起两个多月前鲁迅给许广平的一封书信里面的话:

> 说起民元的事来,那时确是光明得多,当时我也在南京教育部,觉得中国将来很有希望。自然,那时恶劣分子固然也有,然而他总失败。一到二年二次革命失败之后,即渐渐坏下去,坏而又坏,遂成了现在的情形。其实这不是新添的坏,乃是涂饰的新漆剥落已尽,于是旧相又显了出来。使奴才主持家政,那里会有好样子。最初的革命是排满,容易做到的,其次的改革是要国民改革自己的坏根性,于是就不肯了。所以此后最要

---

① 鲁迅:《坟·杂忆》,《鲁迅全集》第一卷,北京:人民文学出版社,二〇〇五年,第237页。
② 同上书,第238页。
③ 同上书,第239页。
④ 同上。

> 紧的是改革国民性,否则,无论是专制,是共和,是什么什么,招牌虽换,货色照旧,全不行的。①

将这段文字同《杂忆》两相对照,我们就能一目了然地看到两者之间的互文性关联。《杂忆》只不过是将《两地书》中的生活书写用文学的方式展开了而已。略微不同的是,书信中缺少了杂感文第三节关于两代人之差异的话题,不过,关于这一点,鲁迅其实在另外一封书信中同许广平详细谈论过:

> ……至于"还要反抗",倒是真的,但我知道这"所以反抗之故",与小鬼截然不同。你的反抗,是为了希望光明的到来罢?我想,一定是如此的。但我的反抗,却不过是与黑暗捣乱。大约我的意见,小鬼很有几点不大了然,这是年龄,经历,环境等等不同之故,不足为奇。②

当然,同《杂忆》第三节略带愤怒与讽刺的笔调不同的是,这里对"小鬼"的态度是温和的,然而,无论语气如何,其所强调的代际区隔却是一致的。

---

① 鲁迅:《两地书·八》,《鲁迅全集》第十一卷,北京:人民文学出版社,二〇〇五年,第31—32页。
② 鲁迅:《两地书·二四》,《鲁迅全集》第十一卷,北京:人民文学出版社,二〇〇五年,第80—81页。

三

鲁迅与五四一代①的这种代际区隔由来已久。其最初进入新文化运动的态度就是这种代际区隔的最早印证。"铁屋子"中所谓"希望之必有"同"希望之必无"的碰撞,以及以"不能以我之必无的证明来折服了他只所谓可有"的理由而"敷衍"地加入到"新青年"阵营当中的史实都从一个侧面证明了这种代际区隔的存在。仅就这篇《杂忆》的第三节当中所谈的代际区隔问题就不是无的放矢,而是有所指的。

> 不知道我的性质特别坏,还是脱不出往昔的环境的影响之故,我总觉得复仇是不足为奇的,虽然也并不想诬无抵抗主义者为无人格。但有时也想:报复,谁来裁判,怎能公平呢?便又立刻自答:自己裁判,自己执行;既没有上帝来主持,人便不妨以目偿头,也不妨以头偿目。有时也觉得宽恕是美德,但立刻也疑心这话是怯汉所发明,因为他没有报复的勇气;或者倒是卑怯的坏人所创造,因为他贻害于人而怕人来报复,便骗以宽恕的美名。②

---

① 本文中"五四一代"的说法取宽泛的五四之意,实质上就是鲁迅所谓的成长于民国的一代人,在年龄上大概指一八九〇年代以后出生的,其成长经验中并没有参与过辛亥革命的,然而在五四时期成为五四新文化运动的发起者或参与者的这样一拨人。
② 鲁迅:《坟·杂忆》,《鲁迅全集》第一卷,北京:人民文学出版社,二〇〇五年,第236页。

众所周知，胡适是五四时期提倡自由主义最力的一位，"宽容"作为自由主义的组成部分自然是其所提倡的重点。鲁迅的这番话很可能就是针对胡适而发的。尽管胡适系统地提出"容忍与自由"[①]的理论是在其晚期，但在五四时期，他就早已身体力行"宽容主义"了。一九二六年五月二十四日在《致鲁迅、周作人、陈源》的信当中，胡适就强调容忍精神的重要性，"让我们都学学大海。'大水冲了龙王庙，一家人不认得一家人。''他们'的石子和秽水，尚且可以容忍；何况'我们'自家人的一点子误解，一点子小猜疑呢"[②]？当然，这差不多是《杂忆》写作近一年之后的事情，并不能作为鲁迅发表这番议论的直接证据，不过，其时的鲁迅应该是对胡适的"宽

[①] 《宽容与自由——〈自由中国十周年纪念会上讲词〉》，胡适讲，杨欣泉记，《日记一九五九年附录》，《胡适全集》第三十四卷，合肥：安徽教育出版社，二〇一三年，第566—576页。另，在一九四八年八月的《自由主义是什么？》（《胡适全集》第二十二卷，第725—728页）一文中，胡适首次谈到容忍在政治上的重要意义，并第一次正式地把容忍纳入自由主义并视其为自由主义的一个重要组成部分。同年九月在北平电台广播词《自由主义》中，胡适进一步将容忍列为自由主义的四个意义之一，"总结起来，自由主义的第一个意义是自由，第二个意义是民主，第三个意义是容忍——容忍反对党，第四个意义是和平的渐进改革"。并说，"容忍就是自由的根源，没有容忍，就没有自由可说了。至少在现代，自由的保障全靠一种互相容忍的精神，无论是东风压倒西风，还是西风压倒东风，都是不容忍，都是摧残自由"。见胡适：《自由主义》，《胡适全集》第二十二卷，第740页。

[②] 胡适：《书信·致鲁迅、周作人、陈源》，《胡适全集》第三十四卷，合肥：安徽教育出版社，二〇一三年，第426页。

容主义"有所耳闻①才发表了这番议论。对于胡适而言，提倡自由主义与宽容精神大概是从健康的理性角度对社会的发展所做出的观念性选择吧。然而，于鲁迅而言，情形并非如此，究其根本，他是亲身经过辛亥革命的"血和铁，火焰和毒，恢复和报仇"②的腥风血雨，"脱不出往昔的环境的影响之故"③，所以，虽然"有时也觉得宽恕是美德，但立刻也疑心这话是怯汉所发明，因为他没有报复的勇气；或者倒是卑怯的坏人所创造，因为他贻害于人而怕人来报复，便骗以宽恕的美名"④。我想，这大概正是代际区隔所引起的精神差异吧！更何况其时鲁迅正身陷女师大事件而与现代评论派论战，而胡适则选择站在杨荫榆、陈源一边呢！现实的这种情况也势必会从某一个侧面加深鲁迅对他同五四一代的代际区隔的认知吧！

---

① 这一年（一九二五年）的二月，胡适、章士钊互题合照诗在当时应该是颇有名的事件。章士钊先题白话新诗送给胡适，语带讽刺：

你姓胡，我姓章，/你讲甚么新文学，/我开口还是我的老腔。/你不攻来我不驳，/双双并坐，各有各的心肠。/ 　将来三五十年后，/这个相片好作文学纪念看。/哈，哈，/我写白话歪词送你，/总算是老章投了降。

而胡适不以为意，报之以旧体诗，语气宽厚：

"但开风气不为师"，/龚生此言吾最喜。/同是曾开风气人，/愿长相亲不相鄙。

见胡适：《题章士钊、胡适合照》，《胡适全集》第十卷，合肥：安徽教育出版社，二〇一三年，第289页。

② 鲁迅：《野草·希望》，《鲁迅全集》第二卷，北京：人民文学出版社，二〇〇五年，第181页。

③ 鲁迅：《坟·杂忆》，《鲁迅全集》第一卷，北京：人民文学出版社，二〇〇五年，第236页。

④ 同上。

四

鲁迅同五四一代的代际区隔总体而言表现在两个根本性的方面：其一是在当时对中国的前途看得比他们暗淡，其一是对"文学之力"的不懈追寻。目前学界对第一点谈论得比较多，对第二点的认知似乎尚在起步阶段。[①] 关于第一点，王晓明就曾指出，"鲁迅是以一种非常独特的方式，加入五四那一代启蒙者的行列的，这独特并不在他的战斗热情比其他人高，也不在他的启蒙主张比其他人对，他的独特是在另一面，那就是对启蒙的信心，他其实比其他人小，对中国的前途，也看得比其他人糟"[②]。其实大陆学界前两年曾经热议的竹内好的"回心"[③]说，大体就是指第一点而言的。不过，竹内好的那本《鲁迅》阐释的重点其实并不在这里，而是在他对第二点，即"文学之力"的触碰。所谓"文学之力"并不是单纯指一种文学书写

---

① 汪卫东在其专著《现代转型之痛苦"肉身"：鲁迅思想与文学新论》一书中提出的"文学主义"的观念，用以强调鲁迅留日时期通过《摩罗诗力说》等文言论文所建立起来的一种具有行动力的文学观念。这一概念的提出似乎触碰到了这一点。汪卫东：《现代转型之痛苦"肉身"：鲁迅思想与文学新论》，北京：北京大学出版社，二〇一三年，第40页。此外，符杰祥近期在《文艺争鸣》发表的文章《〈野草〉命名来源与"根本"问题》试图勾连从"摩罗"到《野草》之间的精神脉络，也属于这方面有益的探索。符杰祥：《〈野草〉命名来源与"根本"问题》，《文艺争鸣》二〇一八年第五期，第32—40页。

② 王晓明：《无法直面的人生——鲁迅传》，上海：上海文艺出版社，一九九三年，第59页。

③ ［日］竹内好：《鲁迅》，李心峰译，杭州：浙江文艺出版社，一九八六年，第46页。

当中的内部问题,而是指文学或者文章的写作并非单纯地呈现为艺术或者是文字,而是透过文字所渗透出来的行动之力,这种行动之力又是同革命与改造世界紧密相连的。所谓"摩罗诗力"就是这个意思。①竹内鲁迅所关注的重心自始至终就没有停留在鲁迅的"文学"之上,而是从一开始就将目光投向了鲁迅的"文学之力",也就是他的"文学行动"上。关于这一点,我曾经在《多疑鲁迅》中有过说明,不妨抄在这里:

> 虽然我们前面说过,"竹内鲁迅"最著名的地方在于其以"回心"为轴,将鲁迅的文学归结为"罪"的自觉的文学,但竹内好对鲁迅最核心的解释却不是在这里。在《鲁迅》的第四章"政治和文学"中,竹内将鲁迅归结为受孙文的"不断革命"和尼采的"永劫回归"思想影响的"永远的革命者",这才是竹内好先生解释鲁迅的核心之所在。"把孙文看做'永远的革命者'的鲁迅,在'永远的革命者'身上看到了自己"②。

其实我们这里着重要指出的是,鲁迅关于"文学之力"的体认,并由此而来的对于自身同五四一代的代际区隔的认知正是他创作《失掉的好地狱》及其同类作品的此刻当下性的外在方面的重要

---

① 然而,目前的学界似乎都只关注到鲁迅文学之力来源于拜伦等西方资源,而严重忽视了鲁迅对晚明遗民的文章之力的继承。其实关于文学之力的这两个来源,鲁迅在《杂忆》中已经说得很明白了。

② 刘春勇:《多疑鲁迅——鲁迅世界中主体生成困境之研究》,北京:中国传媒大学出版社,二〇〇九年,第215—216页。

因素。

如前所引的,鲁迅说自己翻译爱罗先珂的《桃色的云》"不过要传播被虐待者的苦痛的呼声和激发国人对于强权者的憎恶和愤怒而已,并不是从什么'艺术之宫'里伸出手来,拔了海外的奇花瑶草,来移植在华国的艺苑"①。他又在同一年的十二月《华盖集·题记》中同样提到了"艺术之宫"的话题:

> 也有人劝我不要做这样的短评。那好意,我是很感激的,而且也并非不知道创作之可贵。然而要做这样的东西的时候,恐怕也还要做这样的东西,我以为如果艺术之宫里有这么麻烦的禁令,倒不如不进去;还是站在沙漠上,看看飞沙走石,乐则大笑,悲则大叫,愤则大骂,即使被沙砾打得遍身粗糙,头破血流,而时时抚摩自己的凝血,觉得若有花纹,也未必不及跟着中国的文士们去陪莎士比亚吃黄油面包之有趣。②

而把持着"艺术之宫"的则正是鲁迅所谓的"已经不解何以小说要描写下等社会的"③大学教授们,当然还有众多的被引入歧途的青年们。面对这样的局面,鲁迅所努力要做的就是要将光复前后的"文学之力"用文字不断书写出来,从而一方面将自身与五四一

---

① 鲁迅:《坟·杂忆》,《鲁迅全集》第一卷,北京:人民文学出版社,二〇〇五年,第237页。
② 鲁迅:《华盖集·题记》,《鲁迅全集》第三卷,北京:人民文学出版社,二〇〇五年,第4页。
③ 鲁迅:《坟·杂忆》,《鲁迅全集》第一卷,北京:人民文学出版社,二〇〇五年,第236页。

代的代际区隔揭示出来，重新进行自我确证，另一方面则借此"文学之力"将"艺术之宫"与"正人君子"的本来面目撕扯开，以证实其孱弱的本质。当然，一九二五年的女师大事件及同现代评论派论战，对鲁迅最大的震撼就是，他第一次亲眼看到了在民国中成长起来的这一代人——五四一代——同强权拥抱而将脚践踏向跟他们曾经一样的弱者。这些人不但把守着"艺术之宫"，而且"立论都公允妥洽，平正通达，像'正人君子'一般"①，鲁迅所深恶痛绝者为此。

我想，这些大概就是鲁迅在一九二五年不断在文字中重返民国起点的根本原因吧！

从一九二五年元旦所写的《希望》开始，鲁迅陆陆续续在各种文字中提到民国及其历史：

> 我觉得仿佛久没有所谓中华民国。
> ……
> 我觉得有许多民国国民而是民国的敌人。
> ……
> 退一万步说罢，我希望有人好好地做一部民国的建国史给少年看，因为我觉得民国的来源，实在已经失传了，虽然还只有十四年！②

---

① 鲁迅：《华盖集·题记》，《鲁迅全集》第三卷，北京：人民文学出版社，二〇〇五年，第3页。

② 鲁迅：《华盖集·忽然想到（三）》，《鲁迅全集》第三卷，北京：人民文学出版社，二〇〇五年，第16—17页。

说起民元的事来，那时确是光明得多，当时我也在南京教育部，觉得中国将来很有希望。自然，那时恶劣分子固然也有，然而他总失败。一到二年二次革命失败之后，即渐渐坏下去，坏而又坏，遂成了现在的情形。①

不独英雄式的名号而已，便是悲壮淋漓的诗文，也不过是纸片上的东西，于后来的武昌起义怕没有什么大关系。倘说影响，则别的千言万语，大概都抵不过浅近直截的"革命军马前卒邹容"所做的《革命军》。②

而以形象的方式书写出来的则有一九二五年十月写就的《孤独者》，或许在某种层面上还应该算上一九二四年二月写就的《在酒楼上》和一九二六年十一月完成的《范爱农》。

不过，就所写的内容而言，一九二五年六月十六日所写的《杂忆》则最为详尽，几乎是光复前后到作者写作当下的一份标准的民国精神简史。而写作于同一天的《失掉的好地狱》则恐怕同样也应该放置在这样一个精神史的脉络中才能得到较为妥当的解读吧？

---

① 鲁迅：《两地书·八》，《鲁迅全集》第十一卷，北京：人民文学出版社，二〇〇五年，第31—32页。
② 鲁迅：《坟·杂忆》，《鲁迅全集》第一卷，北京：人民文学出版社，二〇〇五年，第234页。

五

以上是我们梳理的鲁迅写作《失掉的好地狱》之时的此刻当下性的外在方面,掌握了这样一些信息,并从互文性的角度再度回到文本本身,可能会使得解读轻松许多。

所以,在我看来,《失掉的好地狱》同当天完成的《杂忆》几乎都可以当作光复前后到作者写作当下的一份民国精神简史,而非实际的社会政治史来阅读。因此,李何林及其后继者的解读显然是不可取的,其实关于这一点,木山英雄也曾有过相同的意见,"然而,这历史终归是作为寓言的历史,故将此还原到现实的历史来阅读是不成的"①。然而,他并没有注意到本文同《杂忆》的互文性关联,因此在否认掉将文本比照现实政治历史的解读的同时,也否认掉了比照精神史解读的可能。不过他还是认为"这个地狱的故事最终当作'精神界'的寓言来阅读当更为合适。"②从这一点来讲,木山有着同本文较为接近的思路,因此,在他看来,本文中的"'魔鬼'一词是作者青年时代用以翻译西洋的 sātan 的'摩罗'的延续"③,这样的解读正印证了《杂忆》第一节对拜伦为首的西洋摩罗诗人的回顾,在我看来是可以接受的。实际上,李玉明也赞同这样的解读,"综

---

① [日]木山英雄:《读〈野草〉》,《文学复古与文学革命:木山英雄中国现代文学思想论集》,赵京华编译,北京:北京大学出版社,二〇〇四年,第331—332页。
② 同上书,第336页。
③ 同上书,第335页。

合文本，我认为，魔鬼象征着尼采式的'超人'，具有强力的挑战的精神特征"[1]。符杰祥则认为，"对于鲁迅来说，《野草》的'诗心'与'根本'，仍然是在压抑与变形之后更具张力的'摩罗诗力'"[2]。尽管他没有直接论述到《失掉的好地狱》这一篇当中"魔鬼"的形象，但其对《野草》的整体把握的大致方向是可取的。而相反，在张洁宇看来，"魔鬼"就是真的"恶魔"，是鲁迅所讽刺的对象，"他'美丽，慈悲，遍身有大光辉'，看起来如同天神一样完美，'然而我知道他是魔鬼'，这正是鲁迅对于身边很多伪君子、伪善的当权者和欺骗者的尖锐讽刺和揭露。有时候，越是魔鬼是越要做出美丽慈悲的模样来的，这不仅是传说和神话中常见的，其实更是人类世界的'规则'"[3]。这样地理解"魔鬼"形象实际上是误入了李何林和孙玉石的具体政治历史比照解读的陷阱当中，而无视鲁迅的此刻当下的生活语境的结果。当然，我也不完全赞同木山英雄和李玉明仅仅把"魔鬼"单纯比照"摩罗诗人"的做法，恐怕这里的"魔鬼"形象中除了有西洋的摩罗诗人的影子，则更多带有光复前后的为民国前仆后继的先烈们（如秋瑾，邹容等）的影子吧，并且从某个侧面来说，恐怕还带有作者的几分自况在里面吧？《希望》中不是曾经明确说过

---

[1] 李玉明：《〈失掉的好地狱〉：反狱的绝叫》，《"人之子"的绝叫：〈野草〉与鲁迅意识特征研究》，北京：北京大学出版社，二〇一二年，第114页。

[2] 符杰祥：《〈野草〉命名来源与"根本"问题》，《文艺争鸣》二〇一八年第五期，第39页。

[3] 张洁宇：《"愧不如人"的神龟兽——细读〈狗的驳诘〉与〈失掉的好地狱〉》，《独醒者与他的灯：鲁迅〈野草〉细读与研究》，北京：北京大学出版社，二〇一三年，第205—206页。

"我的心也曾充满过血腥的歌声:血和铁,火焰和毒,恢复和报仇"吗?当然,有人可能疑问,既然说"魔鬼"有可能是作者自身,那么叙述者/梦者"我"又怎么解释呢?其实鲁迅的作品中,将自我分裂为多数而进行对话的场景还少吗?而恰恰这就是鲁迅所擅长的啊!只有把自我投射进梦中的"魔鬼"角色身上,我们才能看到前文所说的"代际区隔"在这文本里是如何发生其作用。"魔鬼"正是鲁迅所强调的成长于晚清的一代,为着光复抛洒着鲜血与生命,而后文所出现的"人类"则正是成长于民国的五四一代,说得直接一点,就是写作当时困扰鲁迅并使之深恶痛绝的"正人君子"之流的现代评论派及其周边的人物(或许也包括胡适)。对此,丸尾常喜有着卓越的洞见:

> 促使鲁迅创作这篇诗的"几个有雄辩和辣手,而那时还未得志的英雄们"又是指哪些人呢?……我认为,这是指《现代评论》的代表性论客北京大学教授陈源等人……陈源则从最初以言论介入北京女子师范大学风潮,发展到一边装中立、公正的样子,一边露出攻击的姿态。鲁迅从其言论的背后感受到了某种杀气,这一点从鲁迅后来把他与称为"钢刀子"的军阀势力并称为"软刀子"便可知晓。他们与军阀势力、复古势力的结合,显示出欧洲教养的脆弱,与此同时,他们作为替帝国主义全面性的展开而鸣锣开道的新动向,使得鲁迅不能不警惕。①

---

① [日]丸尾常喜:《耻辱与恢复——〈呐喊〉与〈野草〉》,秦弓、孙丽华编译,北京:北京大学出版社,二〇〇九年,第274—275页。

丸尾常喜的这番议论并非凭空而发，他还就此举了一九二五年六月二日《两地书·二六》当中的鲁迅的原话来印证自己的议论，"可是从西滢的文字上看来，此辈一得志，则不但灭族，怕还要'灭系''灭籍'了"①。

所谓"几个有雄辩和辣手，而那时还未得志的英雄们"一段话，是指鲁迅在《〈野草〉英文译本序》所说的话，其原文如下：

> 所以，这也可以说，大半是废弛的地狱边沿的惨白色小花，当然不会美丽。但这地狱也必须失掉。这是由几个有雄辩和辣手，而那时还未得志的英雄们的脸色和语气所告诉我的。我于是作《失掉的好地狱》。②

文中所谓的"这地狱也必须失掉"，正是指"好地狱"的失去，之所以是"好地狱"，是因为那时统治地狱的"魔鬼"发大光辉，照见一切鬼众，地狱当中还有光亮，还能生长小白花，这正是鲁迅《两地书·八》中所说的"说起民元的事来，那时确是光明得多"的互文性文本。不过，关于"好地狱"是在什么时段，学界的解读众说纷纭，就是下面这一段比较费解：

> 地狱原已废弛得很久了：剑树消却光芒；沸油的边际早不腾涌；大火聚有时不过冒些青烟，远处还萌生曼陀罗花，花极

---

① 鲁迅：《两地书·二六》，《鲁迅全集》第十一卷，北京：人民文学出版社，二〇〇五年，第84页。
② 鲁迅：《二心集·〈野草〉英文译本序》，《鲁迅全集》第四卷，北京：人民文学出版社，二〇〇五年，第365页。

细小，惨白可怜。——那是不足为奇的，因为地上曾经大被焚烧，自然失了他的肥沃。①

这一段是在"魔鬼战胜天神……亲临地狱，坐在中央，遍身发大光辉，照见一切鬼众"之后，因为文中有一个"原"字，所以普遍把这个废弛的地狱当作是天神统治时期的结果，"魔鬼统治了三界以后，开始整顿地狱的秩序，地狱已经废弛了很久，这是因为在这场创世纪之战之前，三界都有天神统管，天神的暴政大约并不那么残暴，因此，当魔鬼接手的时候：'地狱原已废弛得很久了……'"②这样的解读其实矛盾重重，且不说"天神的暴政大约并不那么残暴"说不通，最关键的是根据文本，所谓"好地狱"正是指"废弛得很久"的，长着细小的惨白可怜的曼陀罗花的地狱，但如果如这段分析所言，这样的"好地狱"是在天神统治时期，那么，魔鬼又有什么好感叹"好地狱"的失掉呢？其实顺着鲁迅文本逆推，也可以看得出，"好地狱"正是地狱在魔鬼统治时期所显的短暂光亮。因此，木山英雄下面的这段话是妥当的：

> 但"原已"是站在哪个时间起点上而言的呢？仅就这个词来说，我们既可以解读为"魔鬼"战胜"天神"的那个时点，

---

① 鲁迅：《野草·失掉的好地狱》，《鲁迅全集》第二卷，北京：人民文学出版社，二〇〇五年，第204页。
② 张洁宇：《"愧不如人"的神龟兽——细读〈狗的驳诘〉与〈失掉的好地狱〉》，《独醒者与他的灯：鲁迅〈野草〉细读与研究》，北京：北京大学出版社，二〇一三年，第206页。

也可以解读为自此以后又经过漫长的岁月,而"鬼魂们"终于醒来的那个时点。但若是前者,则"魔鬼"胜利后"鬼魂们"便马上反叛起来,其"好地狱"的时代便不存在了,所以不便采用它。如以后者来观之,有关地狱的荒废,其间一直该是支配者的"魔鬼"仿佛与自己无关似的讲述着,虽然,这里若说有"魔鬼"的特性在,或者也说得通。①

也就是说,"地狱原已废弛得很久了"的时间是在"鬼魂们"终于醒来的那个时候,而不是在"魔鬼"战胜"天神"的那个时候。这样解读,那么"好地狱"就是在魔鬼统治的时期,而最终魔鬼发出惋惜的感叹就顺理成章了。因此,丸尾常喜说,"这篇作品里最不可思议的是,'魔鬼'虽然掌握了统治一切的'大权威',但是对于强化其统治、恢复地狱秩序,却几乎没有采取任何行动。'魔鬼'所做的,几乎唯一的只是用它那'大光辉'照见地狱和鬼魂"②。

六

将以上文本的分析同本文第四节开头所提出的鲁迅同五四一代的代际区隔的两种表现相结合起来考察,或许将有意想不到的收获。

---

① [日]木山英雄:《读〈野草〉》,《文学复古与文学革命:木山英雄中国现代文学思想论集》,赵京华编译,北京:北京大学出版社,二〇〇四年,第332—333页。

② [日]丸尾常喜:《耻辱与恢复——〈呐喊〉与〈野草〉》,秦弓、孙丽华编译,北京:北京大学出版社,二〇〇九年,第274—275页。

其实代际区隔的这两种表现在《野草》当中有颇为明晰的显现，前一种的代表篇目是《秋夜》和《希望》两篇，后一种代表的篇目就是《失掉的好地狱》和《狗的驳诘》，或许在某种层面上还要包括《颓败线的颤动》。所谓因辛亥革命的失败而引起的鲁迅在五四重新站起来检讨过去之历史的话题，在我们过去的研究当中几乎占据着鲁迅阐释的主流。以《呐喊》《随感录》为中心的对过去社会（包括对辛亥革命）的批判，这是鲁迅检讨过去历史之外部的话题，这个又是主流之主流，过去所谓鲁迅反封建的问题都是沿着这个话题展开谈论的。其实无论是一九八〇年代之前的还是一九八〇年代的鲁迅研究几乎都沿着这个思路前行。到了一九九〇年代以及新世纪，由于"后学"的兴起，加之日本鲁迅研究的大量翻译与传播，关注的重心则逐渐从鲁迅对历史检讨的外部走向了对内在的检讨，这方面的代表有汪晖、王晓明等，所讨论的重心则从《呐喊》《随感录》时期移到了《彷徨》《野草》时期。即便是谈论到了《呐喊》，也更多的是以内部检讨为主，如竹内好的"回心"说。当然在这个方面走得更彻底的是木山英雄的"野草论"。这些研究无论有多大的差别，但有一点是始终不变的，就是以五四为鲁迅的原点来谈论鲁迅，而极少有人以辛亥革命为其原点来进行研究。① 诚然，辛亥革命的失

---

① 伊藤虎丸的研究尽管将鲁迅的原点挪移到留日时期，然而他的逻辑始终在竹内好的框架之内，依然局限于鲁迅对辛亥革命失败之历史检讨的内部问题，即个体的自觉的问题。甚至他对鲁迅与尼采关系的讨论也依然在这样一个范畴当中，始终关注内部而忽视了"强力意志"的问题。符杰祥、汪卫东的论述尽管关注到文学之力与"摩罗"的关联问题，可是始终把这样的一个问题局限在鲁迅世界内部，而没有从辛亥革命这个中国现代历史的原点着手进行讲述，我想在这些地方还是有商榷的空间吧！

败确实给鲁迅带来痛苦的经历，使之不断反省与检讨这段历史，包括自身。然而，我们更要看到的是，鲁迅对辛亥革命无限的热恋，他是这场革命的亲身经历者，并且正是这场革命将鲁迅终身定型为一个"战士"，而非一个文学家。鲁迅及其同志们用他们的青春和热血编织成了一个璀璨的"辛亥文化"，而五四，鲁迅则始终是一个参与者与同路人而已，他始终不能同五四融合为一体，就像他后来始终不能同左翼真正融合在一起一样，其实五四是左翼、右翼的五四，始终不是鲁迅的五四。《秋夜》中的那些"野花草"不就从"摩罗"诗人的"瘦的诗人"那里来的么？①《野草》从一开始就深切地缅怀那一段青春，而呼唤"恶鸟"的出现，然而"夜半的笑声，吃吃地"②从"我"嘴里发出来，分明是在自嘲，因为不能忘却自己的青春，所以对小飞虫们寄予同情和怜悯，并且同时鼓舞了自我青春之未灭的灰烬，然而自嘲又跟随而来。《秋夜》的这样生动的描写活脱脱将鲁迅同五四一代的代际关联与区隔展现了出来：对中国的前途看得比较暗淡。这样的情景在随后的《希望》当中再度展现出来，尽管主题有所加深，然而思路仍然是一致的。其中尤为值得我们品味的是鲁迅对"身外的青春"的态度（也就是鲁迅对五四一代的态度），从这两篇作品中我们看到的仍然是怜悯与同情，尽管《希望》当中流露出失望的情绪，然而基调还是不变的。这让我想起前文所引的鲁迅在《两地书·二四》当中对许广平说的那番关于"反抗之

---

① 符杰祥的阐释值得注意。符杰祥：《〈野草〉命名来源与"根本"问题》，《文艺争鸣》二〇一八年第五期，第32—40页。

② 鲁迅：《野草·秋夜》，《鲁迅全集》第二卷，北京：人民文学出版社，二〇〇五年，第167页。

故"的话题,"但我知道这'所以反抗之故',与小鬼截然不同。你的反抗,是为了希望光明的到来罢?我想,一定是如此的。但我的反抗,却不过是与黑暗捣乱"[1]。这岂不正是对鲁迅作为五四的"同路人"的最好的阐释吗?

然而,鲁迅始终不曾忘却辛亥革命中建立起来的"文学之力"与"反抗之力",即竹内好所谓的"把孙文看做'永远的革命者'的鲁迅,在'永远的革命者'身上看到了自己"[2]。这"文学之力"与"反抗之力"即正是鲁迅的原点,或者可以说鲁迅不是五四的鲁迅,鲁迅是辛亥革命的鲁迅,站在我的立场上,这样表述虽然有些绝对,但对于纠正历史的偏见则是不得已的选择吧!

至于"文学之力"与"反抗之力"这个原点的建立,自然要归功于光复与革命,然而其资以建立的资源其实并不止是西洋的"摩罗诗人"传统,明末遗民的血之蒸腾的呐喊与对"文"的质朴之力的复归的提倡起到了几乎同样的作用。这在《杂忆》中已经有过明晰的"自供"不是吗?

正是这永远的反抗之力,鲁迅才在一九二五年对文学之宫殿化,及民国成长起来的五四一代人当中的一部分"右转"(为当局者说话而压制如同曾经自己一样的弱小者)有着出人意料的激烈反应。而不幸的是,"右转"与把守"文学之宫"的似乎又是同一伙人。所以《杂忆》中第四节,所谓弱者不向强者去反抗,反而是向更弱者去

---

[1] 鲁迅:《两地书·二四》,《鲁迅全集》第十一卷,北京:人民文学出版社,二〇〇五年,第80—81页。

[2] [日]竹内好:《鲁迅》,李心峰译,杭州:浙江文艺出版社,一九八六年,第130页。

践踏自己的双脚的一番关于国民性的理论①其实就是针对这样一些人而发的。而这些杂感转化为文学的形象写作,就化在了《失掉的好地狱》当中,因此,这首散文诗(我还是愿意叫作杂感散文)除了有具体的针对对象外,同时也把《杂忆》中对国民性的思考融了进来。②

对"地狱"及其轮替的象征性书写确实是隐含着鲁迅对中国社会历史的批判,正如诸多研究者所征引的《灯下漫笔》中"想做奴隶而不得的时代"和"暂时做稳了奴隶的时代"的所谓中国"一治一乱"的历史洞见一样。③然而,我个人认为,这并不是本文书写的重心。如果以此为重心书写,那么,对魔鬼及其统治的"好地狱"的书写一定是不堪的,然而,实际上并非如此,反而是寄予了叹息、同情与无尽的爱惜与怜悯。"天地作蜂蜜色的时候,就是魔鬼战胜天神……"④研究者们一致同声地将"蜂蜜色"的天空当作对"远古"或者"久远"的书写,然而"蜂蜜"不是甜蜜的么?"天地作蜂蜜色的时候"岂不就是暖色调的令人无限甜蜜而且回忆的时代吗?这不正可说明作者对魔鬼的喜悦与无限爱恋么?

然而,鲁迅毕竟是多疑的,这也正是鲁迅的文字难解的地方。

---

① 鲁迅:《坟·杂忆》,《鲁迅全集》第一卷,北京:人民文学出版社,二〇〇五年,第238—239页。

② 在诸多的研究者当中,只有朱崇科注意到了这一点。见朱崇科:《解/构"国民性"——重读〈失掉的好地狱〉》,《〈野草〉文本心诠》,北京:人民出版社,二〇一六年,第201—212页。

③ 鲁迅:《坟·灯下漫笔》,《鲁迅全集》第一卷,北京:人民文学出版社,二〇〇五年,第225页。

④ 鲁迅:《野草·失掉的好地狱》,《鲁迅全集》第二卷,北京:人民文学出版社,二〇〇五年,第204页。

文本的结尾，作者的笔锋突然一转，"朋友，你在猜疑我了。是的，你是人！我且去寻野兽和恶鬼……"正是鲁迅多疑思维的表征，尽管给文本的阐释增添了麻烦，然而不也正是阅读的乐趣所在么？

这段话可以拆分成前后两部分来理解："朋友，你在猜疑我了。是的，你是人！"这是前一个部分；"是的，你是人！我且去寻野兽和恶鬼……"这是后一个部分。都可以视作是作者鲁迅撕裂的自我与自我的对白。所谓撕裂的自我，在本文中姑且可以认为存在着"辛亥的鲁迅"和"五四的鲁迅"两个鲁迅的自我。这两个鲁迅的自我在文本的末尾有交锋，并且最终做出了对其中的一个的选择与认可。对话的前半部分是"辛亥的鲁迅"认为"五四的鲁迅"在猜疑他，那原因是"你是人！"尽管鲁迅在这篇文本中对代表"人类"的五四"右转"的一代给予了谩骂与诅咒，然而，他毕竟是参与过五四的"人"之呐喊的阵营，虽然是"在而不属于"的"同路人"，然而因为青春的灰烬尚未灭尽的缘故，在内心还是多少有些"属于"的"同路人"吧！① 以此之故，他并不能同五四一代完全脱离干系，因此在这里，借"魔鬼"之口，或者说用"辛亥的鲁迅"而对"五四的鲁迅"自我提出质疑吧！而在另外一方面，反过来说，

---

① 九尾常喜对此有着较为清醒的认识，"创作《狂人日记》等作品的五四时期，世界上出现了新的'人道主义'高潮，鲁迅也敏锐地感应到，心中强化了对'人类'的信赖。鲁迅的'人类主义'，成为规定其生活方式的'进化论'的重要基础……"，"可是，以一九二五年为界，在鲁迅的文章中表现出浓郁悲痛感觉，譬如一九三四年发表的《答国际文学社问》……这给鲁迅的'人类主义'带来了破绽，从外部强烈地动摇了其'进化论'"。语见九尾常喜：《耻辱与恢复——〈呐喊〉与〈野草〉》，秦弓、孙丽华编译，北京：北京大学出版社，二〇〇九年，第268页。

"五四的鲁迅"对"辛亥的鲁迅"也不无疑虑,即是,中国的历史"一治一乱"的循环,即便是"魔鬼"之力也恐怕并不能使之从恐怖的循环当中脱离出来吧,所以尽管是赞叹与惋惜的"好地狱",也还终究是"地狱"吧!"《摩罗诗力说》的神和恶魔、人的关系,在寓言中变成了如'天神'和'魔鬼''人类',乃至'鬼众'(鬼魂)那样有些复杂化了,这乃是与对拜伦、尼采那样的'精神界之战士'的天才信仰发生动摇相呼应的。"①

这段话的后半部分"是的,你是人!我且去寻野兽和恶鬼……"既可用于看作是"辛亥的鲁迅"对"五四的鲁迅"扬弃②,也可以看作是鲁迅对五四的反思与扬弃。这样的语气常常使人联想起《野草》的上一篇《狗的驳诘》中的一句点睛的话,"愧不如人"③。事实上,这两篇的立意确实相近,是同一思考的产物。

一九二六年召唤"魔鬼"的声音再次出现在鲁迅的文本中,"S城人的脸早经看熟,如此而已,连心肝也似乎有些了然。总得寻别一类人们去,去寻为S城人所诟病的人们,无论其为畜生或魔鬼"。《朝花夕拾·琐记》中的这次对"魔鬼"的召唤与《失掉的好地狱》的结尾有着等同的效果,两相比较起来,我们"会感觉到鲁迅正重

---

① [日]木山英雄:《读〈野草〉》,《文学复古与文学革命:木山英雄中国现代文学思想论集》,赵京华编译,北京:北京大学出版社,二〇〇四年,第336页。

② 关于这一点,我在《文章在兹——非文学的文学家鲁迅及其转变》一书当中有过较为详细的论述。参见《文章在兹——非文学的文学家鲁迅及其转变》,长春:吉林大学出版社,二〇一五年。

③ 鲁迅:《野草·狗的驳诘》,《鲁迅全集》第二卷,北京:人民文学出版社,二〇〇五年,第203页。

新返回他的原点"①。而事实上,一整本《朝花夕拾》不正是鲁迅给予"辛亥原点"的招魂么?返还原点并非仅仅重拾记忆那么简单,一切返还原点都隐含着当下行动的属性,对于谙习"复古以革新"的鲁迅来说更是如此。《朝花夕拾》的书名从一般陈述式的"旧事重提"而更改为更具积极行动性质的"朝花夕拾"不正表明了以鲁迅重返"辛亥原点"的决心而去迎接新的革命的到来吗?此时,他才正式从辛亥革命之失败的顿挫中爬了出来,向上一个阶段告别,而去寻找"别一类"的人们。而此时,国民革命正在他身边如火如荼地进行着,另一场更"新"的革命则离他也不远了!

刘春勇 于北京通州
二〇一八年六月二至四日
二〇一九年三月二十八日定稿

---

① [日]九尾常喜:《耻辱与恢复——〈呐喊〉与〈野草〉》,秦弓、孙丽华编译,北京:北京大学出版社,二〇〇九年,第276页。

论鲁迅在北京的四次迁居与文学生产

□ 陈洁

鲁迅在成为伟大作家的过程中,曾经历了多次空间位移,从绍兴到南京求学,赴日本留学,回国后先后在杭州、绍兴、南京、北京、厦门、广州、上海等城市工作生活。这些空间变换,对鲁迅思想、文学的形成和发展变化起到了重要作用。① 鲁迅在《呐喊·自序》中通过对空间转变的叙述,回忆了自己走上文学道路的历程。鲁迅在北京的住所有过四次空间位移,其中有他主动选择购买住宅,也有因兄弟失和而被迫漂泊。本文论述鲁迅在北京的这四次位移对他的文学生产的影响。

从一九一二年五月六日到一九一九年十一月二十一日,大约七年半,鲁迅住在宣武门外南半截胡同绍兴会馆,过着集体性居住的生活,写了《呐喊》和《热风》中的一部分作品。绍兴会馆在清代北京城的外城,民国初期地图上也仍标注为外城。② 从购买自己的住

---

① 叶隽:《变创与渐常:侨易学的观念》,分析了鲁迅的早期"侨易现象",并特别指出鲁迅在日本的幻灯片事件可被认为是一项侨易事件,确实对鲁迅的思想转变与形成产生了重要作用,促使鲁迅弃医从文。北京:北京大学出版社,二〇一四年,第156—160、116—117页。

② 民国初期《北京内外城详图》,中国书店据王华隆所制、最新地学社印行的民国初期北京地图影印。

宅八道湾开始，鲁迅的居住地点由北京的外城搬进了内城，此后的三个居住地都是在北京城内城。①清代时，政府实行旗民分住制度，满族旗人住在内城，汉族即使是官吏也居住在外城。汉官大多住在宣武门外。②这一空间表现出清代的政治特点，将汉人群体从京城中排出。③鲁迅从外城搬进内城，更接近权力中心，从而深入体验了北京的都市空间。从一九一九年十一月二十一日到一九二三年八月二日，将近四年，鲁迅住在新街口公用库八道湾十一号，写出了《阿Q正传》《鸭的喜剧》等。笔调更加成熟，多部小说以家庭居室为主要叙述空间。兄弟失和后，鲁迅搬出八道湾，从一九二三年八月二日到一九二四年五月二十五日，暂时搬到西四砖塔胡同六十一号居住，写出了《祝福》《肥皂》《在酒楼上》《幸福的家庭》等。经历了这段时间的漂泊后，鲁迅买下并搬到阜内西三条胡同二十一号，从一九二四年五月二十五日到一九二六年八月二十六日，鲁迅居住在这里，写出了《野草》《长明灯》等。这些作品集中体现了鲁迅对北京的空间感受，隐喻性更强。鲁迅西三条的住宅是他自己选择自己设计的住宅，可以说是他参与生产出来的个人空间。

---

① 参见民国初期《北京内外城详图》，中国书店据王华隆所制、最新地学社印行的民国初期北京地图影印。

② 据夏仁虎《旧京琐记》："旧日汉官，非大臣有赐第或值枢廷者，皆居外城，多在宣武门外；……士流题咏，率署'宣南'，以此也。"如孙承泽、王渔洋、纪昀等。《旧京遗事　旧京琐记　燕京杂记》，北京：北京古籍出版社，一九八六年。

③ 据《天咫偶闻》记载，清代北京的内城和外城的房式也不同，外城的住宅接近南方的式样，屋檐矮，庭院狭窄；而内城则"院落宽阔，屋宇高宏"，"其式全仿府邸为之"。震钧：《天咫偶闻》，北京：北京古籍出版社，一九八二年，第212—213页。

《野草》，是鲁迅对北京城市空间思考的一个高峰。《野草》对城市空间的思考能达到这样的深度，是因为鲁迅是一位有自觉的空间意识的作家。王富仁指出，中国近现代知识分子是在首先建立起新的空间观念之后，才逐渐形成自己新的时间观念的。① 鲁迅是一个空间主义者，鲁迅更加重视的是空间而不是时间；空间主义者关心的是现实的空间环境，正视现在的空间环境，正视现在自我的生存和发展，这就是鲁迅的思想，鲁迅思想的核心。② 空间的逻辑之一就是隐喻化。③ 鲁迅很多重要思想的表达都与空间相关。"铁屋子"的隐喻，就是一个空间的概念。孙郁把"铁屋子"的意象与绍兴会馆相联系，认为它的隐喻性包含了对旧京环境的嘲弄。④ 王富仁认为"'铁屋子'就是中国启蒙主义知识分子所住居的空间环境，是对这个空间环境的形象性概括"⑤。以空间为隐喻表达思想，使思想具象化，可表达得更清晰，法国哲学家福柯（Michel Foucault，一九二六至一九八四）也使用空间的隐喻这种方式表达自己的思想。⑥《野草》

---

① 王富仁：《时间·空间·人（一）——鲁迅哲学思想刍议之一章》，《鲁迅研究月刊》二〇〇〇年第一期，第4页。

② 王富仁：《时间·空间·人（四）——鲁迅哲学思想刍议之一章》，《鲁迅研究月刊》二〇〇〇年第四期，第4—5页。

③ Henri Lefebvre, *The Production of Space*, translated by Donald Nicholson-Smith, p. 98, Oxford UK & Cambridge USA: Basil Blackwell, 1991.

④ 孙郁：《周氏兄弟笔下的北京》，《北京师范大学学报》（社会科学版）二〇〇九年第三期，第109页。

⑤ 王富仁：《时间·空间·人（三）——鲁迅哲学思想刍议之一章》，《鲁迅研究月刊》，二〇〇〇年第三期，第5页。

⑥ ［法］米歇尔·福柯著：《词与物：人文科学的考古学》（修订本），莫伟民译，上海：上海三联书店，二〇一六年。"词的修辞学空间"，第123页。四种理论似乎构成了一个"四边形的四条线段"，第124页。"一个关于极其透明的语言的崇高乌托邦"，第126页。

的首篇《秋夜》是一篇描写社会空间的杰作,在《野草》中起了奠定基调的重要作用①,甚至被视为《野草》的"序"②。《秋夜》里的后园本来是一个家庭空间、私密空间、休闲空间。③鲁迅笔下的这一个人空间,却充满了他对社会的思考,成为中国社会空间的一个隐喻。鲁迅敏锐地捕捉到了空间中复杂、矛盾、紧张的社会关系。《秋夜》所呈现出来的这个空间是在京城——国家权力和政治决策最集中的中心。所以这个空间的构成极其复杂,是当时社会生产关系的隐喻和象征。"空间是一种社会关系吗?当然是,不过它内含于财产关系(特别是土地的拥有)之中,也关联于形塑这块土地的生产力。空间里弥漫着社会关系;它不仅被社会关系支持,也生产社会关系和被社会关系所生产。"④这个空间里有各种矛盾和抗争,这些抗争力图打破现有社会关系的再生产。

《秋夜》中的大自然被拟人化为各种社会关系的隐喻。夜的天空将繁霜洒在"我的园里的野花草上"⑤。大自然的存在本是无意识的,

---

① 张洁宇的《天高月晦秋夜长——细读〈野草〉》强调了《秋夜》的开篇作用。张洁宇:《独醒者与他的灯——鲁迅〈野草〉细读与研究》,北京:北京大学出版社,二〇一三年,第35页。

② 汪卫东:《探寻"诗心":〈野草〉整体研究》,北京:北京大学出版社,二〇一四年,第37页。

③ 参见福柯:《不同空间的正文与上下文》,包亚明主编《后现代性与地理学的政治》,上海:上海教育出版社,二〇〇一年,第20页。

④ [法]亨利·列斐伏尔:《空间:社会产物与使用价值》,包亚明主编《现代性与空间的生产》,上海:上海教育出版社,二〇〇三年,第48页。

⑤ 鲁迅:《秋夜》,《鲁迅全集》第二卷,北京:人民文学出版社,二〇〇五年,第166页。

一枝玫瑰不知道它是玫瑰。①鲁迅笔下的花草已不是自然的花草,而是作为社会构成的一部分而存在。各种动植物和天空其实是当时社会的喻体,文中生动地写出了它们各自的精神活动。鲁迅把这个私人空间切割了:天空、地面、树……空间中存在的事物构成一种上、下的空间感。天空在高处,象征着掌握权力的统治者。②而这个空间的整体感亦十分明显,是包含中国各阶层的社会关系的一个缩影。鲁迅自己也在这种社会关系中。乡野的空间具有较多的自然属性,而都市的空间被政治化的程度更深。"在我的后园,可以看见墙外有两株树,一株是枣树,还有一株也是枣树。"③在惜墨如金的鲁迅笔下,在一篇短文的开头重复出现的两棵枣树,引起了学界多年的议论,并做了不同阐释。这一写法表现的是一种空间感。枣树是这个空间中的主角。"这个空间是以'枣树'为核心展开的……是'枣树',把这个空间的一切联系了起来,它们的形态和精神因有了'枣树'的形态和精神才得到了具体的呈现。"④《秋夜》的画面感十分明显,因此曾有几位画家以此为题材作画。《秋夜》的视角从自己的后园,走进自己的室内。《秋夜》将这种都市空间转化成一种赋予了作者喻义的精神空间,而这一精神空间与作者认识到的社会现实相对

---

① Henri Lefebvre, *The Production of Space*, translated by Donald Nicholson-Smith, p. 74, Oxford UK & Cambridge USA: Basil Blackwell, 1991.
② 福柯对画面做过类似的分析:"鸟,如同权力,来自高处。"[法]米歇尔·福柯著:《声名狼藉者的生活》,《福柯文选Ⅰ》,汪民安编,北京:北京大学出版社,二〇一六年,第230页。
③ 鲁迅:《秋夜》,《鲁迅全集》第二卷,第166页。
④ 王富仁:《时间·空间·人(三)——鲁迅哲学思想刍议之一章》,《鲁迅研究月刊》二〇〇〇年第三期,第15页。

应。亨利·列斐伏尔（Henri Lefebvre，一九〇一至一九九一）指出阶级的战略，试图通过整个空间来保证核心关系的再生产。[1]生产关系的再生产和某些关系的再生产通过整个的空间来实现。[2]

散文诗集《野草》隐喻性很强，以简短的篇幅讲述复杂的故事，空间描写在浓缩故事上起到了重要作用。《野草》中很多文章开篇即点出空间——《秋夜》："在我的后园"[3]。《我的失恋》："我的所爱在山腰""我的所爱在闹市""我的所爱在河滨""我的所爱在豪家"[4]。《立论》："我梦见自己正在小学校的讲堂上预备作文。"[5]《死后》："我梦见自己死在道路上。"[6]《墓碣文》："我梦见自己正和墓碣对立。"[7]《颓败线的颤动》里梦中的一间在深夜中紧闭的小屋的内部。[8]

空间本是存在的实体，却常被抽象化，出现很多衍生词。[9]本文所使用的空间概念是实体空间。亨利·列斐伏尔和福柯所论空间，主要是论实体空间的社会属性，和本论文所论空间的范畴一致。"空间已经成为国家最重要的政治工具。国家利用空间以确保对地方的

---

[1] ［法］亨利·列斐伏尔：《空间与政治》（第二版），李春译，上海：上海人民出版社，二〇〇八年，第41页。

[2] 同上书，第32、33页。

[3] 鲁迅：《鲁迅全集》第二卷，第166页。

[4] 同上书，第173—174页。

[5] 同上书，第212页。

[6] 同上书，第214页。

[7] 同上书，第207页。

[8] 同上书，第209页。

[9] 例如精神空间、言说空间、文本空间、网络空间、话语空间、阐释空间。

控制、严格的层级、总体的一致性，以及各部分的区隔。因此，它是一个行政控制下的，甚至是由警察管制的空间。空间的层级和社会阶级相互对应。"①鲁迅在作品中真实、具体地记叙了权力是如何通过空间运作的。

鲁迅文学中的空间具有功能性作用。一九一九年，鲁迅住在绍兴会馆时，创作了《自言自语》②，其中的《火的冰》《我的兄弟》在搬入西三条后，分别扩展为《死火》《风筝》。这两篇短文的扩展，都是通过加入空间建构来实现的。一九二五年，鲁迅建构起冰山冰谷的异托邦，以梦的形式重写意象——《死火》，死火是依然如珊瑚一样的火的冰。一九二五年北京冬季的雪，触动了鲁迅的内心，他将《我的兄弟》改写成《风筝》。《风筝》开篇即加入对叙述地点北京的描述，并且首尾呼应，在地点、时间上都设置为双层：北京——故乡、冬季——春季。很显然，北京的寥寥几笔风物描写，使得全篇形成了更立体的结构，其涵义也更加丰厚。③鲁迅笔下典型的异托邦还有S城的照相馆④，《失掉的好地狱》中的地狱，《这样的战士》中的无物之阵，等等。《智识即罪恶》构建地狱恶托邦。《影的告别》中无地彷徨。《灯下漫笔》以厨房这个空间概念隐喻中国："所谓中国的文明者，其实不过是安排给阔人享用的人肉的筵

---

① ［法］亨利·列斐伏尔：《空间：社会产物与使用价值》，包亚明主编《现代性与空间的生产》，上海：上海教育出版社，二〇〇三年，第50页。
② 《鲁迅全集》第八卷，第114—120页。
③ 更详细的论述可参见陈洁：《鲁迅在教育部的儿童美育工作与〈风筝〉的改写》，《中国现代文学研究丛刊》二〇一六年第一期。
④ 鲁迅：《论照相之类》，《鲁迅全集》第一卷，第194—196页。

宴。所谓中国者,其实不过是安排这人肉的筵宴的厨房。"① "小说舞台"——国外学者早已用过这类描述空间的词汇评价鲁迅的小说,《在酒楼上》就被视作一个戏剧场景。② 鲁迅作品集命名为《坟》《彷徨》《且介亭杂文》《且介亭杂文二集》《且介亭杂文末编》,也是以空间来概括。鲁迅小说中的空间意象如咸亨酒店、鲁镇、未庄等,广为流传。

鲁迅留日归国后最初在浙江工作。一九一〇年八月至一九一一年三月,鲁迅的留日同学、同乡许寿裳离开杭州,到北京任代理京师译学馆历史地理教员,一九一一年正月任北京优级师范学堂教育学、心理学教员。许寿裳还通过"宣统三年东西洋留学生考试",成为前清学部七品小京官。③ 鲁迅在致许寿裳的信中,屡次表达想离开绍兴,选择更大的城市空间,并表示出对北京的向往,托许寿裳帮

---

① 鲁迅:《灯下漫笔》,《鲁迅全集》第一卷,第228页。
② 李欧梵著:《铁屋中的呐喊》,尹慧珉译,长沙:岳麓书社,一九九九年,第71页、78页。
③ 从北京鲁迅博物馆所藏许寿裳《教育部职员表》中,可看出许寿裳的任职履历。见下表:

高等甄别委员会调查履历册

官职	参事	曾在某学校修某学科若干年曾否毕业	曾任何官	曾办何项行政事务若干年有无成绩
姓名	许寿裳	曾在日本弘文学校普通科二年毕业,日本东京高等师范学校修历史地理科四年,前清光绪戊申年三月毕业	前清学部七品小京官	前清宣统元年三月至十二月任浙江两级师范学堂教务长兼优级地理学、心理学教员,二年正月至六月任该堂地理学、心理学教员,八月至三年三月代理京师译学馆历史地理教员,三年正月任北京优级师范学堂教育学、心理学教员至十月停职止,民国元年一月任南京本部部员,担任学校教育司事务兼法令起草事宜,五月六日任本部普通教育司第一科主任,八月改任第三科科长
年岁	三十三			
籍贯	浙江绍兴			

他谋职①。其原因是"闭居越中,与新颢气久不相接,未二载遽成村人,不足自悲悼耶"②。一九一二年,经许寿裳向教育总长蔡元培推荐,鲁迅进入南京临时政府教育部。一九一二年五月南京临时政府迁到北京,教育部随之北迁。北京,亦曾为元明清的帝都。首都把一切都向自身吸纳:人口、智力、财富,这是一个决策和舆论的中心。③首都的空间受到权力的影响:"主权为领土确定首都,提出了政府所在地这一主要问题;规训建构起一个空间,并提出要素的等级和功能分配这一基本问题。"④

鲁迅到北京正值辛亥之后,新与旧并存,许多变革都发生于他最初居住的宣南绍兴会馆一带。在鲁迅描述中的北京,不同历史时期的众多思想以社会空间的形式重叠,因为中国人的保守性,改革并不将旧制度完全废止,而是在旧制度之上,添加一层新制度。

> 中国社会上的状态,简直是将几十世纪缩在一时:自油松片以至电灯,自独轮车以至飞机,自镖枪以至机关炮,自不许"妄谈法理"以至护法,自"食肉寝皮"的吃人思想以至人道主

---

① 鲁迅:《100815致许寿裳》,鲁迅谈到"北京风物何如?暇希见告",并请许寿裳留意为自己求职:"他处有可容足者不?仆不愿居越中也,留以年杪为度。"《鲁迅全集》第十一卷,北京:人民文学出版社,二〇〇五年,第333页。"越中棘地不可居,倘得北行,意当较善乎?"鲁迅:《110307致许寿裳》,《鲁迅全集》第十一卷,第345页。
② 鲁迅:《110731致许寿裳》,《鲁迅全集》第十一卷,第348页。
③ [法]亨利·列斐伏尔:《空间与政治》(第二版),李春译,上海:上海人民出版社,二〇〇八年,第129页。
④ [法]米歇尔·福柯著:《什么是批判》,《福柯文选Ⅱ》,汪民安编,北京:北京大学出版社,二〇一六年,第228页。

义,自迎尸拜蛇以至美育代宗教,都摩肩挨背的存在。①

我们所面对的并不是一个,而是许多社会空间,我们所面对的是一种无限的多样性或不可胜数的社会空间,在生成和发展的过程中,没有任何空间消失。②社会空间的形式具有偶然性、集中性和同时性。③

  北京的城市格局深受政治和时局的影响。打开清朝和民国的北京地图,会发现京城是一个高度社会化的空间,整个空间被严密规划。清代的京城还有很多禁区。自然本是开放的,自然的空间是没有等级的。④社会空间才有禁令。⑤北京的公园里虽然有山有水,但并不是大自然的山水,而是具有政治性的、被规划出来的山水异托邦。北京的城市空间,从清末到民国,经历了一个从皇城到现代城市的开放过程,很多皇家禁地被开放为公众区域,成为公园、博物馆,可供普通市民进入。这些空间便由禁地转变为可以消费的对象。⑥

---

① 鲁迅:《热风·随感录 五十四》,《鲁迅全集》第一卷,第360页。

② *The Production of Space*, Henri Lefebvre, p.86, translated by Donald Nicholson-Smith, Blackwell, 1991.

③ 参见 *The Production of Space*, Henri Lefebvre, p.101, translated by Donald Nicholson-Smith, Blackwell, 1991。

④ *The Production of Space*, Henri Lefebvre, p.70, translated by Donald Nicholson-Smith, Blackwell, 1991.

⑤ *The Production of Space*, Henri Lefebvre, p.73, translated by Donald Nicholson-Smith, Blackwell, 1991.

⑥ 亨利·列斐伏尔论述了空间的消费,参见《空间:社会产物与使用价值》,包亚明主编《现代性与空间的生产》,上海:上海教育出版社,二〇〇三年,第48页。

民国时期公园作为实体空间已对公众开放了，但是在社会思想领域，还经历了一个逐渐开放的过程。一九二〇年代，教育部还禁止女学生往游艺场和公园。①

鲁迅在北京居住的十四年中，住在绍兴会馆的时间最长。这一时期因为是周树人成为鲁迅的重要时期，受到学界的关注。鲁迅最初选择居住在绍兴会馆，是有历史渊源的。明嘉靖以后北京就有了会馆。会馆是各省市在京做官的人为了解决各省进京应试举人以及来京候补官员的住宿而修建的。鲁迅的祖父周福清，当年也曾住在绍兴会馆，后从这里出发，到江西当了一名小官。②清末废除科举制度，辛亥革命之后，没有进京赶考的举子，会馆大都是给单身京官居住了。因为清代普通京官的生活是比较清贫的。③此惯例一直延续到民国。宣南形成了以同乡、同年、门生等传统人际为纽带的士大夫相对集中的地区。④

到近现代，宣南依然是知识分子密集的居住地，新一代的知识者以同乡、同学、同事为纽带，形成紧密的居住群。到北京之初，

---

① 参见鲁迅：《坚壁清野主义》："教育当局因为公共娱乐场中常常发生有伤风化情事，所以令行各校，禁止女学生往游艺场和公园；并通知女生家属，协同禁止。"注4："关于禁止女生往娱乐场的新闻，见一九二五年十一月十四日北京《京报》。"《鲁迅全集》第一卷，第272—276页。

② 姜德明：《广和居小记》，《书叶集》，广州：花城出版社，一九八五年，第12页。

③ 如《都门竹枝词》中所存竹枝词《京官》写道："最是长安居不易，京官一例总清贫。"《都门竹枝词》，杨米人等著：《清代北京竹枝词》（十三种），路工编选，北京：北京古籍出版社，一九八二年，第42页。

④ 参见吴建雍、赫晓琳：《宣南士乡》，北京：北京出版社，二〇〇〇年，第5页。

鲁迅与许铭伯、许寿裳同住绍兴会馆。蔡元培也曾住绍兴会馆和北半截胡同。教育部的同僚杨莘耜，住在半截胡同的吴兴会馆，和鲁迅往来较多，曾帮鲁迅买碑拓。① 绍兴的同乡后辈到北京，孙伏园、许钦文、陶元庆等都住过绍兴会馆。鲁迅和他们往来密切，并且渗透到作品发表、报刊出版、图书出版等事务中去。

绍兴会馆与浙江的关系密切，使鲁迅与浙籍人士来往密切。章门弟子中的浙籍同乡群体，促使鲁迅将主要精力由投入教育部职务转向新文化运动。鲁迅作为教育部部员，与另外五名章门弟子在读音统一会中成功地通过了其师章太炎的方案，这一事件促成章门弟子大举进京并在各大高校任教职。

民国时期的中国社会，同乡关系是社会关系的一个重要构成。现存一九一六年十二月浙江公会第五次编刊的《浙江旅京同乡录》，登记了在北京的浙江同乡，包括旅京人士。"按印铸局刊行职员录为次第，交会役随时调查"，涵盖了浙江在北京的政、法、学、商等各界人士。② 一九二二年浙江同乡公会又编印《浙江全省旅京同乡

---

① 杨莘耜回忆说："辛亥革命后，鲁迅至教育部社会司做第二科科长，我在普通司做第二科科长，又同住北京顺治门外南半截胡同，又朝夕相从。民二我改任视学，常年外出视察，其时他爱好碑文和木刻，每次出发之前，他必告我，你到某处为我拓某碑文来，如武梁祠石刻（曾见鲁迅所著某种书面上刻有一人乘车，一人驭马而行者即此石刻），西安碑林之景教碑，泰山顶上之秦始皇的没字碑下方的'帝'字，尤喜碑阴文字和碑座所刻人像和花纹之类，我必一一为他搞到。"杨莘耜：《六十年间师友的回忆》，《鲁迅研究资料》（五），北京鲁迅博物馆鲁迅研究室编，天津：天津人民出版社，一九八〇年，第207页。

② 《浙江旅京同乡录》，一九一六年十二月浙江公会第五次编刊。一九一六年编刊的《浙江旅京同乡录》具体包括：参议院从议长到议员、科员等二十四位，众议院议员等三十九位，国务院参议厅参议等三位，（转下页）

录》。① 在这份《浙江旅京同乡录》中,周树人在教育部的二十三位同乡中位列第三,前面有许寿裳、吴震春。② 一九二二年《浙江全省旅京同乡录》编列的教育部同乡增至四十二位。③ 鲁迅在绍兴会馆时,常有同乡前来拜访,包括教育部同乡和许铭伯这样的居京耆旧,④ 以及在民国政府各部门工作的同乡,还有部分参加过清末革命

(接上页)国务院秘书厅秘书、佥事、主事等十六位,国务院法制局参事等六位,国务院铨叙局办事员四位,国务院统计局参事、主事六位,国务院印铸局佥事、技正等六位,将军府将军等三位,审计院副院长、审计官、协审官、核算官等三十一位,外交部参事、秘书、佥事、主事等十二位,内务部司长、佥事、署技正、主事等二十三位,京师警察厅督察长、署长、警佐等十五位,财政部次长、会长、参事、佥事、主事等四十七位,中国银行总裁、副总裁等八位,盐务署署长、厅长、佥事、主事等二十四位,税务处督办、股长等七位,陆军部军务司等二十五位,陆军训练总监三位,海军部科长、视察等七位,参谋部十一位,北京陆军测量局三位,司法部司长、参事、主事等十九位,大理院十一位,京师高等审判厅五位,京师地方审判厅八位,京师地方检察厅八位,京师第一监狱二位,教育部参事、佥事、视学等二十三位,北京大学校九十一位,法政专门学校二位,京师图书馆、医学校五位,农业学校一位,工业学校二位,女子师范学校一位,农商部二十九位,交通部四十位,各铁路六位,邮政总局一位,电话局一位,平政院八位,蒙藏院二位,清史馆七位,京兆尹公署十五位,官产处五位,煤油矿筹备处三位,耆旧二十一位,商界二十位,各社会(包括报社、红十字总会、学务局等)七位,医生一位,旅京五十一位。并附浙江在北京的各会馆地址。

① 《浙江全省旅京同乡录》,浙江同乡公会文牍科编印,孙宝琦署耑,一九二二年一月。

② 《浙江旅京同乡录》,浙江公会一九一六年十二月第五次编刊,第17页。

③ 《浙江全省旅京同乡录》,浙江同乡公会文牍科编印,孙宝琦署耑,一九二二年一月。

④ 《同乡录》中的耆旧包括前教育部长汪大燮、前参政院参政钱恂、前铨叙局长许宝蘅、前浙江教育司长沈钧儒等。《浙江旅京同乡录》,浙江公会一九一六年十二月第五次编刊,第28—29页。

的革命者及亲属。① 鲁迅对前来拜访的同乡,有选择性地接待。② 鲁迅在日记中还记载此《同乡录》以外的同乡来访。③ 一九一二年,鲁迅与陈仲书互访。④ 陈仲书,名汉弟,浙江余杭人,早年留学日本,民国以后历任总统府秘书、国务院秘书长、参政院参事等职。⑤

住在绍兴会馆里,鲁迅最初的小说创作构建出以鲁镇为代表形象的乡村空间,实以浙江的故乡为蓝本。一九一八年四月,鲁迅写出了《狂人日记》,塑造了一个"四千年来时时吃人的地方"⑥,没有年代的恶托邦,时间几乎是凝滞的。此后,鲁迅写了《孔乙己》《药》《一件小事》等小说,《我之节烈观》《我们现在怎样做父亲》等杂文,还有二十七篇随感录和五十多篇译作。一九二五年,鲁迅对会馆的描写进入了小说《伤逝》,周作人谈到《伤逝》时说:"我们知道这是南半截胡同的绍兴县馆……这里所写的槐树与藤花,虽然

---

① 由鲁迅日记的记载得出结论。《鲁迅全集》第十五卷,第1—383页。
② 参议院议员童杭时一九一四年曾拜访鲁迅,后招饮,鲁迅"不赴"。参见鲁迅日记一九一四年一月三日,"午后童杭时来"。一九一四年一月二十一日,"晚童杭时招饮,不赴"。《鲁迅全集》第十五卷,第99、102页。童杭时,日本东京法政大学毕业,清末曾随徐锡麟进行反清革命。参见《鲁迅全集》第十七卷,第236页。众议院议员田稜,字多稼,曾在一九一三年拜访鲁迅,鲁迅在日记中写道:"上午田多稼来,名刺上题'议员',鄙倍可厌。"参见《鲁迅全集》第十五卷,第63页。
③ 如一九一三年国会议员林式言来访,并访张协和。参见《鲁迅全集》第十五卷,第53页。林式言,浙江温州人,是鲁迅在浙江两级师范学堂的同事。参见《鲁迅全集》第十七卷,第141页。
④ 参见鲁迅日记一九一二年十一月七日,"晚陈仲书来"。十二月二十二日,"往正蒙书局看陈仲书,不值"。《鲁迅全集》第十五卷,第29、35页。
⑤ 参见《鲁迅全集》第十七卷,第130页。
⑥ 鲁迅:《狂人日记》,《鲁迅全集》第一卷,第454页。

在北京这两样东西很是普通,却显然是在指那会馆的旧居,但看上文'偏僻里'云云,又可知特别是说那补树书屋了。"①

鲁迅购买了八道湾的住宅,从外城搬进了内城。八道湾院子大,可以更好地接待客人。绍兴会馆时期鲁迅的客人多是同僚、同乡。八道湾的客人则以新文化人、高校教师为主体。一九二〇年开始,鲁迅相继被北京大学、北京高等师范学校聘为讲师,在北京各大、中学校兼职任教。鲁迅虽然仍在教育部任职,工作重心却转向了写作、学术与教育,其交游人群也由教育部同僚转向新文化同人。

对周氏兄弟和北大同事的交往,沈尹默有一段详细的回忆:

> 五四前后,有一个相当长的时期,每逢元日,八道湾周宅必定有一封信来,邀我去宴集,座中大部分是北大同人,每年必到的是:马二、马四、马九弟兄,以及玄同、柏年、逷先、半农诸人……从清晨直到傍晚,边吃边谈,作竟日之乐。谈话涉及范围,极其广泛,有时也不免臧否当代人物,鲁迅每每冷不防地、要言不烦地刺中了所谈对象的要害,大家哄堂不已,附和一阵。当时大家觉得最为畅快的,即在于此。②

一九二〇年,鲁迅在绍兴的书籍运到北京;一九二四年,存在张梓

---

① 周遐寿:《鲁迅小说里的人物》,上海:上海出版公司,一九五五年,第194—195页。
② 沈尹默:《鲁迅生活中的一节》,《鲁迅回忆录》(散篇)上册,鲁迅博物馆、鲁迅研究室、《鲁迅研究月刊》选编,北京:北京出版社,一九九九年,第248页。引文中的省略号为引者所加。

生家的书也运到了北京。①鲁迅在八道湾安定下来，写出了《阿Q正传》这样在思想和艺术上都达到相当高度的成熟之作。八道湾的来客，也会激发文思，增加鲁迅的创作题材。同乡许羡苏借寓在八道湾鲁迅家，鲁迅以她的故事写了《头发的故事》。②一九二二年，爱罗先珂应蔡元培的邀请来北京大学教授世界语，寄居在八道湾周氏兄弟家。鲁迅写了《鸭的喜剧》。

对京城空间的政治性的充分感受，使鲁迅作品中所描写的城市空间和乡村空间里，充满了各种社会关系，充满了等级。鲁迅描写乡村小说时，即使是写自然景观，也并没有表现自然美，而是进行了拟人化。在《风波》的开头，鲁迅巧妙地营造了两个空间：临河的土场、河里驶过的文人的酒船。两个空间的并置，呈现出两种思想和视角，一是乡野的视角，一是都市里的文人对乡野的一瞥，使小说的内涵更加丰富。鲁迅在《社戏》中，将京城的社会空间与儿时看社戏的乡野空间进行了对比。在前历史中，自然支配着社会空间；在后历史中，本土的自然支配力降低了。③"我们退到后面，一个辫子很光的却来领我们到了侧面，指出一个地位来。这所谓地位者，原来是一条长凳，然而他那坐板比我的上腿要狭到四分之三，他的脚比我的下腿要长过三分之二。我先是没有爬上去的勇气，接着便联想到私刑拷打的刑具，不由的毛骨悚然的走

---

① 参见鲁迅日记，一九二〇年一月十九日，"上午在越所运书籍等至京，晚取到"。一九二四年三月十五日，"旧存张梓生之书籍运来，计一箱，检之无一佳本"。《鲁迅全集》第十五卷，第394、504页。

② 鲁迅：《从胡须说到牙齿》，《鲁迅全集》第一卷，第260—261页。

③ Henri Lefebvre, *The Production of Space*, translated by Donald Nicholson-Smith, p. 120, Blackwell, 1991.

出了。"① 用"地位"一词来戏写"条凳",清晰地写出了京城空间里密集的社会关系和社会等级。比较而言,儿时看社戏的乡野空间虽然也是社会空间,但是保留了较多自然属性。小说中的称谓也反映出,乡野空间里居民的生活还未陷入社会关系的窠臼,保留了一些天然的本真。

一九二三年七月十八日,周作人给鲁迅写了一封绝交信,信中称呼他为"鲁迅先生",并写道:"以后请不要再到后边院子里来。"② 周作人的这句话相当于为鲁迅在八道湾的住宅中划定了一片禁区。八道湾后院是周宅中最宽敞的,有房屋九间,三间一室,共三室。周作人一家住西头三间,建人一家住中间三间,东头三间用作客室。③ "后院是整个宅子中最安静最隐蔽的地方,应为最重要成员所居。但在八道湾十一号周宅,老母亲和长子都没有住后院。"④ 鲁迅把最好的后院留给了两个弟弟家居住,没想到周作人写了一句这样绝情的话,虽然信中只提到后院,但以后院在八道湾周宅的位置,这相当于把鲁迅排斥于八道湾周宅的核心位置之外。

兄弟失和后,鲁迅搬出八道湾,暂时搬到了绍兴同乡俞芳所住的砖塔胡同的院子。经历了这段时间的漂泊后,一九二三年十月三十日,鲁迅买下阜内西三条胡同二十一号,自画草图设计,一九二四年五月二十五日搬到西三条。⑤ 兄弟失和后,鲁迅的肺病复发,所写

---

① 鲁迅:《社戏》,《鲁迅全集》第一卷,第587页。
② 周作人致鲁迅,一九二三年七月十八日,现藏于北京鲁迅博物馆。
③ 黄乔生:《八道湾十一号》,北京:生活书店出版有限公司,二〇一五年,第8、14—15页。
④ 同上书,第15页。
⑤ 《鲁迅全集》第十五卷,第485、513页。

的小说有很强的漂泊感,更为沉郁,反讽性更强。一九二四年二月至三月,鲁迅相继写了小说《祝福》《在酒楼上》《幸福的家庭》《肥皂》。《祝福》是回鲁镇却"只得暂寓在鲁四老爷的宅子里"的"我"写鲁镇上的异乡人祥林嫂的故事。①《祝福》故事的主角祥林嫂不是鲁镇本地人,却把自己的幸福生活寄托于鲁镇,先后两次来到鲁镇,最后死在鲁镇这个异乡。这种失地的设置加重了小说的悲剧色彩。《在酒楼上》的主角也是以暂寓于"S城的洛思旅馆里"②的方式居住于S城的空间,因为"北方固不是我的旧乡,但南来又只能算一个客子"③。客居所遇见的旧同窗旧同事也已经离开了S城,两位昔日的同事都是偶然回城偶然相遇,漂泊感强烈,将多年的时间空间落在一石居这样一个很熟识的却是迎来送往的所在——酒楼。《幸福的家庭》和《肥皂》则开始写都市生活。《幸福的家庭》的反讽是通过对幸福家庭的选址和描写,与现实空间的强烈反差来实现的。"幸福的家庭"所在的地方叫作A,此A出现了两次,表强调;小说中,同时描写作者的现实境遇中出现的白菜堆呈现出A,彼A也出现了两次——其一是在小说的结尾:"一座六株的白菜堆,屹然的向他叠成一个很大的A字。"④A是地点的符号化,构成强烈反讽。

砖塔胡同只是暂时的居所。鲁迅买了西三条的住宅后,从砖塔胡同搬到了西三条。青年学生和北漂文青常到西三条拜访鲁迅。陈翔鹤首次到阜成门内西三条拜访鲁迅,是和郁达夫一起去的,郁达

---

① 《鲁迅全集》第二卷,第5页。
② 同上书,第24页。
③ 同上书,第25页。
④ 同上书,第42页。

夫当时和鲁迅同在北大任教。①董秋芳由宋紫佩带领,前往拜访过鲁迅西三条的家。"这一次访问,特别使我明白,他对于青年人是诚心诚意去接近的,因为他唯一希望的是不受旧染之污,能够创造新环境青年人"②。

建筑与都市规划、设计物与一般建筑,都是我们了解权力如何运作的最佳例证。③著名的历史遗迹也能被鲁迅转化为寄托批评的寓意,例如一九二五年五月写的《长城》。④两篇论雷峰塔倒塌的杂文则运用了象征物价值倒转(symbolic reversal)的技巧。⑤从《论雷峰塔的倒掉》到《再论雷峰塔的倒掉》,可以清晰地看出,鲁迅是怎样将一个建筑物的具体事件上升到国家视角。对杭州的西湖胜景雷峰塔的倒掉最初只有新闻报道。一九二四年九月二十五日,上海《时报》报道了雷峰塔的倒塌。同日《东方杂志》在"补白"栏登出两篇文章:《劫后雷峰记》(节录《时报》)、《雷峰塔得经记》,并附插图《西湖胜迹雷峰塔之崩颓》(两幅)。⑥这些报刊对雷峰塔的倒塌只

---

① 冯至:《鲁迅与沉钟社》,《鲁迅回忆录》(散篇)上册,第339页。

② 董秋芳:《我所认识的鲁迅先生》,《鲁迅回忆录》(散篇)上册,第116页。

③ [美]戈温德林·莱特、[美]保罗·雷比诺:《权力的空间化》,包亚明主编《后现代性与地理学的政治》,上海:上海教育出版社,二〇〇一年,第29页。

④ 李欧梵指出通过精妙的价值倒转(reversal values),鲁迅把这有名的古迹变成了颓败的封建文化的象征。李欧梵著:《铁屋中的呐喊——鲁迅研究》,尹慧珉译,长沙:岳麓书社,一九九九年,第137页。

⑤ 李欧梵著:《铁屋中的呐喊——鲁迅研究》,尹慧珉译,长沙:岳麓书社,一九九九年,第137—138页。

⑥ 春风:《劫后雷峰记》(节录《时报》)、孙傲庐:《雷峰塔得经记》,插图《西湖胜迹雷峰塔之崩颓》(二幅),《东方杂志》"补白"栏,第二十一卷第十八号,一九二四年九月二十五日,第48、120页。

做了简要报道。"在这样战鼓喧哗杀气弥漫的时候,大家都瞪着眼竖着耳访问战事的消息,谁又去注意一座泥塔的竖和倒!……雷峰塔倒了有无可歌可吊的价值,兹姑不论,但是提起它的只有鲁迅的一篇短文,这我以为是太冷淡了它了!"①

雷峰塔的倒掉经由鲁迅的关注申发,成为一个事件,并得以一论再论。一九二四年十一月,鲁迅在《语丝》第一期发表《论雷峰塔的倒掉》。一九二四年十二月二十四日出版的《京报副刊》第十九号可说是关于雷峰塔的专刊,登载了郑孝观《雷峰塔与保俶塔》、童过西《大战中之一》,并配了多张插图。②十二月三十一日,《京报副刊》又登出孙福熙的《吊雷峰塔》。③一九二五年二月二日,《京报副刊》登出了胡崇轩写给孙伏园的信《雷峰塔倒掉的原因》。④胡文发表后,一九二五年二月二十三日,鲁迅在《语丝》发表《再论雷峰塔的倒掉》。⑤鲁迅《再论雷峰塔的倒掉》提出几种破坏者:"轨道破坏者"、寇盗式的破坏者、奴才式的破坏者。⑥雷峰塔砖的被挖去,

---

① 童过西:《大战中之一》,《京报副刊》第十九号,一九二四年十二月二十四日,第7页。省略号为引者所加。

② 郑孝观:《雷峰塔与保俶塔》、童过西:《大战中之一》,《未倒时之雷峰塔》(插图一)、《雷峰塔之既倒》(插图二)、《雷峰塔内藏经全卷》(插图三共六幅),《京报副刊》第十九号,一九二四年十二月二十四日。

③ 孙福熙:《吊雷峰塔》,《京报副刊》第二十五号,一九二四年十二月三十一日,第6—7页。

④ 胡崇轩:《雷峰塔倒掉的原因》,《京报副刊》第四十九号,一九二五年二月二日,第8页。

⑤ 鲁迅:《再论雷峰塔的倒掉》,《语丝》第十五期,一九二五年二月二十三日。

⑥ 鲁迅:《再论雷峰塔的倒掉》,《鲁迅全集》第一卷,第202—204页。

就是奴才式破坏的一个小小的例。

《猛进》第一期登载的《北京的市政》，其论调延续了《论雷峰塔的倒掉》的思路，论及北京：

> 有明的建筑物，也将与南唐的雷峰，同余了照像影。是阿！拆墙虽然费事，售了砖瓦还有利可图，加以空地，更可以售建较旧墙还……高的高楼。穿城门虽然省事，砖瓦既偿不了工钱，又无空地可以出卖。无利可图，又何必费那闲工夫计画他。这就是北京的市政！①

这引发鲁迅由北京胡同土车、老房子联想到中国的历史。鲁迅收到猛进社寄来的《猛进》杂志第一期后，给徐旭生写了一封信。②

> 看看报章上的论坛，"反改革"的空气浓厚透顶了，满车的"祖传"，"老例"，"国粹"，等等，都想来堆在道路上，将所有的人家完全活埋下去。"强聒不舍"，也许是一个药方罢，但据我所见，则有些人们——甚至了竟是青年——的论调，简直和"戊戍政变"的反对改革者的论调一模一样。你想，二十七年了，还是这样，岂不可怕。大约国民如此，是决不会有好的政府的，好的政府，或者反而容易倒。也不会有好议员的，现在常有人骂议员，说他们收贿，无特操，趋炎附势，自私自利，

---

① 玄:《北京的市政》,《猛进》第一期，一九二五年三月六日，第5页。
② 参见鲁迅、徐炳昶:《通讯》,《猛进》第三期，一九二五年三月二十日，第8页。

但大多数的国民,岂非正是如此么?这类的议员,其实确是国民的代表。①

鲁迅延续了《新青年》的思想革命,希望于《猛进》的,也终于还是"思想革命"②。这又是用北京的空间来谈思想。

鲁迅在北京城市空间里的四次位移,使鲁迅对空间问题有了深入的思考。鲁迅自言其一九二五年所写的杂感,较之《热风》时期,态度没有那么质直了,措辞也时常弯弯曲曲。③他戏称自己的书室为"绿林书屋",并巧妙地把不同的人群与空间相联系——深入山林、坐古树下的天人师,洋楼中的通人;"我"站在沙漠上,看看飞沙走石,乐则大笑,悲则大叫,愤则大骂。④

原刊《文学评论》二〇一八年第一期

---

① 参见鲁迅、徐炳昶:《通讯》,《猛进》第三期,一九二五年三月二十日,第8页。
② 同上。
③ 鲁迅:《华盖集·题记》,《鲁迅全集》第三卷,第3页。
④ 同上书,第3—5页。

《十八岁出门远行》接续了鲁迅的《过客》?

□ 龚刚

当代小说家余华以其冷静、简洁而又颇具巧思的叙事艺术,跻身于一流先锋作家之列。读余华的小说,可以感受到一种有别于鲁迅那一代作家的轻快和驾驭西方现代派技法的纯熟;同时也可以感受他在文字功力与精神底蕴上与鲁迅那一代作家的不小落差,这可以说是当代先锋小说家的通病。缺乏贯通古今的文学积累而好奇骛新,通常就会出现这种情形。

成熟后的余华意识到了他和鲁迅们的差距。在加州大学洛杉矶分校(UCLA)接受访谈时,他自述心迹说,他早年非常憎恶鲁迅的小说,但在他自认为拥有了丰富的写作经验之后重读鲁迅的小说,才突然发现了它们的价值。在他看来,鲁迅的小说虽然简短,却内涵丰厚,富有穿透力。他这时才承认,鲁迅确实是中国最伟大的作家之一。

哈佛大学东亚系王德威(David Wong)教授认为,余华的小说处女作《十八岁出门远行》"接续"了鲁迅的《过客》(郜元宝《"世纪末的华丽"?——评王德威〈当代小说二十家〉》)。这种评价有助于深入余华的较少感情和道德色彩的叙事语言的背后,理解其先锋性以及他对现世、人性的敏锐洞察。他所讲述的"十八岁出门远行"，表面上只是天真少男出门闯荡世界的新奇之旅，但实质上演绎的是精神上的成人仪式：

> "让我出门？"
>
> "是的，你已经十八了，你应该去认识一下外面的世界了。"
>
> 后来我就背起了那个漂亮的红背包，父亲在我脑后拍了一下，就像在马屁股上拍了一下。于是我欢快地冲出了家门，像一匹兴高采烈的马一样欢快地奔跑了起来。
>
> ——余华《十八岁出门远行》

小说主人公满怀好奇与憧憬从童真世界闯入成人世界，结果被成人世界的机心、贪欲与强权撞扁了鼻子，这就是成长的代价，也是人生逆旅的开端。王德威认为"共和国的文学机制建立在历史命定论的基础上。无论是革命现实主义还是革命浪漫主义，小说叙事的过程与历史叙事过程必须相互为用，共同指向一种乌托邦的归宿。革命的路上也许波折重重，但历史的进程终将推向必然的未来"。但是，《十八岁出门远行》却通过主人公对父亲嘱托的"颠倒"叙事，让"表面的线性叙事因此多了一层循环的阴影"，因此，"余华的'远行'故事真正颠覆了历史上的'长征'叙事框架"（王德威《伤痕即景，暴力奇观——余华论》，《当代小说二十家》，生活·读书·新知三联书店，二〇〇六年，第131页），从而揭示了理想破灭后的精神废墟的实质："长征的壮志远矣，只剩下漫无目的远行。"

王德威因而认为，《十八岁出门远行》是先锋文学时代来临的征兆，余华是"以一种文学的虚无主义面向他的时代；他引领我们进入鲁迅所谓的'无物之阵',以虚击实,瓦解了前此现实和现实主义的伪装"。

在解读余华近年的小说《第七天》里的虚无主义时,王德威将视线拉回到《十八岁出门远行》。他对照这两部小说所代表的叙事意识指出:"余华在彼时已经埋下虚无主义种子,而且直指死亡和暴力的暧昧。当年的作家笔下更多的是兴奋懵懂,是对生命乌托邦/恶托邦的率性臆想。到了《第七天》,余华似乎有意重振他的先锋意识,却有了一种无可如何的无力感。以往不可捉摸的'无物之阵'现在以爆炸——爆料——的形式呈现在我们眼前;很反讽的,爆出的真相就算火花四射,却似没有击中我们这个时代的要害。"

"无物之阵"是鲁迅在《野草》中的《这样的战士》一篇里创造的概念,意指精神界战士所面对的虚无之境:

> 他走进无物之阵,所遇见的都对他一式点头。他知道这点头就是敌人的武器,是杀人不见血的武器,许多战士都在此灭亡,正如炮弹一般,使猛士无所用其力。
>
> 那些头上有各种旗帜,绣出各样好名称:慈善家,学者,文士,长者,青年,雅人,君子……。头下有各样外套,绣出各式好花样:学问,道德,国粹,民意,逻辑,公义,东方文明……
>
> 但他举起了投枪。
>
> ——鲁迅《野草·这样的战士》

其结果是:

> 一切都颓然倒地;——然而只有一件外套,其中无物。无物之物已经脱走,得了胜利,因为他这时成了戕害慈善家等类的罪人。
>
> ……
>
> 他终于在无物之阵中老衰,寿终。他终于不是战士,但无物之物则是胜者。
>
> ——鲁迅《野草·这样的战士》

这个败给"无物之物"的战士,却以过客的形象继续求索,虽然明知道前途是坟地,坟地之后是不可知的远方,但他只得走,因为他不想回去,他的来处就像"无物之阵","没一处没有名目","没一处没有皮面的笑容","况且还有声音常在前面""催促"他,"叫唤"他(鲁迅《野草·过客》)。作为过客的陪衬,则是栖居荒野土屋的老翁和少女,老翁已无心前行,安于遁世逍遥的清净无为,少女年方十岁,天真烂漫,对生活满怀憧憬,坟地对她来说,是"有许多许多野百合,野蔷薇"的所在,她"常常去玩,去看他们的"。

鲁迅在《过客》中所塑造的七十老翁就像《十八岁出门远行》里的老司机,见惯风浪,老于世故,十八岁的"我"则有如《过客》里的十岁少女,天真热情,对陌生人的冷暖安危有一种出自本真的关心,当他看到公路附近的村民掠夺老司机车上的苹果,便奋不顾身地冲上去制止,却被打出几米远,鼻子挂在脸上,但老司机却置若罔闻:

> 我朝他喊:"你的苹果被抢走了!"可他根本没注意我在喊什么,仍在慢慢地散步。我真想上去揍他一拳,也让他的鼻子挂起来。我跑过去对着他的耳朵大喊:"你的苹果被抢走了。"
>
> 他这才转身看了我起来,我发现他的表情越来越高兴,我发现他是在看我的鼻子。
>
> ——余华《十八岁出门远行》

李白在《春夜宴桃李园序》中感叹道:"天地者,万物之逆旅;光阴者,百代之过客。"余华笔下的"十八岁出门远行",恰好表现了人生"逆旅",揭示了理想与道义雪崩后的精神废墟,他对人性恶的疏离悫赖的叙事姿态和对人性灾难的"不了了之"的叙事方式,确如王德威所说,是"引领我们进入鲁迅所谓的'无物之阵',以虚击实,瓦解了前此现实和现实主义的伪装"。但鲁迅笔下的过客,却没有李白那种生如过客的虚无情绪,他明知道前途可能是死亡,却依然忍痛前行,寻找心中的乌托邦。他是败给"无物之物"的战士,又是试图走出精神废墟的探索者。从这个意义上说,《过客》是对《这样的战士》所演绎的精神之战的"接续",而《十八岁出门远行》只是将《过客》中的十岁少女变身为十八岁的少男,并将其置入"无物之阵",遭受冷酷现实的"洗礼"和教训。十八岁的少男是就此沉沦,还是因此觉醒,余华并没有交待。从"十八岁"到"第七天"的叙事心路可见,余华并没有从精神废墟中走出来,也没有找到超越虚无的力量。他的《十八岁出门远行》只是续写了《过客》中十岁少女的故事,却没能在内在精神上"接续"鲁迅的探索。

与零度写作及新写实主义的立场一致,余华以外科医生的眼光揭示美好生活之外的"现实一种",较之鲁迅、巴金、肖红等现代小说家的现实主义写作,多了点先锋色彩,多了点看透后的冷漠,少了一点救世的热情,也少了一点入世的执着,就像他笔下的老司机。

鲁迅的笔是冷的,巴金的小说氛围是冷的,但在冷的书写的背后,是热的心。余华就不同了,在他的冷的书写的背后,似乎触摸不到一颗热的心。也许他是太成熟,太清醒了,以至于不愿意为天真的读者虚构一个梦境。鲁迅虽然也自感败给了"无物之物",也深刻地意识到了世界的虚无,但他没有陷入余华式的虚无主义,而是以深植内心的信念,反抗绝望,对抗虚无。他所塑造的蹈虚前行、向死而生的"过客",正是他自身精神境界的写照。

二〇一七年十月

《野草》:意义的黑洞与"肉薄"虚妄

□ 王风

一九二三年七月,周氏兄弟失和。八月,鲁迅《呐喊》初版。九月,周作人《自己的园地》初版。这一系列事件,既是他们从一九一八年起始的"思想革命"时期的落幕①,也是兄弟合作的彻底结束,从此参商永隔。《自己的园地》独不收书评《"阿Q正传"》,或可看成决裂的后果。周作人在鲁迅逝后说是因为成仿吾的"挖苦"②,固未必然。倒颇让人疑心是仿照鲁迅《故事新编·序言》的做法,云《呐喊》抽去《不周山》是为"回敬"成仿吾。③ 同是借来的话由。

《不周山》作于一九二二年十一月。《呐喊·自序》作于十二月三日,但直到半年后才交付印。④ 一九二三年八月《呐喊》出版,"自序"同月二十一日另在《晨报·文学旬刊》刊载。相隔八个月之

---

① 周氏兄弟加入《新青年》集团,目的在于"思想革命"。参看王风:《"思想革命"》,《五四@100》,新北:联经出版公司,二〇一九年。

② 周作人:《关于鲁迅》,《宇宙风》第二十九期,一九三六年十一月十六日,署名知堂。《"阿Q正传"》原刊一九二二年三月十九日《晨报副刊》,署名仲密。

③ 鲁迅:《故事新编·序言》,《鲁迅全集》第二卷,北京:人民文学出版社,二〇〇五年,第354页。

④ 有关情况,参看陈子善:《〈呐喊〉版本新考》,《中国现代文学研究丛刊》,二〇一七年第八期。

久，期间是否有更动，已难以推详。总之这是以"我"的思想挣扎为主要线索的阴沉的文本。文章分两部分，前半部分是年轻时"梦"的破灭。父亲的病、接触新学、赴日学医，接着提到后来《藤野先生》中详叙的幻灯事件，"我"都被描述为独自行进的个体。之后改事文学，此时"寻到几个同事"，文章中的主语更换为"我们"。但随着《新生》的失败，又只剩"如置身毫无边际的荒原"的"我"，"用了种种法，来麻醉自己的灵魂"。

后半部分文章，截然地以空行的方式跳叙到S会馆，感觉像是对痛苦回忆的不耐，而决然地甩开。① 其间的"留白"，是十年后道及的"见过辛亥革命，见过二次革命，见过袁世凯称帝，张勋复辟，看来看去，就看得怀疑起来，于是失望，颓唐得很了"②。

金心异的到访又带来"我们"的氛围，于是有了关于"铁屋子"的议论，促使"我"加入到新的同志群体。这一积极的姿态，背后隐藏的是绝对的消极心态。"我"的本意，是"倘没有看出可走的路，最要紧的是不要去惊醒他"③。然而就金心异的反驳，"你不能说决没有毁坏这铁屋的希望"，"我"像是被说服了：

> 是的，我虽然自有我的确信，然而说到希望，却是不能抹杀的，因为希望是在于将来，决不能以我之必无的证明，来折服了他之所谓可有，于是我终于答应他也做文章了……④

---

① 鲁迅：《呐喊·自序》，《鲁迅全集》第一卷，第437—440页。
② 鲁迅：《〈自选集〉自序》，《南腔北调集》，《鲁迅全集》第四卷，第468页。
③ 鲁迅：《娜拉走后怎样》，《坟》，《鲁迅全集》第一卷，第166页。
④ 鲁迅：《呐喊·自序》，《鲁迅全集》第一卷，第440—441页。

但是，这被通常认为的，"我"的思想的转折，其实只是行为的转折，由"钞古碑"转向了"做文章"。而在内心深处，"希望"虽然"不能抹杀"，但"我"还是"自有我的确信"。其所"确信"者，是"我之必无"。只不过再小的概率，理论上总无法否定有发生之可能，即"他之所谓可有"。因为即便"必无"，从数学上说，概率为零的事件，不一定是不可能事件。

因而，与其说是金心异的说服，倒更像是自我说服。鲁迅由此再度发动。但《新青年》对他而言，并不是《新生》的重新实现。按周作人的说法，他们只是"客员"而已。①《狂人日记》等作品，消极说是"敷衍朋友们的嘱托"，积极点说，则是"叫喊于生人中"，"聊以慰藉那在寂寞里奔驰的猛士"②。在这背后，仍然是"我之必无"的鲁迅。"我那时对于'文学革命'，其实并没有怎样的热情"③。而"在《药》的瑜儿的坟上平空添上一个花环，在《明天》里也不叙单四嫂子竟没有做到看见儿子的梦"，正与他的"确信"相反对。"平空添上"的"花环"，"不叙"单四嫂子没在梦里见到儿子，都只是策略上的"不恤用了曲笔"④或"故意的隐瞒"，所谓"删削些黑暗，装点些欢容"。

《呐喊·自序》是鲁迅一九一八年参加新文化运动以来的谢幕之作。随后，在外是"团体散掉了，有的高升，有的退隐"；在内是翌

---

① 周作人：《周作人回忆录》"一二二·卯字号的名人（二）"，长沙：湖南人民出版社，一九八二年，第338页。
② 鲁迅：《呐喊·自序》，《鲁迅全集》第一卷，第439—441页。
③ 鲁迅：《〈自选集〉自序》，《南腔北调集》，《鲁迅全集》第四卷，第468页。
④ 鲁迅：《呐喊·自序》，《鲁迅全集》第一卷，第441页。

年的兄弟失和。"新的战友在哪里呢?"于是,他再度进入精神上的"我"的时期。这所谓"彷徨时期",从一九二四年延续到"逃出北京,躲进厦门"的一九二六年底。① 此三年间,鲁迅试图打起精神,《彷徨》以屈原"路漫漫其修远兮,吾将上下而求索"为题辞,实则是"两间馀一卒,荷戟独彷徨"的凄清苍凉②,再也不如《呐喊》那样"比较的显出若干亮色"。

这一时期,鲁迅的写作密度很大,同时显得计划性极强。以《语丝》创刊为起点,"杂感"成为日常写作,后来全部收入集子,似乎是作为他独特的历史证言。至于"可以勉强称为创作的",收入《彷徨》的小说写于一九二四年二月至一九二五年十一月。紧接着是全部刊于《莽原》的"旧事重提",成集时改题《朝花夕拾》,写于一九二六年二月至十一月,与《彷徨》前后相接,显然有着事先的通盘考虑。

因而此时的文字,"杂感"随时事而作,是决于他者的文本,算一类。《彷徨》和《朝花夕拾》都属于"得到较整齐的材料"的产物,也算一类。再有一类就是《野草》,所谓"夸大点说,就是散文诗"③。这些篇什以"专栏"的方式,全部刊于《语丝》,从一九二四年十二月延续至一九二六年四月,与《彷徨》的后半段及《朝花夕拾》的前半段相重合。

---

① 鲁迅:《〈自选集〉自序》,《南腔北调集》,《鲁迅全集》第四卷,第469—470页。

② 鲁迅:《题〈彷徨〉》,《集外集》,《鲁迅全集》第七卷,第156页。诗系一九三三年三月题赠山县初男。

③ 鲁迅:《〈自选集〉自序》,《南腔北调集》,《鲁迅全集》第四卷,第469页。

《野草》与鲁迅其他自编集一样，均是以写作时间为序的编年体编排。① 不过与杂感的"外发性"不同，《野草》属于"内在化"的文本。② 所谓"有了小感触，就写些短文"③，亦即思想碎片的随时记录。鲁迅以超出语言承受力的方式，试图表达其不无"混沌"的"我的哲学"。这类似于"拼图"的过程，因而除了首尾文章之外，写作的先后并不构成特殊的意义，亦即不以顺序构成逻辑链。也就是说，《野草》各文本是空间的构成，而非时间的组织。

　　作为"内在化"写作，《野草》的文本意图相对于作者意图，"外溢"程度最为严重。"外发性"的杂感则在另一极，作者意图与文本意图较为重合。因此，如果要阐释《野草》，鲁迅的自述，诸如多年后的《〈野草〉英文译本序》，"举几个例"回顾当初的创作动因④，虽不至于如竹内好所言，"不过是鲁迅一个人似是而非的说法"⑤，但至少作者的证言，是无法担任"立法者"的角色的。事实上几乎所有的"研究"，或有意识或无意识，都不同程度地越出了这所谓的"本意"。

　　《野草》采用外来的"散文诗"这一文体⑥，大部分属于内心独

---

① 《故事新编》除外，是唯一按故事发生时代排序的自选集。
② 此借用木山英雄的说法。见《〈野草〉主体建构的逻辑及其方法》，《文学复古与文学革命：木山英雄中国现代文学思想论集》，赵京华编译，北京：北京大学出版社，二〇〇四年。按：日文写为"内面化"和"内发的"。
③ 鲁迅：《〈自选集〉自序》，《南腔北调集》，《鲁迅全集》第四卷，第469页。
④ 鲁迅：《〈野草〉英文译本序》，《二心集》，《鲁迅全集》第四卷，第365页。
⑤ ［日］竹内好：《鲁迅》，杭州：浙江文艺出版社，一九八六年，第97页。
⑥ 《野草》与波特莱尔的关系，可参看吴小美、封新成：《"北京的苦闷"与"巴黎的忧郁"——鲁迅与波特莱尔散文诗的比较研究》，《文学评论》一九八六年第五期。

白式的主观叙述方式。此中有两篇比较特殊,《我的失恋》的诗歌体,《过客》的剧本体。前者是对张衡《四愁诗》的戏仿,而后者自然不为搬演舞台,只不过是有着完整的话剧剧本格式的文章。如果将其视为剧本,则其意旨近于二十世纪四十年代的存在主义戏剧,而表现方式近于五十年代的荒诞派戏剧。

既为剧本体,《过客》就具有不可避免的"公共性","过客"必须作为"人物"出场,并客观呈现:

> 约三四十岁,状态困顿倔强,眼光阴沉,黑须,乱发,黑色短衣裤皆破碎,赤足着破鞋,胁下挂一口袋,支着等身的竹杖。①

这无疑是鲁迅将自我的精神实质,外化为文学性的形象描摹。"困顿倔强"、敝衣破鞋,虽然不会是他曾真以此示人,但无妨与阅读者的想象性感觉契合。比如当年废名曾描述:"我日来所写的都是太平天下的故事,而他玩笑似的赤着脚在这荆棘道上踏。"②

类似的"素描"在鲁迅此后的作品也曾出现。半年后的《孤独者》,夹杂着不少他自己所经历的家事。魏连殳"是一个短小瘦削的人,长方脸,蓬松的头发和浓黑的须眉占了一脸的小半,只见两眼在黑气里发光"。祖母的葬礼上,"就始终没有落过一滴泪,只坐在草荐上,两眼在黑气里闪闪地发光……忽然,他流下泪来了,接着就失声,立刻又变成长嚎,像一匹受伤的狼,当深夜在旷野中嗥

---

① 鲁迅:《过客》,《语丝》第十七期,一九二五年三月九日。
② 废名:《忘记了的日记》之一九二六年六月十一日,王风编《废名集》第三卷,第1148页。原刊《语丝》第一二八期,一九二七年四月二十三日。

叫……"①这是直接从阮籍的"任诞"而来,丧母的阮籍"散发坐床,箕踞不哭"。葬母时"蒸一肥豚,饮酒二斗,然后临诀,直言'穷矣!'都得一号,因吐血,废顿良久"②。有所不同的,则在鲁迅笔下的眼睛,魏连殳"两眼在黑气里发光"。而《铸剑》,那位化身为复仇之神灵的"黑色人","黑须黑眼睛,瘦得如铁","却仅有两点燐火一般的那黑色人的眼光"③。其与"过客"的"眼光阴沉"的差别,只是场景相异,本质是一样的。

《过客》中的另外两位,"老翁"和"女孩",是"用以定位过客的观念性之表象"④,代表着旧与新、过去与未来、灭亡与新生,等等。有关他们年龄与穿着的简单描述,不过是这一思想性文本的文学性"冗馀"。相对于"人",同样属于剧本规定的时间地点,如此交代:

时——或一日的黄昏。
地——或一处。

"或一日"与"或一处",其"或"意为"某",是有意的不确指。由于无论是时间还是地点,一旦给出具体所指,则一定沾染或多或少的"痕迹",而显示出某种意义。此文本的这一设计,明显意图即不提供任何哪怕是暗示的可能,以将阅读抛向某种悬浮的所在。

---

① 鲁迅:《孤独者》,《彷徨》,《鲁迅全集》第二卷,第90—91页。
② 刘义庆:《世说新语》下卷上"任诞",上海:上海古籍出版社,一九八二年,据王先谦校订本影印,第382—383页。
③ 鲁迅:《铸剑》,《故事新编》,《鲁迅全集》第二卷,第439—440页。
④ [日]木山英雄:《〈野草〉主体构建的逻辑及其方法》,《文学复古与文学革命:木山英雄中国现代文学思想论集》,第37页。

不过,时地设定之中的"黄昏",以及在"一条是路非路的痕迹"上"向西"行走的过客,却有明确的指向。黄昏和西方,自然并非只是时间和空间的刻度。春夏秋冬、日月晨昏,均蕴含人类共通的意义指涉。"黄昏"与"向西",隐喻着没落、衰败、死亡,古今中外同感同慨。《过客》的这一时空设定,所赋予"过客"的前景,是再显明不过的阴暗与不祥。"太阳下去时候出现的东西,不会给你什么好处的。"

过客跄踉而来,与老翁和女孩相遇,意味置身于过去和未来之间。于是有了一组"切身"的问答:

> 翁　客官,你请坐。你是怎么称呼的?
>
> 客　称呼?——我不知道。从我还能记得的时候起,我就是一个人,我不知道我本来叫什么。我一路走,有时人们也随便称呼我,各式各样地,我也记不清楚了,况且一样的称呼也没有听过第二回。
>
> 翁　阿阿。那么,你是从那里来的呢?
>
> 客　(略略迟疑)我不知道。从我还能记得的时候起,我就在这么走。
>
> 翁　对了。那么,我可以问你到那里去么?
>
> 客　自然可以。——但是,我不知道。从我还能记得的时候起,我就在这么走,要走到一个地方去,这地方是在前面。我单记得走了许多路,现在来到这里了。我接着就要走向那边去,(西指)前面!

老翁的三问,"你是怎么称呼的""你是从那里来的呢""我可以问你到那里去么",亦即人之确认自我的"我是谁""我从哪儿来""我要到哪里去"。对此,过客的回答均是"我不知道"。如此,在"或一日"与"或一处"的"时""地"之外,"人"也被悬置为莫名。一个不知"我"为何人的人,行走于不知何时、不知何地的虚空中。"从我还能记得的时候起,我就是一个人","从我还能记得的时候起,我就在这么走"。

"走"恍若幽灵一般,"赋形"于过客。老翁以曾有过的经验为预言,劝说"回转去""休息一会"。过客总是在惊觉中,表露出别无选择的意志:"我只得走""我还是走好"①。没有起始、没有原因、没有理由、没有终点,飘荡在荒原中的无意义的"走",反而成为了意义的本质。

"走"是行为的过程,作为有意识的人,过程总指向某种目的。但对于过客而言,"走"不存在任何目的。目的的消失,即是过程的否定,"走"因此也就失去意义。但除了过程的"走",又别无目的,如此过程本身又成为目的。②"过客"于是成为"走"这一行动方式的宿命般的物质载体,无所逃于天地之间。

《过客》这出荒诞的行走剧,无论空间还是时间均不可确指。唯一可以确认的维度,就是"向西":

---

① 鲁迅:《过客》,《语丝》第十七期。
② 木山英雄有类似的表述:"作者似乎想说这是否定了目的与意义之后的,即自我目的化的行为。"《〈野草〉主体构建的逻辑及其方法》,《文学复古与文学革命:木山英雄中国现代文学思想论集》,第38页。

客　是的，这于我没有好处。可是我现在很恢复了些力气了。我就要前去。老丈，你大约是久住在这里的，你可知道前面是怎么一个所在么？

翁　前面？前面，是坟。

客　（诧异地）坟？

孩　不，不，不的。那里有许多许多野百合，野蔷薇，我常常去玩，去看他们的。

客　（西顾，仿佛微笑）不错。那些地方有许多许多野百合，野蔷薇，我也常常去玩过，去看过的。但是，那是坟。（向老翁）老丈，走完了那坟地之后呢？

翁　走完之后？那我可不知道。我没有走过。

过客是"从东面的杂树间跄踉走出"，终于"昂了头，奋然向西走去"①。至于"西"的形象化表达，则是"坟"。固然对于老翁和女孩而言，景象截然有别。但就其实质，无疑象征着终结和灭亡。如此似乎意味着《过客》是有意义确指的，类如《写在〈坟〉后面》所言："我只很确切地知道一个终点，就是：坟。"②这是有结局的，亦即过客的命运，虽然无始，然而有终。

不过，过客还是有个追问："走完了那坟地之后呢？"则"坟"还是未能被确认为一定是"走"的终结。只不过，这超出了"老翁"所有的经验，"我不知道"③。于是《过客》遗留下了未能解答的

---

① 鲁迅：《过客》，《语丝》第十七期。
② 鲁迅：《写在〈坟〉后面》，《坟》，《鲁迅全集》第一卷，第300页。
③ 鲁迅：《过客》，《语丝》第十七期。

问题。

《过客》居于《野草》诸文本的中间位置,此后《野草》的写作进入一个较为密集的阶段。连续七篇以"我梦见我自己……"开篇①,鲁迅像是幻入徜徉恍惚、纷至沓来的玄思中。这连续七"梦"的末章,是《死后》,则确乎告知了"坟"之后是什么。

梦中"我"死在道路上,即所谓"路倒"。运动神经废灭而感觉神经还在,这可能是不少人儿时初知死亡所感受到的恐惧。人死而能大发感想,早有陆机的《挽歌》。②总之《死后》的"我"确知了自己的死亡,而无力抗拒或逃避外来的一切。看热闹的人群及其毫无内容的议论,蚂蚁在脊梁上爬,青蝇在脸上舔,等等,置"我"于强迫性的情境中。不过,终于有人来收尸,殓入薄木棺材,大概埋入了"义冢"。于是——

> 我想:这回是六面碰壁,外加钉子,真是完全失败,呜呼哀哉了!……

一个不无安心的了结,"影一般死掉了,连仇敌也不使知道"。虽是"完全失败",但也不无快意,时空彻底终止了。但文章接着就转入滑稽的场景:

---

① 依次为《死火》《狗的驳诘》《失掉的好地狱》《墓碣文》《颓败线的颤动》《立论》《死后》。
② 晚近可能受正冈子规《死后》的影响,参看木山英雄《正冈子规与鲁迅、周作人》,《文学复古与文学革命:木山英雄中国现代文学思想论集》,第148页。

"您好？您死了么？"

是一个颇熟的声音，睁眼看时，却是勃古斋旧书铺跑外的小伙计，不见约有二十多年了，倒还是那一副老样子。我又看看六面的壁，委实太毛糙，简直毫没有加过一点修刮，锯绒还是毛氄氄的。

"那不碍事，不要紧。"他说，一面打开深蓝色布的包裹来。"这是明板《公羊传》，嘉靖黑口本，给您送来了。您留下罢。这是……"

"你！"我诧异地看定他的眼睛，说，"你莫非真正胡涂了？你看我这模样，还要看什么明板？……"

"那可以看，那不碍事。"

在这个"六面碰壁"的寒碜逼仄的棺材里，除了"背后的小衫的一角皱起来"的小小不满外，一切归于宁静。不过随之跑进来一个旧书铺的伙计。所谓"跑外"，是故都书铺熟悉老主顾的偏嗜和财力，寻得旧籍，每每投其所好送上门来，以使买卖最优化，类于当今营销之"精准锁定、定向投放"。至于"嘉靖黑口本"，是近代以来藏书的特殊门类。因宋刻元椠奇昂，且难致，则不免顺流而下。但明版书并非奇珍，于是选取了某个类别。嘉靖前后多翻刻仿刻宋本，纸墨精良，其中黑口较白口稀见，遂有专题收藏，属于古书市场制造出来的"概念"。鲁迅随手拉来，搭上语句缠绕繁复的《公羊传》，以与伙计的喋喋不休相配。

不知鲁迅是忘了"运动神经的废灭"，还是觉得进入这个"六面的壁"，属于另一世界的运行规则了。"我"不仅"睁眼看"，还和小伙计逗了嘴,最后烦厌地"闭上眼睛"。但无论如何,《死后》这一相对轻松的文本,所回应的是《过客》中"那坟地之后"是什么的问题。"我先前以为人在地上虽没有任意生存的权利,却总有任意死掉的权利的。现在才知道并不然……"①永不存在解放和救赎,甚至连死亡的终极毁灭也不可得。②无始亦无终,无所逃于生死。

无所逃于天地与无所逃于生死,毫无拯救和解脱的指望,构成了鲁迅式的虚无主义。③一切只剩过程,没有目的的过程,因而过程不存在任何意义。如此,无意义本身成了唯一的意义,成为驱使行动的原动力。转化为文学形象,就是一位"孤独者","黄昏"中命定的"向西",犹如西西弗斯,永无终止。

天地之间,"过客"作为单一的个体挣扎地存在,无生无死,无始无终,这是鲁迅在《野草》中的精神自画像。《影的告别》所谓"我不如彷徨于无地"④。"彷徨"与"无地"并置一处,盖因鲁迅那类乎身处宇宙尽头的意触,已超越语言表达的限度。不见容于世间的"无地",与永恒运动的"彷徨",组合成了鲁迅的生命感觉。

《影的告别》是《野草》最早的篇什之一。《语丝》上的专栏,

---

① 鲁迅:《死后》,《语丝》第三十六期,一九二五年七月二十日。
② 汪晖指出了这一点:"对死后的荒诞推衍斩断了解脱人生痛苦的最后一条通道。"《反抗绝望——鲁迅及其文学世界》,石家庄:河北教育出版社,二〇〇〇年,第268页。
③ 鲁迅去世后,周作人曾总结其"一片黑暗的悲观"和"看得一点希望都没有"。分见《关于鲁迅》,《宇宙风》第二十九期,一九三六年十一月十六日(十月二十四日作);《周作人谈鲁迅》,《大晚报》一九三六年十月二十二日(十九日采访)。
④ 鲁迅:《影的告别》,《语丝》第四期,一九二四年十二月八日。

先是第三期的《秋夜》，随后第四期《影的告别》和《求乞者》，作于同一日。《秋夜》事实上只是《野草》的"布景"，故不宜与其他文本一同纳入内部逻辑的探讨，自然也无须纠结于两棵枣树之类。否则强为解说，只能进退失据。或者可以说，相对于其他文本的"我思"，《秋夜》只是"我在"。文末"回进自己的房。灯火的带子也即刻被我旋高了"①，于是，作为"梦"的《野草》的记录开始了。

同时所作的《影的告别》和《求乞者》，所要表达的核心命题，即那句著名的话："我只觉得'黑暗与虚无'乃是'实有'。"②二文正对应于此。《求乞者》的对话组织或有《查拉图斯特拉如是说》的影子③，但鲁迅所要表达的意思，是"我将用无所为和沉默求乞……我至少将得到虚无"。"求乞"需要"一个孩子"那样的"磕头"和"哀呼"，才能获得施舍。④"无所为和沉默"将一无所得，但"我"所要得到的，本就是"虚无"。而这"虚无"，即为"实有"。

《影的告别》悬拟"睡到不知道时候的时候"，"影"来向其"所不乐意"的"你"告别。这个文本写作之前，发表有周作人翻译的佐藤春夫《形影问答》。⑤不过一千六百年前陶渊明就有《形影神三

---

① 鲁迅:《秋夜》,《语丝》第三期,一九二四年十二月一日。
② 鲁迅:《250318致许广平》,《鲁迅全集》第十一卷,第466—467页。
③ ［日］木山英雄:《〈野草〉主体构建的逻辑及其方法》,《文学复古与文学革命: 木山英雄中国现代文学思想论集》,第30页。
④ 鲁迅:《求乞者》,《语丝》第四期,一九二四年十二月八日。
⑤ 仲密译:《形影答问》,《晨报副刊》一九二二年一月八日。有关研究参看刘骥鹏:《郁结与释放——从作者的人生困境与心理语境中把握〈野草〉意蕴》,《鲁迅研究月刊》二〇〇八年第五期。进一步考察的,还有秋吉收:《鲁迅和佐藤春夫——围绕散文诗集〈野草〉》,《东方学》二〇一三年第一二六期。

首》,以鲁迅对中古文学的熟知,大概无需佐藤来启发。① 总之,以形影为想象的写作,有久远的传统,鲁迅所赋予的是独具其个人内涵的表达。

"影"说"你就是我所不乐意的",鲁迅确实说过"憎恶我自己"②,此处幻化为"影"的言说。不过,这一涵义复杂的文本,核心所要表达的,却是行动的选择。"然而黑暗又会吞并我,然而光明又会使我消失。"③影之消灭是决定的结局,所可区别的只在于消灭的方式,或者黑暗,或者光明。

与《影的告别》同构的是《死火》。《死火》源于鲁迅六年前的《火的冰》,但只是瑰丽意象的一脉相承,诸如"火烫一般的冰手""火的冰的人"④。《火的冰》约略只是《死火》前半的内容。《死火》新要表达的关键,与"影"一样,是消灭的二元选择:

"唉,朋友! 你用了你的温热,将我惊醒了。"他说。
……
"你的醒来,使我欢喜。我正在想着走出冰谷的方法;我愿意携带你去,使你永不冰结,永得燃烧。"
"唉唉! 那么,我将烧完!"
"你的烧完,使我悲苦。我便将你留下,仍在这里罢。"
"唉唉! 那么,我将冻灭了!"

---

① 参看王瑶:《论鲁迅的〈野草〉》,《北京大学学报》,一九六一年第五期。
② 鲁迅:《240924致李秉中》,《鲁迅全集》第十一卷,第452页。
③ 鲁迅:《影的告别》,《语丝》第四期。
④ 鲁迅:《自言自语》,《集外集拾遗补编》,《鲁迅全集》第八卷,第115页。

"那么,怎么办呢?"

"但你自己又怎么办呢?"他反而问。

"我说过了:我要出这冰谷……。"

"那我就不如烧完!"①

结局同样是决定的,所可区别的只是消灭的方式,或者"冻灭",或者"烧完"。对此,"死火"的抉择,是"不如烧完"——行动的、对抗的。"影"有着同样明确的抉择,"我不如在黑暗里沉没","我将向黑暗里彷徨于无地","只有我被黑暗沉没"——负面的、决绝的。《风筝》中,"我倒不如躲到肃杀的严冬中去罢",亦属同类。②对"影"而言,"黑暗"才是"实有"。尽管"光明"也导致同样的结果,但是,"有我所不乐意的在你们将来的黄金世界里,我不愿去"③。

关于"黄金世界",钱理群最早作了专门讨论。④这是鲁迅反复使用过的象征。《娜拉走后怎样》警告女学生"万不可做将来的梦。阿尔志跋绥夫曾经借了他所做的小说,质问过梦想将来的黄金世界的理想家"⑤。《头发的故事》中说:"我要借了阿尔志跋绥夫的话问你们:你们将黄金时代的出现豫约给这些人们的子孙了,但有什么

---

① 鲁迅:《死火》,《语丝》第二十五期,一九二五年五月四日。

② 鲁迅:《风筝》,《语丝》第十二期,一九二五年二月二日。

③ 鲁迅:《影的告别》,《语丝》第四期。

④ 钱理群:《心灵的探寻》第二章,北京:北京大学出版社,一九九九年,第36—39页。

⑤ 鲁迅:《娜拉走后怎样》,《坟》,《鲁迅全集》第一卷,第167页。

给这些人们自己呢?"①鲁迅译《工人绥惠略夫》,很可能最主要的共鸣在此。对于"将来"的召唤,鲁迅从根坻上就不相信,"我疑心将来的黄金世界里,也会有将叛徒处死刑"②。

"有我所不乐意的在天堂里,我不愿去;有我所不乐意的在地狱里,我不愿去"③,"天堂""地狱""黄金世界",在"影"那儿不但并无区别,"将来的黄金世界"或竟至于更糟。《失掉的好地狱》像是一篇预言书,文章引入佛经语词,写得灿烂庄严。"美丽,慈悲,遍身有大光辉"的魔鬼,为"我"叙述了"三界"的历史,或许可以说是三个"朝代"——其所对应,就是《影的告别》中的"天堂""地狱"和"黄金世界"。

首先是"天神""主宰一切的大威权"的时代;接着是"魔鬼"战胜"天神"的时代。④统治者的更换,对于被统治者而言,实在并无差别。《莽原》周刊创刊号上的《杂语》,不知鲁迅为何漏收进自己的集子:

> 称为神的和称为魔的战斗了,并非争夺天国,而在要得地狱的统治权。所以无论谁胜,地狱至今也还是照样的地狱。⑤

《失掉的好地狱》之所以"失掉",是因为出现了第三个时代。"人

---

① 鲁迅:《头发的故事》,《呐喊》,《鲁迅全集》第一卷,第488页。
② 鲁迅:《250318致许广平》,《鲁迅全集》第十一卷,第466页。
③ 鲁迅:《影的告别》,《语丝》第四期。
④ 鲁迅:《失掉的好地狱》,《语丝》第三十二期,一九二五年六月二十二日。
⑤ 鲁迅:《杂语》,《集外集》,《鲁迅全集》第七卷,第77页。

类"响应"鬼魂""反狱的绝叫",战胜"魔鬼","主宰地狱"。"人类"的主宰,使得废弛的地狱被整饬了,"一洗先前颓废的气象":

> 当鬼魂们又发一声反狱的绝叫时,即已成为人类的叛徒,得到永劫沉沦的罚,迁入剑树林的中央。①

"魔鬼"是必须推翻的,"反狱"具有正当性。"但这地狱也必须失掉"!② 而换成"人类"的统治,却甚而变本加厉。但其所具有的、或宣布的正当性,让"反狱"成为邪恶。蛊惑"鬼魂"反抗的曼陀罗花,于是"焦枯"③。"佛说极苦地狱中的鬼魂,也反而并无叫唤"④。文末魔鬼的告别辞:"你是人!我且去寻野兽和恶鬼……"⑤ 毋宁说是鲁迅自己的心声——人间远比鬼域阴险,因而"即使是枭蛇鬼怪,也是我的朋友"⑥。这类同于《影的告别》中,"我独自远行……只有我被黑暗沉没,那世界全属于我自己"⑦。

只是无论如何选择,一切终究还是无望。如此,这永恒的行动,究竟为何?自然,"在他的好世界上多留一些缺陷"⑧,决不允许"黑暗"的计亦良得,是显见的理由。然而在毫无希望的境地,该如何

---

① 鲁迅:《失掉的好地狱》,《语丝》第三十二期。
② 鲁迅:《〈野草〉英文译本序》,《二心集》,《鲁迅全集》第四卷,第365页。
③ 鲁迅:《失掉的好地狱》,《语丝》第三十二期。
④ 鲁迅:《"碰壁"之后》,《华盖集》,《鲁迅全集》第三卷,第72页。
⑤ 鲁迅:《失掉的好地狱》,《语丝》第三十二期。
⑥ 鲁迅:《写在〈坟〉后面》,《坟》,《鲁迅全集》第一卷,第300页。
⑦ 鲁迅:《影的告别》,《语丝》第四期。
⑧ 鲁迅:《〈坟〉·题记》,《鲁迅全集》第一卷,第4页。

建立动力机制？鲁迅自言"惊异于青年之消沉，作《希望》"①。而这一篇什，正是他解释自己为何不取"消沉"的逻辑。先是年轻时，用"希望的盾，抗拒那空虚中的暗夜的袭来，虽然盾后面也依然是空虚中的暗夜"。而现在"放下希望之盾"，文章引了"Petöfi Sándor 的希望歌"：

> 希望是甚么？是娼妓：
> 她对谁都蛊惑，将一切都献给；
> 待你牺牲了极多的宝贝——
> 你的青春——她就弃掉你。②

"希望"在现代汉文中是个正向词汇，但在西方语境中，却要复杂得多。这个深藏于"潘多拉匣子"（实际上是瓶子或坛子）最底部的东西，至少在古希腊人的理解中，"既有可能是对善的期许，也有可能是对恶的预期"③。《工作与时日》："这妇人用手揭开了瓶上的大盖子，让诸神赐予的礼物都飞散出来，为人类制造许多悲苦和不幸。唯有希望仍逗留在瓶颈之下的牢不可破的瓶腹之中，未能飞出来。象手持埃癸斯招云的宙斯所设计的那样，在希望飞出瓶口之前，这妇人便盖上了瓶塞。"毕竟飞出来的有"其他一万种不幸"，"希望"应该不会是全然相反之物。

---

① 鲁迅：《〈野草〉英文译本序》，《二心集》，《鲁迅全集》第四卷，第365页。
② 鲁迅：《希望》，《语丝》第十期，二〇一五年一月十九日。
③ 吴雅凌：《劳作与时日笺释》，"笺注"［96］，北京：华夏出版社，二〇一五年，第80—81页。此处蒙中国海洋大学张治教授解释。

"埃癸斯"指神盾①,古希腊文本中还有诸多"盾",那么《希望》之中的"希望的盾",或许意象来源于此。对于古希腊,鲁迅谈不上下过大功夫,但那是乃弟周作人的极端偏好,他总不会陌生。况且,鲁迅嗜之入骨的尼采,在发疯之前最终之作《敌基督者》中,将"希望"作这样的解释:"正是由于这种拖延不幸的能力,希望才被希腊人看成万恶之首,看成是真正阴险之极的恶:它留在恶之盒[Faß des Übels]中。"②

总之,鲁迅引裴多菲的《希望》一诗,并非要借此作奇突之论。所谓"没奈何的自欺的希望"③,正类于尼采的"拖延不幸的能力"。不管是"黄金世界"还是什么别的"将来",只不过是另一个时候的"现在":

> "将来"这回事,虽然不能知道情形怎样,但有是一定会有的,就是一定会到来的,所虑者到了那时,就成了那时的"现在"④。
>
> 所谓"希望将来",就是自慰——或者简直是自欺——之法,即所谓"随顺现在"者也一样。⑤

---

① [古希腊]赫西俄德:《工作与时日神谱》,张竹明、蒋平译,北京:商务印书馆,一九九一年,第4页。
② [德]尼采:《敌基督者》,吴增定、李猛译,北京:生活·读书·新知三联书店,二〇一七年,第29页。此处承北京大学张丽华教授见示。引中西文拼法有误,迳已改正。
③ 鲁迅:《希望》,《语丝》第十期。
④ 鲁迅:《250318致许广平》,《鲁迅全集》第十一卷,第466页。
⑤ 鲁迅:《250323致许广平》,《鲁迅全集》第十一卷,第468页。

是以诚如汪晖所言,《故乡》里的名句,"希望是本无所谓有,无所谓无的。这正如地上的路,其实本没有路,走的人多了,也便成了路",并非什么励志的警句。而恰是对于"希望"的否定。①

既无希望,即是绝望。然而,他又引了裴多菲另一句话:

> 绝望之为虚妄,正与希望相同。

转写更为明晰的句子,即:希望是虚妄的,绝望也一样,也是虚妄的。而正是这绝望的虚妄,"我"再度获得行动力。

要理解这一点,不妨先拟写两个相反的命题:

希望 ↔ 虚妄……(绝望) ⇨ 不行动
绝望 ↔ 虚妄 ⇨ 行动

希望是虚妄的,因而绝望,绝望导致行动意义的缺失。但无所逃于天地和无所逃于生死的"哲学处境",命定了绝望亦属虚妄。从而行动意义的缺失本身,也归于意义缺失。如此作为反命题,反过来又指向行动。具体到文本:"许多年前"——"我"用"希望的盾,抗拒那空虚中的暗夜的袭来"。但"希望"是"虚妄"的,于是"我放下希望之盾"。"然而现在"——"绝望"也是"虚妄"的,作为反向的推动,"我只得由我肉薄这空虚中的暗夜了"②。

---

① 汪晖:《反抗绝望——鲁迅及其文学世界》,第297—298页。
② 鲁迅:《希望》,《语丝》第十期。

故此，并不存在所谓的"反抗绝望"①。"反抗绝望"在鲁迅文本中出现过一次，"虽然明知前路是坟而偏要走，就是反抗绝望"，但这只是解释《过客》的意思"②。相对而言，倒过来说，"绝望的抗战"③，或乃近是，但仍是隔膜。如要做完整的解释，则："绝望"与"希望"同属"虚妄"，并无二致。既是"虚妄"，"希望"与"绝望"均可看作"假名"，故也就无从"反抗"。"我还得偷生在不明不暗的这'虚妄'中"，只有这"虚妄"才是"实体"的存在，也才能成为"反抗"的对象。"我只得由我肉薄这空虚中的暗夜了"④，"空虚中的暗夜"，亦即"黑暗与虚无"，那才是"实有"。概言之，即："以虚无为实有，而又反抗这实有。"⑤"反抗"云者，在《希望》中先是表为"抗拒"，后则因于"虚妄"的意识，而脱换为所谓的"肉薄"。

"肉薄"与"肉搏"，在现代汉文中属异形词，形异义同。孙歌指出，这两个词在鲁迅文本中语义却并不相同。在日文中"肉薄"与"肉迫"为异形词，指身体相迫近，鲁迅使用的是日语词的词

---

① 以"反抗绝望"为鲁迅哲学核心命题，汪晖著有《反抗绝望——鲁迅及其文学世界》。其中言及"鲁迅以'虚妄'的真实性同时否定了'绝望'和'希望'"（第276页），是精警的判断。然而又说"'绝望'是真实的"（第104页），则不免首尾难以相顾。不过话说回来，既然立意于"反抗绝望"，"绝望"也只能是真实而非虚妄的。类似可参看郭运恒：《鲁迅的生命意志与"虚妄"说——〈野草〉精神蠡测》，《许昌师专学报》一九九九年第一期。

② 鲁迅：《250411致赵其文》，《鲁迅全集》第十一卷，第477页。

③ "绝望的抗战"在鲁迅作品中也只出现一次。鲁迅：《250318致许广平》，《鲁迅全集》第十一卷，第467页。钱理群在《心灵的探寻》中，以此为"鲁迅式的人生哲学"（第65页）。

④ 鲁迅：《希望》，《语丝》第十期。

⑤ 《〈未名丛刊〉与〈乌合丛书〉广告》，《彷徨》一九二六年七月初版附页。

义。另用到"肉搏"时,才是近身互斗的汉语词的词义。① 可补充的是,汉字的"薄"本就有"迫"义,如"日薄西山"。只是中文"肉薄""肉搏"用法渐近,以至不可分别。故鲁迅这儿确实是直接采用了日语词。"肉薄这空虚中的暗夜",是将自己的全体,恍如飞天一般,向无量深远广大的黑暗无穷逼近。这诗意般悬拟的情景,不禁让人联想到他笔下补天的女娲:

> 粉红的天空中,曲曲折折的漂着许多条石绿色的浮云,星便在那后面忽明忽灭的睒眼。天边的血红的云彩里有一个光芒四射的太阳,如流动的金球包在荒古的熔岩中;那一边,却是一个生铁一般的冷而且白的月亮……
>
> 伊在这肉红色的天地间走到海边,全身的曲线都消融在淡玫瑰似的光海里,直到身中央才浓成一段纯白。波涛都惊异,起伏得很有秩序了,然而浪花溅在伊身上。这纯白的影子在海水里动摇,仿佛全体都正在四面八方的逬散。②

女娲的"全身"与"光海"融为一体,"我"的肉身与"暗夜"融为一体。二者指向虽异然而意象同构。"肉薄"作为"外发性"的行动方式,在现实世界中是"纠缠如毒蛇,执着如怨鬼",③ 与对手纠

---

① 孙歌:《绝望与希望之外:鲁迅散文诗集〈野草〉析论》,《上海师范大学学报》二〇二〇年第一期。鲁迅笔下"肉薄"使用日语词义,更直接的证据见于《从胡须说到牙齿》,"尤其是朋其君,先行肉薄中央医院,不得,又到我的家里",显非"搏斗"义。《坟》,《鲁迅全集》第一卷,第262页。

② 鲁迅:《补天》,《故事新编》,《鲁迅全集》第二卷,第357—358页。

③ 鲁迅:《杂感》,《华盖集》,《鲁迅全集》第三卷,第52页。

执在一处。而作为"内在化"的行动哲学,极而言之,甚至可以看作——"补天"似的将自身与暗夜熔铸在一起。

关于身体,鲁迅《写在〈坟〉后面》言:"如果全露出我的血肉来,末路正不知要到怎样。"① 虽然黑暗中的"血肉"确不曾"全露",但也并未完全避忌,而隐喻在《颓败线的颤动》。"垂老的女人"在深夜中,独自一人,"赤身露体地"在"无边的荒野上",以衰败的血肉之躯,发出"无词的言语":

> ……她于是举两手尽量向天,口唇间漏出神与兽的,非人间所有,所以无词的言语。
>
> 当她说出无词的言语时,她那伟大如石像,然而已经荒废的,颓败的身躯的全面都颤动了。这颤动点点如鱼鳞,每一鳞都起伏如沸水在烈火上;空中也即刻一同振颤,仿佛风雨下的荒海的波涛。
>
> 她于是抬起眼睛向着天空,并无词的言语也沉默尽绝,惟有颤动,辐射若太阳光,使空中的波涛立刻回旋,如遭飓风,汹涌奔腾于无边的荒野。

"垂老的女人"几乎可以看作《补天》中女娲的变体,尽管或有"神与兽"之别。② 正如女娲神圣的工作,造就出一堆"古衣冠的小丈夫"③。"垂老的女人"至纯至洁的母爱,豢养出的,是忘恩的子孙。

---

① 鲁迅:《写在〈坟〉后面》,《坟》,《鲁迅全集》第一卷,第300页。

② 鲁迅:《颓败线的颤动》,《语丝》第三十五期,一九二五年七月二十九日。原刊中的"神与兽",后本均作"人与兽"。原刊为是。龚明德:《鲁迅〈野草〉文本勘订四例》,《中华读书报》二〇一五年十一月十一日。

③ 鲁迅:《故事新编·序言》,《鲁迅全集》第二卷,第353页。

一切归于"虚妄"。于是她"肉薄"于天地,以其"颓败的身躯"的颤动,与宇宙相融共振,仿若"引力波"的激荡。

摇天撼地的"震颤",并不加诸任何他者的个体,以此也可看作"肉薄这空虚的暗夜"的形象性表达。这一最为抽象的情景,转化成具体可见的行为,在《野草》中,是最为直接、最为原始却又最为异乎寻常的"复仇"。

鲁迅的复仇观来源于章太炎,殆无可疑问。一九○六年夏,鲁迅回乡结婚,并携周作人赴日。其时章太炎出狱甫到东京,周氏兄弟师事之。章太炎的"革命",取义"光复",重在华夷之辨,排击满族以"复九世之仇"①,最终恢复汉家衣冠。其所鼓吹,如《正仇满论》《复仇是非论》《定复仇之是非》等,均直接论及"复仇"。他定义"平不平以使平者,斯谓复仇"。至于法律,是"复仇"的一部分:"法律者,则以公群代私人复仇尔。"因而就个人而言,"法律所穷,则复仇即无得而非议",具有完整的正当性。而种族或者国家之间,"无法律以宰制……则非复仇不已"②。

清季章太炎的主张复仇,主要出于"异族轭下的不平之气"。鲁迅的主张复仇,大体因于"被压迫民族的合辙之悲"。二者各有偏至,但态度同样决绝。写于《野草》创作期间的《杂忆》,誓言般地宣布:

> 我总觉得复仇是不足为奇的,虽然也并不想诬无抵抗主义

---

① 章太炎:《驳康有为论革命书》,《太炎文录初编》"文录卷二",《章太炎全集(四)》,上海:上海人民出版社,一九八五年,第175页。按此语出自《公羊传》"庄公四年"。

② 章太炎:《复仇是非论》,《太炎文录初编》"别录卷一",《章太炎全集(四)》,第270页。

者为无人格。但有时也想：报复，谁来裁判，怎能公平呢？便又立刻自答：自己裁判，自己执行；既没有上帝来主持，人便不妨以目偿头，也不妨以头偿目。

民元以后，鲁迅的关怀内化为国民精神的问题。对于"服了'文明'的药"，所造成的思想和行动的退化，深所忧惧。与反对"费厄泼赖"的理由相似，"有时也觉得宽恕是美德，但立刻也疑心这话是怯汉所发明，因为他没有报复的勇气；或者倒是卑怯的坏人所创造，因为他贻害于人而怕人来报复，便骗以宽恕的美名"，是而主张"残酷的报复"①。这一方面是对任何权威的裁判的不承认；另一方面是基于对自己的无私的高度自信。

复仇不因于私怨。如此，鲁迅作品中，复仇者总显示出缘由的缺位，和目的的空洞。《铸剑》里，眉间尺是极为明确具体地要报父仇的，然不得不由作为"执剑者"的"黑色人"执行。当眉间尺问道："但你为什么给我去报仇的呢？你认识我的父亲么？""黑色人"回答：

> "我一向认识你的父亲，也如一向认识你一样。但我要报仇，却并不为此。聪明的孩子，告诉你罢。你还不知道么，我怎么地善于报仇。你的就是我的；他也就是我。我的魂灵上是有这么多的，人我所加的伤，我已经憎恶了我自己！"②

"我一向认识你的父亲，也如一向认识你一样"。事实是，"黑色

---

① 鲁迅：《杂忆》，《坟》，《鲁迅全集》第一卷，第236页。
② 鲁迅：《铸剑》，《故事新编》，《鲁迅全集》第二卷，第441页。

人""一向"不认识眉间尺,所以也"一向"不认识他的父亲。但何以说"认识",而且说的是"一向认识",盖因"黑色人"乃集合了一切的"复仇"的化身,因而可以执行一切复仇者的复仇。鲁迅逝世前一个月所作的《女吊》,所描摹的凄美的女鬼,同样也是抽象的"复仇"的具象化。报复者何?就是"一切"。由此《女吊》就文章的角度,实际已经结束之后,鲁迅还特意添加一段,以否定"利己主义"的所谓"讨替代"①。

《野草》中的《复仇》和《复仇(其二)》,两文写于同一天,意旨自然如题所示。关于《复仇》,十年后鲁迅向郑振铎解读:"记一男一女,持刀对立旷野中,无聊人竟随而往,以为必有事件,慰其无聊,而二人从此毫无动作,以致无聊人仍然无聊,至于老死。"②其中的"一男一女",可能与不少读者的感觉有差异。③但以"毫无动作"复仇"看客",是显而易见的文意。

关于"看客",鲁迅作品多有涉及,系他描述"民族劣根性"的代表性意象。《藤野先生》所述"幻灯片事件",是他自叙的"弃医从文"的转捩点。《药》的"古□亭口",《阿Q正传》的"大团圆",《铸剑》的"大出丧",以及《示众》,等等,不一而足。鲁迅坚持的,"就是独异,是对庸众宣战"④,在这一文本中就表达为"复仇"。

"然而他们俩对立着,在广漠的旷野之上,裸着全身,捏着利

---

① 鲁迅:《女吊》,《且介亭杂文末编·附集》,《鲁迅全集》第六卷,第642页。

② 鲁迅:《340516②致郑振铎》,《鲁迅全集》第十三卷,第105页。

③ 藤井省三《復讐の文学》指出,本文受長谷川如是閑《血のパラドックス》的影响。长谷川所描述确是异性。藤井省三著:《魯迅——「故郷」の風景》,东京:平凡社,一九八六年。

④ 鲁迅:《随感录·三十八》,《热风》,《鲁迅全集》第一卷,第327页。

刃，然而也不拥抱，也不杀戮，而且也不见有拥抱或杀戮之意"。于是"路人们"由无聊，而疲乏，而面面相觑，而慢慢走散。最终"甚而至于居然觉得干枯到失了生趣"①。其意即半年后《杂感》一文所言："杀了无泪的人，一定连血也不见。爱人不觉他被杀之惨，仇人也终于得不到杀他之乐：这是他的报恩和复仇。"②

但鲁迅未向郑振铎道及的，是《复仇》中这对男女，"圆活的身体，已将干枯"，终至于"裸着全身，捏着利刃，干枯地立着"。在荒原旷野中"石化"——以自己的"干枯"为代价，拒绝满足"路人们"的欲望，让"无聊"充斥天地，终"以死人似的眼光，赏鉴这路人们的干枯"。此即所谓"复仇"，对"路人们"大屠杀式的复仇——"无血的大戮"。正是这样的"复仇"，使得"他们俩""永远沉浸于生命的飞扬的极致的大欢喜中"③。

《复仇（其二）》是个意旨相同的叙事，自然是改写自福音书中耶稣受难的故事④。照样是嗜血的看客们，"庆贺他"，"打他的头，吐他，拜他"⑤，诸多戏弄，恍若盛大节日的狂欢。是诚《即小见大》所言，"凡有牺牲在祭坛前沥血之后，所留给大家的，实在只有'散胙'这一件事了"⑥。

不过，《复仇（其二）》叙述的重点，并不在于看客，或耶稣上

---

① 鲁迅：《复仇》，《语丝》第七期，一九二四年十二月二十九日。
② 鲁迅：《杂感》，《华盖集》，《鲁迅全集》第三卷，第51页。
③ 鲁迅：《复仇》，《语丝》第七期。
④ 四福音书均有耶稣受难情节，鲁迅主要采用《马可福音》的相关情节，但其实就是以此为材料而已。
⑤ 鲁迅：《复仇（其二）》，《语丝》第七期，一九二四年十二月二十九日。
⑥ 鲁迅：《即小见大》，《热风》，《鲁迅全集》第一卷，第429页。

十字架的"苦路"行程。而是作为"神之子"的"他",面对"以色列人",其身体和心灵感受,以及对"他们"的"复仇":

> 他不肯喝那用"没药"调和的酒,要分明地玩味以色列人怎样对付他们的神之子,而且较永久地悲悯他们的前途,然而仇恨他们的现在。

"他们"钉杀了"他","以色列人"钉杀了自己的"神之子",从此背负上永久的罪恶,决定了悲惨的未来。所以既是"可悯的",又是"可诅咒的"。①类如《摩罗诗力说》所言,"苟奴隶立其前,必衷悲而疾视,衷悲所以哀其不幸,疾视所以怒其不争"②。"他"不肯喝"'没药'调和的酒",为的却是要以剜肉剔骨的亲切之感,"玩味"这一切。这些加诸其身的戕害,升华为"他"的终极生命体验:

> 丁丁地响,钉尖从掌心穿透,他们要钉杀他们的神之子了,可悯的人们,使他痛得柔和。丁丁地响,钉尖从脚背穿透,钉碎了一块骨,痛楚也透到心髓中,然而他们自己钉杀着他们的神之子了,可诅咒的人们呵,这使他痛得舒服。
> ……
> 他在手足的痛楚中,玩味着可悯的人们的钉杀神之子的悲哀和可诅咒的人们要钉杀神之子,而神之子就要被钉杀了的欢喜。突然间,碎骨的大痛楚透到心髓了,他即沉酣于大欢喜和

---

① 鲁迅:《复仇(其二)》,《语丝》第七期。
② 鲁迅:《摩罗诗力说》,《坟》,《鲁迅全集》第一卷,第82页。

大悲悯中。

穷极描写"丁丁地响",穿透肉体、钉碎骨头,非如此不足以让"他"舒心惬意。钉穿掌心,面对"可悯的人们","他""痛得舒服";钉穿脚背,面对"可诅咒的人们","他""痛得柔和"。而在如此的酷虐中,"他"所要"玩味"的,是"可悯的人们的钉杀神之子的悲哀",和"可诅咒的人们要钉杀神之子,而神之子就要被钉杀了的欢喜"。被钉杀之所以"欢喜",正因为这是对"可诅咒的人们"的"复仇"。于是,在"碎骨的大痛楚"中,"他即沉酣于大欢喜和大悲悯中"。

《复仇》中,"他们俩"以自身的"干枯",完成对"路人们"的"复仇",由此"沉浸"于"生命的飞扬的极致的大欢喜"。《复仇(其二)》中,"他"以被钉杀的"大痛楚",完成对"他们"的"复仇",由此"沉酣"于"大欢喜和大悲悯"。于是,"他腹部波动了,悲悯和诅咒的痛楚的波",导致"遍地都黑暗了",以及最后的"大声喊叫"①。这同构于《颓败线的颤动》中,老妇人"颓败身躯的颤动",导致"空中也即刻一同颤动",以及"无词的言语"②。但即便天地共振,这其中自无希望,连绝望亦无可言。"十字架竖起来了,他悬在虚空中"③,唯一存在的,就是以自身形骸的全部的亲切细密

---

① ③ 鲁迅:《复仇(其二)》,《语丝》第七期。
② 鲁迅:《颓败线的颤动》,《语丝》第三十五期。木山英雄《读〈野草〉》指出,鲁迅译《工人绥惠略夫》中描写耶稣的一段,是《颓败线的颤动》核心意象的来源。此说甚确。《文学复古与文学革命:木山英雄中国现代文学思想论集》,第342页。

的感受,来"肉薄"这"虚空"。

赏鉴无聊,玩味痛楚,以极致的苦痛为极致的欢喜,是《野草》诸文本逻辑环节相互衔接的必然。《复仇》中的"干枯"是自我坚持的萎谢,《复仇(其二)》中的"钉杀"是委于他者的残害。此即《铸剑》中"黑色人"所谓"人我所加的伤",既有"人",亦有"我"。那么"复仇"的对象除了"人",也还有"我"。故而,在这样的延长线上,必然是《野草》中最为黑暗的《墓碣文》。

墓碣文字残损,正面所刻辞句中:

> ……有一游魂,化为长蛇,口有毒牙。不以啮人,自啮其身,终以殒颠。……

势所必至,理固宜然。"干枯"和"钉杀",均不足以让"肉薄"圆满,最终也只好以自我为"虚妄",为"空虚中的暗夜"。"自啮其身,终以殒颠"①,"人"所加者不能餍足,于是由"我"来执行,来实现。这是所谓"慢慢地摸出解剖刀来,反而刺进解剖者的心脏里去的'报复'"②。

然而,墓碣的背面——

> ……抉心自食,欲知本味。创痛酷烈,本味何能知?……
> ……痛定之后,徐徐食之。然其心已陈旧,本味又何由

---

① 鲁迅:《墓碣文》,《语丝》第三十二期,一九二五年六月二十二日。
② 鲁迅:《"硬译"与"文学的阶级性"》,《二心集》,《鲁迅全集》第四卷,第214页。

知？……①

酷烈到了"抉心自食",但即便如此,无论如何,还是不能知其"本味"!意义依然毁灭,终至于无法获得任何的存在状态。畏何所言,所谓何言,其忍心如此……《野草》诸文本并置同观,环节相扣,而意义旋生旋灭,甫建立即崩坏,成为无穷尽的否定连环套,多米诺骨牌般地不断倒塌,无一例外。②《过客》似乎有"坟"的召唤和归宿,然《死后》宣布未有穷期。《希望》将"希望"与"绝望"同归"虚妄",终可以"由我肉薄这空虚中的暗夜了"。而至文章末尾,又出现了这样一句:"而我的面前又竟至于并且没有真的暗夜。"③到《墓碣文》,"自啮其身",为的是探究终极的"心"之"本味",但皆不能"知"。得到的是竹内好模糊而准确的终极的"无"④。

《野草》终究成了意义的黑洞之所在,连光都无法逃逸。无尽的追问究竟到了自己也无法回答的地步"……答我!否则,离开……"《墓碣文》最终只能说:"待我成尘时,你将见我的微笑。"⑤一切碾

---

① 鲁迅:《墓碣文》,《语丝》第三十二期,一九二五年六月二十二日。

② 木山英雄表达过类似的看法:"以内向的意志抵抗'虚妄',结果这些行为本身亦不能不造成怀疑与决断的无限连锁循环。"《〈野草〉主体构建的逻辑及其方法》,《文学复古与文学革命:木山英雄中国现代文学思想论集》,第52页。

③ 鲁迅:《希望》,《语丝》第十期。

④ [日]竹内好:《鲁迅》,第102页。另,木山英雄在《〈野草〉主体构建的逻辑及其方法》中的说法较为明确:"鲁迅未曾把握到使自我完成其存在及使世界得以固定的核心……无论哪里也没有终极核心的这一世界的痛苦,其本身终于成为一个核心。"虽然他还提到,"称为核心,或许不合适"。《文学复古与文学革命:木山英雄中国现代文学思想论集》,第51页。

⑤ 鲁迅:《墓碣文》,《语丝》第三十二期。

得粉碎，同为齑粉。或许只有时空消失，天地毁灭，无限"坍缩"，回到"奇点"，这无穷的崩溃才会归于"热寂"。

鲁迅在《语丝》开设"野草"专栏之后，基本上以相近的节奏写作和刊发。其间只在《过客》和七篇"我梦见我自己"之间，大约有两个月的间隔。梦的系列从《死火》到《死后》，刊发频密。此后则是长达五个月的停歇，才又发表《这样的战士》《腊叶》等三篇。

这或与鲁迅情绪的变化和注意力转移有关，但如果就《野草》的"实现"而言，事实上到《死后》已经完成。《这样的战士》以"但他举起了投枪"为主题句，独立成段七度出现。可以看作《过客》中"我只得走"这一主题句的回响。战士在"无物之阵"中的行走，也可看作"彷徨于无地"的另一种表达方式。最后——

> 他终于在无物之阵中老衰，寿终。他终于不是战士，但无物之物则是胜者。
> ……
> 但他举起了投枪！

即便是"老衰，寿终"，一切已经结束；即便"无物之物"注定是"胜者"，然而仍然是"但他举起了投枪"。穿透生死永无休止，是《过客》到《死后》串连起来的行为方式。也是"希望"和"绝望"同归"虚妄"，而仍然要独自"肉薄这空虚中的暗夜"的意志表达。

《这样的战士》总体上无疑还是"野草"型文本，但其中类如"那些头上有各种旗帜，绣出各样好名称：慈善家，学者，文士，长者，青年，雅人，君子……。头下有各样外套，绣出各色好花样：

学问，道德，国粹，民意，逻辑，公义，东方文明……"①这诸多"今典"，都出现在当年鲁迅以"杂感"论战的语境，其"出处"均可作长篇注释。木山英雄富有文本敏感度地观察到，由此开始，"作品的密度也减了下来"，"又返回日常世界"②。

真正"返回日常世界"的，是《腊叶》。这一温暖的文本中，"我"以"病叶"自况，然而不再是由梦或者其他方式进行精神描写。"灯下看《雁门集》"，这是现实的"灯"，也是现实的书，还有现实的"枫叶"。这"灯"无疑仍是《秋夜》末句"对着灯"的那盏。"这使我记起去年的深秋"③，《秋夜》和《腊叶》的写作相隔一年出头，灯光照映下，正是《野草》的入口和出口。

鲁迅作品中，有着类似《腊叶》这样和暖空气的，并不多见。无论是现实世界还是精神世界，他总是"黑色人"般地存在于"暗夜"里，"两点燐火一般"的眼睛④。当年瑜儿坟上平空添的花环，读之其实只是更觉寒意和"鬼气"⑤，读之其实只是更添寒意。即便故乡，也是灰暗、阴沉、残败。仅有类似少年时的百草园、社戏，《故乡》中的少年闰土，露出的才是真正的"亮色"。那是过往、远方、童稚。同样，《野草》中，梦里的"好的故事"，以及"江南的雪"，给绝对零度般的文本群，带来了一丝暖意。这稀有的"好的

---

① 鲁迅：《这样的战士》，《语丝》第五十八期，一九二五年十二月二十一日。
② ［日］木山英雄：《〈野草〉主体构建的逻辑及其方法》，《文学复古与文学革命：木山英雄中国现代文学思想论集》，第62页。
③ 鲁迅：《腊叶》，《语丝》第六十期，一九二六年一月四日。
④ 鲁迅：《铸剑》，《故事新编》，《鲁迅全集》第二卷，第440页。
⑤ 见鲁迅《351116致萧军、萧红》所提到"我那《药》的末一段"。《鲁迅全集》第十三卷，第584页。

故事",还每每中断于"骤然一惊"①,倏然消散。就像卖火柴的小女孩,置身极寒天地,划亮了一颗转瞬即灭的火苗。

《腊叶》是写给"爱我者"的,带着不无伤感的温暖。但《过客》中的"女孩","布施"了水和布,对于这"少有的好意",过客却回以终极的诅咒:

> 倘使我得到了谁的布施,我就要象兀鹰看见死尸一样,在四近徘徊,祝愿她的灭亡,给我亲自看见;或者咒诅她以外的一切全都灭亡,连我自己,因为我就应该得到咒诅。②

之所以如此,在于"她"和世界的不能并存。要么她灭亡,要么"她以外的一切"灭亡。而"她以外的一切",是包括"我自己"的。因而,《腊叶》没有拒绝"布施",只能是鲁迅要离开《野草》了。

又过了三个半月,《淡淡的血痕中》和《一觉》同时发表。这两篇,从文体的角度,自然还是"散文诗"。但就其"气质"而言,可看作"外发性"文本,几乎可以不算作《野草》的作品,毋宁说是诗意化的"杂感"。《淡淡的血痕中》"记念几个死者和生者和未生者",讴歌"叛逆的猛士"。《一觉》致意"我的可爱的青年们"。所面对的都是"他者",而不再是自己灵魂的搅动。"哲学式的事情,

---

① 鲁迅:《雪》,《语丝》第十一期,一九二五年一月二十六日;《好的故事》,《语丝》第十三期,一九二五年二月九日。另外,《怎么写》中,在厦门大学图书馆楼上的鲁迅,难得地沉浸入"淡淡的哀愁",但紧接着就是蚊子"腿上钢针似的一刺"。见《三闲集》,《鲁迅全集》第四卷,第19页。

② 鲁迅:《过客》,《语丝》第十七期。

我现在不很想它了……我近来忽然还想活下去了"①。

《新青年》时代，鲁迅为"战士""朋友"敲边鼓，其时周边并无所谓"青年"。而兄弟失和之后，北京《语丝》时期，固然他是重要作者，但这一平台实际由周作人主持，本质上他还是"客员"②。鲁迅另开了场域，与"青年"为伍。如所参与的《莽原》《未名》《浅草》《狂飙》，以及"未名丛书""乌合丛书"，等等。

不过"于己"抑或"于人"，鲁迅终究一直异路。比如，一九二五年十二月十三日《我观北大》云："凡活的而且在生长者，总有着希望的前途。"③翌日即十四日，写《这样的战士》，文本中无穷尽"举起了投枪"的，是奋战于毫无希望的"无物之阵"，注定必将败于"无物之物"的战士。④这看似的"矛盾"，实乃鲁迅的"两面"。"我所说的话，常与所想的不同……我为自己和别人的设想，是两样的。"⑤因此类似《野草》的讨论，不宜过于对应现实。引用鲁迅其他类型的作品，也需十分谨慎。否则必将方枘圆凿，扞格不入。

此时，对于"青年"，他嘱托道："有不平而不悲观，常抗战而亦自卫。"⑥但在他自己，却是悲观到极处。鲁迅自承"我的作品，太黑暗了"，"我的思想太黑暗"⑦。固然"黑暗"是他行动的原动力，

---

① 鲁迅：《260617致李秉中》，《鲁迅全集》第十一卷，第528页。

② 参看夏寅：《想象〈语丝〉的方式：同人结构与文体偏移（1924—1927）》，《现代中文学刊》二〇二一年第四期。

③ 鲁迅：《我观北大》，《华盖集》，《鲁迅全集》第三卷，第168页。

④ 鲁迅：《这样的战士》，《语丝》第五十八期。

⑤ 鲁迅：《250530致许广平》，《鲁迅全集》第十一卷，第492—493页。

⑥ 鲁迅：《250318致许广平》，《鲁迅全集》第十一卷，第467页。

⑦ 鲁迅：《250318致许广平》《250530致许广平》，《鲁迅全集》第十一卷，第466、493页。

但这是不能加之于"青年"的。其间的微妙缘由,在给许广平信中,有这样的说法:

> 因为我只觉得"黑暗"与"虚无"乃是"实有",却偏要向这些作绝望的抗战……也许未必一定的确的,因为我终于不能证实:惟黑暗与虚无乃是实有。①

就"黑暗与虚无",一方面是"只觉得",另一方面是"不能证实"。此二者之关系,即《呐喊·自序》中,"决不能以我之必无的证明,来折服了他之所谓可有"这一说法,在另一个时代的另一种表达方式。"只觉得"等于"必无","不能证实"等于"可有"。就他自己,是"自有我的确信"。然而对于他者,却是"不愿将自己的思想,传染给别人","只能在自身试验,不能邀请别人"。盖因"你的反抗,是为希望光明到来……但我的反抗,却不过是偏与黑暗捣乱"②。可是,鲁迅由"必无",产生的"肉薄""虚妄"的行动力;他者因"可有"的召唤,而产生的行动力,尽管出发点截然相反,但在"反抗"这一点上,是可以取得一致的。《新青年》时期如此,《语丝》时期如此,实际上以后也是如此。

"三一八"青年的血,像是"打开"了鲁迅,或者也可以说终结了《野草》。最后两篇《淡淡的血痕中》和《一觉》,写于惨案后一个月内。

---

① 鲁迅:《250318致许广平》,《鲁迅全集》第十一卷,第466—467页。在《两地书·四》,"只觉得"改为"常觉得",语气有所缓和,这是1932年底的更动,与其情境的变化有关。《鲁迅全集》第十一卷,第21页。
② 鲁迅:《250530致许广平》,《鲁迅全集》第十一卷,第493页。

这与其说是《野草》的思想自我整理的终止，毋宁看成要将"黑暗与虚无"留在了原地，由"我"向"我们"漂移了。于是，他用《野草》的"题辞"告别《野草》：

> 过去的生命已经死亡。我对于这死亡有大欢喜，因为我借此知道它曾经存活。死亡的生命已经朽腐。我对于这朽腐有大欢喜，因为我借此知道它还非空虚。
> ……
> 为我自己，为友与仇，人与兽，爱者与不爱者，我希望这野草的死亡与朽腐，火速到来。……
> 去罢，野草，连着我的题辞！①

然而寄望"青年"，他又何尝不知此种信仰的脆弱，"近来很通行说青年；开口青年，闭口也是青年。但青年又何能一概而论？有醒着的，有睡着的，有昏着的，有躺着的，有玩着的，此外还多"②。而很快，现实到了眼前，"我在广东，就目睹了同是青年，而分成两大阵营，或则投书告密，或则助官捕人的事实"！于是，"我的思路因此轰毁"了。③

随后鲁迅从以"青年"为同道转为以"同志"为同道，所谓"左转"。话语也由"反抗""搏斗"转而为"斗争""战斗"，直至生

---

① 鲁迅：《野草·题辞》，《鲁迅全集》第二卷，第163—164页。
② 鲁迅：《导师》，《华盖集》，《鲁迅全集》第三卷，第58页。
③ 鲁迅：《三闲集·序言》，《鲁迅全集》第四卷，第5页。又参看《330618致曹聚仁》《341112致萧军萧红》《360523致曹靖华》《361015致曹白》。

命终点。但十年之间,他照样经历"友军中的从背后来的暗箭;受伤之后,同一营垒中的快意的笑脸"①。终于痛斥革命的"工头","摆出奴隶总管的架子,以鸣鞭为唯一的业绩"②。其所感受到的"同志"的做派,等于让他重新经验了"青年"曾有过的行为。某种意义上,"同志"在他那儿,或者就是另一面目的"青年"。以至对冯雪峰说:"你们来到时,我要逃亡,因为首先要杀掉的恐怕是我。"③这激愤之言,是预感被证实后的爆发。能从"历史"的纸缝里读出"无字之字"的鲁迅,对于"将来",是不可能天真的。"倘当崩溃之际,竟尚幸存,当乞红背心扫上海马路耳。"④这话不管何解,都是《失掉的好地狱》就曾预言的,《野草》的逻辑并未离他而去。

这是三十年代鲁迅的一个隐晦的存在。一九三三年年中在《申报·自由谈》,他首度以"游光"为笔名,发表《夜颂》。"秋夜"之后的另一个"夜",在另一盏"灯前",他说:

> 人的言行,在白天和在深夜,在日下和在灯前,常常显得两样。⑤

---

① 鲁迅:《350423②致萧军萧红》,《鲁迅全集》第十三卷,第445页。

② 鲁迅:《答徐懋庸并关于抗日统一战线问题》,《且介亭杂文末编》,《鲁迅全集》第六卷,第558页。又参看《350117致徐懋庸》《350323致曹靖华》《350912②致胡风》《360405②致王冶秋》《360515致曹靖华》。

③ 李霁野:《忆鲁迅先生》,《文季月刊》第二卷第一期,一九三六年十二月。文中F君即冯雪峰。

④ 鲁迅:《340430致曹聚仁》,《鲁迅全集》第十三卷,第87页。

⑤ 鲁迅:《夜颂》,《准风月谈》,《鲁迅全集》第五卷,第203页。

而自编的《鲁迅译著书目》附记云："这目的，是为着自己，也有些为着别人。"①"在白天和在深夜，在日下和在灯前"，有着两个鲁迅："为着别人"的，落实的，"我们"的；和"为着自己"的，悬浮的，"我"的。"我喜欢寂寞，又憎恶寂寞"②。属于深夜的寂寞的个体，依然是漂游着的"总体历史之外的游魂"③，并在"总体历史"之外，俯瞰他存在的世界。他终究是"爱夜的人"："只有夜还算是诚实的。我爱夜。"④

鲁迅曾说，"为着自己"的《野草》，"此后做不做很难说，大约是不见得再做了"⑤。不过他逝世时留下的诸多未完工作中，有一本《夜记》，多少算是"再做了"。据许广平的介绍，至少《半夏小集》《"这也是生活"》《死》《女吊》这四篇，一定是其中的构成。⑥而二十年代末，甫到上海前后，鲁迅就曾有过"夜记"的计划，并写过四篇半，也是没有完成的计划。⑦完整留下的只有一九二七年的《怎么写》和《在钟楼上》，写的是在厦门和广州时的情形。那时的他"新来而且灰色"，"委实有些舒服"⑧。孤独而犹疑，只能在"夜"中思索和徜徉。

---

① 鲁迅：《鲁迅译著书目》，《三闲集》，《鲁迅全集》第四卷，第187页。
② 鲁迅：《240924致李秉中》，《鲁迅全集》第十一卷，第452页。
③ 张闳：《黑暗中的声音》，上海：上海文艺出版社，二〇〇七年，第69页。
④ 鲁迅：《夜颂》，《准风月谈》，《鲁迅全集》第五卷，第204页。
⑤ 鲁迅：《海上通信》，《华盖集续编》，《鲁迅全集》第三卷，第417页。
⑥ 许广平：《且介亭杂文末编·后记》，《鲁迅全集》第六卷，第660页。
⑦ 见鲁迅：《做古文和做好人的秘诀》附记，《二心集》，《鲁迅全集》第四卷，第277—278页。
⑧ 分见鲁迅：《怎么写》《在钟楼上》，《三闲集》，《鲁迅全集》第四卷，第21、37页。

或许一九二七年和一九三六年的两组"夜记",是他的又一个"入口"和"出口",又一个轮回。几乎是绝笔的"后《夜记》",已成稿均是鲁迅逝世前三个月内所作。在生命的最后时刻,他重新沉入他的"夜"中,沉入《野草》的虚悬之境。《半夏小集》"最高的轻蔑是无言",仿若"求乞者"的再现。《"这也是生活"》记他病中挣扎,但"我要看来看去的看一下",而终于还是"实际上的战士"。那么这"实际上的战士"无比强项地只要活过来就要"看来看去",不正是"这样的战士"无穷尽地"但他举起了投枪"!《死》在立了七条决绝的遗嘱后,宣布"让他们怨恨去,我也一个都不宽恕"。毋乃"过客"的"我憎恶他们,我不回转去"的更加直白了当的表达?至于《女吊》这一惬意的文本,他化身为由"漆黑""猩红"和"石灰一样白"的色块组成,"弯弯曲曲""走了一个'心'字","阿呀,苦呀,天哪!……"的女鬼。然而是"复仇",而非"讨替代"①。这与《野草》中两篇《复仇》同一意旨,自然更是《铸剑》中"黑色人"的另一形象版本。

这些几乎是用生命的馀烬写下的,回声着《野草》的篇什,可以看到鲁迅从"我们"向"我"的摆动,似乎暗示或暗伏着新的又一轮循环。现实生活中,从"左转"伊始,不惧"有人退伍,有人落荒,有人颓唐,有人叛变"的昂扬,②到与左联领导人关系的逐年恶化,直至生命的最后一年实际已公开决裂。这一过程中的鲁迅,

---

① 分见鲁迅:《半夏小集》《这也是生活》《死》《女吊》,《且介亭杂文末编·附集》,《鲁迅全集》第六卷,第620、622—626、635、640—642页。
② 鲁迅:《非革命的急进革命论者》,《二心集》,《鲁迅全集》第四卷,第231页。

借用他自己的说法,是越来越"执滞在几件小事情上";①在他人看来,则是"老头子又发牢骚了"!②而乃弟周作人,则敏感地觉察到"最近又有点转到虚无主义上去了"。③

自然,这不是说他的政治倾向有了什么变化,而是虚妄感再度的浮现深化,牵引出"外发性"和"内在化"之间的起伏涨落,让他终于以新的"夜记",以他一直的"确信",再度去领受"夜所给与的光明"。④事实上,鲁迅始终的构造,即以"我"之"必尤"所生成的行动,期之于"他者"之"可有"所唤发的行动,和合而成反抗的力量。这才是一以贯之,从未更张,"刑天舞干戚"般无比生动存在的鲁迅,即便"断其首",也还要"以乳为目,以脐为口,操干戚以舞",⑤"肉薄"那无边无际、无穷无尽的"空虚中的暗夜"。作为生物体,他自然有消亡的一天。但以行动为本体,所唤发出的超越生死的生命意志,却是永住的。⑥

---

① 鲁迅:《华盖集·题记》,《鲁迅全集》第三卷,第3页。
② 鲁迅:《且介亭杂文·附记》,《鲁迅全集》第六卷,第220页。这是鲁迅"听说"的沈端先(夏衍)的话。
③ 《周作人谈鲁迅》,《大晚报》一九三六年十月二十二日。
④ 鲁迅:《夜颂》,《准风月谈》,《鲁迅全集》第五卷,第204页。
⑤ 陶渊明:《读山海经·其十》,[晋]陶渊明著,龚斌校笺:《陶渊明集校笺》,上海:上海古籍出版社,二〇一一年,第368页。《山海经》"海外西经",郭璞注,毕沅校,上海:上海古籍出版社,一九八九年,第83页。
⑥ 黄宗英:《我亲聆毛泽东罗稷南对话》,《炎黄春秋》二〇〇二年第十二期。

反抗"永远重复"与漫游求索:《野草》与《查拉图斯特拉如是说》的两个相似主题

□ 张钊贻

一

中国《野草》研究专家孙玉石说过,"要理解鲁迅《野草》","起码要仔细读《工人绥惠略夫》,要读厨川白村的《苦闷的象征》和《出了象牙之塔》","还要读鲁迅翻译的尼采的《查拉图斯特拉的序言》"①。这是很有见地的,尤其是尼采(Friedrich W. Nietzsche,一八四四至一九〇〇)的那篇。其实整本《查拉图斯特拉如是说》(*Also sprach Zarathustra*)都应该考虑,不仅仅是《序言》("Vorrede"亦可译作《前言》)。

鲁迅(周树人,一八八一至一九三六)受尼采影响,亦与尼采有不少契合,早为论者所注意。鲁迅非常喜爱《查拉图斯特拉如是说》,曾两次把《前言》译出。鲁迅不单有原文和日译的《查拉图斯特拉如是说》,而且还很着意地收集这本书的德、日文研究

---

① 孙玉石:《在〈鲁迅译文全集〉出版座谈会上的发言》,《走近鲁迅余抄》,北京:北京大学出版社,二〇一〇年,第171页。

著作。①有一个事例很能说明这点。鲁迅留日期间,日本有两本尼采的书,一是登张竹风(Tobari Chikufū,一八七三至一九五五)的《尼采与二诗人》(一九〇二),另一本是桑木严翼的《尼采氏之伦理学说一斑》(一九〇二)。这两本书都介绍了《查拉图斯特拉如是说》,而桑木严翼(Kuwaki Genyoku,一八七四至一九四六)那本较系统而详实。笔者当初认为鲁迅当时只有其中一本,而桑木严翼那本比较偏僻,所以认为鲁迅只读过登张竹风的《尼采与二诗人》。后经李冬木对比鲁迅与桑木严翼的尼采引文,证明鲁迅两本都读过。②桑木严翼的书连日本一位"尼采在日本"的研究者也找不到,可见鲁迅当时热衷尼采,资料搜罗得很全面。

对于鲁迅《野草》与尼采《查拉图斯特拉如是说》的相似性,就笔者所知,最早提到的是巴人(王任叔,一九〇一至一九七二),一九三九年他在上海孤岛的《鲁迅风》第十七期发表鲁迅与高尔基的比较文章,认为"鲁迅作品中受尼采思想的影响最明显的,便是《野草》。而在作风上,也跟《查拉图斯特拉如是说》,有相同处"③。但一九四一年周扬(一九〇八至一九八八)批评了欧阳凡海(方海春,一九一二至一九七〇)"夸大了鲁迅思想

---

① 关于"影响"的概念,尼采在东亚的传播,以及鲁迅收藏和接触尼采的著作,参考张钊贻《鲁迅:中国"温和"的尼采》,北京:北京大学出版社,二〇一一年,第1—19、137—181页。

② 李冬木:《留学生周树人周边的"尼采"及其周边》,张钊贻编《尼采与华文文学论文集》,新加坡:八方文化,二〇一三年,第87—126页。

③《鲁迅与高尔基》(一九三九),《1913—1983鲁迅研究学术论著资料汇编》第二卷,中国社会科学院文学研究所鲁迅研究室编,北京:中国文联出版社,一九八五至一九八九年,第1099—1101页。

上的尼采影响"之后①，中国鲁迅研究者大抵避开鲁迅和尼采的问题，只有国外的一些研究偶尔还提起。一九七九年后，中国学界才逐渐重新重视《查拉图斯特拉如是说》跟《野草》的比较，期刊论文不少，专著中也常有章节涉及。②特别值得注意的是闵抗生，他自一九八六年陆续发表文章，后结集为《鲁迅的创作与尼采的箴言》。③闵抗生多年反复阅读尼采著作，比较得很仔细，而且他的比较也似乎包含着自己生命的投入，有点像尼采所谓"血写的书"。笔者在《鲁迅：中国"温和"的尼采》中也专门讨论了《查拉图斯特拉如是说》与《野草》，主要是按照西方学界的研究成果及尼采的意见，以"永远重复"为主旨对《查拉图斯特拉如是说》进行解读，并以此为基础跟鲁迅的《野草》进行比较，本文主要依据拙著《鲁迅：中国"温和"的尼采》中有关部分，稍加补订与扩展。

二

《野草》出版于一九二七年，属于所谓前期的作品，在鲁迅思想和创作中占有特殊的位置。据说，鲁迅当年表示过"他的哲学都包

---

① 详见《鲁迅：中国"温和"的尼采》，第28页。
② 参见《鲁迅：中国"温和"的尼采》，第43—44页。
③ 西安：陕西人民出版社（一九九六）。关于此书的评介，见胡健：《〈野草〉研究的新境界——简评闵抗生〈鲁迅的创作与尼采的箴言〉》，《上海鲁迅研究》，十一（二〇〇〇），第212—215页；张梦阳：《中国鲁迅学通史》下卷，广州：广东教育出版社，二〇〇二年，第145—146页。

括在他的《野草》里面"①。就"当时"即所谓前期而言,这一说法在研究者之间大概没有太大的争议;至于所谓"哲学",大概可以理解为鲁迅的"人生哲学",或他的人生观兼社会观,应该不是严格学术意义上的哲学的概念。《野草》收集了作者写于一九二四至一九二六年间的二十三篇作品,形式包括梦境、对话、独白、诗、剧、散文诗等,其中直接写梦的九篇,十六篇用第一人称叙事,是鲁迅最"向内转"的作品②,其中的噩梦与超现实主义的荒谬性,从内涵到表现形式,都展现出鲁迅作品中最接近跟尼采有密切联系的现代主义文学的一面③,也体现了现代主义"世纪末"(fin de siècle)的思绪和情调。

《野草》出版以来,评论者无不认为是鲁迅内心斗争的结晶④,但对所谓内心斗争却可以有不同角度的解读。从社会历史的视角看,《野草》反映了五四退潮后中国政治压迫增强的矛盾;从政治和意识形态的观点看,《野草》反映了鲁迅在个人主义和共产主义战士之间徘徊抉择的矛盾心情;从人物传记的视角看,《野草》记录了鲁迅跟周作人决裂以及女师大斗争的痛苦

---

① 据章衣萍《古庙杂谈(五)》(一九二五)的回忆,见张梦阳:《中国鲁迅学通史》下卷,第6页。许寿裳亦有同感,见其《鲁迅的精神》(一九四六),倪墨炎等编《亡友鲁迅印象记·许寿裳会议鲁迅全编》,上海:上海文化出版社,二〇〇六年,第119页。

② Berta Krebsová 称为"面向内心",转引自孙玉石:《〈野草〉研究》,北京:中国社会科学出版社,一九八二年,第330页。

③ 关于尼采与文学现代主义,见《鲁迅:中国"温和"的尼采》,第349—357页。

④ 见孙玉石:《〈野草〉研究》,第273—344页。

经历①；从比较抽象的视角看,《野草》反映了希望与绝望、个人主义和人道主义的斗争。鲁迅这些内心斗争产生一种特殊的美学效果,就是形象的对立和修辞的对称。②但不管是从哪一个视角或层次去读《野草》,不管是社会历史还是个人心理,《野草》整体大抵体现出前面所谓《野草》包括鲁迅当时的"哲学",即"反抗绝望"。

鲁迅的"绝望"从较大的背景和根源来看,出于中国知识分子传统的社会责任感,以及中国当时的国家民族深重危机：中国被迫的现代化进程,已经进入到中国人思想精神改造这个层次,但思想精神的改造并非一朝一夕可以完成,而中国国家和民族的危机却要求"只争朝夕"地尽快解决；从较窄的背景和根源来看,则出于鲁迅发起文艺运动以"改造国民性"的深刻认识和迫切主张,却并未得到他同时代人的理解和认同,从"走异路",提倡文艺运动,辛亥革命实质的失败、再到五四新文化运动退潮,都反复使他处于孤军奋战、无地彷徨的困境；从再具体一点的思想根源来看,则是鲁迅早期一厢情愿相信进化论的理想主义战斗精神,在面对国民性难于改变的残酷现实所产生的悲观情绪的矛盾。国民性难以短期根本改变的事实,包括革命者在内的大众对此并不理解,也不认同,给他

---

① Leo O. Lee, *The Voices From the Iron House*, Bloomington: Indiana University Press (1987), pp. 89-91。《颓败线的颤动》也许是鲁迅跟周作人决裂的反映,见李何林：《鲁迅〈野草〉注释》(修订本),西安：陕西人民出版社,一九七七年,第165—166页。然而鲁迅也见到革命者有相似的遭遇(《华盖集·牺牲谟》,《鲁迅全集》第三卷,第33—36页)。

② 见 Charles J. Alber, "*Wild Grass*, Symmetry and Parallelism in Lu Hsün's Prose Poems", in William H. Nienhauser (ed.), *Critical Essays on Chinese Literature*, Hong Kong: The Chinese University of Hong Kong, (1976), pp. 1-20。

带来极大的孤独、疑虑和悲观情绪。① 而这些无法解决的问题和无法摆脱的情绪，不断反复地折磨着鲁迅。

至于《查拉图斯特拉如是说》，那是尼采影响最大的著作。《查拉图斯特拉如是说》各章关系不是很紧凑，但由于有一"主角"贯穿起来，所以比起《野草》更显得有整体性（《野草》则只在表现鲁迅内心斗争这点上，也可以给读者一种整体性的感觉）。尼采认为《查拉图斯特拉如是说》是他"给人类最伟大的礼物"，也就是他最好的作品②；之前的《朝霞》(*Der Morganröte*，一八八一) 和《愉快之学》(*Die fröhliche Wissenschaft*，一八八二) 只是他"哲学"的导言或准备，而《查拉图斯特拉如是说》才是入口的门厅 (Vorhalle)③，甚至后来更为系统的哲学著作《超越善恶之外》(*Jenseits von Gut und Böse*，一八八六)，尼采也认为只是用另一种方式表达《查拉图斯特拉如是说》中的思想而已。④ 而且，《查拉图斯特拉如是说》差不多包含了尼采所有重要的哲学命题和最为人们

---

① 关于中国现代化进程与鲁迅思想矛盾的分析，详见《鲁迅：中国"温和"的尼采》，第 249—282 页。

② *Ecce Homo*, "Warum ich so gute Bücher schreibe", 4; Giorgio Colli/Mazzino Montinari (hrg), *Friedrich Nietzsche Sämtliche Werke*, *Kritische Studienausgabe*, Berlin: dtv/de Gruyter (1980), Vol. 6, p. 259。按：以下简称 KSA。本文所有译文，除注明外，均为笔者所译，译时查考了各种英文译本，主要是 Walter Kaufmann 的译本。

③ 504 An Franz Overbeck in Basel (7 April 1884); Giorgio Colli/Mazzino Montinari (hrg), *Friedrich Nietzsche*, *Sämtliche Briefe*, *Kritische Studienausgabe*, Berlin: dtv/de Gruyter (1986), Vol. 6, pp. 496。以下简称 KSB。

④ 729 An Franz Overbeck in Basel (5 Aug 1886) und 754 An Jacob Burckhardt in Basel (22 Sept 1886); KSB, Vol. 7, pp. 222-223, 254-255.

熟悉的语句，诸如"超人"（Übermensch）、"权力意志"（Der Wille zur Macht）、"永远重复"（Die ewige Wiederkunft）、"重估一切价值"（Umwerthung aller Werthe），等等，把它当作尼采的代表作并不为过。①尼采这本书之所以吸引鲁迅，也许是它的文艺性质和成就，不过，尼采的哲学思想正好就包藏在它的文学形式之中。

一般以为《查拉图斯特拉如是说》的主旨是"超人"，但跟尼采自己的说法不符。尼采的"超人"基本上只出现于《查拉图斯特拉如是说》②，"超人"在尼采思想中所占的位置，似乎跟这个词语的普及程度不太相称。"超人"只是个比喻，不是根据实有例子的描述，所以是个模糊的概念，而且尼采既然主张各人"成为你自己（Werde, der du bist！）③"，如何"超"也就因人而异，所以

---

① Harold Alderman, *Nietzsche's Gift*, Athens: Ohio University Press (1979), p. 1.

② 根据托马斯·布罗布杰尔研究，尼采首次用"超人"是在一八六一年中学时代写的文章《论拜伦的戏剧性诗歌》("Über die dramatische Dichtung Byrons")，其中称 Manfred 为"把精神控制自如的超人"。在《查拉图斯特拉如是说》及其草稿之前，则只在《欢乐之学》中出现过（*Die fröhliche Wissenschaft*, III, 143; KSA, Vol. 3, p. 490），此后则只在谈到《查拉图斯特拉如是说》时涉及。Thomas H. Brobjer, *Nietzsche's Philosophical Context: An Intellectual Biography*, Urbana: University of Illinois Press (2008), p. 87。

③ *Also sprach Zarathustra*, IV, 1, 对照 III, 11, 2; KSA, Vol. 4, pp. 242-245, 297, *Unzeitgemässe Betrachtungen*, III, 1; KSA, Vol. 1, p. 338. Cf. "den Weg zu 'mir'", *Menschliches, Allzumenschliches*, II, "Vorwort", 4, KSA, Vol. 2, p. 373, *Die fröhliche Wissenschaft*, III, 270; IV, 335, KSA, Vol. 3, pp. 519, 563, Cf. Leslie Paul Thiele, *Friedrich Nietzsche and the Politics of the Soul: A Study of Heroic Individualism*, Princeton: Princeton University Press (1990), pp. 207-217。

不可能清晰，否则就是要建立普遍适用的标准，也就成了要控制别人的"权力意志"的"霸权"，而非个性解放的思想了。学界对于"超人"的理解自然有不同的看法，华尔特·考夫曼（Walter Kaufmann，一九二一至一九八〇）认为，"超人"是酒神狄奥尼索斯式的创造者，克服自己，"组织"自己，并创造自己。伯恩德·马格奴斯（Bernd Magnus）不同意考夫曼的见解，认为"超人"更代表一种对生活的特殊态度，即对"永远重复"命运的坦然接受，而不是一种理想完美的人。马格奴斯特别提出"超人"与"永远重复"的关系非常重要，也符合尼采的论述，但其实也包含在考夫曼所说的"自我克服"之中，"超人"一词的前缀"超"其实是来自"克服"（Überwindung）。其实，如果对自我完善和发扬自我不去设立一个唯一"普世"的价值标准，则考夫曼与马格奴斯的概念也没有什么区别，因为创造与自我克服归根到底也可以看作对待生活的态度。不过，马格奴斯将肯定"永远重复"解释为"追求无有"，跟基督教的"自我克服"没有区别，显然不符合尼采论述。①

事实上，尼采认为《查拉图斯特拉如是说》的主旨是"永远重复"②，不过这跟"超人"说也不矛盾。所谓"永远重复"，跟"超人"一样，也是个颇含糊复杂的概念，中文翻译并未完全传达其

---

① Walter Kaufmann, *Nietzsche: Philosopher, Psychologist, Antichrist*, p. 316. Bernd Magnus, "Perfectibility and Attitude in Nietzsche's *Übermensch*", *The Review of Metaphysics*, Vol. 36, No. 3 (March 1983), pp. 633-659. Cf. Arthur Danto, *Nietzsche as Philosopher*, pp. 199-200.

② *Ecce Homo*, "Warum ischso gute Bücher schriebe", "Also sprach Zarathustra", 1, KSA, Vol. 6, p. 335.

中的意思,英译也一样。琼·斯坦博(Joan Stambaugh)对"永远重复"的语义做了细致的分析,她指出,尼采并不是用"重复"(Wiederholung,英译 repetition)一词,他交替使用的是"重现"(Wiederkehr,英译 recurrence)或"回归"(Wiederkunft,英译 return,中译也可作"重临")。这两个词的前缀"Wieder-"有"再次"和"返回"的意思,但"重现"和"回归"意义却有不同。"重现"指事件,先前出现过;"回归"或"重临"可以是任何东西或人物,回到先前的状态或处境。"重现"是事件走完自己的过程,再来一次,是事件的开始;"回归"或"重临"是返回到原来的地方或状态,是运动的结束。人和事物不可能"重现";而事件也不可能"回归"或"重临"。尼采还有另外一个表述方式,字字对应的硬译是"同样的永远回归"(die ewige Wiederkunft des Gleichen),其中"das Gleiche"严格来说并非完全的一模一样,而是介乎"一样"与"相似"之间。① 斯坦博的分析正好符合下面我们认为可以接受的诠释。

"永远重复"在哲学界有好几种不同的诠释。② 对于宇宙论和形而上学"生成"论的解读,主要依赖尼采对自然科学感兴趣时的遗稿,但这种物质形态重复的概率几近于零,可以不论。与本文关系更密切的观点,是认为"永远重复"是心理的或态度的

---

① Joan Stambaugh, *Nietzsche's Thought of Eternal Return*, pp. 29-33.

② 二十世纪七十年代的有关讨论,参考 M. C. Sterling, "Recent Discussions of Eternal Recurrence: Some Critical Comments", *Nietzsche-Studien*, 6(1977), pp. 261-291。Daniel Chapelle 也有颇详细的讨论,见其 *Nietzsche and Psychoanalysis*, Albany: State University of New York Press(1993)。

问题①,一种"心理测验"(psychological test)②,又或者是"苏格拉底式的自我省思"(Socratic self-reflexion)的问题③。这种观点相对而言则更接近尼采已出版的著作。尼采在《欢乐之学》把"永远重复"表现为一种经验,并称之为最重的心理压力。④必须指出,尽管格雷戈里·怀特洛克(Gregory Whitlock)认为尼采强调重现的是相同而非相似的经验⑤,但这是不可能的,因为正如伊万·索尔(Ivan Soll)指出,某次经验一旦知道跟以前相同,便增添了这"知道相同"的新经验,也就不可能跟原来那次完全一样了。⑥所以"永远重复"跟

---

① Ivan Soll, "Reflections on Recurrence: A Reexaminztion of Nietzsche's Doctrine, *die Ewige Wiederkehr des Gleichen*", in Robert C. Solomon (ed.), *Nietzsche: A Collection of Critical Essays*, Notre Dame: University of Notre Dame Press (1973), pp. 322-342。Soll 虽然提到"永远重复"的"心理结果"和态度(pp. 322-323),而且提到"个人层次"(pp. 338—339),但他不单没有把两者联系起来,反而认为人们应该"无动于衷",与尼采的态度相反,而且有点自相矛盾。

② 见 George J. Stack, *Lange and Nietzsche*, Berlin: Walter de Gruyter (1983), pp. 30-32。

③ Harold Alderman, *Nietzsche's Gift*, p. 84。Alderman 将海德格尔的"时间"换成了"人的经验"(p. 90)。

④ *Die fröhliche Wissenschaft*, IV, 341; KSA, Vol. 3, p. 570. Laurence Lampert "永远重复"有一种本体论的认识,跟海德格尔的形而上学的解释很相似。见其 *Nietzsche's Teaching: An Interpretation of* Thus Spoke Zarathustra, New Haven: Yale University Press (1986), pp. 255-263。

⑤ 见 Gregory Whitlock, "A Commentary to Nietzsche's *Also Sprach Zarathustra*", p. 344。

⑥ Ivan Soll, "Reflections on Recurrence: A Reexamination of Nietzsche's Doctrine, *die Ewige Wiederkehr des Gleichen*", p. 335; cf. Authur Danto, *Nietzsche as Philosopher*, p. 204.

"超人"理论只能按"态度诊断"(attitude diagnosis)的读法,应理解为一种对待人生的态度。① 例如在面对"永远重复"的经验感受时,是被它压垮而消沉,悻悻而亡,还是欣然接受,继续奋斗前行,这就是"超人"跟其他人的区别(就个人的经验而言,"重临"显然比"回归"的翻译更能表达原来的意思,不过本文为了术语统一,只用"永远重复")。索尔还讨论到"永远重复"与历史进化的问题,认为两者并不矛盾。笔者与索尔的结论相同,但推论方法较为简单。我们常说历史是螺旋式前进(索尔用的是"循环",cycle),如果从侧面看(客观观察),那是一起一伏的线性前进(或进步),但是如果从正面看(主观感受),那不过是一个无限重叠的圆圈("永远重临")。不过,丹尼尔·查普尔(Daniel Chapelle)认为尼采所谓的"永远重复"既非自然世界,亦非历史。他从心理分析入手,指出"重复"的是日常生活的内容,体现一个人性格特征与个人独特重复的经验,这符合尼采所谓"永远重复"是一个人自我或典型经验的重复的说法;也就是在这个意义上,尼采在探索"永远重复"时说,"到最后,一个人经验到的只是他自己"②。不过查普尔将尼采的"重现"比拟为精神分析所谓"必然重复"(compulsive repetition)的行为模式③,恐怕会令人误会为一种病态行为了。若理解为个人典型经

---

① Bernd Magnus, "Perfectibility and Attitude in Nietzsche's *Übermensch*", pp. 633-659. 既然"永远重复"不可能是同样的事物,则肯定"永远重复"就不是 Magnus 所谓"渴求虚无"(crave nothing)。

② *Also sprach Zarathustra*, III, 1; KSA, Vol. 4, p. 193, *Jenseits von Gut und Böse*, IV, 70; KSA, Vol. 5, p. 86, Cf. 533 An Franz Overbeck (14 September 1884), KSB, Vol. 6, p. 530.

③ *Nietzsche and Psychoanalysis*, pp. 95-102.

验重复,我们可以认为,尼采的"永远重复"实际上是从不同角度谈论如何"成为你自己":除了敢于选择和创造自己的"善与恶"即个人衡量事物及行为决策的标准,还要面对和克服自己弱点"永远重复"的精神压力。尼采"永远重复"强调的是折磨人的消极、痛苦的典型经验的"重现"。这一理解,使前面讨论过的"超人"和"自我克服"的关系,变得更清晰。"永远重复"是人需要克服而成为"超人"的主要障碍;"超人"就是克服人自身对"永远重复"命运所生的"怨恨"(ressentiment),不让这一命运压制自己,而得到解放和自由。

另一值得注意的方面是,《查拉图斯特拉如是说》可以说是一本赞成"孤独"、赞颂"孤独"的书。① 先觉者和敢于制订与大众不同行为标准的人,从来都是、而且必然是孤独的。所以,所谓尼采"超人"是对"永远重复"的肯定,也就可以解读为查拉图斯特拉的孤独奋战,或对孤独的奋战,或克服孤独的奋战精神。从《查拉图斯特拉如是说》的内容和"情节"来看,读者也很容易得出以上的印象。查拉图斯特拉上山独居十年,下山教人"超人",但他的宣讲并未得到任何人的响应。整本《查拉图斯特拉如是说》基本就是查拉图斯特拉的宣讲独白、内省反思,以及跟并不了解自己的各色人等的、并不产生多少沟通效果的对话。从鲁迅的角度看,克服"永远重复"其实相当于他的反抗"虚无"或"绝望",包括反抗很重要的一点:他反复经验的寂寞。

---

① E.g. *Also sprach Zarathustra*, I, 17; KSA, Vol. 5, pp. 80-83.

三

查拉图斯特拉上山独居十年，陪伴他的只有一只鹰和一条蛇。《查拉图斯特拉如是说》中蛇的象征意义有很多①，但这处的蛇代表"永远重复"。鲁迅知道蛇在《查拉图斯特拉如是说》中"永远重复"的象征意义，对"永远重复"应该有一定的了解。② 他在《查拉图斯特拉的前言》译文注释中提及蛇和"永远重复"，并把它译为"永远轮回"，但以后便再也没有用过。③ 蛇作为"永远重复"的象征，在《查拉图斯特拉如是说》一幕噩梦般的超现实主义情景中表现得很

---

① 见 David S. Thatcher, "Eagle and Serpent in Zarathustra", *Nietzsche-Studien*, 6（1977）, pp. 240-260。Thatcher 认为有更广的意思。Nicholas Pappas 对此做了更详尽的分析，显示书中蛇的隐喻和意象，很多时候是对应着《圣经》的蛇而言的，见其 "The Eternal-Serpentine", in Christa D. Acampora and Ralph R. Acampora（eds.）, *A Nietzschean Bestiary: Becoming Animal Beyond Docile and Brutal*, Lanham: Rowman & Littlefield（2004）, pp. 71-82。另参照 Whitlock "A Commentary to Nietzsches *Also Sprach Zarathustra*", pp. 302, 334-35, 346。

② 山口惠三估计鲁迅可能参考了 Naumann 四卷本的 *Zarathustra-Commentar*（《鲁迅訳『ツアラトストラ序説』の成立》，《比较文学研究》，四十八，一九八五年10月，页142—151），但没有提供证据，此书亦不见于鲁迅藏书。山口惠三可能是根据鲁迅译《查拉图斯特拉的前言》的译者附记，其中引述 Naumann 的意见。鲁迅其实有其他德文及日文解说《查拉图斯特拉如是说》的书籍，其中 Otto Gramzow 的 *Kurzer Kommentar zum Zarathustra*（1907）就频繁引述 Naumann 的观点，译者附记中引述 Naumann 所谓"小丑"代表理想家，亦为尼采自况，即见该书第129页。

③ 鲁迅：《译文序跋集·〈察拉图斯忒拉的序言〉译者附记》，《鲁迅全集》第十卷，北京：人民文学出版社，二〇〇五年，第483页。鲁迅分析中国历史的重复现象时称之为"轮回的把戏"（《华盖集·忽然想到》，（转下页）

充分:

> 在最苍白的月色下,我突然苍白地站在荒野的乱石危岩之间,孤零零的。但在那边躺着一个人。在那边——有只狗毛发倒竖,在蹦跳,发怒,哀鸣——那只狗看见我走过来了,它又吼叫起来了,大叫起来了。我从没听过一只狗求救会叫成这种样子的。我看到的——我真的从未看过这样的事——我看见一个年轻的牧羊人,正在痛苦地痉挛扭动,脸也变了形,叫不出声来,一条很重的黑色的蛇钻进他口里,但没有全进去。从来没见过这样恶心、苍白和可怕的脸。蛇好像是在他睡觉的时候爬进他的喉咙里了,并在那死死地咬住。我用手设法把蛇扯出来,但一点用也没有,无法把蛇从他喉咙扯出来。我于是使劲的喊:"咬啊! 咬掉它的头! 咬啊!"我使劲的喊——把我的恐惧、我的憎恨、恶心、同情、好的坏的,一骨碌全都以一声大喊喊出来。①

有人认为,这一幕可能跟尼采早年梦见父亲之死的一个噩梦有

(接上页)《鲁迅全集》第三卷,第19页),很可能是想起尼采的"永远重复"。前面虽提过 Freny Mistry 认为尼采的"永远重复"可能受佛教启发,但"轮回"作为佛教术语,指生物的生死循环,象征符号用"轮"而非"蛇",也不涉历史。

① *Also sprach Zarathustra*, III, 2, 2; KSA, Vol. 4, pp. 201-202. 这个作为"永远重复"的吞蛇意象可以上溯到《朝霞》(*Der Morgenröte*, 77; KSA, Vol. 3, p. 75)。

关①，但更可能跟尼采反复的头痛和呕吐有关。②事实上尼采的健康就是病发与康复的有节奏的循环。③有一点可以肯定的是，"永远重复"虽包括所有经验，但着重的却是难受的经验。在另一章里，查拉图斯特拉便谈到他"憎恶人"以及"小人"和"太人性"的"永远重复"的经验。④不过，必须指出，尼采虽然跟叔本华一样，认为生命充满痛苦，但尼采不同意叔本华消极悲观的态度，而宁可对痛苦采取正面的自信的态度，作出英勇的"好的"即肯定的回答（jasagende），作出自我克服的、拥抱自己宿命的"爱命运"的选择。⑤

在二十世纪三十年代卡尔·荣格（Carl G. Jung，一八七五至一九六一）在苏黎世心理学俱乐部关于《查拉图斯特拉如是说》的系列研讨讲座上说，他对牧羊人咬蛇的一节，想不出有任何类似的故事，但他讨论了"区罗伯罗"（ouroboros）。⑥"区罗伯罗"是个希腊文，有好几种拉丁文转写拼法（oroborus, uroboros, uroborus），意思是"噬尾者"，是一条蛇或龙吞噬自己的尾巴，形成一个环。在古代欧洲是个常见的象征符号，很可能源自埃及，然后被希腊哲

---

① Whitlock, "A Commentary to Nietzsche's *Also Sprach Zarathustra*", p. 301.

② *Also sprach Zarathustra*, III, 2, 2; KSA, Vol. 4, pp. 201-202.

③ R. J. Hollingdale, *Nietzsche: The Man and His Philosophy*, p. 106.

④ *Also sprach Zarathustra*, III, 13, 2; KSA, Vol. 4, pp. 274-275, 见 Ronald Hayman, *Nietzsche: A Critical Life*, pp. 37-38, 69-70, 179。

⑤ *Ecce Homo*, "Warum ich so gute Bücher schreibe", "Also sprach Zarathustra", 1 & 8, KSA, Vol. 6, pp. 336, 348-349.

⑥ *Nietzsche's Zarathustra, Notes of the Seminar Given in 1934-1939, by C. G. Jung*, Princeton: Princeton University Press（1988）, II: 1282.

学家采用,类似的符号也在很多不同的文化与宗教中发现,中国则似乎是个例外。① 不过,"区罗伯罗"虽然可以有"永远重复"的意思,但跟痛苦和克服痛苦并没有必然关系。鲁迅对"区罗伯罗"有没有接触和了解并不清楚,但形态上显然并非鲁迅的寂寞"大毒蛇"。

(顺带一提,上面《查拉图斯特拉如是说》那场超现实噩梦中的配角,即那只哀鸣怒吼求救的狗,有研究认为也跟"永远重复"有关。狗代表了驯化了的自我,痛苦,也是尼采过去经验的标记,等等。② 这只超现实主义的狗,似乎也转化进鲁迅的创作中,令笔者首先想到的,就是"像一匹受伤的狼"嗥叫的魏连殳,其次是《狂人日记》里面的"赵家的狗"。至于《野草》,大概只有《狗的驳诘》算得上超现实的梦,有点可比性,但并非噩梦。③ 问题是,这种关联纯属直觉观感,无法证实,而且即使有关联,也未免零碎,跟尼采的思想,尤其是跟"永远重复",恐怕很难建立联系。)

鲁迅发起文学运动一次又一次地失败,在《呐喊·自序》中把这种重复出现的寂寞痛苦化成"缠住"他"灵魂"的"大毒蛇",跟查拉图斯特拉的蛇和牧羊人的蛇,有相同的象征意义,都是跟自己

---

① 一九八四年辽宁出土红山文化的"玉猪龙"跟"区罗伯罗"很相似,但中国文化传统似乎没有类似的东西,由于缺乏参照文物,"玉猪龙"的实际用途或象征意义还不是很清楚。红山文化在中国文化历史上的地位和关系也还有争议。参考郭大顺:《红山文化》,北京:文物出版社,二〇〇五年。

② Gary Shapiro, "Dogs, Domestication, and the Ego", Christa D. Acampora and Ralph R. Acampora (eds.), *A Nietzschean Bestiary*, pp. 53-60.

③ 鲁迅:《呐喊·狂人日记》,《鲁迅全集》第一卷,第444、449—450、452页;《彷徨·孤独者》《野草·狗的驳诘》,《鲁迅全集》第二卷,第90、203页。

反复出现的典型可怕经验进行搏斗。尼采的"永远重复"也跟鲁迅这种寂寞到虚无的感受相通。尼采就是在他"最最孤寂"时领悟到"最大的重压"（Das grösste Schwergewicht）即"永远重复"的。① 鲁迅自己这种寂寞与虚无的"永远重复"，以及他反复的内心搏斗的经验，在《野草》中可谓表现得淋漓尽致。

四

《野草》的第一篇《秋夜》(一九二四)，是鲁迅内心斗争和前述形象对立和修辞的对称的特色完美结合的例子。《秋夜》跟《查拉图斯特拉的前言》差不多，可以作为解读全书的钥匙。在《秋夜》中我们可以找到三重矛盾。首先是天空与后园的对立；在后园中则有枣树和小粉红花的对比；而枣树本身又有一重矛盾：它虽同情小粉红花"秋后要有春"的希望，却知道落叶"春后还是秋"的经验。这三重矛盾对立，象征着两个层次的斗争。天空与后园的对立属于外在的矛盾，是客观世界的斗争（更具体一点说，可以理解为鲁迅或精神界之战士，跟女师大和教育部的对抗）；枣树与小粉红花之间，以及枣树本身的对立，属于内在的矛盾，是主观世界的斗争。《秋夜》开头的重复句子"一株是枣树，还有一株也是枣树"，给人一种深沉而又顽强的感觉，里面就有克服"永远重复"的含义。枣树坚韧不拔的性格令人想起褪掉浪漫主义色彩（落叶）的鲁迅的"精神界之战士"形象，而鲁迅也显然把自己的形象投射到枣树身

---

① *Die fröhliche Wissenschaft*, IV, 341; KSA, Vol. 3, p. 570.

上。①枣树的坚韧不屈并不仅仅是与"天空"的对抗,也是跟自己对抗,是要克服自己在知道"春后还是秋"的冷酷现实后的悲观冷漠,也就是尼采的"自我克服"的体现。《野草》跟《查拉图斯特拉如是说》相似的原因之一,也许就是因为《野草》表现了希望与绝望这种激烈的内在矛盾斗争,以及鲁迅"自我克服"的心路历程。

在技巧和风格上两者明显有很多相同的地方,例如采用独白、象征性的形象、难解的格言,等等。②而《野草》中对灰暗绝望的反复搏斗,也在情调上跟《查拉图斯特拉如是说》暗合。鲁迅《呐喊·自序》中"永远重复"的寂寞"大毒蛇",亦在《野草·墓碣文》(一九二五)中以不同的形式出现,跟《查拉图斯特拉如是说》中超现实主义噩梦中的蛇很相似:

> 我梦见自己正和墓碣对立,读着上面的刻辞。那墓碣似是沙石所制,剥落很多,又有苔藓丛生,仅存有限的文句……
> ……有一游魂,化为长蛇,口有毒牙。不以啮人,自啮其身,终以殒颠。……

---

① 孙玉石:《〈野草〉研究》,第19—23页。枣树"简直落尽了叶"但仍有人来"打剩下的枣子",显然是鲁迅的经验,见《华盖集续编·阿Q正传的成因》,《鲁迅全集》第三卷,第394—395页。闵抗生比较了鲁迅的枣树和尼采笔下的树的形象(*Die fröhliche Wissenschaft*, I, 19; KSA, Vol. 3, p. 390, *Also sprach Zarathustra*, I, 8; KSA, Vol. 4, pp. 51—54),其细心令人佩服(见其《鲁迅的创作与尼采的箴言》,西安:陕西人民教育出版社,一九九六年,第225—226页)。尤其值得注意的是《欢乐之学》中象征"超人"的树,跟象征鲁迅自己和"精神界之战士"的枣树,实在非常相似。

② 李国涛:《〈野草〉艺术谈》,太原:山西人民出版社,一九八二年,第96—97页。

……离开!……

我绕到碣后……即从大阙口中,窥见死尸,胸腹俱破,中无心肝。而脸上却绝不显哀乐之状,但蒙蒙如烟然。

我在疑惧中不及回身,然而已看见墓碣阴面的残存的文句——

……抉心自食,欲知本味。创痛酷烈,本味何能知?……

……痛定之后,徐徐食之。然其心已陈旧,本味又何由知?……

……答我。否则,离开!①

《墓碣文》的"长蛇""自啮其身"与牧羊人的要蛇被咬掉,虽稍有不同,但其超现实梦魇的震撼力,同样令人心脏抽搐。这条"自啮其身"的蛇,自然更令人想起"区罗伯罗",永远循环、重复的象征。不过鲁迅是否知道并有意识地使用"区罗伯罗"这个意象,不得而知。尼采用蛇而不用"区罗伯罗"来代表"永远重复",鲁迅在《呐喊·自序》用蛇,而在《野草》中则用"区罗伯罗",这点细微的区别可能有特殊的含义。鲁迅选用"自啮其身"的长蛇"区罗伯罗",也许是因为要表达自我毁灭的意思。尼采的牧羊人在接受自己的命运之后,咬掉了蛇头,咬掉蛇头代表"自我克服"②,但鲁迅要咬掉蛇头克服"永远重复"的"重压"的,却是长蛇本身,所以"终以殒颠"。鲁迅认为自己将不见容于参与建立的未来新世界中,

---

① 鲁迅:《野草·墓碣文》,《鲁迅全集》第二卷,第207页。

② Gregory Whitlock, "A Commentary to Nietzsche's 'Also Sprach Zarathustra'", p. 302.

所以在《野草·题辞》(一九二七)中写道：

> 生命的泥委弃在地面上，不生乔木，只生野草，这是我的罪过。……
> 我自爱我的野草，但我憎恶这以野草作装饰的地面。
> 地火在地下运行，奔突；熔岩一旦喷出，将烧尽一切野草，以及乔木，于是并且无可朽腐。
> 但我坦然，欣然。我将大笑，我将歌唱。①

尽管鲁迅预计会面对"永远重复"的寂寞、孤独，甚至毁灭，而他跟尼采一样，采取正面的自信的态度，作出英勇的"好的"回答：坦然，欣然，大笑和歌唱。

《墓碣文》在形式上跟《野草》里另一篇《影的告别》(一九二四)有非常相似的地方，都是作者变相的内心独白，而且意思也差不多。②如果《影的告别》暗示自我毁灭的穷途，《墓碣文》就是自我毁灭的实现。③值得注意的是，"绝望"就是鲁迅"永远重复"经验的主要部分之一，这种经验可以说充分体现在裴多菲（Sándor Petöfi，一八二三至一八四九）"绝望之为虚妄，与希望同"的名言中，其意思在《影的告别》也表达得很清楚：

---

① 鲁迅：《野草·题辞》，《鲁迅全集》第二卷，第163页。
② 鲁迅的《墓碣文》是《野草》中最难解的其中一篇。也许可作为自我解剖的解释。见李何林：《鲁迅〈野草〉注释》，第150—155页。对照许杰：《〈野草〉诠释》，天津：百花文艺出版社，一九八一年，第201—212页。
③ Leo O. Lee, *Voices from the Iron House*, p. 99.

> 有我所不乐意的在天堂里,我不愿去;有我所不乐意的在地狱里,我不愿去;有我所不乐意的在你们将来的黄金世界里,我不愿去。
>
> 然而你就是我所不乐意的。
>
> 朋友,我不想跟随你了,我不愿住。
>
> 我不愿意!
>
> 呜乎呜乎,我不愿意,我不如彷徨于无地。
>
> 我不过一个影,要别你而沉没在黑暗里了。然而黑暗又会吞并我,然而光明又会使我消失。
>
> 然而我不愿彷徨于明暗之间,我不如在黑暗里沉没。①

所谓"未来的黄金世界"是指各种乌托邦,只是一种幻想。为什么是一种幻想呢?因为"永远重复"的除了"促动力量"(active force)之外,还有"逆动力量"(reactive force)②;除了"超人",还有"小人";"秋后要有春",可惜"春后还是秋"。在《墓碣文》和《影的告别》中,鲁迅主要表达了他思想中最消极的一面。有时,他不想再跟绝望的重复这个精神"最大的重压"作斗争,而宁可在"黑暗与虚无"中自沉。③而《墓碣文》中"自啮其身"的长蛇,在象

---

① 鲁迅:《野草·影的告别》,《鲁迅全集》第二卷,第169页。

② 《鲁迅:中国"温和"的尼采》,第236页。按:"促动""逆动"力量是借用 Gilles Deleuze 的说法,见其 *Nietzsche and Philosophy*, tr. Hugh Tomlinson, London: The Athlone Press (1983)。

③ 许杰:《〈野草〉诠释》,天津:百花文艺出版社,一九八一年,第103—108页。

征"永远重复"重压的同时,也象征了这种自我毁灭(鲁迅把查拉图斯特拉的下山看成是自毁的"沦灭")。①

其实《查拉图斯特拉如是说》里也有一个"影子"②,可能是鲁迅"影子"的灵感源泉或"原型"。但鲁迅的"影子"跟查拉图斯特拉的"影子"在主客关系上刚好颠倒:鲁迅的"影子"要向"主人"告别,而查拉图斯特拉的"影子"却要缠着主人。不过,查拉图斯特拉后来还是觉得自己的"影子"的确是自己的一部分,态度没有鲁迅的分明。③《影的告别》在另一方面跟查拉图斯特拉很相似。"影子"是个流浪者,常常离开门徒到其他地方去。我们知道鲁迅跟尼采都不愿意有门徒,他们珍视独立(甚至孤独),教人独立,而要真正的独立就不能紧跟着导师,所以查拉图斯特拉叫他的门徒:

> 我的门徒啊,现在我要独自走了。你们现在也该独自走了。我要你们这样做。我确实劝你们离开我,抗拒查拉图斯特拉罢!为他感到羞耻,那就更好!他可能欺骗了你们。④

查拉图斯特拉没有给他的门徒留下任何礼物。他向圣者告别的时候,出于不同的原因(这原因却跟鲁迅的非常相似),也没有给圣

---

① 鲁迅:《译文序跋集·译了〈工人绥惠略夫〉之后》,《鲁迅全集》第十卷,第184页。

② *Also sprach Zarathustra*, IV, 9; KSA, Vol. 4, pp. 338—341.

③ 闵抗生对此也有分析,观点与本文不尽相同。见其《鲁迅的创作与尼采的箴言》,第141—155页。

④ *Also sprach Zarathustra*, I, 22, 3; KSA, Vol. 4, p. 101.

者任何礼物。他说：

> "我能给你什么呢？让我快点走，至少免得我从你那拿走东西！"……但当查拉图斯特拉是一个人的时候，他对自己内心说："这可能吗？这位树林里的老圣者还没听到，上帝死啦！"①

查拉图斯特拉不愿意从圣者拿走的，就是对上帝的信念。而这却是他给人的礼物："超人"的教导。《野草》的"影子"也说：

> 你还想我的赠品。我能献你甚么呢？无已，则仍是黑暗和虚空而已。但是，我愿意只是黑暗，或者会消失于你的白天；我愿意只是虚空，决不占你的心地。②

"影子"只能把"黑暗与虚无"赠给人。"秋后要有春"，但"春后还是秋"。枣树也不愿将事实经验告诉"小粉红花"，也不愿提醒自己，因为这个"礼物"可以摧毁"小粉红花"和枣树自己的希望。

同样的矛盾斗争接着转化成《过客》（一九二五）这幕荒诞剧。"小粉红花"化身为女孩，而鲁迅内心斗争的两面则变成"过客"和老人。对于这幕荒诞剧，有学者用来说明鲁迅受尼采的影响③，不无

---

① *Also sprach Zarathustra*, "Vorrede", 2; KSA, Vol. 4, pp. 13-14.
② 鲁迅：《野草·影的告别》，《鲁迅全集》第二卷，第 170 页。
③ 尾上兼英认为《过客》是源自《查拉图斯特拉如是说》的，"过客"就是查拉图斯特拉，老人是圣者，而女孩是隐者。这种解释有点机械。见其《鲁迅とニーチェ》，《日本中国学会报》十三（一九六一），第 102—116 页。

道理。事实上流浪者的形象在尼采的作品中经常出现。第一次出现应该是在《人性的，太人性的》卷上，其中第二部就题为《流浪者及其影子》(Der Wanderer und sein Schatten) 流浪者和影子也进行了对话，虽然其实也是内心独白的另一种形式，即作者与另一个自己对话，但内容却是一些哲学问题，比较抽象神秘。其后在《欢乐之学》中也有漫游者或流浪者出现，其中一个不断把自己的心撕出来以经验新的痛苦①，跟鲁迅《墓碣文》的描写也非常相似。《查拉图斯特拉如是说》也有一章《流浪者》，查拉图斯特拉本身也算得上是个流浪者，这个自比"新哥伦布"的查拉图斯特拉，其形象比以前的充实一些，但其航海探险也相对更具哲学意味。② 流浪者成了尼采对自己灵魂的哲学探寻，这也是一种"向内转"。

其实"流浪者"(der Wanderer)在这里不一定是个恰当的翻译。流浪，尤其是精神流浪，按照艾里希·弗罗姆（Erich Fromm，一九〇〇至一九八〇）的观点，其实是现代人争取自由的悲剧后果之一：为了争取自由，人们打倒皇帝，摆脱传统，割断社会联系，甚至家庭纽带，逐渐将独立变成孤立，到头来孑然一身，"自由"得失去一切安全感，令人心寒，所以精神流浪实带有失落、迷途、焦虑等含义。这种状况并非人人都受得了，所以出现"逃避自由"的心态和现象。弗罗姆认为这就是一些群众支持法西斯主义的心理原

---

① *Die fröhliche Wissenschaft*, IV, 309 & 380; KSA, Vol. 3, pp. 545-546, 632-633.

② 关于查拉图斯特拉游历的哲学意义，见 Karsten Harris, "The Philosopher at Sea", in Michael Allen Gillespie and Tracy B. Strong (eds.), *Nietzsche's New Seas: Explorations in Philosophy, Aesthetics, and Politics*, Chicago: The University of Chicago Press (1988), pp. 21-44。

因①。查拉图斯特拉的"影子"对这种独立到孤单的前景就有点动摇,但查拉图斯特拉跟他的"影子"不同,并没有丧失目标和力量,能够充分利用他的自由去创造和探索,把原来是丧失文化根基和纽带而被迫的"流浪",转化成积极主动地到不同世界去的探索,而楚图南(一八九九至一九九四)把它翻译成"漫游者",就并非完全没有道理,而且在一些场合其实是更准确恰当。②反观鲁迅,面对现代社会的"虚无"虽然情绪悲观,但他最终把消极的"虚无"转化成积极的"虚无的反抗",在态度上跟查拉图斯特拉也可以算是一致的。或者也可以说,鲁迅受了尼采的积极影响。

鲁迅的"过客"跟查拉图斯特拉一样,也在探寻,寻找不至于在黑暗中消失的出路。他前面有一个声音(希望)呼唤着他,叫他继续前行,但他的另一面,那老人(过去的经验)却在提醒他那声音只是幻想:

翁——那也未必。太阳下去了,我想,还不如休息一会的好罢,像我似的。

客——但是,那前面的声音叫我走。

翁——我知道。

客——你知道?你知道那声音么?

翁——是的。他似乎曾经也叫过我。

客——那也就是现在叫我的声音么?

---

① 参考其 *Escape from Freedom*, New York: Avon Books (1969)。

② [德]尼采:《查拉图斯特拉如是说》,长沙:湖南人民出版社,一九八七年,第185页。

翁——那我可不知道。他也就是叫过几声，我不理他，他也就不叫了，我也就记不清楚了。

客——唉唉，不理他……不行！我还是走的好。我息不下。①

那声音作为诱人的希望，只是他"永远重复"的相同经验的不同表达方式。尽管"过客"（鲁迅）不断提醒自己这声音只是一种幻觉，并叫自己去休息，但他却不能抗拒继续跟"黑暗与虚无"斗争的召唤，他继续向前行，并欣然接受了自己的命运：amor fati（爱命运）。这个"过客"还表现出另一个尼采式孤独战士的特点：拒绝接受任何同情。他对自己很残酷。他也是鲁迅自己的一面。②

结束语

表面看来，《野草》与《查拉图斯特拉如是说》在结构形式上有很大的差异，前者是一部作品的结集，各篇本来没有联系，后者则有一个"主角"查拉图斯特拉贯穿全书，将各章节串联成一个整体。然而，《野草》在体裁上虽说是"散文诗"，其实形式多种多样，实验性非常浓厚；而《查拉图斯特拉如是说》虽说主要是查拉图斯特拉的言行、"语录"，实际上也有各种各样的表现形式，主要包括故事、独白、对话、梦境、诗歌，等等，跟《野草》一样具有丰富的

---

① 鲁迅：《野草·过客》，《鲁迅全集》第二卷，第196—197页。
② 胡风：《〈过客〉小释》，《胡风全集》第二卷，武汉：湖北人民出版社，一九九九年，第591—593页。

表现形式。由于采用了很多内心独白和梦境,"我"在《野草》和《查拉图斯特拉如是说》都非常突出,亦即两部作品的主观抒情成分都很浓重。这"我"的主观抒情色彩,把《野草》本来没有联系的独立篇章编织在一起,形成一定程度的整体性;而《查拉图斯特拉如是说》多姿多彩的表现形式,则把原本应该有较紧密联系的篇章,打散成可以各自独立的章节,即使是尼采研究专家,花九牛二虎之力去探寻串联各章节的线索,在个别地方或许能提出有说服力的看法,但大多数情况只是可能性的推测。

《野草》和《查拉图斯特拉如是说》丰富独特的主观抒情的表现方式,还有一点使两者更加接近,而又区别于它们之前的作品(主要是文学作品)的主观抒情的特征。如果我们可以简单地以浪漫主义文学(包括所谓"积极"和"消极"浪漫主义)为此前的主观抒情的代表,那么浪漫主义文学与《野草》和《查拉图斯特拉如是说》在主观抒情方面至少有一个重要的区别:浪漫主义或对理想世界的向往,或对缅怀消逝的过去,都是关于外部世界的主观抒情;而鲁迅与尼采的主观抒情则倾向内心世界,更多的是表达内心的搏斗。用尼采的术语是"自我克服",在鲁迅则是"反抗绝望",两者都包含着直面"永远重复"的痛苦经验。这个区别也许也逃不掉历史条件的制约。相当部分的浪漫主义文学对封建制度后的"现代"社会充满期待和幻想,而尼采与鲁迅已经对"现代"的追求充满怀疑和绝望。而《野草》和《查拉图斯特拉如是说》给读者更多相似感受的原因,还因为尼采和鲁迅对自己的怀疑和绝望,都采取了相似的应对办法,反求诸己,以自己惊人的意志去"克服"和"反抗"。

审视,并被审视
——作为鲁迅"自画像"的《野草》

□ 张洁宇

鲁迅曾经自陈,《野草》里有他全部的哲学[①],这句话为无数解读者指引着路向。每个解读者都相信:探究这幽曲深邃的《野草》,就是探究鲁迅的内心,探究他复杂思想与真实情感最深处的秘密。

《野草》写于一九二四至一九二六年间,这正是鲁迅"运交华盖"的一段日子。这两年里,鲁迅经历了"女师大风潮""新月派"诸绅士的围剿、教育部的非法免职,以及因"青年必读书"引起的各种误解与责难,直至发生了令他无比震惊和悲恸的三一八惨案。而在他的个人生活里,也经历了搬家、打架,以及与许广平的恋爱……可以说,这是鲁迅在思想精神、日常生活和情感世界里都发生着巨变的两年,也正是因为这样的巨变,最终导致了他的出走南方。"《野草》时期"正是鲁迅生命里最严峻也最重要的时期,他的种种愁烦苦闷都在这时蕴积到了相当深重的程度。而《野草》,就是他在这人生最晦暗时期中的一个特殊的精神产物。《野草》的重要意义绝不仅仅在于它记录了鲁迅此时的生活与精神状态的真相,更

---

① 衣萍:《古庙杂谈(五)》,《京报副刊》一九二五年三月三十一日。

重要的是，它体现了鲁迅在这一特殊时期中对于自我生命的一次深刻反省和彻底清理。即如他后来在《野草·题辞》中所说："过去的生命已经死亡。我对于这死亡有大欢喜，因为我借此知道它曾经存活。死亡的生命已经朽腐。我对于这朽腐有大欢喜，因为我借此知道它还非空虚。"[1] 可以说，是在《野草》的写作过程中，鲁迅检视了自己"过去的生命"，在看似"朽腐"与"死亡"的遗迹里发现了"还非空虚"和"曾经存活"的"生"之体验，这体验带给他的，是"坦然，欣然"，更是彻悟般深沉高远的"大欢喜"。

在这个意义上说《野草》是鲁迅的一部私密日记，也许是不错的，但我更愿意把《野草》看作是鲁迅的一组"自画像"。因为与"日记"主观、破碎、自言自语的方式相比，"自画像"是必须创造出一个形象——一个画家眼中的"自我"形象——来的。这个形象，既是画家本人，又是画家反复观察和描绘着的模特。模特与画家之间，由此构成了一种既同一又分裂的关系。事实上，在《野草》中也一直存在着一个观察者的鲁迅和一个被观察着的"自我"。作为画家的那个鲁迅，一直都在有意识地解剖和审视他自己。他的一切说明、分析、理解、揭露、批评、嘲讽，针对的都是他自己。《野草》中屡屡出现的"我"虽不能直接被认为就是鲁迅本人，但在这个"我"的身上，的确流露和体现着鲁迅的思想感情和性格气质。同时，这个"我"也是鲁迅用以认识和表述自我（尤其是精神领域内的自我）的一个角度。他用对《野草》的写作来清理自己的内心、反省自己的生命，同时更是认识和整理自己的精神世界。他用《野

---

[1] 鲁迅：《野草·题辞》，《鲁迅全集》第二卷，北京：人民文学出版社，二〇〇五年，第163页。

草》画出了一个既熟悉又陌生的自己,他用文字的自画像创造出一种对自我的清醒全面的认知。因此,我也更愿意认为,鲁迅所说的《野草》里有他全部的哲学,不仅指向这些文字所传达出来的思想与精神,更指向了这样一种认识自我、审视自我的独特的思维方式。

一

> 在我的后园,可以看见墙外有两株树,一株是枣树,还有一株也是枣树。①

这是《野草》的"开场白"。②这两株枣树也成为《野草》中出现的第一个意象。多少年来,很多解读者都在追索这个非同寻常的表达中所蕴含的深意。较多的理解是,这样的表达一来为读者的阅读造成了反常的刺激,并通过这种"陌生感"强化了枣树意象的感染力;二来也体现了鲁迅当时的"寂寞"与孤立感,流露出一种"执拗的反抗绝望的完全性和倔强感"③。这些理解都有一定的道理,但在此之外,我以为还可以有一层意味,那就是:它确定了《野草》作为鲁迅自画像的性质。

枣树作为确定《野草》基调的首篇——《秋夜》的第一笔,呈

---

① 鲁迅:《野草·秋夜》,《鲁迅全集》第二卷,第166页。
② 因《题辞》作于一九二七年四月二十六日,故以写作时间论,作于一九二四年九月十五日的《秋夜》应是《野草》首篇。
③ 孙玉石:《现实的与哲学的——鲁迅〈野草〉重释》,上海:上海书店出版社,二〇〇一年,第18页。

现出来的就是两个既同一又分置的对象。这是同名同种、相邻而立却彼此独立的两棵树,它们之间合一而又分立的奇特关系,正如一个画家与画布上的自画像相面对。通读整个《秋夜》不难看出,枣树的意象只在篇首被突出为"两株",而后文所有提及枣树的地方基本上都是单数,不再给人复数的感觉。如:"他知道小粉红花的梦……他也知道落叶的梦……他简直落尽了叶子……但是,有几枝还低亚着,护定他从打枣的竿梢所得的皮伤……";"一无所有的干子,却仍然默默地铁似的直刺着奇怪而高的天空,一意要制他的死命……",等等。也就是说,在作者的意识中,这两株"枣树"其实根本就是一体的。而在开篇处他以极为突出的笔墨强调它们各自的独立——甚至拒绝与对方共用一个名字——恰是在一体之中硬生生地创造出"另一个"来。换句话说,即如画家用自己的笔创造出一个自我形象那样,那"还有一株"的枣树其实也正是在第一株枣树的审视目光中被创造出来的。

也许在鲁迅看来,仅仅用拟人化的枣树来确定自画像的性质还不太够,因此在《秋夜》中,紧接着又出现了一个同样带有分裂特征的"我":

> 我忽而听到夜半的笑声,吃吃地,似乎不愿意惊动睡着的人,然而四围的空气都应和着笑。夜半,没有别的人,我即刻听出这声音就在我嘴里,我也即刻被这笑声所驱逐,回进自己的房。灯火的带子也即刻被我旋高了。

显然,如果把"我"看作是作者本人,就无法理解为什么我自己会不知道笑声出于自己的口中。而如果把这个"我"看作是作者自画像中的形象,就很容易理解了。应该说,与枣树相比,这个夜半写作的"我"更像是鲁迅画出来的自己。他是秋夜的主人,是洞察一切的观看者,但在他之外,显然还有一双观看着他的眼睛,那就是画家本人。画家鲁迅与"我",分明有着一些不尽相同的情绪和感觉。

这样的一体分立在《秋夜》中出现了两次,应该是鲁迅有意为之。他也许是在强调自己的创作意图,提示读者不要放过他埋藏在这里的线索。一直以来,"枣树"和"笑声"都是《秋夜》里最难读懂的细节,因为它们违反了日常的语言习惯和思维逻辑。如果说《秋夜》是鲁迅自言自语的日记,那显然他打破语言和逻辑习惯的做法就难以解释,但是如果把《秋夜》理解为鲁迅的自画像,理解为他以一个自我的眼光去审视和呈现另一个自我的实验,这两个细节的疑问也就可以迎刃而解了。

紧接着,在写完《秋夜》九天之后,鲁迅又写出了《野草》系列的第二篇:《影的告别》。与《秋夜》托物言志的方式相比,这是更加晦涩深曲、更加令人费解的一篇。同时,在我看来,它也是鲁迅继《秋夜》的尝试之后,以更加熟练的笔墨画出的第二幅自画像。

在《影的告别》中,同样存在着两个可合可分的个体:"影"与"形"。"影"与"形"合在一起,构成了一个正常的人的形象,而在某种奇异的时刻——或是在某个奇异的头脑中——他们又成为两个彼此可以分开、可以对话的个体。作为附生于"形"的"影",也许可以被看作画家笔下的"自我",而当这个"自我"在被完成之后,他与"形"之间就有了这样一场"告而不别"的谈话。

对于鲁迅写作《影的告别》的用意，同样存在多种理解。很多学者认为，它源自鲁迅对自己灵魂深处存在的"毒气和鬼气"的憎恶和驱逐①，这当然是一种解释。但问题是，从行文中可以看到，通篇都是"影"的主动告辞和义无反顾，这似乎并不十分符合"形"对"影"驱逐的姿态。相反，倒是"影"一直在说"不想跟随"，或"你就是我所不乐意的"之类的话。我以为，"形"与"影"的关系，其实就是鲁迅与他自己画出的那个"自我"的关系。鲁迅其实是在审视着自己的灵魂，让他用自己的语言说出他的黑暗。正如这个"影"自己所说"然而我不愿彷徨于明暗之间"，"然而我终于彷徨于明暗之间"，"我将向黑暗里彷徨于无地"……通过这些既犹疑又倔强的语言不难看出，画家鲁迅是在深入地观察和刻画着一个精神层面的自我，他深入到那个被观察着的鲁迅的灵魂之中，既看到他"彷徨于无地"的命运，也看到他毅然没入黑暗的决心。尤其是在文章的结尾，"影"说：

我愿意这样，朋友——

我独自远行，不但没有你，并且再没有别的影在黑暗里。只有我被黑暗沉没，那世界全属于我自己。

若说《影的告别》表达了鲁迅对灵魂里毒气和鬼气"想除去他，而不能"的心态，那么这个结尾就难以理解了。他是表示"鬼气"被最终除去了吗？显然不是。而若我们还是把整篇文章理解为一幅

---

① 参见孙玉石：《现实的与哲学的——鲁迅〈野草〉重释》，第27—37页。

自画像，这个结尾就很合理也很明白了。这个"影"自然也是鲁迅的自我，而且是由他的思想创造出来的一个精神层面的自我。他被"形"的鲁迅以理智的态度放行，独自沉没到黑暗中去，恰是鲁迅为自己的灵魂指出的一条道路。虽然那是孤独的行旅，但因为可以把光明留给他人，就像他五年前曾说的那样："自己背着因袭的重担，肩住了黑暗的闸门，放他们到宽阔光明的地方去；此后幸福的度日，合理的做人。"① 对此，他由衷地感到"愿意这样"。

这确实是极富意味的。鲁迅在《野草》最初的两篇中写的其实是同一个主题，它们清晰表明了他为自己画像的意图，也由此确定了《野草》的主调。有人说《野草》是鲁迅写给自己的，我更愿意说《野草》是鲁迅写自己——而不是写给自己——的。"写给自己的"往往是日记，而"写自己""写出自己"，则是自叙传，是自画像，是创造出一个可以变形但必须完整的自我形象。

顺着这个思路继续下去，另一个值得关注的重要文本则是《过客》。这一回，一个更为具体的、戏剧性的人物形象出现了。说"过客"是鲁迅的自画像，并不算是新见，何况鲁迅对这个形象的样貌有非常直接的描绘：

> 过客——约三四十岁，状态困顿倔强，眼光阴沉，黑须，乱发，黑色短衣裤皆破碎，赤足著破鞋，胁下挂一个口袋，支着等身的竹杖。

---

① 鲁迅：《坟·我们现在怎样做父亲》，《鲁迅全集》第一卷，第145页。

这个形象从年龄、模样、气质等各个方面，都无疑带有鲁迅本人的特征。但这还并非问题的关键。在我看来，问题的关键其实在于，鲁迅为什么要把这样一个剧本编入《野草》系列？

从文体的角度看，《过客》与《野草》在整体上是不协调的。说鲁迅是"在探索散文诗的一种表现形式"，"是刻意作为散文诗的形式的一种而精心创作的"，所以对于《过客》，"仍然应该把它看成为作者有意构创的一篇杰出的戏剧对话形式的散文诗"①。这样的解释多少有点勉强。而若再次把《过客》看作《野草》自画像系列中的重要一幅，就又很容易解释了。应该说，《过客》出现在《野草》里，其实是鲁迅这组"自画像"创作过程中的必然。相比于"枣树"和"影"之类的意象，"过客"无疑是一次更为直截的表达。他的清醒、执拗、沉默、疲惫，他的"我只得走"的人生哲学，都是鲁迅对自己精神特征的扼要而精确的捕捉与呈现。

特别值得一提的是《过客》的结尾。过客对老翁和小女孩说的最后一句话是：

多谢你们……祝你们平安。……然而我不能！我只得走。我还是走好罢……

鲁迅向来是不喜欢"平安"的。在《希望》里他曾说过："我的心很平安：没有爱憎，没有哀乐，也没有颜色和声音。"这"平安"让他知道"我大概老了"，"我的心分外地寂寞"②。可以说，这

---

① 孙玉石：《现实的与哲学的——鲁迅〈野草〉重释》，第136页。
② 鲁迅：《野草·希望》，《鲁迅全集》第二卷，第181页。

种"平安"在鲁迅看来,是悲哀、空虚和绝望的。比这更加可怕的是,曾经不"平安"的老去的"我",只能把希望寄托于还未变老的青年们身上,但是,竟然,"青年们很平安"。青年们的"平安"无疑比自己的"平安"更让"我"绝望,以至于在我想"用这希望的盾,抗拒那空虚中的暗夜的袭来"的时候,发现连"盾后面也依然是空虚中的暗夜"。就是说,青年们的平安几乎就意味着再也没有希望了。

如此不愿意和不喜欢"平安"的鲁迅,却让过客对老翁和小女孩给予了这样的"祝愿"。这当然一部分来自对老翁"祝你平安"的回应,但更深层的意思是正与"影的告别"完全一致的。即是说:即便他们都"平安"了,"然而我不能!我只得走"。当所有的人都"阖了门"睡去的时候,只有"过客"一个人——像那个"影"一样——告别众人,独自远行,"向野地里跄踉地闯进去,夜色跟在他后面"。而且,"再没有别的影在黑暗里",那世界全属于他自己。

与《过客》相距九个月,鲁迅又写出了《这样的战士》。冯雪峰说,这"是关于作者自己当时作为一个战士的精神及其特点的一篇最好的写照"[1]。这几乎就是在说,这是继《过客》之后的又一篇精神自画像。"这样的战士"和其他自画像中的形象具有完全一致的特点:他孤独倔强,"只有自己";他身处"无物之阵","在无物之阵中大踏步走",他常常举起投枪,有时正中敌人的心窝,有时却被敌人脱走,无从取得胜利。他即便"终于不是战士",但也还是在"太平"的无物之阵里,顽强地、频频地"举起了投枪"。

---

[1] 冯雪峰:《论〈野草〉》,《冯雪峰论文集(下)》,北京:人民文学出版社,一九八一年,第361页。

无论在《秋夜》《影的告别》，还是《过客》《这样的战士》之中，都无一例外地充满着黑暗的夜色，而且，也都无一例外地显得非常"安静""平安"和"太平"。这是鲁迅自画像——《野草》——的底色。正是在这层黑暗寂静的底色上，凸显了一个被鲁迅亲手创造出来的自己——那个他精神和灵魂的自画像。他可以是枣树，可以是黑影，可以是过客，也可以是战士……他的存在就是对黑暗和寂静——尤其是对于"太平"景象——的反抗和打破。他或者"直刺着天空"，或者发出"夜半的笑声"[1]，或者"举灰黑的手装作喝干一杯酒"[2]，或者"举起了投枪"[3]，或者"向野地里跄跄地闯进去"[4]……他以一种悲壮的、"动"的姿态，打破了身外的黑暗的"太平"。这个姿态，是《野草》的精魂，是鲁迅亲手创造出来的那个自我的精魂。

二

恰恰就在开始写作《野草》的同时——确切地说就在写作《影的告别》的那一天——鲁迅也开始了对厨川白村《苦闷的象征》的翻译。因此，很显然也很必然的，前者的写作会受到后者的影响。在诸多方面的影响之中，对于象征主义表现手法的认同和借鉴，以及对于"梦"的特别看重和描画，无疑是最为突出的两个方面。

---

[1] 鲁迅：《野草·秋夜》，《鲁迅全集》第二卷，第167页。
[2] 鲁迅：《野草·影的告别》，《鲁迅全集》第二卷，第169页。
[3] 鲁迅：《野草·这样的战士》，《鲁迅全集》第二卷，第219页。
[4] 鲁迅：《野草·过客》，《鲁迅全集》第二卷，第199页。

厨川白村认为:

> 我们的生活,是从"实利""实际"经了净化,经了醇化,进到能够"离开着看"的"梦"的境地,而我们的生活这才被增高,被加深,被增强,被扩大的。将浑沌地无秩序无统一似的这世界,能被观照为整然的有秩序有统一的世界者,只有在"梦的生活"中。拂去了从"实际底"所生的杂念的尘昏,进了那清朗一碧,宛如明镜止水的心境的时候,于是乃达于艺术底观照生活的极致。①

> 人生的大苦患大苦恼,正如在梦中,欲望便打扮改装着出来似的,在文艺作品上,则身上裹了自然和人生的各种事象而出现。以为这不过是外底事象的忠实的描写和再现,那是谬误的皮相之谈。……要之就在以文艺作品为不仅是从外界受来的印象的再现,乃是将蓄在作家的内心的东西,向外面表现出去。②

> 即使是怎样地空想底不可捉摸的梦,然而那一定是那人的经验的内容中的事物,各式各样地凑合了而再现的。那幻想,那梦幻,总而言之,就是描写着藏在自己的胸中的心象。并非

---

① [日]厨川白村:《苦闷的象征》,《鲁迅译文全集》第二卷,福州:福建教育出版社,二〇〇八年,第273页。
② 同上,第241页。

单是摹写,也不是摹仿。创造创作的根本义,即在这一点。①

可见在厨川白村看来,文艺创作的根本动力是在于"生命力受压抑而生的苦闷懊恼"。这种苦闷通过象征的方法表现出来,就构成了一种看似空想、画梦,而实则是最真实、最深入的一种文学的体验和表达。

通过《野草》不难看到,厨川白村的这些观点对鲁迅造成了极为重要的影响。事实上,《野草》中的象征手法的确被越来越纯熟地运用着,而且,"画梦"也成为这一系列文章的显著特征。尤其是他一九二五年春夏所作的从《死火》至《死后》的七篇,都是直接以"我梦见"开篇的,而这个时候,《苦闷的象征》已经译完付印了。除"我梦见"系列外,《野草》中如《影的告别》《好的故事》和《一觉》等也都与做梦有关,简直可以说,《野草》中有半数以上的篇章都是在"画梦"。

先抛开鲁迅在《野草》中"写自己"的心理需要和传达效果的需要不说,"画梦"首先是鲁迅对于新的文学观念的一种试验和实践。事实上,在《野草》之前的很多作品中,鲁迅也多次提到过"梦"与"做梦"。比如:

> 我在年青时候也曾经做过许多梦……我的梦很美满,预备卒业回来,救治像我父亲似的被误的病人的疾苦,战争时候便

---

① [日]厨川白村:《苦闷的象征》,《鲁迅译文全集》第二卷,福州:福建教育出版社,二〇〇八年,第243页。

去当军医,一面又促进了国人对于维新的信仰。①

我抱着梦幻而来,一遇实际,便被从梦境放逐了,不过剩下些索漠。我觉得广州究竟是中国的一部分,虽然奇异的花果,特别的语言,可以淆乱游子的耳目,但实际是和我所走过的别处都差不多的。②

人生最苦痛的是梦醒了无路可以走。做梦的人是幸福的;倘没有看出可走的路,最要紧的是不要去惊醒他。……所以我想,假使寻不出路,我们所要的倒是梦。③

……

显然,这些关于"梦"的比喻与《野草》的"画梦"有很大不同,相较而言,后者是真正自觉地运用了象征主义的手法,以"梦"和梦中的各种意象来象征作者的内心情感和哲学思想。鲁迅应该是认同于厨川白村所说的:"和梦的潜在内容改装打扮了而出现时,走着同一的径路的东西,才是艺术。而赋与这具象性者,就称为象征(symbol)。"④因此,《野草》中的梦境,虽然大多幽曲晦涩、远离

---

① 鲁迅:《呐喊·自序》,《鲁迅全集》第一卷,第437—438页。
② 鲁迅:《三闲集·在钟楼上(夜记之二)》,《鲁迅全集》第四卷,第33页。
③ 鲁迅:《坟·娜拉走后怎样》,《鲁迅全集》第一卷,第166—167页。
④ [日]厨川白村:《苦闷的象征》,《鲁迅译文全集》第二卷,福州:福建教育出版社,二〇〇八年,第240页。

现实，但却无不体现着"蓄在作家的内心的东西"。即如厨川所说："所谓深入的描写者，……乃是作家将自己的心底的深处，深深地而且更深深地穿掘下去，到了自己的内容的底的底里，从哪里生出艺术来的意思。探检自己愈深，便比照着这深，那作品也愈高，愈大，愈强。人觉得深入了所描写的客观底事象的底里者，岂知这其实是作家就将自己的心底极深地抉剔着，探检着呢。"① 因此，必须探索这样的梦境，才可能理解鲁迅在《野草》中所要表达的深意。

当然，在践行新的文学观念的同时，用"画梦"来"写自己"也是符合鲁迅写作《野草》的心理需要和传达效果方面的需要的。从心理的角度来说，梦是最个人、最内在、最隐秘，也最不可分享的东西。通过对梦的描画，鲁迅不仅营造了《野草》幽深晦涩的意境，在一定程度上避免了将自己的"毒气和鬼气"传染给更多的人；同时，他也成功地在《野草》中达成了"陌生化"的美学效果，以偶然性、非理性、非逻辑性，甚至荒诞性等特点，实现了在表达自己与隐藏自己之间的某种平衡。造成这样的美学效果，正是象征主义文学最适合和擅长的。鲁迅用"画梦"的方式来"画自己"，无疑可以更加自由地——如同《狂人日记》中的狂人那样——说出内心极细微又极精确的想法和感受。《野草》里的做梦的"我"——可以像狂人那样——摆脱日常生活的逻辑，回避具体的现实生活场景，说出惊人的真话，从而达到一种看似曲折其实却又非常直接的特殊效果。这当然是鲁迅有意为之的，因为他即便自知黑暗，不想传染别人，但又"非这样写不可"，只因这正是他内心中最真实最常在的

---

① ［日］厨川白村：《苦闷的象征》，《鲁迅译文全集》第二卷，福州：福建教育出版社，二〇〇八年，第242页。

东西。试想一个只能与文字为友,只信任文字,或说是只有文字一种排解方式的人,在夜深人静之际,当他暂且放下"为人生"写作的使命而面对自己的时候,他写出来的,必然只能是《野草》。这也就是厨川所说的,是"以绝对的自由而表现的""潜伏在心灵的深奥的圣殿里的""唯一的生活"[①]。

与之前作品中那些关于梦的比喻相比,《野草》里的梦几乎都是噩梦。即便是《好的故事》那样一个"美丽,幽雅,有趣,而且分明"的梦境,也只是瞬间就破灭了的。可以说,作者用尽锦绣华美的辞藻来描绘这样一个"有无数美的人和美的事"的梦境,就是为了在强烈的对比中凸显其"骤然一惊"、大梦初醒时的复杂情感。"好的故事"于是变成了一首关于梦碎的挽歌。

更值得一提的是,鲁迅在《好的故事》的开头与结尾设置了一个由语言的重复形成的函套:以"是昏沉的夜"开篇,又以"在昏沉的夜……"收尾。用一个巨大的"夜"的意象笼罩住了一个短暂的"梦"的瞬间。这里其实藏有一个鲁迅式的判断,那就是:"梦"是虚幻的、遥远的、瞬间的,而"夜"是实在的、近切的、恒在的。"夜"与"梦"的对置,正与《野草·题辞》中的"明与暗,生与死,过去与未来","友与仇,人与兽,爱者与不爱者",以及"沉默"与"充实"等一样,是《野草》中一系列紧张对立的二元项中的一组。可以说,"夜"正是一个笼罩着《野草》的整体性的意境。如前所述,它一方面具有对于作者身处的现实环境以其遭遇和情绪的象征意味,另一方面,它也是《野草》这一组自画像的一个统一

---

① [日]厨川白村:《苦闷的象征》,《鲁迅译文全集》第二卷,福州:福建教育出版社,二〇〇八年,第241页。

的底色。

《野草》是从"秋夜"开始的。这既不是"春风沉醉的晚上",也不是"仲夏夜之梦",而是一个肃杀的寒夜,枣树的枝叶落尽,小花也冻得瑟瑟发抖,仅有的光亮不是来自"鬼眨眼"的星星,就是来自"窘得发白"的月亮。这样的意境不仅与鲁迅自己笔下的"如磐夜气压重楼"① 非常神似,而且可以说是带有鲁迅笔下所有的"暗夜""静夜""长夜"的特征。

用"夜"的比喻来指涉现实环境的黑暗冷酷,这是中国现代文学中常见的修辞。鲁迅当然是这些在暗夜里前驱的新文化战士中最勇猛倔强的一员。但是,与其他作家不同的是,鲁迅的"夜"不仅存在于身外,同时也深深存在于他的内心当中。就在他写于一九二五年元旦的《希望》中,他说:

希望,希望,用这希望的盾,抗拒那空虚中的暗夜的袭来,虽然盾后面也依然是空虚中的暗夜。

我只得由我来肉薄这空虚中的暗夜了,纵使寻不到身外的青春,也总得自己来一掷我身中的迟暮。但暗夜又在那里呢?现在没有星,没有月光以至笑的渺茫和爱的翔舞;青年们很平安,而我的面前又竟至于并且没有真的暗夜。

"希望的盾"的正面是暗夜,背面还是暗夜;身外是空虚和绝

---

① 鲁迅:《集外集·悼丁君》,《鲁迅全集》第七卷,第159页。

望,身心之内也还是空虚和绝望。这就是鲁迅在《野草》"自画像"中画出的自己最真实的处境与心境。身外的暗夜是现实的遭遇,而心里的暗夜则来自青年们的"平安"。在没有星光和月光的暗夜里,只有青年们的粗暴、愤怒和战斗才可能带来走出暗夜的希望。否则,没有照亮暗夜的光明,没有天明的时刻,暗夜也就变成"无物之阵",无从反抗了。鲁迅在这篇题为"希望"的文章中,写出的却是绝望中的绝望。可以说,这正是鲁迅"自画像"最独特的地方。因为,写"夜"的作家很多,但追问"暗夜又在哪里"的作家却大概只有鲁迅一个;同样,用"夜"的比喻来寄托对现实环境的不满的散文也有很多,但真正写到内心中暗夜,或虚无到怀疑"以至于竟没有暗夜"的,大概也只有鲁迅的《野草》。

事实上,与"夜"相关的还有"路"。就像"梦"与"夜"中都交织着希望与绝望一样,"路"也象征着"希望"的"有"与"无"。在《故乡》的著名的结尾中,鲁迅就对此作出了非常明确的表达:"希望是本无所谓有,无所谓无的。这正如地上的路;其实地上本没有路,走的人多了,也便成了路。"①

在《野草》里,因为只是要画出暗夜中的自己,而不必为"在暗夜里前驱的勇士"呐喊,所以鲁迅几乎没有写到这种象征着希望的"路"。只有在《过客》里,出现过"一条似路非路的痕迹"。而这条痕迹能否真的成为一条路,却要看过客是不是能够一直坚持地走下去。就像鲁迅在杂文中说到过的:"坐着而等待平安,等待前进,倘能,那自然是很好的,但可虑的是老死而所等待的却终于不

---

① 鲁迅:《呐喊·故乡》,《鲁迅全集》第一卷,第510页。

至；不生育，不流产而等待一个英伟的宁馨儿，那自然也很可喜的，但可虑的是终于什么也没有。"① 所以，与其茫然寻路，"不如寻朋友，联合起来，同向着似乎可以生存的方向走。你们所多的是生力，遇见深林，可以辟成平地的，遇见旷野，可以栽种树木的，遇见沙漠，可以开掘井泉的"②。鲁迅本人就如同那个"过客"一样，他说："我自己，是什么也不怕的，生命是我自己的东西，所以我不妨大步走去，向着我自以为可以走去的路；即使前面是深渊，荆棘，狭谷，火坑，都由我自己负责。"③

在鲁迅的心里，"路"意味着希望的"有"和"无"，而这种"有"和"无"之间的关系十分奇特：追根究底，"无"才是实有的，而"有"反倒是虚幻的。也就是说，对希望的追索带来的往往是绝望，而对绝望的反抗却有可能会带来希望。所以，尽管《野草》里很少提到希望的"路"，但这一部《野草》却可以被看作是鲁迅自己一次反抗绝望的"走"的行为。鲁迅曾经慨叹："夜正长，路也正长……"④ 是因为他知道，只有走路才是逃离暗夜的唯一的希望。尽管与实有的"夜"相比，"路"仍可能是虚幻的，但若果真放下对"路"的信仰和对"走"的执着，那可就真的永远走不出暗夜，即如前文已经说过的，"又竟至于并且没有真的暗夜"了。

---

① 鲁迅：《华盖集·这个与那个》，《鲁迅全集》第三卷，第154页。
② 鲁迅：《华盖集·导师》，《鲁迅全集》第三卷，第59页。
③ 鲁迅：《华盖集·北京通信》，《鲁迅全集》第三卷，第54页。
④ 鲁迅：《南腔北调集·为了忘却的记念》，《鲁迅全集》第四卷，第502页。

三

最后来谈谈《野草·题辞》。

《题辞》写于一九二七年四月二十六日的广州,严格地说,是《野草》的最后一篇,并且与其它诸篇在写作的环境和心境方面都存在很大不同。但作为整个"野草"系列的一个"总结",《题辞》又具有特别的意义,甚至可以说,鲁迅在这里埋下了解读《野草》的最重要的线索。

首先,"野草"是对应于花叶和乔木而言的。鲁迅说:"生命的泥委弃在地面上,不生乔木,只生野草,是我的罪过。"况且这"野草,根本不深,花叶不美,然而吸取露,吸取水,吸取陈死人的血和肉,各各夺取它的生存。"但是,他说:"我自爱我的野草,但我憎恶这以野草作装饰的地面。"① 在这里,鲁迅已经说得非常明确,"野草"是代表着他这部散文诗集的精神特征的。一则它的完成,是鲁迅倾"生命"之力换取的,这是他真正为自己而作的、对于已经"死亡"的生命的一段记录和纪念。而更重要的是,这部《野草》是不"美"的,它不取悦于人,不具有任何装饰性。它拒绝成为地面的装饰,这拒绝的姿态里也写满了鲁迅自己的倔强性格。

这不由得让人想到,鲁迅曾将自己的杂文称为"无花的蔷薇"②。蔷薇而无花,自然也就没有了娇艳之态,所剩下的就只有尖

---

① 鲁迅:《野草·题辞》,《鲁迅全集》第二卷,第163页。
② 《华盖集续编》中有《无花的蔷薇》《无花的蔷薇之二》《无花的蔷薇之三》《新的蔷薇——然而还是无花的》等数篇。

刺而已。鲁迅把自己的杂文定位于这样一个拒绝装饰、毫不妥协的"刺"的形象上,难怪瞿秋白也以"匕首"和"投枪"来形容其锋利尖锐的特征。然而即便如此,与"野草"相比,"无花的蔷薇"也还是带有些许浪漫色彩的,唯有"野草",连蔷薇之名都不要,从"名"到"实"完完全全摆脱了高雅美丽的特征。在"纯文学"的园地里,这一丛自生自灭的"野草"的存在,本身就表达了对于"乔木"和"花叶"的抗拒和嘲讽。

这样的文学观,与鲁迅在《我的失恋》中传达的主题十分吻合。《我的失恋》以"拟古的新打油诗"的形式,通过玩笑似的口吻,说出的其实是一个非常严肃的文学观。鲁迅以恋人之间互赠礼物的贵贱美丑的悬殊,对所有自以为高雅尊贵的文学家们开了一个玩笑。如果说带着桂冠的诗歌——无论新诗还是旧诗——是"百蝶巾""双燕图""金表索"和"玫瑰花"那样高雅优美、地位显赫的东西,那么,鲁迅情愿自己的《野草》——以及其他一些作品——就像"猫头鹰""冰糖壶卢""发汗药"和"赤练蛇"那样,不登大雅之堂,不求名留青史,但却让人或觉可近、或觉可惊,心有所动。如果不通过《我的失恋》看到鲁迅的文学观,也就无法理解为什么鲁迅会把这样一篇"另类"的东西收入他的"自画像"系列了。事实上,"野草"意象的涵义也与"猫头鹰"们一样,它不美、不雅、不高贵,但却实实在在地出自作家的生命与血肉,得到作家自己特别的珍爱。

与文学观相联系,但又较之更为严峻深刻的是,"野草"意象还体现着鲁迅的生命观。

如《题辞》所说,野草"吸取露,吸取水,吸取陈死人的血和肉,各各夺取它的生存。当生存时,还是将遭践踏,将遭删刈,直至于死亡而朽腐"。此外,还有"地火在地下运行,奔突;熔岩一旦喷出,将烧尽一切野草,以及乔木,于是并且无可朽腐"。在这样的意义上说"野草"意象关乎生死是一点都不嫌过分的。"野草"是"过去的生命"死亡朽腐之后的产物,它的生存建立在死亡的基础之上,而同时,它的生存也时时为死亡所威胁,与死亡相伴随。这样的理解并不仅仅出自鲁迅的个性体验,事实上,在大多数中国人的文化意识中,"一岁一枯荣""野火烧不尽"的野草,本就是一种生命虽然短暂但生命力又极顽强的象征。可以说,"野草"恰是以这样极为独特的方式联结着生死两端,它既代表着随时面临删刈与死亡的命运,同时也代表着一种对死亡命运的不断抗争与战胜。

一九二七年四月的鲁迅,定然比一九二五年前后的鲁迅更加关注生死问题,这是直接受到现实刺激的结果。"四·一二"的血腥屠杀令身在白色恐怖中的广州的鲁迅陷入了更深重的绝望,而与绝望俱来的,当然也是更"韧"的战斗精神。因此,当鲁迅重新面对两年前写作的"野草"系列的时候,在原有的思想基础上,他必然又加深了对自己生命的理解。所以他说:

> 我以这一丛野草,在明与暗,生与死,过去与未来之际,献于友与仇,人与兽,爱者与不爱者之前作证。
> 为我自己,我友与仇,人与兽,爱者与不爱者,我希望这野草的死亡与朽腐,火速到来。要不然,我先就未曾生存,这实在比死亡与朽腐更其不幸。

鲁迅在这里自问自答了一个非常重要的问题。那就是:这一丛生于明暗之间、辗转于生死之际的野草,究竟是为什么而存在呢?回答是:为了"作证"。为了在"过去与未来之际"的"现在"的生命作证;更为"过去的生命已经死亡"、为"它曾经存活"、为"它还非空虚"作证。换句话说,在鲁迅的心里,这一幅幅用文字完成的"自画像",既是为当下的生命作出的写照,又是用以向未来证明,他曾经这样活过,并且这样写过。

厨川白村在《苦闷的象征》中开篇即说:"正因为有生的苦闷,也因为有战的苦痛,所以人生才有生的功效。"① 因此他说:"生是战斗。""'活着'这事,就是反复着这战斗的苦恼。我们的生活愈不肤浅,愈深,便比照着这深,生命力愈盛,便比照着这盛,这苦恼也不得不愈加其烈。在伏在心的深处的内底生活,即无意识心理的底里,是蓄积着极痛烈而且深刻的许多伤害的。一面经验着这样的苦闷,一面参与着悲惨的战斗,向人生的道路进行的时候,我们就或呻,或叫,或怨嗟,或号泣,而同时也常有自己陶醉在奏凯的欢乐和赞美里的事。这发出来的声音,就是文艺。对于人生,有着极强的爱慕和执着,至于虽然负了重伤,流着血,苦闷着,悲哀着,然而放不下,忘不掉的时候,在这时候,人类所发出来的诅咒,愤激,赞叹,企慕,欢呼的声音,不就是文艺么?"②

这样的观点,无疑是和鲁迅相一致的。事实上,这种认识上的一致也许正是推动鲁迅亲译《苦闷的象征》的原因。鲁迅从来都非常注重"活"的生命。从一九二〇年代在《青年必读书》中强

---

① [日]厨川白村:《苦闷的象征》,《鲁迅译文全集》第二卷,福州:福建教育出版社,二〇〇八年,第225页。
② 同上书,第237页。

调"活人"与"行"的重要性,直到晚年在病榻上感叹"无穷的远方,无数的人们,都和我有关。我存在着,我在生活,我将生活下去,我开始觉得自己更切实了,我有动作的欲望——"① 鲁迅一生强调的都是"生活""行动""存在""动作"……而《野草》之所以能够为他自己的生命"作证",也就是因为它的存在本身体现了鲁迅的行动和写作。它的重大意义就在于,它是绝望的反抗,是虚无的克服。这又是鲁迅独特的逻辑了:因为在鲁迅看来,没有"死亡与朽腐"的到来,就无法为生存作证。因为没有对死亡和绝望的战斗和较量,生命就会沦为一种混沌的、半死不活的状态。在鲁迅的眼中,这不是生命的真谛,而是生命的悲哀,因为这意味着"我先就未曾生存",而且,"这实在比死亡与朽腐更其不幸"。

《野草》是鲁迅"活"过、反抗过的一个证明。它是一个虚无和绝望的人对于虚无和绝望的抗战。鲁迅这样审视和认识了他自己,就像他在《淡淡的血痕中——记念几个死者和生者和未生者》中对于"叛逆的猛士"的认识:

> 叛逆的猛士出于人间;他屹立着,洞见一切已改和现有的废墟和荒坟,记得一切深广和久远的苦痛,正视一切重叠淤积的凝血,深知一切已死,方生,将生和未生。他看透了造化的把戏;他将要起来使人类苏生,或者使人类灭尽,这些造物主的良民们。
>
> 造物主,怯弱者,羞惭了,于是伏藏。天地在猛士的眼中

---

① 鲁迅:《且介亭杂文末编·"这也是生活"……》,《鲁迅全集》第六卷,第624页。

于是变色。①

无论是野草、废墟,还是荒坟,在"叛逆的猛士"眼中,都不单纯意味着死亡,它们更意味着生与死的相互依存。不断燃烧的地火既带来旧生命的毁灭,也带来新生命的复苏,一切"已死、方生、将生和未生",都成为造物链条中的"中间物"。生死相继,方能组成整个人类历史更宏大的生命。鲁迅就是在这样的思想基础上提炼出了一个高度凝练的"野草"意象,为他自己的"自画像"作出了一个精彩的概括和升华,并以此统领起了那些看似破碎晦涩、实则完整深邃的篇章。

---

① 鲁迅:《野草·淡淡的血痕中》,《鲁迅全集》第二卷,第226—227页。

《野草》与鲁迅的重返"战士真我"[①]

□ 彭小燕

一、鲁迅的整体生命之流与《野草》的核心脉络
—— 正面博弈虚无的《野草》

当看到《祝福》《在酒楼上》《孤独者》中,或者矛盾犹疑、暧昧晦涩,或者自曝沉沦、自戕自毁,背弃往昔理想的诸般人物时,我们就要小心了——这不仅仅是小说里的人物,这同时暴露了鲁迅本人的"生命——精神"危机。现实中,不仅鲁迅的好友范爱农失意,继而落水而死,鲁迅疑心他是自溺的;鲁迅自己,也在一九二五年被教育总长章士钊免除过教育部的佥事职务。生计的危机,以及经此而可能引发的精神异变,不仅仅是虚构。在《祝福》之"我"、《在酒楼上》的吕纬甫与"我"、《孤独者》中的魏连殳与"我",以及《伤逝》中的涓生那里,敏锐的读者要看到鲁迅本人精神求索的

[①] 此文核心内容实为著者刊于《中国现代文学研究丛刊》二〇〇六年第五至六期的文章《存在主义视野下的〈野草〉:鲁迅超越虚无,回归"战士真我"的"正面决战"》(上、下)的纲要,相关论述不再另注。具体文本亦见《鲁迅十五讲》(浙江大学出版社,二〇一九年)之第十、十一讲。此次选文有细节性改动。

深处，要联想到生活中，鲁迅及其同仁们的漫漫求索路——**求一条在人间世界守得真我的存在之路**。

现实中的鲁迅逝于五十六岁，恋爱生子，比《孤独者》中的魏连殳活得长，活得丰富。而鲁迅在创作魏连殳和他身边的"我"的前一年（一九二四年九月）就开始写《野草》中的第一篇《秋夜》了。这又意味着什么呢？瞩目鲁迅自我生命的漫漫求索的话，可以说，到一九二五年底，即将完成的《野草》与《彷徨》后期的《长明灯》《孤独者》《伤逝》等相与、相携共同铸成了鲁迅自我生命的一条"求生"路径。不妨回顾、总结一下我们大抵已经看得出来的鲁迅生命轨迹：

> 留日时期，生命的自由飞扬、狂洋恣肆，大呼"精神界之战士安在哉？"——"沉默鲁迅"亲身遭遇虚无，不得已沉潜其中，咀嚼其味——《呐喊》《彷徨》时期，一边有对虚无人生的狂人、疯子式反击，一边却清醒地意识到狂人、疯子们"愈后候补"后的"无聊"，刻写了一系列在无奈中"候补"的沉沦型人物，一边又在沉沦渊面的旁边站立着一个又一个默默不语的"我"，是意欲对峙沉沦、超拔虚无？至少，这是有可能的吧。

而与《彷徨》后期的部分作品相与、相携的《野草》，终于不再围绕着一代求索者的"沉沦——虚无"迂回转圈、静默不语——到《野草》，鲁迅似是直面虚无，悍然与之正面博弈：

我不如彷徨于无地。

——《影的告别》①

我至少将得到虚无。

——《求乞者》

我只得由我来肉薄这空虚中的暗夜了……

……

绝望之为虚妄，正与希望相同。

……

——《希望》

这是《野草》的悍然起点，直面吕纬甫、魏连殳式的沉沦黑洞，在他们无奈离弃、"倒下"的地方，活着的"我"（联想到鲁迅本人）要继续迸发！当"博弈——反击——超越"虚无的生命旋律流贯在整个《野草》之中的时候，当《野草》承载鲁迅自我生命之旅中最精深、最坚苦、最直截了当的精神搏击时，无论是对于鲁迅本人的精神世界，还是对于《野草》，人们都应该给以足够的敬畏。

> 鲁迅不是所谓的思想家。把鲁迅的思想作为客体抽取出来是很难的。在他那里，没有体系性的东西。勉强地说，他的人的存在本身就是一个思想。②

---

① 此文《野草》文本均引自《鲁迅全集》第二卷，北京：人民文学出版社，一九八一年。
② ［日］竹内好：《鲁迅·作为思想家的鲁迅》，李心峰译，杭州：浙江文艺出版社，一九八六年，第157页。

这一段，直白地说，就是：鲁迅的生命之流本身足成一种思想，而《野草》则是这一生命之流里最关键、最深刻的一段。《野草》（题辞在外）共二十三篇，写于一九二四年九月至一九二六年四月。《野草》的整体写作意图是自觉而强烈的，发表时或标有《野草之一·秋夜》，又或者标题为《一觉》，副题为《野草之二十三》。这种整体写作意图，与鲁迅寄寓在《野草》中的一段精神跋涉紧密相关。鲁迅曾对人明白地表示：

> 他的哲学都包括在他的《野草》里面。①

将《野草》置入鲁迅整个的生命之流，大抵地，《野草》的整体律动始于对生存虚无的"直面——搏击"，终于超越虚无之路的最终凸显：

> 鲁迅以《影的告别》《求乞者》《希望》等为明显的起始。
> 以《过客》《死火》《墓碣文》为坚苦追索的中途，及最深谷地。
> 以《这样的战士》为《野草》征程的最高归宿地，以《淡淡的血痕中》《一觉》为"战士"高地上明显的话语实践。

在前文已经呈现的以《影的告别》《求乞者》《希望》为高峰的起

---

① 章衣萍：《古庙杂谈》，《1913—1983 鲁迅研究学术论著资料汇编》第一卷，北京：中国文联出版公司，一九八五年，第89页。

始段之后,《野草》接下来的关键路标大抵如此:

《过客》中,肉博虚无者已经在路上:"有声音常在前面催促我,叫唤我……"

《墓碣文》中,肉博者抵达最精深地带:"抉心自食,欲知本味……"

以上是《野草》第二个主体节奏中的两个关键性高潮。往下《野草》出现了第三个主体节奏中的关键性高潮,亦即全部《野草》的最终高地:

"要有这样的一种战士""他走进无物之阵……"反复"举起了投枪"。

——《这样的战士》

叛逆的猛士出于人间;他屹立着,洞见一切已改和现有的废墟和荒坟……

——《淡淡的血痕中》

至此,《野草》超越虚无的生命正果结实为:重返鲁迅神往的源初本我"精神界之战士"而不是狂人的"愈后候补",吕纬甫、魏连殳式的弃置"初我",鲁迅自我生命中的"真我"在《野草》中悍然出世为——"这样的战士"("超越虚无、抵抗绝望的精神界之战士")。我们把鲁迅经由《野草》呈现的这一轮生命重返,概括为:鲁迅对虚无的直面、博弈与超越,对其"战士真我"的最终回归。鲁迅的这一轮生命真我回归，实在来之不易，从日本时期算来，费时近二十年，从二十七岁（一九〇七年）到四十五岁（一九二五年）。如果我们把鲁迅本人的战士人生，从他在《野草》中再一次自觉、抉绝地"出世"的"战士真我"算起的话，则鲁迅自觉意义上的战士人生，是十二个年头，即一九二五年至一九三六年。如果我们继续持有一直以来的整体观察视野，这时候就需要记忆，曾经讲过的留日鲁迅对信仰的理解和态度。留日鲁迅曾经深刻地意识到，尼采"掊击景教，别说超人……则其张主，特为易信仰，而非灭信仰昭然矣"。从存在主义哲学的思路看，人类的信仰经过了由古典信仰到现代信仰的历史性变动，这一变动正是在尼采那里彻底完成的。古典信仰，是人类世界各个族群中发生、存在的各种神佛式宗教信仰。现代信仰，则从克尔凯郭尔过渡式的"个体性基督信仰"，到尼采完整意义上的现代信仰"上帝死了""超人生"，信仰的内容蜕变成"做一个真正的你自己"，而不再是信神、信佛、信真主，等等。可以说，鲁迅是出世于二十世纪中国的一位现代信仰者，他的精神生命，穿越"死亡——虚无"，成就了自我人生的真谛，成就了他的"战士真我"。在中国文化史上，在中国知识分子的精神史上，这都是深具历史意义的、转折性的大变。

令人惊异的还有，尼采的超人信仰，是允诺极端的个人主义思路的个人的存在意义可以跟其他人没有干系——在这个意义上，尼采亦携有对人的精神期待，对"人"的深沉之爱。而鲁迅的"战士真我"，虽以于世批判的方式完成，却既包括对个体自我的深爱，也身携对人间苦人的博爱——这一点可见于《野草》的《复仇（其二）》《颓败线的颤动》《聪明人和傻子和奴才》《淡淡的血痕》等多篇中。

可以说,《野草》所展现的鲁迅精神生命之旅,是鲁迅以肉身铸造的哲学体系,是铁塔般的精神建构,似能确证:"他的人的存在本身就是一个思想。"

二、《野草》之整体意义图谱

哲学研究的视野,要求人们能够看到足成有机整体的"文学建筑"中相对完整、全局的意义构建。真实的是,不是所有的文学作品都能够是这样一座有机的"文学建筑";也不是所有的文学解读,都能够完成对那些足为有机整体的"文学建筑"的整体性阐释。许多年里,《野草》就是这样一种难以进入的整体性存在。《野草》整体阐释的难度最关键地呈现为——欲知《野草》整体上的来龙去脉,得知鲁迅精神之旅的整体流变;而后者又往往更是一种精神体悟上的挑战了……有意味的是,一旦生成相当深度和整体性的鲁迅形象,悟得了某一视野下的鲁迅生命流变轨迹,对于《野草》的特别心得就自然、必然地"拱地而出"了。竹内好以及木山英雄对《野草》的独到领会都与他们心中已经自有的鲁迅形象密切相关。不过,问题的复杂性在于,他们心中的鲁迅形象既赋予了他们发现《野草》意义的"独门法器",也限制了他们对《野草》意义的整体会意。①

---

① 参阅彭小燕:《"文学鲁迅"与"启蒙鲁迅"——"竹内鲁迅"的原型意义及其限度》,《汉语言文学研究》二〇一一年第三期;《木山先生"野草论"的"有限"》,《宜春学院学报》二〇一七年第十期;《鲁迅重审"战斗者自我"与〈野草〉的作为——木山英雄〈野草〉论之核心》,《东岳论丛》二〇一七年第十一期。

言归正传，开始我们这里的《野草》意义体系吧。在一定的视野下，《野草》纵横交错，正是一个严密、有机的文学建筑体。

首先是，《野草》的纵向旋律体系。

纵向地，如前面所讲：《野草》以三个主体节奏，分别以《影的告别》《求乞者》《希望》《过客》《死火》《墓碣文》和《这样的战士》《淡淡的血痕中》《一觉》为相应的关键性高点，完成了鲁迅"直面——博弈——超越"虚无、重返"战士真我"的精神征战。

值得注意的是，上述三个主体节奏各有其侧重的旋律核心，但又经往复回环，一波三折式的螺旋攀升，才抵达最终的旋律落幕处。

在《影的告别》《求乞者》《希望》处，是起始阶段的"直面——肉博"虚无的精神宣言。

在《过客》《死火》《墓碣文》等中，是"搏击——超越"虚无者已经"在路上"，而且，渐行渐远渐深，直至《墓碣文》中的"抉心自食，欲知本味"。但其反复咀嚼，以应对虚无的烘托性节奏，则呈现着对起始阶段的核心主题的不时返顾。

到《这样的战士》《淡淡的血痕中》《一觉》时，肉博虚无者才抵达其最终的生命高地："无物之阵"（隐喻虚无不义的人间世界）中反复举起投枪的战士。

这战士，不顾终有一败的悲剧命运，不停止自己"举起投枪"、于世批判的言动；既搏战在虚无人间，也铸造着自我生命的意义。不难看到，这最后阶段的《野草》乐章，对前面两个阶段的《野草》主旋律的时时反顾，而又实现着螺旋式高扬。从而《野草》的整个旋律极类似交响乐的三乐章。

以上是对《野草》在纵向维度上的意义链条的整体性呈现，所提及的《野草》诸篇中存在的"回环往复"式特性，源自木山英雄先生的"野草论"①。我们知道，事物有纵向之流，亦必有横向之阵。那么，《野草》在横向维度的整体意义构成，又如何呢？放眼《野草》，其横向意义上的组合元素，首先可以分成体系性的两大类事物：

> 即"我"（联想至鲁迅本人）在《野草》中或隐或显地，意欲透视、对峙，或者反抗、超越的对象，和"我"或隐或显地，有所向往、有所肯定的元素。

可以分别举三个例子，来做说明。

篇目	"我"意欲透视、对峙，或者反抗、超越的对象
《求乞者》	灰土。并不悲戚，但拦着叩头，追着哀呼

---

① 参阅木山英雄：《〈野草〉主体构建的逻辑及其方法——鲁迅的诗与哲学的时代》，见《文学复古与文学革命：木山英雄中国现代文学思想论集》，赵京华编译，北京：北京大学出版社，二〇〇四年。

	的求乞孩子。又或,也不见得悲戚,但是哑着,摊开手,装着手势的求乞孩子。各自走路的另外几个人。
《复仇(其二)》	钉杀耶稣。围观这钉杀的路人、祭司长和文士。与耶稣同时被钉的两个强盗。他悬在虚空之中。
《墓碣文》	狂热的浩歌、天上、一切眼。不显哀乐之色,中无心肝的死尸。死尸的微笑。我疾走,不敢反顾,生怕看见他(死尸——笔者)的追随。

篇目	"我"有所向往、肯定的物、事,及具有此类隐喻内涵的物、事
《求乞者》	我不布施,我但居布施者之上,给与布施者以烦腻、疑心,与憎恶。我竟而还要求乞,我将得到自居于布施之上者的烦腻、疑心、憎恶。我将用无所为和沉默求乞……我至少将得到虚无。
《复仇(其二)》	他没有喝那用没药调和的酒,要分明地玩味以色列人怎样对付他们的神之子,而且

	较永久地悲悯他们的前途,然而,仇恨他们的现在。钉杀了"人之子"的人们的身上,比钉杀了"神之子"的尤其血污、血腥。
《墓碣文》	……有一游魂,化为长蛇,口有毒牙。不以啮人,自啮其身,终以殒颠。抉心自食,欲知本味。创痛酷烈,本味何能知?痛定之后,徐徐食之。然其心已陈旧,本味又何能知?

这样的分类举例,除了力证《野草》世界的组合元素在横向意义上确有体系性存在之外,也提供着另外两个方面的精神线索。其一,是我们已经讲过的,《野草》的纵向意义流变体系。其二,则是我们正在讲的《野草》在横向意义上的体系构建。这个意义体系具体呈现为什么呢?细察上面图文中《野草》三篇存在的两大类事物,已经不难看出,除了纵向意义上的写作主体对虚无的"直面——博弈——超越"路径外,我们约略可见的是——《野草》诸篇呈现着一个具有独特的有机结构的人间世界,在这个世界里:

其一,人们的物质生活是极苦的,可见于《求乞者》《颓败线的颤动》《聪明人和傻子和奴才》等篇。

其二,人与人之间的关系,人群之间的社会化生存状态是"陈腐—黑色"的:遍布等级律例,多有专横、冷漠,直至酷虐。可见于《狗的驳诘》《失掉的好地狱》《聪明人和傻子和奴才》《淡淡的血痕中》《一觉》等篇。

其三，人们的精神状态中遍布虚无形相，却又不知不觉，俨然"活"的滋滋有味，言行敏捷，恰如我们在分析小说《示众》时详细讲到过的情境。这一层面的内涵，本是《野草》乐章中的核心音律，所以，几乎是四处弥漫，无处不见它，更尤其明显、尤为集中地见于《复仇》《复仇（其二）》《求乞者》《立论》等篇。

简言之，《野草》在横向时空上呈现着这样一个人间世界：（生民）苦难→（社会）陈腐、黑色→（生命）虚无。这是一个亟待改变，应予改变的历史时代。

至此，《野草》意义体系的整体图谱，我们可以做如下的结论：

纵向地，《野草》是"我"（鲁迅）"直面——博弈——超越"虚无，重返其"战士真我"的一场精神征战。

横向地，《野草》有机性地呈现着"我"所面临的一整个历史时代：（生民）苦难→（社会）陈腐、黑色→（生命）虚无的人间世。这是一个亟须改变，以期进步、美好的时代。而"我"的精神征战，正是在这一茫茫"时代——大地"上进行的。

壮哉！斯人斯战！

摘选自《鲁迅十五讲》（浙江大学出版社，二〇一九年），有细节改动

《野草》:焦虑及反抗哲学的实现形式

□ 任毅　陈国恩

《野草》是丰富的,也是深刻的,其主导性情绪乃是一种焦虑,并由焦虑抵达的超脱与希冀。"焦虑"是作家在生存困境挤兑下产生的苦闷、愤怒、恐惧与不安,同时交织着反抗空虚绝望与群体关怀,带有深刻的自我追问与自我否定的情绪倾向。《野草》是鲁迅强烈焦虑情绪的艺术宣泄,其中的痛苦、绝望、孤寂、虚无、死亡等情绪,承载着他深沉的生命体验,事实上成了鲁迅对个体和社会矛盾关系进行更为深邃的哲学思考的感性基础。

一

《题辞》第一句"当我沉默着的时候,我觉得充实;我将开口,同时感到空虚"。开篇就表达了作者"想要写而不能"的焦虑心理。《野草》中更是充满了生命体验中的焦虑意识,这在《题辞》《影的告别》《希望》《过客》《死火》《墓碣文》《颓败线的颤动》中都有生动表现。其中孤独焦虑是指一个人的现实欲望或精神理想无法实现而周围人又不理解他的心志时产生的情感体验。五四知识分子的孤独感是文化转型时代带给他们的普遍的精神困境,"梦醒后无路可走"

的失落与不为庸众理解的"孤独"成为他们的心理共性。《野草》生动再现了鲁迅早期这段孤独焦虑、痛苦绝望的心路历程,他后来曾这样说明自己当时"荷戟独彷徨"而又不倦求索的心境:

> 后来《新青年》的团体散掉了,有的高升,有的退隐,有的前进,我又经验了一回同一战阵中的伙伴还是会这么变化,并且落得一个"作家"的头衔,依然在沙漠中走来走去,不过已逃不出在散漫的刊物上做文字,做随便谈谈。有了小感触,就写些短文,夸大点说,就是散文诗,以后印成一本,谓之《野草》。得到较整齐的材料,则还是做短篇小说,只因成了游勇,布不成阵了,所以技术虽然比先前好一些,思路也似乎较无拘束,而战斗的意气却冷得不少。新的战友在那里呢?我想,这是很不好的。于是印了这时期的十一篇作品,谓之《彷徨》,愿以后不再这模样。"路漫漫其修远兮,吾将上下而求索。"
> ——《南腔北调集〈自选集〉自序》

面对社会转型、新文化运动陷于低潮,鲁迅深切感受到孤立无援、彷徨无地的苦闷与焦虑,觉得自己"成了游勇,布不成阵"。《秋夜》以枣树意象为核心,形成了一组对比强烈的夜景:枣树对抗着阴险的夜空,星星鬼眨眼,月亮躲到云里去了,小粉红花则在秋天的繁霜里瑟瑟发抖,一边做着春的梦,小青虫飞身扑火,而那火是真的。这里,枣树是抗争精神的象征,但看得出它的处境是十分孤独的,受尽了伤害。"在我的后园,可以看见墙外有两株树,一株是枣树,还有一株也是枣树。"开头这种平静而延宕的语调,就已显示出作者在北平正月十七月圆之夜的寂寞。如果再深究，他用的是"还有"（also）而非"另外"（another），意指"更多的（同类事物）"，或许还象征着诗人对更多同道者的热情呼唤，又更进一步反衬了"我"及同路人的孤单和焦虑。"哇的一声，夜游的恶鸟飞过了"，以动衬静，烘托夜之寂静，庸众的沉默麻木，需要怪鸮的恶声唤醒他们，然而这恶声却如此单薄苍凉。

一部《野草》随处可见这种孤独焦虑的情绪："我的心分外地寂寞"（《希望》），江南的雪"是孤独的雪，是死掉的雨，是雨的精魂"（《雪》），"我独自远行，不但没有你，并且再没有别的影在黑暗里"，"只有我被黑暗沉没，那世界全属于我自己"（《影的告白》），"影一般的死掉，连仇敌也不知道"（《死后》），等等。《过客》更是强烈地表现了这种耽于孤独而无法自拔的焦虑体验：一个孤独的行路者，不知道自己是谁，不知道从何而来往何处去，只是一味地孑然前行，不管前面是长满野百合、野蔷薇的希望之地，还是充满绝望气息的死亡之坟。作者借"过客"的形象描述当时自我灵魂在荒野流浪的悬置状态，深刻揭示他作为一名精神探索者的生存焦虑与孤独体验。汪晖说："死亡不仅仅是生命过程的无法分割的形态，而且也意味着个体生存与全部世界的关系完全失落，从而使生命陷入无边的孤独之中：'过客'是孤独的，'影'是孤独的，'雪'也是孤独的……在这里，'孤独'并不仅仅来自人与现实世界的关系，而且也来自这种关系的完全断裂。"① 更为可贵的是鲁迅没有被个体的孤独寂寞和生命存在的虚无感挫败，他要向这一切做"绝望"的抗争。《失掉的好

---

① 汪晖：《〈野草〉的人生哲学》，选自《反抗绝望——鲁迅及其文学世界》，北京：生活·读书·新知三联书店，二〇〇八年，第264—265页。

地狱》里"奇丽和狂乱的恐怖"的语言所引起的,不仅仅是"现实的错位",同时也是一个魔鬼说出的"价值对换"的寓言:人比魔鬼还坏,魔鬼悲悼人类征服了地狱并使地狱变得更坏了。《狗的驳诘》里也有同样的"价值对换",在人与狗的长篇辩论中最后狗获胜,因为狗不像人那么势利。这种"价值对换"是鲁迅梦诗的中心手法,似乎是为了实现厨川所提倡的"尼采的对价值的再评价"。《过客》的继续"走",是在"无意义"的威胁之下唯一有意义的行动。"过客"听见在前面催促他的"呼唤声",可以解释为某种责任感的内心召唤。[1] 有论者说,这"并不是一个封闭世界的孤独者自我精神的煎熬与咀嚼,而是坚持进行叛逆抗争中感受寂寞孤独时灵魂的自我抗争与反思"[2]。这是对《野草》时期鲁迅式独力抗争心理状态的准确概括。

青年时期的鲁迅,通过严复翻译的赫胥黎《天演论》,受达尔文生物进化论思想的影响,把进化论作为改造国民性的思想武器,向吃人的封建制度和封建礼教展开英勇抗争。他认为:"新的应该欢天喜地的向前走去,这便是壮,旧的也应该欢天喜地的向前走去,这便是死,各各如此走去,便是进化的路。"(《热风·随感录》)进化论使他坚信"将来必胜于过去,青年必胜于老年"(《三闲集·序言》),他号召鼓励青年"扫荡这些食人者,掀掉这筵席,毁坏这厨房"(《灯下漫笔》)。因此鲁迅说进化论"那个时候,它使我相信进

---

[1] 李欧梵:《〈野草〉:希望与绝望之间的绝境》,尹慧珉译,《鲁迅研究月刊》一九九一年第一期。
[2] 刘明宇:《走近鲁迅——解读〈野草〉》,《吉林华侨外国语学院学报》二〇〇八年第一期。

步，相信未来，要求变革和战斗"①。

随着五四运动的开展，鲁迅所信仰的进化论在急遽变化、日益复杂的现实面前，作为战斗的武器已经暴露出较大的局限性。这一时期鲁迅又受到西方浪漫主义思潮和以尼采为首的德国唯意志论哲学的影响，力主"尊个性而张精神"的"立人"思想，倡导主体觉醒、个性解放，以前所未有的热情努力追求现代人格及生命尊严。然而随着五四高潮过后，热情和理想慢慢消退，曾给他以力量的进化论思想和个性主义观念很快被现实轰毁。旧的世界观正在动摇，却仍有一定的势力；而新的思想理念正在酝酿，准备再次飞跃，却又尚未建立。在这样的矛盾中，鲁迅陷入难以自拔的深切焦虑，这种焦虑是鲁迅作为一名历史的觉醒者在使命感的驱使下，面对艰难世事所发生的一种忧患、悲悯的精神状态。他的内心进行着激烈的搏斗：新与旧，变革与保守，现实与理想，人道主义与个人主义……各种思想的矛盾在冲突中激荡，陷入痛苦郁结的境地。鲁迅创作《野草》，从某种意义上正是他力图摆脱这种纠结焦虑状态的一次精神拯救。

新旧文化的冲突，发生在广泛的领域，自然也会落到日常生活，比如爱情与家庭。创作《野草》期间，正是鲁迅在旧式婚姻的阴影中看到自由恋爱曙光的阶段。他的心情颓唐虽主要是由社会问题及思想文化问题引起，但个人婚恋生活变化带来的烦恼也未尝不是一个重要的因素。包办婚姻给鲁迅的身心带来了巨大的折磨和痛苦，朱安是"母亲给我的一件礼物，我只能好好地供养她，爱情是

---

① 唐弢：《琐忆》，《人民文学》一九六一年第九期。

我所不知道的"①。鲁迅背负着旧婚姻遗留给他的这个沉重包袱,在孤独寂寞和绝望苦闷中消耗青春。近二十年无爱的婚姻使鲁迅在感情生活上置身于一片茫茫荒野之中,直至许广平走进他的生命。但新的问题来了:许广平的出现使鲁迅的灵魂感受到了自由爱情的欢快和幸福,可也体验到了强烈的焦虑彷徨以及难以抉择的矛盾。在创作《野草》的一九二四年九月到一九二六年四月,是鲁迅与许广平从相见相知相爱到公开同居的时间。在这段时间里,鲁迅陷于一种复杂难言的矛盾心理,在道德与情爱的两难选择中,在爱与不爱的痛苦抉择下,他在炽烈爱情的门槛前徘徊犹豫,在焦虑中苦苦挣扎。对鲁迅来说,这种烦恼是具体的,可又牵扯到了个人权利和传统家庭责任之间的矛盾冲突,更涉及由这些伦理问题引起的社会舆论。因此,这也是一个新旧文化冲突所引起的问题。与朱安无爱的婚姻以及与许广平尚无婚姻的爱情引发了鲁迅灵魂深处剧烈的冲突。婚姻成为束缚他的精神枷锁,而爱情虽然能点燃他生命的火花,但在新旧文化与新旧道德的双重夹击下,鲁迅无论作出何种选择,一时都无法解决现实生活中道德责任与爱情自由的两难问题。可以想象,他会陷入"自啮其身""创痛酷烈"的痛苦和"无路可走""彷徨于无地"的内心矛盾。《野草》的不少篇什所表达的在纠结中难以抉择的矛盾困惑,具有高度的概括性,未必完全对应鲁迅个人在婚姻爱情问题上所经历的痛苦和无奈,但是不是就没有这方面的内容呢?答案是否定的。由新旧文化冲突和爱情婚姻矛盾所造成的焦虑苦闷,综合地反映在《野草》中,而爱情婚姻矛盾所引发的那种焦

---

① 许寿裳:《亡友鲁迅印象记》,北京:人民文学出版社,一九五三年,第60页。

虑，在《好的故事》《希望》和《死后》等名篇中都有生动婉曲的症候式呈现。

二

《野草》创作期间，北方直奉军阀混战，以日本为后台的北洋军阀把持北京政府，内谋更新，外崇国信，加强对人民的思想统治，镇压爱国群众运动。鲁迅曾对冯雪峰说："那时候的北京也实在黑暗得可以！"①的确，对于鲁迅来说，生活在黑暗的军阀时代是一种煎熬，唯有抗争才是对现实的有力反抗。鲁迅对生命及其存在本质有着很深切的体验，他不断感受现实的人生痛苦，并将其升华到对于"人"自身存在困境的理性反思之中。

对"死亡"的内涵品悟是鲁迅最擅长的，《野草》二十四篇中有十八篇提到"死"。他思索着中国人生和死的形式和意义，敢于正视生命中最后的归宿。并从"死亡"之中意识到生命的存在，"过去的生命已经死亡。我对于这死亡有大欢喜，因为我借此知道它曾经存活。死亡的生命已经朽腐。我对于这朽腐有大欢喜，因为我借此知道它还非空虚"。"生"与"死"是矛盾的统一体。在《颓败线的颤动》中，通过一位母亲辛酸悲惨的命运写了人"生"的悲凉痛苦和尴尬。母亲在饥饿的巨大威胁中养活了自己的女儿，但在使她生命存活的同时却已给了她甚至她孩子巨大的生的痛苦，使她们发出"倒不如小时候饿死的好"的生不如死的恶毒诅咒。《死后》则通过

---

① 冯雪峰：《回忆鲁迅》，北京：人民文学出版社，一九五三年，第23页。

梦境中死后情景的想象和描写，使我们感受到"死"并不意味"生"的结束，而是"生"之痛苦的继续延续，人既不能选择"生"，也不能选择"死"，"我先前以为人在地上虽没有任意生存的权利，却总有任意死掉的权利的。现在才知道并不然"。在《野草》中，生和死构成一对巨大的矛盾，显示出作者对现代国人生命本质的深刻体验。这种对生命本质的焦虑体验表现出他对生与死矛盾的痛苦抉择。可以说，他不是从单一的"生命"视角去感受困境，而是从"生"与"死"的双重视角去体验生命的存在价值。

日本学者木山英雄曾沿着《过客》《死火》《墓碣文》《死后》的写作顺序，发现了与死相关的一系列探索理路和死的四种形态：《过客》中的前方的坟墓，《死火》中由作者内省力想象出来的更为逼近的纯粹自由意志的死，《墓碣文》回到坟墓的"成尘者"的彻底的"死之死"，《死后》中的"极具人间具体性"的死。这四种形态又是"依从孤独的逻辑发展，最终却被引致于无法成其为孤独的境地"，也就是"均无法彻底完成于一己的存在"，只能"眺望一个世界的完结"①。鲁迅借死者的眼光最后瞥见的丑恶人世作为主线，表达了他对无情、无聊、无耻世界的"愤怒"和"厌烦"。这种"用非真实的人生形式表诉真实人生的空虚和存在的无意义焦虑"②，不是病理上的焦虑，而是在现实生存压力下生死难择的灵魂冲突，也是鲁迅对死亡的一种深刻体验。

---

① ［日］木山英雄：《〈野草〉的诗与"哲学"》，赵京华译，《鲁迅研究月刊》一九九九年第九期。
② 宾恩海：《论鲁迅〈野草〉的生命意识》，《北方论丛》二〇〇六年第三期。

人与生存的外部世界及个体生命的有限性发生关联时，总会被生命衰败所提醒的死亡意识所困扰，感受到疑惑、不安、危机等生命体验，这就是死亡焦虑。汪晖说："在《野草》中，死亡主题不仅占有中心地位，而且对死亡的阐释和态度构成了《野草》哲学的重要内容和基本逻辑。""'死亡'意象实际上也就是凝结了的生命意象——《野草》把死亡转化为对生命形态和生命意义的思考，这绝不是一般的艺术方法（如象征）的需要，而是以这种深刻的哲思为基础的。"① 王乾坤也认为，"《野草》最厚实的土壤是作者蓄之已久的精神世界"，"《野草》所倾听的、所传达的，是人的灵魂，是心音"，《墓碣文》是"《野草》中最具生命哲学气质的"篇章，"鲁迅借死尸观照人生，其最深刻的哲学命意就在于：由死问生，由死知生；由无问生，由无知有"，"于浩歌狂热之际中寒"可以"看做是对于微笑、乐感的警惕，是对于'希望'的逃离"②。

文学中的"绝望"往往是焦虑情绪和忧郁思想交织在一起形成的情感状态。创作于北洋军阀治下北平黑暗时代的《野草》，处处弥漫着这种绝望情绪，用鲁迅自己的话说，《野草》是由他的"黯淡的情绪和受苦的情感浇灌的废弛的地狱边沿的惨白色小花"（《〈野草〉英文译本序》）。在充满罪恶的环境下，鲁迅对现实人生痛苦绝望的焦虑体验也随之产生。社会太过黑暗，现实压得人喘不过气来，面对如此艰险复杂的情况，尽管鲁迅是一个顽强的战士，仍不免产生

---

① 汪晖：《〈野草〉的人生哲学》，选自《反抗绝望——鲁迅及其文学世界》，北京：生活·读书·新知三联书店，二〇〇八年，第260—262。
② 王乾坤：《鲁迅的生命哲学》，北京：人民文学出版社，一九九九年，第330—331，335页。

绝望、消沉和颓唐的情绪。因此,他始终存在着难以释然的内心焦灼,感受不到希望的存在,甚至充满着无法言传的颓废与绝望:"没有爱憎,没有哀乐,也没有颜色和声音","希望,希望,用这希望的盾,抗拒那空虚中的暗夜的袭来,虽然盾后面也依然是空虚中的暗夜"(《希望》)。《野草》里经常出现这类黯淡的字句,在这些绝望的文字背后,隐藏的是鲁迅对他所感知的半殖民地半封建社会现实中一时抗争不成而又需不断反击的焦虑心态。在论述《野草》的自我选择与反抗绝望主题时,汪晖强调,"意识到荒诞,意识到生命过程与死亡的持续联系,意识到不明不暗、充满灰土、敌意、冷漠的世界对自己的限制,意识到死甚至比生更为偶然与残酷,终于把个体置于彻底而深刻地'绝望'境地。但'绝望'仅仅是《野草》哲学的出发点,由此鲁迅将引申出面对作为难以理解的和限制自己的力量而被体验到的世界的行为准则,引申出对自我的生存态度的种种调整"。这就是"确认了自我的有限性和世界的荒诞性之后的抗战——绝望的抗战"①。

这种焦虑不仅体现在否定绝望上,也体现在否定希望上。一九二五年三月八日,鲁迅在致许广平的信中说:"我的作品,太黑暗了,因为我只觉得'惟黑暗与虚无'乃是'实有',却偏要向这些作绝望的抗战,所以很多着偏激的声音。其实这或者是年龄和经历的关系,也许未必一定正确的,因为我终于不能证实:惟黑暗与虚无乃是实有。"②鲁迅尽力去寻求希望,用"希望之盾""希望之歌",

---

① 汪晖:《〈野草〉的人生哲学》,选自《反抗绝望——鲁迅及其文学世界》,北京:生活·读书·新知三联书店,二〇〇八年,第268—270页。
② 鲁迅:《鲁迅全集》第十一卷,北京:人民文学出版社,二〇〇五年,第466—467页。

反抗这种绝望,但最终得到的结果却是"绝望之为虚妄,正与希望相同"(《希望》)。

《颓败线的颤动》中,老妇人年轻时因贫穷养不了儿女而只能出卖肉体,多年后儿女长大成人却视年老母亲为耻辱而将其赶出家门,这里隐藏着鲁迅对恶劣生存处境下负义青年言行的愤怒,以及精神上无比失望的焦虑体验。这个被遗弃的垂老女人"伟大如石像,然而已经荒废的,颓败的身躯的全面都颤动了",她的内心充斥着"如荒海一样"无边的悲凉和失望,对她而言,绝望无法摆脱,希望又遥不可及,终于选择了走向无边的荒野,遗弃背后一切的委屈与苦痛,"冷骂和毒笑",举手向天呼出"非人间的无词的言语",而这种面对天地的无言却是令人震撼和颤栗的最凄厉的控诉,这样的控诉传达了鲁迅作为先觉者被利用后却被谩骂攻击的内心深处的极端痛苦与愤怒的焦虑体验。①

作者虽然强化和肯定虚妄,但依然作《希望》鼓励青年不要消沉。作者正是用自己以迟暮来肉搏这空虚中的暗夜的现身说法,表明自己对虚妄的态度。正视并抗拒虚妄,结果是超越虚妄。《过客》中的过客知道前面是坟,但仍发出"走完了那坟地之后呢"的询问,可见在作者的深层意识中,对绝望本身也是有疑问的,因为在过客的跋涉中,前面始终有一个"声音"在呼喊他。这个"声音",也就是对希望存在的信念。

在《复仇》《死后》《过客》中,鲁迅不断刻画着一种在绝望中内心撕裂般的焦虑痛楚。在这样的焦灼体验中,鲁迅肩负着沉重的压

---

① 孙玉石:《〈野草〉研究》,北京:北京大学出版社,二〇〇七年,第108—109页。

力，虽然深感绝望，"即使明知道后来的命运未必胜于过去"，但却自觉反抗，"从新再来"。(《两地书·二九》)在鲁迅看来，"明知前路是坟而偏要走，就是反抗绝望，因为我以为绝望而反抗者难，比因希望而战斗者更勇猛，更悲壮"①。汪晖和解志熙用西方存在主义哲学观点分析鲁迅作品主旨，深入剖析了鲁迅思想："《野草》并非就事论事之作，亦非泛泛而谈，而确实对人的存在问题有着超越性的理解……意识到人连同他所在的整个存在世界的黑暗、虚无与荒诞，这不是鲁迅存在思想的终点，而是其起点。""鲁迅使我们看到，人恰是在意识到自己连同整个世界的虚无和人生的荒诞并为此而绝望而焦虑时，才有可能发现自己，发现了自己存在的本然处境，并被迫对自己负责，走上自我创造和自我选择之路"。"鲁迅的真正深刻处在于，他不仅无畏地正视死亡这一必然的境遇，而且进一步从死亡这一本属将来才会发生的事实回溯人的当前和过去的存在，并据此来筹划人的未来，从而深刻地引发出了死亡在人的生命存在中的认识功能和创造功能"②。"人必须对现实负责，必须对绝望的世界和绝望的自我进行抗战，否则你便'有罪'——'罪'的意识使'我'的一切反抗成为一种绝对不可推卸的内心需要：由此，内心的虚无与黑暗恰恰成为'我'的自我选择、自由创造的根据"③。

　　文学创作中的焦虑多是由作家所体悟到的现实境况与他孜孜以

---

　　① 鲁迅：《鲁迅全集》第十一卷，北京：人民文学出版社，二〇〇五年，第477页。
　　② 解志熙：《彷徨中的人生探寻——论〈野草〉的哲学意蕴》，《鲁迅研究月刊》一九九九年第九期。
　　③ 汪晖：《〈野草〉的人生哲学》，选自《反抗绝望——鲁迅及其文学世界》，北京：生活·读书·新知三联书店，二〇〇八年，第274页。

求的人生理想之间的差异和冲突引起的。对鲁迅来说，引起他早期焦虑的因素是复杂丰富的，如文化转型带来的沉重压力，价值观、世界观的断裂，个人婚姻生活的不幸，社会角色的转变，生理需要的缺失，以及由于绝望、孤独所造成的情绪的不稳定等，都使作家产生了苦闷压抑和焦虑不安的生命体验，并通过《野草》呈现了他生命体验的哲理化探索历程。

三

鲁迅曾对朋友说，他的哲学都包括在《野草》里面。① 焦虑的存在一方面使他感受到内心的痛苦、挣扎与希冀，另一方面也使他获得了正视自己、批判自我的勇气。在经历了性灵情欲的挣扎与内心特有的焦虑体验后，鲁迅最终找到了一个转化的宣泄渠道——反向形成，把被动的焦虑体验化为主动面对，变消极为积极，把焦虑转移到文本上，并克服在现实中时刻出现的焦虑因素，才创造出了这部隐含着他生命哲学的《野草》。鲁迅是想"以这一丛野草，在明与暗，生与死，过去与未来之际，献于友与仇，人与兽，爱者与不爱者之前作证"②，他虽然感受到失望乃至绝望的一面，但仍要向黑暗和虚无作绝望的抗争，并找到一种抗争的力量，去证实死亡与朽腐的虚无，证明希望与光明的实在。"不甘于在沉默中灭亡的生命，苦苦追寻生之意义的生命，在任何世代都将

---

① 章衣萍：《古庙杂谈（五）》，《京报副刊》一九二五年三月三十一日。
② 鲁迅：《野草·题辞》，《鲁迅序跋集》，济南：山东画报出版社，二〇〇四年，第15页。

存在"①。这才是鲁迅早期反抗哲学的真正内涵,即绝望中拒斥死亡的诱惑,抗争中拒绝浅薄的希望。个体生命体验哲理化,鲁迅早期生命中的焦虑体验及其心理抗争转化的过程,本身就是与他的反抗哲学有机地统一在一起的,这也是《野草》深刻哲理内涵的实现形式。

弗洛伊德认为,自我防御机制可以保护个体不受焦虑侵袭,有效的心理防御机制有:压抑,转移,投射,否认,认同,反向形成,固结,回归,合理化。反向形成(reaction formation)是指在意识中把可能引起焦虑的冲动、思想或情感转变为相反的东西,恨转变为爱,怨恨转变为热情,等等。二十世纪二十年代中后期,鲁迅正是通过反向形成的防御机制,减轻甚至消除这种种焦虑,实现并超越了暂时的内心平衡。具体表现就是化孤独为自省、化死亡为新生、化绝望为期望,从而挣扎出一种抗争的希望的力量。

鲁迅当时正在翻译厨川白村的《苦闷的象征》,厨川主张"以艺术方式的意象扭曲投射出内在心理被压抑的创伤。为此,它要求象征的技巧"。李欧梵认为,"在《野草》中极易发现三个互相交织的层次:召唤的、意象的、隐喻的……他的语言却很少是直接的,词语往往是由奇异的形象组成,整篇的语境有时也可以从超现实的隐喻层次会意"②。汪晖也说,《野草》"把个人面临复杂的世界时的感情、情绪、体验"(如孤独、寂寞、惶惑、苦闷、死亡、焦虑、绝

---

① 田松:《不朽的〈野草〉》,《中国青年报》二〇〇〇年一月十一日第九版。
② 李欧梵:《〈野草〉:希望与绝望之间的绝境》,尹慧珉译,《鲁迅研究月刊》一九九一年第一期。

望、反抗……)"置于思维的出发点和中心,试图从主观的方面找到人的自由的、创造性的活动和人的真正存在的基础和原则。并通过它们去寻找环绕自身的世界的意义和作用"①。还有学者认为:"苦难,是《野草》的原发性动因。""《秋叶》作为情感宣泄的突破口……浓缩了一部《野草》的全部思想和心理内容,并预示了《野草》的发展进程"。"变形与虚设有联通处,都是作者带着主观情感观照事物时对对象的客观属性的改变。当对象的客观属性被改变得面目全非时,也就形同虚设了"。"更多的情形是由变形走向虚设。如人影的离形、墓中死尸的坐起发问、死火的冻结与苏醒、裸体男女的木立至死、战士在无物之阵中的寿终、人死后的感觉、月亮的向东边运行以及其他一些梦幻的描写,等等,都是如此,虽然寄意幽深,却是托词高远,变形——虚设,是《野草》通向象征的重要途径。作者对这种构形方式的偏好,带来了《野草》色调的幽昧,质地的凝重,境界的混沌,在由能指通向所指的过程中,拓展了《野草》的内蕴"②。

尽管《野草》反映了鲁迅内心深处的绝望,他在其中写下了许多虚无、晦涩、惨然和愤懑,但不能不说里面也晃动着一丝光亮。鲁迅以一种积极的态度面对绝望:反抗绝望。他"深感寂寞而又努力打破寂寞,看到绝望而又坚决否定绝望,感到希望的渺茫而又确信希望的存在"③。正如他在《故乡》中所言:"希望是本无所谓有,

---

① 汪晖:《〈野草〉的人生哲学》,选自《反抗绝望——鲁迅及其文学世界》,北京:生活·读书·新知三联书店,二〇〇八年版,第284页。
② 刘彦荣:《论〈野草〉的心理过程》,《鲁迅研究月刊》一九九五年第十二期。
③ 袁良:《当代鲁迅研究史》,西安:陕西人民教育出版社,一九九二年,第489页。

无所谓无的。这正如地上的路;其实地上本没有路,走的人多了,也便成了路。"鲁迅作《野草》,便是期盼着这"缺乏爱的滋润的干涸的人间"①能多出来一些对远方的路满怀希望的"过客"。同时,他也始终秉持只要有道路,希望就会存在的战斗信念。《野草》突出描述了这样一种精神:在确信空虚与无望之后仍然高扬抗争与进取精神,也就是"过客"精神。这种精神不仅体现在《过客》中,同时也体现在《秋夜》与《这样的战士》中:枣树尽管被萧瑟的秋风摧残得落尽了叶子,但却仍然"默默地铁似的直刺着奇怪而高的天空","直刺着天空中圆满的月亮";战士虽然身陷"无物之阵"的绝望处境,仍以一种明知无效却不懈努力的精神"举起了投枪"。这是一种绝境中却满怀希望的抗争的生存姿态。

鲁迅在面对死亡问题时,并没有陷入彻底的虚无和悲观中,而是采取无畏的态度正视黑暗与死亡的存在,以一种由死观生的抗争精神来探索生命的意义。他在《坟·写在〈坟〉后面》中把这种"解剖自我"的思想表达得十分明确:"我的确时时解剖别人,然而更多的是更无情面地解剖我自己,发表一点,酷爱温暖的人物已经觉得冷酷了,如果全露出我的血肉来,末路正不知要到怎样。"②"根本不深,花叶不美"的野草,当它死亡而朽腐的时候也能显示生存的价值。《过客》中的"过客"带着清醒的痛苦向死亡迈进,对死亡如此义无反顾地前行,背后隐藏的就是一种置之死地而后生的抗争

---

① 李怡:《为了现代的人生——鲁迅阅读笔记》,上海:上海教育出版社,二〇〇四年,第120页。
② 鲁迅:《写在〈坟〉后面》,选自《坟》,北京:人民文学出版社,一九八〇年,第298页。

姿态。《死火》曾经选择在冰谷中冻灭，冷却了对未来的希望，但却在最后一跃中投向燃烧的怀抱，以一种直面死亡的实际行动摆脱了冰冻的绝望，展现出生命的意义。这与尼采《查拉图斯特拉如是说》中的《三种变形》达成一致："这一切重负，坚韧的精神都自己承担：像那骆驼，负重奔向荒漠，精神也如此奔向它的荒漠。""为了创造的游戏，我的兄弟们，需要有对于生命的一个神圣肯定：现在精神决定了它自己的意志：世界的被逐者赢得了他自己的世界。"①汪晖认为，"'反抗绝望'的人生哲学使我们理解了鲁迅艺术世界的双重品行：它由于对自我本质的深刻理解而必然走出自身，热烈地关注社会的和群体的问题……当他在自身生命的沉思中体悟到'反抗绝望'的人生哲学时，他同时也意识到这种'反抗'必然会外倾于外部世界：社会、历史和文化。而在他'走出'自身的过程中，他更清晰地洞见了自身"。作为个体的生存态度和准则，恰恰构成了对"奴隶道德"的深刻否定。②这是一种敢于正视生命最终归宿的勇气，鲁迅在这样的焦虑体验中感悟到了个体生命的另一种存在价值。

---

① ［德］尼采：《查拉图斯特拉如是说》，杨震译，北京：中国社会科学出版社，二〇〇九年，第3—4页。
② 汪晖：《〈野草〉的人生哲学》，选自《反抗绝望——鲁迅及其文学世界》，北京：生活·读书·新知三联书店，二〇〇八年，277—279页。

"于天上看见深渊"

——鲁迅《野草》中的深渊意识及沉沦焦虑

□ 张闳

一、《野草》中的"深渊意识"

鲁迅的文章以言辞犀利而著称,如他的那些被称之为"匕首和投枪"的杂感。这些具有极大攻击性和杀伤力的言辞,其所针对的是外在事物。而他的《野草》则是另一番面貌。《野草》同样是一个语词的战场,但却是语词世界的"内战",是词与词之间的对峙和厮杀。语词之间的"内战",乃是言说者主体内部的撕裂和冲突的表征。鲁迅尝言:"我的确时时解剖别人,然而更多的是更无情面地解剖我自己。我解剖自己不比解剖别人留情面。"[①] 他使用"解剖"一词来表达自我批判的意愿,显示出其批判性言辞的犀利和严酷。而这种外科手术式的话语行为,在《野草》诸篇——尤其是《墓碣文》——中,表达得尤为充分、尤为酷烈。在《墓碣文》中,那个敞开的墓穴里的尸身,正是以一种解剖学标本的方式展示在人们面前。与此相一致的是,《野草》中的特殊的词法和句法。鲁迅《野

---

① 鲁迅:《坟·写在〈坟〉后面》,《鲁迅全集》第一卷,北京:人民文学出版社,一九八一年,第284页。

草》中的特别的词法和句法,是现代汉语写作中最为引人注目的语言现象。

在《野草》中经常表现出一种平行、对峙的词法结构,如《题辞》的一开头就写道:"当我沉默着的时候,我感到充实;我将开口,同时感到空虚。"①"沉默/开口""充实/空虚"等诸词呈现为一组组相关但又对立等义项。《题辞》接下来将这一词法和句法表现得更为显豁——

> 我以这一丛野草,在明与暗,生与死,过去与未来之际,献于友与仇,人与兽,爱者与不爱者之前作证。②

这是《野草》的基本常见的句法。它向我们展示了一个平行的,但却是充满对立和冲突的世界,语义上完全对立的语词,却并置一处,构成了一种紧张而又微妙的平衡。我们姑且将这种句式命名为"对冲"句式。"对冲"关系不仅意味着对立、相反和悖谬,同时又是相互依存、相互连结,甚至相互激发并形成可能产生全新语义的空间。

《墓碣文》一篇也不例外。《墓碣文》一开头就写道:"我梦见自己正与墓碣对立……"③这句话一开始就揭示了一种"对立"状态,这"对立",既是对一种"相对而立"的状态的真实描述,又意味着(主体与墓碣之间的)"面对面"的映照关系,仿佛照镜子一般,进

---

① 鲁迅:《野草·题辞》,《鲁迅全集》第二卷,第159页。
② 同上。
③ 鲁迅:《野草·墓碣文》,《鲁迅全集》第二卷,第202页。

而还隐含有一种观念和立场上的"对立"状态。这种"镜像"关系，揭示了主体意识的奇异状态——生命与死亡、自我与非我、梦幻与现实等，相互对峙与映照状态。《墓碣文》继续写道——

……于浩歌狂热之际中寒；于天上看见深渊。于一切眼中看见无所有；于无所希望中得救。……①

这一句子继续沿用了上述"对冲"句法，但值得关注的是，在这里出现了另一种词法关系。"于天上看见深渊"。这一句的对应性的语词是一种垂直关系。或者说，它们依然是一组对立性的语词，但二者之间的关系不是平面空间上的对应和对立，而是一种垂直的"上——下"关系。"于天上看见深渊"，这在鲁迅的文本中是一个比较罕见的表达，而且，可以说在整个现代汉语文学中，都是一种罕见的景况。这里呈现出来的是"天上"与"深渊"之间的对立关系。

一般而言，鲁迅通常是在广延上思考问题。他具有一种异常强烈的历史意识。这种历史意识并非通常意义上的历史感，而是一种关于时间及时间流逝而产生出来的绵延的存感。众所周知，鲁迅曾经相当信奉近代西方文化思潮中的"进化论"。进化论关注的是诸物种及人类在时间中的演变进程，对于人类来说，即是所谓"历史"。进化论预设了一个线性的时间轨迹，历史事件依照时间顺序，呈现为一种前后相关的秩序。至于历史是否有某个起点和终点，持进化论历史观的人们则观点不一。不过，即便是所谓"终末论"观

---

① 鲁迅：《野草·墓碣文》，《鲁迅全集》第二卷，第202页。

念,其所强调的也是时间性的维度。也有论者注意到了鲁迅所持有的历史观的特殊性,即所谓"中间物"概念。"中间物"意识既是进化论的,又是终末论的。具体的个体生命的存在,在进化论的时间链条上,乃是一个个的点状存在。鲁迅在这里传达出一种罕见的"深渊意识"。

特殊的空间意识意味着对世界的认知及其生存经验的不同一般。与我们所熟知的与进化论和终末论有关的时间模式不同,鲁迅在《墓碣文》中所闪现的"深渊"意识,则是在另一个维度上展开其存在论意义上的生存哲学。"深渊"引入了一个空间纵深的概念。

"深渊"意味着什么?深渊意味着空间连续性的断裂。深渊所表达的是这样一种空间:它是大地的裂口,在向四方展开的平面,引入了一个纵深的维度,形成了纵深的裂隙,向地心延伸,并难以测度,也难以逾越。重物因引力作用而易坠落其中。深渊是世界在空间上所遭遇的创伤,令平面和舒展的世界陷于危机,并引发不安。在深渊之上,世界呈现为"上——下"关系(而不是"前——后""左——右")。它同时也是时间的停顿和凝结,仿佛时间之树上的一处陡然膨大的结节和疤痕。向着深渊的坠落与沉沦,乃是存在者在时间上的一次事变。深渊的断裂性,切断了时间和空间的连续性。深渊使得事物坠落并失去了重量和时间指向。鲁迅借助梦境所传达出来的"深渊意识",引出一个更为复杂的存在论难题,这一难题不再是一个时间性问题,而是一个空间的问题。进而,是一个关乎生命,关乎构成生命的肉身与灵魂的重力学问题。

二、临渊际遇的"坠落经验"

就个体生命的存在论意义上而言,"深渊意识"也可以理解为一种生存焦虑的征候。人若临渊察看,本能地心生恐惧,头晕目眩而摇摇欲坠。关于临渊感,总是与恐惧战兢、小心翼翼的状态分不开。正如《诗经》中所描述的——"战战兢兢,如临深渊,如履薄冰"。《毛传》训"如临深渊"曰:"恐队也。""队",即"坠",也就是一种对于坠落的担忧和恐惧,是临渊之上且对坠落的恐惧。

坠落意味着与大地脱离,但它不是飞升,而是向着地面裂隙的深处坠落。坠落是物体的一种运动方式,但物体的移动不是前后左右的空间运动,而是向下坠落,因万有引力作用而产生的自由落体运动。但这种"自由"的运动状态却是以失去支撑和顺从重力为代价。坠落失去了大地的支撑,在地心引力的作用下,人的理性和意志完全失去了凭据,只能顺从重力作用,成为"自由落体"。没有凭据的自由,恰恰是失去自由,成为重力学所制约的不自主的运动。

鲁迅在另一处写到过这种坠落经验,他的《七律·亥年残秋偶作》一诗的项联写道:"老归大泽菰蒲尽,梦坠空云齿发寒。"从云端失足踏空而坠落,使得肉身存在突然失去了依据。随之而来的身体反应,是一种毛发耸然的寒冷感。踏空失足而带来的失重感,生理反应为"齿发寒"。这种寒冷经验既是坠落的本体感受,又是坠落之后的生存处境,这一点在《野草·死火》一篇中被发挥到了极致。一面是"我"在梦境中,在坠落到冰谷之后所看到的周边世界的变化以及"寒冷"的经验。一面是曾经炽热的火,在坠入冰谷之后，被冻结为死的火焰。酷寒和炽热在"火的冰"那里融为一体，可谓"冰炭同炉"。《死火》是对"于浩歌狂热之际中寒"一句的最好诠释。

《死火》中还传达了一种"被抛"意识。做梦者"我"与死火有着相同的际遇，"我"的坠落与死火的被遗弃，同样都是一种"被抛"状态，"坠落"和"被抛"在幽深、苦寒的冰谷中。"被抛经验"是现代性生存经验之一种，也是现代主义文学的基本主题，它揭示了一种极端处境的人类生存经验。《野草·过客》一篇中，过客于这个世界之关系的荒谬性及其身份的不确定性，即是这种经验的更为直接的表达。

坠落焦虑实际上是对自我生命存在的物质性所带来的不安。生命的物质性因着其物理重量，不得不顺应万有引力，而且，这是人靠着自身的理性和意志所不可能克服的有限性。灵魂如果不能脱离肉身的羁绊，堕落的结局就难以避免。因此，西蒙娜·薇依称："屈从重力，是最大的罪。"也就是说，顺应生命的物理属性，就是向着地心引力的"坠落"，是生命屈从于本能的"原罪"。鲁迅在这里所要传达的并非关于"原罪"及赎罪等关乎灵魂得救的问题的思考，但关于坠落的焦虑，关于生命重力学，关于世界的垂直结构，等等，却已经触及这一类问题的边缘。

"我"得到了死火，甚至试图将死火带出这冰谷，脱离这苦寒处境，但紧接着他们就面临着极端艰难的生存抉择——冻灭或烧完。

"你的醒来，使我欢喜。我正在想着走出冰谷的方法；我愿意携带你去，使你永不冰结，永得燃烧。"

"唉唉!那么,我将烧完!"

"你的烧完,使我惋惜。我便将你留下,仍在这里罢。"

"唉唉!那么,我将冻灭了!"

"那么,怎么办呢?"

"但你自己,又怎么办呢?"他反而问。

"我说过了:我要出这冰谷……。"

"那我就不如烧完!"

他忽而跃起,如红彗星,并我都出冰谷口外。有大石车突然驰来,我终于碾死在车轮底下,但我还来得及看见那车就坠入冰谷中。

"哈哈!你们是再也遇不着死火了!"我得意地笑着说,仿佛就愿意这样似的。①

虽然从表面上看,"我"似乎是死火的拯救者,但毋宁说,死火的处境即是"我"的处境映射。"我"从死火那里看见了自身的处境和将来的命运,"于浩歌狂热之际中寒"的必然结局。这二者之间有着共同的命运。"我"与其说在救助死火,不如说是其自我拯救,是对其自身坠落焦虑之克服的努力。死火终于以燃烧的方式,以火焰的升腾力量,克服了坠落的重力,与"我"一起"跃起",得以跃出冰谷口。虽然"我"依然遭遇大石车的碾压,并再度"坠入"冰谷,但在"我"看来,一次拯救的努力,就足以战胜"坠落"。他们是堕落世界的超越者和得胜者。

---

① 鲁迅:《野草·死火》,《鲁迅全集》第二卷,第196页。

三、作为对照的"天上观念"

与"深渊意识"相呼应的是"天上观念"。与向深渊坠落的经验相反,"天上"乃是对重力克服的结果,是肉身克服重力、向上飞升的目标。这是属乎灵魂的事务。在《死火》中,作为肉身存在的"我",再度坠落深谷,而死火以再度燃烧的方式,得以超越深渊,至少作者在梦中觉得是这样。死火可以视作作者所理解的灵魂的象征。

死火之腾空而起,且必然烧完,是否得以升入天国,尚且是一个疑问。但有一点可以肯定,这种向上升腾的意向,乃是要抗衡重力,克服坠落,是与"于天上看见深渊"的反向运动。鲁迅《野草》似乎更关注这种相向的"上——下"运动本身,而不是具体的"天上"情况。关于"天上",在鲁迅笔下很少被提及。在《野草·影的告别》一文中,鲁迅提及"天堂"——

> 有我所不乐意的在天堂里,我不愿去;有我所不乐意的在地狱里,我不愿去;有我所不乐意的在你们将来的黄金世界里,我不愿去。[①]

在这里,天堂与地狱及黄金世界等处所一样,都是他所不愿意去的地方,仿佛他很愿意驻留在当下这个世界似的,这个既不属于

---

① 鲁迅:《野草·影的告别》,《鲁迅全集》第二卷,第165页。

高天,也不属于深渊,并且,在时间上不属于未来,没有未来向度的处所。其原因归咎起来,则无非是"有我所不乐意的"在那里。鲁迅在这里确定了"自我"的中心地位,而且,这个"自我"是一个以个人心理感受为评判事物之尺度的"自我"。

从"我所不乐意的"经验出发,鲁迅对未来的和天上的事物,都心存疑虑。在所谓"左翼作家联盟"成立的庆祝会议上,他有过一个演讲,其中也提到"天上"的事——

> 所以对于革命抱着浪漫谛克的幻想的人,一和革命接近,一到革命进行,便容易失望。听说俄国的诗人叶遂宁,当初也非常欢迎十月革命,当时他叫道,"万岁,天上和地上的革命!"又说"我是一个布尔塞维克了!"然而一到革命后,实际上的情形,完全不是他所想象的那么一回事,终于失望,颓废。叶遂宁后来是自杀了的,听说这失望是他的自杀的原因之一。①

这里所提及的"天上"的革命,乃是二十世纪初的俄罗斯左翼知识分子对布尔什维克革命的理解,他们将地上的革命,看成是"千禧年"天国的在地上的实现。鲁迅在这里提及的"天国",与其说是对"天国"的肯定性的向往和描述,不如说是"天国"的否定,至少是对"天国"已然降临的想象的质疑。鲁迅在文章后面还举了他所一贯崇尚的德国诗人海涅的例子,对诗人在所谓"天国"的特权予以否定。"还有,以为诗人或文学家高于一切人,他底工作比一

---

① 鲁迅:《二心集·对于左翼作家联盟的意见》,《鲁迅全集》第四卷,第234页。

切工作都高贵,也是不正确的观念。举例说,从前海涅以为诗人最高贵,而上帝最公平,诗人在死后,便到上帝那里去,围着上帝坐着,上帝请他吃糖果"。诗人和知识分子对于"天国"的幻想,乃是鲁迅要提醒大家引起警惕的事。

在鲁迅那里,"天国"乃是一幻象,这种虚幻的"天国"观念,实际上与他在同一处所揲及的未来的"黄金世界"更为接近。它虽然高高在上,处于一个垂直维度的制高点,但除了作为"深渊"和"地狱"的对应而存在之外,并无更加具体的形态和特征,相反,它倒是有着日常的困苦和属世的罪恶。他在致许广平的信中写道:"我疑心将来的黄金世界里,也会有将叛徒处死刑,而大家尚以为是黄金世界的事。"① 他仍旧愿意在时间的维度上理解这件事,将"黄金世界"理解为"将来"的"现在",时间虽然是延长了、推进了,但性质仍旧没有变化,仍旧是"现在时"的重复。

四、"地狱幻象"与终极之问

鲁迅更多地写到的不是"天上",而是其反向的"地狱"。从根本上说,鲁迅是一个无神论者,并无诸如"天堂""地狱"之类的宗教色彩的观念,也缺乏关于死后灵魂是否得救、是否存在永生等一系列与宗教相关的意识。尽管如此,他还是常常谈到地狱及地狱中的事物和情形,如《野草·失掉的好地狱》等篇章。

在散文集《朝花夕拾》中,鲁迅曾表达过对儿时的种种鬼怪的

---

① 鲁迅、许广平:《两地书·四》(一九二五年三月十八日鲁迅致许广平),《鲁迅全集》第十一卷,第19页。

传说的缅怀,那些鬼怪是与其儿时经验联系在一起的,通过回忆,被染上了一层迷人的怀旧色彩。这给那些本来面目狰狞的鬼卒带来几分可爱,如那个散淡随便而且多少还有点忠厚的无常鬼。鲁迅晚年回忆性散文《女吊》中的那个被鲁迅称之为"比别的一切鬼魂更美,更强的鬼魂"——女吊,也有着同样迷人的特质。

"地狱幻象"构成了《野草》中的特殊图景,是鲁迅关于灵魂处境的描述和理解。在另一篇文章中,鲁迅借谈论但丁《神曲》,披露了其"地狱"想象——一些异端的鬼魂,造就了地狱的某种特殊的美学特质和情感辉光,它充满诱惑,令人迷恋。

> 那《神曲》的《炼狱》里,就有我所爱的异端在;有些鬼魂还在把很重的石头,推上峻峭的岩壁去。这是极吃力的工作,但一松手,可就立刻压烂了自己。不知怎地,自己也好像很是疲乏了。于是我就在这地方停住,没有能够走到天国去。①

不过,这里有一个小小的错误,《神曲》里所描述的情形并不是在《炼狱篇》中,而是在《地狱篇》中,也就是真正的地狱的情形。但更严重的错误还不在这里。这个"西西弗式"的处境,是地狱的刑罚之一种,并非通向天国的努力。受罚者的疲乏是必然的,而且他的徒劳也是必然的,因为,这种徒劳的奋力本就是刑罚。受罚者不可能通过这种刑罚而走到天国。这根本就不是通向天国之路。

尽管如此,鲁迅依然认同这种苦役,他在这个痛苦的地方停住

---

① 鲁迅:《且介亭杂文二集·陀思妥夫斯基的事》,《鲁迅全集》第六卷,第411页。

了。他仿佛被这种奇怪的劳役所吸引,或者,他对这种痛苦和疲乏感同身受。

> 但是,陀思妥夫斯基式的忍从,终于也并不只成了说教或抗议就完结。因为这是当不住的忍从,太伟大的忍从的缘故。人们也只好带着罪业,一直闯进但丁的天国,在这里这才大家合唱着,再来修练天人的功德了。只有中庸的人,固然并无坠入地狱的危险,但也恐怕进不了天国的罢。①

事实上,并没有人能够"闯进"但丁的天国,更不可能"带着罪业"闯进天国。但鲁迅在这里强调的是,他不想走中庸稳妥的路线,即便是堕入地狱,也比四平八稳地停留在庸常的世界里要好。如此一来,他就不得不面临一个非此即彼的抉择:下地狱或进天堂。然而,无论是哪一种选择,都等于是承认了二者的存在,也就是说,有地狱就必有天堂,天堂是地狱存在的证据,反之亦然。进而,也就是必须首先承认"魂灵"的存在。

如此一来,更加严峻的问题就被摆放出来了——"究竟有没有魂灵的"?并且,究竟有没有地狱——这不是无中生有的问题,而是非常切实地遭遇到的。在小说《祝福》中,读书人"我"就迎面碰到了这样的问题。这位思想颇为新派的读书人,在街上偶遇已沦为乞丐的祥林嫂,并被她逼问——

---

① 鲁迅:《且介亭杂文二集·陀思妥夫斯基的事》,《鲁迅全集》第六卷,第412页。

她走近两步,放低了声音,极秘密似的切切的说,"一个人死了之后,究竟有没有魂灵的?"

我很悚然,一见她的眼盯着我的,背上也就遭了芒刺一般,比在学校里遇到不及豫防的临时考,教师又偏是站在身旁的时候,惶急得多了。对于魂灵的有无,我自己是向来毫不介意的;但在此刻,怎样回答她好呢?我在极短期的踌蹰中,想,这里的人照例相信鬼,然而她,却疑惑了,——或者不如说希望:希望其有,又希望其无……。人何必增添末路的人的苦恼,为她起见,不如说有罢。

"也许有罢,——我想。"我于是吞吞吐吐的说。

"那么,也就有地狱了?"

"啊!地狱?"我很吃惊,只得支梧着,"地狱?——论理,就该也有。——然而也未必,……谁来管这等事……。"

"那么,死掉的一家的人,都能见面的?"

"唉唉,见面不见面呢?……"这时我已知道自己也还是完全一个愚人,什么踌蹰,什么计画,都挡不住三句问。我即刻胆怯起来了,便想全翻过先前的话来,"那是,……实在,我说不清……。其实,究竟有没有魂灵,我也说不清。"①

这就是中国现代文学史上著名的"祥林嫂之问"。这是关乎地狱处境与灵魂得救的问题,在某种程度上说,这是人类一切知识真理最终所通向的终极问题。但它却是通过一位饱经困苦,走到了人生

---

① 鲁迅:《彷徨·祝福》,《鲁迅全集》第二卷,第6—7页。

尽头的无知村妇之口，被问出来。祥林嫂仿佛就是那女吊的另类化身，真实世界里的女吊。她那黑色的身形，像一个幽灵，一个不祥的幽灵，盘桓在新年祝福的鲁镇的街巷。"我"，作为一个知识分子，作为一个或许有志于寻求真道的人，现在行到了道路的尽头，正如《过客》中的"客"一样。

"我"面对这个问题，就如同面临深渊，一个巨大的幽暗、无底的裂隙横亘在这位读书人面前。"我"也意识到这是一场严峻的考验，是他所有的知识储备所无法应对的难题。他被问得支吾其词，无言以对。

人死之后魂灵入地狱受苦，在祥林嫂看来，是无可避免的。然而，对于"我"及其大多数人来说，并不经常被地狱及灵魂受苦等终极性的问题所困扰。这个世界如同祝福之夜的瑞雪一样，一切严酷的事物都被悄然掩盖，看上去似乎很平安，"在这样的境地里，谁也不闻战叫：太平"[①]。只是在世界突然露出其真面目时，危机才显露出来。平面展开的乃是世界，是日常的生活世界。现实世界有别于天国或地狱，它没有高度或深度，与人的肉身生命平行。人们活动在这个真实的空间当中，固然没有坠落的危险，但也没有属乎灵魂的安息。日常经验在《野草》中，乃至整个鲁迅的作品中，往往意味着生命的沉沦和无意义。世界沉沦状态充满在鲁迅的全部作品当中：路人和看客，闲谈与无意义的言说。鲁镇的人的闲言碎语，路人的扰攘喧闹，构成了人的存在的精神氛围。世界看上去完全被充满，但却是泡沫和空虚。这就是《墓碣文》中所写的——"于一

[①] 鲁迅：《野草·这样的战士》，《鲁迅全集》第二卷，第215页。

切眼中看见无所有"。

在鲁迅看来,这日常生活的沉沦,就是地狱景观。而沉沦的日常生活,惨酷的现实世界,就是地狱本身。或者说,它比堕落来得更为可怕。鲁迅写道:"我先前读但丁的《神曲》,到《地狱》篇,就惊异于这作者设想的残酷,但到现在,阅历加多,才知道他还是仁厚的了:他还没有想出一个现在已极平常的惨苦到谁也看不见的地狱来。"① 因为在这里没有希望。正如但丁在《神曲·地狱篇》中所警示的——"进来的人们,你们必须把一切希望抛开"②!这句镌刻在地狱之门上的警句,是对地狱属性的界定。沉沦之中,没有希望。没有希望,就是地狱。鲁迅在《失掉的好地狱》中,描述了神、人、魔之间为了争夺地狱的控制权,建立一个"好地狱"而相互对抗、斗争。而"好地狱"的得而复失或失而复得的循环往复,更像是鲁迅对人类文明史,特别是中国历史的描述。人类文明史上为"将来的黄金世界"所展开的种种奋斗,无非是争夺一个"好地狱"的控制权的"一乱一治"的循环,并不能改变其地狱属性。

而悖谬的是,恰恰是"坠落"和"沉沦"呼吁着拯救。然而,鲁迅在《墓碣文》中继续写道——"于无所希望中得救"。这个悖谬的表达,揭示了鲁迅在得救问题上的昏昧处境。"希望,希望,用这希望的盾,抗拒那空虚中的暗夜的袭来,虽然盾后面也依然是空虚

---

① 鲁迅:《且介亭杂文末编·写于深夜里》,《鲁迅全集》第六卷,第510页。
② [意]但丁:《神曲·地狱篇》,田德望译,北京:人民文学出版社,一九九〇年,第15页。

中的暗夜"①。如果拯救是关乎"将来"的事，那么，深渊经验就无法在时间序列中赢得拯救。如果希望只是关乎时间上的将来的事，那么，它就必然只是被暗夜充盈的空虚的"盾"。不仅"希望"如此，甚至其反面——"绝望"——也是一样。纯粹的时间性的填充，并不能改变暗夜的性质，也不能使世界免于空虚。这也就是鲁迅为什么说"绝望之为虚妄，正与希望相同"②。

"深渊"处境提示着"坠落"的危机及其获救的愿望，但这将不是在时间的序列中实现。如此一来，拯救是一个关乎灵魂和肉身的力学问题。它是来自一个超验的力量，克服物理世界的万有引力的作用，将存在者从深渊处境和坠落状态中救拔出来。而主体生命作为一种肉身存在，本就在深渊境遇中，就在"坠落"和"沉沦"之中，它不可能成为拯救的力量来源。悬空状态的自我救拔，根本就不可能。一切自我拯救的努力，必然是一种"西西弗式"的结局。它与其说是得救，不如说是刑罚。至此，我们也就能够理解鲁迅所说的："不知怎地，自己也好像很是疲乏了。于是我就在这地方停住，没有能够走到天国去。"

---

① 鲁迅：《野草·希望》，《鲁迅全集》第二卷，第177页。
② 同上书，第178页。

"我"的内在秩序与外部关联
——也论鲁迅《野草》的主体构建问题

□ 李国华

作为一个学术课题而言,早在一九六三年,木山英雄即曾以长文讨论鲁迅《野草》主体构建的逻辑及相应的方法。后学面对这一课题时,也多从木山氏的研究得到启发。彭小燕坦承了来自木山氏的压力和启发①,而张洁宇和汪卫东最近的讨论,无论是以《野草》为鲁迅的自画像②,还是追索《野草》与佛教四圣谛的关系③,也多少内在地承续了木山氏的研究。当然,这不是在否认木山氏之外的学者在这一课题上的贡献。相反,我的目的倒是要在这一课题上开掘出一些新的讨论空间来。先从木山氏给出的结论性意见谈起,他认为鲁迅在《野草》中得到的最终认识是:

---

① 彭小燕:《存在主义视野下的〈野草〉:鲁迅穿越生存虚无、回归"战士"真我的决战》,《新国学研究》第十辑,北京:中国书店,二〇一三年,第117页。

② 张洁宇:《独醒者与他的灯:鲁迅〈野草〉细读与研究》,北京:北京大学出版社,二〇一三年,第1—18页。

③ 汪卫东:《探寻"诗心":〈野草〉整体研究》,北京:北京大学出版社,二〇一四年,第130—154页。

> 人到底没有终极的自我,即或有之竟不能活生生地抓住它(死更不在话下),而最确凿的自我,至多是"友和仇""爱者和不爱者"等他者之数学里所谓函数那样一回事,也就是只有作为那种关系之总和而存在的东西。①

相对于沉陷在自我的内在秩序的分析而言,木山氏的见解无疑是极具启发性的。在我看来,这至少意味着《野草》主体构建的逻辑里存在着一个强大的外部,而且这一外部强烈地牵制着鲁迅对于自我的理解和构建。不过,木山氏的结论性意见似乎给人一种受《野草·题辞》限制之感,而"人到底没有终极的自我"这样的判断,似乎也不完全贴合《野草》。我的意思是说,在"终极的自我"与"作为那种关系之总和而存在的东西"之间,未必是舍此取彼的关系。

一 "内部之生活"

早在一九八一年,孙玉石研究《野草》时曾表示:"《野草》和鲁迅一样,是时代和历史的产物。就像要用历史来说明鲁迅而不能用鲁迅来判断历史一样,我们应该把《野草》的产生放在当时的历史条件下去认识和考察。"②孙玉石的两部《野草》研究专著,都是

---

① [日]木山英雄:《〈野草〉的诗与"哲学"》(下),赵京华译,《鲁迅研究月刊》一九九九年第十一期。
② 孙玉石:《〈野草〉研究》,北京:北京大学出版社,二〇一〇年,第1页。

在历史中说明《野草》的产生、思想、艺术特点及历史位置,在马克思主义的文学社会学的意义上,严肃地梳理了《野草》的外部关联。① 在这一路径上,后人的研究也有所进展,往往在细节上有所辨正和发现。而我试图有所调适,以为在历史中说明《野草》,应当包括对鲁迅个人思想史的梳理,需要在鲁迅自己的思想脉络中说明《野草》。

从鲁迅自己的思想脉络来看,特别值得注意的是他在《文化偏至论》中提出的"内部之生活"的说法:

> 文化常进于幽深,人心不安于固定,二十世纪之文明,当必沉邃庄严,至与十九世纪之文明异趣。新生一作,虚伪道消,内部之生活,其将愈深且强欤?精神生活之光耀,将愈兴起而发扬欤?成然以觉,出客观梦幻之世界,而主观与自觉之生活,将由是而益张欤?内部之生活强,则人生之意义亦愈邃,个人尊严之旨趣亦愈明,二十世纪之新精神,殆将立狂风怒浪之间,恃意力以辟生路者也。②

"内部之生活"与"精神生活""主观与自觉之生活"密切相关,三者在逻辑上各有各自的关联,在意义上则几乎是等值的。这意味着"内部之生活"的外部是由"物质""客观"等概念所构建的。鲁迅

---

① 孙玉石:《〈野草〉研究》;孙玉石:《现实的与哲学的——鲁迅〈野草〉重释》,北京:北京大学出版社,二〇一〇年。
② 鲁迅:《坟·文化偏至论》,《鲁迅全集》第一卷,北京:人民文学出版社,二〇〇五年,第56—57页。

在同一文章中批判十九世纪文明的"唯物之倾向"时说:"递夫十九世纪后叶,而其弊果益昭,诸凡事物,无不质化,灵明日以亏蚀,旨趣流于平庸,人惟客观之物质世界是趋,而主观之内面精神,乃舍置不之一省。"① 这便道出了"内部之生活"与"客观之物质世界"的紧张关系。事物的"质化",灵明的亏蚀,旨趣的平庸,指向的都是"客观之物质世界"对"内部之生活"的挤压和侵吞。而在鲁迅看来,神思新宗所以要求强化"内部之生活",正是为了抵抗"客观之物质世界"的挤压和侵吞,并且个人将从抵抗中获得自觉,产生主体意识,建构主体性。鲁迅在同一文章中评价克尔凯郭尔的个人主义思想的影响时,又说:

> 其说出世,和者日多,于是思潮为之更张,骛外者渐转而趣内,渊思冥想之风作,自省抒情之意苏,去现实物质与自然之樊,以就其本有心灵之域;知精神现象实人类生活之极颠,非发挥其辉光,于人生为无当;而张大个人之人格,又人生之第一义也。②

所谓"本有心灵之域",即是"内部之生活"展开的领域,是相对于"现实物质与自然之樊"而言的具有本体论意义的存在。这也就是说,鲁迅提出的"内部之生活",在外延上不仅与"客观之物质世界"对峙,而且与"自然"对峙,是一种典型的"内面之发现"。有

---

① 鲁迅:《坟·文化偏至论》,《鲁迅全集》第一卷,北京:人民文学出版社,二〇〇五年,第54页。
② 同上书,第55页。

意思的是,在同一文章中,鲁迅是这样介绍德国的青年黑格尔派思想家施蒂纳的个人主义思想的:

> (施蒂纳)谓真之进步,在于己之足下。人必发挥自性,而脱观念世界之执持。惟此自性,即造物主。惟有此我,本属自由;既本有矣,而更外求也,是曰矛盾。自由之得以力,而力即在乎个人,亦即资财,亦即权利。故苟有外力来被,则无间出于寡人,或出于众庶,皆专制也。①

这意味着,至少在施蒂纳看来,"观念世界"是一个更直接、更需要抵抗的外部。而以"寡人""众庶"之治为外力,为专制,则说明"观念世界"的内涵指向的是政治体制和意识形态。②"观念世界"作为一个意义项,与"客观梦幻之世界"大约是等值的,即都是类似于"寡人""众庶"这些君主制、民主制的堕落形态的政治体制的上层建筑或意识形态。鲁迅当然不会完全同意施蒂纳的看法,但从《文化偏至论》全文从观念到观念的论证逻辑来看,他关于"内部之生活"的理解,理应包含着一个从"观念世界"的层面展开的进路。这也就是说,鲁迅对于十九世纪文明的批判,并不是批判工业革命带来的物质财富,而是批判物质财富改善人类生活之后所形成

---

① 鲁迅:《坟·文化偏至论》,《鲁迅全集》第一卷,北京:人民文学出版社,二〇〇五年,第52页。

② 相关论述可参考李国华:《章太炎的"自性"与鲁迅留日时期的思想建构》,《中国现代文学研究丛刊》二〇〇九年第一期;汪卫东:《鲁迅前期文本中"个人"观念》,北京:人民文学出版社,二〇〇六年。

的"文明"话语。① 将鲁迅对十九世纪文明的批判视为一种观念批判或意识形态批判,显然具有重要意义。鲁迅所建构的"内部之生活"的外部,因此需要在"客观之物质世界""自然"之外增加重要的一环,即"观念世界"。"内部之生活"的提倡,不仅为了抵抗"客观之物质世界"和"自然",而且为了抵抗"观念世界"。

另外,值得特别注意的是,鲁迅认为二十世纪文明的本质"即以矫十九世纪文明而起者耳"②,这种带有扬弃论色彩的意见③在展现鲁迅的辩证思维的同时,也展现了鲁迅对本质论意义上的文明论的警惕。这也就是说,鲁迅对二十世纪文明应当进入"沉邃庄严"的"内部之生活"的判断和思考,即使于鲁迅自身而言,也不过是特定的历史条件下做出的救弊式的文明论。因此,所谓"内部之生活",无论就其内涵还是外延而言,鲁迅都必然在动态的历史框架下给出随时变化的理解和建构。当然,所谓的随时变化,并非指鲁迅对"内部之生活"的理解和建构前后面貌大异,更不是指前后割裂,绝无关系。事实上,在鲁迅此后的《域外小说集》中,在《狂人日记》以降的系列小说中,在《野草》中,在《朝花夕拾》中,在纷繁复杂的杂文中,都有"内部之生活"的理解和建构,且都不乏偏至发展之迹与一脉相承之处。在此意义上,我以为又一次回应了伊

---

① 关于"文明"话语问题,可参考董炳月:《鲁迅留日时期的文明观——以〈文化偏至论〉为中心》,《鲁迅研究月刊》二〇一二年第九期。

② 鲁迅:《坟·文化偏至论》,《鲁迅全集》第一卷,北京:人民文学出版社,二〇〇五年,第50页。

③ 参见朱康:《〈二十世纪文明〉对〈十九世纪文明〉的扬弃——论早期鲁迅的文明观与现代观》,《杭州师范大学学报》二〇一一年第五期。

藤虎丸关于"原鲁迅"的建构。①不过,我想侧重强调和论述的是,那种类乎"原鲁迅"的内容在具体的历史条件下所发生的变异过程和变异结果;而且,变异的结果恐怕也是需要重新认定的。就"内部之生活"这一说法所构成的论题而言,我更加看重的乃是《野草》如何在解决《文化偏至论》的缺欠的同时展开了新的维度。

二 内在秩序的建构

从缺欠的方面来说,《文化偏至论》对"内部之生活"的理解和建构更多是从外部进行的,"客观之物质世界""自然""观念世界"云云,都是"内部之生活"抵抗并借以形成边界的外部关联,"内部之生活"的内在秩序则是描述性的,几乎没有什么具体的内容。与"内部之生活"同位的几个概念,如"精神生活""主观与自觉之生活",虽然在一定程度上打开了"内部之生活"的内在秩序,但与其说是一种内在秩序的展开,不如说是一种展开的可能性被初步触碰到了。进一步描述了这种可能性的是"渊思冥想""自省抒情"等词汇,但仍然停留在概念上,缺乏具体内容。虽然如此,其时鲁迅仍然相信"内部之生活"存在"本有心灵之域",并提出了"自心之天地""渐自省其内曜"②等说法。当然,何谓"本有心灵之域""自心之天地",也仍然是不清晰的。关于"内曜",鲁迅在《破恶声论》

---

① [日]伊藤虎丸:《鲁迅与日本人:亚洲的近代与"个"的思想》,李冬木译,石家庄:河北教育出版社,二〇〇〇年,第59—85页。
② 鲁迅:《坟·文化偏至论》,《鲁迅全集》第一卷,北京:人民文学出版社,二〇〇五年,第55页。

中，倒做了一点有限的说明：

> 吾未绝大冀于方来，则思聆知者之心声而相观其内曜。内曜者，破黮暗者也；心声者，离伪诈者也。①

不过，与对于"内部之生活"的说明一样，鲁迅对于"内曜"的说明也是从反面来进行的。"内曜"的内容从正面展开会是什么呢？从鲁迅留日时期的论文中很难找到答案。当然，将《文化偏至论》和《摩罗诗力说》中介绍的神思新宗的观点和摩罗诗人的写作视为从正面展开的内容也未尝不可，只是到底与逻辑上的正面推进相隔一间罢了。

而从逻辑上进行正面推进的是《野草》关于主体构建的逻辑和方法。如同木山英雄的分析思路所展示的那样，鲁迅的正面推进并非跳跃式地突然从《野草》开始，而是早就从诸如《狂人日记》《我们现在怎样做父亲》《阿Q正传》等各类写作开始了的。在木山氏看来：

> 鲁迅的论说得以彻底的一个条件，存在于他不得不把自己归属于黑暗与过去一边的自我意识中，因此，同样发出"一切还是无"的呼吁，却在意识上与确信自我内部有着理想化身的易卜生，面向着完全相反的方面。②

---

① 鲁迅：《破恶声论》，《鲁迅全集》第八卷，北京：人民文学出版社，二〇〇五年，第25页。
② ［日］木山英雄：《〈野草〉的诗与"哲学"》(上)，赵京华译，《鲁迅研究月刊》一九九九年第九期。

如果说"绝对的黑暗"与"绝对的光明"在逻辑上是处于相等的位置的话,即都是不可分析或有待于分析的对象,那么,我以为也不妨说,鲁迅"与确信自我内部有着理想化身的易卜生",实际上面向着完全相同的方面,即都努力将不可分析或有待于分析的对象变现为可分析的、可描述的对象。为了尽快进入《野草》的讨论,我将有意略过《狂人日记》等文本的分析,并先提出《野草》在建构"我"的内在秩序时的一些基本方面以供展开:首先,鲁迅在《野草》中与在留日时期思考"内部之生活"时一样,都是在"客观之物质世界""自然""观念世界"等外部关联中构建主体的边界。其次,《野草》作为一种被反复打开的典型的"内部之生活",其所构建的"我"的内在秩序内部其实是有一个外部存在的。第三,《野草》不仅呈现主体构建的逻辑及方法,而且借助身体,尤其是心与身的关系,呈现了一种主体构建的语言。最后,也是最重要的,鲁迅借助《野草》的写作建立了自己对现代主义知识机制的边界和历史位置的认识。

我以为很清楚的是,关于《野草》中"我"的外部关联的讨论,并不是在讨论《野草》产生的历史语境。因此,尽管相关的研究,如孙玉石的,极其精彩,对我本人也颇多启发和警示,我还是倾向于认为《野草》是通过"不知道时候的时候""我梦见"等表达来构建外部关联的。所谓"不知道时候的时候",其关联的外部即是一个"知道时候的时候"。而"知道时候的时候",就是在人的观念上已经固定下来的"时候",也就是一个已经定型的"观念世界"。那么,当《影的告别》开头写:

人睡到不知道时候的时候，就会有影来告别，说出那些话——①

就意味着，要进入通过"影"打开的内在秩序，首先必须进入"不知道时候的时候"，也即"脱观念世界之执持"。否则，"影"就只是没有质料的影，没有主体性，不可能来告别，更不可能开口说话。类似的进入内在秩序的逻辑在《野草》大部分篇目中都有所体现，兹不赘述。随着"影"开口说话，一个复杂的"内部之生活"得以敞开，其中不乏对于"明""暗""天堂""地狱""黄金世界"等各种"观念世界"的拒绝，更有"彷徨于无地"的仿佛可以触摸的痛苦，但"影"最后的誓词是：

我愿意这样，朋友——
我独自远行，不但没有你，并且再没有别的影在黑暗里。只有我被黑暗沉没，那世界全属于我自己。②

在经历了一系列两难式的困境之后，"影"做出了抉择。这一抉择很容易被视为是"反抗绝望"的，但我以为或许可以在相反的方向进行理解。"黑暗"与"光明"之辩证关系不再说了，沉没在黑暗中的"影"如果得以与"你"隔断关系，就意味着告别形影之间的主奴关

---

① 鲁迅：《野草·影的告别》，《鲁迅全集》第二卷，北京：人民文学出版社，二〇〇五年，第169页。
② 同上书，第170页。

系，而"没有别的影在黑暗里",则意味着影可以真正意义上回到自我的内部,再无挂碍,一种绝对的自我的主体性在黑暗这样一种不可分析或有待于分析的领域中得以真正构建。因此,与其说"影"在表达对于绝望的反抗,不如说是在表达攫取希望的可能性。类似的誓词也出现在《墓碣文》的结尾:

> 我就要离开。而死尸已在坟中坐起,口唇不动,然而说——"待我成尘时,你将见我的微笑!"
> 我疾走,不敢反顾,生怕看见他的追随。①

对于这一难以索解的结尾,学界历来分歧颇大。在孙玉石看来,"这死尸的思想太虚无了",故而"我疾走,不敢反顾,生怕看见他的追随"表达了鲁迅力图摆脱、驱除而非眷恋虚无的内心。②而所谓"思想太虚无",至少在钱理群看来,则是改革或革命精神的表征。③我以为虚无与革命之间的确存在值得讨论的辩证关系,彼此分歧的意见之间倒存有共同的知识平台。不过,我想讨论的是死尸突然开口说话及说出来的话,不仅意味着此前逻辑死结被解开的可能性,而且意味着解开死结后的态度和立场。"待我成尘时,你将见我的微笑"! 令人联想到拈花微笑的佛典,大概不能算很意外吧。那么,"我疾走,不敢反顾,生怕看见他的追随"可能就不是要摆脱、驱除

---

① 鲁迅:《野草·墓碣文》,《鲁迅全集》第二卷,第207—208页。
② 孙玉石:《现实的与哲学的——鲁迅〈野草〉重释》,第201页。
③ 钱理群:《心灵的探寻》,北京:生活·读书·新知三联书店,二〇一四年,第3—15页。

虚无，而是震惊于希望的突然降临，无法理解"成尘"之"我"即无我之我所带来的将内在秩序彻底从"观念世界"中脱身的可能性吧。这也就是说，"希望"曾以各种面目显身，但鲁迅却并未就此停下追索的努力。相对于木山氏的意见，我更愿意认为，鲁迅虽然见到了终极自我的某种存在形态，但还是因为一些考虑而选择了舍弃。

三　内在于内部的外部

鲁迅选择舍弃的因素，在较为常见的文学社会学解释中，是很难回避瞿秋白所概括的"清醒的现实主义精神"的；"清醒的现实主义精神"的确也应该是鲁迅与存在主义式的思考始终存有分野的条件之一。而我以为从《野草》文本本身来进行考察，也大概能管中窥豹，略见一二。假如把《野草》每一篇文本都当作一个内在秩序的具体展开，那么，别有意味地是，在这些内在秩序的内部，总是存在着像异物或冗余物一样的外部事物或事件，提示着内在秩序的非自足性或虚假性。如《野草》第一篇《秋夜》，开头一段是这样的：

> 在我的后园，可以看见墙外有两株树，一株是枣树，还有一株也是枣树。①

在没有任何前理解的情况下，如果又不结合全文，读者大概都会认

---

① 鲁迅：《野草·秋夜》，《鲁迅全集》第二卷，第166页。

为这就是单纯的外部环境描写,而且认为写得很拙劣,如李长之曾经说过的那样。[①]但是,一旦结合全文来看,就要共鸣于竹内好的意见了。《秋夜》对于整个后园的描写无疑是充满象征性的,竹内好说鲁迅"鲁迅不会写生的方法","既不会看着写,也不想看着写",擅长的是再现"记忆中的或者是幻觉中的事物",因而是具有"反自然主义的文学观"的"象征派"[②],可谓相当深刻。从象征派的诗学立场来看,《秋夜》开头的写法是大有深意的,而且经由象征派的诗学机制,乍看像是单纯的外部环境描写的内容变成内在秩序本身的一个有机组成部分,外部由此成为内在于内部的外部。而我所以要说的是"内在于内部的外部",而不直接说成是内部,甚至说成柄谷行人式的所谓"风景之发现",乃是因为"两株树"并未借由象征派的诗学机制进入内部后,就丧失其外部性,尤其是无法丧失其留在读者第一印象中的外部描写性质。因此,柄谷氏借助解构主义的颠倒装置从风景描写中发现的被掩盖的"起源"[③],恐怕未必存在于鲁迅《野草》的诗学生产机制里。退一步来说,采用一种比附性的策略来表达,《秋夜》开头的"两株树"恰恰将风景生产的"起源"袒露在读者眼前,表现出一种随机性或偶然性。这种随机性或偶然性,我以为恰恰是迷人的文学之物,它们难以归类和分析,却又总在蛊惑读者产生解读和解释的冲动。类似的并不整饬的内在于内部的外部,

---

① 李长之:《鲁迅批判》,北京:北新书局,一九三五年,第136页。

② [日]竹内好:《鲁迅入门》(之七),靳丛林、于桂玲译,《上海鲁迅研究》二〇〇八年春季卷。

③ [日]柄谷行人:《日本现代文学的起源》,赵京华译,北京:生活·读书·新知三联书店,二〇〇三年,第1—34页。

在《野草》各篇中多有表现，如《影的告别》中影要告别的"你"，《求乞者》中的"另外有几个人"，《复仇》中的"路人"，《复仇（其二）》中的"上帝"，《希望》中的"青年们"……试再枚举两篇略做分析。

例如《希望》中的"青年们"，假使相信鲁迅的自述，即所谓《希望》是因为惊异于青年的消沉而作①，当然能够找到很多历史事实去证明鲁迅所言不谬②，并由此确认"青年们"作为"我"的外部而存在。不过，"青年们"在《希望》的表达逻辑中，像是一个生硬的附加项，被编织成内在于内部的外部，即"青年们"作为隐喻，是"我"为了一掷"身中的迟暮"而寻找的"身外的青春"，构成了"我"的内在秩序的一部分，但在一些关键的段落，《希望》却是这样表达的：

> 倘使我还得偷生在不明不暗的这"虚妄"中，我就还要寻求那逝去的悲凉飘渺的青春，但不妨在我的身外。因为身外的青春倘一消灭，我身中的迟暮也即凋零了。
>
> 然而现在没有星和月光，没有僵坠的胡蝶以至笑的渺茫，爱的翔舞。然而青年们很平安。③

从一般的逻辑上来说，"因为身外的青春倘一消灭"带来的应该是

---

① 鲁迅：《二心集·〈野草〉英文译本序》，《鲁迅全集》第四卷，北京：人民文学出版社，二〇〇五年，第365页。
② 孙玉石：《现实的与哲学的——鲁迅〈野草〉重释》，第80—92页。
③ 鲁迅：《野草·希望》，《鲁迅全集》第二卷，第182页。

"我身中的迟暮也即滞重了",而这里接的却是"我身中的迟暮也即凋零了",实在费解。是因为迟暮之感的存在能从反面的意义上产生对于青春的意识,所以才强调迟暮凋零是青春消灭的结果?如果是这样的话,那么"青年们很平安"则恰好作为青春消灭的症状而从反面提示着迟暮,进而提示着对于青春的意识,青年们不平安倒是成问题的了。因此,铆定"青年们"在《希望》的意义锁链中的位置,显得颇为困难。抛开"青年们"作为外部而存在的事实来看待"青年们"作为"我"的迟暮之感的内在构成,也就是说,将"青年们"视为"我"的迟暮之感的外化的客观对应物,可能会理解一些。但是,"然而青年们很平安",这一表达意味着"青年们"是作为"我"的对立面、至少是参照面而存在的,彼此发生关联的中介是"现在没有星和月光,没有僵坠的胡蝶以至笑的渺茫,爱的翔舞"的现实。于是,"青年们"成了一个生硬的附加项,在作为"我"的迟暮之感的客观对应物的同时,顽固地保留着外部性,是难以理解的、无法风景化的存在。

而《死火》中的大石车则是更为令人震惊的存在:

> 他忽而跃起,如红彗星,并我都出冰谷口外。有大石车突然驰来,我终于碾死在车轮底下,但我还来得及看见那车就坠入冰谷中。
>
> "哈哈!你们是再也遇不着死火了!"我得意地笑着说,仿佛就愿意这样似的。①

---

① 鲁迅:《野草·死火》,《鲁迅全集》第二卷,第201页。

"大石车"来得突然,可谓神鬼莫测,俨然是来自外部的"机械降神"。"机械降神"这一说法来自希腊古典戏剧,指意料外的、突然的、牵强的解围角色、手段或事件,在虚构作品内,突然引入来为紧张情节或场面解围。尼采批评欧里庇德斯使用"机械降神"的方式处理戏剧冲突,将悲剧因素制造成乐观的类型,从而"取代形而上的慰藉"①。换言之,在有论者认为鲁迅最可贵和特殊的地方,表现了一种"没有胜利者的胜利"的地方②,被强加了一个可能引起尼采诟病的外部。如果"大石车"突然而来被当作"机械降神"来理解的话,《死火》的悲剧性就被结尾突然而来的"大石车"打破,成了喜剧。于是,"大石车"就变成一个难以融解在《死火》的意义结构内部的大他者。丸尾常喜的理解可能就是将"大石车"描述成了一个大他者。在他看来,"大石车"的形象也可能由《法华经》"譬喻品"的"火宅之喻"转化而来,象征性地喻指"四千年""旧习惯"的社会制裁。③ 当然,这种理解并不太令人信服。在"火宅之喻"中,老人所描述的牛车、羊车、鹿车隐喻的是佛理对于尘世中的拯救,"大石车"如果从"火宅之喻"而来,恐怕就不应全是惩罚之喻;虽然拯救与惩罚之间,可能也存在某种互易关系。我以为将"大石车"看作某种只能强行理解的外部,倒不失为便宜之计。但

---

① [德]尼采:《悲剧的诞生》,周国平译,北京:生活·读书·新知三联书店,一九八六年,第75页。

② 张洁宇:《独醒者与他的灯:鲁迅〈野草〉细读与研究》,北京:北京大学出版社,二〇一三年,第190—191页。

③ [日]丸尾常喜:《耻辱与恢复——〈呐喊〉与〈野草〉》,秦弓、孙丽华编译,北京:北京大学出版社,二〇〇九年,第253—254页。

是，令人觉得不可思议的是，欧里庇德斯的悲剧也许的确在内在秩序上通往某种"形而上的慰藉"，《死火》内部矛盾、紧张的不稳定性则是通往"大石车"这种偶然之物的。《死火》整个文本都是在传达一种本雅明意义上的震惊体验：

> 当我幼小的时候，本就爱看快舰激起的浪花，洪炉喷出的烈焰。不但爱看，还想看清。可惜他们都息息变幻，永无定形。虽然凝视又凝视，总不留下怎样一定的迹象。①

在逻辑上来说，无法在"凝视"中获得"定形"的存在，虽然可能如同"死火"一样在辩证关系中获得可描述的存在形态，但却预约了充分的神秘和意外，看似突然起来的偶然之物，其实是内在于逻辑关系之中的。因此，"大石车"作为来自坑外的偶然之物，仍然是内在于内部的外部。

举证这些所谓的内在于内部的外部，我以为足以说明，鲁迅在《野草》中构建主体的内在秩序时，已经在相当程度上意识到完整、自足的内在秩序是不可能的或虚幻的。但鲁迅并不打算借助类似于象征派的诗学机制将这一状况消弭于无形，相反，他尽可能地保留了那种外部性。至于鲁迅这么做的意图，或者说，至少在阅读的层面上来看，鲁迅这么做的效果是什么，虽然众说纷纭，多少还是可以落脚到鲁迅文学中的"身""心"问题的吧。提到"身""心"问题，我的分析当然不是指向所谓现代转型之痛苦

---

① 鲁迅：《野草·死火》，《鲁迅全集》第二卷，第200页。

"肉身"①,而是指向鲁迅构建主体时与康德、黑格尔的绝对理念不同的对于此岸世界的关怀。也就是说,内在秩序的非自足性或虚假性,在鲁迅那里,也许是应该归因于放逐了彼岸的形而上学,保留了此岸的杂多性质。不过,所谓"身""心"的问题,还有文中引而未发的问题,我想都暂且放下,留待另文吧。

---

① 参见汪卫东:《现代转型之痛苦"肉身":鲁迅思想与文学新论》,北京:北京大学出版社,二〇一三年。

《野草》通讲：生活与美学

□ 张业松

《野草》是鲁迅文学中最说不尽的作品，在整个中国现代文学史上也算是一部奇特的、无以为继的作品。此后很多人试图从文体形式上把"散文诗"的体裁发扬光大，但只学到皮毛。因为《野草》的好不是好在任何可习得的层面，而是好在一个人把自己完全融在文字中，成为生命精华的表达。好比一个人把自己榨干后的汁水、情感和意识都达到在其盛年时期所能承受的自我煎熬的顶点。《野草》可以看作鲁迅个人生命历程中精神上最不稳定时期的记录，它记录了他意识危机整个的过程，起点、发展、高潮及他通过自我疗救所达到的平复，结构上非常完整。在这个过程中，我们见证了从日常生活场景入于情绪、想象、幻觉、梦魇、哲思、灵感等的特异体验，与恶龙缠斗，自身亦成为恶龙；凝视深渊，深渊回以凝视。① 而后从中挣脱出来，重回人间性的感受的整个的撼人心魄的情景。所谓人间性，当然是相对于非人间而言。"非人间"是《颓败线的颤动》中的用语，也是这一时期鲁迅反复用到的

---

① 这层意思出自翻译家孙仲旭给出的尼采语录："与恶龙缠斗过久，自身亦成为恶龙；凝视深渊过久，深渊将回以凝视。"转引自周濂：《正义的可能》，北京：中国文史出版社，二〇一五年，第213页。

词语。①如果说从《呐喊》，我们解读了"作家鲁迅"之诞生；从《彷徨》，我们认识了一个痛苦纠缠的鲁迅；来到《野草》，我们将得到什么呢？我想说，我们将见证"伟大鲁迅"之诞生。在我的理解中，通过《野草》得以揭显的"一九二三至一九二六年精神或心理危机"②，才是通盘理解鲁迅的关键。

以《野草》为中心，结合鲁迅此一时期的生活和心理背景，不难看到：兄弟失和使他怀疑自己一向致力去做的事情是错误的，或者毫无意义，或者做得太晚，从而引起思想上的焦虑和迷茫，体现在创作上，便是《祝福》的犹豫踌躇，《在酒楼上》的精神分裂，《幸福的家庭》的自我嘲讽等。而与许广平的交往则引起他道德上的紧张感，并由这道德紧张进一步牵连到思想紧张。道德上的紧张来自他的包办婚姻和此前公开宣言的"我们既然自觉着人类的道德，良心上不肯犯他们少的老的的罪，又不能责备异性，也只好陪着做一世牺牲，完结了四千年的旧账"。而这个放弃个人幸福"陪着做一世牺牲"又不仅仅只关涉个人道德，还牵连着对历史的认识和承担。"完结了四千年的旧账"是舍生取义的信念表达，也是基于对文明状况和历史格局的总的判断。从连续性的历史链中划出一个界限，区分"新"与"旧"，同时把自己划归"旧"的一边"陪着做一世牺牲"，以换取"四千年的旧账"的"完结"，这样的思虑，实际上是环环相扣的一整套"世界观"，其核心便是自我的位置和归属。当这

---

① 鲁迅：《野草·颓败线的颤动》，《鲁迅全集》第二卷，北京：人民文学出版社，二〇〇五年（下同），第211页。鲁迅：《华盖集续编·"死地"》，《鲁迅全集》第三卷，第282、289—290页。

② 参见张业松：《鲁迅文学的内面：细读与通讲》第五章，杭州：浙江文艺出版社，二〇二二年。

个自我确认甚至主动承担的位置和归属成为问题时,对鲁迅这样的思想成熟的人来说,整个世界观虽不至于发生动摇,但引发疑虑在所难免。这种疑虑与兄弟失和所引发的思想紧张汇成一片,使得鲁迅每当静夜独处时,整个思虑趋向低沉,思想里面百折千回的,都是自我检点、伤悼、审视、抚慰、说服、激励、提醒和暗示。总之,《彷徨》和《野草》可以视为鲁迅自我疗伤的纪录。尤其《野草》,整个就是一部写于深夜里的自言自语、狂言谵语。

这一时期是鲁迅最年富力强的时期,他在家庭生活、公职、社会道义上承担了很多东西。家庭生活上,因为"兄弟失和"陡然给他加重了生活负担。即使兄弟不失和他的负担也很重。他曾发过牢骚说,"我用黄包车拉来的,哪经得起用汽车运出?"实际上那个时候他作为大家庭的家长在外面努力赚钱,朱安也在他的供养之内,他在自己生活上也非常简朴,自奉简薄,主要收入都填到一大家子的支出。"兄弟失和"的主要矛盾可能发生在与周作人太太的矛盾上,鲁迅认为羽太信子太铺张、摆阔。她的出身本来是日本穷人家,嫁到中国因为丈夫是名大学教授、中国的名流,所以就变成了阔太太的生活方式,家里有人生病都要请日本医生。鲁迅是一个自我要求严格的人,兄弟失和后他从未对周作人口出恶言,甚至在周作人遭到舆论误解时还为他说话①,而周作人却一直有点耿耿于怀,据舒芜

---

① 鲁迅:"周作人自寿诗,诚有讽世之意,然此种微辞,已为今之青年所不憭,群公相和,则多近于肉麻,于是火上添油,遂成众矢之的,而不作此等攻击文字,此外近日亦无可言。"《340430致曹聚仁》,《鲁迅全集》第十三卷,第87页。另参见《340506致杨霁云》:"至于周作人之诗,其实是还藏些对于现狀的不平的,但太隐晦,已为一般读者所不憭,加以吹擂太过,附和不完,致使大家觉得讨厌了。"同卷,第93页。

先生的研究，失和后明里暗里对鲁迅多有"影射攻击"①。当然，将这类日后年代里的"影射攻击"全部归因于"兄弟失和"带来的心理阴影或伤害是可笑的，其中绝大多数，应该更是来自"分道扬镳"之后观念、思想、认同和立场等方面的不肯苟同。② 但总体上相比之下，鲁迅对周作人可以说是非常宽厚的。从羽太信子的角度来说，远嫁异国他乡生活确实非常不容易，初来乍到时期朱安对她有一定帮助，因此她对朱安的遭遇（鲁迅拒不接受）也有同情。当羽太信子觉得终于可以扬眉吐气，放手铺展她和她的家族（她的妹妹随后嫁给周建人，弟弟也曾来长住，家族长期受到鲁迅以中国家庭家长身份给予的接济）在中国的生活时，却受到了来自大伯的阻碍。因此可能是家庭生活双方面的原因导致了这种矛盾。很有意思的是周作人写过很多关于自己生活的回忆，却很少提到羽太信子。我们现在对于周氏兄弟研究那么透，但对朱安和羽太信子的研究还是很不足。当然随着乔丽华的专著③出版，对于朱安的研究有了很大的改观。但总的来说由于文献不足征，我们对于兄弟失和的研究很多时候都只能止于猜测的层面，包括我在这里所说的。

---

① 参见舒芜：《周作人对鲁迅的影射攻击》，《舒芜集》第三卷，石家庄：河北人民出版社，二〇〇一年，第422—440页。

② 如针对"五十自寿诗"所引起的风波，周作人在《弃文就武》中说："有些老实的朋友见之哗然，以为此刻现在不去奉令喝道，却来谈鬼的故事，岂非没落之尤乎。"这里的"奉令喝道"，即被认为是回击左翼文学界胡风等人的。参见王锡荣：《周作人生平疑案》，桂林：广西师范大学出版社，二〇〇五年，第75页。

③ 乔丽华：《我也是鲁迅的遗物——朱安传》，上海：上海社会科学院出版社，二〇〇九年（初版）。

兄弟失和迫使鲁迅带着母亲和朱安搬离八道湾，需更加努力地为"安居"和"求生"奋斗，为此他多方兼课，更勤奋写作，总之是不停地为生活奔走，虽然肺病严重爆发，也不敢真正"躺倒"，而必须保持身体的活跃状态。这一时期"白天的鲁迅"给人感觉精力非常充沛，他一只手要写很多种文章，既有主题沉重的小说，也有犀利的杂文，还有身为教育部官员不得不办的公文，以及被解职后不得不打的官司。对女师大事件的介入，以及由此引发的与陈源的笔墨官司和与章士钊的维权官司，使他保持着对周遭环境的高度警觉和即时反应，这种警觉在"杨树达君的袭来"事件①上甚至达到了病态的程度。而到了夜晚，我们看到了一个自言自语的、在《野草》中铺陈开来的鲁迅。这是深夜、写于意识脱序的、半梦半醒时刻的文字，在这样的时刻，鲁迅任由自己去做一个精神的探险。这有点像意识上的自戕、自我伤害、放纵，通过这样的释放去起到自我疗救的作用。如果不是这样，鲁迅精神上的创伤可能不能这么快平复。在克服精神危机的处理方式上，鲁迅显得要比周作人"男人"得多。写完《野草》，这个"狂人"就康复了。康复后他变得无坚不摧，从革命文学论争开始到晚年的鲁迅精神上极其强大。他可能就是精神上孤僻、尖刻、任性的老头，我不害人更不怕人，这样的鲁迅可能有人不太喜欢，但是他不动摇，这得益于鲁迅的自我疗救。这是最聪明、干脆利落的处理方式，前后不过三四年，就把过去的"我"埋葬掉。《野草》对意识中黑暗的"我"进行了充分的自我审视、挖掘，之后的鲁迅是不阴暗的。尽管夏济安说"他确曾吹起喇叭，但他吹出的曲调却是阴郁而

---

① 参见鲁迅：《记"杨树达"君的袭来》《关于杨君袭来事件的辩证》，《鲁迅全集》第七卷，第43—52页。

带讥刺"①，好像是阴暗的东西，但其实鲁迅的声调是美学意义上的，这是他的个人趣味，他就喜欢这种怪声怪调的东西，比如《朝花夕拾》中的"Nhatu, nhatu, nhatu-nhatu-nhatututuu"②！《故事新编》中的"阿呼呜呼兮呜呼呜呼，爱乎呜呼兮呜呼阿呼"③！他喜欢这种面目凌厉、鬼气森森，而又充满泼辣生机的生命表现。据萧红回忆，鲁迅病危的时候，"不看书，不看报，只是安静地躺着。但有一张小画是鲁迅先生放在床边上不断看着的……那上边画着一个穿大长裙子飞着头发的女人在大风里边跑，在她旁边的地面上还有小小的红玫瑰的花朵"，那是一张苏联某画家着色的木刻。④ 这些都是美学意义上的，夏济安所说的"鲁迅意识的黑暗面"，其实这些东西不是黑暗的，也不是鲁迅自己不了解、不掌控的，而是他放任自己，按照这种风格写下去。我觉得鲁迅意识真正的黑暗面在《野草》，可以说是一个狂人的自我诊治的记录。

也许今天我们应该说，这类对身外环境的病态般的反应，在帮助鲁迅走出内心沉黯的深渊中也是起了作用的，不说反向激励，起码也是白天/黑夜、阳面/阴面的状态调整，使得他能在情绪和感受的两极顺畅流转，好比太极图那样的能量循环，从而在多重打击中屹立不倒，并最终以更强大的形象站立起来。随着新居的落成、女师大事件的平息、与章士钊官司的利好，鲁迅的内心骚乱渐渐平

---

① 夏济安：《鲁迅作品的黑暗面》，《夏济安选集》，沈阳：辽宁教育出版社，二〇〇一年，第23页。

② 鲁迅：《朝花夕拾·无常》，《鲁迅全集》第二卷，第281页。

③ 鲁迅：《故事新编·铸剑》，《鲁迅全集》第二卷，第446页。

④ 萧红：《回忆鲁迅先生》，王观泉编《萧红散文集》，哈尔滨：北方文艺出版社，一九八七年，第187页。

息,《野草》那样的午夜幽灵之舞和《彷徨》那样的鬼魂缠绕也渐近尾声,他开始"旧事重提",以更加平和的心态去做自我的心灵抚慰了。《朝花夕拾》也是鲁迅作品中仅此一见的品类,它是温情而宽厚的,是一个饱经内心波澜之沧桑的成熟的思想者和文学家对自己过往的生活世界的清理和抚慰。他曾经在自己的小说中使用过这些素材,现在在一个非虚拟的生活化层面再一次处理它们,其间的心理隐微其实是不难体会的:在一定程度上,他可能会为自己此前对这些素材的过度功利化的运用感到抱歉?或者换一个角度看,经历一连串的打击和心理骚乱后,他重新(或者更好地)使自己曾经高翔在半空的思想和人生落回了地面,进行了一次"人间性的再植入"?倘是,则一九二三至一九二六年的整个鲁迅作为新文学家的第二阶段人生,对他的意义不啻于"重生"——既是"呐喊"和"行动"的作家重生为"彷徨"和开掘内心幽暗的作家,也是高翔于半空的理想家重生为具备充分的人间性的智勇者。我们说,"伟大的鲁迅"诞生于这一阶段。

在以上意义框架下逐篇解读《野草》,理出其内在线索:从自我撑持进入,内心骚乱逐渐加强,至《过客》和连续七篇"我梦见……"中的《死火》《墓碣文》《颓败线的颤动》达于顶点,"我梦见……"系列解决了"死亡无意义"的问题,从求死到不死(懒得再死),于是转而考虑如何活,得到《这样的战士》《聪明人和傻子和奴才》《腊叶》。至《腊叶》,鲁迅完成了新的自我定位,从而达到心理平复。这个新的自我定位,便是由过去高自标置充满圣徒般的献身精神的完美人格,到坦然承认自己有缺陷、同时具备由缺陷带来的独特之美的"腊叶"定位。这个写于一九二五年十二月二十六日的新的自我定位，标志着鲁迅走出心理危机。此后的《淡淡的血痕中》《一觉》，是对牺牲者的哀悼，是与同时期杂文世界的接榫，也是同时期鲁迅内心世界与外在世界的接榫，是"精神分裂"的复原。

《死火》意象独特，所要表达的是"我"通过燃烧自己去实现生命的价值。而从《死火》开始的连续七篇作品开头都有"我梦见"，这七个"梦境"构成一组，所要解决的问题是"死有什么意义"，结论是"死是无聊的"，所以"那我就不如烧完"①——要更加灿烂无忌地燃烧自己，以热烈的燃烧实现和证明自己的存活，燃烧是火存在的最高形态和最大证据。《狗的驳诘》中表现出要从无聊的包围中逃走。《失掉的好地狱》隐喻在地狱的鬼魂努力地要恢复的秩序并非是人间仙境，而仍是地狱的秩序。鲁迅曾说中国历史只有两个时代，"一，想做奴隶而不得的时代；二，暂时做稳了奴隶的时代"②，那么所谓"失掉的好地狱"就是想做奴隶而不得。《墓碣文》是层层地死，《颓败线的颤动》让我们看到了新的包容有多大。《立论》《死后》是对无聊的审视。这七个"梦境"表现出我要坚强地活下去，要像"这样的战士"那样活。《腊叶》是《野草》中最重要的一篇，它反映出了鲁迅度过了心理危机，他接受自己是一片"病叶"，而价值正在于此，因为被虫蛀过，才有了斑斓的颜色。后来鲁迅说《腊叶》是写给珍惜他的人看的，正因为找到了新的心理定位，所以自己可以好好地活下去。《野草》之后的《朝花夕拾》是在舒缓的状态下重

---

① 鲁迅：《野草·死火》，《鲁迅全集》第二卷，第201页。下引《野草》原文同此版本。

② 鲁迅：《坟·灯下漫笔》，《鲁迅全集》第一卷，第225页。

新处理生活世界，是对过往的一切的交代，而从此，《这样的战士》就诞生了。

值得注意的是，在《野草》所呈现的整个心理的自我疗救和撑持过程中，肉身因素，或者说对个体生存的肉身性的意识，发挥了重要作用。《影的告别》先将肉身虚化，而后写出空虚中的实有；《复仇》写以肉身的毁弃为复仇手段；《复仇（其二）》写献身的"大痛楚""大欢喜"和"大悲悯"，所以言"大"，乃因基督献身属世界历史的第一次和唯一一次；《希望》写"肉薄这空虚中的暗夜"，并"一掷我身中的迟暮"；《颓败线的颤动》对"颓败线"的奇特勾画，这些，都建基于对肉身存在的强烈意识。一切意义都寄存于肉身和肉身所表征的"实有"，此外才是真正的空虚。而所谓"真正的空虚"也是一种实有，即所谓"口唇不动地说'待我成尘时，你将见我的微笑！'"这种执着于实有的精神企向，是救治意义虚无、战胜死亡诱惑的良药，也是现代中国精神的一个核心。

《复仇（其二）》中碎骨的大乐的意象，写的是耶稣被钉死，这是基督教文化的经典意象，而基督教文化中从没有人说过这些，这是鲁迅的独到之处。《墓碣文》有两段内容，第一段是写墓的正面，告诉我们这个人的死因是"自啮其身"，而墓的背面告诉我们这个人"自啮其身"的原因是"抉心自食，欲知本味"，这是一个彻底自我认识的动机，摆脱了传统的从视觉角度进行的自我认识，将其发展到味觉。而"抉心自食"首先要经历"创痛酷烈"，即《复仇（其二）》中的大痛楚，这痛苦的本身是怀着理智的意图想知道"心"的本味是什么，而理智在实践过程中首先碰到的是痛楚对意图、人的思考及理智行为的覆盖。"痛定之后，徐徐食之。然其心已陈旧，本味又何由味"？这时的心已不再是新鲜的、活泼的、刚被挖出来的心。对于这个问题，鲁迅说："答我。否则，离开！"可见《墓碣文》所要揭示的是人的自我审视的最后一层。在无法回答这个问题时，"我"选择离开，结果是遭到死尸的嘲笑，这也是很恐怖的意象，死尸说："待我成尘时，你将见我的微笑！"这说明了死亡之死亡就是虚空之虚空，是灵魂的彻底自我审视。这样的自我审视在中国是最杰出的。巴金的《随想录》在某种程度上是对鲁迅的回应①，而与《野草》中的自我审视相比，《随想录》中的自我审视意识更多缠绕在"忏悔"这一层面，以反复的、有时甚至是刻意的自苦来回应历史的沉重。当然《随想录》有它特定的历史语境，不能与鲁迅创作《野草》时的情况简单类比。《过客》其实也是一种自我审视。《颓败线的颤动》中"无词的言语"其实是对《野草》的概括，"无词的言语"不是没有词汇，而是没有公共话语，只有私人话语。所谓"颓败线"一方面是一个老妇人松弛的肉体，同时是约束于复杂心灵的外在容器。

肉身性意识立足于对个体/自体肉身生存的尖锐感受和意识，是置之死地而后生的坚强意志之下的生存对策和自救手段，也是文学在无可言述之际努力突破"音障"（姑且借用这一描述超音速飞行的伴生现象的术语），从而使自身向新的可能性跃迁的基础。但需注意的是，人类的肉身生存除开生理性的一面，更有社会性的一面，所以对个体/自体肉身生存的意识和感受也不能囚禁在生理肉身的范围内，更需接通个体/自体之外更广大的世界。一九二三至

---

① 参见张业松：《鲁迅文学的内面》第十章《文学史线索中的巴金与鲁迅》，杭州：浙江文艺出版社，二〇二二年。

一九二六年的鲁迅在与自身的精神困境搏斗的同时从来没有脱离过对"大时代"①的意识，相反是以更活跃的姿态投入了以杂文为武器的与时代的近身"肉薄"②。过去我们强调这是鲁迅从"进化论"到"阶级论"转变的阶段，是尝试将鲁迅放到社会政治的背景中去看，即在新旧文化的对照中，从"社会进步"的视野去看，实际还是较为局限的。作为一名敏感的写作者，鲁迅的社会意识中显然还包含了包括文艺新变在内的更多内涵。越来越多的研究尝试将鲁迅放到整个十九至二十世纪之交的世界文艺背景中去看，如夏济安认为："鲁迅在《野草》里向无意识的世界投去一瞥。这些篇章大多作于一九二四年至一九二五年间，正值《荒原》(*The Waste Land*)、《尤利西斯》(*Ulysses*)、《喧嚣与骚动》(*The Sound and the Fury*)的诞生。"③这样一种拓展开来的比较的视野，对于理解《野草》尤显重要，也是理解这一时期鲁迅的创作情境和问题意识的重要参照。

在此基础上回头看《题辞》，鲁迅的遗憾和欣慰历历在目，十分动人。

《题辞》是时隔一年之后编订《野草》集时写的，写于一九二七年四月二十六日。我们都知道，这是中国现代史上的重大时刻。四

---

① "在我自己，觉得中国现在是一个进向大时代的时代。但这所谓大，并不一定指可以由此得生，而也可以由此得死。"鲁迅：《而已集·〈尘影〉题辞》，《鲁迅全集》第三卷，北京：人民文学出版社，二〇〇五年，第571页。"现在则已是大时代，动摇的时代，转换的时代，中国以外，阶级的对立大抵已经十分锐利化，农工大众日日显得着重，倘要将自己从没落救出，当然应该向他们去了。"鲁迅：《三闲集·"醉眼"中的朦胧》，《鲁迅全集》第四卷，第63页。

② 语出《野草·希望》。

③ 夏济安著：《黑暗的闸门：中国左翼文学运动研究》，万芷君等译，香港：香港中文大学出版社，二〇一六年，第134页。

月十二日,国民党"清共",在上海开杀戒,三天后事态扩展到广州。鲁迅当时是中山大学文科学长,中山大学其实是国民党的中央大学。国民党中央党部开杀戒的命令下来后,中山大学抓捕学生,在紧急召开的教务会上鲁迅强烈主张学校应该保护学生,敦促有关当局放人。而校方其实听命于蒋介石的部队,他们只能劝鲁迅。这个情境告诉我们,鲁迅不是没有接近过权力,但是他没有站在给他饭碗的人一边。这是一种原始的正义:青年人的生命是值得珍惜的。他不惜把自己置于危险中,坚决辞职,拒绝了出面邀请他来中山大学、实际主持中山大学校务的朱家骅等的一再挽留。鲁迅辞职后等于隐居在广州街头,写下许多悲愤的文章。有篇《小杂感》:"楼下一个男人病得要死,那间壁的一家唱着留声机;对面是弄孩子。楼上有两人狂笑;还有打牌声。河中的船上有女人哭着她死去的母亲。人类的悲欢并不相通,我只觉得他们吵闹。"① 在这样的环境中,这样一种人与人之间相隔绝的悲哀,几乎完全压倒了他。这完全就是大屠杀的恐怖下,特定情况下产生的感受,很接近《野草》的境界。《题辞》在此情境中写下,其实包含政治抗议的:"但我坦然,欣然。我将大笑,我将歌唱。"这是蔑视一切的勇敢者的笑,也是痛定思痛的自我战胜者的歌哭。因为这是从地狱体验和死亡诱惑中突围出来的记录,是再多再大的黑暗和压力也没有什么不可以应对的自信和勇毅,以及相应的百感交集。

"当我沉默着的时候,我觉得充实;我将开口,同时感到空虚"。《题辞》写在这个特殊时期,包含潜台词。这是用隐晦的话来说:"过

---

① 鲁迅:《而已集·小杂感》,《鲁迅全集》第三卷,北京:人民文学出版社,二〇〇五年,第555页。

去的生命已经死亡,我对这死亡有大欢喜,因为我借此知道它曾经存活。死亡的生命已经朽腐。我对于这朽腐有大欢喜,因为我借此知道它还非空虚。"经过危机的阶段,他的有些东西可能永远地失去了,比如与笔战中的论战对手之间可能的友谊。"死亡"证明是活过的。到"非空虚"这里回到了人与人之间的空虚感。这种感觉中国魏晋时期的诗人早表达过,"亲戚或余悲,他人亦已歌"①,这个话其实是很悲哀的,而鲁迅表达出来不仅是悲哀,还有很大的空虚感。此时人软弱到彻底掉入虚无的深渊。如果人的一切努力都是于事无补,那所有的努力还有什么意义?这就是空虚的含义。回头看自己过去在人生的挣扎中写下的文字,但这些不堪回首的记录证明过去的生命不是完全没有意义,这证明过去的生命存在过,他认真地生活过,这就是"还非空虚"的含义。过去的生命时段并没有成就大的功业,"生命的泥委弃在地面上,不生乔木,只生野草,这是我的罪过"。《野草》就是这样的生命阶段留下的痕迹,是零零碎碎、七零八落长得像"野草"的东西。这部作品的外在形式就像一把草,不是篇幅很长的高大乔木。"野草,根本不深,花叶不美,然而吸取露,吸取水,吸取陈死人的血和肉,各各夺取它的生存"。这也是肉身性意识的一种直观表现,作品像从死人的肉身中榨出来的,不是任何外在于人的肉身生命所能得到的东西。"根本不深,花叶不美"是相对于乔木而言,乔木要长(写)成(长篇作品),要有艺术上的建树和思想上的深度,《野草》这些东西似乎都没有。"当生存时,还是将遭践踏,将遭删刈,直至于死亡而朽腐"。然而就算是不深不美,也终究是真实的、深刻

---

① 陶渊明:《挽歌诗三首》(其三),(晋)陶潜著,龚斌校笺:《陶渊明集校笺》,上海:上海古籍出版社,一九九九年,第360页。

的生命的结晶和写照，凝结了宇宙精华，人间真气，来之不易。因此"我将大笑，我将歌唱"，一方面是对自己留下的野草来说，另一方面就是表达政治抗议层面的含义。要说遗憾，其实只有一点："生命的泥委弃在地面上，不生乔木，只生野草"，惭愧啊，惭愧到产生了生命浪费的罪恶感："这是我的罪过。""以这一丛野草，在明与暗，生与死，过去与未来之际，献于友与仇，人与兽，爱者与不爱者之前作证"。证明"我"在如此艰难的内焦外困的时刻，严肃认真地对待了人世和生命，是艰难而认真地活过来了。这样的表述，出现强烈的意义对举的词汇，是鲁迅这一时期杂文的特色。在《新青年》时期，鲁迅杂文没有这么多极端的词汇和对比。这个状况我认为是鲁迅率性的部分开始起作用的表现，他可以公开这样说，不怕得罪人。这样恶狠狠的态度、措辞和鲁迅这一时期的经历以及特定的写作环境有关。对于这样的一种表达，我们要有一个意识，即如果不用这样鲜明的措辞，鲁迅可能无法表达内心的深沉。

"地火在地下运行，奔突；熔岩一旦喷出，将烧尽一切野草，以及乔木，于是并且无可朽腐"。"我希望这野草的死亡与朽腐，火速到来"。这是不满于现状的表现，希望现状尽早改变，新的生命尽快生长。由此，鲁迅宣告了自身的生活和写作将进入一个新的时期。从前种种尽在《野草》的狂言谵语之中，这些零零碎碎奇奇怪怪的言辞对个人经历而言宝贵至极，然而就社会观感（乔木／野草）而言，也尽可以付之一炬，一把火烧去。

原载《文艺争鸣》二○一八年第五期，
《新华文摘·网刊》二○一八年第十八期

透过《自言自语》重读鲁迅的《野草》
——献给亡友冯铁教授

□ 寇志明（Jon Eugene von Kowallis）

一九二四至一九二六年间，鲁迅创作了一组风格独特的被称为"散文诗"的作品，也就是我们现在知道的《野草》集。《野草》由二十三首阴郁的抒情作品组成，曾有人将其与波德莱尔一八五七年的作品《恶之花》及《小散文诗》做过比较。① 一九二〇年代中期，鲁迅还在进行一场生存之战，就像他在第一部小说集《呐喊》的《自序》中所暗示的那样。李欧梵及其后的汪晖等学者将之视作对绝望的抗争，而我个人更倾向于认为那是在这远非完美的世上

---

① 孙玉石认为除了波德莱尔，鲁迅的《野草》还受到屠格涅夫、弗雷德里克·凡·伊登（《小约翰》）、爱罗先珂、裴多菲以及尼采的影响。参见孙玉石：《野草研究》（北京：中国社会科学出版社，一九八二年），第216页。而李欧梵没有提到屠格涅夫，他认为《野草》中，"可寻见波德莱尔的痕迹，但要证实有对《恶之花》的直接模仿很困难"。参见李欧梵：《铁屋中的呐喊》（英文）（伯明顿：印第安纳大学出版社，一九八七年），第191—192页。而尼古拉斯·卡尔迪斯（Nicholas A. Kaldis）则从上至楚辞、汉赋下到屠格涅夫和波德莱尔的作品来追溯《野草》的渊源，并得出结论："难以证实（《野草》）有明显模仿和受到影响的痕迹。"（第116页）。参见卡尔迪斯：《中国散文诗：鲁迅〈野草〉研究》（*The Chinese Prose Poem: a Study of Lu Xun's Wild Grass*）（阿默斯特，纽约：坎布里亚出版社，二〇一四年），第111—121页。

找寻生命意义的需要。另有学者，如王晓明（一九九三）和李天明（二〇〇〇），则推测《野草》中所表现出来的焦虑是鲁迅因为与朱安婚姻失败及与旧日学生许广平相恋而感到愧疚的产物。但是《野草》中的部分作品其实可以在鲁迅一九一九年八九月间发表的《自言自语》①（共七节，第七节末尾标注"未完"，但实际没有后续）中找到原型。虽然学术界早知道这篇文章的存在已经有一段时间了，但我认为还是有些被忽略和遗漏的问题值得继续探讨：《野草》集是《自言自语》的后续吗？抑或《野草》仅是对其的修订与扩展？《自言自语》中的章节片段在多大程度上影响对《野草》的整体解读？另一个与理解《野草》同样重要的问题是：鲁迅是如何修辞性地使用"过去"？在这部现代主义作品中，"过去"又是如何对"我"的自我定义及自我定位产生重要影响的？

青年鲁迅在他一九〇七年的论文《摩罗诗力说》的第六部分，用一段轶事和一句评述概括了雪莱（时译为修黎）跌宕起伏的一生：

> 嗟乎，死生之事大矣，而理至閟，置而不解，诗人未能，而解之术，又独有死而已。故修黎曾泛舟坠海，乃大悦呼曰，

---

① 这组作品以"神飞"为笔名发表在一九一九年八月十九日至九月九日《国民公报》"新文艺"栏目，包括一篇序言和六篇散文诗。从发表时间上可以看出鲁迅是为当时的新文学运动而作，从笔名、篇名则可以想见鲁迅对它们十分看重。六十多年后，这组作品被人们重新发现，并重刊于一九八〇年五月三日的《人民日报》上，后来被收入《鲁迅全集》第八卷（北京：人民文学出版社，一九九一年），第91—96页。研究晚清诗学的台湾著名学者吴宏一将它们收入自编的《从阅读到写作：现代名家散文十五讲》（台北：远流出版事业有限公司，二〇一二年）一书的首章。这本书是吴宏一为想学习散文写作的台湾学生编的教材。

今使吾释其秘密矣!① 然不死。一日浴于海,则伏而不起,友引之出,施救始苏,曰,吾恒欲探井中,人谓诚理伏焉,当我见诚,而君见我死也。② 然及今日,则修黎真死矣,而人生之閟,亦以真释,特知之者,亦独修黎已耳。③

鲁迅的挚友许寿裳曾写道:可以说,《野草》体现了鲁迅的哲学。④ 木山英雄在其关于《野草》的重要文章中,认为《墓碣文》是

---

① 一八一六年六月,雪莱和拜伦在日内瓦湖上泛舟时遭遇了风暴,船将倾翻的时候,雪莱恳求拜伦不要救他,他慨叹:"Now I shall know the great secret of life."(我即将知晓生命的终极奥秘了!)但两人最终都活下来。参见赵瑞蕻:《鲁迅〈摩罗诗力说〉注释·今译·解说》(天津:天津人民出版社,一九八四年),第117—118页。根据特雷劳尼(Trelawny)的描述,雪莱曾在一个下午带威廉姆斯女士及她的孩子们乘一艘小船航行在海湾上,然后,"starting suddenly from a deep reverie, into which he had fallen, [Shelley] exclaimed with a joyful and resolute voice, 'Now let us together solve the great mystery!'"("突然从长久出神中醒觉,喜悦又果决地喊道:'让我们一起解开生命的终极谜题吧!'")而滨田(鲁迅在日本留学时很可能看过他的著作)对上面这件事情是这样描述的:雪莱从船上跳入了水中,用单数人称而非复数人称喊出了他要探索死后世界的渴求。参见滨田佳澄(Hamada Yoshizumi)シェレー(《雪莱》)(东京:民友社,明治三十三年【一九〇〇年】),第165页。

② "I always want to probe the bottom of a well — they say Truth lies there. If I had found truth, you would have found me dead."(我总是向井底张望,因为他们说,真理就在那里。也许下一秒,我就会寻见它,留给你们已成空壳的躯体)。引自西蒙兹(John Addington Symonds), *Shelley*《雪莱》(London: Macmillan, 一九〇九; first ed. 一八七八),第151—152页。

③ 鲁迅:《鲁迅全集》第一卷,第86—87页。

④ 许寿裳的原文是:"至于《野草》,可说是鲁迅的哲学。"参见许寿裳:《我所认识的鲁迅》(北京:人民文学出版社,一九七八年),第76页。章衣萍曾转述鲁迅对他说过的话,"他的哲学都包括在他的《野草》里面"。引自孙玉石:《野草研究》(北京:北京社会科学出版社,一九八二年),第141页。

《野草》集中最重要的核心作品。① 其中，最广为讨论的段落或许是墓碣阴面的残存文句。墓碣文使用第一人称，仿若坟中死尸直接与读者（以及"我"）展开对话，惊悚荒诞。其中特别让人觉得突兀的还在于，《野草》集基本上全部由流畅的白话文书写，较之鲁迅其他早期的小说，更接近现代作品，而墓碣上的刻辞却以古奥的文言文呈现。② 内容如下：

> ……抉心自食，欲知本味。创痛酷烈，本味何能知？……
> ……痛定之后，徐徐食之。然其心已陈旧，本味又何由知？……
> ……答我。否则，离开！……③

在这里，我们面临一个根本性的挑战。这具陈尸借由墓碣文推至读者面前的问题，与其说是关于死亡，不如说是关于我们是否可以了解生命的本质（也即意义）。说到底，这具陈尸或许比我们所有人都更有发言权。因为它生过，也死过（且后者已有一段时间了）。《野草》的《题辞》本身也被认为是一篇"散文诗"。鲁迅将陈死人

---

① 参见［日］木山英雄（Kiyama Hideo）：《野草主体构建的逻辑及其方法》（日语原文发表于一九六三年）及《野草解读》（日语原文发表于二〇〇二年）。这两篇文章的中译都收在《文学复古与文学革命：木山英雄中国现代文学思想论集》（赵京华译，北京：北京大学出版社，二〇〇四年），第52、338页；其中《解读野草》一文的中文名译作《读野草》，木山英雄在该文第五节《梦的系列作品（三）》中称《墓碣文》为"《野草》中的《野草》"。

② 也许可以就《野草》的语言和风格展开重要研究。

③ 鲁迅：《鲁迅全集》第二卷，第202页。

视作野草的养料。① 换言之，死人（过去的男男女女）或许能为生命的意义提供一种参考：它们有益于新的生命，且滋养新的生命。其间寓意是：只有吸取过去（"吸取陈死人的血和肉"）②，我们才能滋养艺术、丰富现在、发展未来，并尝试找到生命的意义。但我们这样做的同时必须加以小心，因为某些养料可能有害。因此，我们应该辩证地看待过去。

鲁迅在《墓碣文》以及前面《摩罗诗力说》选文中所表达的意思，在本质上类似于他在《野草》中一直追寻的，同时也是《野草》最有名的《希望》一文中"绝望之为虚妄，正与希望相同"一句所表达的意思。这句话是鲁迅翻译自匈牙利诗人裴多菲·山多尔书信中一句，杨宪益夫妇将之译为英文作："Despair, like hope, is but vanity（绝望，像希望一样，都只是虚妄）"。但这句的字面意思应该是："The delusion in despair is precisely the same as that in hope"（绝望的虚妄就等于希望[的虚妄]）③，意味着我们在当下是不能捕捉到生命的真正意义的——因为时间限制了当下的存在。但我们能够决定自己是

---

① 原文为："野草，根本不深，花叶不美，然而吸取露，吸取水，吸取陈死人的血和肉，各各夺取它的生存。"《鲁迅全集》第三卷，第159页。

② 鲁迅：《鲁迅全集》第二卷，第159页。

③ 鲁迅：《鲁迅全集》第二卷，第178页。这句话出自裴多菲一八四七年七月十七日写给友人的信中，匈牙利原文为："...akétségbeesés csakugy csmal, mint a remény."（直译英文："Despair is as deceptive as hope." 直译中文：绝望与希望一样是骗人。）见 *Petőfi Sandor Összes Prózai Müvejes Levelzese*（*Complete Letters and Prose of Petöfi Sandor*. 裴多菲信、文全集）（布达佩斯：*Szépirodalmi Könyvkiadó* 出版社，一九七四年）。

否继续前行①，就像《过客》中不停跋涉的主人公一样，在步入中年②时决定"奋然向西走去"③，以及《腊叶》中"我"的感慨：

> 我自念：这是病叶呵！便将他摘了下来，夹在刚才买到的《雁门集》里。大概是愿使这将坠的被蚀而斑斓的颜色，暂得保存，不即与群叶一同飘散罢。④

再一次地，他选择存在以生而非死。这并不是说鲁迅惧怕死亡，他在一九二五年五月三十日给许广平的信中写道：

> 我是诅咒"人间苦"而不嫌恶"死"的，因为"苦"可以设法减轻而"死"是必然的事，虽曰"尽头"，也不足悲哀。⑤

《野草》中另一重要作品《死火》，以"我"梦中跌落冰谷为开端，温热的身体使冰中之火（即"死火"）重新烧起，他们一起逃出冰谷，尽管我们已经知道这意味着死火将会烧完。被解放出来的火是这样的：

---

① 对于《野草》的《题辞》，卡尔迪斯是这样论述的："……面对巨大的悲剧事件（历史性的或个人性的），鲁迅感到了语言的贫乏"，但是"他依然决定用诗意的表达将他最深层的情感外化为文字来呈现……"参见卡尔迪斯《中国散文诗：鲁迅〈野草〉研究》，第152、153页。

② 从原文可知，过客的年龄"约三四十岁"。当时的鲁迅认为这个年纪属于中年。

③ 鲁迅：《鲁迅全集》第二卷，第194页。

④ 鲁迅：《鲁迅全集》第二卷，第134—135页。

⑤ 鲁迅：《鲁迅全集》第十一卷，第79页。

他忽而跃起，如红慧星，并我都出冰谷口外。有大石车突然驰来，我终于辗死在车轮底下，但我还来得及看见那车就坠入冰谷中。

"哈哈！你们是再也遇不着死火了！"我得意地笑着说，仿佛就愿意这样似的。①

当然，这里突然出现的大石车具有一定的超现实主义色彩。"我"被碾死在车轮之下，然而"我"似乎很开心，因为"我"知道——就像"黑暗的闸门"一样，造成"我"毁灭的源头已经在"我"之前消亡。② 同时，"我"也从唤醒死火这一无意之举带来的生存与否的两难选择中解脱了出来。让我们再来看看一九一九年写的《自言自语》中疑似《死火》前身的一篇：

二　火的冰

流动的火，是熔化的珊瑚么？

中间有些绿白，像珊瑚的心，浑身通红，像珊瑚的肉，外层带些黑，是珊瑚焦了。

好是好呵，可惜拿了要烫手。

---

① 鲁迅：《鲁迅全集》第二卷，第 196 页。

② 吴茂生（Ng Mau-sang）在他的文章中写道："唤醒死火后，'我'不关心自己的命运，但灵魂中附着的恶魔仍希望除掉造成自己死亡的罪魁祸首，使其再无法作恶。因此，在看到石车坠落冰谷时，'我'幸灾乐祸。"参见《〈野草〉中的焦虑象征》，《译丛》（Renditions）第二十六期，一九八六年秋刊，第 162 页。

遇着说不出的冷，火便结了冰了。

中间有些绿白，像珊瑚的心，浑身通红，像珊瑚的肉，外层带些黑，也还是珊瑚焦了。

好是好呵，可惜拿了便要火烫一般的冰手。

火，火的冰，人们没奈何他，他自己也苦么？

唉，火的冰。

唉，唉，火的冰的人！①

尽管篇幅较短，其中已经呈现出《野草》中《死火》的很多元素，包括"人们没奈何他"；人类遭受痛苦；以及此火极有可能成为对人类的诅咒而非盟友。《野草》中，它参与了"我"的灭亡，就像成语"同归于尽"所描述的那样；"火的冰"中的最后一句也预示了它会给参与其中的人带来灾难（唉，唉，火的冰的人！）。如果"火的冰"真的象征着革命的潜在能量②，那可不是什么吉兆。但是，一九一九年九月的鲁迅会有这样的意识吗？也许它并非指革命，或许它是指五四精神中潜在的破坏力，以及在达成目的过程中释放了火导致对传统的打破（鲁迅多么有预见性！）。在一些评论家看来，"火的冰"或多或少与鲁迅在一九二七年四月二十六日写的《野

---

① 鲁迅：《鲁迅全集》第八卷，第91—96页。
② 连台湾学者吴宏一也认同这点："火，代表革命的热情；冰，代表现实的冷酷。"（同第397页注①，第19页）。卡尔迪斯也倾向这一观点，他告诉读者："火更愿意做自身走向死亡的动力（agent），而非屈从于静止和灭亡（始终被遗弃在冰谷中）"（卡尔迪斯，第215页）以及"尽管不一定明显影射政治活动，'死火'揭示了自身无法确定存在的状态，以及如何通过采取行动来转变自身这种不可避免的命运。"（卡尔迪斯，第218页）。

草·题辞》中"地火在地下运行，奔突"相关联。

在此需要一提的是，鲁迅后来怀疑《野草》中的《题辞》一文在一九三一年被出版社或政府审查部门撤掉了。因为该年及后来发行的《野草》版本中都没有了《题辞》，而且出版社没有给出解释。① 尽管《题辞》一文的质量很高，也使用了散文诗的语言和意象，但它毕竟是作者在步入人生另一阶段时所作，应该被赋予了全新的角色。如果说"火的冰"与"地火"是同一种火，我是持怀疑态度的。《题辞》中并没有写明"火"曾是冻结的，只说"火"在地下运行、奔突。很明显，一九一九年的"火的冰"不是一九二七年的"地火"，也不是一九二五年的"死火"。由此，我们可以得出结论：虽然运行奔突的"地火"让人印象深刻，它也只是附属于《野草》的，就像文中的"我"坦承在地下熔岩喷出烧尽一切野草之后，"我"将会有"欣然"之感②。事实上，从鲁迅晚年写给萧军的一封信（一九三四年十月九日）中，可以看出他对《野草》较为满意，至少在风格和技巧上如此。③

为了理解鲁迅创作散文诗这种体裁作品的初衷，我们先暂时放下他后来创作的《题辞》，来探究一下《自言自语》中的《序》。我

---

① 当时的出版社为上海北新书局（一九三一年五月第七版以后）。参见鲁迅一九三五年十一月二十三日致邱遇信（《鲁迅全集》第十三卷，第256页）及一九三六年二月十九日致夏传经信（《鲁迅全集》第十三卷，第314页）。

② 原文为"熔岩一旦喷出，将烧尽一切野草，以及乔木，于是并且无可朽腐。但我坦然，欣然。我将大笑，我将歌唱"（《鲁迅全集》第二卷，第159页）。

③ 在信中鲁迅写道："我的那一本《野草》，技术并不算坏，但心情太颓唐了。因为那是我碰了许多钉子之后写出来的。我希望你脱离这种颓唐心情的影响。"《鲁迅全集》第十二卷，第532页。

认为,这篇《序》可以看作鲁迅创作散文诗作品的真正序幕(至少比《题辞》作序幕更妥当)。

一 序

水村的夏夜,摇着大芭蕉扇,在大树下乘凉,是一件极舒服的事。

男女都谈些闲天,说些故事。孩子是唱歌的唱歌,猜谜的猜谜。

只有陶老头子,天天独自坐着。因为他一世没有进过城,见识有限,无天可谈。而且眼花耳聋,问七答八,说三话四,很有点讨厌,所以没人理他。

他却时常闭着眼,自己说些什么。仔细听去,虽然昏话多,偶然之间,却也有几句略有意思的段落的。

夜深了,乘凉的都散了。我回家点上灯,还不想睡,便将听得的话写了下来,再看一回,却又毫无意思了。

其实陶老头子这等人,那里真会有好话呢,不过既然写出,姑且留下罢了。

留下又怎样呢?这是连我也答复不来。

中华民国八年八月八日灯下记。①

这篇《序》的重要性在于:它是在创作《自言自语》的同时写成的,而不像《野草》的《题辞》写于后来一九二七年四月二十六日

---

① 鲁迅:《鲁迅全集》第八卷,第91页。该文首发于一九一九年八月十九日。

的广州,恰逢蒋介石的清党运动,距离《野草》中其他作品的完成已过去了数年。《自言自语》的《序》可以解读为作者阐释五四运动时期的自身与"过去"的关系。陶老头子过着与外界隔绝的生活(正如五四时期所描述的中国形象)、感官已经退化、说话的内容和方式都遭"我"以及身边的年轻人讨厌,"我"回到家还是将陶老头子的话写了下来,尽管那些话(以及记下它们的行为本身)很难解释清楚。《序》的最后以"其实陶老头子这等人,那里真会有好话呢,不过既然写出,姑且留下罢了。留下又怎样呢?这是连我也答复不来"作结。这简洁有力的结尾让读者想起《野草》中《墓碣文》最后那具死尸的要求:"……答我。否则,离开!……"这两个结尾,都向读者提出了挑战。至于"过去"的价值,"我"态度暧昧。虽然当时身处新文化运动的高潮,"我"也不愿抛弃"过去"。"我"把它写下来,保留它,虽然自己也不清楚那样做有无价值。这里,读者还会联想到鲁迅后来在《呐喊·自序》中的一段内容:"我"遭到朋友金心异(影射真实历史人物钱玄同)的质问,问"我"为什么抄古碑上的铭文:

> "你钞了这些有什么用?"有一夜,他翻着我那古碑的钞本,发了研究的质问了。
> "没有什么用。"
> "那么,你钞他是什么意思呢?"
> "没有什么意思。"
> "我想,你可以做点文章……"[①]

---

① 鲁迅:《鲁迅全集》第一卷,第418页。

我们根据《呐喊·自序》可以知道,在和友人围绕"铁屋子"进行交流后,鲁迅开始了他创作"小说模样的文章"的作家生涯。因此,可以说鲁迅的创作生涯始于五四前夜对于"过去"故事的整理,他试图在作品中面对"过去",而非"现在"或"将来"。在此,我想到了刘禾的观点,她认为《祝福》(她把这篇小说看作是鲁迅为一九二三年"科玄论战"而作)是受到了古代佛经故事的启发或影响。① 这种对于"过去"的态度,是鲁迅的这些短篇小说、《野草》以及《故事新编》之间很重要的连接点:努力面对"过去"是向前发展的内在要求。如同当下中国正在努力从"过去"的传统中获得对于"现在"的精神和哲学层面上的认识;又如同香港则希望通过正视"过去"留下的"混合遗产"来重新定义自我(而在英国殖民统治时期,这种"混合遗产"是香港避之不及的)。《自言自语》的第三篇《古城》中有多处表现了这一主题:

三 古城

你以为那边是一片平地么?不是的。其实是一座沙山,沙山里面是一座古城。这古城里,一直从前住着三个人。

古城不很大,却很高。只有一个门,门是一个闸。

青铅色的浓雾,卷着黄沙,波涛一般的走。

少年说,"沙来了。活不成了。孩子快逃罢。"

---

① 指《贤愚经·十六》中《微妙比丘尼》的故事。参见刘禾:《生命的形态:鲁迅笔下仿生学与佛教的碰撞》,(美国)《亚洲研究学刊》(JAS),第六十八卷,第一期,二〇〇九年二月,第21—54页。

老头子说,"胡说,没有的事。"

这样的过了三年和十二个月另八天。

少年说,"沙积高了,活不成了。孩子快逃罢。"

老头子说,"胡说,没有的事。"

少年想开闸,可是重了。因为上面积了许多沙了。

少年拼了死命,终于举起闸,用手脚都支着,但总不到二尺高。

少年挤那孩子出去说,"快走罢!"

老头子拖那孩子回来说,"没有的事!"

少年说,"快走罢!这不是理论,已经是事实了!"

青铅色的浓雾,卷着黄沙,波涛一般的走。

以后的事,我可不知道了。

你要知道,可以掘开沙山,看看古城。闸门下许有一个死尸。闸门里是两个还是一个?①

这篇文章中的"少年"应该就是鲁迅非常有名的《我们现在怎样做父亲》②一文中的英雄的原型,英雄用双肩扛起了"黑暗的闸门"让孩子们出逃,但自己却被无法逃离的重量压垮。《我们现在怎样做父亲》一文写于一九一九年十月,时间上只比《古城》晚一个月。"古城"当然可以解读成中国的象征,还有那时刻迫近的死亡、黄沙和漫天浓雾。但我并不想就此联想到中国当下的"雾霾",即便它明

---

① 鲁迅:《鲁迅全集》第八卷,第92—93页。该文首发于一九一九年八月二十日。

② 鲁迅:《鲁迅全集》第一卷,第129—143页。

确指出了民族危机的根源存在于领土内部。与《我们现在怎样做父亲》相比,这一篇散文诗的结尾更加简洁,倘若"少年"等于是英雄的话,其主人公也更年轻。《古城》里留下的问题要由未来的考古学家,或者至少是有兴趣审视过去的人来解决。《古城》是个"过去"的寓言故事,但它却对"现在"或是"未来"置评:少年建议孩子逃离古城的结果怎样?孩子是否逃生,还是大家一起死去?《古城》的结局和《铸剑》(写于一九二六年十月,刊载于一九二七年四月二十五日和五月十日)有些相似,其中大王、眉间尺、黑色人三人的头颅,不论敌友,都在同一口大锅中熬煮,又以超现实的方式继续厮打。而《古城》则在一个更加矛盾,又更具现代性的结局中,把问题抛给了读者:闸门里是否将有尸体?一个还是两个?你必须自己做出判断。

在中国传统中,螃蟹有象征科举考试中的"解元"或者"洁身自好"的寓意(据说螃蟹会寻找干净的水源栖息),而"双蟹"常常喻指科举考试中两个金榜题名的考生,但是中国的科举制已经在一九〇五年被废止了。所以,鲁迅在下面的《螃蟹》一文中提到的两只螃蟹应该和科举考试中的"解元"无关,而可能是代表有着不同世界观的两个俗世的文人。

四 螃蟹

老螃蟹觉得不安了,觉得全身太硬了。自己知道要蜕壳了。

他跑来跑去的寻。他想寻一个窟穴,躲了身子,将石子堵了穴口,隐隐的蜕壳。他知道外面蜕壳是危险的。身子还软,要被别的螃蟹吃去的。这并非空害怕,他实在亲眼见过。

他慌慌张张的走。

旁边的螃蟹问他说,"老兄,你何以这般慌?"

他说,"我要蜕壳了。"

"就在这里蜕不很好么?我还要帮你呢。""那可太怕人了。"

"你不怕窟穴里的别的东西,却怕我们同种么?"

"我不是怕同种。"

"那还怕什么呢?"

"就怕你要吃掉我。"①

在这里,我们又看到了一个戛然而止的结尾(laconic ending)。这样的结尾其实是这一组作品的一个特色。文中另一只螃蟹主动帮忙的情节,似乎暗示同类相食的可能性,这与鲁迅之前在《狂人日记》(一九一八)中的比喻类似但又不完全相同。吴宏一认为蜕壳的螃蟹是"比喻想抛弃旧传统的人",而另一只螃蟹则代表了想要保留旧传统的人。②我则认为本篇最特别的一点是使用了"同种"一词,让人联想到鲁迅在《阿Q正传》(一九二一年十月开始连载)③和其他作品中讽刺过的日本帝国主义的口号——"同文同种"。毕竟,五四运动是开始于一场反抗日本侵略的游行示威,而侵犯领土和"吃掉"在修辞上往往被看作意义相同。

为了表现五四精神以及它所代表的年轻活力、骄傲及冲动,鲁迅在后面的几则故事里,将重点放在了年轻人身上:

---

① 鲁迅:《鲁迅全集》第八卷,第93页。
② 参见上述吴宏一所编书,第22页。
③ 鲁迅:《鲁迅全集》第一卷,第504—505页;第530页,注34。

五　波儿

波儿气愤愤的跑了。

波儿这孩子,身子有矮屋一般高了,还是淘气,不知道从那里学了坏样子,也想种花了。

不知道从那里要来的蔷薇子,种在干地上,早上浇水,上午浇水,正午浇水。

正午浇水,土上面一点小绿,波儿很高兴,午后浇水,小绿不见了,许是被虫子吃了。

波儿去了喷壶,气愤愤的跑到河边,看见一个女孩子哭着。

波儿说,"你为什么在这里哭?"

女孩子说,"你尝河水什么味罢。"

波儿尝了水,说是"淡的"。

女孩子说,"我落下了一滴泪了,还是淡的,我怎么不哭呢。"

波儿说,"你是傻丫头!"

波儿气愤愤的跑到海边,看见一个男孩子哭着。

波儿说,"你为什么在这里哭?"

男孩子说,"你看海水是什么颜色?"

波儿看了海水,说是"绿的"。

男孩子说,"我滴下了一点血了,还是绿的,我怎么不哭呢。"

波儿说,"你是傻小子!"

波儿才是傻小子哩。世上那有半天抽芽的蔷薇花,花的种子还在土里呢。

便是终于不出,世上也不会没有蔷薇花。①

五四时期的理想主义大都是天真的。本篇可以看作一则寓言,意在揭示革命运动需要长期斗争和自我反思,而不能一味指摘他人。这也是鲁迅同时期其他作品的主题:即无论是对于国家民族还是对于作为他的读者主体的年轻知识分子来说,都没有简单快速的解决方案。一方面,它反对所有的"主义"和各种"主义"下的速成理论;另一方面,这则寓言仍提醒读者不要失去希望,"尽管现在蔷薇花不开在这里,她也会开在世界上的其他地方"。鲁迅的作品是批判的,甚至是黑暗的,但却不幽闭恐怖,因为在他的作品中,失败和悲伤之外总还有另外一个世界。这甚至也体现在死亡上:

六 我的父亲

我的父亲躺在床上,喘着气,脸上很瘦很黄,我有点怕敢看他了。

他眼睛慢慢闭了,气息渐渐平了。我的老乳母对我说,"你的爹要死了,你叫他罢。"

"爹爹。"

"不行,大声叫!"

"爹爹!"

我的父亲张一张眼,口边一动,彷佛有点伤心,——他仍然慢慢的闭了眼睛。

---

① 鲁迅:《鲁迅全集》第八卷,第118页。

我的老乳母对我说,"你的爹死了。"

阿!我现在想,大安静大沉寂的死,应该听他慢慢到来。

谁敢乱嚷,是大过失。

我何以不听我的父亲,徐徐入死,大声叫他。

阿!我的老乳母。你并无恶意,却教我犯了大过,扰乱我父亲的死亡,使他只听得叫"爹",却没有听到有人向荒山大叫。

那时我是孩子,不明白什么事理。现在,略略明白,已经迟了。我现在告知我的孩子,倘我闭了眼睛,万不要在我的耳朵边叫了。①

这篇《我的父亲》应该就是《朝花夕拾》中《父亲的病》一文的原型。在我看来,《我的父亲》和《父亲的病》两篇都对传统思想和习俗的合理性提出了质疑,作者已经意识到了传统信仰体系中那些不人道的价值观念,以及那些对他人有意或无意的操纵和虐待行为所具有的危害性。由此看来,这两篇文章都没有沉湎于内疚或自责。这也和《狂人日记》中所表现的五四运动时期的主题相一致:要活得像一个真正的"人",即做人要至真至纯不能被社会体系、政治体系甚至家庭或家族体系中固有的旧思想所侵蚀。

---

① 鲁迅:《鲁迅全集》第八卷,第95页,该文首发于一九一九年九月九日。在《朝花夕拾》的《父亲的病》一文中作者把"我的老乳母"改成了邻居"衍太太"。文中写道"住在一门里的衍太太进来了。她是一个精通礼节的妇人"。《鲁迅全集》第二卷,第290页的注释12里认为这位"衍太太"是鲁迅叔祖周子传的妻子。

在《自言自语》的最后,鲁迅依旧以家庭为主题,写下了《我的兄弟》一文。(《自言自语》本应该还有后续,但是并没有发表,实际上鲁迅当初提到的后续很可能就变成了后来的《野草》。)

七　我的兄弟

我是不喜欢放风筝的,我的一个小兄弟是喜欢放风筝的。

我的父亲死去之后,家里没有钱了。我的兄弟无论怎么热心,也得不到一个风筝了。

一天午后,我走到一间从来不用的屋子里,看见我的兄弟,正躲在里面糊风筝,有几支竹丝,是自己削的,几张皮纸,是自己买的,有四个风轮,已经糊好了。

我是不喜欢放风筝的,也最讨厌他放风筝,我便生气,踏碎了风轮,折了竹丝,将纸也撕了。

我的兄弟哭着出去了,悄然的在廊下坐着,以后怎样,我那时没有理会,都不知道了。

我后来悟到我的错处。我的兄弟却将我这错处全忘了,他总是很要好的叫我"哥哥"。

我很抱歉,将这事说给他听,他却连影子都记不起了。他仍是很要好的叫我"哥哥"。

阿!我的兄弟。你没有记得我的错处,我能请你原谅么?

然而还是请你原谅罢![1]

---

[1] 鲁迅:《鲁迅全集》第八卷,第96页。

这篇《我的兄弟》是《野草》中《风筝》一文的原型。它缺少鲁迅后来在《风筝》中加入的那些动人的细节和情节，比如下面这一段文字：

> 然而我的惩罚终于轮到了，在我们离别得很久之后，我已经是中年。我不幸偶而看了一本外国的讲论儿童的书，才知道游戏是儿童最正当的行为，玩具是儿童的天使。于是二十年来毫不忆及的幼小时候对于精神的虐杀的这一幕，忽地在眼前展开，而我的心也仿佛同时变了铅块，很重很重的堕下去了。
>
> 但心又不竟堕下去而至于继绝，他只是很重很重地堕着，堕着。
>
> 我也知道补过的方法的：送他风筝，赞成他放，劝他放，我和他一同放。我们嚷着，跑着，笑着。——然而他其时已经和我一样，早已有了胡子了。①

尽管如此，这两篇文字的主题是相同的，没有变化。在这里不得不提的一点是，《我的兄弟》完成五年之后，也就是一九二三年七月，鲁迅才与其弟周作人发生争执而决裂。因此，那些认为《野草》中《风筝》一文是写鲁迅对于兄弟决裂的悔恨或他对周作人感到内疚的观点显然都是不准确的。《风筝》一文，让"我"思考对于"过去"的疑问，以及个人无法回到过去修正错误或重塑正义的问题。但是《我的兄弟》中的"我"最后却说："然而还是请你原谅罢！"这强调了就算赎罪是不可能的，我们也必须带着我们的罪

---

① 鲁迅：《鲁迅全集》第二卷，第183页。

与恶活下去并努力为之赎罪这一生存真相。由此，我想到了竹内好所谓的"回心"，在这里我不愿像李心峰和李冬木那样将"回心"与佛教或基督教联系在一起，我更愿将它与中国古典思想中的"反省"联系在一起。为了让我们用一种更好的方式生活在现在与未来，鲁迅通过《我的兄弟》中的"我"，以及贯穿整个《自言自语》中的"我"，唤起我们去反省"过去"。如果缺少了《自言自语》及之后的《野草》中所呼吁的这种反省和自省，我们将无法前行。这是《野草》的终极主题，也即鲁迅所说的"解剖自己"①。

如果像许寿裳所说，鲁迅的哲学就体现在《野草》中，那么它到底是什么？作为第一位深入研究《野草》的西方学者，查尔斯·阿尔伯认为鲁迅"视人类为暴政的受害者，也视人类为暴政的施恶者……和动物一样，人类也啃食同类的肉，即使不是肉本身，也是那藏在肉中的灵魂"②。这让我想到《摩罗诗力说》第四节末尾鲁迅对拜伦的最后评论：

> 故既揄扬威力，颂美强者矣，复曰，吾爱亚美利加，此自由之区，神之绿野，不被压制之地也。由是观之，裴伦既喜拿坡仑之毁世界，亦爱华盛顿之争自由，既心仪海贼之横行，亦孤援希腊之独立，压制反抗，兼以一人矣。虽然，自由在是，

---

① "我的确时时解剖别人，然而更多的是更无情面地解剖我自己"，此语出自《写在〈坟〉后面》，《鲁迅全集》第一卷，第284页。

② 参见查尔斯·阿尔伯（Charles J. Alber）《〈野草〉：鲁迅散文诗中的相似与对称》一文，收录于《中国文学论集》（*Critical Essays on Chinese Literature*，倪豪士（William H. Nienhauser）编，香港：香港中文大学出版社，一九七六年），第11页。

人道亦在是。①

鲁迅在《野草》其他篇目完成一年之后才撰写前言（即《题辞》），所以阿尔伯认为鲁迅对《野草》的总结就在这《题辞》里。"诗人（鲁迅）的生命"，阿尔伯说："就好像大树周围的淤泥，努力想培育出富有创造力的人才，但是淤泥无法为树木提供任何给养，这贫瘠的泥土只能养育出野草。诗人把他的诗比作野草，令人感觉多余和讨厌，……我相信，诗人最后接受了死亡的现实……他希望这些野草速速死去……在死亡的瞬间证实生命的存在，否则他'将不曾活过'，诗人认为这将是比死亡更糟糕的情状。"②

尽管我很欣赏阿尔伯对鲁迅的研究，但我不赞同"死亡是《野草》的核心"的结论。一九一九年十月，就在《自言自语》结稿的同时，鲁迅曾在《我们现在怎样做父亲》一文中写道：

"自己背着因袭的重担，肩住了黑暗的闸门，放他们到宽阔光明的地方去；此后幸福的度日，合理的做人。"这是一件极伟大的要紧的事，也是一件极困苦艰难的事。③

《野草》的终篇不是关于死亡，而是《一觉》。这篇文字的灵感源于一群年轻作家孤独而英勇的生活，他们在《浅草》杂志夭折后又继续创办了《沉钟》杂志。鲁迅很欣赏《浅草》，他以《野草》为

---

① 鲁迅：《鲁迅全集》第一卷，第78—79页。
② 同416页注②，第17页。
③ 鲁迅：《鲁迅全集》第一卷，第140页。

书名也可能是和《浅草》有关：

> 《沉钟》的《无题》——代启事——说："有人说：我们的社会是一片沙漠。——如果当真是一片沙漠，这虽然荒漠一点也还静肃；虽然寂寞一点也还会使你感觉苍茫。何至于象这样的混沌，这样的阴沉，而且这样的离奇变幻！"
>
> 是的，青年的魂灵屹立在我眼前，他们已经粗暴了，或者将要粗暴了，然而我爱这些流血和隐痛的魂灵，因为他使我觉得是在人间，是在人间活着。
>
> 在编校中夕阳居然西下，灯火给我接续的光。各样的青春在眼前一一驰去了，身外但有昏黄环绕。我疲劳着，捏着纸烟，在无名的思想中静静地合了眼睛，看见很长的梦。忽而惊觉，身外也还是环绕着昏黄；烟篆在不动的空气中上升，如几片小小夏云，徐徐幻出难以指名的形象。①

《一觉》写于一九二六年四月十日，"三·一八"惨案②发生后不久。此时鲁迅已经在至少四篇文章和《野草》的一些文字中强烈谴责了这场暴行，但是在《一觉》的最后，他还是在悲伤和哀恸之外为我们指出了希望的所在。

---

① 一九二六年三月十八日，北洋军阀段祺瑞政府的军队向手无寸铁的示威者开枪，造成了四十七人死亡，一百五十多人受伤。鲁迅的杂文《无花的蔷薇之二》悼念他的两位遇难的女学生，称那天是"民国以来最黑暗的一天"（《鲁迅全集》第三卷，第264页）。

② 鲁迅：《鲁迅全集》第二卷，第224—225页。

我写这篇论文的动机不是认为《自言自语》为我们提供了解读《野草》的所有视角，但是我相信《自言自语》提供了足够的文本信息去重组（recontextualize）《野草》若干篇章的情境，并由此为那些有关隐藏在文本背后的鲁迅意识深处的思想提供了质疑的论证。如果我们回到本文一开始提到的《摩罗诗力说》中关于雪莱的那句话，"然及今日，则修黎真死矣，而人生之閟，亦以真释，特知之者，亦独修黎已耳"，我们就会明白：死亡不是《野草》的答案，至少不是对于当下生命的答案。《野草》就像一种幻剂，它能够扩展我们生命中的意识，而不是终结它。在一九二〇年代《野草》刚发行的时候读者就对它爱不释手，现如今将近一百年过去了，《野草》依然脍炙人口，或许这就是原因。

鲁迅《野草》得名试论

□ 秋吉 收

一、鲁迅与《〈呐喊〉的评论》

一九二五年五月《语丝》三十一期上刊载了鲁迅的《俄文译本〈阿Q正传〉序及著者自叙传略》，其中有这样一段记述：

> <u>我的小说出版之后</u>，<u>首先受到的是一个青年批评家的谴责</u>；后来，也有以为是病的，也有以为滑稽的，也有以为讽刺的；或者还以为冷嘲，至于使我自己也要疑心自己的心里真藏着可怕的冰块。①

（下划线均由笔者所加。下同）

这里的"一个青年批评家"正是指成仿吾，"我的小说"就是鲁迅的第一部小说集《呐喊》（一九二三年八月北京新潮社）。该小说集出版后，茅盾已率先发表了书评《读〈呐喊〉》（一九二三年十月八日《文学（周报）》九十一期），这里鲁迅依旧用"首先"一词，

---

① 鲁迅：《俄文译本〈阿Q正传〉序及著者自叙传略》，原载于一九二五年五月《语丝》三十一期。

可见他对成仿吾的评论的介怀。成仿吾也确实毫不客气地在《〈呐喊〉的评论》中说:

> 前期的作品之中,《狂人日记》很平凡;《阿Q正传》的描写虽佳,而结构极坏;《孔乙己》《药》《明天》皆未免庸俗;《一件小事》是一篇拙劣的随笔……我一直读完《阿Q正传》的时候,除了那篇《故乡》之外,我好象觉得我所读的是半世纪前或一世纪以前的一个作者的作品……《不周山》又是全集中极可注意的一篇作品。作者由这一篇可谓表示了他不甘拘守着写实的门户。他要进而入纯文艺的宫庭。这种有意识的转变,是我为作者最欣喜的一件事。这篇虽然也还有不能令人满足的地方,总是全集中第一篇杰作。①

自一九一八年《狂人日记》(《新青年》四卷五号)刊载以来,五年间鲁迅不断地进行创作,集结成他的第一部小说集《呐喊》对中国现代文学的诞生而言,这部作品集的影响不可小觑。鲁迅把《〈呐喊〉的评论》称之为"首先"的反应,却是《呐喊》刊行一年后才出现的。此后,鲁迅对成仿吾的批判便不绝于耳。仿若是对《〈呐喊〉的评论》的报复一样,自一九三〇年一月《呐喊》的第十三次印刷(鲁迅自身标记为"第二版")开始,鲁迅将《不周山》一文删除了。一九三五年十二月将其改题为《补天》,重新收录于历史小说集《故事新编》中,将成仿吾唯一称赞过的《不周山》"彻底

---

① 成仿吾:《〈呐喊〉的评论》,一九二四年二月《创造》季刊第二卷第二期。

毁灭"了。个中缘由,鲁迅在《〈故事新编〉序》中有所言及。

> 我们的批评家成仿吾先生……以"庸俗"的罪名,几斧砍杀了《呐喊》,只推《不周山》为佳作,——自然也仍有不好的地方。坦白的说罢,这就是使我不但不能心服,而且还轻视了这位勇士的原因。我是不薄"庸俗",也自甘"庸俗"的……《不周山》的后半是很草率的,决不能称为佳作。倘使读者相信了这冒险家的话,一定自误,而我也成了误人,于是当《呐喊》印行第二版时,即将这一篇删除;向这位"魂灵"回敬了当头一棒——我的集子里,只剩着"庸俗"在跋扈了。①

直至鲁迅逝世的前一年,他的这种多少有些偏执的做法才告一段落。从整体上来说,鲁迅和成仿吾的关系始终是互相冲突的。作为这一连串事件发端的《〈呐喊〉的评论》到底是如何给鲁迅留下了这样深的伤疤?北京世界语专科学校的学生,同时也是一九二五年鲁迅组织的文学社——莽原社的中心成员并深得鲁迅信赖的荆有麟有这样一段回忆:

> 先生的第一集小说《呐喊》出版后,创造社的成仿吾,曾给了不大公正的批评……成仿吾一次不很客气的批评,使先生耿耿于心者,达至十数年。无论谈话里,文章里,一提起创造社人,总有些严厉指摘或讽刺。虽然这指摘或讽刺,另有

---

① 鲁迅:《鲁迅全集》第二卷,北京:人民文学出版社,二〇〇五年,第353页。

它的社会原因在，但仿吾那篇批评，却在先生脑筋中一直记忆着。①

以《〈呐喊〉的评论》为发端的"鲁、成之争"，以及与后期创造社之间的激烈的革命文学争论，是历来的鲁迅与成仿吾关系研究的焦点，然而本文所讨论的对象，是以往研究中所忽略的鲁迅的散文诗集《野草》和成仿吾的关系。之所以着眼于《野草》，是因为其中的第一篇《秋夜》写于一九二四年九月，正是《〈呐喊〉的评论》发表约半年后的时间。

接下来我们就从成仿吾代表作之一——《诗之防御战》进行解读，进而讨论与《野草》的关系。

二、成仿吾《诗之防御战》

正如鲁迅曾几度以满含讽刺的口吻称其为"批评家"一样，成仿吾自身也因"批评家"而自负，实际创作的文章大多数也都是批评（评论）文。然而出乎意料的是，成仿吾的文学活动却是以"诗"为出发点的。据《成仿吾研究资料》（湖南文艺出版社，一九八八年）中"著译目录（一九二〇至一九八五）"显示，自一九二〇年二月二十五日《时事新报·学灯》刊载的第一篇作品《青年（新诗）》开始，直至一九二二年末，成仿吾的创作是以诗

---

① 荆有麟:《鲁迅的对事与对人》，收于《鲁迅回忆断片》，上海杂志公司，一九四三年初版（未见），使用同公司一九四七年版，第20—21页。

作为中心的，共计二十三篇。多以青年时代浪漫的青春（人生、友情和孤独）为主题。一九一〇年，十三岁的成仿吾随兄长（成劭吾）远渡日本，一九一四年进入冈山第六高等学校，与郭沫若相识。平常多读席勒、海涅等外国诗人的文学作品，也着手于翻译。一九一七年考入东京帝国大学（造兵科）后，同郁达夫、张资平等创办小杂志 GREEN（《格林》），开始了真正的创作活动①，这里有必要进行简单的梳理。

一九二三年，即鲁迅执笔《野草》的前一年，成仿吾在《创造周报》创刊号（一九二三年五月）上刊载了"诗之防御战"。

现在试把我们目下的诗的王宫一瞥，看它的近情如何了。

一座腐败了的宫殿，是我们把它推翻了，几年来正在重新建造。然而现在呀，王宫内外遍地都生了**野草**了，可悲的王宫啊！可痛的王宫！

空言不足信，我现在把这些**野草**，随便指出几个来说说。

一、胡适的《尝试集》……这简直不知道是什么东西……

二、康白情的《草儿》……我把它抄下来，几乎把肠都笑断了……

三、俞平伯的《冬夜》……这是什么东西？滚滚滚你的！……

四、周作人……这不说是诗，只能说是所见……

---

① 朱自清编《中国新文学大系·诗集卷》（上海良友图书印刷公司，一九三五年）中，将成仿吾的三首诗（《静夜》《诗人的恋歌》《序诗（一）》，均一九二三年作）收录其中，可见他作为诗人也得到一定认可。

五、徐玉诺的《将来之花园》……这样的文字在小说里面都要说是拙劣极了。

……

我现在手写痛了,头也痛了!读者诸君看了这许多名诗,也许已经觉得眼花头痛,我要在这里变更计划,不再把<u>野草</u>一个个拿来洗剥了。

至于前面的那些<u>野草</u>们,我们应当对于它们更为及时的防御战。它们大抵是一些浅薄无聊的文字,作者既没有丝毫的想象力,又不能利用音乐的效果,所以它们总不外是一些理论或观察的报告,怎么也免不了是一些鄙陋的嘈音……这样的文字可以称诗,我不知我们的诗坛终将堕落到什么样子。我们要起而守护诗的王宫,我愿与我们的青年诗人共起而为这诗之防御战!

在这里,成仿吾将创造社视为仇敌,对文学研究会的代表诗人及胡适、周作人等文学泰斗彻底地"斩尽杀绝"。除上述引用部分之外,文学研究会作家冰心、泰戈尔、周作人的新诗创作,及以日本的和歌、俳句为发端的"小诗"运动也遭到了他粉碎性的抨击。众所周知,中国最早的口语新诗集——胡适的《尝试集》(一九二〇年)仍没有迈出习作的田地,但对于尚处于初期这个背景,多少有些不成熟是情有可原的。成仿吾完全没有看到他人为革新、开拓所付出的努力,只是一味地嘲笑般地全然否定,不是"仇敌"也会感到厌恶(但是对文学研究会作家等文坛的泰斗进行痛快地嘲讽,因而也使得《创作周报》一时间呈现了空前的盛况)。

但是,约一万字的饱含情绪的评论,可以想见成仿吾绝不是仅以打倒仇敌的意图进行创作的。"文学始终是以情感为生命的""文学只有美丑之分,原无新旧之别"等言语,可以看到"为艺术而艺术"的创造社的理念,也可以看到成仿吾自身对文学(诗)艺术的真正的探究态度。另外,公式似的解说、外来语的多用等足以见得他对西欧理论的热心研究。① 尽管如此,他在自己主办的杂志上接连不断地发表文章(《创造周报》几乎每号都可见成仿吾和郭沫若的文章,加之在同时期的《创造季刊》上的投稿数量也甚多),在这样透支的情况下,每投一篇都经过深思熟虑并付诸实践,这对初出茅庐的成仿吾来说亦是不易的。动辄就可看到他带着党同伐异、独善其身的政治性色彩,以及前后不一致的冗长赘述等。同时期的《少年中国》《晨报副刊》《小说月报》等杂志上也可看到郭沫若、康白情、周作人及闻一多等众多文人对中国新诗该如何构筑的热心讨论,《诗之防御战》则是与脱离这些讨论对既存文坛所做的全盘否定。

那么,被成仿吾攻击的文人对此是做何反应的?首先是胡适,意外的是他没有任何反驳的言语。实际上,大约在《诗之防御战》刊载的一年前,胡适与成仿吾(以及郁达夫等创造社成员)对误译

---

① 关于成仿吾的文学艺术探究的更多细节,请参考中井政喜《一九二〇年代中国文艺批评论》(汲古书院,二〇〇五年)、阿部干雄《成仿吾的"文学观"的变迁》(二〇〇八年三月《言语社会(一桥大学)》第二号),以及其他在中国发表的论文,如袁红涛《青春的激情与入世的冲动——论成仿吾的文学批评》(二〇〇四年八月《石油大学学报(社会科学版)》二十卷四期)等。对成仿吾用的"野草"一词,中井先生曾给予了笔者宝贵意见,并促使本文的形成,在此表示感谢。

问题进行了激烈的争论①，或许那时胡适已经释然了。在《诗之防御战》发表之际，一九二三年五月十五日胡适向郭沫若和郁达夫发送了关于误译问题的近乎谢罪的和解信。②

其次是康白情、俞平伯（一九〇〇至一九九〇）、徐玉诺（一八九四至一九五八）等人的反应。据笔者调查所见，基本上可以说是一片沉默（原本像徐玉诺那样确立了自己的诗的世界、历来以真的"脱俗"的诗人自诩的人来说，这种充满了俗气的"批评"几乎不能影响什么吧）。然而文学研究会的中心成员茅盾（一八九六至一九八一）针对当时的情形，有这样一段发言：

> 当时鲁迅读了这篇评论后，劝我们不要写文章与之辩论，因为如果辩论，也不过是聋子对话……附带说一句，成仿吾是个直性子人，有什么想法，肚里搁不住，就直说出来。但他也

---

① 针对余家菊以英语为底本重译的《人生之意义与价值》（原著作者是德国的哲学家、诺贝尔文学奖的获得者倭铿）的误译问题，郁达夫在《创造季刊》一卷二号（一九二二年八月）上批判的同时，胡适在《努力周报》（九月十七日第二十期）"编辑余谈"栏写了《骂人》并对郁达夫给予了批判。与此同时，成仿吾在《创造季刊》一卷三号（一九二二年十二月）上以《学者的态度——胡适之先生的"骂人"批评》为题，用近一万字的文章进行了彻底的讽刺和反击。原本仅是误译问题，于胡适方面不利。详请请参考胡翠娥《"翻译的政治"——余家菊〈人生之意义与价值〉笔战的背后》（《新文学史料》二〇一一年四期）等。

② 胡适：《致郭沫若、郁达夫》（一九二三年五月十五日）《胡适全集》第二十三卷（书信集），合肥：安徽教育出版社，二〇〇三年，第404页。胡适在鲁迅和陈源争论时劝说二人和解而发出的信——《致鲁迅、周作人、陈源》（一九二六年五月二十四日）前出《胡适全集》（第二十三卷），第485页。

是个正直的人,他与鲁迅打过不少笔墨官司。①

最后我们来探寻一下鲁迅的弟弟周作人的反应。实际上,成仿吾对周作人的批判更为深刻和执拗。他对周作人的攻击不仅限于他创作的诗歌,甚至蔓延到了他介绍的日本的俳句短歌等。"总之这两件臭皮囊,即日本人——与俳谐一样浅薄无聊的日本人"等言辞可以窥见成仿吾对日本本身的厌恶,他对周作人的攻击持续到一九二〇年代后半期的革命文学论争(同时伴随着对鲁迅的批判),足以见得渊源之深。

而周作人也在《诗之防御战》的次月立刻发表了明确反驳的文章,但却刊登在了面向在北京居住的"日本人"的"日语"新闻《北京周报》(一九二三年六月十七日,第六十九号)上。署名是"北斗生",看似是与该事件无关联的文人的消遣之作。② 这篇原文是日语,其中一个段落写道:

> 上海的创造社同人都是日本留学生,他们自己称作是颓废派,但从我看来,他们称作普罗文士更适宜。从去年冬天起直到现在在《创造》杂志上关于误译问题跟胡适博士进行论战(胡适君已经沉默了),猛烈地发挥普罗风格。五月又出了《创

---

① 茅盾:《复杂而紧张的生活、学习与斗争——回忆录(五)》,《新文学史料》一九七九年十一月,第五辑。

② 文章开头"记者栏"中有这样的注明:"北斗生是支那文学界殊有名的人,对日本文学也深有研究。支那文坛闲话是其自身书写的日文。是了解最近支那文学界的必读书目,绝不是闲话。"这位记者便是当时与鲁迅和周作人有过直接交流的丸山昏迷。

造周报》，其旗帜更鲜明起来了……应该看看第一期的叫作《诗之防御战》的论文。这个批评家在文中统统打败所谓专卖中国的诗坛的人们了。他的武者那样的态度实在厉害……对于有人介绍日本的短歌，狠狠地批评说："把日本人自己也已经不要的东西捡起来叫中国青年模仿，到底是什么意思？"日本现在有没有短歌是另一个问题，但介绍不一定是提倡，一个批评家应当明白。我也喜欢骂人，看了那种文章心情似乎就畅快，但那个打架的姿态过于勇悍。

周作人故意隐藏自己的身份，不是针对中国而是在面向日本的媒介作了反驳。由于成仿吾攻击的是日本的俳句短歌进而想到日本，这或许是其中的一个缘由。虽然这种排遣可以说并非直接坦率①，但却是符合"韬晦"性格的周作人的作风的。另一方面，脱离中国文坛、并且匿名发表这样的自由空间，也许更能吐露真实的想法。

事实上，周作人也曾用中文谈及此事，一九二三年十一月三日的《晨报副镌》上刊载的《"文艺界剿匪运动"》和后来一九三六年写的《论骂人文章》。② 但是，这些仅仅是对成仿吾的"官骂事业"

---

① ［日］伊藤德也：《〈新文学的二大潮流〉是如何写成如何刊行的》（二〇一四年十二月《周作人研究通信》第二号）中写道："……是对特定的文学者批判或讽刺的文章，如若以中文写就发表在《晨报副刊》等杂志上，以当时周作人的影响来看，势必会成为文坛一个大事件吧。用日文写并发表在对众多中国读者来说不容易获取的日本杂志，因此才公开了具体批判的人名了吧。"同时请参考该氏《周作人的日语佚文〈中国文坛闲话〉》(《鲁迅研究月刊》，二〇一三年第二期)。

② 周作人（署名：知堂）：《论骂人文章》，原载于《论语》一九三六年十二月十六日第一〇二期，收于《周作人散文全集》(第七卷)，桂林：广西师范大学出版社，二〇〇九年，第474页。

的委婉嘲讽，而非正面地对战。

在较早的时期鲁迅就开始关注新诗创作及研究，一九一八年五月至七月，鲁迅在《新青年》上发表了五首新诗，对这篇《诗之防御战》无疑是投以关注的目光的。不单是内容，对"诗之王宫"等矫揉造作之语，欧文罗列、西洋理论的炫耀等统统像是惹怒了鲁迅，在这篇文章刊载的一年后，鲁迅将自己最初的新诗冠以"野草"之名，回应了成仿吾以"野草"嘲笑拙劣诗作一事。

三、围绕《创造周报》

受到成仿吾批判的这些文人表面上冷静地对待，实际上受《诗之防御战》的影响甚大。郭沫若在回忆录《创造十年》中说道：

> 仿吾异常的勇猛，在《周报》第一期上便投出了《诗之防御战》的那个爆击弹，把当时筑在闸北的中国的所谓文坛，爆击得比今年的闸北怕还要厉害。那篇文章除掉仿吾之外谁也不会做的，因为凡是多少要顾虑一下饭碗问题的人，谁个敢于做出那样的文章？至少我就不敢……仿吾因为那篇文章便得罪了胡适大博士，周作人大导师，以及文学研究会里的一些大贤小贤。然而仿吾的报应也觌面了。他在用爆击弹，而在敌对者方面却用的是毒瓦斯。①

---

① 郭沫若：《创造十年》（十二），原载于一九三二年上海现代书局，收于《郭沫若全集·文学编》第十二卷，北京：人民文学出版社，一九九二年，第169页。

然而，刊载《诗之防御战》的杂志《创造周报》到底是什么样的杂志呢？创刊于一九二二年五月的创造社最初的机关杂志《创造季刊》当时是非常活跃的。除创作以外，还刊载了翻译、成仿吾《〈呐喊〉的评论》（一九二四年二月《创造季刊》二卷二号）等文章，然而随着它的发展其发表空间却显现不够了，为开拓新的领域而准备的便是如这个标题所示显露着对文学研究会的对抗意识的《创造周报》。在《创造季刊》的二卷一号的卷末，以《预告 创造周报》为题发表了其宣言："我们这个周报的性质，和我们的季刊是姐妹，但他们却微有略轻略重之点，季刊素来偏重创作，而以评论介绍为副。这回的周报想偏重评论介绍而以创作副之……创造社启事 四月三十日。"与这一主旨相呼应，创刊号的卷头文章就是成仿吾的《诗之防御战》。随后，郭沫若的《我们的文学新运动》（三号）、郁达夫的《文艺上的阶级斗争》（三号）、《The Yellow Book 以及其他》（二十、二十一号）等都是值得关注的文章，因此杂志上也呈现出一片繁荣的景象。这一状况在郑伯奇（一八九五至一九七九）的回想中可窥见一斑。

当时，创造社胜利地回击了胡适一派的猖狂进攻，博得了广大读者的同情和信任，但也招来了敌对方面的更多的谩骂和攻击。在这样情况下，光凭三个月出版一次的季刊来应战，的确显得太不及时了……大家主张另出一个机动刊物来应付斗争的需要……《创造周报》一经发刊出来，马上就轰动了。每逢星期六的下午，四马路泰东书局的门口，常常被一群一群的青年所挤满,从印刷所刚运来的油墨未干的周报,一堆一堆地为读者抢购净尽,定户和函购的读者也陡然增加,书局添人专管这些事。若说这一时期是前期创造社中最活跃的时代,怕也不是夸张吧①。

如郭沫若所说的那样,作为"仇敌"的文学研究会当然也关注着创造社的动向。一九二三年五月,即与《创造周报》创刊号同月发行的《小说月报》十四卷五号《国内文坛消息》中有记载说:"关于文学杂志的出版,也有很可喜的消息……创造社诸君,拟于创造季刊之外,再出一种创造周报内容侧重于批评方面。"但是文学研究会的主要成员、《小说月报》的主编茅盾在一九二二年六月十一日《文学旬刊》三十九期上刊登的《〈创造〉给我的影响》中给予反驳:"创造社诸君的著作恐怕也不能竟说可与世界不朽的作品比肩吧。所以我觉得现在与其多批评别人,不如自己多努力……望把天才两字写出在纸上,不要挂在嘴上。"茅盾在《文学》(周刊)一九二四年七月一三一号上针对成仿吾一九二三年五月的《诗之防御战》、一九二四年二月的《〈呐喊〉的评论》做了如下说明:

> 互相批评,在他们自己骂人的时候,骂人便是"防御战",是极正当的行为,然而别人若一回骂,可就成了"大逆不道"了。我们老老实实说罢,当我们想起这种现象时,每不禁联想

---

① 郑伯奇:《二十年代的一面——郭沫若先生与前期创造社》,重庆《文坛》半月刊,第一至五期、第二卷第一期,一九四二年三至六月、一九四三年四月。《创造社研究资料 下》,福州:福建人民出版社,一九八五年,第759页。

到近二年来创造季刊与创造周报的言论……成仿吾屡次因辩论学理而大骂文学研究会排斥异己,广招党羽,我们都置而不辩,因为我们知道成君辩论是极没有意味的事……

成仿吾也时不时说出"最后的结果却是弄得几乎无处可以立足,不仅多年的朋友渐渐把我看得不值一钱"(《创造周报》一九二四年四月十三日四十八号)等这样的泄气话,从中也可窥见其渐入消沉的样子。相比较于接收到来自全国各地多方面的投稿并逐渐扩大成长的茅盾他们的文学研究会,创造社则是局限于同人的小范围而无法突破,关于《创造周报》的末路,这里借用伊藤虎丸在《创造社小史》的一段话:

> 《周报》本身已经出版了十数号,早已"有点筋疲力尽"(《创造十年》)。《创造日》发刊后负担又已加重,加之积累的疲劳感。在这样一成不变的艰苦生活下,同人间的感情上的龟裂也走向了表面化。就这样,一九二三年初郁达夫去了北京,次年四月郭沫若赴日后,《周报》在满一年之后便停刊了。①

但成仿吾也没就此投降。一九二四年五月十九日刊行的《创造周报》五十二号(最终号)上成仿吾以《批评与批评家》为题写道:"真的文艺批评家,他是在做文艺的活动。他把自己表现出来,就成

---

① [日]伊藤虎丸:《创造社小史(解题)》,《创造社研究 创造社资料别卷》,香港:亚洲出版社,一九七九年,第9页。

为可以完全信用的文艺批评,这便是他的文艺作品。"从这段话中可以强烈感受到他自恃"批评家"身份下的自负(虽也能感到有些不愿认输下的口是心非)。再者,该杂志最终号上刊载了成仿吾写的《一年的回顾》,提到《创造周报》最初发刊的想法是"内容注重翻译与批评……我誓要扫荡新诗坛上的妖魔,写几篇批评近日的新诗的文字"。尽管迎来了终刊,创刊号上刊载的《诗之防御战》的"意气风发"始终不曾衰减。

《创造周报》走向衰落以至停刊之后不久,同年十一月《语丝》创刊并活跃起来,在创刊号上登载了鲁迅的文章——《说不出》,其中提到:

> 我以为,批评家最平稳的是不要兼做创作。假如提起一支屠城的笔,扫荡了文坛上一切野草,那自然是快意的。但扫荡之后,倘以为天下已没有诗,就动手来创作,便每不免做出这样的东西来。

这里鲁迅将"批评家"成仿吾在《周报》终刊以及《诗之防御战》中"扫荡""野草"等词,直接用于反击对方,可见对成仿吾的辛辣讽刺之意。这难道不是鲁迅在《语丝》创刊号中对成仿吾的"诗之防御战"最终以《创造周报》的顿挫而战败发出的胜利宣言吗?第三号开始连载鲁迅的新诗《野草》系列。"野草"之名正是回应了一年前《创造周报》(创刊号)上刊载的《诗之防御战》中成仿吾对新诗的侮蔑嘲讽。

四、有关《野草》的命名

鲁迅的全部著作中,直接谈及成仿吾约有五十处,以《三闲集》(上海北新书局,一九三二年,收录一九二七至一九二九年间所写的文章三十四篇)为代表,该作品集多处出现鲁迅辛辣之词。其中经常被引用的《"醉眼"中的朦胧》(一九二八年三月《语丝》四卷十一期),《三闲集》的命名,就是用成仿吾、李初梨等提倡革命文学对他的攻击作为反击之"箭"的,其《序言》的末尾,有这样一段话:

> 成仿吾以无产阶级之名,指为"有闲",而且"有闲"还至于有三个①,却是至今还不能完全忘却的……编成而名曰《三闲集》,尚以射仿吾也。②

这里又能感受到鲁迅对成仿吾执念之深。为了反击对手而将所谓"骂名"来命名自己的作品集,不仅是《三闲集》,《南腔北调

---

① 成仿吾:《完成我们的文学革命》(原载于一九二七年一月《洪水》三卷二十五期,后收于《成仿吾文集》,一九八五年山东大学出版社,第211页)中有"以趣味为中心的生活基调,它所暗示着的是一种小天地中自己骗自己的自足,它所矜持着的是闲暇,闲暇,第三个闲暇"。

② 《〈三闲集〉序言》一九三二年四月二十四日笔。引用部分是鲁迅搬到上海后与论敌斗争的最后一文,可见对成仿吾成见之深。《鲁迅全集》(第四卷),第6页。围绕《三闲集》的出版,鲁迅和创造社、太阳社之间的细节,请参考竹内实《鲁迅与柔石(一)》(河出书房新社《文艺》,一九六九年十一月第八卷第十一号)等。

集》（一九三四）亦是将论敌嘲笑自己的"腔调"而命名的；再者《二心集》（一九三二）的"二心"也是回应了论敌的批判。众所周知，鲁迅当时潜在的斗争和反抗意识在他的《而已集》（一九二八）、《华盖集》（一九二六）、《且介亭杂文》（一九三七）、《伪自由书》（一九三三）等作品集的命名上都或多或少体现出来了。

那么，散文诗集《野草》的命名又蕴含怎样的寓意呢？遗憾的是我们没有找到鲁迅对此的说明。王吉鹏的《"野草"具名的长久心理蕴含》[①]可以说是目前研究界的一种回答。

> 鲁迅童年在百草园中度过的日子……感受到了野草一如他们一样旺盛的生命力……诗人的气质使他把"野草"作为了自己中年沧桑的自况，分外珍爱，特别看重。厦门时期……在寂寞之中他思考着，只有这些野花草陪伴着他……他所选择的疗伤砥血之所，却又是"野草"。野草给鲁迅的是安全，是一个永远的精神家园……成了他的思想堡垒……总之，<u>"野草"的命名，绝不是鲁迅偶一为之的突发奇想，它包含深刻的含义</u>……散文诗集《野草》则更是一部不朽的伟大作品。

据鲁迅自身的经历、言说，等等，可以看出他对植物的一贯热爱[②]，因此，将诗集命名为《野草》也不是毫无道理的。然而《〈野

[①] 王吉鹏、林雪飞：《"野草"具名的长久心理蕴含》，《沈阳大学学报》一九九九年第三期。

[②] 请参考本文作者《鲁迅和与谢野晶子——以"草"为媒介》，《高知女子大学纪要 人文·社会科学编》第四十五卷，一九九六年三月。

草〉题辞》(一九二七年)中的一段介绍了当时的执笔状况,"生命的泥委弃在地面上,不生乔木,只生野草……野草,根本不深,花叶不美,然而吸取水,吸取陈死人的血和肉,各各夺取生存。当生存时,还是将遭践踏,将遭删刈,直至于死亡而朽腐……去罢,野草,连着我的题辞"!从"野"中长出来的强劲的草本身就被赋予了顽强斗志的意识了。

成仿吾的《诗之防御战》中说"新诗的王宫内外遍地都生了'野草'(根本算不上诗的诗)了……诗坛是会堕落的",以这种极端的口吻来侮辱"野草",进而促使鲁迅如此强烈的反应。将自己的诗集冠以"野草"之名,进而对成仿吾宣告,他所谓的最低劣的"野草"正是自己唯一的"诗草"。《〈故事新编〉序》的末尾,鲁迅嘲笑道:"当《呐喊》印行第二版时,即将这一篇(成仿吾所谓的佳作——不周山)删除……我的集子里,只剩着'庸俗'在跋扈了。"把被贬低的作品全部展现在自己的世界里,这一做法同《野草》命名完全一致。

《野草》的命名,同《三闲集》等其他作品集的命名一样,是鲁迅自身的斗争宣言,同时也富于讽刺和机智,正是鲁迅式的命名。诗集《野草》仍然没有任何特殊的意义。与对其他作品集的命名不同的是,鲁迅对《野草》的命名闭口不言,可见他对"野草"的深邃想法。①

---

① 事实上,成仿吾和鲁迅同样对"草"有着特殊的感情,比如在他的题为《海上吟》(《创造季刊》,一九二二年三月,一卷一期)的诗中,有这样一节:"汝神秘之象征,/汝无穷之创造,/汝宇宙之一毛,/吾又汝千山之一草,/草!可怜的草!"成仿吾的诗作中不乏孤独哀愁的色彩,把那样的自己(转下页)

历来的研究中,《俄文译本〈阿Q正传〉序及著者自叙传略》(一九二五年五月)被公认为是鲁迅针对成仿吾《〈呐喊〉的评论》(一九二四年二月)做出的首次回应,但是,根据以上的调查分析可以发现,该时间大概可以退至一九二四年九月开始执笔的散文诗集《野草》之际吧。

(接上页)比作"草"也是颇有意味的。而在《当我复归到了自我的时候》这首诗中,光明与黑暗的对比,着实与鲁迅以影自比彷徨于无地的意境相似。"当我复归到了自我的时候,/我只觉得我生太幸福了,/世界是这般阔大而光明,/全不是往时那般暗,那般小。//当我复归到了自我的时候,/然而我又未免油然惨伤,/想起了我生如一个孤影,/凄切地在荒原之上彷徨。/march 17, 1924"成仿吾这首诗写于一九二四年五月十七日,也就是鲁迅《野草·影的告别》执笔后四个月。在上海的成仿吾因《创造周报》停刊(五月十九日),即作为批评家的自我意识处在消沉低迷的状态。此时的鲁迅,处在军阀混战的北京,在看不到曙光的政治暗黑中。在文学上反目的二人,与绝望拼死斗争抵抗的生存方式竟然有着一致性。

"旧事重提"
——忆柳青娘（梅娘）编译拙论《〈复仇〉和长谷川如是闲以及阿尔志跋绥夫》

□ 藤井省三 著　杨慧颖 译

此记乃对四十年前日本鲁迅《野草》的相关研究及中国作家对其汉译的"旧事重提"。该论文的中国编译是当时刚恢复名誉的老作家，日本作者则是当时刚入而立之年被称为"新进研究者"的"朝花"……

一九八二年，我作为东京大学中文系助理在《日本中国学会报》上发表了论文《鲁迅"诗人形象"之崩溃——围绕《野草》中的〈复仇〉〈希望〉诸章的构成》。在本人离开东京大学出任樱美林大学中文系副教授的第二年，该文作为"复仇的文学"章节收录于论文集《鲁迅——〈故乡〉的风景》（平凡社，一九八六年）。"复仇的文学"章中的第一节"演员与观众——诗人的形象"有两万余字，其概要如下：

> 鲁迅在《摩罗诗力说》（一九〇七年）中持有浪漫派诗人＝演员以己流血的行为来激发读者即观众，从而促使其参加革命的文学观。（此为《复仇的文学》第一节）然而，进入二十世纪

二十年代他开始塑造演员用拒绝表演的表现方式，面向无动于衷的观众展示复仇的诗人形象。《野草·复仇》中，全裸的男女在众人环视下对峙不动，沉酣于杀戮和性爱所带来的截然相反的大欢喜之中，却使旁观者无聊至死。此种形象，令人联想起俄国作家阿尔志跋绥夫（一八七八至一九二七）长篇小说《工人绥惠略夫》末尾一幕：革命家的主人公不仅遭官方追捕，甚至连群众也试图抓他，其在濒临绝境即将丧命的瞬间，看见扮演成全裸美女的恶魔诱惑耶稣基督的幻境。（此为同章第二节《阿尔志跋绥夫——〈复仇〉之章》）

此外，《野草·复仇》亦受到了日本评论家长谷川如是闲（一八七五至一九六九）散文集《真实如此伪装》（一九二四）所收录"血的奇论"的影响。《血的奇论》讲述了"朱红的血迸喷于皮肤之外时，人们无休止地相互杀戮。鲜红的血染红了皮肤，在此之下流淌时，人们不厌倦地相互拥抱……"（以上为同章第三节《长谷川如是闲——〈复仇〉之章（续）》）

鲁迅对阿尔志跋绥夫与长谷川如是闲的两部作品形象运用蒙太奇手法，执笔创作《野草·复仇》及《复仇（其二）》，并使主题得以升华和净化，继而以匈牙利浪漫派诗人裴多菲（一八二三至一八四九）"绝望之为虚妄，正与希望相同"为契机，撰写了《野草·希望》，扬弃了对那些以演员之死为赌注，不仅不关注、甚至对其演技不闻不见的观众的憎恶和复仇之情。（以上为同章第四节、第五节）

上述为拙论《复仇的文学》的章节构成。一九八七年三月，拙著出版翌年，《鲁迅研究动态》（北京鲁迅博物馆鲁迅研究室编辑出版）上登载了《〈复仇〉和长谷川如是闲以及阿尔志跋绥夫》（藤井省三著、柳青娘译）约三页半近五千字的文章。阅读后，我既对中国鲁迅研究专门期刊能介绍拙著中的一章甚感喜悦，亦对柳青娘未曾与我取得联系便以"译者"身份大改拙论略感不满。

柳氏的介绍文删除了拙论的第一、四、五的三节，在介绍第三章后介绍第二章。不仅如此，柳氏还引用了日本的中野美代子老师（北海道大学名誉教授）著作《无恶魔的文学——中国小说与绘画》（朝日新闻社，一九七七年）一文，尽管在拙作中并无涉及中野老师鲁迅论的只言片语。柳氏《〈复仇〉和长谷川如是闲以及阿尔志跋绥夫》与其说是翻译，不如归为研究动态的介绍更为贴切。此后我便心存感激但有些好奇地记住了这位柳青娘。

一九八八年，我成为东京大学中文系副教授，随之研究范围亦拓展到了张爱玲与莫言等人。彼时买到中文书籍张爱玲·梅娘短篇集《南玲北梅》（刘小沁编，深圳，海天出版社，一九九二年）。当时台湾的皇冠出版社已出版《张爱玲典藏全集》，故我所想阅读的并非张爱玲的作品，而是梅娘之作。从在北京度过抗日战争期的作家中薗英助（一九二〇至二〇〇二）自传体小说《于北京饭店旧馆》（一九九三）中我知晓了梅娘的存在，甚盼一读"北梅"之作。顺带一提，在这部小说中，以中薗先生为原型的"我"于一九九〇年代再访北京，游访位于王府井大街的出版社旧迹时，不禁回想起了日本战败后的一日，柳龙光、梅娘夫妇从出版社内奔出的一幕，柳氏突然停下用流利的日语告别……

"告诉您我的秘密吧,我要加入中国共产党。如您所知八路军很快就会临近北京城外,正等候着呢"……此时,艳丽的梅娘擦过愕然目送其离开的我,如炮弹般急急忙忙冲向柳龙光坐着的两人三轮车,她的旗袍翩翩扬起……

《南玲北梅》中收录的《蟹》描述了在日本占领下的伪满洲一个大家族的没落,该作由因政治事件丧父的女学生及其母亲、贪得无厌又无能的伯父们、狡猾的管家、纯情的女儿等角色构成。梅娘确乎爱读夏目漱石,从其对政治、经济与家庭制度等的审视,可窥见《明暗》等漱石作品群之影。该作于一九四一年获得由日本国策设立的大东亚文学奖。

有缘的是多年后,毕业于北京大学的张欣(现日本法政大学教授)来东大中文系留学,在她执笔撰写以梅娘为研究对象的博士论文之际开始了与梅娘的直接交流。如是,一九九三年七月十五日孙嘉瑞(梅娘的本名)致张欣书信中记有如下一段:

> 我受鲁迅纪念馆委托,曾在一九八四年译过藤井先生的一篇论文,发表在"鲁迅研究动态"(一九八七年四期),北京这类研究性刊物经费拮据,出书十分困难,藤井先生文论很有韵味,所译不当之处,尚请藤井先生原宥……所附藤井先生之译文,请藤井先生笑纳。

于此我才获知那位柳青娘的译者即为作家的梅娘,为与其有文学的缘分而深感荣幸。最近又有幸获《本味何由知——〈野草〉研索新集》一书的编者郜元宝教授见告,得知因梅娘之女名为柳青,故其取笔名"柳青娘"。

仔细思考了一下,如作为学者以翻译之名改变原文的行为确实难称其好,但对于刚恢复名誉不久的作家则不能这样考虑,如是以情有独钟的笔名撰写的评论,这也应可谓创作活动的一种吧。如今,在我写着关于"柳青娘译"的"旧事重提"之际,不由地越发深感到:梅娘对《复仇的文学》构成进行了大改动,先介绍对长谷川如是闲《真实如此伪装》一段的考察,后将否定基督教理想的阿尔志跋绥夫小说一文接上,并特地引用介绍了中野美代子教授的中国文化论,这样的文章构成一定蕴含着她深刻的意识。于此,我对未能在梅娘健在之时,向她请教其中深意而后悔不已。

最后提一下,笔者于一九七九年留学复旦大学时的老同学陈福康兄(上海外国语大学教授)编译过本人的论文集《鲁迅比较研究》(上海外语教育出版社,一九九七年),拙论《复仇的文学》的全译文即收录其中。

《复仇》和长谷川如是闲以及阿尔志跋绥夫

□ 藤井省三 著　柳青娘 译

就散文诗集《野草》收刊的《复仇》一文,在发表后的十年(一九三四年五月十六日),鲁迅在给郑振铎的信中,这样写道:

> 我在《野草》中,曾记一男一女,持刀对立旷野中,无聊人竟随而往,以为必有事件,慰其无聊。而二人从此毫无动作,以致无聊人仍然无聊,至于老死,题曰复仇,亦是此意。

稍加补充的话,那就是:一对全裸的男女,他们接着吻,他们在拥抱之中获得了生命沉酣的大欢喜。这是导致神迷心醉的一幅场景。

与此相反的另一幅场景是:手持利刃,猛刺对方,热血浴身,达致于生命飞跃的极限的大欢喜。

这两幅内涵着肉欲之情和虐淫之意的两极画图,其中的统一性是下列引文中关于血的描写。

> 人的皮肤之厚,大概不到半分,鲜红的热血,就循着那后面,在比密密层层地爬在墙壁上的槐蚕更其密的血管里奔流,

散出温热。于是各以这温热互相蛊惑,煽动,牵引,拼命地希求偎依,接吻,拥抱,以得生命的沉酣的大欢喜。

但倘若用一柄尖锐的利刃,只一击,穿透这桃红色的,菲薄的皮肤,将见那鲜红的热血激箭似的以所有温热直接灌溉杀戮者;其次,则给以冰冷的呼吸,示以淡白的嘴唇,使之人性茫然,得到生命的飞扬的极致的大欢喜中。

中野美代子先生引用这段文章时曾说过:"这并不是描绘喷涌的血。在中国文学里,这样逼真地表现肉的本质,还是很难找见的。"她认为,这应该说是鲁迅的"肉体的凝视"。假定,《野草》复仇篇中所描绘的血之物象,在中国文学里属于凤毛麟角的话;可以说:这个物象的本体,鲁迅是借自我国的长谷川如是闲。

一九一八年,大阪朝日新闻社因非议政府出兵西伯利亚而遭到镇压之时,如是闲和大山郁夫退出了朝日新闻社,在东京创办了新杂志《我们》。如是闲以标题为《真实如此伪装着》的短文作为卷头语发刊。一九二四年二月,他从这类卷头语中选了约五十篇,仍以《真实如此伪装着》作为书名,交由丛文阁出版。据鲁迅日记记载:鲁迅四月八日买到了这本书。二十五年六月至二十六年一月,鲁迅翻译了其中的《猪圣人》及《一岁伊始》(栗田出版社一九七〇年刊行的《长谷川如是闲集》中,将此篇更名为《是开始还是终了》)。且不论那之后鲁迅对如是闲曾如何关注,仅就所译的这两篇短文而言,鲁迅就说:"此人观察极深刻,而作文晦涩。""一般难以看懂,亦极难译。"可以说:如是闲,特别是他的《真实如此伪装着》,给鲁迅的影响是很深的。《野草》中刊出的一批富有讽刺性的文章,如

《立论》《失去的好地狱》等，其中就含有和如是闲特有的那种警句同一性质的东西。

复仇中血的物象，让我们到《真实是如此伪装着》中的"血的奇论"篇里去寻觅源起。正如标题所展示的那样：如是闲把血视为"惨酷愤怒的象征""焦灼难分的爱的象征"。前者是：在血潮给予的悦乐之前，人类将肉体中的、心灵中的、所有尊贵的一切都憎恨地践踏在脚下，因之转化为"血的恐怖"。这个朱红的恐怖之血，在仅仅被一层薄而又薄的血色皮肤所包容时，人们就为爱恋而要求获致强烈拥抱中的沉迷。

这隐流在雪白的皮肤之下的、晚霞似的绯红的血，要求人类，在剥夺他所拥有的一切力量之时，给予超越一切力量的强烈的爱。所以说："血的凶暴"在强力之中安静，反之，"爱的凶暴"却是任何力量也无从使其安静的。

这里，如是闲把人类的两个矛盾的属性——爱与杀戮的力的源泉——血，分解为流于皮肤之内的和迸喷在皮肤之外的两者。当然，这不可能是两者，就是同一的血……就是同一的人。无论是杀戮，无论是爱恋，只不过是对人类生命力的发现和认识。皮肤之下流动着的血，比迸发在皮肤之外的血更令人恐怖。从这句话来体会，归根结底，爱被判定为指挥者。

把菲薄的白皮肤染成淡红色的，这个流动着的血的物象，以皮肤为藩篱，起着拥抱和杀戮的作用。这一点，被鲁迅引用到复仇中是显而易见的。

原来，如是闲是把血这个物像比喻为一种生命力，就是作为人类戏剧中永恒主题的"善恶相克"的源泉的那种生命力。鲁迅借用之并略加修饰。中野先生着眼于其修饰而得出"肉体的凝视"的解释是难以说通的。于其议论借用血的物象这一点,不如让我们来探索鲁迅未曾明示的思想实质更好一些吧。

如是闲把血象征为产生人类的两个矛盾属性——即爱恋与杀戮的源泉的《血的奇论》一文,即以血的这个矛盾属性所产生的作用作为主题。鲁迅所描绘的血,固然是促使一对男女拥抱的潜在的力,但在杀戮中,被猛然刺穿菲薄的皮肤,也只能是迸喷而出而已。复仇的血,虽是臻于狂喜的导体,但并不是使男女对峙的介质。一对男女之所以对峙,是对那些寻找排遣无聊而聚集起来的众人的回敬。这个回敬是第一次形成。我想,应该这样理解:鲁迅就是将在众人环视中对峙着的男女,将他们之间存在着的爱恋与杀戮的情思定名为复仇的。与如是闲谈论人类真理时那恬淡的论理的口吻相比,鲁迅则是利用了高超的隐喻,文笔晦涩而富有象征性,这当然是来自他们不同的思想折射。从这点进行剖析,是由于鲁迅和如是闲生长在不同的社会里,吸收了不同的思想营养的缘故。

鲁迅在《野草·复仇》篇写成的前四年,即一九二〇年的十月,翻译了当时流行于世界的俄国作家阿尔志跋绥夫的小说《工人绥惠略夫》。这部小说以一九〇五年的革命为背景,描写了一位极左派的恐怖主义者。描写他作为工人进行活动直到被沙皇当局逮捕的这段遭遇,现仅就其中的一个场景进行探讨。这个场景是:在逃亡中,濒临绝境即将丧命的绥惠略夫的幻觉场面。为什么选择这个场面呢?笔者认为,因为这个场面和鲁迅的复仇的画面构成十分相似。兹将一九〇四年由金楼堂出版、一九〇九年由新潮社出版、中村清翻译的《工人绥惠略夫》中的幻觉场面引述如下。这也是因为:鲁迅由德文转译这本书时，曾参照过日文译本。而当时，日译本只有中村清翻译的这一种。

在幻觉中，绥惠略夫仍然在被追蹑，他攀登着陡峭的山崖，登上了令人眩目的山巅。他发现全世界都在他的脚下，头上只是那无垠的苍空。他无言静默之际，两个黑影人出现了，这两个黑影人，在他作为革命家的全生涯中，一直是潜存的谜，他想：如今可是解开这个大秘密的时刻了，人在无可挽回地失掉正气之前，必有此大欢喜，这个大欢喜的品味不容许任何事物与之相比。他这样想着，悚然又迅速地飞向黑影人的一方。

巍峨耸立直刺苍穹的峭岩、金色的骄阳、锁在雾中的无垠青空、远方辉闪着大大小小的都市全景、无边的苍海、君临人世之上的这两个黑影人，到底是什么呢？

一个黑影人两手扪胸，瘦骨嶙峋的手指刺进胸脯，寂然而立。他的头发被漂荡着光束的空间之风吹得蓬乱，他瞑目抿唇，因极度喜悦而激起的感激之情，在他那略遭损毁的、精致的肌肉线条中凸现得十分微妙，刺入胸中的手在战栗……

另一个黑影人躺在一个半坏平台的边缘。她那一丝不挂、肌肤丰腴的肉体，似乎在和坚硬的石子进行着淫纵的嬉戏。这是个毫不在乎将一切都裸露出来的无耻又羡艳的肉体，胸随着渴望情欲的喘息而波动。

全裸的女人：我是这个世界上的恶！……我是生命的蛊惑，我是向一切生命兜售永劫烦恼的恶！她自报姓名招呼着男人："我乃神之精，你已经是人了吧！"男人仿佛已经预见到了这一切，"我为了要战胜你才成为人的！"意欲把女人度化成人的尝试，其结果，是比死还无情的徒劳。男人将施以磔刑时，女人作了决定，女人将赤裸的躯体移向崖边："把我推下去！……以后，你一个人支配世界吧！"这样向男人挑战。这时，那个寂然而立的男人的嘴突然动了起来。

"世间的一切幸福，一切欢乐，都无从补偿我所爱的折磨于万一，有我在，恶永远得不到胜利！滚开！恶魔！"

目睹此情此景的绥惠略夫，伸展开孱弱的双臂，用绞缠着绝望的愤怒的声音喊着："那是你的错！"

《圣经·新约》中有这样一段，说的是：恶魔出现在荒郊断食苦修的耶稣面前，劝诱耶稣随他登临绝顶，将俯视人世所见到的一切都赠予耶稣。工人绥惠略夫的幻觉场面很可能是以此为基础而构成，在阿尔志跋绥夫的代表作《沙宁》一书里，他以官能的描写主张性欲解放和恋爱自由。创造了极富诱惑的恶魔，那充溢着性的魅力的全裸的女人。

在旷野中对峙着的全裸的男女，两人之间既有个性的结合也有杀机存在的构图，和鲁迅的《复仇》是共通的。如果说，如是闲的"血的物象"是重复了《工人绥惠略夫》的幻觉场景时，也可以说《复仇》是这组的蒙太奇，阿尔志跋绥夫那男女对峙的目击者只有绥惠略夫一人，没有鲁迅那种迫使观众退却以至老死的复仇意图。而且阿尔志跋绥夫相信：善人必定获致伦理的胜利。耶稣斥退了叫嚣"把我推下去！"的恶魔的诱惑，而绥惠略夫却对着耶稣叫喊着："这是你的错！"这就描述了作为革命家信仰崩溃时的绝望，也可以说这就是幻觉场面的主题。"大欢喜"这个语汇，鲁迅是用来表现男女间色情和虐淫那种顶级感觉的，而阿尔志跋绥夫用他来表现绥惠略夫悟出了革命家生涯的虚无，即将沉入绝望深渊之时的那种异常紧张之感。

在这种绝望之后,绥惠略夫开始试行复仇,布下了搜捕线的不仅仅是官方,连那些毫无关连的群众也试图抓住他。绥惠略夫终于被迫逼到某个剧场的顶楼上了,他从顶楼下望,看到的是为台上歌姬拍手喝彩的观众。他想:明天天一亮我就得上断头台了;可这儿,还不是照旧会开起享乐的宴会。想到这儿,他猛猛地向下面的观众开枪乱射起来。鲁迅在后记里这样写道:

> 人是生物,生命便是第一义,改革者为了许多不幸者们,"将一生最宝贵的去作牺牲","为了共同的事业跑到死里去。"只剩下一个绥惠略夫了。而绥惠略夫也只是偷活在追蹑里,包围过来的便是死亡;这苦楚,不但与幸福者全不相通,便是与所谓"不幸者们"也全不相通,他们反帮了追蹑者来加迫害,欣幸他的死亡。而"在别一方面,也正如幸福者一般的糟塌生活"。

他根据经验,不得不对托尔斯泰的无抵抗主义发出反抗,而且对于不幸者们也和对于幸福者们一样的宣战了。于是便成了绥惠略夫对于社会的复仇。

向聚集在剧场中的幸与不幸的观众一律开枪来遂复仇之意的绥惠略夫,在观众愤怒的眈视之下,完成了他被当作热闹瞧瞧的一幕。而《野草》中的男女,迫使意欲观看他们狂欢那一瞬间来获得无穷快意的观众退却,他们则以这种大欢喜的情欲之力的持续而臻长生。可以说,这个复仇以其无从宽恕的内容遥遥超越了绥惠略夫的复仇。

《复仇(其二)》与耶稣的神人二性

□ 刘云

写于一九二七年的《复仇(其二)》,是鲁迅作品中颇为晦涩难解的一篇。该文以《圣经》中的耶稣受难故事为蓝本,以独特的角度、阴冷的笔调,书写了耶稣在钉十字架时混合着"大欢喜与大悲悯"[1]的复杂心情。传统的解释大多将之归为"借外国的宗教历史故事来揭示中国国民性问题的批判庸众的作品"[2],这一阐释无疑是合理的,然而,《复仇(其二)》的意蕴却不止于此。正如何龙斌所指出的,《复仇(其二)》与《圣经》之间具有明显的互文性,是对"《圣经》的耶稣形象之处境化诠释"。[3]因此,要更为深入地理解鲁迅借重写"耶稣受难"故事所要寄托的意义,圣经学的视角必然是不可缺失的。本文拟从该角度出发,借助圣经诠释学的传统,重新读解《复仇(其二)》对《圣经》文本的继承和改动,以冀发掘其中可能为人所忽视的隐含意义。

---

[1] 鲁迅:《复仇(其二)》,《鲁迅全集》第一卷,北京:人民文学出版社,二〇〇五年,第179页。

[2] 周楠本:《谈耶稣受难的故事——以鲁迅散文〈复仇(其二)〉为中心》,《鲁迅研究月刊》二〇〇六年第十一期。

[3] 陈龙斌:《〈马可福音〉的结尾:从鲁迅的〈复仇(其二)〉谈起》,《圣经文学研究》第七辑,北京:人民文学出版社,二〇一三年,第245页。

一、安德列耶夫与"人"的受难

如果论及对鲁迅发生过深刻影响的外国作家,安德列耶夫的名字自然是无法忽略的。鲁迅对安德列耶夫的兴趣可以追溯到日本东京时期,根据周作人的回忆,这位俄国作家的独特风格令鲁迅颇为着迷:

> 豫才不知何故深好安特来夫,我所能懂而喜欢者只有短篇《齿痛》,《七个绞死的人》与《大时代的小人物的忏悔》二书耳。那时日本翻译俄国文学尚不甚发达。比较的绍介得早且亦稍多的要算屠格涅夫,我们也用心搜求他的作品,但只是珍重,别无翻译的意思。每月初各种杂志出版,我们便忙着寻找,如有一篇关于俄文学的绍介或翻译,一定要去买来,把这篇拆出保存……这许多作家中间,豫才所最喜欢的是安特来夫,或者这与爱李长吉有点关罢,虽然也不能确说。①

能够让周作人用两个重复的句子强调指出安德列耶夫(安特来夫)是鲁迅"最喜欢"的作家,可见东京时期鲁迅"深嗜"安德列耶夫给他留下的深刻印象。鲁迅自己对安德列耶夫带给他的影响也并不讳言,坦承"《药》的收束,也分明留着安特来夫式的阴冷"②,

---

① 周作人:《关于鲁迅之二》,《瓜豆集》,石家庄:河北教育出版社,二〇〇一年,第165—166页。
② 鲁迅:《〈中国新文学大系〉小说二集序》,《鲁迅全集》第六卷,北京:人民文学出版社,二〇〇五年,第247页。

更热烈地赞颂后者的作品"含着严肃的现实性以及深刻和纤细,使象征印象主义与写实主义相调和。俄国作家中,没有一个人能够如他的创作一般,消融了内面世界与外面表现之差,而现出灵肉一致的境地"①。

在安德列耶夫的作品中,"耶稣"正是一个反复闪现的主题。上文中周作人提到的短篇小说《齿痛》便是一个典型的例子,该作以耶稣受难当日一个为齿痛所苦的小商人为主人公,用精巧的手法,淋漓尽致地展现了"旁观者"的冷漠麻木。已有研究者指出:"从表现革命者的牺牲被群众漠视甚至被享用这个角度立意,鲁迅的《药》和俄国作家安特莱夫的《齿痛》也有着相似之处。"②安德列耶夫的另一部代表作《加略人犹大》,更是直接以耶稣受难故事为题材,从前所未有的角度切入,书写了耶稣和犹大在"十架事件"中的复杂心理。然而,尽管《齿痛》和《默》对《药》的影响已经被深入剖析过,但《复仇(其二)》中的耶稣形象与安德列耶夫创作的关联却较少被人注意。或许从这一角度入手,可以为我们带来对《复仇(其二)》较为多样的理解。

写于一九○七年的《加略人犹大》,甫一发表便招致了激烈的论争。直至今日,批评界还普遍认为它是一部"具有反基督倾向的作品":

> 小说中的犹大是主要角色,而耶稣退居到次要位置,犹大一向以负面形象出现在我们面前,他为了三十个银币而出卖

---

① 鲁迅:《〈黯澹的烟霭里〉译者附记》,《鲁迅全集》第十卷,北京:人民文学出版社,二○○五年,第201页。

② 李乐平:《借鉴与提高——鲁迅前期小说和外国作家作品》,《外国文学研究》,一九九八年第三期。

自己的导师,为我们所深恶痛绝。而在安德列耶夫笔下,犹大转而成了具有拯救精神的救世主。作者对传统的善与恶进行了"变性处理",展现出奇特的创作风貌。安德列耶夫创作中的"反基督倾向与A·勃洛克十分接近",勃洛克甚至指出过,安德列耶夫小说的实质不是福音书式的,而是反基督的。……M·沃洛申称安德列耶夫小说是"歪曲的福音书",安德列耶夫以日常细节破坏了福音书的神圣色彩。①

对《加略人犹大》的上述批评,实际上和研究者们对《复仇(其二)》的理解颇有相似之处——前者被认为是"破坏了福音书的神圣色彩",而后者则"消解了宗教的终极价值和意义"②。然而,事实真的如此吗?要解答这一问题,我们必须暂时放弃"前见",回到文本本身来寻找答案。

评论界普遍认同,《加略人犹大》脱胎于一八九七年安德列耶夫一篇"从未被刊出过"的童话《奥罗》:后者以"被耶稣所驱逐的连外貌都酷似犹大('阴郁、消瘦、丑陋无比')"的恶魔奥罗和"不舍弃自己遭到神谴和流放的同伴""美的非凡无比"的列奥为主人公,并在后者身上"勾勒出了耶稣一些圣洁的外貌特征"③。奥罗与

---

① 王英丽:《论〈加略人犹大〉的时空观》,《俄罗斯文艺》二〇一四年第四期。
② 王本朝:《救赎与复仇——〈复仇(其二)〉与鲁迅对宗教终极价值的消解》,《鲁迅研究月刊》一九九四年第十期。
③ [俄]阿列克谢·波格丹诺夫:《墙与深渊之间——列昂尼德·安德列耶夫的生平创作》,见:列·尼·安德列耶夫,《撒旦日记》,何桥译,北京:新星出版社,二〇〇六年,第6页。

列奥的关系，在十年后又被投射到了犹大和耶稣之间。通常在对这部作品进行阐释时，研究者的眼光总是凝聚在犹大身上；这个"最美人子的出卖者和唯一一个不顾一切真心爱戴他的信徒"①，确实有着无比的震撼力。然而不可忽视的是，就像奥罗与列奥的相互纠缠与依存一样，犹大与耶稣也构成了作品中密不可分的两极——如果没有耶稣的话，犹大不可能成为犹大，他的一切行为都依托于"耶稣受难"这个核心点而产生意义。

在小说中，安德列耶夫为我们呈现出的是一个沉默安静的耶稣：他"疲倦、消瘦，被无休无止的同法利赛人的斗争、被教堂内每天白墙一样包围他的亮闪闪的渊博脑门折磨得痛苦不堪"②——这是难以避免的，因为他必须孤身一人面对冷酷、残忍、"野兽一般"③的庸众，与他为伴的则是一群愚蠢、虚荣、怯懦的门徒。不管是耶路撒冷的民众还是门徒们都曾经信誓旦旦地声称他们爱他，然而这种所谓的"爱"就像石头上的水一样易逝；当他被捕时，他们全部都四散惊逃，把他独自一人抛弃在暴行之中，甚至兴致勃勃地转化为施暴者。

安德列耶夫笔下的耶稣形象就像犹大一样，素来饱受争议：

> 杜纳耶夫将《加略人犹大》中犹大的结局看成基督天国学

---

① ［俄］阿列克谢·波格丹诺夫：《墙与深渊之间——列昂尼德·安德列耶夫的生平创作》，见：列·尼·安德列耶夫，《撒旦日记》，何桥译，北京：新星出版社，二〇〇六年，第24页。

② ［俄］列·尼·安德列耶夫：《加略人犹大》，见《撒旦日记》，何桥译，北京：新星出版社，二〇〇六年，第109页。

③ 同上书，第127页。

说真理的覆灭,其根据是在作家的笔下,耶稣只是一个没有丝毫反抗能力的、易于激动而且很天真的人,没有犹大的背叛,耶稣注定是一个平凡普通的人。①

然而,这样的解释并不符合作者的意图,在小说中,耶稣是一个复杂的、由截然对立的两面构成的形象——他是神,然而这并不能否定,他同时也是人,具有"完全的人性"。这一点在受难事件中最为明显地表现出来:耶稣用平静而温柔的态度迎向自己的死亡,甚至"授意了犹大的出卖"②;在等待彼拉多的审判时,耶稣"在那么平静地等待,自身的圣洁和纯净映衬得他如此灿烂,只有连太阳都看不到的瞎子才看不到这个情形,只有疯子才无法察觉到这一点"③。然而,尽管他可以用神性的态度来面对受难,但当他真正被钉上十字架时,面临的死亡过程却是全然肉体的——痛苦、血腥而屈辱,毫无"圣洁与纯净"的因素:

> 他看见耶稣的双手抽搐着被痛苦地抻开,大张着伤口——肋骨下的肚子突然凹陷下去。双臂挣扎着,挣扎着,渐渐变得纤弱,渐渐变得惨白,从肩膀中脱落出来,而钉子下的伤口鲜血淋漓,正在绽开——眼看它们就要撕裂了……但却没有撕裂,

---

① 郑永旺:《圣徒与叛徒的二律背反——论安德列耶夫小说〈加略人犹大〉中的神学叙事》,《外语与外语教学》二〇一四年第二期。
② 同上。
③ [俄]列·尼·安德列耶夫:《加略人犹大》,见《撒旦日记》,何桥译,北京:新星出版社,二〇〇六年,第127页。

停滞下来。一切都停滞下来了。只有在急促深沉的呼吸下一鼓一鼓的肋骨在蠕动。

……不,是耶稣要死了。而这可能吗?没错,耶稣要死了。他苍白的手臂一动不动,可面庞、胸膛和双脚还在急促地抽搐。这可能吗?是的,是要死了。呼吸越来越稀疏。停下来了……不,还有气息,耶稣还在人世。还在吗?不……不……不……耶稣死了。①

很明显,与《复仇(其二)》相同,此处的耶稣是作为单纯的"人"而死去的——安德列耶夫刻意删除了福音书中耶稣宣誓宽恕世人的言语以及他死后发生的神迹,令他像任何一个被钉上十字架的普通人那样,受尽肉体折磨,死得无比屈辱。这也正是《加略人犹大》被认为是"反福音书的""敌基督的"重要原因之一。安德列耶夫的这段细致入微的描写令人想起陀思妥耶夫斯基夫人安娜·斯尼特金娜回忆录里的著名段落,陀思妥耶夫斯基在看到霍尔拜因《墓中的基督尸体》之后,整个人陷入了极度的震惊状态,他在《白痴》中借公爵之口评论这幅画"会令人丧失信仰"②。究其原因,在于这幅画完全把"受难的基督"当成一具"平凡的尸体":

> 这幅画画出了基督那瘦骨嶙峋的身体,骨头、肋条明晰可

---

① [俄]列·尼·安德列耶夫:《加略人犹大》,见《撒旦日记》,何桥译,北京:新星出版社,二〇〇六年,第129—130页。
② [俄]陀思妥耶夫斯基:《白痴》,臧仲伦译,南京:译林出版社,二〇〇一年,第210页。

见，双手双脚带着被刺透的伤痕，和一般开始腐烂的尸体一样，肿胀发青。他脸上凝固着一种极端痛苦的表情，眼睛半睁着，然而黯淡无神。什么也不会看见了，鼻子、嘴、下巴也已发青。总之，画中的基督酷似现实中的一具尸体，画得那么逼真，以致我不愿意和它呆在一个房间里……它使我产生的只是厌恶和恐惧。①

陀思妥耶夫斯基质问道：任何人看到了这具平凡而屈辱的尸体之后，如何才能相信基督将会复活呢？一个被死亡征服了的人可能按照圣经上说的那样，去拯救其他人吗？或者说，如果耶稣在死亡之前就看到了这个形象，他是否还愿意走上十字架、为这个世界而死呢？

陀思妥耶夫斯基的问题可谓切中核心，这也正是几千年来，教会一直倾向于对"受难"作浪漫化描写的原因所在。然而，我们不得不追问的是，耶稣作为"人"死去这个事实，在基督教神学体系中，真的是那么惊世骇俗、不可容忍的吗？或者说，是否还存在着另一种可能——恰恰是安德列耶夫和鲁迅，对于耶稣受难的描写，反而是符合《圣经》本意的呢？

---

① ［俄］安娜·陀思妥耶夫斯卡娅：《回忆陀思妥耶夫斯基》，路远译，西安：山西人民出版社，一九八四年。余凤高指出，这幅画是陀思妥耶夫斯基创作《白痴》的重要动因。见余凤高：《小霍尔拜因画作的启示——陀思妥耶夫斯基在巴塞尔》，《中华读书报》二〇一一年十二月七日。

二、《马可福音》：耶稣的人性

当我们谈到《圣经》的时候，通常会把它当作是"一本书"；然而正像希腊文"τα βιβλια"①一词所昭示的那样，《圣经》实际上是在几百年间、由不同作者陆续不断地创作而成的"一组书卷"。就好像我们在解读儒家经典时不可能不注意到孔孟之间的思想差异一样，《圣经》的作者们对"同一事件"的记述和态度，以及他们各自的立场与信仰，实际上也存在着可见的抵触、不同的认知。即使是列于《新约》之首的"四福音书"，四位作者所预设的目标读者、侧重点、对耶稣形象的认识以及试图传递的信息，都有着鲜明的差异：

> 《马太福音》是向犹太人解释耶稣基督就是《旧约》中所应许的犹太人的君王；《马可福音》是向罗马人讲明耶稣基督是神的仆人，来完成神的救赎计划；《路加福音》是向希腊人证明耶稣基督是神的儿子道成肉身成为人，来拯救罪人；《约翰福音》是向全人类证明耶稣基督是神的儿子、人类的救主。②

陈龙斌在详细比对了鲁迅笔下的耶稣受难故事以及四福音书相关经文之后，判定鲁迅写作《复仇（其二）》所依据的底本是《马

---

① 在希腊文中，βιβλια一词是βιβλιον的复数形式，后者意为"书、一本书"，故而前者指"一组书卷"。
② 王新生：《圣经精读》，上海：复旦大学出版社，二〇一〇年，第27页。

可福音》，并参考了《马太福音》中的内容——而这也对指责鲁迅故意扭曲了"基督教的宽恕精神""反福音书"的论断作了强有力的反驳，因为"复和的耶稣形象只出现于《路加福音》的受难曲……相关记忆并未见于其他三卷福音书"①。换而言之，并非鲁迅刻意省略"宽恕和好的耶稣精神"不提，而是批评者在将四卷福音书混为一谈之后、根据拼凑出来的"耶稣形象"之前见，而对鲁迅发出了无谓的指责。然而问题依然存在，为何鲁迅要以《马可福音》为底本、而参照《马太福音》进行修订呢？一个更为苛刻的批评者可能会进一步追问，这一选择本身是否就潜藏了"反对宽恕"的目的？

在四福音书中，《马可福音》确有其特殊之处：一般认为，它可能是最早完成的一部，所以《马太福音》和《路加福音》在成书过程中亦可能参考了《马可福音》的材料来源。而从耶稣形象来看，《马可福音》所塑造的耶稣也与其他三部福音书颇有不同。著名圣经学者巴特·埃尔曼指出：马太和路加"对把耶稣描绘成满怀怜悯的形象是没有迟疑的"，然而在根据《马可福音》的材料叙述耶稣生平时，他们却"从未纳入耶稣生气的部分"。与之相反，马可笔下的耶稣是一个严厉易怒的形象：

> 马可在福音书一开始，便将耶稣描绘成一个不论在外表或内在都非常威严、不容冒犯的人……他被逐出人类社会，在旷野中与撒旦、野兽搏斗；他回到人类社会，呼吁人们速速悔改，

---

① 陈龙斌：《〈马可福音〉的结尾：从鲁迅的〈复仇（其二）〉谈起》，《圣经文学研究》第七辑，北京：人民文学出版社，二〇一三年，第246—250页。

以面对上帝即将来临的审判。他割裂追随者与其家人的联系；他以自身权威征服了他的听众；他斥责那些辖制人类的恶魔，并且战胜它们；他拒绝答应群众的要求，不理会那些祈求与他见上一面的人……事实上，马可恰如其分地描绘出一个生气的耶稣。①

巴特·埃尔曼举出了大量的例子，以证明《马可福音》中的耶稣并非我们平素熟悉的宽和慈爱的形象：其中之一是《马可福音》第三章第五节，这一段和合本译为："耶稣怒目周围看他们，忧愁他们的心刚硬，就对那人说：'伸出手来！'他把手一伸，手就复了原。"② 和合本这里的翻译相对温和，实际上原文中所使用的两个关于感情的词"愤怒"和"忧愁"，一个是 ὀργη，意指愤怒、激怒、大发脾气；另一个则是 συλλυπεω，指的是感到悲痛，忧伤苦恼。在希腊文原文中，耶稣对世界的失望，以及由此引发的愤怒、痛苦、悲伤，表达得更为直率——或者说，更接近于一个"人"的感受。相反，后来的翻译尽力淡化他的负面情绪，则是试图展现出，作为上帝之子、完全的神，他的行为应当超越"人类的琐碎情绪"；他不应该因着被误解而发怒，也不应该由于世界和子民不接纳他、误解他而产生挫折与暴躁的情感。③

---

① ［美］巴特·埃尔曼：《错引耶稣》，黄恩邻译，北京：生活·读书·新知三联书店，二〇一三年，第136—137页。

② 本文中所引《圣经》中文译文，除特别标明之外，均根据和合本《圣经》（南京：中国基督教协会，一九九八年）。

③ ［美］巴特·埃尔曼：《错引耶稣》，黄恩邻译，北京：生活·读书·新知三联书店，二〇一三年，第208页。

然而这样的解读实际上传递出来的是一个温和但却死板的耶稣，如果我们重读福音书，会发现耶稣完全拥有着人的情感：他会发怒，会悲伤，会恸哭，也会感到欢喜。这场争论实际上把我们引向的是基督教神学中最为根本的问题——如何理解耶稣身上的"人性"？

三、神人二性与"与上帝隔绝"

按照正统的教义，耶稣具备"神人二性"，这指的是他既是完全的神，又是完全的人。公元四百五十一年制定的《伽克顿信经》对此做了详细的定义："我主耶稣基督，是神性完全、人性亦完全者。他真是上帝，也真是人，具有理性的灵魂，也具有身体……具有二性，不相混乱，不相交换，不能分开，不能离散。"这一定义反驳的重要对象之一，便是以马吉安为代表的"幻影说"，后者认为："耶稣不是有血有肉的人，而是（而且只是）完全的神。他只是'看似'或者'表面上'是人类。"① 反驳幻影说的理由很多，但最重要的一点是，否定耶稣的人性，实际上便是否定耶稣受难的意义——耶稣必须作为人被钉上十字架，经受人所经受到的一切肉体痛苦，最终以人的身份屈辱地死去。如果耶稣的"人"的身份只是"幻影"，那么受难也将沦为一场表演。

圣经经文鉴别学为我们提供了十分有力的论证：在《希伯来书》第二章第九节中，通用的经文形式是"叫他因为神的恩（χαριτι

---

① ［美］巴特·埃尔曼：《错引耶稣》，黄恩邻译，北京：生活·读书·新知三联书店，二〇一三年，第165页。

θεου），为人人尝了死味"，而实际上，在这里，更为古老的抄本却作"叫他与上帝隔绝（χωριζς θεου），为人人尝了死味"。巴特·埃尔曼在分析这处至关重要的异文时指出，根据抄本鉴别的原则，"与上帝隔绝"，而非流传更广的"因为神的恩"，反而可能是更可靠的文本：一方面，抄写者往往倾向于把"难以理解的经文改得容易理解"，所以看起来"不合理"的反而有可能是更加可靠的；另一方面，更重要的是，如果耶稣不是在"与上帝隔绝"的情况下、作为单纯的"人之子"死去的话，他的死亡则是无意义的：

> 他（指希伯来书的作者）不断强调耶稣完全是以人的方式死去、羞辱地死去，彻底隔绝于他所从出的上帝国度。因而，他的牺牲成了最完美的赎罪。此外，上帝没有介入耶稣的受难，也没有做任何事来减少他所受的痛苦……他经历了人类的痛苦，并以人的方式死亡……耶稣卑微地进入这个世界来展开他的工作，最终以死亡来完结，而这死亡必须是"与上帝隔绝"的。①

这也正是东正教著名神学家弗·洛斯基在《东正教神学导论》一书中反复强调的：基督在受难中所表现的人性之完全甚至令人感到"惊异而困窘"，"他经历了全部的不坚定性，我们人的状态里全部的卑微性"，他变成了受诅咒者，"通过一种内在的类型学，基督的受难符合并且回应了离异，以及被自己的堕落所完全损害的属

---

① ［美］巴特·埃尔曼：《错引耶稣》，黄恩邻译，北京：生活·读书·新知三联书店，二〇一三年，第146—147页。

人本性所产生的苦恼"①。这才是"神人二性"的根本意义所在——"救赎"与"离弃"实际上是硬币的一体两面。而著名鲁迅学者伊藤虎丸,通过福音书和《复仇(其二)》的对读,亦尖锐地指出,耶稣如果不是"彻底作为人来受苦,并被神抛弃而死",赎罪本身便不会成立。②这难道不是从侧面验证了鲁迅对福音书的深刻理解吗?

从上述角度出发,当我们回头重读鲁迅的《复仇(其二)》时,当会有不一样的发现:与安德列耶夫笔下的从始至终的沉默不同,在《复仇(其二)》中,耶稣从头至尾只呼喊了一句:"'以罗伊,以罗伊,拉马撒巴各大尼?!'(翻译出来,就是:我的上帝,你为甚么离弃我?!)"③这句引言实际上源自于《旧约·诗篇》第二十二篇,按照传统的解释,该诗预言了耶稣的受难。诗中对受难者的痛楚愤怒着墨甚力,如:

> 但我是虫,不是人,/被众人羞辱,被百姓藐视。/凡看见我的都嗤笑我,/他们撇嘴摇头,说:/"他把自己交托耶和华,耶和华可以救他吧!"……我如水被倒出来,/我的骨头都脱了节,/我心在我里面如蜡熔化。/我的精力枯干,如同瓦片;/我的舌头贴在我牙床上。/你将我安置在死地的尘土中。/犬类围

---

① [俄]弗·洛斯基:《东正教神学导论》,杨德友译,石家庄:河北教育出版社,二〇〇二年,第93页。
② [日]伊藤虎丸:《鲁迅与终末论》,李冬木译,北京:生活·读书·新知三联书店,二〇〇八年,第303页。
③ 鲁迅:《复仇(其二)》,《鲁迅全集》第二卷,北京:人民文学出版社,二〇〇五年,第179页。

着我,恶党环绕我;/他们扎了我的手、我的脚。/我的骨头,我都能数过。

试问其中所体现的无助与痛苦、对"四周的敌意"的忿怒和咒诅,与《复仇(其二)》何异呢?更进一步而言,鲁迅对于"庸众"的"哀其不幸,怒其不争",又何尝不是一种"较永久地悲悯他们的前途,然而仇恨他们的现在"①的态度呢?李欧梵将《复仇(其二)》归结为"孤独者和庸众"的序列的变调,这一论断当是确切的;然而,他认为耶稣最后作为"人之子"死去的事实显示出鲁迅对于"中国人道主义传统"的继承,或有可商榷之处②:正如上文所指出的,耶稣以纯然的"人"的身份、在被上帝离弃的情况下屈辱凄惨地死去,不仅合于"文化的基督教"③,而且对于"教义的基督教"亦无抵触——相反,它正是基督教神学赖以成立的核心内容。正如陈龙斌指出的,鲁迅"对圣经的互文性运用远超过我们未经应用批判学前想象的水平"④。否认耶稣的痛苦和愤怒的人,恐怕比起鲁迅来,离《圣经》更远。

---

① 鲁迅:《复仇(其二)》,《鲁迅全集》第二卷,北京:人民文学出版社,二〇〇五年,第179页。

② 李欧梵:《铁屋中的呐喊》,尹慧珉译,长沙:岳麓书社,一九九九年,第119—120页。

③ [日]伊藤虎丸:《鲁迅与终末论》,李冬木译,北京:生活·读书·新知三联书店,二〇〇八年,第302页。

④ 陈龙斌:《〈马可福音〉的结尾:从鲁迅的〈复仇(其二)〉谈起》,梁工、程小娟编《圣经文学研究》第七辑,北京:人民文学出版社,二〇一三年,第251页。

四、结 语

在解读文本时,"前见"是最为重要的概念之一。在伽达默尔的理论中,"前见"指的是"理解者在所处的文化传统中形成的理解文本前的知识背景和认知模式"[1],阐释者必然在无意识中带着自己已然形成的前见进入对文本的理解。尽管"前见"是难以避免的,但这并不意味着我们不能在前见与"文本视域发生矛盾时不断修正、改变自身"[2],从而获得更好的理解。在长达数千年的流传过程中,"耶稣受难"已经成为了最重要的文化原型之一;然而,正是由于它对普通读者而言太过耳熟能详,在解读这一事件的过程中,已然形成的固定认知往往会先于阅读感受发挥作用、进而桎梏基于文本的其他阐释可能性。《复仇(其二)》的出众之处,正在于鲁迅因为没有前见的桎梏,所以反而可以通过一种更奇妙、深刻,并且意外接近本源的方式理解《圣经》。而这也促使圣经研究者反思,我们对于《圣经》的固定印象,到底有多少是出于自身的真实阅读体验,又有多少是"强制阐释"的结果呢?

---

[1] 朱立元:《也说前见和立场》,《学术月刊》二〇一五年第五期。
[2] 同上。

破《野草》之"特异"

□ 郜元宝

一、"凡论文艺,虚悬了一个'极境',是要陷入'绝境'的"

《野草》对许多读者,就像章太炎文章对青年鲁迅,虽不至于"读不断",但"索解为难"①是谁都承认的。但这并不妨碍人们喜爱《野草》,喜爱谈论《野草》,喜爱谈论对《野草》的喜爱——或许因此更加喜爱,也未可知。

鲁迅本人也说,"我自爱我的野草"②,"我的那一本《野草》,技术并不算坏"③。一向自谦的鲁迅似乎并不曾如此看重他别的作品,而如此"自爱"也好像有悖于他的"自害脾气"④。这都益发增强了后人认定"须仰视才见"《野草》的理由。

涉及艺术欣赏的趣味与偏好,无可争辩。但如果因为喜爱或偏爱,或不敢说不懂而假装喜爱,酷爱,便确定《野草》为鲁迅创作

---

① 鲁迅:《且介亭杂文末编·关于太炎先生二三事》,《鲁迅全集》第六卷,人民文学出版社,二〇〇五年(下同),第566页。
② 鲁迅:《野草·题辞》,《鲁迅全集》第二卷,第163页。
③ 鲁迅:《341009致萧军》,《鲁迅全集》第十三卷,第224页。
④ 鲁迅:《华盖集续编·〈阿Q正传〉的成因》,《鲁迅全集》第三卷,第394页。

特别的巅峰和鲁迅研究特别的难关,立志攀登巅峰,攻克难关,甚至不惜"求甚解",那就不足为法了。

鲁迅作品,若论精彩,岂独《野草》?若论难懂,又岂独《野草》?

鲁迅所谓"自爱",是和"但憎恶这以野草装饰的地面"相对而言;所谓"技术并不算坏",是和"但心情太颓唐了"相对而言。这种鲁迅式的矛盾表述还有不少。关于《彷徨》,他也说过,"技术虽然比先前好一些,思路也似乎较无拘束,而战斗的意气却冷得不少"。可见鲁迅对《野草》并非格外看重,正如他也并非格外强调《野草》的"颓唐"而真想加以彻底否定。

说到鲁迅在艺术上这种几乎一贯的掺和着自谦的自信,也不止《野草》和《彷徨》。他说《呐喊》诸篇"算是显示了'文学革命'的实绩",但又说因为是"听将令的",因此"我的小说和艺术的距离之远,也就可想而知了"。他说《故事新编》"对于古人,不及对于今人的诚敬,所以仍不免时有油滑之处。过了十三年,依然并无长进,看起来真也是'无非《不周山》之流';不过并没有将古人写得更死,却也许暂时还有存在的余地的罢"。他说《朝花夕拾》不仅未能"带露摘花",也不能将"现在心目中的离奇和芜杂"转换成"离奇和芜杂的文章",但"他日仰看流云时,会在我的眼前一闪烁罢。"止于对"杂文"的种种矛盾说辞更为读者耳熟能详。鲁迅很诚实地说,"我向来就没有格外用力或格外偷懒的作品"[1]。二十世纪三十年代李长之著《鲁迅批判》,煞有介事地将鲁迅作品分成"最成功的文艺创作""最完整的艺术"和"写得特别坏,坏到不可原谅的

---

[1] 鲁迅:《南腔北调集·〈自选集〉自序》,《鲁迅全集》第四卷,第470页。

地步"两大类，真可谓或捧之入云，或按之入地。如此评骘，后来也屡见不鲜。

鲁迅自己说过，"凡论文艺，虚悬了一个'极境'，是要陷入'绝境'的"①，对鲁迅作品，没有必要厚此薄彼，才是应有的平常心。

《野草》第一篇《秋夜》发表于一九二四年十二月一日《语丝》周刊第三期，最后一篇《一觉》收笔于一九二六年四月十日，一九二七年四月二十六日添了一则《题辞》，全书由北新书局作为"乌合丛书之一"于一九二七年七月印行。九十多年来，《野草》研究不断开展，不断深化，但不可否认，也一直伴随着诸多困惑与误解。对这些困惑与误解稍微做一点清理，于将来的《野草》研究和鲁迅研究，未始无益。

二、"一部风格最特异的作品"？

研究《野草》最常见的方式（也是阅读《野草》的普遍心态）是将《野草》孤立起来，当作鲁迅创作的"特异"文本，特别慎重地加以对待，竭力强调《野草》的特殊性、独立性、孤峰突起睥睨群山的超拔性。被张梦阳先生誉为"第一篇从整体上评价《野草》的文字"，即一九二七年九月十六日上海《北新》周刊第四十七、四十八合刊的广告词就有这样的话：

---

① 鲁迅：《且介亭杂文二集·题未定草（六至九）》，《鲁迅全集》第六卷，第442页。

《野草》可以说是鲁迅的一部散文诗集，用优美的文字写出深奥的哲理，在鲁迅的许多作品中是一部风格最特异的作品。

这段广告词为谁人所写？张梦阳先生说，"看来是出于对鲁迅作品谙熟的出版家或评论家之手"。陈子善先生推断有可能正是鲁迅本人手笔。[1] 究竟如何，目前尚不能确知。张梦阳先生认为"这篇书刊介绍虽然算不上是什么评论文章，然而却言简意赅、十分准确地给《野草》定了性：文体上是散文诗集；手法上是'用优美的文字写出深奥的哲理'；风格上是'最特异的'"，"为《野草》研究确定了一个大致的框架"[2]。其中"特异"二字，正是迄今为止鲁迅研究界和普通读者对《野草》的基本共识。

尽管绝大多数专业研究者都早已看到也非常重视《野草》与鲁迅其他作品的内在联系，但那些和《野草》具有紧密联系的其他作品多半仅仅被用来作解释《野草》的旁证材料，断不能与《野草》平起平坐。在原本正确的"以鲁解鲁"的操作中，《野草》的特殊性、独立性和超拔性并不因此有所改变，蒙在《野草》上面的"特异"色彩并不因此有所冲淡。相反，《野草》的"特异"还被不断推向极端。爱鲁迅，尤爱《野草》；尊鲁迅，尤尊《野草》，这也是一些研究者常见的心态。仿佛非此就不足以谈《野草》，就无法阐明《野草》思想艺术上的价值。

---

[1] 陈子善：《〈野草〉出版广告小考》，《文艺争鸣》二〇一八年五期。
[2] 张梦阳：《〈野草〉学九十年概观》，复旦大学中文系、复旦大学左翼文艺研究中心《纪念野草出版九十周年国际学术研讨会论文集》，二〇一七年十一月，第172—176页。

但这样一来，偏颇和误会也就难免。

《野草》在"技术"上确有独特之处。"技术"（文学手段和语言形式）的独特就是《野草》主要的"特异"。但也要看到，许多艺术特点，包括许多具体的修辞手法，并非《野草》所独有，只不过《野草》更集中更频繁地加以运用罢了。比如"梦境""冤亲词""对偶"（"做对子"）、"色彩语"，鲁迅其他杂文和散文并非没有。鲁迅其他杂文和散文习见的手段也并非不见于《野草》。

避实击虚、"假中见真"的"象征"，虽更多用于《野草》，但《野草》并非篇篇皆用"象征"（比如《复仇》《颓败线的颤动》《腊月》《一觉》等有"本事"可考的几篇），而鲁迅其他散文也并非不用象征。周作人反复指出，即使鲁迅那些名为回忆的文章也主要偏于"诗"而非偏于"真"。以是否运用象征将《野草》与鲁迅其他作品截然分开，并不合适。

其实鲁迅许多"天马行空式"的"强烈的独创的创作"[①]都很"特异"，难道都要作类似对待？不能仅仅因为不知出于何人之手的《野草》的一份出版广告标明《野草》为"特异"，就刻意夸大其"特异"，而要看究竟何为《野草》的"特异"，更要看即使"特异"如《野草》也仍然是鲁迅全部创作的有机组成部分，和鲁迅其他作品息息相通——往往是同一个主题、同一种心境、同一类经验换一种表达形式以谋求不同的艺术效果而已。

《野草》的"特异"只是相对而言。上述"技术"的"特异"之外，内容上《野草》也确实较多涉及作者一己内心的隐秘，精神的

---

① 鲁迅：《准风月谈·由聋而哑》，《鲁迅全集》第五卷，第294页。

苦闷,思想的动摇与彷徨困惑。但谁又能说,鲁迅其他作品都是立场坚定的纯客观描写或议论,丝毫不涉及内心的隐秘,精神的苦闷,思想的动摇与彷徨困惑?《呐喊》《彷徨》那些充满"曲笔"和苦涩心境的小说无论矣,即使"执滞于小事情"、与论敌作白刃战、似乎容不得反身自顾的杂文,不也处处浸透着鲁迅所特有的沉郁苍凉与矛盾困惑吗?否则鲁迅杂文如何从中国现代那么多杂文中脱颖而出,一枝独秀呢?李长之说:"广泛的讲,鲁迅的作品可说都是抒情的。"① 如果他指的不仅仅是小说,也包括其他所有作品,那倒是不错的——二十世纪四十年代叶公超也说过,"鲁迅根本上是一个浪漫气质的人",不同于英国讽刺小说家斯威夫特,"我们的鲁迅是抒情的,狂放的,整个自己放在稿纸上的,斯威夫特是理智的,冷静的","我们一面可以看出他的心境的苦闷与空虚,一面却不能不感觉他的正面的热情。他的思想里时而闪烁着伟大的希望,时而凝固着韧性的反抗狂,在梦与怒之间是他文字最美满的境界"②。果真如此,《野草》的"特异"就要减弱许多了。

应该进一步研究《野草》在内容和"技术"上相对的"特异"——"技术"的"特异",亦即文辞的优美整饬、意象的诡异新奇、音调的铿锵昂奋——或许更重要。但《野草》的"特异"也仅止于此,倘若不适当地夸大《野草》的"特异",甚至将"特异"的《野草》与鲁迅其他作品截然分开,其结果不仅会误解《野草》,也会误解鲁迅的其他作品。

---

① 郜元宝、李书编《李长之批评文集》,珠海:珠海出版社,一九九八年,第62页。
② 叶公超:《鲁迅》,原载《晨报》(北京)一九三七年一月二十五日。

三、同一性或同质性问题

在强调"特异"的同时,"鲁研界"也喜欢强调《野草》二十四篇(包括《题辞》)文体上的同一性乃至封闭性。这似乎也有鲁迅自己的话为依据,"后来,我不再作这样的东西了。在变化的时代,已不许这样的文章,甚而至于这样的感想存在。"许多研究者因此努力证明,既然《野草》是"这样的东西""这样的文章""这样的感想",而非"那样的东西""那样的文章""那样的感想",那么像《野草》这样的"特异"之作,鲁迅以前肯定没写过,以后也没再写,因此《野草》就不仅是"特异"之作,在文体上也具有自身高度同一性和封闭性,不能轻易混同于鲁迅的其他作品。①

长期以来,之所以很难冲淡蒙在《野草》之上那层浓厚的"特异"和神秘色彩,之所以将《野草》孤立起来,这也是原因之一。

其实正如鲁迅说《朝花夕拾》"文体大概很杂乱"②,《野草》二十四篇的"杂乱"也一望可知。因为"杂乱",各种文体都有。鲁迅说《野草》"夸大点说,就是散文诗"。所谓"夸大",除了习惯性的自谦,大概也包含将《野草》中的几篇"散文诗"加以"夸大"而隐括全书的意思罢,因为另外有不少篇章如《我的失恋》《立论》

---

① 高长虹就说过,"当我在《语丝》第三期看见《野草》第一篇《秋夜》的时候,我既惊异而又幻想。惊异者,以鲁迅向来没有过这样文字也"(《走到出版界·一九二五,北京出版界形势指掌图》,《狂飙》周刊第五期,一九二六年十一月七日)。所谓"鲁迅向来没有过这样文字",不仅强调《野草》的"特异",更清楚地将《野草》与鲁迅此前的创作区别开来。

② 鲁迅:《朝花夕拾·小引》,《鲁迅全集》第二卷,第236页。

《狗的驳诘》《死后》《聪明人和傻子和奴才》实在不能说是"散文诗",充其量只是"打油诗""寓言故事"而已。孙玉石先生说《过客》是"一篇短小话剧形式的散文诗"①,也是太拘泥于鲁迅的话而勉为其难的归类。对此李长之看得很分明,他认为不仅"本书的形式是很不纯粹的",而且在内容上也不纯粹,"讽刺的气息胜于抒情的气息,理智的色彩几等于情绪的色彩"。但认为"广泛的讲,鲁迅的作品可说都是抒情的",也是李长之。在基本保持"抒情"基调的鲁迅作品中,《野草》竟然"讽刺的气息胜于抒情的气息,理智的色彩几等于情绪的色彩",难怪他甚至不承认《野草》是散文诗,而只是"散文的杂感"②。

《野草》在"文体"上的"杂乱"首先意味着《野草》文本的开放性,即它必然和《野草》之外鲁迅其他"文体"的写作彼此呼应,这就不能将《野草》孤立和封闭起来,而要更多顾及《野草》与鲁迅其他作品的"秘响旁通",更多留心《野草》与《野草》之前和之后鲁迅其他作品承上启下的关系。就是说,要看到"杂乱"、多元、开放的《野草》的来踪去迹,必要时甚至可以将《野草》的具体篇章从《野草》中提取出来,与鲁迅其他作品等量齐观,而无需担心因此会损害《野草》那子虚乌有的不可冒犯的完整性、同一性、纯粹性。

过去《野草》研究是比较注意《野草》各篇的同等重要性以及相互之间的区别的,比如冯雪峰一九五五年完成的《论〈野草〉》,

---

① 孙玉石:《〈野草〉研究》,北京:中国社会科学出版社,一九八二年,第23页。
② 郜元宝、李书编《李长之批评文集》,珠海:珠海出版社,一九九八年,第89页。

一开始就根据各篇在文体和思想上的差异,将《野草》二十三篇分为三大类,然后才进行逐篇解释。冯雪峰的分类主要基于鲁迅思想战斗的乐观与悲观两种基调,个别考虑到文体和表达。[①] 其他如李何林、许杰、王瑶、李国涛和孙玉石等学者的《野草》研究,也大致采取这个分类研究法。这些采取分类法研究《野草》的学者们尽管表面上维护《野草》的纯粹性、一致性、完整性,实际上多少还是承认《野草》各篇的差异。

但偏爱、酷爱《野草》的人们不愿承认这一点,总是另辟蹊径,从另一个角度对《野草》各篇加以区分和甄别。即使不能维护《野草》全体的纯粹性、一致性和完整性,至少也要从《野草》中找出"更《野草》"或"最《野草》"的篇章,名之为"《野草》中的《野草》"。

这种以退为进的方法,就是剔除《野草》中似乎不那么《野草》的篇章,保留那些似乎更具《野草》意味的篇章,以此确保《野草》在文体和内容上更高的"完整性"。木山英雄先生就曾在这个意义上称《墓碣文》为"《野草》中的《野草》"[②]。这固然不无道理,但作出这种区分,实际上也就等于暗中承认《野草》的"杂乱"、多元与开放,只不过与此同时,对《野草》各篇又进一步采取畸轻畸重的分别对待,强化一部分而弱化另一部分,结果虽然看到了《野草》

---

① 参见冯雪峰:《论〈野草〉》,冯雪峰《鲁迅的文学道路》,长沙:湖南人民出版社,一九八〇年,第206—207页。

② [日]木山英雄:《读〈野草〉》,引自木山英雄著:《文学复古与文学革命:木山英雄中国现代文学思想论集》,赵京华编译,北京:北京大学出版社,二〇〇四年,第338页。

的多元性，却总是坚持在多元的外貌下包含着一元的精神，形散而神不散。

这似乎成了《野草》研究再也不能让步的底线，否则那晶莹剔透、文本上具有高度同一性、不含任何杂质的《野草》的艺术宫殿，仿佛就会轰然坍塌。

不承认和不愿正视《野草》的"杂乱"与多元，就很容易人为地制造出片面的《野草》形象。冯雪峰解释《野草》中那些明显采用杂文笔法的篇章时，并不觉得它们如何缺少《野草》所特有的意味，而是一视同仁加以对待。这是恰当的，因为顾及了杂文笔法明显的各篇与所谓"《野草》中的《野草》"诸篇的本质联系。相反，如果将杂文笔法明显的几篇从《野草》中剔除，或一再弱化，视若无睹，那就是为求自己心目中《野草》的同一性、同质性而伤害了《野草》实际上的完整性。又比如许多研究者一直疑惑鲁迅怎么可以将《我的失恋》编入《野草》？这可真是太不《野草》了啊！还有《聪明人和傻子和奴才》中奴才的那段类似"莲花落"的告白，和"《野草》中的《野草》"沉郁苍凉的调子也太不匹配。

其实这种疑惑和遗憾完全不必。鲁迅压根儿就没打算让《野草》纯而又纯，达到完全符合后人所希望的那个程度。那样反而就不是鲁迅的《野草》了。

四、所谓"《野草》时期"

与上述对《野草》内容和文体同一性、同质性的追求相关，研究界还认为鲁迅创作《野草》时偏离了五四以来（具体说就是《热风》《呐喊》)的思想道路,进入一个颓唐灰暗的时期。这也有鲁迅自己的话为证:"心情太颓唐了。"鲁迅甚至劝爱好《野草》的萧军要"脱离这种颓唐心情的影响"①。在《野草》内部,也有诗为证:

我独自远行,不但没有你,并且再没有别的影在黑暗里。只有我被黑暗沉没,那世界全属于我自己。

一九三〇年代至一九七〇年代的批评家们不愿看到这一点。冯雪峰完成于一九五五年的《论〈野草〉》就认为,这里所反映的鲁迅思想战斗的悲观一面,是当时社会环境和鲁迅思想中的弱点共同作用的结果。比如《秋夜》的"悲观思想"就是"作者观察了现实生活的发展所得的结论之一",《秋夜》显示了作者"悲观和乐观的矛盾;这个矛盾,从根本上说,在作品中并没有解决。不过,这篇作品主要的思想基础是对现实环境的反抗和斗争。我们从这篇作品的主要精神来看,作者对于现实是很明显地采取了积极的、偏向于乐观的战斗态度的"②。唯其如此,像《秋夜》这样的作品(其实也是冯雪峰眼里整部《野草》)即使流露了悲观,也仍然是战斗者的对现实的悲观认识。战斗者并未因此放弃战斗,恰恰相反,努力摆脱自身的悲观正是战斗者特有的品质,所以鲁迅终于还是克服了这悲观的因素。

这种阐释承认《野草》在鲁迅思想和创作历程中的特殊性,但

---

① 鲁迅:《341009 致萧军》,《鲁迅全集》第十三卷,第 224 页。
② 参见冯雪峰:《论〈野草〉》,《鲁迅的文学道路》,长沙:湖南人民出版社,一九八〇年,第 209 页。

又害怕过于强调其特殊性,总是竭力掩饰,进行淡化处理,并始终强调这只是鲁迅"前期"住在北京的作品,他那时为北洋政府的政治黑暗所笼罩,一面奋力战斗,一面向往着南方的革命。然而毕竟没有参与南方的革命,毕竟与广大革命群众隔绝,所以当战斗时就不免感到寂寞和空虚,而这就"掩不住地让自己的失望的伤痛、寂寞的情绪以及思想上希望和绝望的矛盾,都吐露出来了"①。

一九八〇年代以后的批评家们继承了冯雪峰的这种对文学史和鲁迅个人创作历程的阶段性划分,所不同者,他们特别欣赏当初被冯雪峰有意掩饰和淡化的悲观消沉的心境,唯恐强调得不够,总是竭力加以渲染。比如说,"以二十三篇散文诗结集而成的《野草》,与小说《孤独者》等一起,在时期上和倾向上均为他文学创作历程中最具阴暗色调的部分,这一点人们已经注意到了。在这种阴暗色调中潜藏着作者孤独、怀疑、颓唐的思想情绪,是确实无疑的。"②

这就是中国现代文学史研究和鲁迅研究一致承认的"五四落潮期"具体表现在鲁迅个人创作历程上的"《野草》时期"。至于其原因,除了冯雪峰等论述过的那些因素之外,一九八〇年代以后的学者们还特别强调一九二三年"兄弟失和"事件的决定性作用。

然而即便在《野草》中,鲁迅也并未真的"独自远行",更未真的"被黑暗沉没"。《野草》的"色调"也并非完全"阴暗",思想情

---

① 参见冯雪峰:《论〈野草〉》,《鲁迅的文学道路》,长沙:湖南人民出版社,一九八〇年,第220页。

② 《〈野草〉主体建构的逻辑及其方法——鲁迅的诗与哲学的时代》,引自[日]木山英雄著:《文学复古与文学革命:木山英雄中国现代文学思想论集》,赵京华编译,北京:北京大学出版社,二〇〇四年,第1页。

绪也并非完全是"孤独、怀疑、颓唐"。《影的告别》中"影"所说的那些话确实很"黑暗"，但那毕竟只是"影"自说自话。"影"所隶属的"形"未发一言。如果如王瑶所说，《影的告别》模仿了陶渊明《形影神》①，那就要特别注意最后应该出来做总结的"神"（犹如《墓碣文》中"游魂"）的态度，而不能偏听"影"的一面之词，并把这一面之词归诸鲁迅本人。但《影的告别》中，不仅"形"始终不发一言，应该站出来做总结的"神"也始终缺席。

如果不受将《影的告别》和陶渊明《形影神》联系起来的那种先入之见的影响，读者更容易想起的恐怕倒是《孤独者》中类似的画面。面对吕纬甫滔滔不绝的自怨自艾，本来也陷在寂寥落寞中的"我"反而不以为然。"我"只关心吕纬甫"以后豫备怎么办呢？"此外一句附和的话也不曾说，就告别了影子一样的吕纬甫，"独自向着自己的旅馆走，寒风和雪片扑在脸上，倒觉得很爽快"。

对《野草》的"特异"的强调，吸引人们建构一个创作《野草》的特殊的鲁迅及其特殊的思想阶段，并进而研究鲁迅如何幸或不幸"进入"这个时期，又如何幸或不幸"挣脱"了这个时期。这是《野草》研究史和接受史上最流行的观点，至今犹然。但持这种观点的人忘了，在一九二四年九月十五日至一九二六年四月十日之间（姑且这么"严格"限定吧），鲁迅还创作了《彷徨》中的八篇小说，

---

① 《影的告别》写于一九二四年九月二十四日。鲁迅一九二六年六月二十八日写的《马上日记》，说那天"运气殊属欠佳"，也想学习军阀吴佩孚，给自己"卜一课"，用的则是《陶渊明集》。据此或可推测他经常翻阅陶集。王瑶《论〈野草〉》（一九六一）最先指出《影的告别》与陶渊明《形影神》的关系，参见《鲁迅作品论集》，北京：人民文学出版社，一九八四年，第35页。

《朝花夕拾》最初的两篇散文，收在《坟》《华盖集》《华盖集续编》《集外集》《集外集拾遗》《集外集拾遗补编》的七十多篇杂文。这还不包括同一时期写给许广平、后来收入《两地书》的一九二五年三月至七月的信，以及写给其他人的信（现存二十六封，包括未收入《两地书》的四封致许广平信），另外还有大量翻译和为翻译作品所写的序跋。这是一场多么雄浑华彩的交响乐演奏，难道都能毫无问题地被纳入"《野草》时期"吗？"《野草》时期"鲁迅译著的基调是否都与所谓的"《野草》时期"合拍？若合拍，那就不存在《野草》的"特异"。若不合拍，那就很难说有什么"《野草》时期"。

此外，在"《野草》时期"之前和之后，鲁迅的译著是否有明显关联着《野草》的内容？若毫无关联，那倒确乎可以证明"《野草》时期"的存在；若有明显关联，则"《野草》时期"的说法也就很难成立了。

稍微检视一下鲁迅在所谓"《野草》时期"及其前后的著译活动，就不难发现，不仅同一时期大量著译的基调跟所谓"《野草》时期"有许多合拍之处（这说明《野草》并不"特异"），也有并不合拍之处（这说明并无同质化的"《野草》时期"），而且所谓"《野草》时期"之前和之后的著译也有许多明显关联着《野草》的内容——这说明鲁迅在创作《野草》之前和之后的"心情"跟所谓"《野草》时期"的"心情"并不能泾渭分明地区别开来，相反倒是有诸多连续和一致之处，因此孤峰突起的所谓"《野草》时期"并不存在。

鲁迅在《自选集自序》中说，《新青年》集团散掉之后，他的主要创作成果包括"在散漫的刊物上做文字，叫作随便谈谈。有了小感触，就写些短文，夸大点说，就是散文诗，以后印成一本，谓之《野草》。得到较整齐的材料，则还是做短篇小说"。可见《野草》和同时期杂文、小说集《彷徨》《朝花夕拾》开头两篇属于同一个思想创作的序列。无视这个事实，不仅无法对《野草》展开真正意义上的学术研究，连《野草》的一些"特异"表达也很难看懂。

比如一九二五年六月十七日完成的《墓碣文》，写"我"在梦中看完残存的碑文，正准备离开，那具"胸腹俱破，中无心肝"的"死尸"竟坐起来，

> 口唇不动，然而说——
> "待我成尘时，你将见我的微笑！"
> 我疾走，不敢反顾，生怕看见他的追随。

孤立地看这段文字，确实"索解为难"，但如果与鲁迅一九二五年十月十七日（《墓碣文》完成四个月之后）创作的《孤独者》有关段落对看，就容易明白了。小说写"我"跑去看魏连殳的"大殓"，只见死者"合了眼，闭着嘴，口角间仿佛含着冰冷的微笑，冷笑着这可笑的死尸"。等棺材钉盖，哭声四起时，"我"已经无法忍受，逃离现场——

> 我快步走着，仿佛要从一种沉重的东西中冲出，但是不能够。耳朵中有什么挣扎着，久之，久之，终于挣扎出来了，隐约像是长嗥，像一匹受伤的狼，当深夜在旷野中嗥叫，惨伤里夹杂着愤怒和悲哀。

看到这里"死尸"的"冰冷的微笑"和"冷笑",以及"我"的"快步走着"(相当于《墓碣文》的"疾走"),《墓碣文》最后的"特异"表达就不难理解了。可以用《孤独者》解释《墓碣文》,也可以用《墓碣文》解释《孤独者》,二者表达的是同一种心绪,差别只在于散文诗《墓碣文》是"小感触",小说《孤独者》则是对"较整齐的材料"的铺排,艺术形式和效果有所不同而已。

《孤独者》另外还有不少关联着《野草》的细节。魏连殳起先爱孩子,听不得"我"对孩子天性的怀疑,但不久竟也附和起"我"的怀疑,因为他在街上看到一个还不太会走路的孩子"拿了一片芦叶指着我道:杀"!这个细节不是早就出现于四个月前创作的《颓败线的颤动》吗?

魏连殳写给"我"的信中提到,"这半年来,我几乎求乞了,实际,也可以算得已经求乞"。"求乞"云云,也早就写入一年前的《求乞者》,而魏连殳求乞的理由是"有一个愿意我活几天的,那力量就这么大",其立意也颇近于《腊叶》"为爱我者的想要保存我而作"。至于魏连殳后来因爱他的人死去,可以不再求乞(放弃原则做"杜师长的顾问"),则又关联着《求乞者》的另一层命意,并呼应着《两地书》《写在〈坟〉后面》的相关表述。

再比如在山阳县教书的"我"饱受"挑剔学潮"之类的攻击,有一天百无聊赖,"在小小的灯火光中,闭目枯坐",半梦半醒中由眼前雪景联想(梦见)"故乡也准备过年了,人们忙得很;我自己还是一个儿童,在后园的平坦处和一伙小朋友塑雪罗汉。雪罗汉的眼睛是用两块小炭嵌出来的,颜色很黑",这不是跟《在酒楼上》的

"我"从"一石居"二楼眺望楼下废园时想到的"这里积雪的滋润,著物不去,晶莹有光,不比朔雪的粉一般干,大风一吹,便飞得满空如烟雾",都是用小说叙述的方式对《雪》的部分立意的重现吗?

类似的例子还可以举出更多。总之,鲁迅在所谓"《野草》时期"创作了大量杂文和小说,其内容、手法和风格都与《野草》息息相通,基调也都是沉郁苦闷中夹杂着昂扬刚健。说这样的内容、手法和风格属于"《野草》时期",跟说这样的内容、手法和风格属于"《彷徨》时期""《华盖集》时期""《朝花夕拾》时期",有什么实质性分别呢?为何一定要以《野草》而不是别的作品来涵盖这一阶段鲁迅创作的精神走向,从而凸显《野草》的"特异"呢?

天才的心是博大的,不可能完全被一种"思想情绪"所占据。果真存在鲁迅思想发展和创作历程的特殊的"《野草》时期",上述作品和译品也应该包括在内。事实上这些作品和译品跟《野草》的关系极其紧密,不仅创作时间彼此交错(有的就在同一天),而且思想、措辞、艺术表现手法都有大量重叠与复现。① 如果"《野草》时期"只有《野草》还好说,但"《野草》时期"也能涵盖上述大量

---

① 姑举数例。一九二五年一月一日《诗歌之敌》同日作《希望》。一九二五年四月二十三日致高歌、吕蕴儒、向培良信,同日作《死火》《狗的驳诘》。前一日作《春末闲谈》,主题类似一九二六年四月八日所作《淡淡的血痕中》对"造物主"的讥讽,而相同思想更早见于一九二二年十月所作小说《兔和猫》的"假使造物也可以责备,那么,我以为他实在将生命造得太滥了,毁得太滥了",以及一九二六年四月一日所作《记念刘和珍君》。一九二五年六月十六日作《杂忆》(主题近似一九二四年十二月二十日所作《复仇》《复仇(其二)》),同日作《失掉的好地狱》,次日作《墓碣文》。一九二五年十二月十四日作《这样的战士》,二十六日作《聪明人和傻子和奴才》及《腊叶》,二十九日作《论"费厄泼赖"应该缓行》。

的其他著译活动吗？如果将同时期所有这些著译都纳入"《野草》时期"，"《野草》时期"就和《野草》一样过于"杂乱"，谈不上什么"特异"了。

此外，倘若考虑到一九二四年之前和一九二六年之后的鲁迅作品与《野草》大量相关、相似、相近乃至相同的表述，"《野草》时期"的说法就更加站不住脚了。

比如《野草》有两个关键意象，一是"自啮己身""抉心自食"的"毒牙"，一是投向"无物之阵"的"投枪"。一个用于自我解剖、自我忏悔，一个用于朝向外界但同时"连自己也烧在这里面"的"'文明批评'和'社会批评'"。《野草》这两个关键意象恰恰是文学家鲁迅一贯的战斗方式，并非《野草》所专有。比如谁都不会否认，鲁迅在一九〇七年《摩罗诗力说》结尾呼唤的"精神界之战士"就是《野草》赞扬的"这样的战士"的前身。不管"精神界战士"还是"这样的战士"，都无不在"主观内面生活"和客观社会现实两个领域同时战斗着。《野草》围绕"毒牙"和"投枪"展开的主客两面的意象群遍布鲁迅前后期所有的著作，不劳枚举而后知。倘若偏说《野草》描写的"这样的战士"不同于《摩罗诗力说》所呼唤的"精神界战士"，因为前者还有"自啮己心"的"毒牙"，而后者似乎还并不如此，那倒也似乎不无道理，但这个道理也是有限的，因为《破恶声论》已经在赞美奥古斯丁、卢梭、托尔斯泰的"自忏之书"了，而"精神界战士"发展到一九一八年的《狂人日记》，不就真的开始在不停地掷出"投枪"的同时也不断地"自啮己心"了吗？"狂人"忍受了疯狂的痛苦而不肯放弃战斗，这和冯雪峰等人就已经意识到的《野草》中的战士忍受一己的精神苦痛却不肯放弃战斗的那种描述，不是也高度一致吗？

确实不能因为要凸显《野草》的"特异"，就可以无视《野草》和《野草》之前的《呐喊》的精神相通。鲁迅一九一八年至一九二二年的"呐喊"尽管是"听将令"，却也并非完全没有自己的精神苦痛；"救救孩子"的"呐喊"也并非完全不同于《颓败线的颤动》中那位老妇人"几乎无词的言语"。说鲁迅只有在《彷徨》中"彷徨"，在《呐喊》中则全是高歌猛进的"呐喊"，恐怕也说不通。至少鲁迅本人就并无多少顾忌地展示了他创作《呐喊》时的矛盾心境：

> 在我自己，本以为现在是已经并非一个切迫而不能已于言的人了，但或者也还未能忘怀于当日自己的寂寞的悲哀罢，所以有时候仍不免呐喊几声，聊以慰藉那在寂寞里奔驰的猛士，使他不惮于前驱。至于我的喊声是勇猛或是悲哀，是可憎或是可笑，那倒是不暇顾及的；但既然是呐喊，则当然须听将令的了，所以我往往不恤用了曲笔，在《药》的瑜儿的坟上平空添上一个花环，在《明天》里也不叙单四嫂子竟没有做到看见儿子的梦，因为那时的主将是不主张消极的。至于自己，却也并不愿将自以为苦的寂寞，再来传染给也如我那年青时候似的正做着好梦的青年。

指出《野草》之前的著译在内容上与《野草》的关联，并非说像《死火》《风筝》这两篇扩充和改写一九一九年发表的《自言自语》中《火的冰》《我的兄弟》的现象，比比皆是。也并非说，鲁迅创作《野草》时的心绪毫无特殊性可言。我只是强调，无论如何凸显《野草》的"特异"，也不能将这个时期孤立起来。相反果真要研究《野草》和"《野草》时期"的"特异"，倒恰恰要将《野草》放在鲁迅的整个创作历程来考察。

正如《〈野草〉英文译本序》所交代的，《野草》许多篇章都是和鲁迅当时思想遭际直接有关。不明白这点，对《野草》创作与历史环境的关系就不能有切实了解。但如果醉心于"诗史互证"，非要一一找出《〈野草〉英文译本序》提到和没有提到的《野草》各篇的"创作背景"，从而坐实《野草》只能创作于特殊的"《野草》时期"，那就等于把作家对外界的心理反应机械化地等同于《摩罗诗力说》所批评的"心应虫鸣，情感林泉"的那种方式，仿佛一切文学表达都是与当时社会环境和个人遭际有关（比如围绕女师大风波的笔战、"兄弟失和"、婚姻危机、恋爱经历、三一八惨案和直奉战争等），甚至一切文学表达都仅仅局限于作者对上述事件与遭际的直接回应。果如此，势必会大大缩小作者心灵世界的广度、宽度和深度。

比如，究竟何谓"好的故事"？它包含了哪些内容？如果我们离开对"特异"的《野草》和"《野草》时期"的凝视，稍稍把目光移向别处，那么《摩罗诗力说》最后所引凯罗连珂《末光》中那个少年的"沉思"，《破恶声论》所谓"吾未绝大冀于方来"，《呐喊自序》所谓"我在年轻时候也曾经做过许多梦"，《兔和猫》《鸭的喜剧》描述的"幸福的家庭"的吉光片羽，《头发的故事》《孤独者》对"民元时期"短暂光明的追怀，《伤逝》中涓生的突如其来的白日梦，《野草》创作接近尾声时便已执笔的《朝花夕拾》里"思乡的蛊惑"——恐怕都是"好的故事"吧？难道不正是这些"精神的丝缕"

共同编织了"羚羊挂角、无迹可求"的《好的故事》?

这样的"精神的丝缕"是鲁迅全部创作的根基,它连接着过去、现在和将来,绝非"《野草》时期"所独有。

在谈论《野草》和"《野草》时期"的"特异"时,鲁迅在"《野草》时期"之前和之后完成的两部重要译著《工人绥惠略夫》和《小约翰》,值得给予特别的重视。

鲁迅在一九一八年作为教育部官员奉命整理故宫午门楼上堆放的上海一家德商俱乐部书籍时,意外获得俄国作家阿尔志跋绥夫中短篇小说集《革命的故事》德译本,《工人绥惠略夫》是其中一部中篇小说。鲁迅在教育部同事齐寿山的协助下于一九二〇年十月二十二日完成译稿,一九二一年七至九月、十一至十二月连载于《小说月报》,一九二二年五月商务印书馆推出单行本。从一九一八年开始到鲁迅创作《野草》的全过程,以及《野草》完成之后,鲁迅对《工人绥惠略夫》的阅读、欣赏、谈论和引用都跟包括《野草》在内的鲁迅许多作品有十分重要的联系。这一事实对所谓"《野草》时期"以及《野草》的"特异"的说法当然非常不利。

比如,写于一九二四年九月二十四日的《影的告别》说,"有我所不乐意的在你们将来的黄金世界里,我不愿去"。"黄金世界"(又作"黄金时代")就是《工人绥惠略夫》的专门用语,早在一九二〇年九月二十九日完成的小说《头发的故事》里,鲁迅就借N先生之口加以直接引用了:"我要借了阿尔志跋绥夫的话问你们:你们将黄金时代的出现豫约给这些人们的子孙了,但有什么给这些人们自己呢?"一九二三年十二月二十六日在北京女子高等师范学校所作《娜拉走后怎样》的讲演中又提到,"阿尔志跋绥夫曾经借了他所做的小说,质问过梦想将来的黄金世界的理想家,因为要造那世界,先唤起许多人们来受苦。他说,'你们将黄金世界预约给他们的子孙了,可是有什么给他们自己呢?'"所以《影的告别》乃是继一九二〇年和一九二三年之后第三次引用"黄金世界"的说法——并非直接引用,而是间接地化在散文诗里,但含义没有任何变化。

比如,《影的告别》写"人睡到不知道时候的时候,就会有影来告别",我们固然可以像王瑶那样参照陶渊明《形影神》来做阐释,但鲁迅在一九二一年四月十五日所作《译了〈工人绥惠略夫〉之后》中指出,该小说第十章绥惠略夫"和梦幻的黑铁匠的辩论"乃属于"自心的交争"。绥惠略夫起初以为那深夜到访的"幽灵"是"黑铁匠",但"幽灵"告诉他其实就是"你自己"!总之,比起陶渊明的《形影神》,阿尔志跋绥夫笔下"自心的交争"更接近鲁迅笔下的影子对他所"不愿住"的肉体的告别。

比如,鲁迅竭力反对"绥惠略夫对于社会的复仇",即因为绝望的爱人一变而为疯狂的憎恶一切人,以至于用勃朗宁手枪向群众漫无目的地扫射。鲁迅说,"然而绥惠略夫临末的思想却太可怕。他先是为社会做事,社会倒迫害他,甚至于要杀害他,他于是一变而为向社会复仇了,一切是仇仇,一切都破坏。中国这样破坏一切的人还不见有,大约也不会有的,我也并不希望其有"①,但鲁迅并不一概反对复仇本身,在写于一九二五年六月十六日的《杂忆》中他说,"我总觉得复仇是不足为奇的"。主张复仇而又不愿重蹈工人绥惠略夫的覆辙,鲁迅于是就在《野草》中设想出和绥惠略夫不同的两篇

---

① 鲁迅:《华盖集续编·记谈话》,《鲁迅全集》第三卷,第376页。

《复仇》(均写于一九二四年十二月二十日)。这可以说是和《工人绥惠略夫》的一种围绕"复仇"的精神对话。

《娜拉走后怎样》还引《工人绥惠略夫》的话说追求"黄金世界"的代价太大,"为了这希望,要使人练敏了感觉来更深切地感到自己的苦痛,叫起灵魂来目睹他自己的腐烂的尸骸",这句极富画面感的愤激之辞,与《墓碣文》中的"我"在梦中察看孤坟的尸首、《野草·题辞》中"过去的生命已经朽腐",不是都可以相通吗?当然最匹配的还是一九二七年《答有恒先生》所发明的"醉虾"一说。从一九二三年到一九二七年,这一层设想就不曾中断。

不读鲁迅译的《工人绥惠略夫》,《野草》的一些特殊意象和说法也很难理解。《失掉的好地狱》所谓"魔鬼战胜天神",过去一般与《杂语》所谓"成为神的和称为魔的战斗了,并非争夺天国,而在要得地狱的统治权"对读,这当然不错,然而其源头却是《工人绥惠略夫》中亚拉借夫的议论:"在人类里面存着两种原素——用了我们的神秘论者的话来说,那便是神的和魔的,进步便是这两样原素的战争。"

再比如,《颓败线的颤动》开头描写老妇年轻时为了家人而卖淫的场景:"在初不相识的披毛的强悍的肉块底下,有瘦弱渺小的身躯,为饥饿,苦痛,惊异,羞辱,欢欣而颤动",这很像绥惠略夫指斥大学生作家亚拉借夫不能保护深爱着他的房东女儿,眼睁睁看着她为了生计而嫁给强悍粗鲁的商人:"你竟不怕,伊在婚姻的喜悦的床上,在这凶暴淫纵的肉块下面,会当诅咒那向伊絮说些幸福生活的黄金似的好梦的你们哪。"便是《颓败线的颤动》的标题也可以从绥惠略夫的梦境中找到答案:"一个是寂寞的立着,两手叉在胸前",

"在他那精妙的颓败的筋肉线上,现出逾量的狂喜来,而那细瘦的埋在胸中的指头发着抖"。原来"颓败线"就是悲哀的老妇"颓败的筋肉线",但鲁迅只说"她那伟大如石像,然而已经荒废的,颓败的身躯的全面都颤动了",并未点出"颓败线"或"颓败的筋肉线",需要参看《工人绥惠略夫》,才能得其正解。

指出《工人绥惠略夫》和《野草》的这些关联,绝非暗示《野草》完全抄袭《工人绥惠略夫》,因为这也仅仅是一些重要关联而已,其中包含了鲁迅诸多的创造性转换。但有一点可以肯定,自从一九一八年鲁迅读到《工人绥惠略夫》,《野草》和上述鲁迅其他小说、杂文与演讲的灵感也就开始结胎了,所以从一九一八年到一九二四年这段时间显然就不能说是"《野草》时期"。

鲁迅一九二五年夏就计划翻译他喜爱、阅读、揣摩二十年之久的荷兰作家望·葛覃的《小约翰》,正式翻译也是在齐寿山的协助下,从一九二六年七月六日开始,八月十三日完成初稿。其中,人与兽("妖精")对话、人不如兽的思想,很接近《狗的驳诘》《失掉的好地狱》。"小约翰"每每醒来都不敢相信梦中那些神奇经历是真的,也仿佛《好的故事》。甚至一些修辞上的细节,比如"大欢喜""奇怪而高的天空"这样特殊用语,也为《野草》和《小约翰》的鲁迅译本所共有。《小约翰》从头至尾记录一个接一个的梦。许多学者研究《野草》写梦与夏目漱石等作家的关系,却遗漏了鲁迅倾注二十多年心血研究和翻译的《小约翰》这一整本的"梦书"。该书可能还直接启发鲁迅创作《呐喊》中《兔和猫》以及《朝花夕拾》(尤其《狗·猫·鼠》和《从百草园到三味书屋》)。《小约翰》和《野草》有大量重要的关联之处,但鲁迅翻译《小约翰》时,《野草》的创作基本已经结束。那么为什么在"《野草》时期"已经结束之后鲁迅还要翻译跟《野草》大有关联的《小约翰》呢?

唯一合理的解释应该是:并不存在所谓的"《野草》时期"。

五、《野草》的"哲学"?

《野草》研究还有一个现象,就是特别强调《野草》在思想上的独特性。这主要是引章衣萍和许寿裳的话来确认鲁迅的"哲学"主要就在《野草》中。上举北新书局广告词所谓"用优美的文字写出深奥的哲理"也强调《野草》在思想上的"特异"之处。

众所周知,鲁迅一向没有从"哲学"角度谈论或肯定过自己任何一部作品。倘若鲁迅果真对《野草》说过那种关乎"哲学"的话,先被章衣萍记在《古庙杂谈》,后来又被许寿裳加以引申①,那么《野草》的独特性便确乎铁板钉钉,无可否认了。可惜鲁迅没说过——至少在《鲁迅全集》中找不到那样的话。

恰恰相反,鲁迅始终一贯地强调,他不可能"洞见三世","得天眼通","为天人师"②,"凡有所说所写,只是就平日见闻的事理里面,取了一点心以为然的道理;至于终极究竟的事,却不能知"③。

---

① 前揭张梦阳《〈野草〉学九十年概观》说,"鲁迅的终生挚友许寿裳在鲁迅逝世纪念中写的文章《怀旧》(北平《新苗》月刊一九三七年一月十六日第十三期)中对《野草》也作过一句带有经典性的评论:'鲁迅是诗人,(不但)他的散文诗《野草》,内含哲理,用意深邃,幽默和讽刺随处可寻……'后来这句评论时常被人引用,的确精辟地概括了《野草》的特点。"
② 鲁迅:《华盖集·题记》,《鲁迅全集》第三卷,第3页。
③ 鲁迅:《坟·我们现在怎样做父亲》,《鲁迅全集》第一卷,第135页。

即使在鲁迅自以为好似"振臂一呼而应者云集的英雄"的最狂妄最哲学的青年时代,断言当时国中充斥"伪士","凡所然否,谬解为多",几乎站在了"呵斥八极"独步一时的制高点——即使在那个时期鲁迅也明确认为,"由纯文学上言之,则以一切美术之本质,皆在使观听之人,为之兴感怡悦。文章为美术之一,质当亦然,与个人暨邦国之存,无所系属,实利离尽,究理弗存"①。对于一般所谓"文章",包括自己的"创作",鲁迅这个观点始终一贯,从未改变,难道对《野草》出现了"例外"?难道鲁迅果真要以他全部创作中的一部特异之作来破例地表达其"哲学",而不是一如既往,仅仅满足于经营一部"涵养神思"的文学作品?

不错,《野草》有浓厚的"哲学"气氛,但这也正如二十世纪四十年代胡风所言,鲁迅并不是"思想家",他没有尝试过独创什么"哲学"②,充其量只是以文学的方式对某些哲学乃至宗教命题表达自己的独特感悟,包括困惑和质疑。生/死、希望/绝望、造物主/造物主的良民、人之子/神之子、布施/求乞、天/地、人/神/野兽/恶鬼/魔鬼、天堂/地狱、伤害/宽恕、各种名词/无物之阵、开口/沉默、虚空/实有——这些哲学和宗教神学的话题确实常见于《野草》,但鲁迅并没有以哲学和宗教神学方式对这些展开讨论,所有这些哲学和宗教神学话题也并不限于《野草》,前后期杂文、散文甚至书信也时常出现"上帝""魔鬼""地狱""天堂""鬼魂""地火""野兽""空虚""实有"之说。《野草》并没有单独完成鲁迅的"哲学",

---

① 鲁迅:《坟·摩罗诗力说》,《鲁迅全集》第一卷,第73页。
② 胡风:《胡风评论集》(中),北京:人民文学出版社,一九八四年,第9—10页。

《野草》只是较多将这些哲学和宗教神学话题引入鲁迅一如既往的文学性思索,尤其是以更加精致的散文诗形式加以表达,因此容易被识别,而在杂文和通信中联系更加具体的散文化语境道出,就不那么显目罢了。《野草》相对"特异"之处主要还是"文学"而非"哲学"。

比如,跟《失掉的好地狱》写于同年的《杂语》开头就说:"称为神的和称为魔的战斗了,并非争夺天国,而是要得地狱的统治权。所以无论谁胜,地狱至今也还是照样的地狱。"这就是以散文笔法对《失掉的好地狱》的宗旨极好的概括。《杂语》具体写作时间不详,但我们不必认定究竟《杂语》在演绎《失掉的好地狱》的"哲学",还是《失掉的好地狱》的"哲学"在《杂语》中初露端倪。两篇都出自同一个创作主体之手,宗旨相同,只是表达方式和艺术效果不同。重要的是承认二者的联系,知道《野草》中的"哲学"无非就是鲁迅在其他文体和其他作品中经常谈论的那些始终萦回脑际的想法。如此而已。

关于《野草》的"地狱"意象,不少学者倾向于从鲁迅与佛教的关系入手来研究。其实,如果将《野草》放在鲁迅整个创作历程来看,就知道鲁迅作品中的"地狱"意象来源复杂,除了佛教因素之外,还有但丁《神曲》的影响,有中国民间信仰比如祥林嫂所畏惧的地狱观念(这固然是信佛的"善女人"柳妈灌输的,但柳妈还是让祥林嫂去土地庙捐门槛)。"地狱"中"鬼魂"的来源,亦异常复杂。关键是所有这些都只是鲁迅思想中的外来影响因素,鲁迅本人并不信佛教、基督教和祥林嫂式的地狱鬼魂之说,他把这一切都通过文学方式折射为现实世界的弯曲倒影。鲁迅之所以醉心于地狱和鬼魂形象,不是从宗教哲学的角度,而是为了文学,为了文学所特有的炙热情感的表达。《记念刘和珍君》所谓"我已经出离愤怒了。我将深味这非人间的浓黑的悲凉；以我的最大哀痛显示于非人间，使它们快意于我的苦痛，就将这作为后死者的菲薄的祭品，奉献于逝者的灵前"。这些掺杂着或不断趋近宗教哲学概念的痛心疾首的文学话语，与哲学和宗教神学的固有观念始终相距颇远。

《记念刘和珍君》这段话，也可用来解释《复仇（其二）》所谓"他不肯喝那用没药调和的酒，要分明地玩味以色列人怎样对付他们的神之子，而且较永久地悲悯他们的前途，然而仇恨他们的现在"，"他在手足的痛楚中，玩味着可悯的人们的钉杀神之子的悲哀和可咒诅的人们要钉杀神之子，而神之子就要被钉杀了的欢喜。突然间，碎骨的大痛楚透到心髓了，他即沉酣于大欢喜和大悲悯中"。不必纠缠于《复仇（其二）》与基督教神学的相遇或对《圣经》叙事的引用或偏离。鲁迅只是借用耶稣被钉十字架故事来传达和《记念刘和珍君》相同的心绪。无论"大痛楚""大欢喜"还是"大悲悯"，都是"我将深味这非人间的浓黑的悲凉"的另一种表达。正如《铸剑》和《颓败线的颤动》所表达的眉间尺、"黑色人"和老妇的复仇的快慰、身心的苦痛与不能尽绝的悲悯，都与哲学和宗教无关。

这种情感宣泄到一定程度，不仅"出离愤怒"，还会"出离"语言，只好诉诸"人与神的，非人间所有，所以无词的言语"，甚至"并无词的言语也沉默尽绝，惟有颤动"。

鲁迅熟悉中外文学中宣泄激越情感的修辞术，当他自己需要这么宣泄时，自然会拿过来为我所用，并有所创造。《影的告别》偶一使用的"呜呼呜呼"，到了《铸剑》，就索性将《吴越春秋·勾践伐吴外传》所引"离别相去之词"大胆改造为"奇怪的人和头颅唱出来的"

因而"确是伟丽雄壮"的呜呼啊乎歌。① 这些文学形式之所以重要，是因为它们很好地表达了鲁迅的情感，而非显示了鲁迅的"哲学"。

关于"死"和"死后"的描写。《野草·死后》固然有名，但似乎并不比一九二一年十月二十三日所作《智识即罪恶》类似的表达（收入《热风》）更多一些"哲学"意味。无论感情的深沉和思想的深刻，《死后》都远不及一九三六年九月五日所作那篇类似遗嘱的《死》。但《死》也只是闲闲着墨，并不刻意追求什么"死亡哲学"。它毋宁是一个像鲁迅这样的现代中国人对"死"的极通透的谈论。唯其如此，才更见得真切。当然《死》的通透与决绝可能接近鲁迅所谓"何尝不中些庄周韩非的毒，时而很随便，时而很峻急"，但这也算"死亡哲学"吗？

"死亡"也好，《野草·题辞》所谓"朽腐""生存"也好，包括"沉默/充实""开口/空虚"的对称表达，都是鲁迅实有的体验的文学性倾诉，大可不必一一落实为鲁迅的"死亡哲学""生存哲学""语言哲学"。

说《野草》并无"哲学"，只是用"文学"的方式思考言说了哲学/宗教的若干命题，这不仅不会降低《野草》的成就，反而成就了《野草》的文学。

抓住章依萍或许寿裳一句话，就从《野草》探索鲁迅的"哲学"，这大概也属于鲁迅所谓谈论他的作品的那种"极伶俐而省事"②的方式吧？

---

① 鲁迅：《360328（日）致增田涉》，《鲁迅全集》第十四卷，第386页。
② 鲁迅：《三闲集·我和〈语丝〉的始终》，《鲁迅全集》第四卷，第172页。

结　语

《野草》之"特异"一向被强调得太过。我本人以往或多或少也这么看《野草》，后来想想，其实不然。这里尝试做一点"解构"，看能否将《野草》重新置回鲁迅前后期有序展开的创作历程，凸显《野草》与同时及前后不同时期思想创作的有机联系，从而稍稍淡化一下《野草》的"特异"色彩。

还须补上一笔：不少针对《野草》之"特异"的研究其实已经将这"特异"研究成了"怪异"，而对于"怪异"，当然也就只能诉诸各种猜谜术。鲁迅不喜欢中外的"未来派"立志叫人看不懂，至于他自己的写作，"希望总有人会懂，只有自己懂得或连自己也不懂的生造出来的字句，是不大用的"[①]。这一条原则，大概也并非仅仅适应于他的小说吧？

应该除下《野草》的神秘面纱，修筑一条通向《野草》的更平坦的路，把《野草》看得更切实、更分明、更平易一些，毕竟"伟大也要有人懂"[②]。

> 二〇一七年十一月十二日草就
> 二〇一九年三月二十八日改定

[①] 鲁迅：《南腔北调集·我怎么做起小说来》，《鲁迅全集》第四卷，第526—527页。
[②] 鲁迅：《且介亭杂文二集·叶紫作〈丰收〉序》，《鲁迅全集》第六卷，第228页。

《野草》研究的两种路径与一条副线
—— 内外结构分析及其与亚洲现代性的关联

□ 赵京华

战后日本《野草》研究的独特成就

《野草》在战后日本鲁迅研究中占有特殊的位置。据初步统计,自鹿地亘翻译《大鲁迅全集》中的《野草》卷以来,完整的《野草》日译本至少有九种,包括一些研究专著中对二十四篇作品的全译。此外,还有如小田狱夫(一九五三)和木山英雄(二〇〇二)的节译,等等。而研究专著至今已有四部问世。这在鲁迅著作日本传播和学术研究史上,只有《中国小说史略》(日译本有四种)大致可以相媲美。而更重要者在于,自竹内好最早强调《野草》在作家与作品之间的"桥梁"意义并视其为鲁迅文学的"原型"和"缩影"以来,于文本内部进行深度注释与解读的同时,注重其与外部各种关系的研究,两个方面齐头并进以考察作为一个整体的《野草》之思想艺术世界,就成了日本学者的一个传统或思考主线。日本近八十年来的《野草》翻译与研究历程可谓成就辉煌,不仅促进了整个鲁迅研究的纵深发展,而且能够在中国和欧美等西方国家之外形成自己独特的学术传统及其方法论路径。因此,考察战后日本鲁迅论的历史发展之际，在以不同时期代表性学者的代表性著述为分析对象之外，选择日本学人对鲁迅某一经典性作品的研究成果进行个案分析，也是一个有效的办法。这样，可以从一个典型的侧面窥视到学术史发展的整体风貌和独特品格。

我们已知，世界范围内的《野草》研究至今大概形成了三个系统。一个是已有近九十年历史的中国本土之评论研究，从李长之提出鲁迅"根底上是一个虚无主义者"而《野草》乃"战士的诗"[①]以来，中国学界在前五十年中并没有认真深入探讨其中带有"虚无"色彩的"哲学"，而是在强调"战士的诗"之现实批判方面形成了强劲的源自左翼立场的评论传统。后四十年，即一九八〇年代以后则出现了根本性的改观，《野草》一变成为观察鲁迅思想复杂性的窗口和心证的绝佳文本，有研究者由此拈出"历史中间物"意识或"绝望反抗"的关键概念而展开全新的论述，有力推动了新时期整体鲁迅研究向多元纵深的发展，有关《野草》的专著其数量也远远超过了前五十年。这无疑与中国改革开放后多元时代的到来及对此前鲁迅研究之反省，息息相关。就是说，中国本土的《野草》研究可以大致划分出两个不同时期，并形成了一个前后有继承但也是聚变式大跨度发展的传统。

日本的鲁迅研究在二战以后也形成了自足的体系，有继承和发展的明显脉络可以寻迹。有关鲁迅的思想和小说研究是如此，作为艺术成就最高的散文诗《野草》的研究也是如此。我认为，战后日本的《野草》研究至少形成了两个相互交叉又彼此不尽相同的阐释

---

① 参见李长之：《鲁迅批判》，上海：北新书局，一九三六年。

方法或路径。一个是从竹内好到片山智行的,坚持追寻鲁迅思想的本源而视《野草》为表现了作家不变之精神特质的作品这样一种视角;另一个是从木山英雄到丸尾常喜的,重视鲁迅一生思想变动过程而视《野草》为杂文家的诗与战士的流动之哲学的研究思路。除此之外,还有一条副线。那就是从片山智行开始注重《野草》的象征手法与厨川白村象征主义理论的关系,到秋吉收以彻底的实证方法讨论其与日本文学家如与谢野晶子、佐藤春夫、芥川龙之介等的影响借鉴关系,乃至与中国作家徐玉诺、徐志摩、周作人的种种关联,这样一种广义的比较文学或互文现象的研究路径。如果说前两种方法属于文本内部分析的传统路数,那么这条副线则属于文本外部研究,虽然各种外部关系的直接关联性还有待实证的研究加以落实,但它有力地复原了《野草》诞生当时的历史现场,为我们在文坛各种文学生产相互作用的关系中认识《野草》的创作,提供了新的视野。这条副线,同时又与中国改革开放以来注重《野草》与西方现代思想艺术如尼采、波德莱尔等的比较研究,形成了不期然的呼应之势。

另一方面,在美国等西方国家和地区似乎始终没有形成可以与日本《野草》研究相媲美的规模和传统,我们甚至没有找到同时期西方有关《野草》的专门著作。不过,自二十世纪六十年代起,从夏济安到李欧梵等学者的鲁迅研究也注意到了《野草》的特殊意义和价值,甚至呈现出对其"阴暗面"即死亡哲学,与西方现代主义思想和散文诗传统以及中国古典诗文"幽灵"意象的关联,给予密切关注的倾向。其中,还包括捷克的普实克和澳大利亚的梅贝尔·李以及苏联的索罗金,等等。这让我想到,一九五〇年代竹内好所谓的《野草》指向一个中心——"无"和一九六〇年代木山英雄对鲁迅"流动的哲学"的探讨趣向。中国本土以外的《野草》研究，仿佛从一开始就关注到其诗与哲学的面向并直逼其"阴暗面"问题，没有像中国学界那样经历复杂曲折的过程。不过，虽然是日本上述《野草》研究的趋向起步在先，但强有力地影响到一九八〇年代以后中国本土的《野草》及鲁迅研究走向的，反而是欧美的这种倾向。也由此，世界范围内《野草》研究的三个系统，有了可以共享的阐释架构和彼此交流的公共空间。这其中，有着怎样的关联和思想文化上的成因？也是我通过对日本《野草》研究史的回顾，想要来加以思考。

总之，经过几代学人的不懈努力，日本对《野草》的翻译、注释和思想阐发，形成了独自的学术传统。它不仅丰富了鲁迅研究整体的内涵，而且包含着足以为中国乃至世界鲁迅研究所借鉴的方法论。特别是在文本解释方面，所达到的精细程度甚至超过了中国本土，有关外部关系的研究亦不断有新的开拓。这里，我将以四部重要的《野草》研究专著，即片山智行的《鲁迅〈野草〉全释》[1]、丸尾常喜的《鲁迅〈野草〉研究》[2]、木山英雄的《中国的语言与文化——鲁迅〈野草〉解读》[3]和秋吉收的《鲁迅：野草与杂草》[4]为主

---

[1] ［日］片山智行：《鲁迅〈野草〉全释》，东京：平凡社，一九九一年。

[2] ［日］丸尾常喜：《鲁迅〈野草〉研究》，东京：汲古书院，一九九七年。

[3] ［日］木山英雄：《中国的语言与文化——鲁迅〈野草〉解读》，东京：放送大学教育振兴会，二〇〇二年。

[4] ［日］秋吉收：《鲁迅：野草与杂草》，福冈：九州大学出版会，二〇一六年。

要讨论对象，并涉及竹内好等人的相关论述，以期描述出以上所言文本内部研究的两种路径和属于外部关系研究的一条副线，并在与中国和欧美《野草》研究的比较中，阐明日本《野草》研究的方法论意义。

文本内部研究的两种路径

如前所述，成就卓著的日本鲁迅研究其真正的起步始于竹内好。由于竹内好的思想家品性和所处战后日本急剧变动的大时代条件，使得他的鲁迅研究一开始就出手不凡，而给战后日本的鲁迅论带来一个相当高的起点。把鲁迅置于亚洲"抵抗的近代"这一中日同时代史背景下，致力于追寻其不同于西方现代性的独特思想价值，于大时代的文学与政治关系中考察鲁迅的存在意义，也就成了竹内好及其后继者长期以来坚持不懈的总体研究指向。在此，鲁迅与中国革命及亚洲的现代化具有了一种内在的密切关联。他的文学创作也获得远远超出"文学"本身的历史内涵。

竹内好是日本最通行的《野草》日文版[①]的译者。正如日本国内中学国文教科书中他那简洁沉郁的《故乡》译文一样，该译本也影响了一代代日本读者。而他的《野草》论都是附录于各种《鲁迅选集》之后的解说类文字，或者是专著中的一些章节，而没有独立的研究著作。但是，以下观点却一直受到日本研究者的关注。其一，《野草》作为小说散文创作和杂文之间的桥梁，指示着作家与作品间

---

① 鲁迅：《野草》日文版，竹内好译，东京：岩波书店，一九五五年。

的复杂关系,它的运动朝着一个方向——"无"发展而构成了一个自足的整体:

> 《野草》和《朝花夕拾》处在对《呐喊》和《彷徨》加以注释的位置,但它们又各自对立,形成了不同的小宇宙。《野草》是由包括题辞在内的二十四篇短文(也许称作散文诗是正确的)组成的,其特征是象征的,直接的和现实的……
>
> 在鲁迅的作品中,我很看重《野草》,以为作为解释鲁迅的参考资料,再没有比《野草》更恰当的了。它集约地表现着鲁迅,而且充当着作品与杂文之间的桥梁,也就是说,它在说明着作家与作品之间的关系。①

竹内好看重的似乎是《野草》的"参考资料"价值,而对其艺术性本身没有更多的论述。他认为,该作品的象征与小说一样,并不单纯。其中有奇妙的纠结,即充满着复杂性的关系结构。"它们所传递的鲁迅,比起传记和小说来远为逼真。描写得仿佛可以使人看到鲁迅作为文学者形成的过程,或者是相反地散发出去的经过"②。竹内好强调,二十三篇散文诗构成一个"浑然一体"的整体,"所有运动都是朝着一个中心的运动"。而这个"中心"就是所谓的"无",即旨在表现根源性的存在。他引用《墓碣文》结论道:"很显然,这是没有被创造出来的'超人'的遗骸,如果说得夸张一些,那么便

---

① [日]竹内好:《鲁迅》,李冬木译,收孙歌编《近代的超克》,北京:生活·读书·新知三联书店,二〇〇五年,第92—93页。
② 同上书,第98页。

是鲁迅的自画像。"① 我们已知,《鲁迅》(一九四三)一书是竹内好在那场大战后期创作的一部作家思想传记,他要追究的是文学家鲁迅诞生的秘密,即在人生的某个时刻获得某种"回心"或"正觉",使其得以成为真正的文学家,而后才孕育出启蒙者和"革命人"鲁迅来。而这里所谓"作家与作品之间的关系"或《野草》指向一个中心——"无",就是在这样一个全书阐释主旨下衍生来的论述。正像"赎罪的文学""回心之轴"等描述鲁迅文学诞生的概念有些玄虚而无以落实一样,这里的"关系"和"中心"之说,并没有被赋予确定性的内涵。不过,这启发了后来的日本研究者,则又是确实无疑的。

其二,也因此《野草》得以成为鲁迅文学的缩影。竹内好时隔十年之后出版的《鲁迅入门》(一九五三),其中有些观点与先前相比较发生不少变化,但针对《野草》的思考并没有实质性的差异。他指出:"总之,《野草》对鲁迅来说是重要的作品。虽然有些零散,但在整体上是统一的,包含所有的问题,可以称之为鲁迅文学的缩影。可以把它作为萌芽,以与全部作品的关联性为基础来瞭望它丰富的表现形式,从这个意义上看,它是鲁迅文学的原型、索引、代表作,同时也是入门书。"② 在此,除了依然强调其与"全部作品的关联性"和视为统一的整体之外,更以明确的语言指出此乃"鲁迅文学的原型"和"缩影",实际上开示了一条观察《野草》的方法论

---

① [日]竹内好:《鲁迅》,李冬木译,收孙歌编《近代的超克》,北京:生活·读书·新知三联书店,二〇〇五年,第100页。

② [日]竹内好:《从"绝望"开始》,靳丛林编译,北京:生活·读书·新知三联书店,二〇一三年,第131页。

路径，从"原型"这样一种追求根源性的角度出发，透过《野草》来阐发鲁迅的思想核心和文学的精神本质。而关注根源性的问题，乃是竹内好一以贯之的立场。这首先影响到后来的日本学者，使之形成了一个坚持追寻鲁迅思想本源而视《野草》为表现了作家不变之精神特质的研究路径。

例如，片山智行（一九三二年生）就是在这种研究思路下，开始其《野草》研究的。一九九一年，他出版了日本第一部对《野草》全书每一篇作品加以解说分析并附有综合论述的《鲁迅〈野草〉全释》。该书实际上由两部分构成，主体部分是对《野草》所有诗篇的释义解读；另一部分是占全书五分之一篇幅的综合论述，实际上是一个相当全面而专题性的考察。一如该书《后记》所言，这项研究是以作者此前出版的《鲁迅的现实主义》①一书为基础展开的。就是说，在对鲁迅一生的思想文学整体有了综合把握之后才产生了这部《野草》研究，因而在作家鲁迅和作品《野草》之间寻求解读空间这样一种广义的文本内部分析，也就成为其主要的方法。另一方面，作者坦言虽然与同时代中国学者如孙玉石、钱理群等有所交流，但成为本书重要参考的乃是稍早出版的李何林《鲁迅〈野草〉注解》（一九七三）。因此，我感觉他的研究基本上是沿袭了"战士的诗"这一思考路径，而自觉不自觉地继承了竹内好的观点——鲁迅在人生的某个时刻获得了"文学的正觉"后其思想不曾有根本的变化。透过《野草》要观察的，也正是鲁迅思想文学的本源或不变的精神特质。

---

① ［日］片山智行：《鲁迅的现实主义》，东京：三一书房，一九八五年。

片山智行认为,《野草》是文学家鲁迅创作实践的集大成之作。它记录了作者与自身内部的"影"做绝望反抗的过程。这里有竹内好所谓"文学者鲁迅"与自我格斗、在绝望和希望之间彷徨的身影,而不存在所谓"启蒙者鲁迅"。其中,有绝望和彷徨但"自我格斗"顽强进取依然是其主调。片山智行赞同作家高桥和巳的观点,认为不能全信鲁迅所说的绝望虚妄等,《野草》的作者其心情未必真的那么"黑暗",其总主题依然是对"希望"的不懈追求。所谓的唯黑暗与虚无乃为实有,其实是鲁迅的悖论性精神结构所铸成的某种特有的现实主义,并成为其文学独特风格的。若从女师大事件包括与陈源的论战中鲁迅的表现观之,可以看到其"绝望的抗战"等乃是一种特别的文学用语,与颓废的虚无主义无关。因此,《野草》思想的主要特征在于表现了鲁迅青年时期伴随着进化论式自我牺牲精神的反抗的个人主义。而这个"反抗的个人主义",即鲁迅思想文学不变的精神特质。①

片山智行的研究其另一个特征或者说贡献,在于比较充分地论证了《野草》的象征方法与厨川白村理论之间的关系。这一点,我将在后文叙述。总之,正如丸尾常喜指出的那样,片山智行的鲁迅研究主要继承了竹内好的思考理路,即比起其思想文学变化的"过程"来更重视其"不变"的根源性——"反抗的个人主义""特有的进化论"与"名教批判",等等。② 这构成了战后日本《野草》研究

---

① 参见片山智行:《鲁迅〈野草〉全释》,东京:平凡社,一九九一年,第235—260页。
② 参见丸尾常喜:《鲁迅〈野草〉研究》,东京:汲古书院,一九九七年,第6页。

一条明晰的发展路线。

日本《野草》研究的另一条思考路径，则是由木山英雄和丸尾常喜开拓出来的。它与竹内好和片山智行的路径相反，比起关注鲁迅思想文学的"不变"之根源性来，更重视其"变化"发展的过程，而《野草》被视为前后期鲁迅思想演变的最深刻且哲学化的呈现。木山英雄曾于二〇〇二年以日本广播大学教材的形式出版了他的《鲁迅〈野草〉解读》，对散文诗集中除《我的失恋》《风筝》《狗的驳诘》《立论》《一觉》之外的十九篇作品做详尽的文本解读。如前所述，实际上他的研究早在四十年前的一九六三年就已开始，即长篇论文《〈野草〉主体建构的逻辑及其方法——鲁迅的诗与哲学的时代》，这可以说是日本鲁迅研究史上十分重要的成果之一。该论文的观察视线不仅深入到了一九二〇年代鲁迅内心的"黑暗"深处，而且透过彻底的文本解读阐明了作家由追寻哲学意义上的"死亡"之想象世界到最后回归"日常世界"而完成了前后期思想转变的整个过程。其理论深度和文本解读的精细程度前所未有，它乃是四十年后结集出版的《鲁迅〈野草〉解读》一书的纲领。从主体建构的逻辑和方法的角度深入观察鲁迅一个时期里特有的"黑暗与虚妄"倾向，这在日本无疑是《野草》研究的一个新起点，而与同时期的美国学者如夏济安、李欧梵等的研究遥相呼应，虽然两者之间并没有直接的交流。

在这篇论文中，木山英雄首先强调自己所关注的是"作为稀有的散文家的诗，与义无反顾不息前行之战士的哲学"。然而，对这一时期鲁迅所持有的原始肉体性感觉的波动与抽象观念的展开是怎样保持着前后的关联性这一问题，由于以往的人们多为各篇鲜明、瑰丽的映像所吸引，故似很少有人做精心细致的研究。因此，他为自己的考察确定了两个重点。即，第一是"执着于逻辑的探讨"以考察鲁迅《野草》主体建构的方式；第二则在于其"目标是寻找不曾被天生秉性或外部环境之投影所淹没殆尽的、鲁迅创造的鲁迅，即这种意义上最具个性的鲁迅"①。就是说，对于《野草》所展现出来的鲁迅思想演变"过程"的追究，乃是其研究的核心议题。

受到李长之"人得要生存"乃鲁迅的"基本概念"这一观点的启发，木山英雄发现为抵抗"彷徨"状态而拨开"虚妄"的实体进入其中，鲁迅在《野草》中探索了死亡的四种形式。一是《过客》主客观上作为绝望之逻辑终点的死；二是《死火》由作者内省力想象出来的更为逼真的死；三是《墓碣文》所展现的彻底的死或曰死之死；四是《死后》那种现实的单纯之死，亦即死之无聊。最后结论道：

> 到了《死后》，梦的系列作品便告结束，《野草》仿佛是摆脱了危机一样，作品的密度也减了下来。《死后》所象征的是从死和幻想中重返日常性世界，那么作者大概是从这连续性探索中有所得而向散文的领域返回的。不过，他只是闯进死与幻想的境域试图努力抓住生机，结果确切认识到即使在死与幻想的世界里也不可能有完结性的东西，最后把人类这种定数的象征化而为诗，又返回日常世界的。②

---

① ［日］木山英雄：《文学复古与文学革命：木山英雄中国现代文学思想论集》，赵京华编译，北京：北京大学出版社，二〇〇四年，第3页。
② 同上书，第62页。

那么，鲁迅以文学（散文诗）的方式对哲学意义上的"死亡"问题所作的艰难探寻，具有怎样的意义呢？它固然代表了作家鲁迅个人在某个特定时期其沉痛曲折的精神演变，而在"死与幻想的境域里试图努力抓住生机"这样一种意识，是不是也象征了那个二十世纪大时代里中国之艰难困苦的现代化历程呢？关于这个问题，木山英雄在论文中给出了这样的结论：鲁迅通过对生存哲学意义上的四种死亡形式之抉心自食式的追寻，最后穿越死亡而完成了对自身绝望暗淡心理的超越，从而成为一位卓越的思想家和文学家。在此，竹内好所谓《野草》指向一个中心——"无"的提法，终于获得了实质性的内涵。这恐怕与木山英雄采用注重"变化"的《野草》研究路径有关。不仅如此，由于采取了与竹内好有别的思考路径，木山英雄还从更为广阔的亚洲现代性历程的角度，深化了前者早年提出的亚洲"抵抗的近代"这一命题。

这便是在四十年之后的《读鲁迅〈野草〉》中，木山英雄最终给出的一个结论：鲁迅"这个作家的精英之先锋性在于，一方面采用了超出同时代中国文学水准而面向世界的思维方式和手法，同时展现了与内部的'黑暗'做共存亡之殊死搏斗的过程。因而，这一篇篇诗汇成的该诗集，作为亚洲杰出的近代精神在革命与战争的世纪经历某个阶段而留下的苦斗之纪念，经受住多次的激荡和转变，至今依然没有失去吸引和震撼读者的力量。从这个意义上讲，它或许已经成了因其艰难而得以流传世界的稀有的古典"①。这应该是战后日本《野草》研究所到达的一个新境界。作为坚持以"变化"的观

---

① ［日］木山英雄：《中国的语言与文化——鲁迅〈野草〉解读》，东京：放送大学教育振兴会，二〇〇二年，第3—4页。

点来研究《野草》的思考路径,其影响式巨大。至少,同代人的丸尾常喜就是沿着这个路径而推出新的成果的。

一九九七年,时任东京大学东洋文化研究所教授的丸尾常喜出版了他的第三部研究专著,即《鲁迅〈野草〉研究》。由于时代的变化,与二十世纪五六十年代竹内好、丸山升、木山英雄等不同,丸尾常喜已然有了和邻国中国的学者直接交流而互通有无的机会,并得以从中获得诸多学术灵感。该书《序言》就表示,自己对钱理群《心灵的探寻》以"单位观念""单位表象"的抽取为方法,通过《野草》的矛盾斗争而发现鲁迅历史"中间物意识"的研究,是高度评价的。但同时,对其文本细读的缺乏又感到不满。而对于另一位新时期重要的中国学者孙玉石的《野草》研究,则在肯定其社会历史方法与综合研究的划时代意义同时,指出了其哲学性分析的不足。关于日本的《野草》研究,丸尾常喜充分肯定片山智行的《鲁迅〈野草〉全释》,认为是日本第一部对《野草》进行全面解读的专著,但对其重点考察鲁迅反抗的个人主义和进化论以及名教批判而没能更多地注意其思想变化过程的分析感到遗憾,认为这是受到竹内好影响的结果。就是说,丸尾常喜是在充分了解到中日两国《野草》研究的历史和最新动向,在此基础上确定自己的研究路径和思考重点的。他更倾向于木山英雄的路数,强调要通过找到贯穿《野草》全书的逻辑和方法,来揭示各篇的意义。①

这个逻辑和方法,在丸尾常喜的著作所附"中文要旨"中,是这样表述的:

---

① [日]丸尾常喜:《鲁迅〈野草〉研究》序言,东京:汲古书院,一九九七年。

本书在分析《野草》时最为重视的是鲁迅所谓的"人道主义与个人主义的消长起伏"。"人道主义与个人主义"的矛盾，换言之，是鲁迅"生的连续性"和"生的一次性"的矛盾。五四时期的鲁迅否定用"生的连续性"压制"生的一次性"的社会并试图改造它。但是为了中华民族的"生的连续性"（种的生存与再生产），鲁迅个人却选择了压抑自己"生的一次性"的"自我牺牲"的生存方式。这就是五四时期鲁迅式的"进化论"。但是，进入《野草》时期，具有鲁迅特色的这种"进化论"逐渐解体，被压抑的"生的一次性"开始抬头，令鲁迅十分痛苦。鲁迅的"人道主义"与"个人主义"的矛盾，就是鲁迅另一种语言来表达的这种现象。

我认为《野草》就是以丰富多彩的意象来表现鲁迅内部的这种冲突与苦闷，反映出他原先的思想的崩溃、向着新思想再生过程的连续性很强的诗篇。①

用民族"生的连续性"之进化论和个体"生的一次性"之人生观，来理解鲁迅所谓"人道主义和个人主义的消长起伏"，并透过《野草》观察鲁迅从五四到大革命期间思想的演变过程，以此来解读诗集中的各篇作品，这是丸尾常喜遵循的研究方法。它与坚持探索鲁迅思想文学不变的"精神特质"的竹内好、片山智行的路径明显不同。

---

① ［日］丸尾常喜：《鲁迅〈野草〉研究》，东京：汲古书院，一九九七年，第19页。

当然，这里所谓的不同，乃是相比较而言的。日本学者始终以稳健的态度，坚持在作家——作品——时代所构成的三位一体关系结构中来解读《野草》的意义和价值，并将其视为鲁迅文学的"缩影"和"原型"，则是始终一贯的总体倾向。从这个意义上讲，上述两种思考路径都属于广义上的文本内部研究，只是在强调鲁迅思想文学的变与不变上有所不同而显示出《野草》解释上的差异。实际上，他们各自的有所侧重反而丰富了战后日本一个时期里《野草》研究的内涵。

文本外部关系研究的副线

如上所述，战后日本的《野草》研究至今形成了两个相互交叉又彼此不尽相同的阐释路径。而对鲁迅思想特别是《野草》"阴暗面"的关注，又因其角度的不同而各有深浅程度上的差异，显示出日本学者研究的细腻和深入。除此之外，我还注意到一九九〇年代以后日本的《野草》研究出现了一条新的路径，相对于上述的主流，我想称之为"副线"，即广义上的比较文学和互文现象的研究，或者可以称之为文本外部的关系研究。这就是始于片山智行《鲁迅〈野草〉全释》的比较重视厨川白村象征主义理论与《野草》创作关系的研究。

由于鲁迅创作《野草》期间翻译了厨川白村《苦闷的象征》，因此中日两国学者早已有人注意到两者的微妙关联。例如，中国早在一九三〇年代就有聂绀弩、欧阳凡海等人提出这个问题，而一九六〇年代以后的日本也有如丸山升、中井正喜、相浦杲等学者关注过鲁迅与厨川白村的关系。但是,比较全面系统的研究还是体现在片山智行的《鲁迅〈野草〉全释》一书中。该书认为,《野草》的创作在接受尼采、裴多菲、阿尔志跋绥夫等某种启发的同时,更直接受到了厨川白村象征主义论的刺激,而使其自身原有的苦闷得以爆发出来。鲁迅共鸣于厨川白村的,首先是在其对"传统因袭思想"的痛烈批判方面;其次则接受了"艺术乃纯真生命之表现"的观点,以及以梦的形式表现思想苦闷的象征手法。至于"苦闷"的内涵,片山智行认为,鲁迅的表现远比厨川白村所论的苦闷包含着更为深广的内涵,它既有源自中国革命艰难曲折的苦恼,也有他个人无爱婚姻带来的烦闷。具体而言,《影的告别》《颓败线的颤动》那样表现出深层苦闷的作品,无疑是参照了厨川白村的理论主张而写就的。

系统全面地考察鲁迅与厨川白村的影响共鸣关系,这应该是片山智行对日本鲁迅研究的一个贡献。在他之后,《野草》与《苦闷的象征》之比较研究有了更为深入的发展,出现如丸尾常喜的《鲁迅〈野草〉研究》和工藤贵正的《鲁迅与近代西方文艺思潮》[1]《中国语圈的厨川白村现象》[2] 等著作中对这一课题的深入讨论。而到了最近,秋吉收《鲁迅:野草与杂草》一书,则在比较研究的方面走到了一个新的领域——文本外部的关系史或互文现象研究,而显示出日本学者的思考新路径和新成果。

---

[1] [日]工藤贵正:《鲁迅与近代西方文艺思潮》,东京:汲古书院,二〇〇八年。

[2] [日]工藤贵正:《中国语圈的厨川白村现象》,京都:思文阁出版,二〇一〇年。

秋吉收（一九五四年生）的著作其最大特色或者贡献在于：通过提出鲁迅"野草"书名的语词意象来自日语单词"杂草"这一议题，从而打开了现代日本文学影响和刺激鲁迅创作的互文现象分析的新课题。"野草"是否直接来自日语的"杂草"意象，在我看来恐怕终究是一个假说，因为没有直接的证词作为依据。但是，正如丸尾常喜《鲁迅——人与鬼的纠葛》一书通过提出"阿Q即阿鬼"的假说，而开拓出鲁迅思想艺术与中国大小传统之深层关系的民俗学、社会学研究新天地一样。秋吉收的"杂草"说作为他研究《野草》的一个重要契机，有力地打开了一九二〇年代鲁迅与日本同时代文学创作之密切关系研究的新领域，这是前人所很少涉及的。在秋吉收的著作中，以彻底的实证方法和关系比较的视角探讨了《野草》与谢野晶子的诗歌《杂草》、佐藤春夫的《形影问答》、芥川龙之介的《我之散文诗》等的可能性关联。不仅如此，该书还就徐玉诺的散文诗创作与鲁迅的关系，包括泰戈尔、徐志摩的影响、《野草》的命名与成仿吾《诗之防御战》，乃至《狗的驳诘》《立论》与波德莱尔诗歌的具体关联等，都有基于丰富史料的详细分析。可以说，这是一部有关《野草》构成上与中外文学之关联的研究力作。

我称秋吉收的研究为"彻底的实证"，其意义不在直接证据的发现或者旁证佐证的确凿无疑，而在于他以相互关联的视野和创造性模仿的观点，挖掘出鲁迅与同时代日本乃至中国作家的创作之间广泛的可能性关联，从而为我们展现了一幅一九二〇年代《野草》经典诞生之丰富多彩的文坛图景。正是在这个五四以后已然国际化的"文学场"中，才有了鲁迅的天才创造。一如该书第一章结尾所言："《野草》是鲁迅最初的也是唯一真正的新诗创作。人们承认其中有众多作家作品的影响。至今已有各种各样的考证研究，如来自李贺、李商隐等中国古典诗的摄取；夏目漱石《梦十夜》和厨川白村等日本文学的影响，还有尼采、波德莱尔、裴多菲等西方的接受。鲁迅在自己的作品世界中时而将他者融入其中，从而于构筑《野草》独创性的意境上取得了极大的成功。而后来他所提倡的'拿来主义'则成为从理论上支撑其《野草》等创作实践的基础。"① 鲁迅虽然也"尊崇独创"，但同时不排除"经由模仿的独创"，因此，其与日本文学的影响比较研究乃是我们学术的题中应有之义。

战后日本《野草》研究遗留的课题

综上所述，战后日本的《野草》研究其特征体现在以下三个方面。一是翻译注释、解读分析和关联性研究三位一体，在将《野草》完整地介绍到日本的同时，开拓出独自的研究传统。二是注意文本内部的解读和外部关系的研究，在将其视为鲁迅创作的高峰而关注独立的艺术价值同时，致力于透过《野草》观察鲁迅思想文学的根本特征和演变过程，进而联系到有关中国乃至亚洲现代性的理解，《野草》的经典价值则在更为广阔的区域范围内得到了肯定。三是在与日本现代文学的关系比较研究方面，成果显著。

而从竹内好提出《野草》的所有运动指向一个中心"无"到木山英雄关注其中的"死亡哲学"议题，日本学者与欧美学界在二十世纪五六十年代先后提出了鲁迅思想艺术"阴暗面"的问题，值

---

① ［日］秋吉收：《鲁迅：野草与杂草》，福冈：九州大学出版会，二〇一六年，第43—44页。

得注意。如前所述，虽然日本学者对这个问题的关注在先，但给一九八〇年代以后的中国以巨大影响的反而是欧美方面的研究。这其中，自然与欧美的汉学较早受到中国学界的关注而日本鲁迅研究的成果直到一九九〇年代末才大规模介绍到中国来有关。但我又觉得，这恐怕与欧美学者基于西方现代文学的知识和体验，能够直接面对《野草》那种象征艺术和超现实的哲学体悟有关，而日本的研究除了木山英雄这样极少数的研究者外，他们直觉地感悟到了"阴暗面"的问题，却未能深入到现代艺术的深层加以透彻的分析。这里，显示出了日本与欧美两地文化背景及学术资源的差异。同时，这也塑造了各自不同的研究风格。换言之，七十年来日本的《野草》研究，注重在中国和亚洲剧烈变动的现代史语境下挖掘其思想内涵，相对而言艺术和审美结构方面的探索成为短板。例如，与一九六〇年代以来的美国学界比较，这一点就会清晰地呈现出来。

一九八〇年代初，华裔美国学者李欧梵在写作《铁屋中的呐喊》时，将第五章的《野草》论作为全书的核心。他继承其师夏济安的鲁迅内心世界有一个"黑暗中心"并成为其艺术精神和灵魂的观点，进而引申到鲁迅与中国文化传统"幽灵面"的关联上，来讨论其艺术特征。近来，李欧梵借此书重印的机会进一步阐发了自己的观点："最近我重读《野草》，又发现不少中国传统文学和西方现代文学相同之处。且举一个例子：《影的告别》里面，非但有尼采的影子……由此可以证明这篇散文诗融汇中西，既脱胎于传统，又做了极为现代性的艺术转化，并汲取了一个来自西方的'机警语'（epigram）的形式，把思想性的短片化为一种'思考图像'，当然，内中也含有波特莱尔散文诗的意象。这一切都说明，鲁迅的《野草》——与他的部分小说和其他作品一样——非但可与同时期欧洲现代主义的经典作品抗衡，而且也可以作为世界文学的经典。"① 李欧梵在直接面对鲁迅思想的"黑暗中心"之际，是将思考的视野同时追溯到欧洲的现代艺术和中国的古典文学传统的，在这样的比较观照下，鲁迅《野草》的艺术价值获得了作为"世界文学的经典"性。

而这里所提到的夏济安其"黑暗中心"的观点，则出自《黑暗的闸门：关于中国左翼文学运动的研究》（一九六八）。夏济安认为，在"自己背着因袭的重担，肩住了黑暗的闸门，放他们到宽阔光明的地方去"这一悲剧形象中，鲁迅意识到了自己对黑暗的无能为力而自愿接受牺牲。这种意识赋予了其主要作品以一种天才的悲哀性格。《野草》是鲁迅留给世界的一本丰富有趣的书，它有一种特别的表现黑暗意识的艺术气质。其中，"充满着强烈感情的形象以奇形怪状的线条在黑暗的闪光中或静止或流动。正如熔化的金属，无法定型"②。

夏济安提醒人们注意，鲁迅的现实主义是有其限度的。《野草》的大部分篇章都用"我梦见"开头，它们是真正的梦魇，并且因变形的现实而引起人们的震撼。鲁迅在《野草》中的确窥探到了一个非意识的世界。

  鲁迅作品中的希望与灵感时常与阴暗并存。看来鲁迅是一

---

① 李欧梵：《铁屋中的呐喊》，杭州：浙江大学出版社，二〇一六年，第6—7页。
② 乐黛云编《国外鲁迅研究论文集》，乐黛云译，北京：北京大学出版社，一九八一年，第370页。

个善于描写死的丑恶的能手。不仅散文诗,小说也如此。鲁迅确是一个喜怒无常的人……在目前人们对他的印象中,讽刺家、预言家的一面可能过分强调了,我很容易就能指出鲁迅天才的某些其他方面,使这个人的形象多少得到平衡,我也可以引出比这里谈到的更多的例证来说明他的天才的病态的一面,使他看起来更像卡夫卡的同时代人而不是雨果的同代人。但这只是我的意图的一部分,我认为只去追寻鲁迅情绪的变化是不够的,因为他在某些才华横溢的文章中不得不痛惜地驱散这些感情和思绪,他只好把这些感情和思绪转化为一种更伟大的"熔合体",用更深广的象征系统来更丰富地描述他所看到的那个世界。①

夏济安直接意识到了"鲁迅是一个善于描写死的丑恶的能手",在于他身处欧美世界具备了西方现代主义文学的背景和素养,能够将鲁迅联系到弗洛伊德和卡夫卡的现代思想艺术传统方面,而看到其象征主义方法的西方源头。李欧梵则更从这一观点引申到中国古典文学的"幽灵面"方面,从而使《野草》的艺术精神和经典价值在更广阔的世界文学中获得了定位。这种认识,比起木山英雄对"流动的哲学"的分析和片山智行透过厨川白村而窥视到的《野草》之象征主义,就来的更加直接而深入。这样的观点,在一九八〇年代初经由乐黛云编《国外鲁迅研究论集》而传到中国,由此产生了巨大的影响,也就可以理解了。就是说,自竹内好提出《野草》为

---

① 乐黛云编《国外鲁迅研究论文集》,乐黛云译,北京:北京大学出版社,一九八一年,第381页。

作家和作品之间的桥梁这一观点后,促使日本学者形成了以《野草》来注释作家内心思想与作品之间关系的研究方法,相对而言忽视了对《野草》作为自足的艺术整体,在参照西方现代主义文艺的同时进行结构分析的尝试。如果与欧美一九六〇年代以后的鲁迅研究相比较,是不是可以得出这样的结论呢?其实,这同时也是那个时代中国学界《野草》研究的问题所在。

近代东亚的鲁迅《野草》批评
——丁来东的《鲁迅和他的作品》及其学术贡献

□ 洪昔杓

一九四六年，鲁迅的《阿Q正传》在首尔被搬上话剧舞台；次年，在时任首尔大学文理学院中文系教授丁来东的策划下，举办了鲁迅逝世十一周年纪念演讲活动，可以说鲁迅是韩国近代时期最受瞩目的中国作家。当时鲁迅文学备受重视，究其原因可概括为以下三点：首先，它是体现反封建启蒙主义精神，实现彻底的自我剖析和透彻的自我认识的文学典型。鲁迅文学拒绝外界的拯救和宣言式提出的理想，经过痛苦的自我剖析从内在予以彻底的自我否定，以此形式自主性地创造理想，因而深受大众的欢迎。其次，鲁迅文学具有强烈的抗争意识和批判精神，这在当时得到韩国众多进步知识分子的一致好评。鲁迅文学与既存的支配权力即传统权威或国家的权威展开抗争，这足以成为当时迫切需要民族独立的韩国的精神资源。最后，鲁迅文学反思并抨击了长久以来固定的现存的所有权力关系，即人与人、民族和民族、国家与国家之间形成的不合理和不平等的关系。因此，它打破了民族和国家的既定框架，成为一种谋求相互理解的重要文本。

具有如此特征的鲁迅文学，被有着各种思想倾向的人所接受，在韩国为众多读者所熟知，这也表明了鲁迅文学本身的广度和深度。

鲁迅文学作为厚重、立体的文本，包含各种诠释的可能性。它可以与否定封建传统和恢复现代人性的启蒙运动或人道主义相遇；也可以与构想民间层面自律性的人类共同体的世界主义及否定现存一切权力、组建民众工会和争取民族解放的无政府主义遭遇；同时亦可与争取阶级解放和民族解放的社会主义邂逅。因此，在韩国近代时期，以具有世界主义倾向或无政府主义思想的知识分子，以及接受了马克思主义阶级史观的社会主义知识分子为中心，对于鲁迅文学一直在积极地进行批评并予以介绍。而且因无政府主义思想倾向和社会主义思想向的不同，近代时期在对鲁迅文学的接受问题上自然形成了两大思想流派，柳树人、丁来东、金光洲等代表了无政府主义倾向；金台俊、李明善等则代表了社会主义思想倾向。

其中，丁来东（一九〇三至一九八五）在二十世纪三十年代初对中国文坛和中国新文学作家做了系统的批评和介绍。作为积极译介中国新文学作品的中国现代文学研究者，丁来东对鲁迅文学批评的贡献尤为突出。一九二五年九月，丁来东插班进入北京民国大学预科二年级，一九二六年在民国大学就读本科英文系，并于一九三〇年毕业。毕业后到一九三四年四月前，他一直逗留于北京。① 在北京大学旁听的同时，集中精力从事中国新文学的批评和

---

① 丁来东在一九三四年八月发表的《雕刻小说和罗列小说》中记录道："离开北平……四月二十三日（四·二三）"（《中央》一九三四年八月）；收录在《丁来东全集》中的《著者年谱（自叙）》记载道："一九三〇年（二十八岁）；民国大学毕业。毕业论文为'Study on Keats'，毕业以后，感觉英文学或中国文学尚有不足，于是决定以后四年攻读中国文学。"（《丁来东全集》第一卷，首尔：金刚出版社，一九七一年，第425页）由此，可推定至一九三四年四月，丁来东一直逗留在北京。

介绍工作。① 在北京居住期间，丁来东对中国文坛及小说、诗歌和戏剧、电影等中国新文学进行了全面的译介，向韩国读者介绍了鲁迅、周作人、胡适、巴金、徐志摩、朱湘等多位新文学作家，并翻译了包括鲁迅作品在内的一些中国新诗和现代剧作家的作品。丁来

---

① 丁来东自在北京留学期间到归国之后的一九三五年之间发表的关于中国文坛和中国新文学批评文章如下：《中国现文坛概观》（《朝鲜日报》一九二九年七月二十六日至八月十一日），《中国新诗概观》（《朝鲜日报》一九三〇年一月一日至一月二十五日），《读〈阿Q正传〉有感》（《朝鲜日报》一九三〇年四月九日至四月十二日），《鲁迅和他的作品》（《朝鲜日报》一九三一年一月四日至一月三十日），《中国电影的新倾向》（《朝鲜日报》一九三一年二月八日至二月十日），《现代中国戏剧》（《东亚日报》一九三一年三月三十一日至四月十四日），《胡适的自我思想介绍（介绍我自己的思想）》（《朝鲜日报》一九三一年六月十四日至七月五日），《流动的中国文坛的最近面貌》（《朝鲜日报》一九三一年十一月八日至十二月一日），《中国新诗坛的彗星徐志摩》（《东亚日报》一九三一年十二月二日至十二月四日），《中国文坛的新作家的创作态度》（《朝鲜日报》一九三三年二月二十八日），《中国文坛现状》（《东亚日报》一九三三年十月二十六日至十月二十七日），《中国文艺作品中展现的农村的变迁》（《中央》一九三四年三月），《长江上的永古诗人朱湘及中国诗坛》（《东亚日报》一九三四年五月一日至五月三日），《中国文坛杂话》（《东亚日报》一九三四年六月三十日至七月四日），《周作人及中国新文学》（《朝鲜中央日报》一九三四年九月三十日至十月十三日），《关于中国的"国故"整理诸说》（《东亚日报》一九三四年十一月二日至十一月十三日），《中国文人印象记》（《东亚日报》一九三五年五月一日至五月八日），《中国两大文学团体概观》（《新东亚》一九三五年六月）。另外，丁来东翻译的中国新文学作品包括：鲁迅的《伤逝》（《中外日报》一九三〇年三月二十七日至四月十日），熊佛西的独幕剧《模特》（《朝鲜日报》一九三二年四月十六日至四月二十二日），向培良的戏剧《黑暗中的红光》（《东光》一九三二年五月），鲁迅的《过客》（《三千里》一九三二年九月），郭沫若的诗剧《湘累》（《第一线》一九三二年九月），《中国新诗选译》（《中央》一九三三年二月），田汉的《江村小景》（《新家庭》一九三三年九月）等。

东在一九二九年和一九三二年先后两次参加鲁迅在北京大学的演讲会,亲耳聆听鲁迅的声音。在听完第一次演讲后,曾如此描述对鲁迅的印象:"他紧闭着的双唇、刻着皱纹的额头和双侧的额骨却表明了他坚决的心志,使他看起来像是雪中拔青的梅花树桩一样。"① 在对鲁迅文学的批评和译介上,丁来东可以说是尽全力倾注了自己的心血。一九三一年一月四日到一月三十日,他在《朝鲜日报》连载了评论文章《鲁迅和他的作品》,这是韩国近代时期最早的对鲁迅文学全面、系统的评论,得到了世人广泛的关注。该评论不仅对鲁迅的小说集《呐喊》和《彷徨》做了集中的审视,还对散文诗集《野草》进行了深入的分析批评,这一点可以说意义深远。

丁来东不仅翻译了《野草》中的《过客》,而且在《鲁迅和他的作品》中对《野草》给予了高度评价,认为《野草》"是鲁迅全部艺术的结晶,可以看作他的思想的总结"。今天作为鲁迅文学杰作之一的《野草》,其文学价值已得到世人的公认。而早在一九三一年丁来东就对《野草》做出了评价,这一评论可以说在东亚鲁迅研究史上有着非常重要的意义。但是,迄今为止对于丁来东的鲁迅文学批评所具的学术成果,国内外文学界并没有予以过多的关注,因而今天有必要更为积极地审视并阐明其意义。在此,本文首先就丁来东对中国新文学及鲁迅文学批评介绍的前后过程,即对与中国剧作家向培良的交流进行实证考察;并就《鲁迅和他的作品》对当时中国文学家鲁迅文学批评在理念上的应对进行探讨;其次就丁来东对《野草》的批评内容加以具体分析,比较考察近代韩、中、日三国的

---

① [韩]丁来东:《中国文人印象记(三):孤独与讽刺的象征——如今左倾的鲁迅氏》,《东亚日报》一九三五年五月三日。

《野草》批评状况；最后阐明丁来东的《野草》批评在东亚鲁迅研究史上的学术贡献。

一、丁来东和向培良的关系及鲁迅作品的翻译

在中国新文学中，丁来东对鲁迅、熊佛西、向培良、田汉的作品作了译介。译介的作品主要是戏剧，这与他个人的兴趣不无关系，而且，这也与他和中国剧作家向培良的往来息息相关。一九二七年丁来东在民国大学就读，当时写到"晚上我跟向培良学习白话文学作品，我教向氏日语"①，由此可见，他和《中国戏剧概评》的作家兼剧作家向培良在学术上有着密切的交流。那么他们的关系发展为学术交流的最终契机又是什么呢？

一九二四年十月，为了研究和宣传无政府主义，有些人在北京民国大学组织了"黑旗联盟"②。当时巴金、向培良、高长虹、郭桐轩、方宗整等中国人，柳絮（柳树人）、沈如秋（沈容海）等韩国人都参与了该联盟。丁来东在进入民国大学本科英文系后，一九二六年九月，与韩国人沈如秋、柳絮、吴南基等人在民国大学内成立了研究无政府主义理论家克鲁泡特金的组织。③综合这些情况，可以推测丁来东在一九二五年民国大学预科学习时，实际上与"黑旗联

---

① [韩]丁来东：《著者年谱（自叙）》，《丁来东全集》第一卷，第424—425页。

② 无政府主义运动史编纂委员会：《韩国无政府主义运动史》，首尔：萤雪出版社，一九七八年，第298页。

③ [韩]具升会等编《韩国无政府主义100年》，首尔：而学社，二〇〇四年，第213页。

盟"有着一定的关联。这一事实，可以间接地从丁来东回忆有机会拜访鲁迅的言辞上知晓。"和鲁迅联系密切的某一文学青年经常劝我一起去拜访鲁迅，那时笔者仅是高中毕业生，对文学一无所知，即便见到，也无话可说……因为如此缘故未能遇见鲁迅，就这样过了两三年后，笔者的中文达到初级会话水平，但那时鲁迅已离开北京去上海。"①丁来东在一九二四年八月到达北京，在大中公学补习科学习了七个月，一九二五年九月进入民国大学预科，他所说的"仅是高中毕业"应该指的是进入民国大学预科前后的时间。从鲁迅的《日记》中可以得知，这个时期，向培良经常出入鲁迅家，与鲁迅有着频繁来往。向培良从一九二四年一月九日起常去拜访鲁迅，一九二六年八月二十六日鲁迅离开北京前往厦门时，向培良曾到火车站送行②，由此可见，向培良与鲁迅关系亲密，交流频繁。

众所周知，一九二五年向培良与高长虹一起，在鲁迅的支持下组织创办了莽原社，并与鲁迅参与的未名社共同创刊《莽原》杂志。鲁迅曾担任当时出版界颇有影响力的北新书局的"乌合丛书"的主编，他的著作《呐喊》、高长虹的散文诗集《心的探险》和向培良的短篇小说集《飘渺的梦及其他》也是该丛书之一（之后鲁迅的《彷徨》和《野草》也编入"乌合丛书"，分别另行出版）。丁来东跟向培良学习白话文作品，同时教向氏学日语，两人保持了亲

---

① ［韩］丁来东：《中国文人印象记（三）：孤独与讽刺的象征——如今左倾的鲁迅氏》，《东亚日报》一九三五年五月三日。

② 鲁迅在《日记》中提到向培良在这一期间到自己家里拜访过数十次。《鲁迅全集》第十五卷，北京：人民文学出版社，二〇〇五年，第498—634页。

密关系，鉴于此，一九二五年丁来东进入民国大学预科，当时建议他去拜访鲁迅的"某一文学青年"极有可能就是向培良。丁来东于一九三一年在撰写题为《现代中国戏剧》这一长篇论文时，积极参考了向培良的《中国戏剧概评》①，这是他与向培良关系亲密的一个很好例证。总之，鲁迅一九二六年八月离开北京之前，和无政府主义青年向培良、高长虹等保持频繁接触；而当时倾向于无政府主义的丁来东也通过韩中知识人合办的无政府主义者研究组织这一关系网，与向氏密切交流，开始踏上研究中国新文学及鲁迅文学之路。

从鲁迅在一九三三年十一月五日寄给翻译家姚克（与当时在北京的美国记者埃德加·斯诺一起翻译作品）的回信中，对自己作品的外文翻译情况做了如下说明："《小说全集》，日本有井上红梅（K. Inoue）译本。《阿Q正传》，日本有三种译本：（一）松浦珪三（K. Matsuura）译，（二）林守仁（S. J. Ling，其实是日人，而托名于中国者）译，（三）增田涉（W. Masuda，在《中国幽默全集》中）译。又俄译本有两种，一种无译者名，后出之一种，为王希礼（B. A. Vasiliev）译。法文本是敬隐渔译（四川人，不知如何拼法）。"② 如上所述，鲁迅对自己作品译为日语、俄语、法语的事实了解甚多。但是，他并没有注意到自己作品的韩文版翻译。尽管鲁迅本人对此知之甚少，但其作品如《狂人日记》《头发的故事》《阿Q正传》《伤逝》

---

① ［韩］丁来东：《现代中国戏剧》，《丁来东全集》第一卷，第250页。
② 鲁迅：《331105致姚克》，《鲁迅全集》第十二卷，北京：人民文学出版社，二〇〇五年，第480页。

《过客》《在酒楼上》《幸福的家庭》等,在当时都已译成韩文。由此可说,鲁迅作品在韩国的翻译工作并不逊色于日本和欧洲,而是进行得相当活跃。①

尤其是《野草》中的《过客》为丁来东所译,一九三二年九月刊登在《三千里》上,《野草》中的作品在相当早的时期就已被介绍到韩国。《野草》的作品最早是译为日语,花栗宾郎翻译了《野草》中的《求乞者》《狗的驳诘》《影的告别》《过客》等作品,刊登在《朝鲜及满洲》期刊上②,可知《野草》最初译为日语时,体裁被看作是小说。《野草》的英译本由冯余声翻译,原定于一九三一年翻译出版,鲁迅也为此做了《野草》英文译本序,寄给了冯余声,但因为次年爆发了"一·二八"事变,因而未能正式出版。如此说来,《野草》中个别作品正式的外文版是一九二八年的日译本,其后

---

① 一九四九年社会主义新中国成立至一九五〇年朝鲜战争爆发之前,在韩国译介的鲁迅作品如下:柳树人的《狂人日记》(《东光》一九二七年八月),译者未详的《头发的故事》(《中国短篇小说集》一九二九),梁白华的《阿Q正传》(《朝鲜日报》一九三〇年一月四日至二月十六日),丁来东的《伤逝》(《中外日报》一九三〇年三月)、《过客》(《三千里》一九三二年九月),金光洲的《在酒楼上》(《第一线》一九三三年一月)、《幸福的家庭》(《朝鲜日报》一九三三年一月),李陆史的《故乡》(《朝光》一九三六年十二月),金光洲、李容硅共译的《鲁迅短篇小说集》第一、二辑(一九四六年八月、十一月),均乡浩的《革命时代的文学:在黄埔军官学校的演讲》《现代史》(《新天地》一九四六年七月),李明善的《故乡》(《中国现代短篇小说选集》,首尔:宣文社,一九四六)、《鲁迅杂感文选集》(一九四九,未发行)。

② 根据朝鲜总督府及所属官署职员录,花栗宾郎曾为一九三〇年代朝鲜总督府所属机关专卖局的京城专卖支局的事务科职员。发表于《朝鲜及满洲》第二四七号,一九二八年六月。

一九三二年的韩译本在时间顺序上应名列第二。① 只是在近代韩国除了《过客》以外,《野草》的其他作品并没有被翻译过来。当时中国现代文学研究者屈指可数,正如丁来东所言,《野草》较难翻译,"句子过于难涩,过于简略,省略部分过多,欲理解作家的真意实有困难"②。而且一九三〇年代中期以后根本毫无余力去翻译作品,因为日帝在一九三〇年中期之后全面实施了思想统制,一九三七年抗日战争爆发后进入了战时动员体制,随着一系列"皇国臣民化"政策的推行,当时的韩国社会缺乏翻译鲁迅作品时所需的精神和物质基础。

二、《鲁迅和他的作品》和对阶级文学批评在理念上的应对

丁来东《鲁迅和他的作品》之所以受人瞩目,是因为它充分接受了当时中国批评界对鲁迅文学的评价,与此同时,以《呐喊》《彷徨》《野草》为中心阐述了作者本人对鲁迅文学的观点。丁来东通过对具体作品的分析,详细说明了鲁迅文学如实地描述了辛亥革命当时中国的社会面貌,揭露了中国的国民性,同时也指出鲁迅并没有

---

① 考察一下此后的《野草》的外文翻译情况:鹿地亘翻译的日译本《野草》收录在一九三七年改造社出版的《大鲁迅全集》里,竹内好翻译的日译本《野草》收录在一九五三年筑摩书房出版的《鲁迅作品集》里,此后在日本有多个版本的《野草》出现。《野草》的英译本由杨宪益和戴乃迭翻译,于一九七六年由外文出版社正式出版。《野草》的韩译本由金元中翻译,他还翻译了鲁迅的《热风》,一并收录在一九九一年现代文化中心出版的《路在结束的地方》。一九九六年,刘世钟翻译并以《野草》的题目出版。

② [韩]丁来东:《现代中国戏剧》,《丁来东全集》第一卷,第350页。

直接以"社会黑暗面的暴露人"的身份给予教训或将自己的理想融入作品，仅仅是基于科学的态度观察、解剖并揭露中国当时社会，使那些为旧时的思想、风俗和习惯所麻痹的中国人得到自省和自我认识。

但是如果仔细阅读这篇文章，就可以发现在其结构和内容上，对一九二八年二月钱杏邨发表的一篇名为《死去了的阿Q时代》的评论予以了强烈的反驳。钱杏邨在《死去了的阿Q时代》中根据《呐喊》《彷徨》《野草》三部作品集，对鲁迅文学加以批评，而丁来东在《鲁迅和他的作品》中，也以这三个作品集为中心，集中审视了鲁迅文学，从批判的角度就钱杏邨等作家们对鲁迅文学的批判性观点加以探讨，从而对鲁迅文学的价值予以新的评价，这一点可以说较为独特。

丁来东首先以批判性观点就"最近的新进评论家钱杏邨"说的"鲁迅的作品，尤其是《阿Q正传》无法离开时代性"这一主张加以点评。"鲁迅并没有怀有什么远大的思想，仅仅是描述了辛亥革命当时的社会面貌而已。在大意上可以说这是种正确的观察，无论任何作家、作品，事实上都是无法离开时代性，不同之处仅仅在于其时代性表现在艺术作品中'度'的浓薄差异上。"① 丁来东认为，所有的作家、作品都会有浓薄之差，但无法脱离时代性也是一般倾向，没必要将《阿Q正传》局限于"时代性"来指责作品的不足，这也可以说是委婉地否定了钱杏邨的观点。同时，丁来东分析《故乡》并评论说，从这篇作品可以看到近代资本主义文明进入中国后，当

---

① ［韩］丁来东：《鲁迅和他的作品》，《丁来东全集》第一卷，第331—332页。

时农村的有产阶级没落并涌向都市的现象，也暴露了因为经济结构中的一大缺陷——资本过于集中和中国兵荒马乱等问题，导致农村荒废，人心变得险恶。与此同时，丁来东也对阶级文学家的批评予以了反驳："虽然近来无产阶级文学批评家们指出了这一点，但鲁迅只是如实表述了事实而已，当然也包含了其背景和含义，他肯定不是有意指出有产阶级的没落和农村的衰败。"[①] 为此他进一步补充说"阶级文学家们指责的这一点只不过是鲁迅作品中的附带条件"，还说："作为笔者不禁有些疑惑，目前中国农民的思想是否已经超越了这个程度，生活上是否发生了比这更多的变化。"[②] 丁来东认为鲁迅的《故乡》其创作目的并不是如阶级文学家们所批评的那样，是为了揭露资本主义的没落，而仅仅是如实描述了中国农村的现实而已。他和那些以无产阶级论观点分析《故乡》的阶级文学家们的批判不同，评价说《故乡》这一作品的文学性价值就在于写实主义（丁来东的用词为"自然主义"）上，最为如实逼真地刻画出当时中国农村的真实面貌。

更进一步，丁来东引用了《故乡》结尾处的"希望是本无所谓有，无所谓无的。这正如地上的路"这句名言，阶级文学家们认为从中可看出"鲁迅是无思想，虚无的"。但他解释说："鲁迅是从完全客观的角度观察了人类，所以对希望才会下这样的结论。"[③] 丁来东认为鲁迅对"希望"持保留态度，其出发点并不是虚无主义思想，反倒可以理解为是对人类普遍性存在条件的探索。因此，他强调说：

---

① ［韩］丁来东：《鲁迅和他的作品》，《丁来东全集》第一卷，第335页。
② 同上书，第335页。
③ 同上书，第336页。

"鲁迅并没有宣扬远大的希望,即人类的远大目标。他唯一目的只是直白地表达中国的现实、中国人的性格而已。鲁迅并不是一位想要指明'中国要走向哪里'的作家,他只不过是表达了'中国及中国人是如此'而已。"① 换言之,丁来东和那些要宣扬远大希望和人类远大目标的阶级文学家们不同,他认为鲁迅的创作目的在于最为逼真地描绘出中国人的精神状态和中国的社会面貌,在探索人类普遍性的存在条件方面有着更为重要的意义。

其次,丁来东具体列举了钱杏邨的观点:鲁迅的创作无法代表时代性,说鲁迅对希望亦即前途没有目的地只知道"呐喊",只知道在歧路上"彷徨"。"鲁迅两部创作集的名称——《呐喊》与《彷徨》——实在说明了他自己。我们把他的这两部创作和《野草》合起来看的结果,觉得他始终没有找到一条出路,始终在呐喊,始终在彷徨,始终如一束丛生的野草难以变成一棵乔木!实在的,我们从鲁迅的创作里所能够找到的,只有过去,充其量亦不过说到现在为止,是没有将来的。"② 众所周知,这句引用文是钱杏邨《死去了的阿Q时代》中出现的名言。丁来东接着说"鲁迅所有的创作并非全都如此,但鲁迅的创作中,也确实存在这样的一面"③,表明他无法完全同意钱杏邨的观点。如此看来,《鲁迅和他的作品》虽然刊登在了韩国的《朝鲜日报》上,但因为是在北京写的,因此也带有当时对鲁迅文学批评在理念上的应对。与此同时,和中国一样,当时韩国文坛上也对"无产阶级文学论"展开了激烈讨论,丁来东的鲁迅文学批评也算是间接介入了韩国文坛。例如,金台俊于一九三〇

---

① [韩]丁来东:《鲁迅和他的作品》,《丁来东全集》第一卷,第336页。
②③ 同上书,第338页。

年十二月发表的《文学革命后的中国文艺观》中全盘接受钱杏邨的观点来说:"鲁迅又发表了《呐喊》《野草》《彷徨》等诸多作品。但事实上,那些也只不过是在无产阶级文艺全盛期……在野草的歧路上彷徨而已。鲁迅的作品不具备现代意义这一点是事实。"①丁来东的评论实际上可看作是一种对金台俊等韩国阶级文学评论家的批判性的应对。

那么,丁来东通过对鲁迅文学的批评,与阶级文学家们进行理念上应对的原因是什么呢?这和丁来东在民国大学就读期间开始参与的无政府主义思想研究一事有着直接的关联。丁来东在一九二九年八月发表的《中国现文坛概观》中论述了"革命文学的诸问题",介绍了郭沫若所主张的"言"与"行"协调一致,艺术家与革命家方能兼立这一观点,说明这正是革命文学的宣传。接着,他拿出很大篇幅仔细考察了与革命文学派的文学观念对立的"无政府主义文学派的主张""语丝派的主张""新月派的主张"。其中,丁来东尤其详细说明了"无政府主义文学派的主张",说无政府主义文学派反对革命文学派的阶级斗争论,此后,丁来东又介绍了以鲁迅和周作人为代表的语丝派的文学主张,说明语丝派主张文学的自然产生,认为文学和革命保持着较远距离。他更加具体地引用了鲁迅的《革命时代的文学》一文中的内容,说道:"好的文艺作品应该是到目前为止不受别人的命令,不顾利害,更多应该是从心中自然流露出来的。如果先写题目再写文章,那和八股文章有何区别?在文学上无任何

---

① [韩]天台山人(金台俊):《文学革命后的中国文艺观(十四)》,《东亚日报》一九三〇年十二月四日。

价值,更不要提是否能感动人了。"①丁来东较有比重地介绍了鲁迅认为文学对于革命是无能为力的这一文艺观点。这是因为他认识到了鲁迅的文艺立场和无政府主义文艺理论相当一致。

此外,在一九三一年发表的《变化的中国文坛的近况》一文中,丁来东定义当时的中国是国民党执政的党治国家,介绍了中国文坛的新局面。一九三〇年三月,以左翼文学阵容和进步文人为中心,成立了中国左翼作家联盟。感到危机意识的国民党政府对他们采取了镇压措施,与此同时,决定将"三民主义"作为文艺政策的方向,积极推进"民族主义文艺运动",并于一九三〇年十月十日,创办了《前锋月刊》,宣布"民族主义文艺运动"的开始。其带来的结果是一九三一年国民党政府强化镇压,马克思主义文艺运动大大萎缩,丁来东正是根据中国文坛的这些客观形势变化,提出了对马克思主义文学和民族主义文学同时予以否定的观点。

丁来东对"不依靠权力,用自己的文学技术与时代的思潮使沪宁纸价上涨的广受大众欢迎的两位作家"②,即对巴金和沈从文,他比任何人更加重视并着重予以了介绍。丁来东主张脱离政治(革命)和权力,拥护纯粹文学,表现了鲜明的批判性态度。众所周知,无政府主义者们否定权力的集中化,信奉个人(民众)自由,强调文艺的自律性。

总而言之,丁来东以批判的观点对钱杏邨等阶级文学家们的鲁

---

① [韩]丁来东:《中国现文坛概观》(《朝鲜日报》一九二八年八月),《丁来东全集》第二卷,第71页。
② [韩]丁来东:《变化的中国文坛的近况》(《朝鲜日报》一九三一年十一月八日—十二月一日),《丁来东全集》第二卷,第43页。

迅文学批评进行了探讨，这是从无政府主义思想的立场出发的一种理念上的对抗。他在《鲁迅和他的作品》的结论中，再一次强调了鲁迅的文艺立场，说："鲁迅一直主张彻头彻尾的文艺与革命的因缘是最远的，文学者再怎么喊着'革命，革命'，最终也不过是第三线的战士。"[①] 这也暗示了鲁迅文学的本质。他认为阶级文学家们对鲁迅文学的尖锐批判反而就是鲁迅文学的本质。对于因无法引导"革命"而被阶级文学家们评价为丧失了"时代性"的《呐喊》和《彷徨》，他以"写实主义"的观点分析和批评了它们的文学价值，想要重新确立《野草》的意义和地位，认为它使鲁迅的虚无主义思想得到极大化体现。换而言之，丁来东是以无政府主义文艺理论，维护了文学远离政治的独立性，坚持将文学理解为人类（民众）精神的自律表现这一纯文学的立场，从阶级文学家们对鲁迅文学批评的对立性观点出发，正确分析、批评鲁迅文学，就其价值予以高度评价。

三、丁来东对《野草》的批评

在《野草》出版之后，一九二七年十月文学评论家方璧（茅盾）发表了《鲁迅论》。他在该评论中仅引用了一次《野草》中的《这样的战士》，没有对《野草》作任何分析。虽然茅盾曾说"我购买了鲁迅已出的全部著作来看"[②]，但他只是分析了《呐喊》《彷徨》《坟》《华

---

① ［韩］丁来东：《鲁迅和他的作品》，《丁来东全集》第一卷，第357—358页。
② 方璧（茅盾）：《鲁迅论》，《鲁迅研究学术论著资料汇编》第一册，北京：中国文联出版公司，一九八五年，第289页。

盖集》《华盖集续编》等材料，并没有将《野草》列为分析对象。另外，一九二七年十月，鲁迅离开广州到上海定居后，遭到当时提倡革命文学的创造社和太阳社左翼批评家们的一致否定，斥责他是时代落伍者，更重要的是严厉批评了《野草》的作品世界。钱杏邨在《死去了的阿Q时代》一文中，对《野草》的苛评有段话非常有名："展开《野草》一书便觉冷气逼人，阴森森如入古道，不是苦闷的人生，就是灰暗的命运；不是残忍的杀戮，就是社会的敌意；不是希望的死亡，就是人生的毁灭；不是精神的杀戮，就是梦的崇拜；不是咒诅人类应该同归于尽，就是说明人类的恶鬼与野兽化……一切一切，都是引着青年走向死灭的道上，为跟着他走的青年们掘了无数无数的坟墓。"如此苛评是因为《野草》将虚无主义思想传染给了青年们，而且也未提示出路和希望。钱杏邨因此下结论："人类不是没有改善的希望的，人类更不是没有出路；苦闷有来源总归是有出路，光明的大道呈现在自己的眼前；他（鲁迅）偏偏的不走上去，只是沿着三面夹道的墙去专显碰壁的精神，这究竟有什么意义呢？……所以鲁迅对于人生的观察也不过是说明他是一个怀疑现实而没有革命勇气的人生咒诅者而已。"[①]《死去了的阿Q时代》一文发表后，在中国批评界引起轩然大波，并产生了巨大影响。钱杏邨对《野草》的苛评最终让人们失去了冷静评价和正确批评《野草》文学价值的态度。换句话说，对于如何深入阐释"用优美的文字写出深奥的哲理"的《野草》的文学价值，他在研究之路的始端就加以了封锁。

---

① 钱杏邨：《死去了的阿Q时代》，《鲁迅研究学术论著资料汇编》第一册，第329页。

像这样在《野草》被全面否定的时期，对《野草》予以高度评价的丁来东的《野草》批评必然会备受关注。丁来东脱离当时得到普遍共识的钱杏邨的观点，高度评价了《野草》的文学价值及其在鲁迅文学中的地位。他在一九三〇年一月发表的《中国新诗概观》中，概括介绍了"中国诗坛诸相"，同时对鲁迅的《野草》做了如下说明："在短篇小说中，他（鲁迅）的特点是讥笑和怀旧，在诗集中更加尖锐明确地予以了呈现，表达了无法用语言形容的内心述怀"；"他却总表现出是一种沉闷和静观的态度"。同时，他还认为《野草》是"中国新诗坛的最大收获之一。"①丁来东以过去对《野草》的先行认识为基础，在《鲁迅和他的作品》中就该作品进行了正式的评述。

丁来东在《鲁迅和他的作品》中指出《野草》"内容或形式与鲁迅以前的作品截然不同"，首先提出了作品的形式问题。"《野草》的宣传语中称它'可以说是鲁迅的一部散文诗集'。然而该将其视为诗歌抑或小说？或从篇幅短小来看，视为微型小说？但这都会成问题。"②《野草》于一九二七年七月由上海北新书局出版，是"乌合丛书"中的一册。在该书的末尾有这样的宣传语："《野草》可以说是鲁迅的一部散文诗集，用优美的文字写出深奥的哲理，在鲁迅的许多作品中是一部风格最特异的作品。"③丁来东参考了这一宣传语，首先碰到的就是《野草》的体裁形式能否概括为散文诗这一问题。《野草》中既有像《我的失恋》式的新诗体，也有如《过客》式的戏

---

① ［韩］丁来东：《中国新诗概观》十五，《朝鲜日报》一九三〇年一月二十四日。
② ［韩］丁来东：《鲁迅和他的作品》，《丁来东全集》第一卷，第347页。
③ "乌合丛书"书刊介绍之《野草》，上海：北新书局，一九二七年。

曲体,"《野草》故事情节简单,无人物形象,很难视为小说;理智因素浓厚,也难以视为诗歌;另外,也有颇具嘲讽的作品,如《狗的驳诘》《立论》《聪明人和傻子和奴才》等,这些作品犹如'伊索寓言',充满了比喻和讽刺色彩。但《秋夜》《雪》《好的故事》《风筝》等几篇作品称为诗歌,似乎也无可挑剔。倘若称为小说,与现代女作家弗吉尼亚·伍尔夫的纯心理小说,即描写心理活动的小说等相比,在形式上不无相似之处"①。丁来东认为《野草》不属于任何一种文学体裁,抛开《野草》是诗集还是小说集,抑或是感想文集的问题,他认为"鲁迅的《野草》为了表现一个完美的想法而倾注了一切,这一点与众不同"②。丁来东没有对《野草》的体裁形式作出结论③,而是认为各个作品以不同的形式最完美地体现了作家所要表达的内容,每一作品都是内容和形式上的完美统一。

如此,从《野草》的形式问题出发,丁来东对《野草》在鲁迅的创作过程中的地位,《野草》中所体现的鲁迅的思想倾向是什么,鲁迅的人生态度如何,作家对"野草"的期待是什么,诸如这些问题都逐一进行了探讨。丁来东对《野草》做了总体评价:"《野草》是鲁迅全部艺术的结晶,可以看作其思想的总结。在这里鲁迅以最真挚的态度观察了人生,最准确地批判了人生社会,最明显地表现出鲁迅隐隐的温情,最清楚地阐明了鲁迅的希望和对待艺术的态度。

---

① [韩]丁来东:《鲁迅和他的作品》,《丁来东全集》第一卷,第347页。
② 同上。
③ [韩]丁来东在《中国文人印象记(三):孤独与讽刺的象征——如今左倾的鲁迅氏》一文中说:"他的著书有短篇小说集《呐喊》《彷徨》和小品诗歌集《野草》,以及其他散文集、随感录等。"在此,《野草》被认为是小品诗歌集。

简而言之，在此鲁迅将其独特娴熟的表现手法发挥得淋漓尽致。可以说这是他将自己的一切思想阐述得最为透彻的一部作品。"① 丁来东正确地概括了《野草》在鲁迅文学中的艺术地位及其思想特点，并给予了高度称赞，如果没有对《野草》的深度理解，就难以得出这样的结论。

丁来东评价《野草》是鲁迅以独特娴熟的表现手法将自己全部的思想予以透彻的反映，是鲁迅所有艺术的结晶。丁氏做出该评价的依据是什么？这是因为他认为鲁迅创作动力"苦闷"深深地渗入《野草》整部作品中：

> 始终贯穿这一卷的是他的苦闷。即，他艺术冲动的重要原动力——苦闷。这一情绪渗透在这一卷中的字里行间里。事实上，即便是拥有太阳般希望的作家，使其作品变得伟大的正是苦闷；即使是认为人生一切都是黑暗和绝望的作家，令他的观察变得深刻、引领他的绝望至无限绝望的也正是这苦闷。鲁迅并不是彻头彻尾的绝望家。如果非要说他的缺点，那应该是他没有明确和远大的希望，而不是对人类、社会绝对悲观。但是我们还是可以看出，他不喜欢"在明与暗之间彷徨"，他的脑海中始终没有放弃思考如何去彻底拯救某些。我认为，鲁迅的这些苦闷使鲁迅有了今日的贡献，让我对以后的鲁迅抱以更多希望和期待的，也可以说是因为这苦闷。②

---

① ［韩］丁来东：《鲁迅和他的作品》，《丁来东全集》第一卷，第347页。
② ［韩］丁来东：《鲁迅和他的作品》，《丁来东全集》第一卷，第348—349页。

丁来东认为一部作品是否伟大,取决于作品中反映了多少作家的"苦闷"。也就是说,他是以作家"苦闷"的表现这一侧面来理解文学的本质。对于《野草》,鲁迅说"大抵仅仅是随时的小感想"①,"有小感触,就写些短文,夸大点说,就是散文诗"②。从"小感想""小感触"的表达上可以看出是过谦之词,不过也可从中看出鲁迅自己也认为《野草》是自己"苦闷"的痕迹,丁来东认为《野草》的虚无主义色彩只是源自鲁迅想彻底拯救什么这一"苦闷",并不是因为鲁迅是彻头彻尾的绝望家或对人类、社会的绝对悲观论者。从这一点来看,可以说这是对钱杏邨《野草》苛评的直接反驳。作家的"苦闷"有可能是私人的,也有可能是社会的,《野草》中最为深刻并透彻地反映出了鲁迅的"苦闷"。因此,丁来东认为这部作品是"鲁迅全艺术的结晶"。

紧接其后,丁来东引用了《野草》中《题辞》的语句:"生命的泥委弃在地面上,不生乔木,只生野草,这是我的罪过。"然后对其进行了如下的分析:

> 这句话难道不是在表明自己过去的生命已朽腐,其生命之根再次长出这株"野草"的意思吗?鲁迅对自己的艺术保持着谦逊的态度。从不认为自己的作品有多么的伟大,也从不骄傲

---

① 鲁迅:《〈野草〉英文译本序》,《二心集》,《鲁迅全集》第四卷,北京:人民文学出版社,二〇〇五年,第365页。
② 鲁迅:《〈自选集〉自序》,《南腔北调集》,《鲁迅全集》第四卷,第469页。

自满，只是认为这些只不过是没有成为乔木的野草而已。同时，他也写出"野草"也会火速成为过去而朽腐，暗示希望长出新的某种句子。"我希望这野草的死亡与朽腐，火速到来。要不然，我先就未曾生存，这实在比死亡与朽腐更其不幸。"可以看出，他希望总是在完成每一刻的任务后死去，然后又诞生出新的事物，而他并没有期待任何没有生存痕迹的没有生气的生命或作品。①

丁来东通过《题辞》准确捕捉到了鲁迅带有自我牺牲主义的生命哲学②——生命的泥委弃在地面上，不生乔木，只生野草，但希望这野草也火速朽腐成为其他新生命的肥料。丁来东将其称为"鲁迅的哲理"或"人生观"，《野草》中最能表现这种哲理或观念的作品是《过客》《影的告别》《复仇》《死火》《墓碣文》《死后》《颓败线的颤动》《失掉的好地狱》等文章。并且，他还以"从多方面地表现出鲁迅作品特征"的《过客》为例，详细介绍了故事情节。丁来东介绍故事情节时直接引用了"过客"的话："我只得走。回到那里去，就没一处没有名目，没一处没有地主，没一处没有驱逐和牢笼，没一处没有皮面的笑容，没一处没有眶外的眼泪。我憎恶他们，我不回去！"③展示了拥有勇往直前和有着坚韧不拔精神的"过客"形象。丁来东借用可"充分表现出鲁迅自己的立场、态度、人生

---

① ［韩］丁来东：《鲁迅和他的作品》，《丁来东全集》第一卷，第349页。
② 参见［韩］洪昔杓：《于天上看见深渊：鲁迅的文学及精神》，首尔：善学社，二〇〇五年，第190—196页。
③ ［韩］丁来东：《鲁迅和他的作品》，《丁来东全集》第一卷，第352页。

观、艺术观"①的"过客"形象,阐明了《野草》是最为深刻和透彻地反映一直在执著追求什么的鲁迅的"苦闷"及其精神世界的一部作品。

四、近代东亚的《野草》批评状况及丁来东的学术贡献

与同时期的中国学界或日本学界相比,丁来东的《野草》批评可以说对《野草》的文学价值及其在鲁迅文学中的地位予以了高度评价,突显了其学术成果。而在当时的中国,也有以"反映作家的苦闷"的观点对《野草》进行批评。例如,一九二八年五月,刘大杰在《〈呐喊〉与〈彷徨〉与〈野草〉》一文中说自己不是鲁迅的仇敌或朋友,对鲁迅不是无产阶级作家的事实,并不失望,他厌恶以无产阶级来装饰自己的资产阶级者们。他还评论说:"鲁迅是一个写实主义者,以忠实的人生观察者的态度,去观察潜在现实诸现象之内部的人生的活动。"又说:"他有最丰富的人生经验,他有最锐利而讽刺的笔锋。"但刘大杰又表示,鲁迅虽然赤裸裸地暴露了社会的丑恶和伪善,但"到了《野草》,作者一切都变了",认为鲁迅的创作时代步入了"老年"。他还表示"我在前面说过,鲁迅是一个富有人生经验的作家,所以在他笔尖中表现的人生苦闷,比旁人表现的要深一层。郁达夫所表现的东西,是未成熟的青年的烦恼,鲁迅所表现的是人世共感的苦闷。……在《野草》里,我喜欢读《求乞者》《希望》《过客》这三篇。读完这三篇,我们就会觉得人类的伪善

---

① [韩]丁来东:《鲁迅和他的作品》,《丁来东全集》第一卷,第353页。

与人生的空虚。什么人生，不过在这虚空的路上跑"。《野草》中的作品反映出了鲁迅对人生的"苦闷"，对于这一点他做出了积极的评价。刘大杰注意到钱杏邨在《死去了的阿Q时代》所阐明的对鲁迅的批判，认为鲁迅无法成为理想的无产阶级作家，但对于鲁迅文学，尤其在《野草》如实表达了人类社会"苦闷"和人生"空虚"这一点上，他试图努力肯定其文学价值。但他却表示《野草》是鲁迅到了"老年"的象征。然后以这样的语句结束了文章："不要管旁人的明枪暗剑，也不要迎合今日的新招牌，趁着还有点精力，努力着写出基本伟大的东西来。我们在期待着，期待着……"①

日本人对《野草》的评价，可以从与丁来东《鲁迅和他的作品》发表时期相同的一九三一年一月刊行的杂志《满蒙》上找到。大内隆雄（原名山口慎一）在《鲁迅和他的时代》引用了钱杏邨《死去了的阿Q时代》中部分内容，指出鲁迅作品中"大多数并不具有现代意义"，"之所以说他（鲁迅）的作品集《呐喊》《彷徨》以及《野草》的思想停留在清末时代，正是因为这个原因。除了为数不多的几篇代表五四运动时代精神的作品以外，他的作品只局限于庚子暴动到清末时间"。他还全盘接受了钱杏邨的观点，陈述道："读了他的两部作品集和《野草》的读者无法找到任何的出路，只会从中发现重复呐喊和彷徨的作者。最终，野草依旧无法成为乔木。他述说的总是过去的。那是截止到目前的。那里没有将来。《野草》以鲜明的形象提出将来就是坟墓。"另外，他还引用了《野草》中《希望》

---

① 刘大杰：《〈呐喊〉与〈彷徨〉与〈野草〉》，《长夜》一九二八年五月十五日，《鲁迅研究学术论著资料汇编》第一册，第379—381页。

的一部分内容，批评说："鲁迅看待的人生是如此'灰色'，感觉他的人生毫无意义。"① 如此，大内隆雄依据钱杏邨的观点，采取了全盘否定《野草》文学价值的态度。鲁迅在给前面提及的姚克的回信中说："见过日本人的批评，但我想不必用它了。"② 鲁迅对当时日本人就自己作品的批评并不是十分信赖，也许是注意到大内隆雄的批评后，才表明了这一想法。

《野草》于一九二七年面世，不过直到一九三六年李长之所著的《鲁迅批判》由北新书局出版才开始得到正确的评价。李长之在自己编辑的《益世报·副刊》中连载了原稿，等所有原稿完成之后，一九三五年九月就将稿子给了北新书局。在这之前，鲁迅读到李长之的文章后，说："文章，是总不免有错误或偏见的，……但我以为这其实还比小心翼翼，再三改得稳当了的好。"③ 还亲自给李长之寄了《鲁迅批判》一书封皮所需的照片。④ 李长之在《鲁迅批判》第四章"鲁迅之杂感文"第四节中集中分析了《野草》。他首先说"在鲁迅的作品里，形式略为奇怪，含义较为深邃，使一般人多少认为难懂的是《野草》"，随后继续评价说，在《野草》中的二十三篇短文中，有七篇东西特别精彩出色，即《影的告别》《复仇其二》《希望》《立论》《死后》《这样的战士》和《淡淡的血痕中》等。其中他

---

① ［日］大内隆雄：《鲁迅和他的时代》，《满蒙》第十二年第一号，一九三一年一月。
② 鲁迅：《331105 致姚克》，《鲁迅全集》第十二卷，北京：人民文学出版社，二〇〇五年，第480页。
③ 鲁迅：《350727 致李长之》，《鲁迅全集》第十三卷，第509页。
④ 鲁迅：《日记》，《鲁迅全集》第十六卷，北京：人民文学出版社，二〇〇五年，第548页。

认为《复仇其二》《死后》和《淡淡的血痕中》，在艺术上尤其占有重要地位。他还具体举例说，在《影的告别》里，带上了一层甚深的悲哀的色彩，弥漫着孤寂和愁苦的气息；《希望》写的是寂寞和空虚，其中"绝望之为虚妄，正与希望相同"是最为感伤的语句；《立论》是在为言论争取自由的，它将幽默与讽刺合而为一；《这样的战士》是描绘一个理想的奋斗人物，技巧像内容一样，是毫无缺陷的很实在的一首战歌；在《复仇其二》里是借耶稣的故事叙说人们对于改革者的迫害，因为悲悯和诅咒，改革者对于自己的痛苦却感到一丝快意；《死后》写出一个精神界的战士受到创伤的心理无法抹去的阴影；《淡淡的血痕中》一反他以往的虚无色彩，而礼赞一个坚强的叛逆猛士。李长之对这些作品一一进行分析后，总结说："就中国一般的作家论，是大抵没有甚深的哲学思索的，即以鲁迅论，也多是切近的表面的攻击，所以求一种略为深刻的意味长些的作品就很少，根源不深，这实在是中国一般的作品令人感到单薄的根由。鲁迅这篇文字（《野草》）之有一种特殊意义者，却就在它多少有一点哲学的思索的端绪故，事实上，这篇东西也确乎因此看着深厚得多了。"[1]李长之在《野草》这部作品给读者们带来深刻的哲理思考这一点上，高度评价了《野草》的意义。一九三五年十月二十一日，日本诗人野口米次郎在上海见到了鲁迅，见面时野口米次郎对鲁迅说："从前我觉得先生是一位虚无主义的思想家，但你还是一位爱国者呢？"鲁迅回答："到了近来，了解我的人一年比一年增加起来，

---

[1] 李长之：《鲁迅批判》，北京：北京出版社，二〇〇四年，第108—111页。

我感到不少的喜悦。"①鲁迅对将自己视为虚无主义思想家的野口米次郎做了这样的回答，从中可知直至一九三五年中国人才逐渐领悟鲁迅虚无主义色彩的深刻意义。

在日本，一九四四年十二月出版的竹内好的《鲁迅》中，《野草》得到了极大的重视。竹内好用长达数页的篇幅分析了《野草》，说："在鲁迅的作品中，我很看重《野草》，以为作为解释鲁迅的参考资料，再没有比《野草》更恰当的了。它可以将鲁迅诠释出来，成为连接作品和杂文的桥梁。"②并且他指出"奇妙地纠缠在一起"的复杂性是《野草》的特征，之后直接引用并罗列了作品中《影的告别》《乞求者》《复仇》《复仇其二》《过客》《希望》《雪》《风筝》《狗的驳诘》《这样的战士》等一些文章，最终归纳说："像磁石被集中地指向某一点。但无法用语言表达，如果非要勉强地说，也只好说是'无'……我们不能否认这种本源的东西的存在。而且我认为《野草》分明明示着其地位。"③竹内好高度评价《野草》的世界，因为其明示着鲁迅文学的根源——"无"的地位。但是他又说《野草》"像是压缩重组了《呐喊》和《彷徨》，也像是对其解析"④，没有对《野草》的文学价值进行单独的分析，仅仅是将其当做解读《呐喊》

---

① ［日］野口米次郎：《一个日本诗人与鲁迅的会谈记》，流星抄译，《鲁迅研究学术论著资料汇编》第一册，第1198页。这篇文章是野口米次郎结束会谈回国后，在一九三五年十一月十二日，以《与鲁迅谈话》的题目发表在日本的《朝日新闻》上。
② ［日］竹内好：《鲁迅》，徐光德译，首尔：文知社，二〇一一年，第115页。
③ 同上书，第112—113页。
④ 同上书，第115页。

与《彷徨》所需的某种辅助文本。

从近代时期韩、中、日对《野草》批评情况的对比中可知,早在一九三一年,丁来东的批评就已经对《野草》的文学价值及其在鲁迅文学中地位做出了高度的评价,其本身具有非常重要的意义。丁来东并没有被当时影响广泛的钱杏邨对《野草》的批评所左右,通过细致阅读《野草》这部作品,对《野草》的文学价值有着更为深层的理解。那一时期停留在上海的李庆孙,拜读过丁来东的《鲁迅和他的作品》后,不禁赞叹不已,他说:"我感叹他在鲁迅的介绍上,毫无死角地掌握到了他作为作家的思想及工作。这一定是投入了非一般的精力去研究。为中国和朝鲜的文坛,我不禁祝福他的将来。"① 从中,可以看出李庆孙对丁来东的鲁迅文学研究予以了高度认可。综上所述,丁来东的《野草》批评可谓是近代东亚鲁迅研究史上一个非常值得关注的学术成果。

---

① [韩]李庆孙:《以后的鲁迅:读丁君的〈鲁迅论〉有感(上)》,《朝鲜日报》一九三一年二月二十七日。

"诗心"、客观性与整体性:《野草》研究反思

□ 汪卫东

一、《野草》研究史的一个描述

《野草》,在二十世纪中国文学中,堪称最为幽深的存在,有着最尖端的体验和书写。问世九十多年来,一直受到关注,形成颇为厚重的《野草》研究史,已然成为一门"《野草》学"。

新中国成立至二十世纪八十年代前的《野草》研究,体现为篇章解析和意蕴阐释两个方向,由于《野草》的晦涩,研究者首先致力于语词和篇章的疏解,如卫俊秀的《鲁迅〈野草〉探索》和李何林的《鲁迅〈野草〉注解》,都是对《野草》的逐篇解析,偏向实证研究;同时,《野草》的暧昧性,使对其思想的把握成为必须面对的问题,冯雪峰《论〈野草〉》和王瑶《论鲁迅的〈野草〉》都是这方面的努力。在当时的语境下,两类研究必然都要归属于革命意识形态的阐释。

二十世纪七十年代末,许杰发表《野草》研究系列论文,虽然整体研究格局未见突破,但体现了思想解放语境下新的研究意向。一九八二年,孙玉石《〈野草〉研究》出版,对《野草》展开全方位研究,将实证研究与思想研究融合起来,在严谨的资料梳理中将相

关论题的研究推到新的高度，为后续研究提供了扎实的基础；孙著还基于象征主义诗学，试图建立立足于审美的《野草》解读，体现了二十世纪八十年代纯文学的诗学追求。

八十年代文化热中，人文意识形态鲁迅阐释开始崛起，试图将鲁迅研究"还原"到思想文化层面，鲁迅与五四思想启蒙的联系得到强调，鲁迅个体精神世界的独特性及其内在矛盾开始受到关注。在这一阐释范式下，《野草》内在精神特征及其现代思想文化特色成为阐释重点。钱理群《心灵的探寻》虽不是以《野草》为专门对象，但以《野草》为切入点和理解线索，探索鲁迅主体精神结构。九十年代，《野草》精神内涵的现代性尤其是其与西方非理性主义思潮和存在主义哲学之间的联系，得到了充分关注，这在汪晖、王乾坤、徐麟、闵抗生、解志熙等学者的研究中都得到精彩体现。

新世纪以来的《野草》研究，学院派延续八九十年代以来人文意识形态阐释范式，或通过文本解读透视鲁迅主体世界，或通过文化阐释解读其诗学内涵。在理论热的引导下，各种花样翻新的西方现代与后现代主义理论也都被拿来阐释《野草》。随着九十年代以来大众通俗文化意识形态的兴起，一种新的阐释路向开始出现，新世纪初年出版的两部解读《野草》的专著，都将《野草》解读为二十年代中期鲁迅性爱潜意识的书写，这种索隐式解读，竟然在新世纪学术通俗化风气中不胫而走，形成一个所谓的"热点"。

综观《野草》研究史，可以说，八十年代前篇章解析和意蕴阐释的两个基本研究意向，后来逐渐发展形成实证研究和主观阐释两个方向，当然这两者在具体的研究中往往存在交叉。实证研究在孙玉石先生一九八二年出版的《〈野草〉研究》中得到充分的展现，堪称此前《野草》实证研究的集大成之作。主观研究在八十年代以来的《野草》研究中占主导地位，呈现两个路向，一是建国后延续到八十年代前期的革命意识形态阐释，二是人文意识形态阐释，这一阐释模式兴起于八十年代文化热语境中，在九十年代成为主流，并延续到当下的研究。

二、实证研究与主观阐释的问题

《野草》研究成果丰厚，但又存在问题。首先在主观阐释问题上，革命意识形态的阐释范式难以面对《野草》的复杂性，人文意识形态阐释试图突破此前范式，但"还原"到思想文化层面后，仍然难以"回到"研究本体，在这一阐释模式中，《野草》往往成为鲁迅主体研究的素材，或者通过阐释与比较证明鲁迅的现代性。人文意识形态阐释在拓宽《野草》阐释视界的同时，扩散融化了研究边界，丢失了研究本体，只能诉诸精神分析、哲学阐释、诗学解读、文化比较等主观范畴，《野草》的诗意特性，更助长了"诗无达诂"意念下阐释的自由。诸多时尚理论加文本阐释的学术操作，更易借题发挥，过度阐释。

与《野草》研究中大量主观阐释性研究相比，基于材料的实证研究还是显得较为切实可靠的。仅仅作为方法的实证研究本身是没有问题的，但如前所述，《野草》研究中的实证研究和主观阐释常常是结合在一起的，阐释的局限往往也决定了方法的局限。在革命意识形态阐释范式下，可贵的实证研究最后都指向给定的结论。实证研究采取背景考察与文本互证法，结合时代背景与作者思想展开分析，将《野草》与作者其他文本进行比照互证，但在扎实的资料铺陈后，无法顺利抵达对内涵的有效阐释。九十年代以来，《野草》的实证研究出现零碎化、碎片化和为考证而考证的倾向，很多研究津津有味于某个琐碎细节的考释，而不顾这一细节考释指向的可能性，而且往往向自己希望的阐释方向靠近，这样的"考证"，其实已经是主题先行的索隐。君不见那些形而下的《野草》索隐，正是经常诉诸看似严肃的考释甚至是说文解字。

因而可以看到，实证研究和主观阐释研究在展现各自的研究风采后，却没有有效面对一个基本问题：《野草》的内涵究竟是什么？主观阐释性研究往往以研究者主体为中心，忽视了《野草》的客观对象性；而注重客观性的实证研究，对于《野草》的内涵，长期停留在简单的内容分类上，将《野草》理解为单篇文章的结集，进行分类化处理，自冯雪峰的《论〈野草〉》始，就将内容分为"战斗""讽刺"和"失望、矛盾"三类，后来的研究大多延续了类似的分类法，在冯雪峰的基础上或分为三类，或分为四类。诗学的象征阐释，也是将零件式象征意象与既定阐释模式直接对应，《野草》艺术世界的整体没有得到呵护。

主观阐释的随意性向我们提出《野草》研究有无一个研究对象本体的问题，实证研究的无的放矢则进一步提出这一本体究竟是一个怎样的本体的问题。在后现代语境中，一说"本体"，即成笑柄，但我们慎言"本体"，并非在研究中主动放弃对研究对象的本体性关注。有无"真理"是一回事，心中有无"真理"是另一回事，如果研究者首先就不相信客观对象的存在，则其研究与魔方游戏何异？鲁迅作品的解读，因其后有鲁迅研究，客观性是不能忽视的。持有本体性关注，就会尊重研究对象的最起码的客观性，否则，《野草》就会成为研究者随手拈来的言说材料。

三、"诗心"、客观性和整体性

将"诗心"确立为研究对象，首先是对《野草》研究的主观性的充分认识，《野草》的内涵、文体等的诗性特征，皆显示其主观性的存在，必须承认，《野草》研究首先是具有主观性的。同时，鉴于对《野草》研究中主观阐释的随意性的警惕，在"诗心"之外，我又强调其研究的客观性，强调实证研究的可贵。但实证研究也存在问题，如前所述，一是八十年代的实证研究往往将可贵的实证指向给定的结论；二是九十年代以来的实证研究又安于琐碎化甚至索隐化的倾向。因而，我在自己的研究中又提出"整体性"的研究目标。

对鲁迅人生与文学的历史价值、现实价值、生命价值与文学价值的认识，离不开对其整体人生与文学历程的整体性的把握，否则是缺少客观基础的，而这一更具客观性的整体意识，就来自对鲁迅整体人生与文学历程的更为细密与贴切的考察。我的《野草》研究也试图建立在整体意识之上，以鲁迅二十年代中期的第二次绝望为出发点。一九二三年，鲁迅又一次陷入沉默，这一年夹在《呐喊》与《彷徨》《野草》之间，不易被发现，但正是这短短一年的沉默，在鲁迅人生与文学的历程中，具有决定性的意义。该年七月，周氏兄弟失和。走出 S 会馆加入《新青年》，是"金心异"劝说下的第二次出山，鲁迅已经将"希望"放在行动之后，因而《新青年》的解体，是又一次的沉重打击，几年后发生的兄弟失和，对于鲁迅就不仅仅是家庭琐事，而是一个精神事件，几乎抽走人生最后的意义寄托。该年的沉默，是第二次绝望的标志。笔者已有专文作过论述，此处不赘。

鲁迅"第二次绝望"的状态，就是矛盾缠身、积重难返的状态，围绕希望与绝望，诸多矛盾缠绕纠结，使其艰于行动，必须停下来加以清理。《彷徨》，尤其是《野草》的写作，就是为了处理这一问题。《彷徨》已不同于勉为其难的《呐喊》，是为自己写的，《彷徨》有如梦魇，鲁迅将未来人生最悲剧的可能性写了下来，同时也开始试图向悲剧的自我告别；几个月后，鲁迅又开始写《野草》，以更为内在的方式切入自身难题。在《野草》中，鲁迅打开缠绕自身的所有矛盾，将其推向终极悖论，置之死地而后快，通过出生入死的追问，终于发现，试图寻找的没有矛盾的自我，并不存在，所谓真正的自我，就在矛盾之中，在遍布矛盾的大时代中。通过《野草》，鲁迅终于完成了时代与自我的双重发现，重新确立存在的基础。鲁迅走出第二次绝望的秘密，就在后来写的《野草》中。《野草》，与其说是一个写作的文本，不如说是鲁迅生命追问的一个过程，是穿越致命绝望的一次生命行动，它伴随着思想、心理、情感和人格的惊心动魄的挣扎和转换的过程；作为一次穿越绝望的生命行动，《野草》并非一般意义上的单篇合集，而是一个整体，《野草》中，存在一个自成系统的精神世界和艺术世界。

通过解读可以发现，《野草》确乎展现了向死（《影的告别》到《过客》）——生死纠缠（《死活》到《死后》）——新生（《这样的战士》到《一觉》）的生命追问的不可逆的时间性过程，其整体性顿然显现。大致说来，当《野草》进行到以《死火》开始的中间七个梦的时刻，向死的追问开始遭遇新的生存的召唤与阻击，陷入生与死的对决，新的生机在潜滋暗长，最后终于过渡到第三部分新生的主题。因而可以发现，在一九二五年左右，同时有几个鲁迅的身影，一是在《彷徨》中哀悼自我、在《野草》中苦苦求索和在《两地书》中深情自剖的鲁迅，一是在《华盖集》《坟》中开始独自出击、愈战愈勇的鲁迅。这是死而复生的过程，在鲁迅人生与文学的转换中，是决定性的一段时期，不可忽视。在一定程度上说，没有《野草》，就没有鲁迅对杂文的发现，《野草》"题辞"，宣告《野草》的结束，同时也是宣告杂文时代的来临。

这一整体性最终落实在文本中，形成了一个具有确定性的研究对象。因而，《野草》研究所指向的"本体"，既不是某种既定的阐释体系，也不是具体的背景、本事和章句，而是作为自成系统的精神世界与艺术世界的《野草》整体——一个自足的"宇宙"，其中有哲学，有诗，有美术和音乐，无论多么"高妙"，但这些都属于《野草》，是《野草》自身生长出来的，切不可离开《野草》本身随意比附。同时，《野草》是"诗"，它就不可能是一般实证研究所指向的具体目标，而是一个带有主观性的客观存在。

因而我将"诗心"设立为探询的对象。《野草》首先是"诗"，是主观性的存在，《野草》复杂的情思世界，思、情、言、形等都是"诗"之所在。然"诗"既有"心"，必有深度指向，《野草》绝不是漫无边际的诗性言说，而是一个有机体，具有自己的生成系统和内在结构，有生发和凝聚的某个原点，也形成自己的思与言的自我系统。

于是，看似主观的"诗心"，就成为客观追问的对象，然其客观性，不仅在于文本背景的历史考察，也不仅在于《野草》语言和思想材料的跨文本搜集和互证，而应建立在更高的实证基础上——对走进《野草》前的鲁迅生存状态与精神状态的深刻把握，对《野草》自成系统的精神世界与文本世界的整体理解。起于实证，但最后必须进入精神与艺术世界的《野草》整体，把握"诗"与"思"的内核。只有这样，具体的阐释才具备客观的背景和坐标。

源于两次绝望，《野草》是最后冲决绝望的产物，并在此中形成堪称最尖端的"哲学"思悟与语言体验，形成中国文学史甚至艺术史上最为幽深的精神与艺术世界。超出象外，得其环中，所谓"诗心"，即在其中。

"诗心"的解读，既获得一个整体观，更重要的是，《野草》被放在鲁迅心路历程的整体中，又刷新了对其人生与写作历程的整体认识：作为冲决最后绝望的生命行动，《野草》处在鲁迅人生与文学的最后转折点上，经此，鲁迅终于完成对自我、时代与文学的发现，重新确认存在的基础，此后，不仅在个人生活和政治立场上做出了最后的抉择，而且发现了真正属于自己的文学——杂文，将后期人生投入与现实直接搏击的杂文式生存中。

Contemporary Reading of *Goodbye, My Shadow* in China and Beyond

☐ Hemant Adlakha（海孟德）

We only percieve its beauty, but cannot say why it is beautiful...
　　　　　　　　　　　　　　——Li Subo（李素伯）

Wild Grass（野草）is a unique collection of prose poetry（散文诗）by the modern Chinese writer Lu Xun（*Lu Hsun* 鲁　迅，1881-1936）. The collection includes 23 prose poems, which were written during a short span of eighteen months between September 1924 and April 1926. All the prose poems were published in a series in the literary weekly *Talking Spring*（语丝）. In July 1927, the prose poetry was first published as a Collection, and with a *Inscription*, written by Lu Xun. In China, Lu Xun's prose poetry collection has been described as the most significant of all Lu Xun's creative works. Though, like all great literary works, *Wild Grass* has enjoyed its share of controversies. Yet the Collection has been received by the readers and critics alike as the work of a genius. Outside China it has been acclaimed as nothing less than a miracle. Prose poetry acquired the name in China in the 1930s. Prior to being called "prose poetry", this genre of creative writing had first emerged during the 1920s as "short poetic essay". What is noteworthy is the period has been considered by most critics as one of the most depressing, wandering phase in the life of Lu Xun. Perhaps, this explains why Lu Xun himself described the twenty-three "short essays" as "small pale flowers" blooming along the "rim of the hell". Perhaps, this is also why critics over the past nine decades have interpreted *Wild Grass* as the most precise or concise manifestation of "Lu Xun's Thoughts". More recently, however, critics have been raising questions like what to make out of the claim that the collection is the embodiment of the one of the most crucial phase in the life of Lu Xun? What do we make of claims such as by schloars like Leo Ou-fan Lee and T H Hsia, who have describe *Wild Grass* as "unique colection" and "genuine poetry in embryo", respectively. According to a young researcher who observed in his PhD dissertation on *Wild Grass* nearly three decades ago, Lu Xun's prose poetry collection is "called unique because of its admirable artistic distinction, stylistic originality, and the impressive thematic complexity."

To return to as why question are being asked as to what to make of the claims that *Wild Grass* is a reflection of the most disechanted phase in the life Lu Xun, let me suffice it to say that the reason is largely confounded in the richness as well as in the complexities of Lu Xun's thoughts itself. It is also argued by some that in order to comprehend why the prose poetry collection is a manifestation of Lu Xun's philosophy, it is imperative to decosntruct the highly symbolic nature and equally unique grammatical structure Lu Xun has employed in each of the twenty three prose poems. A recent commentator in Chinese has pointed out, "there is no derth of research and writings on the *Wild Grass* symbolism. But what is still missing is in the study of Lu Xun's works, especially in the study of *Wild Grass* is its grammatical structure." Several scholars have observed in recent years that in each one of the twenty three prose poems including the preface, not only the grammatical structure is unique and distinct but also that there is a certain paradox between words and images. It is not at all surprising therefore when an Indian scholar recently wondered if in *Wild Grass* there is poetry in prose or there is prose in poetry? To further build on the observation made by Leo Ou-fan Lee that at the time of creating the prose poems, Lu Xun was also engaged in the writing of *Wandering* (*Panghuang* 彷徨), it will not be incorrect to claim — as Lu Xun himself had written — the prose poems were actually nothing else but some kind of prose writings. The preface Lu Xun wrote for its first publication as a collection has also been acknowledged in the literary world as the "most detailed, and also public, explanation of the genesis of *Wild Grass*." Moreover, viewed in the context of Lu Xun's own confession on the not so very high artistic quality of the "short prose", what does it mean to call the prose poems *Small Things* (小品), *Anytime Little Feelings* (随时的小感想) and *Short Essays* (短文)? Besides, the artistic standards of the twenty-three prose poems vary extremely, and their influence on the young readers at the time. For it has been rather adequately observed and discussed that how Lu Xun had been very uncomfortable thinking "the subject matter and artistic influence of *Wild Grass*, which are usually perceived as despairing and nihilistic might depress the readers, especially China's youth in the historical context of the 1930s, a time for the Chinese people to resist the Japanese invasion." Notwithstanding what and how Lu Xun himself had felt on the unknown genre of the so-called "random short notes", it is of import to make it clear therefore that "Lu Xun's own comments should not be understood or construed as self-denigration." However, the question still remains surrounded in mystery whether Lu Xun actually felt disenchanted with his (uniquely) genius work ?

Today, as we are observing the completion of 90 years since *Wild Grass* was first published, the prose poetry Collection has been acclaimed both within and outside of China for its artistic brilliance. As Jaroslav Busek observed in a complimentary tone several decades ago: "Undoubtedly his greatest work of art, which corresponds exactly to the concepts of what modern poetry should be, is the collection of his poems in prose in *Wild Grass*. Here Lu Hsun created a work of art which, in relation to the period and environment it was created, is almost a miracle." Therefore, it is quite a surprise when it is pointed out that certain aspects of the prose poems remain vastly under-studied, especially inside mainland China. For example, aspects such as Lu Xun's "emotional dilemma between love and moral responsibility." Indeed, like most great creative works of art, Lu Xun's writings— including *Wild Grass* — have been interpreted at different levels. It is important to cite

Jon Kowallis here, who assertively highlights the significance of the need to analyse Lu Xun's works both by the general readers and by the experts alike. "Interpretation of Lu Xun's work can be done at various levels of meaning, and this is a worthwhile undertaking for all, not merely the domain of the specialists."

Wild Grass is a unique collection of prose poetry in the history of modern Chinese literature. In the collection, *Goodbye, My Shadow*（影的告别）is considered by some scholars as the most difficult of the genre to understand and interpret among the twenty three prose poems. There has been ongoing controversy on the prose poem *Ying de gao bie* following it first saw the light of the day over nine decades ago in 1924. During the period, as early as in the late 1920s the short poetry essay, as the genre was then called, was dismissed as pretty ordinary and "cut off from reality" to more recently in the 1980s, it was described as "pessimistic and nihilistic" on the one hand and "the shadow's farewell to a person", on the other. In both the above instances, the interpretive gap had been sourced in sectarian political perceptions and therefore failed to view both the sublime nature of the text and Lu Xun's innovative form. However, a close reading of the prose poetry collection in general and of the *Ying de gao bie* in particular, based on a comprehensive scrutiny will help us rediscover a remarkable modern poetic masterpiece.

Perhaps among the most controversial of all twenty three prose poems, the *Shadow's Farewell* was subjected to immediate condemnation and political criticisms once it saw the light of the day in September 1924. In the late 1920s, in the midst of heated debates among intellectuals and literary scholars on what constitutes the revolutionary literature, Qian Xingcun had dubbed the poem as "pernicious petty-bourgeoisie habit". Taking his rejection of the *Shadow's Farewell* to a personal level, Qian Xingcun did not spare Lu Xun and mounted a personal attack by challenging Lu Xun credentials as that of an writer who was in close touch with reality. Qian Xingcun scathingly wrote: "Lu Xun was neither in touch with the prevailing reality nor did he cherish a hope for the future, and therefore was best left to 'wander in nowhere'." Soon after this strong diatribe by Qian Xingcun, Lu Xun came under a severe political attack from the leftist magazine, *Leninist Youth*(《列宁主义青年》) in 1929. Describing Lu Xun as "pessimistic and nihilistic" for his rejection of a revolutionary future for China, the magazine accused him of having failed to realize the meaning of the "future golden world" in the poem. Interestingly, though Lu Xun had himself rebutted such baseless leftist criticisms of the poem, he did not admit the gloominess in the poem. Lu Xun is quoted to have reacted thus: "Perhaps I view reality too darkly." Almost six decades later, a new discourse has emerged which views in *Shadow's Farewell* author's personal goodbye. "What *Shadow's Farewell* describes is the shadow's farewell to a person. Actually it is Lu Xun's breaking away from the passive thought as represented by the shadow."[孙玉石, 1982]

However, a few Lu Xun scholars abroad this reflects a huge

interpretive gap — perhaps influenced under the prevailing political atmosphere — which indicates a defect in the study of the *Shadow's Farewell* in mainland (Li Tianming, 1998). Well known cultural studies scholar Wang Hui, while describing *Shadow's Farewell* as the most complex of all the prose poems in the *Wild Grass* collection, wrote in an article in 1984: "The collection presents obscure, implicit, and profound artistic style to the readers. Of all the poems, *Shadow's Farewell* is the most complex, with most twists and turn, and therefore the most difficult to understand."[王晖《扬州师院学报（社会科学版），1984 年第 4 期》]. Unlike in the past several decades, in recent years, especially into the twenty-first century, the discourse in mainland China on *Wild Grass* in general and on *Shadow's Farewell* in particular, has witnessed a remarkbly significant shift. More and more scholars, especially the young scholars are viewing the collection of the prose poems, particularly the *Shadow's Farewell* as the author's individual search for "Hope", as the author's desparate attempt to wriggle out of the lonely, depressed life of despair. There has also been an attempt to argue the "irrelevance" of the poetry collection in today's China. One literary critique has incurred from Pushkin to justify rejection of *Shadow's Farewell*: "All unpleasant days will finally be gone, believe it, happy days are coming!" Another commentator remarked: "This is Lu Xun's confession. He was aware of his own greatness: Everyone is drunk except me, so I must carry on moving ahead; The road is long and rough, I should not awake anyone, so I alone must go on. In these times I am the one who is 'surplus', I am the only one who is a prophet and a poet; I endure the greatest pain, I therefore have the greatest responsibility."

In sharp contrast to the above quoted lines, years ago Ceng Huapeng (曾华鹏) had observed: "Abandon dreams, cling on to the reality, but there is nowhere to go. Lonely wandering only ends up in the darkness, in the nothingness. I am determined to keep up my struggle against the darkness in order to bring glory for others. This is the basic feature of the imagery in the Lu Xun's *Shadow's Farewell* ." One interesting dimension of the ongoing debate over how to interpret and understand *Shadow's Farewell* — in the sense, whose shadow — is that the shadow belongs to Lu Xun. Charles Alber, for example, had observed: "The shadow substitutes for the author." Leo Ou-fan Lee too viewed the shadow in a similar fashion and said the image of the shadow was, "the alter ego of the poet." To further build this argument to its logical conclusion, a few scholars indeed have made an attempt to understand as to there being "a split" in the ego of Lu Xun at the time. Aided by the Freudian interpretation of ego as an integral and unitary entity, these scholars tend to claim that if the shadow actually belongs to Lu Xun then the "man" or the master whom the shadow wants to leave can be viewed accordingly as the author himself. To return to what Wang Hui had said in 1984, as already mentioned above, that the poem is the most difficult in the collection to understand and interpret, it is possible to argue "if we can discern the basic facets of the shadow's pessimism and dissatisfaction, we will know that the poem, through the existential dilemma of the shadow, reflects

Lu Xun's intellectual and emotional paradox at a crucial juncture in his own life." This paper will make an attempt to explore and examine from the existing discourse on the prose poetry collection, to what extent such interoretations of *Shadow's Farewell* shall be able to stand scrutiny to claims that the poem is the medium through which Lu Xun "expresses his desire to make a change in his life and to find a rational existence."

Literature's Work: On Form and Use in *Wild Grass*

☐ Roy Chan

A major consequence of Lu Xun's canonical status in modern Chinese literature is the frequency with which his words are marshaled to support political aims. Hesitation and ambiguity abound in his texts. While a story like "Diary of a Madman" features mutually exclusive diegetic possibilities (the protagonist was delusional and got better — the protagonist was eaten by cannibals), the story is most often interpreted as a grand allegory about the evils of traditional society.① Writing at the behest of a younger generation of social reformers during the New Culture Movement, he felt compelled to "obey the commander's orders" ② and insert narrative details in his stories that would more unambiguously suggest a path toward hope.

---

① Author Yu Hua notes the absurd lengths to which Lu Xun's canonical status was used as in his childhood. See Yu Hua, *China in Ten Words*, trans. Allan H. Barr (Anchor: New York, 2011), 98-101.

② Lu Xun, "Preface to *Outcry*," trans. Eileen J. Cheng, in Lu Xun, *Jottings under Lamplight*, ed. Eileen J. Cheng and Kirk A. Denton (Cambridge, MA: Harvard University Press, 2017), 23; Lu Xun, *Lu Xun quanji* (Beijing: Renmin wenxue chu banshe, 2005), 1: 441.

The way readers have treated Lu Xun's literary work has often been caught in a conflict between giving due attention to a text's (sometimes irresolvable) formal complexity and the compulsion to arrive at a concise thesis that fits a prescribed ideology. The tension may be described as one between form and use. To what extent do the aims of a literary text toward formal autonomy stand at odds with the social use toward which a text is directed? *Wild Grass* is an exemplary text that exercises this tension between form and use; unmoored from generic convention or a clear social purpose, these prose poems exhibit literary expression seemingly free from any commander's orders. The vitalist metaphors marshaled to describe literature having, as it were, a life of its own, compel us to recognize *Wild Grass* not as a formal means to a social end, but as an end in itself. Of all of Lu Xun's works, *Wild Grass* perhaps embodies the textmost centrally concerned about the nature of the literary. Roman Jakobson once noted that in the past literary critics aimed to study anything other than the actual literary work. He claimed that the object of true literary science "was not literature, but literariness, i.e., what makes any given work a literary work... if a science of literature wishes to become a [true] science, it must recognize the '[formal] device' as its singular 'protagonist.' " [1] *Wild Grass* playful deployment of formal devicesthus suggests literature's autonomy, resplendent in its figural intricacy, protean in its formal elaboration. As Nick Admussen notes,

---

[1] Roman Jakobson, *Noveishaia russkaia poeziia* (Prague: Tipografiia Politika, 1921), 11.

Wild Grass tests the possibilities of literary *baihua's* expressiveness.[1]

However, *Wild Grass* does not exalt form only to erase the possibility of use. As Raymond Williams argued, form after all can never truly exist autonomously of the social: "form is inevitably a relationship. Form depends, that is to say, on its perception as well as its creation... it is always in this sense a social process which ... becomes a social product." [2]Formsare not ossified structures, impervious to social relations; they lend themselves to social perception, appreciation, and use.[3] Paul de Man sardonically notes the fallacy of monumentalizing poetic forms as autonomous structures that shield themselves from "the rough and tumble of the 'real world' ":

> One may indeed want to keep the rabble away from the sacred monument one is privileged to inhabit; monuments, however, are also highly public places, known to attract squatters and miscellaneous citizens not necessarily motivated by reverence, and one might want to protect what lies beyond the realm of the poetic

---

[1] See Admussen, "A Music for Baihua," *Chinese Literature: Essays, Articles, Reviews* no. 31 (2009): 1-2, 11-13.

[2] Raymond Williams. *Marxism and Literature* (Oxford: Oxford University Press, 1977), 187.

[3] Caroline Levine, drawing from design theory, helpfully describes aesthetic forms as offering particular "affordances," possibilities of use conditioned by the characteristics of a particular form. See Levine, *Forms: Whole, Rhythm, Hierarchy, Network* (Princeton: Princeton University Press, 2015), 6-11.

form from the shameful goings on that occur within its boundaries... a monument, per definition, is self-sufficient; it can at most be contemplated but it exists quite independently of its beholder, even and especially when it houses his mortal remains.①

I would argue that for all its poetic resonance and formal elaboration, *Wild Grass* is a text that resists the urge to become an aesthetic monument.

As Theodore Huters points out, Lu Xun in his "Power of Mara Poetry" (*Moluo shili shuo*, 1908) wished for literature to transcend a "crass utilitarianism": "(Lu Xun) thus defines literature with the very Kantian formulation that it has a 'use in its very uselessness' (*buyong zhi yong*)." ② In this formulation, "the task and the use of literature" resides in its capacity to expand and nurture the imaginative spirit.③ It may seem, then, that his midlife turn to writing literature in *baihua* signified a shift away from Romantic aesthetics to the moral commitment of the New

---

① Paul de Man, *The Resistance to Theory* (Minneapolis: University of Minnesota Press, 1986), 30. I thank Andrew Leong for pointing me in the right direction.

② Theodore Huters, "A New Way of Writing: The Possibilities for Literature in Late Qing China, 1895-1908" *Modern China* 14 no. 3 (July 1988): 270-1. See also Lu Xun, *Lu Xun quanji,* 1: 73-4; Lu Xun, "On the Power of Mara Poetry," trans. Shu-ying Tsau and Donald Holoch, in *Modern Chinese Literary Thought: Writings on Literature, 1893-1945*, ed. Kirk A. Denton (Stanford: Stanford University Press, 1996), 106.

③ Lu Xun, "On the Power of Mara Poetry," 106; Lu Xun, *Lu Xun quanji,* 1: 74.

Culture Movement, a belated acquiescence to a more concrete form of social utility. Read against the social critiques of Lu Xun's fiction in the two collections *Outcry* and *Wandering*, *Wild Grass* seems to embody a return to the heroic poetic vision found in his late-Qing writings.

Here I wish to pivot from a narrow idea of use as ideological utility to a more expansive one that philosopher Ludwig Wittgenstein offers us. Wittgenstein argues that we should give up the search for exact meanings to words, as this is a fruitless metaphysical quest for stable semantic essences that simply do not exist. Instead, we should observe the ways in which words are used in our everyday contexts.① Probing how words operate in use, we observe the complex language-gamesin which they are situated②, governed by rules that are followed, observed, and played with by its participants. Language-games constitute "forms of life" that involve our shared social existence; they involve not just words, but our bodies, our senses, and our entire life-worlds. For Wittgenstein, language does not deal with semantic essences or transcendental meanings; rather, language inextricably works within our everyday ways of being. We get lost when we try to use words in ways that are alien to their habitual uses, and presume they stand for essential things that

---

① Ludwig Wittgenstein, *The Blue and Brown Books: Preliminary Studies for the "Philosophical Investigations"* (New York: Harper, 1960), 4.

② Wittgenstein, *The Philosophical Investigations: The German Text, with a Revised English Translation,* trans. G. E. M. Anscombe (Oxford: Blackwell, 2001), 15; Wittgenstein, *Blue and Brown Books*, 17.

are nonexistent. Our task, then, is to tear words away from metaphysical use and back to the everyday.① He thus compels us not to rely on abstract theories for the meaning of language, but at the concrete, immediate ways in which we use it; we need to observe language from the "rough ground" of our quotidian life.② Wittgenstein thus seeks to reveal how we all too often rely on metaphysical assumptions in our understanding of what language is; by letting go of these assumptions we can once again return language to its proper lived context.③

Wild Grass pursues a vision of the literary that engages this productive tension between aesthetic *form* and social *use*. Certainly Lu Xun never thought writing should not be engaged in social goals, and toward the end of his life wrote countless essays critiquing social injustice on all fronts. If literature is to act in the social world, it needs to be able to act freely, in a way that is "unfinalizable" by another.④ A key component of literature's agency, then, would be a form of temporality akin to that we impute to social subjects: one characterized by change, development, and futurity. If we decide to read *yecao* artfully as "wild

---

① Wittgenstein, *Philosophical Investigations*, 53.

② Ibid., 51.

③ As Terry Eagleton explains, for Wittgenstein language is both material in the sense that it is tied up to our practical forms of life, but also autonomous in the sense that words are not directly "connected up with reality". See Eagleton, *Materialism* (New Haven: Yale University Press, 2016), 121-122.

④ I take this notion of "unfinalizability" (nezavershennost') from Mikhail Bakhtin. See Bakhtin, *Problems of Dostoevsky's Poetics*, trans. and ed. Caryl Emerson (Minneapolis: University of Minnesota Press, 1984), 47-53.

grass," then the aleatory, contingent, and vital connotations inherent in *ye* might belie a wish that literature indeed have "life" and possesses duration, development, and freedom to roam. As Admussen notes, *Wild Grass* "must be temporary survival, a brief flourishing of wild grass, in order to allow the process of creation to continue." ①

But *yecao* can be read as both artful ("wild grass") *and* banal ("weeds") simulatenously.② Holding these two readings together might reveal a key tension at work in Lu Xun's mature aesthetics: an ongoing relationship between artfulness and ordinariness. My previous work emphasized the complicated formal sophistication of *Wild Grass* and what I claimed then to be their significant implication in reimagining social relations.③ However, what comes to view in this rereading is Lu Xun's simultaneous commitment to ordinariness. The prose poems are individually complex, artfully constructed, but they are also compact, portable, *there* for us to take and use. This notion of literature's proximity to us, to our bodies and minds, rather than as *belles-lettres* standing aloft on a distant pedestal, finds a parallel in Lu Xun's *zawen* essay "Take-ism" (*Na lai zhu yi*, 1934). Here he argued against getting hung up on abstract principles and thus refraining from taking and making use of good ideas,

---

① Admussen, "A Music for Baihua," 22.

② See Nick Admussen's helpful discussion on how we should "translate" *yecao*: Admussen, "The Title of *Yecao*," *Journal of Modern Literature in Chinese* 11 no. 2 (2014): 12.

③ Roy Chan, *The Edge of Knowing* (Seattle: University of Washington Press, 2017), 69-73.

whatever their provenance.[①] "To take" (*na lai*) implies a direction of objects and ideas towards oneself, and thus indexes a body that is the center of movement.The salient point of Lu Xun's "take-ism" lies not in its opportunism; instead, it consists in an attitude towards ideas and concepts that are stripped of their metaphysical aura, present on the very "rough ground" upon which we stand. *Wild Grass* is poetry likewise stripped of its metaphysical aesthetic halo. While certainly moments of *Wild Grass* gesture towards poetic monumentality, the ultimate monumental gesture is always refused.

A playful paradox animates *Wild Grass's* art: an unlikely juxtaposition between aesthetic complexity and unexpected ordinariness, moments of exquisite lyric beauty coupled with seemingly throw away banter. If we think of literature as constituted by speech acts, then it is notable just how many different communicative configurations *Wild Grass* offers: lyric address, dialogue, monologue, oneric narration, etc. As the narrator remarks repeatedly in the concluding piece "The Awakening" (*Yi jue*), reading literature repeatedly reminds him that he "lives among people" (*huo zai renjian*).[②] The repeated use of the phrase "*zai renjian*" suggests how literature and language always exist in the thick of the social. But this thickness is never one clear thing: it is muddy, complex, everyday. There is no one way in which the social presents itself; it is

---

① Lu Xun, "Take-ism," trans. Kirk A. Denton, in Lu Xun, *Jottings under Lamplight*, 281-283; Lu Xun, *Lu Xun quanji*, 6: 39-42.

② Lu Xun, *Lu Xun quanji*, 2: 228-229.

activated through multiple speech genres.[1]

Form's Flowering and Death's Use

Wild Grass's prose poems juggle this tension between form and use. Moreover these formal exercises occasionally help to defamiliarize, and thus illuminate, the ways in which the use of language and literature connect to a larger conception of social community. In what follows, I comment on the eponymous image of *wild grass* (or weeds) in the "Foreward" (*Ti ci*) and how it figures literary language that, while precarious and vulnerable, is nevertheless autonomous. In "The Epitaph" (*Mu jie wen*) and "After Death" (*Si hou*), I suggest how Lu Xun's antimetaphysical treatment of death not only confounds our taken for granted assumptions about it, but also expose the bad faith that attends the ways in which we memorialize both the dead and poetic language itself.

In the "Foreward" the narrator describes "wild grass whose roots are not deep, whose flowers are not beautiful" (*yecao genben bu shen, huaye bu mei*).[2] This poetic description ostensibly details the fragility and ordinariness of these weeds; the ordinariness, however, is compounded by the fact that the word "roots" (*genben*) is also a colloquial term

---

[1] See Bakhtin's description of the extensive varieties of speech genres: Bakhtin, *Speech Genres and Other Late Essays,* trans. Vern W. McGee and ed. Caryl Emerson and Michael Holquist (Austin: University of Texas Press, 1986), 60-61.

[2] Lu Xun, *Lu Xun quanji,* 2: 163.

meaning "naturally" or "originally". This combination of banal weed and vernacular common place creates a rhythmic doubling of ordinariness, and in doing so renders the quotidian into something that might be considered formally complex. Unlike a lyric apostrophe to a lovely flower that glories in its splendor, the poem paints wild grass as being constantly "trampled upon and mown down straight to the point of death and decay." ① These "weeds" being ordinary, carry no "hidden" depth, whether physical or metaphorical; they simply persist on the surface.

The emphasis on death and decay underscores two things: their precariousness and their subjection to a mortalsense of time. The life that they absorb through dew and the decaying flesh and blood of the dead buried underneath them underscores not only how they exist organically, but also how their very life is tied up to the death of others. By emphasizing their precarious fragility, the narrator sets up both wild grass and *Wild Grass* as poetic non-monuments. These blades of grass, these acts of language, however beautifully wrought, are not meant to be installed as exemplars of model writing. They are living, and as such, they must also die. Their refusal against monumentality subjects them to extreme precariousness, but in that vulnerability lies a certain freedom. They cannot be instrumentalized for an external cause, for they will die and decay faster than anyone can make such use of them.

But that does not mean that it does not serve any use: "In light and

---

① Lu Xun, *Lu Xun quanji*, 2: 163.

darkness, life and death, between past and present, I present this tuft of grass as a form of testimony to friend and foe, human and beast, those I love and those I do not love." ① While fragile and evanescent, the wild grass constitutes a speech act of testimony (*zuozheng*) that may hopefully bind together social (and even species) difference at the twilight cusp of existential transformation. The precariousness of wild grass not only suggests the precariousness of literature, but also mirrors the precariousness of our bodies in an uncertain world. The act of testimony as speech act aims to use language as a way of bearing witness to something that has happened in this world, a token of an event already in the past. An act of testimony indexes our material reality.② As such wild grass seeks to fill the gaps between people, and between people and the world around them.

The prose poem concludes with the following line: "Go forth, wild grass, and carry with you my foreward!" (Qu ba, yecao, lianzhe wo de tici!③) This is the only major apostrophic address to the wild grass. As Jonathan Culler notes, apostrophic address "posit[s] a world in which a wide range of entities can be imagined to exercise agency, resisting our assumptions about what can act and what cannot, experimenting with

---

① Lu Xun, *Lu Xun quanji,* 2: 163.

② Chantelle Warner discusses testimony and its relationship C.S. Peirce's notion of indexicality. See Warner, *The Pragmatics of Literary Testimony: Authenticity Effects in German Social Autobiographies* (London: Routledge, 2012), 66-67.

③ Lu Xun, *Lu Xun quanji,* 2: 164.

the overcoming of ideological barriers that separate human actors from everyone else." Moreover, such address suggests a form "neither human nor natural, that can act and determine our world." ① In this sense, the invocation allows the wild grass to fully come into its own as a self-determining aesthetic form, one that is allowed to flourish and decay in this world.

The intensely solipsistic portrayal of the poet dreaming of visiting his own, self-cannibalized corpse in "The Epitaph" is most notable for its visceral description of self-dissection. Eileen J. Cheng argues that this "confounding" prose poem speaks to the "limits of representation," in particular of the authorial self. ② Gloria Davies observes that the piece subjects the traditional genre of autobiographic obituary to a "radical reinterpretation." ③ Nicholas Kaldis's careful close reading aims to show how the piece illuminates a self that is not only fragmented, but in constant tension with its own existential sense of imminent "nonbeing." ④ The title of the piece names a memorial genre that ostensibly preserves the name and memory of the departed, a linguistic monument carved

---

① Jonathan Culler, *Theory of the Lyric* (Cambridge, MA: Harvard University Press, 2015), 242.

② Eileen J. Cheng, *Literary Remains: Death, Trauma, and Lu Xun's Refusal to Mourn* (Honolulu: University of Hawaii Press, 2013), 224, 226.

③ Gloria Davies, *Lu Xun's Revolution: Writing in a Time of Violence* (Cambridge, MA: Harvard University Press, 2013), 275.

④ See Kaldis, *The Chinese Prose Poem: A Study of Lu Xun's Wild Grass* (Amherst, NY: Cambria, 2014), 224-230.

upon a physical object that permanently covers over a mortal absence. The "epitaph" the poet encounters does nothing of the sort, instead describing an image of an ourobouros (a snake that consumes its own tail) and instructing the poet to "Go away!" ① When the poet walks over to the other side of the tombstone, he discovers the corpse exposed, its heart and liver torn out. On the verso of the tombstone he encounters another epitaph detailing how the dead person sought to taste its own heart: "But the heart had already grown stale, how could I know its true taste? ... Answer me. Otherwise, go away!..." Eventually the corpse sits up and speaks directly to the poet, causing him to flee in terror.

If an epitaph is supposed to inspire reverence of and grief for the departed, then this particular case violates every generic expectation. The epitaph speaks in dialogue, asking questions, giving commands, expressing self-doubt; it does not at all carry the austere monologic authority of a typical memorial. Moreover, it fails in its ostensible mission to speak *for* the dead, for here the dead ends up rising like a zombie and speaking for itself. Monuments to the dead are used by the living to further worldly political aims: Monuments always get dragged into the "rough and tumble" of our mundane existence. What makes this case notable is that the monument does it to itself; it

---

① Lu Xun, *Lu Xun quanji*, 2: 207. Davies argues that the image of the ourobouros in the context of an autobiographical epitaph "draws attention to the yearning for linguistic transparency as both compulsive and impossible." See Davies, *Lu Xun's Revolution*, 272.

openly subverts its own authority, freely falling from its own pedestal. "The Epitaph" exposes the bad faith inherent in the very genre's ostensible aim to memorialize the dead, as if this were somehow at a remove from the messiness of our secular world. Ultimately memorials are never really about the dead, but about we who live and struggle on.[①]

"After Death" likewise subverts this sacralization of death, but with a refreshingly lighthearted touch. Here the poet dreams he has "died on the side of the road." And yet while dead, the poet can still see, hear, feel, and think. Ultimately he is still *there*, out on the street, among us. Initially the appearance of the body lying on the road is met with indifference. The poet is initially disappointed, but then is glad because he has not caused anyone the great trouble of either grief or elation: "Good, then I have treated people the proper way!" [②] A man arrives to pick up the body from the roadside and prepare it for burial. "Why did he have to die here?" he exclaims in frustration. The poet is puzzled by the man's irritation: "I used to think that although a man could not choose where to live on earth, he could at least die wherever he pleased. Now I learned this was not the case, and it was very hard

---

[①] Eileen J. Cheng makes a similar point: "Lu Xun suggests that texts claiming to speak for their subjects often have little to do with the dead and more to do with the needs of the living." See Cheng, *Literary Remains*, 222.

[②] Lu Xun, *Lu Xun quanji*, 2: 215.

to please everyone." ① Instead of inspiring an attitude of respect, the corpse becomes an irritant. Unfortunately, the poet is still around to hear about what a bother he is. Neither body nor self remain a privileged site for private experience; the body that can be spoken and thought of continues to play its part in our language-games. This motif of irritation is doubled by the poet's annoyance at the insects that crawl upon his body and at the uncomfortable fold of the sheet underneath him. Death is no escape from the mundane inconveniences of the world, the constant reminders that we are secular beings.② The materiality of signification involved in communication, likewise, can often come across more as irritation rather than the seamless semantic transparency promised by *logos*.

"After Death" proposes a dream scenario that is ultimately impossible. When the body expires, how can consciousness go on? And if consciousness goes on, intensely aware of bodily sensations (however passively), how can this count as any kind of death? Can we really "speak" of anything "after death"? This absurd scenario constitutes a language-game that we happen to go along with. Both "The Epitaph" and "After Death" bear some resemblance to Wittgenstein's own counterintuitive case studies that force us to confront our assumptions

---

① Lu Xun, *Lu Xun quanji*, 2: 216.

② Kaldis argues that this piece constitutes a "send-up" that pokes fun at the solipsistic narcissism and obliviousness of Chinese intellectuals. See Kaldis, *The Chinese Prose Poem*, 243-245.

of how words and ideas supposedly work. Both these poems question assumptions of reverence for the dead for both metaphysical and pragmatic reasons. Why do we assume there are certain speech acts, genres, forms, and gestures that should somehow be elevated above the vernacular rabble? Is this not replicating the foolish search for metaphysical essences that lie behind the "meaning" of a word, or the ostensible "hidden" secret of a poem that lies behind its code?

The desacralization of death and its associated speech genres extends onto the defetishization of poetic language itself. Lu Xun's anti-metaphysical treatment of death figures a radical secularization of literary language. He tears down literary monuments not simply out of an iconoclastic rejection of the past, but also to reinforce a radical poetic ontology. Literature is not a mere veil for politics, for history, for sociology, or any other discipline or institution. Literature is an end to itself, with its own forms, its own rules. *Wild Grass*, I think, makes this point rather plainly. However, Lu Xun is also at pains not to fetishize the literary artifact as something unconnected from our social existence. What *Wild Grass* also shows is that literature is not something that exists in some otherworldly realm; literature is a thing that resides *here*, a thing that is at hand, in proximity with our beating hearts. Hence the emphasis on the wild grass's imminent decay, a daily reminder that it is a mortal thing, like us. As a secular entity literature inevitably runs the risk of being used in ways both vulgar and meaningless. But that should not prevent we the living from receiving the gifts that literature can still provide, if we are willing to listen, read, and acknowledge.① While claiming to speak for the dead is ultimately an absurd gesture, this is what Lu Xun might have wanted.

---

① Toril Moi, drawing upon Wittgenstein and Stanley Cavell, argues that literary works are forms of expression and action that elicit what she terms the reader's act of "acknowledgement." See Moi, *Revolutionary of the Ordinary: Literary Studies After Wittgenstein, Austin, and Cavell* (Chicago: University of Chicago Press, 2017), 205-210. I am indebted to her truly revolutionary articulation of ordinariness.

Going Wild with *Wild Grass*

☐ G. Davies

Wild Grass, the shortest of Lu Xun's single volume books is, by all measures, an unqualified modern classic. In his famous essay "Why read the classics?" Italo Calvino listed fourteen definitions for a classic of which definitions four, five and six are particularly applicable to *Wild Grass*: "A classic is a book which with each rereading offers as much of a sense of discovery as the first reading"; "A classic is a book which even when we read it for the first time gives the sense of rereading something we have read before"; and "A classic is a book which has never exhausted all it has to say to its readers." [1]

These definitionsare echoed in the thousands of readerly reflections, amateur and professional, reviews and scholarly treatises that have been published about *Wild Grass*since the book first appeared in 1927. [2] The

---

[1] Italo Calvino, *Why Read the Classics?* Trans. Martin McLaughlin (Houghton Mifflin Harcourt, 1999), 5.

[2] The Chinese-language Academic Literature database of Zhongguozhiwang (CNKI) returned 6, 112 results for the search terms "Lu Xun" and "*ye cao*" (accessed 11 May 2017).

point of a classic, Calvino argued, is that it must be read first-hand, "avoiding as far as possible secondary bibliography, commentaries and other interpretations". He continued:

> Schools and universities should hammer home the idea that no book which discusses another book can ever say more than the original book under discussion; yet they actually do everything to make students believe the opposite. There is a reversal of values here which is very widespread, which means that the introduction, critical apparatus and bibliography are used like a smoke-screen to conceal what the text has to say and what it can only say if it is to speak without intermediaries who claim to know more than the text itself.[①]

Wild Grass has evidently befallen this fate of being spoken for by countless institutionally-accredited intermediaries (of which I am one). Has it been discussed to death, such that it is no longer possible for someone new to the work to read it *de novo*? And has this rendered the work incapable of offering "with each rereading... as much of a sense of discovery as the first reading?" The issues that Calvino raised are important yet deceptive. This is because works lauded as "classics" are made relevant and significant by the secondary literature they generate. It

---

[①] Calvino, *Why Read the Classics?*, 5-6.

is precisely because *Wild Grass* has been read and studied for decades, in and outside China, first and foremost as a unique work in the corpus of China's best-known modern writer Lu Xun, that has ensured its survival. In this regard, while the secondary literature is a formidable impediment to an unencumbered "first" reading, it nonetheless also guarantees that the work will continue to be read.

To explore these tensions between *Wild Grass* and the exegetical industry that has developed around it, the essay below is divided into three parts. The first considers several issues pertinent to the author's life experience when he wrote *Wild Grass*, the second explores the work's reception in mainland scholarship. The final part examines Lu Xun's figuration and defence of poetic language as weed-like to ask: are we able, still, to read *Wild Grass* without domesticating it to serve the interests of the academy?

I

The twenty-three prose compositions collected in *Wild Grass* were first separately published from 1924 to 1926. Lu Xun wrote the first six in September-December 1924, fourteen in 1925, and three in 1926. His foreword (completed on 26 April 1927) for the first edition of *Wild Grass* (published in July 1927) is of such lyrical quality that it is frequently treated as the anthology's twenty-fourth piece. Key developments in Lu Xun's life over this period include: his estrangement from his brother, confidant and former literary collaborator Zhou Zuoren in July 1923, which turned into a lifelong rift between them; the start of Lu Xun's and Xu Guangping's romantic involvement from March 1925, the couple's departure from Beijing in August 1926, with Lu Xun travelling to Xiamen and Xu to Guangzhou, and with Lu Xun joining Xu in Guangzhou from January 1927.

Lu Xun's involvement in Beijing student politics informed several of the *Wild Grass* pieces he wrote in 1925 and 1926. His growing intimacy with Xu in 1925, who was a student at Peking Women's Normal College, led him to become embroiled in a war of words with the eminent scholar Chen Yuan. Chen had criticised the student protest (of which Xu was a leader) against the college's closure. The ensuing contretemps, which resulted in Lu Xun's dismissal in August 1925 from his position in Beijing's Ministry of Education, inspired the piece "Such a Warrior" (completed 14 December 1925). Lu Xun was reinstated in January 1926.①

As many scholars have noted, LuXun's translation of Kuriyagawa Hakuson's *Symbols of Mental Anguish*, which he began in early 1924, spurred him to apply Kuriyagawa's ideas and to write his earliest *Wild*

---

① The fullest account of such events in Anglophone scholarship appears in Nicholas Kaldis, *The Chinese Prose Poem: A Study of Lu Xun's* Wild Grass (Amherst, NY: Cambria Press, 2014). See also *Lu Xunnianpu* (A chronological biography of Lu Xun), ed. Lu Xun Nianpu Editorial Committee of Fudan University, Shanghai Normal University, Shanghai Normal College, 2 vols.(Hefei: Anhui renminchubanshe, 1979), vol.1.

Grass pieces.① Literary activities that had a bearing on *Wild Grass* include Lu Xun's co-founding of the magazine *Threads of Talk* in November 1924, in which the individual *Wild Grass* pieces all first appeared. He wrote in 1932 that *Wild Grass* arose out of the obligation he felt to "write for a loosely coordinated magazine" (that is, *Threads of Talk*). He noted that he did so despite his misgivings about New Literature, for he felt that the *esprit de corps* of *New Youth* had long dissipated and he was "walking hither and thither in a desert." ② In 1925, Lu Xun also co-founded two literary enterprises with his acolytes, the magazine *Wilderness* (*Mangyuan*) in April, devoted to publishing works by emerging Chinese writers, and the Yet to Be Named Society (Weiming she) in August, which published a book series featuring translated foreign literary works and a short-lived journal (1925-1926). In a letter of 28 October 1925, he told Xu that these magazine activities kept him so busy that he was practically delirious when he wrote his *Wild Grass* compositions.③

Lu Xun evidently regarded *Wild Grass* as one of his finest literary achievements. He declared in the work's foreword: "I love my wild

---

① The influence of Kuriyagawa's work on *Wild Grass* has been widely discussed in Anglophone and Sinophone scholarship since the 1980s. See, for instance, Jingyuan Zhang, *Psychoanalysis in China* (Ithaca: Cornell University Press, 1992), 59-68.

② Lu Xun, "*Zixuanji* zixu", in *Lu Xun quanji* (hereafter *LXQJ*), 16 vols. (Beijing, 1991), 4: 456.

③ Lu Xun, "Xiamen-Guangzhou, no.62", *LXQJ* 11: 176.

grass but I loathe the ground that decks itself with wild grass." In the 1931 preface he wrote for a planned English edition of *Wild Grass*, he described the individual pieces as "impressions of the moment" (*sui shi de xiao gan xiang*) that were "difficult to express directly", leading him to "word things rather vaguely at times". Two paragraphs later, he referred to the pieces as "small pale flowers along the edges of a disused hell, which were naturally not beautiful." The care Lu Xun took to provide these contrastive (prosaic and poetic) descriptions indicates the special importance he accorded to this anthology. He expressed regret in the preface's concluding paragraph that, after *Wild Grass,* he "no longer wrote things of this kind. In an age of constant change, even impressions of this kind, let alone literary compositions, were simply not allowed. I think this is perhaps as it should be." ①In 1932, he wrote that the anthology's individual pieces could be "more pompously described as prose poetry" ②.

Several of Lu Xun's acolytes have written in their memoirs that when he mentioned *Wild Grass* to them, he evinced a quiet sense of pride. In a letter to Xiao Jun in 1934, Lu Xun remarked: "*Wild Grass* wasn't bad in terms of technique but it was too depressing. This was because I wrote it after having suffered numerous setbacks." ③

The events and situations outlined above are frequently discussed in

---

① Lu Xun, "*Ye cao* Yingwenyi ben xu", *LXQJ* 4: 356-7.

② Lu Xun, "*Zixuanji* zixu", *LXQJ* 4: 456.

③ Lu Xun, "Zhi Xiaojun, 9 October 1934", *LXQJ* 12: 532.

published studies of *Wild Grass*. Together with other events, situations and other quotations from Lu Xun, they constitute for people who teach and write about Lu Xun, the empirical data necessary for reading *Wild Grass* as a serious work of literature. This, in turn, reflects the work's institutional domestication in so far as some combination of this data, which scholarly consensus has deemed as essential knowledge, must be provided in any scholarly reading of *Wild Grass*.

II

Analysis and interpretation, supported by evidence, are educational necessities in university-based approaches to literature. However, to over-privilege these necessities is to put the text in question at risk of mattering more as an instrument of assessment than a work of literature. We are familiar with how this works in undergraduate teaching: students are assigned secondary readings about a literary work on the expectation that they will learn how that work has been analysed and contextualized. They are then later required to write their essays modelled on these secondary readings. Because the assessment task requires them to *reproduce* received understanding, a "reversal of values", to return to Calvino's complaint, frequently occurs. The approaches on offer in the secondary literature often become more important than the text under study: write an essay on *Wild Grass* using one or another approved mode of analysis and you will get a good grade if you demonstrate a high degree of competence in doing so. Similarly, to write about *Wild Grass* for peer-reviewed publication requires one to be mindful of the types of argumentation that potential reviewers deem suitable.

Academic analysis canaccordingly deprive one of the joys of reading, that is, of reading for pleasure and serendipitous insight (in the way Calvino argues a classic should be read). However, as I will argue more fully in the next section, Lu Xun intended *Wild Grass* to be read as his celebration of expressive freedom. As his 1927 foreword makes plain, he wanted his enigmatic language to convey a myriad of "impressions" (to recall his term). He wanted his language to make an impression on *all* categories of being (friend and foe alike, and so on):

> Between light and darkness, life and death, past and future, I dedicate this tussock of wild grass as my testimony before friend and foe, man and beast, those whom I love and those whom I do not love.[①]

To "dedicate" one's writing as a "testimony" to all these opposite entitiesis to invite readers (whoever they are) to engage with one's writing in the same unconfined spirit.

I am drawn to read "between light and darkness, life and death, past

---

① Lu Hsun, *Wild Grass*,trans. Yang Xianyi and Gladys Yang (Peking: Foreign Languages Press, 1976), 4. Foreword, Wild Grass, 4, translation modified. See Lu Xun, "Tici," *LXQJ* 2: 159-160.

and future" as Lu Xun's figuration of the written text as outlasting the author — of literary language as a realm beyond the physics of time. With this admission, I seek to highlight how the symbolic ambiguity of *Wild Grass* has proven irresistible to generations of commentators, and how all of us have attempted, each in our own way, to explain what the work means, and what it meant to Lu Xun. As the leading Lu Xun scholar Sun Yushi put it in a 2003 public lecture, "*Wild Grass* has become the sole work in Lu Xun's creative oeuvre to bequeath to posterity a century-old 'literary riddle'". Moreover, the work opens up a "literary-psychological space that only those who possess an unrelenting drive for speculation are able to explore." [1]

Scholarly readers make up the majority of those who would "unrelentingly" speculate about *Wild Grass*. On this point, the profusion of Sinophone publications on *Wild Grass* differ from the far smaller number of counterpart Anglophone studies published outside China in one important regard. Where as the latter tend to focus studiously on the literary qualities of individual *Wild Grass* pieces, treating biographical information as supplementary evidence, the former are more disposed to conflate the literary with the biographical. Examples of this conflation often appear as introductory and concluding remarks or in summations of a given textual analysis. In books, essays and online commentary,

---

[1] Sun Yushi, "Lu Xun *Yecao* de sheng ming zhe xue yu xiang zheng yi shu", 26 January 2003 public lecture, at http://www.china.com.cn/zhuanti2005/txt/2004-10/20/content_5684647.htm and widely circulated online.

mainland scholars tend to present *Wild Grass* as an exemplary text that attests to the exemplary attitude of its author.

In the lecture by Sun quoted earlier, he referred to *Wild Grass* as conveying a "philosophy of life" (*sheng ming zhe xue*), reiterating a central tenet of his acclaimed 1982 monograph *A Study of* Wild Grass. The evidence Sun offered for reading Lu Xun's *Wild Grass* as having a philosophical intent is based, in part, on anecdotal accounts from Sun's former teacher, the writer Chuan Dao [Zhang Maocheng] who, as a member of *Threads of Talk*, had discussed the *Wild Grass* manuscripts with Lu Xun. Chuan Dao claimed to have been the first reader of several of these manuscripts for he delivered them from the writer's residence to the print shop. Sun also mentioned the often-quoted published anecdotal evidence furnished by Zhang Yiping, another *Threads of Talk* affiliate, who wrote in a 31 March 1925 article that Lu Xun had personally informed him that "his entire philosophy could be found in *Wild Grass*." [①]

Sun argued that the key to understanding Lu Xun's "philosophy of life" was in the work's symbolic content. Thus, Lu Xun's philosophy, which consisted of many aspects, including "the philosophy of a tenacious fighting spirit, the philosophy of resisting despair, the philosophy of vengeance against numbness, the philosophy of love and hate as well as forgiveness, and so on and so forth", should

---

① Sun Yushi, "Lu Xun *Ye cao* de sheng ming zhe xue yu xiang zheng yi shu", 26 January 2003 public lecture, at http://www.china.com.cn/zhuanti2005/txt/2004-10/20/content_5684647.htm and widely circulated online.

be understood as being of a spiritual nature, and must therefore not to be confused with the "systematic and exact nature of theoretical philosophy."① The report of Sun's 2003 lecture published *on Zhong guowang* (China.com.cn, the Chinese government's official website) noted that Sun referred several times to the importance of *Wild Grass* as an aid in "lifting the quality and spirit of our nation". Echoing Sun's reading of *Wild Grass*, the report's unnamed author added, "We must not be like that old man in 'The Wayfarer', we must strive to be like the 'wayfarer' who doggedly perseveres despite his exhaustion, we must be like 'that warrior' who points his 'dagger' and 'javelin' at his enemies."② The popularity in mainland scholarship of reading *Wild Grass* as a source of spiritual inspiration is evident in these remarks by Sun and the unnamed author.

Identifying sources of spiritual inspiration behind *Wild Grass* is an equally popular topic. For instance, in tracing Lu Xun's use of language in *Wild Grass* to Buddhist sources, Wang Weidong writes that just as Lu Xun had once observed that "portraits of Tolstoy, Kropotkin and others showed their faces as bearing traces of a 'bitter struggle', it is not difficult to find similar traces of a 'bitter struggle' in photographs of Lu Xun." Drawing on the writer's biography and quoting from *Wild*

---

① Sun Yushi, "Lu Xun *Ye cao* de sheng ming zhe xue yu xiang zheng yi shu", 26 January 2003 public lecture, at http://www.china.com.cn/zhuanti2005/txt/2004-10/20/content_5684647.htm and widely circulated online.

② Ibid.

Grass, Wang explains that it was because Lu Xun was, from childhood, "destined for encounters with tragedy" that the resulting "hardships sensitised him even more to the feelings that hardships engender". Accordingly, *Wild Grass* should be read as enacting the author's spiritual rebirth for it presents "experiences akin to those described in Buddhist scripture." [1] In short:

> *Wild Grass* is not merely a literary text. Rather, it is an action taken for life: an action taken for life by Lu Xun when he underwent a second bout of hopelessness and came out on the other side of it. Having come out of *Wild Grass*, Lu Xun decided to live out his life. [2]

To read images from *Wild Grass* as embodying the author's character, mood or will is an affective style of interpretation that has proven popular from the time of the work's publication. In fact, Lu Xun was infuriated when his ambitious acolyte Gao Changhong published a review of "Autumn Night" in November 1926, boasting that he knew what his mentor "really meant" (*ru yu xin*). [3] In 1928, the critic A Ying (Qian Xingcun) used lines from "The Shadow's Farewell" to accuse Lu Xun of being a nihilist who was "dissatisfied with reality yet bereft of

---

[1] Wang Weidong, "*Ye Cao* yu fo jiao", *Zhong guo xian dai wen xue yan jiu zong kan*1 (2008): 78.

[2] Ibid, 85.

[3] Lu Xun, "Hai shang tong xin", *LXQJ* 3: 398.

hope" because "even when a shining path — a way out — is right there in front of him, he continues to 'dislike' it and refuses 'to go there.' " ① In 1941, the poet Feng Zhi eulogized Lu Xun in a modern sonnet, using "An Awakening" to characterise Lu Xun as having "experienced an awakening because of a few young people" and of later being "disillusioned who knows how many times". Feng's sonnet also drew on imagery from "The Wayfarer" and "Such a Warrior" to lament Lu Xun grandilo quently as a "protector" of "this world" who later found himself "abandoned by it." ②

The quotations above from Sun Yushi, Wang Weidong and Qian Liqun, whose publications about *Wild Grass* are widely-read and cited in mainland scholarship, indicate that it has become an academic commonplace to treat the work as Lu Xun's creative response to and overcoming of acute unhappiness. Similarly, in English-language studies, *Wild Grass* is typically described as a product of both "the period of greatest distress in Lu Xun's private life" and "the time of his highest productivity", with attention drawn to his falling out with his brother Zuoren and the period of illness that followed.③ This contextualisation owes in large part to Lu Xun's remarks in the 1930s about his depressed state when he wrote the individual *Wild Grass* pieces.

---

① Quoted and discussed in Gloria Davies, *Lu Xun's Revolution: Writing in a time of violence* (Cambridge, MA: Harvard University Press, 2013), 191-2.

② Feng Zhi, *Shi si hang ji*, (Beijing: Jie fang jun wen yi chu ban she, 2007), 11.

③ David Pollard, "Introduction", *Wild Grass* (Hong Kong: The Chinese University Press, 2003), xxx.

Lu Xun's growing intimacy with Xu Guangping at the time he wrote *Wild Grass* is generally overlooked. Yet, as their correspondence in 1925 and 1926 makes plain, she was an important sounding board for his ideas, and it is likely that the *Wild Grass* pieces he wrote after their relationship began in March 1925 carry some of the excitement he felt, at forty-four, on having found a soulmate, nineteen years after his loveless arranged marriage to the dutiful but illiterate Zhu An.

III

At any rate, more than any other work by Lu Xun, *Wild Grass,* with its symbolic ambiguity, has proven highly amenable to the aesthetic confusion of writing with writer outlined in the previous section. Lu Xun's remark that *Wild Grass* could be "more pompously described as prose poetry" suggests that he regarded lyrical language as bridging prosaic and poetic forms. Fifteen of the *Wild Grass* pieces were experimental variants of the short personal essay (*xiaopin wen*), a form Lu Xun favoured. As "prose poetry", they differed not in form but in content from his social commentary and polemical essays (which he described as "miscellaneous jottings", *zawen* or "miscellaneous impressions", *zagan*). Of these fifteen compositions, nine involved dreams or directed the reader to see a dreamscape ("The Shadow's Farewell", "The Good Story", "Dead Fire", "The Dog's Retort", "The Good Hell That Was Lost", "The Epitaph", "Tremors of Debased Lines", "On Expressing an Opinion",

"After Death"); the other six presented archetypal or supernatural figures in surreal settings ("Revenge", "Revenge II", "Such a Warrior", "The Wise Man, the Fool and the Slave", "Amid Pale Bloodstains").

Of the remaining nine *Wild Grass* pieces, seven were short personal essays in which a narrating self reflects soulfully on the world around him and on his past ("Autumn Night", "Beggars", "Hope", "Snow", "The Kite", "The Blighted Leaf", "The Awakening"). Lu Xun's "Foreword" also belongs in this category. One composition ("My Lost Love") has the subtitle: "new doggerel in the classical style" and another was written as a playscript ("The Wayfarer"). By naming this hybrid range of writings as *Wild Grass*, Lu Xun implied that they derived from a common poetic intent. The first line of his foreword describes the origin of this intent in the conundrum: "When I am silent, I feel replete. As soon as I open my mouth, I feel empty."

Two months after the anthology's publication, Lu Xun explained the origin of this line in the solitary existence he led in Xiamen (August-December 1926), both by choice and circumstance. Living away from family, friends and from his beloved Guangping, he experienced the "intoxication" of "a solitary stillness as rich as wine":

> As I leaned on a stone railing and gazed into the distance, I could hear my beating heart. I felt as though from all around me, immeasurable quantities of grief, angst, and feelings of wretchedness, impending death and extinction were pouring into this

solitary stillness, turning it into medicinal wine and adding colour, flavour and aroma to it. At the time, I wanted to put this in writing but couldn't. I didn't know where to begin.①

These remarks, which alert us to Lu Xun's attentiveness to sounds and voices, and the sounds of different voices, allow us to re-read the first line in his *Wild Grass* foreword as suggesting an enormous contrast between lived experience and its representation in writing. Accordingly, when the author opens his "mouth" to put words on the page, he produces an "empty" impression that pales by comparison with the "replete" full-bodied experience of what he has felt, heard and seen. The next lines of the foreword are:

> The past life has died. Its death brings me great joy because it tells me that it once lived. The dead life has decayed. This decaying brings me great joy because it tells me that it is not yet empty.②

In the absence of a clear referent, "the past life" is opaque yet capaciously suggestive, and hence capable of accommodating any number of lives lived and gesturing to any number of experiences of an irrecoverable past. Because Lu Xun figured his literary compositions as "wild grass", it makes sense to read the "past life" in his foreword as suggesting, among

---

① Lu Xun, "Zen me xie", *LXQJ* 4: 18.

② Lu Hsun, *Wild Grass*, 3. Translation modified.

other things, the "life" of literature, of which the author's "wild grass" constitutes a present phase (that is, the time of writing as the present). He confirms this poetic intention two paragraphs later, by repeating the words he used earlier:

> Wild grass has shallow roots; it boasts no beautiful flowers and foliage yet imbibes dew, water, and the flesh and blood of rotting corpses. It survives despite all attempts to deprive it of life. It lives only to be trampled on and cut down, until it finally dies and decays.[1]

In November 1926, Lu Xun provided a prosaic corollary to this poetic symbolism of "wild grass". He wrote in an essay that "it is only natural to find a handful of writers producing aberrant texts at a time when writing undergoes an initial stage of reform"; that this was because "ultimately, everyone's an intermediate entity [*zhong jian wu*] in the evolutionary chain." [2]

I asked earlier if we are still able to read *Wild Grass* without domesticating it to serve the interests of the academy. It would seem from the sheer range and number of interpretations the work has inspired that the answer is yes. Graphomaniah as resulted from the readers of different times and places being drawn to respond to Lu Xun's utterances, to

---

[1] Lu Xun, "Tici", *LXQJ* 2: 159.

[2] Lu Xun, "Xie zai *Fen* hou mian", *LXQJ* 1: 286.

"speak" back with what sense we have made of the images and voices he projected in *Wild Grass*. I refer to utterances and not sentences because Lu Xun (as the quotations above suggest) intended *Wild Grass* to be as much heard as read. The dreamscape compositions featuring the voices of surreal creatures make this evident. Similarly, in personal essays such as "Autumn Night", we not only read but hear a voice intone at the start: "In my backyard, you can see two trees behind the wall. One is a date tree, the other is also a date tree." ①

This repetitive construction, "one is... the other is also", has been a source of ongoing scholarly debate. In an essay-like story by Xia Mianzun and Ye Shengtao in their 1933 anthology *The Heart of Literature*, "Autumn Night" is presented as an object of frustration. The story presents two junior high students puzzling over the meaning of the first and subsequent lines of "Autumn Night", with one of them asking why the author had chosen to repeat "date tree" and exclaiming, "I know each of the characters but I don't understand a thing when the characters are all put together." His father then enters the room to explain that "compositions like Lu Xun's 'Autumn Night' ... recount the experiences of their authors. As you are so young and your experiences are so few, you would naturally find them difficult to understand." ②

Some eighty years after *The Heart of Literature*, Wang Binbin

---

① Lu Xun, "Qiu ye", *LXQJ* 2: 162.

② Xia Mianzun and Ye Shengtao, "Hu ran zuo le da ren yu gu ren le", in *Wen xin* (Shanghai: San lian shu dian, 2008), 4-5.

wrote that when he first read "Autumn Night" as a high school student, he found the first line's repetition of "date tree" so odd and striking that it set him on the path to study Lu Xun. He stated that he often taught his students this first line as an exemplary instance of literary writing and to contrast it with the non-literary statement, "both are date trees" ①. Wang reads the line as embodying Lu Xun's defence of individuality:

> When [Lu Xun] used the construction "One is... the other is also", it is more than likely that he was not consciously emphasizing "individuality". However, he did so unconsciously and it is precisely because of this that we are able to sense how important and how deeply embedded this idea of individuality was in Lu Xun's thinking.②

Lu Xun's repetition has not struck me this way. I have read "Autumn Night" as Lu Xun's cinematic rendering of a literary monologue, enabling us to see as the narrator sees, as we read, and hear, his voice: as if a scene was being framed for us as viewed through a camera lens, focusing our attention first on one tree then the other. Not with standing our differences, Wang's reading and mine reflect a common inspiration. You could say that Wang and I, together with all other conscientious

---

① Wang Binbin, "*Ye cao* xiuciyishuxishuo", *Zhong guo xian dai wen xue yan jiu zong kan* 1 (2010), 89-90.

② Ibid, 90.

readers of *Wild Grass* go a little wild when we read and re-read this work. To read *Wild Grass* is to be made conscious that we too imbibe the "dew, water, and the flesh and blood of rotting corpses" provided by the cultural and linguistic "soils" in which our writing, and thus we, are rooted. We are thus enjoined to see and celebrate our writings about *Wild Grass* as the remnants of our own existential seeking in each our given habitus, that the inevitable obsolescence of our time-bound ideas should bring us great joy because their death and decay tells us that we too have contributed as "intermediate entities" to the ongoing reading of this modern classic.

The Buddha's Gift Reconfigured: From the *Lotus Sūtra* to Lu Xun's *Dead Fire*

☐ Ying Lei

Between 1912 and 1917, when he led a solitary life in the Shaoxing clan house in Beijing, Lu Xun (鲁迅, 1881-1936) turned into a voracious reader and collector of Buddhist texts, as part of his endeavor to "return to ancient times."① It was a somewhat ironic pastime, since Lu Xun, who was then a section chief at the Ministry of Education during the day, never held back his sneer at those "high officials who suddenly donned a Buddhist rosary" upon withdrawal from office.② In 1914 notably, as his diary shows, Lu Xun purchased more than ninety Buddhist works totaling around two hundred and fifty volumes. It was an eclectic collection,

---

① Lu Xun, "Zixu" (Preface), *Lu Xun quanji* (Complete Works of Lu Xun; hereafter LXQJ)(Beijing: Renmin wenxue chubanshe, 2005), vol. 1, 440.

② Lu Xun, "'Huaji' lijie" ("Humour" Explained, with Examples), LXQJ, vol. 5, 360. For Lu Xun's mockeries of contemporary gentry Buddhists, see also "Duanwujie" (Dragon Boat Festival), LXQJ, vol. 1, 563; "Guduzhe" (The Misanthrope), LXQJ, vol. 2, 93; "Qingzhu huning kefu de nayibian" (That Side Which Is Celebrating the Triumphant Recovery of Shanghai and Nanjing), LXQJ, vol. 8, 198.

encompassing foundational works such as *Ahan jing*（阿含经, Scriptures Taught by Śākyamuni）, *Huayan jing*（华严经, Flower Adornment Sūtra）, *Zhong lun*（中论, Treatise on the Middle Way）, *Yujia shidi lun*（瑜伽师地论, Discourse on the Stages of Concentration Practice）; historical works such as biographies of eminent monks and virtuous women; and popular works such as *Longshu jingtu wen*（龙舒净土文, Pure Land Texts, Compiled by a Native of Longshu）and *Fojiao chuxue keben*（佛教初学课本, Textbook of Buddhism for Beginners）. Also found among the collection were several renditions of *Dasheng qixin lun*（大乘起信论, *Awakening of Faith in the Mahayana*）, some of which Lu Xun sent to his brother, Zhou Zuoren（周作人, 1885-1967）.① In January and December 1916, he picked up copies of the *Miaofa lianhua jing*（妙法莲华经, Sūtra of the Lotus of the Wonderful Dharma）.②

"Śākyamuni is a great philosopher indeed," Lu Xun told his close friend Xu Shoushang（许寿裳, 1883-1948）in the mid-1910s.③ Lu Xun's intense engagement with Buddhism in the preceding years of the New Culture Movement is well known yet little understood. Few enquiries have been made concerning Lu Xun's intellectual ties to

---

① Lu Xun, "Jiayin riji"（Diaries of the Jiayin Year）and "Jiayin shuzhang"（An Account of Books Purchased in the Jiayin Year）, LXQJ, vol. 15, 124, 126, 132, 147-153.

② Ibid., 251, 258, 270.

③ Xu Shoushang, *Wangyou Lu Xun yinxiang ji*（Impressions of My Late Friend Lu Xun）（Shanghai: Emei chubanshe, 1947）, 54.

Buddhism.① This is unsurprising, perhaps, in a field where a secularist conceptual frame of history and progress has dominated the approach to modern Chinese literature for decades—despite, the consensus that modern Chinese writers in general and Lu Xun in particular embodied an acute "obsession" with China's "spiritual disease." ②It is time, if not long overdue, that we reconsider what this term "spiritual" might mean for Lu Xun. Hereby I sample a class of "repressed modernities" that have fallen prey to the prevailing bias that mistakes the secularist ideology of the Project Modern for an established fact.③

This essay revisits two of Lu Xun's works with Buddhist undertones. The first piece, "Gudu zhe"(孤独者, The Misanthrope), features a curious "seed" in a conversation about the nature of children, the epistemic seedbed of which spans evolutionary thinking and Buddhist metaphysics.

---

① Two mainland Chinese scholars have made some preliminary attempts, see Tan Guilin, *Ershi shiji zhongguo wenxue yu foxue* (Twentieth-Century Chinese Literature and Buddhist Learning)(Hefei: Anhui jiaoyu chubanshe, 1999), 54-57, 80-82, 91-93, 95-97, 122-124, 198-207; and Ha Yingfei, *"Wusi" zuojia yu fojiao wenhua* (The "May-Fourth" Writers and Buddhist Culture)(Shanghai: Sanlian shudian, 2002), 58-119. For a pioneering paper on Lu Xun and Buddhism in English, see Lydia H. Liu, "Life as Form: How Biomimesis Encountered Buddhism in Lu Xun," *The Journal of Asian Studies* 68, no. 1(2009): 21-54. And my own work, "Lu Xun, the Critical Buddhist: A Monstrous Ekayāna," *Journal of Chinese Literature and Culture*, 3: 2(November 2016): 400-428.

② C. T. Hsia, *A History of Modern Chinese Fiction* (Bloomington: Indiana University Press, 1999), 533. Italics added.

③ David Der-wei Wang, *Fin-de-siècle Splendor: Repressed Modernities of Late Qing Fiction, 1849-1911* (Stanford, Calif.: Stanford University Press, 1997).

My reading probes into this moment of double conjuration as religion encounters science and soteriology confronts natural law. It unravels the significance of the Buddhist reference by tracing the seed to its Yogācāra provenance and, furthermore, situates Lu Xun in a shared intellectual horizon with Ouyang Jingwu(欧阳竟无, 1871-1943), the foremost Yogācāra thinker of Republican China. If, with hindsight, Ouyang has been identified as the "Critical Buddhist" of modern China, in light of the Critical Buddhism(Jp. *hihan bukkyō*, 批判仏教)movement in late 1980s Japan[①], this study unveils Lu Xun as a hitherto unexpected "Critical Buddhist" from the literary field. Moreover, I suggest, Lu Xun turns out to be the most critical of all Critical Buddhists. This is evidenced by his "Sihuo"(死火, *Dead Fire*), a surrealist tale from his prose poetry collection, *Yecao*(野草, *Wild Grass*). In its retelling of the burning house parable from the *Lotus Sūtra*, a paradigmatic parable that celebrates "buddha-nature"(Ch. *foxing*, 佛性)as a universal gift of the Buddha, *Dead Fire* conjures a ghastly twist.

A Doubly Conjured Seed

Lu Xun is a master in crafting moments of liminality which fuse

---

[①] Lin Chen-kuo, "Metaphysics, Suffering, and Liberation: The Debate between Two Buddhisms," in *Pruning the Bodhi Tree: The Storm over Critical Buddhism*, ed. Jamie Hubbard and Paul L. Swanson(Honolulu: University of Hawai'i Press, 1997), 298-313.

together the manifest and the hidden and derive their momentum by dwelling on the threshold. In her article, Lydia Liu draws our attention to an invisible prototype of the realistically fashioned character of Xianglin's Wife in "Zhufu" (祝福, *New Year's Sacrifice*): Bhikṣuṇī Suksma, from *Xianyu jing* (贤愚经, *Sūtra of the Wise and Foolish*), which was one of the Buddhist texts Lu Xun garnered in 1914①. Another compelling example concerning the representability of the unseen in Lu Xun's stories comes from Maruo Tsuneki's study, *Rōjin:"jin" "ki" no kattō* (鲁迅:「人」「鬼」の葛藤)(Lu Xun: *The Entanglement of " Humans" and " Ghosts"*), which remains instructive two decades after its publication. Contesting the "threshold" of literary realism/biomimesis, both studies bring to light mechanisms of double conjuration in Lu Xun's narrative experiments: what appears realistic could at the same time be conceptually anchored *elsewhere*—beyond the grip of modern rationalist enquiry, be it in the Buddhist tradition or in the kaleidoscopic underworld of Chinese folk religion.②

Liu's discerning emphasis on the "elsewhere" is provocative. This study showcases a doubly conjured "seed" by Lu Xun, which points likewise to a Buddhist "elsewhere" in the fraught encounter between

---

① Lu Xun, "Jiayin riji," LXQJ, vol. 15, 124, 126.

② For the "threshold of literary realism," see Liu, "Life as Form," 23. For the "threshold of biomimesis," see 44. Throughout her essay Liu highlights the significance of a Buddhist "elsewhere" for mapping the intellectual scope of Lu Xun's literary pursuits in general and *New Year's Sacrifice* in particular, see especially 25 (italics in the original), 39, 48-52.

evolutionary biology and religion in twentieth-century China. This seed has been (trans) planted in the story, *The Misanthrope*, dated October 17, 1925. *The Misanthrope* is Lu Xun's second longest work of fiction and his last in a series about loners. The story is imbued with autobiographical elements, notably in the opening part in which the protagonist, Wei Lianshu, a "'partisan of the modern' who 'feeds on foreign teachings'" in the eyes of his kinsmen, returns home to fulfill the funeral rites for his step grandmother.[①] Through the perspective of the narrator, a sympathetic friend, the story relates the wasting away and demise of Wei, the misanthrope, who eventually relinquishes his progressive ideals and acknowledges his "true failure" by joining the ranks of conventional society.[②]

The conversation in which Wei and the narrator argue about the nature of children employing the analogy of a seed is central to the purport of the story as well as to the fate of the misanthrope. In his study on the discursive circulation of developmental thinking in Republican China, Andrew Jones examines this seed:

"Children are always good. They are completely innocent..." He seemed to sense my impatience, so one day he took the opportunity to tell me.

"Not entirely," I replied without giving the matter much

[①] Lu Xun, "Guduzhe," LXQJ, vol. 2, 89.

[②] Ibid., 103.

thought.

"No. Children have none of the bad temper of adults. The evil that comes later, the kind of evil you're always attacking, that kind of evil is learned from the environment. They're not at all bad in the beginning, they're innocent... I think therein lies the only hope for China."

"No. If there was nothing wrong with children at root, how could they grow up to produce bad fruits ? It's like a seed that only produces stems and branches and fruits and flowers because those things are there in embryo from the beginning. How could these things come into being for no reason?" ①

Here ends Jones's citation. The ensuing two sentences, which Jones has dropped, are worth close scrutiny:

Since I was idle, just like those officials and gentlemen who, upon stepping down, would take to vegetarian food and Chan talk, I was reading Buddhist scriptures. The Buddhist teachings lied beyond my grasp, of course; yet with little restraint, I abandoned myself to the liberty of my tongue.②

---

① Lu Xun, "Guduzhe," LXQJ, vol. 2, 93. Translation by Jones, see *Developmental Fairy Tales*, 64-65.

② Ibid., translation mine.

Written at the nadir of his private depression, Leo Lee notes, *The Misanthrope* concerns the meaning of individual human existence itself, on the personal and "somewhat abstract" level which rises above the realm of concrete reality.① Clearly, Buddhism figures on this "somewhat abstract" level. The analogy of the seed is one rare instance in which Lu Xun explicitly informs his readers the Buddhist origin of his trope. One would certainly agree with Jones that, here, the vernacular circulation of biological knowledge in the wake of the translation of Darwinian theory into Chinese is a "crucial discursive determination." ② But Lu Xun's intimation of a Buddhist "elsewhere" with respect to the epistemic seedbed of this particular seed is no less, if not all the more, crucial. In unpacking the ambivalence in East Asian appropriations of evolutionary thinking, Jones notes the working of "karmic inheritance" in the debate above between tragic inevitability and developmental agency—a debate that stands central not only to this text but to Lu Xun's oeuvre as a whole and to the larger discursive milieu in which he was embedded.③ I would like to further ask: what does this "karmic inheritance" exactly mean? And what does it suggest when Lu Xun juxtaposes Darwinian ideas with Buddhist inklings in a story in which the chain of transmission between Wei's step grandmother and Wei as well as that between the misanthrope

---

① Leo Ou-fan Lee, *Voices from the Iron House: A Study of Lu Xun* (Bloomington and Indianapolis: Indiana University Press, 1987), 86.

② Jones, *Developmental Fairy Tales*, 65.

③ Ibid.

and the narrator are subtly, yet poignantly, interrogated?

Lu Xun and Ouyang Jingwu

The conversation about the nature of children between an idealistic misanthrope and a skeptical narrator is not just a fictive incident. It has taken place, *mutatis mutandis*, among deeply concerned modern Chinese intellectuals. A few years earlier, a prominent Buddhist scholar was also discussingthe "seeds" and human nature. His words triggered an earthquake in the Chinese Buddhist world, the tremors of which reached Lu Xun as well. The scholar was Ouyang Jingwu, the head of the China Inner Studies Institute and the leader of a revival of Indian Buddhist scholasticism in twentieth-century China.

In October 1922, Ouyang published *Weishi jueze tan* (唯识抉择谈, *An Exposition of Select Teachings of the Consciousness-Only*), a selection of ten definitive teachings of the Yogācāra, following his lecture series at theInner Studies Institute. It was this thin volume that launched Ouyang's trenchant critique of the *Awakening of Faith* and the Tathāgatagarbha tradition from a Yogācāra standpoint.The *Awakening of Faith* is one of the most treasured texts in the history of East Asian Buddhism. The one-fascicle treatise is a seminal component in the doctrinal edifice of the Tathāgatagarbha tradition, which upholds that all human beings are endowed with an embryonic buddhahood and hence able to attain full enlightenment. The term "tathāgatagarbha" (Ch.

rulaizang/Jp. *nyoraizō*, 如来藏), literally "matrix of the thus-come," is often used interchangeably with the term "buddha-nature." The belief in buddha-nature stands as a central tenet in the majority of East Asian Buddhist schools including Tiantai/Tendai (Ch./Jp, 天台), Huayan/Kegon (Ch./Jp., 华严), Chan/Zen (Ch. 禅/Jp. 禅), Pure Land (Ch. *Jingtu*/Jp. *Jōdo* 净土), and the Esoteric (Ch. *mijiao*/Jp. *mikkyō*, 密教) schools.

Ouyang invokes the "seeds" throughout *Weishi jueze tan*. In a sense, his discussions could boil down to one pivotal question: Where have the seeds gone in the *Awakening of Faith*? To the staunch Yogācārin, the fact that the *Awakening of Faith* has completely done away with the seeds in addressing the nature of the mind and its cultivation is outright unacceptable. The "seeds" (Skt. *bīja*; Ch. *zhongzi*, 种子) is a distinctive Yogācāra notion. According to the Yogācārins, all phenomena, despite their vanishing immediately upon coming into being, leave behind an imprint, or a "seed." The seeds condition future phenomena, in actuality or potentiality, thereby giving rise to continued existence, or in classic Buddhist nomenclature, the chain of karma. There are two categories of seeds: defiled seeds (Ch. *youlou zhongzi*, 有漏种子), which entrap one in saṃsāric existence, and undefiled or pure seeds (Ch. *wulou zhongzi*, 無漏种子), which steer towards enlightenment. As long as one remains unenlightened, defiled seeds and undefiled seeds always co-exist at the innermost core of the mind, which is known as the ā*layavijñāna* (*ālaya*-consciousness; Ch. *alaiyeshi*, 阿赖耶识), or store consciousness (Ch. *zangshi*, 藏识).

The space constraint of this essay does not permit a close reading of Ouyang's arguments. I shall highlight one aspect that also helps illuminate the analogy of the seed in *The Misanthrope*. Whereas the *Awakening of Faith* postulates an underlying ontological Mind that subsumes all states of being of the phenomenal world and the transcendental world yet remains intrinsically pure, Ouyang sees it as a gross mistake. To the Yogācārins, the distinction between the unconditioned and the conditioned, the pure and the defiled, the enlightened state and the unenlightened state must not be thus overwritten. Whereas the purity of the Mind in Tathāgatagarbha thought is absolute and a priori, Ouyang refutes such essentialization of the mind. Under the Yogācāra system, as long as one has yet to attain buddhahood, enlightenment remains an unfinished project and purification a dynamic process, engendering a purity that is partial, provisional, and constantly under threat. This purity is but a fragile product of the ongoing struggle between the undefiled seeds and the defiled seeds. In Ouyang's words, "the twelve divisions of Buddhist teachings expound nothing other than the phenomena of defilement and purity." "The phenomena of defilement and purity are brought into being by the mind, for the mind holds the seeds."① By constantly bearing in mind the seeds, the defiled seeds in particular, the Yogācāra school shows a heightened sensitivity towards the problem of

---

① Ouyang Jingwu, *Weishi jueze tan* (An Exposition of Select Teachings of the Consciousness-Only)(Nanjing: Zhina neixue yuan, 1922), 14, 34.

evil, along with a resolute determination to guard the line between the sacred and the profane.

The contest between the Yogācārins and the advocates of the Tathāgatagarbha doctrine in 1920s China should be viewed as a Buddhist soul-searching in what appeared surely an "age of the Latter Dharma" (Ch. *mofa shidai*, 末法时代). When Ouyang declared, with respect to the *Awakening of Faith*, that for over a millennium "the fish eye has been taken for the pearl," he was radically subversive of the East Asian Buddhist tradition at large.[①] The Ouyang in his Yogācāra phase has shared an esprit de corps with his iconoclastic contemporaries as well as with the later Critical Buddhists of 1980s Japan. In an effort to set straight what Buddhism is, or more precisely, what Buddhism is *not*, the Critical Buddhism movement welded together two goals: doctrinal intervention and social activism. Against the backdrop of a resurgence of nationalistic zeal, the Critical Buddhists excoriated the notion of *hongaku* (Ch. *benjue*/Jp. *hongaku*, 本觉) — "original enlightenment," which has no Sanskrit equivalent and seems virtually sure to have come from the *Awakening of Faith*—for latent ideological complicity with Japanese ethnocentrism. While the Critical Buddhists of Japan have found particular fault with *Japanese* Buddhism, Ouyang the Critical Buddhist of China was pained by the ills of the *Chinese* mind:

---

① Ouyang, *Weishi jueze tan*, 26.

> The Chinese mind is exceedingly slipshod, such that with respect to all kinds of scholarship, scrupulous examination is always lacking. Speaking of the Buddhist teachings, there are even more loopholes. Having yet to exert oneself to study the doctrines, [the Chinese] just relied on private opinions to fabricate works. Ultimately, the more works there are, the graver the errors.

Hereby Ouyang furnishes a Buddhist exemplum of the "obsession with China." [1]

To their knowledge or not, the twentieth-century Yogācārins find an ally in Lu Xun. Lu Xun was apparently aware of the dispute surrounding the *Awakening of Faith*. When the translator Xu Fancheng 徐梵澄 (1909—2000) expressed his interest in the *Awakening of Faith*, Lu Xun advised him not to waste his time on an "apocryphal text" and recommended instead Vasubandhu's (Ch. Shiqin, 世亲; *c.* fourth century CE) *Baifa mingmen lun* (百法明门论, *Lucid Introduction to the One Hundred Dharmas*), a Yogācāra text[2]. While Lu Xun and Ouyang remained strangers in life, some of their signature works bespeak "an

---

[1] Hsia, *A History of Modern Chinese Fiction*, 533.

[2] Xu Fancheng, "Xing hua jiuying: dui Lu Xun xiansheng de yixie huiyi" (Stars, Sparks, and Reminiscences: Some Memories of Mr. Lu Xun), *Xu Fancheng wenji* (Collected Works of Xu Fancheng) (Shanghai: Sanlian shudian, 2006), vol. 4, 386.

intimate commonality of ideas." ①Both invoked the Yogācāra notion of "seed (s) " in their respective ruminations on the karmic predicament of the Chinese people, at a time when "the anchoring center of life [was] broken." ②The fraught relationship between Buddhism and Chinese modernity engrossed both men, one writing exegeses of canonical texts and the other writing short stories and prose poetry. I situate Lu Xun and Ouyang in "a common horizon of concerns" as each, in his distinctive approach to the Buddhist tradition, comes to grapple with the question of human nature in searching for an antidote for a spiritually diseased China.③ Lu Xun and Ouyang represent "two closely allied but nonetheless distinct moments" in the discourse of the "seeds" in late Qing to Republican China—a discourse that has been simultaneously nourished by Darwinian theory and Buddhist metaphysics.④

A Monstrous Ekayāna

In the light of Yogācāra teachings, now we see with clarity the ambivalence embedded in this doubly conjured seed and the "karmic inheritance" concealed beneath the surface of a trope apparently

---

① Peter E. Gordon, *Rosenzweig and Heidegger: Between Judaism and German Philosophy* (Berkeley, Calif.: University of California Press, 2003), xxiii.

② Nathan A. Scott, *The Broken Center: Studies in the Theological Horizon of Modern Literature* (New Haven: Yale University Press, 1966), ix.

③ Gordon, *Rosenzweig and Heidegger*, 37.

④ Ibid., xix.

buttressed by evolutionary thinking. At this liminal moment, religion encounters science and soteriology confronts natural law: On what ground can we deem the newborn *new*? How does the problem of evil figure in heredity? At the bottom of it all, where does life begin and sin, end? From a Buddhist perspective, death does not amount to an exit from saṃsāra, while every neonate holds a long history of previous lives, if only one could be aware of it. The burden of the past could not be thus lightly jettisoned; nor time thus easily truncated. Such is the reign of karma, from one seed to another, from one life to the next. It does not take a Yogācārin, after all, to expose the naïve wishfulness in exalting children as a natural embodiment of the *tabula rasa*. But when Lu Xun invokes the Yogācāra notion of seeds, he refutes the plausibility of an inherently and universally endowed pristine human nature altogether.

This karmic shadow enforces its own logic of cultural transmission/contagion. The karmic bonds from seeds to acts encompass but are not confined to the narrow hereditary ties of lineage and blood. This helps explain the "sympathetic magic" between Wei's step grandmother and Wei, between Wei and the narrator, as well as between men and beasts in *The Misanthrope*.[①] As the Zhou brothers have dreaded, karma must be collectively born. Individual descendants who are chained to the collective existence can neither flee nor choose their share of the karmic fruits. We are and shall be *our* past.

[①] Jones, *Developmental Fairy Tales*, 97.

Lu Xun's sarcasm towards the gentry Buddhists who transform themselves from despots into preachers of the *Awakening of Faith* after losing power in a 1922 short story may be viewed as a reaction of his to the escalating debate between the Yogācārins and the Tathāgatagarbha apologists.① But Lu Xun's ultimate rejoinder to the debate, I suggest, is found in a surrealist piece written in 1925, *Dead Fire*, from his collection of prose poetry, *Wild Grass*. Indeed the Tathāgatagarbha apologists must prepare themselves for an even harsher assailant than Ouyang or Matsumoto. The Critical Buddhists of China and Japan have chastised the idea of original enlightenment as spurious and mistaken. Lu Xun, more critical still, charges it as lethal.

Dead Fire conjures an astonishing reinvention of one best known parable from the glorious *Lotus Sūtra*, the parable of the burning house, which is the locus classicus of the teachings of innate Buddhahood. *Dead Fire* features a remnant flame that appears to have just fled the "burning house" (Ch. *huozhai*, 火宅) —a classic Buddhist metaphor for the suffering-laden saṃsāra from the *Lotus*—and is left to die in a frozen wasteland.② Into the original Mahāyāna parable Lu Xun injects a dark twist: the mutation of the chariot. Let us first take a look at the original parable, which is summarized as follows:

> An elder of boundless wealth urges his offspring to get out of the

---

① Lu Xun, "Duanwujie," LXQJ, vol. 1, 563.
② Lu Xun, "Sihuo," LXQJ, vol. 2, 200.

house which has caught fire, but the children are too absorbed in their play to listen. Employing *upāya* (Ch. *fangbian* 方便), the elder promises his children three different kinds of chariots, drawn by goat, deer, and bullock respectively, which await them outside the house. His words take immediate effect. The children all rush out of the house. "Please give us the gifts as you promised." They ask the elder. To their pleasant surprise, each of them is bestowed a splendid large chariot drawn by a white bullock.①

The elder is the Buddha. The white bullock chariot symbolizes the *Ekayāna* (Ch. *yisheng* 一乘), or One Vehicle; that is, the ultimate teachings of the Buddha that will bring enlightenment to all, be one a śrāvaka (Ch. *shengwen*, 声闻), a pratyekabuddha (Ch. *yuanjue*, 缘觉), or a bodhisattva (i.e. a Mahāyāna adherent), as the initial three chariots denote.② The Ekayāna stands for a promise of universal deliverance, on the theoretical ground that all beings are endowed with the precious Buddha-nature. Along with several other parables in the *Lotus*, the parable of the burning house affirms and eulogizes the universality of

---

① *Miaofa lianhua jing*, T 262.12b13—13c18, in *Taishō shinshū daizōkyō* (The Buddhist Canon Newly Compiled during the Taishō Era), edited by Takakusu Junjirō, 高楠顺次郎 and Watanabe Kaikyoku 渡辺海旭, 100 volumes (Tōkyō: Taishōissaikyō kankōkai, 1924-1935). For an English translation, see Burton Watson trans., *The Lotus Sutra* (New York: Columbia University Press, 1993), 47-79.

② The śrāvakas and the pratyekabuddhas are collectively referred to as the "two vehicles" (Ch. *ersheng* 二乘), or the Hīnayāna (Ch. *xiaosheng* 小乘). These two kinds of practitioners are regularly derogated in Mahāyāna literature.

innate Buddhahood as the soteriological cornerstone of the *Mahāyāna* (Ch. *dasheng*, 大乘), the Great Vehicle.

Lu Xun was apparently unconvinced. In his retelling of the parable, the raging fire, which in Buddhist parlance symbolizes widespread suffering, is recast into a noble force of struggle that deserves aid on its way back to the blazing world. The fire shall not die. On the other hand, the chariot turns out to kill. On his return journey, the narrator who rescues the flame is run over by a gigantic stone chariot, which dashes forth from nowhere and kills like a shot before plunging into the icy valley. The gift of salvation is turned into a petrified machine of mindless murder. It is a life-crushing monster. A Tiantai/Tendai Buddhist reading this must feel flabbergasted.

Unlike what C. T. Hsia believes[①], Takeuchi Yoshimi is of the opinion that Lu Xun acquired a "self-reflexive awareness of Sin" during his *vita contemplativa*.[②] Were William James to examine Lu Xun, he would not hesitate to recognize in him the temperament of a "sick soul."

Lu Xun was not alone in sowing the Buddhist "seeds" of a (self-) critical spirit in modern Chinese literature. His brother, Zhou Zuoren, likewise a sick soul to my mind albeit a milder one, little wonder Zhou

---

① Hsia attributes the superficiality of modern Chinese literature to its intellectual unawareness of Original Sin or some comparable religious interpretation of evil, see *A History of Modern Chinese Fiction*, 504.

② Takeuchi Yoshimi, *Rōjin* (Lu Xun)(Tōkyō: Nihon hyōronsha, 1944), 55.

has so lucidly discerned this "consciousness of darkness" in his elder brother. Let me close this study with Zhou's words. Five days after Lu Xun passed away in Shanghai, Zhou wrote:

Among the modern literati it is probably difficult to find a second person like him who has harbored such a dark pessimism towards the Chinese people.[①]

[①] Zhou Zuoren, "Guanyu Lu Xun" (On Lu Xun), in *Guadouji* (Mellons and Beans)(Shijiazhuang: Hebei jiaoyu chubanshe, 2002), 157.

编后记

□ 郜元宝

收在这里的三十余篇关于鲁迅《野草》的论文，是在《纪念〈野草〉出版九十周年国际学术研讨会会议论文集》基础上编纂而成，我首先要感谢出席会议并提交论文的国内外鲁迅研究的学者们。

二〇一七年十二月十九日在复旦举办的别开生面的国际学术研讨会，原本纳入"复旦中文百年庆典学术活动"系列，当时的系主任陈引驰教授要求我在会议结束后尽快出书，但因为不少学者最终未能与会，部分与会学者只提交发言提纲而来不及完成论文，更多学者提交了论文，但在我一再催促之下，仍坚持反复修改。论文集最终出版，因此就一直拖到现在。

这里要向引驰教授、当初热心承担出版之责而此后一直不肯放弃的复旦大学出版社邵丹女士致歉，同时也要向最终交来论文定稿的各国鲁迅研究同行表达我的钦佩之情，正是他们这种精益求进的学术态度，使本书完全当得起"《野草》研索新集"之名。

在我参与或举办的各类学术研讨会中，这次围绕《野草》的会议实在让我印象深刻。

最初动议，是二〇一六年八月我在悉尼拜访鲁迅研究前辈 Mabel Lee 时突然萌发。那天我和 Mabel 聊天，不约而同地想到不妨趁着纪念《野草》出版九十周年的机会,召集各国学者来悉尼聚谈。按 Mabel 的说法,"不为别的,只为鲁迅,只为《野草》"。

这个想法立即获得昆士兰大学张钊贻教授、新南威尔士州立大学寇志明教授、悉尼大学郭英德教授的响应。他们纷纷提出自己的想法,包括如何向悉尼大学争取经费、请哪些学者、会议采取何种形式——我也赶紧联系自己熟悉的国内外鲁迅研究同行,征求他们的意见,主要是想知道他们"档期"如何,是否有时间赶写出新的《野草》研究论文。

很快就得到日本、韩国、俄罗斯、印度、意大利学者的肯定性反馈。王德威教授自己腾不出时间写论文,但热心推荐了好几位当时还在美国攻读博士的年轻学者。

到二〇一七年初,陆续收到会议论文和发言提纲。万事俱备,只欠东风,却忽然从悉尼大学方面传来信息:他们拿不出钱来举办围绕中国现代作家一部文学作品展开的国际学术研讨会。此前我不是没有担心,但 Mabel 等人信心满满,认为一定能办成。最后这个结果其实也在意料之中,所以一得到悉尼大学的信息,我就立即争取将会议搬到复旦来开,很快就得到中文系和现当代文学学科的支持,也落实了各项具体事宜,总算没有让几位最初的发起者们失望。

会议缘起和经过,基本如此。现在回想那一整天的会议,许多细节,仍令人感奋。

从北京特地赶来的鲁研界前辈陈漱渝先生、张梦阳先生都拿出对《野草》的最新研究。陈漱渝先生不仅坚持他对《野草》情绪基调的一贯看法,还"买一送一",不断插话,在自己的论题之外,给各位发言者随手抛出他作为考据家所掌握的丰富材料,令我们大饱耳福。"鲁迅学"是张梦阳先生的本行,他给会议提交的论文便是《〈野草〉学九十年概观》。但他最后交给本论文集的竟是《〈野草〉的精神分析》,直探《野草》深厚内蕴。前辈学者孜孜不倦、勇猛精进的毅力着实令人敬佩。

陈子善教授考证一张《野草》出版广告(他认定出于鲁迅本人之手),王锡荣教授阐释"大欢喜"一语与佛典无关,引起大家浓厚的兴趣与激烈争辩。两位考证大家看似仅选取跟《野草》有关的一个小问题,牛刀小试,但指归还是如何从整体上理解《野草》:《野草》果真如北新书局那则广告所说是"特异"的吗?《野草》果真浸透了鲁迅的佛学思想吗?文贵良从那两株矗立九十年、还要继续矗立下去的古怪的"枣树"出发,申论鲁迅整个"白话诗学",也是即小见大之法。

陈思和教授即席发言,结合整个二十世纪中国文化精神的曲折前行,重新讨论鲁迅和五四一代既反传统又反现实,甚至连整个"人"的概念(包括自我)都一概怀疑摧毁的孤绝彻底的先锋意识。他认为正是《野草》完美阐释了五四的先锋意识,而这种先锋意识"到今天为止仍然是一个从天而降的谜,一个到今天仍然没有被识破和谈透的文化现象"。在新世纪初李慎之先生曾经撰文,对《野草》推崇备至,也认为《野草》"简直不是人间笔墨",也看重《野草》在中国文学史上的孤绝地位。但无论《野草》如何孤绝,仍不失其强烈的人间性。怀疑并摧毁一切、执拗地与虚空作战、"简直不是人间笔墨",这种精神文化现象本身不也是一种激越的人间性的投射吗?

王彬彬、阎晶明、张业松、刘春勇、符杰祥、陈洁六位,从不同角度探讨了鲁迅创作《野草》的缘起、"本事"与动机。他们在注重还原历史细节的同时，丝毫不肯放过对《野草》主题的探索，包括一些重要篇章的重要阐释。毋宁说，努力还原《野草》周边历史与生活的丰满细节，对《野草》主题的追问才更显确凿。阎晶明先生因此还触动夙愿，一发不可收，时隔三年终于推出他的《野草》研究专著。至少在这点上看，此次会议，他的收获最大。

秋吉收先生在引起持续热议的《野草》"得名"新说之后，又提出《野草》与中日两国作家的互文关系。他和阎晶明先生会后展开了一场严肃紧张的争辩。作为中日两国学者之间发生的这场论辩的见证者和某种意义上的调解员，我深感荣幸。

王风教授轻易不肯出手，但他在这次会上的发言激情四射。他从《影的告别》《过客》等经典文本出发，抓住"意义的黑洞"和"肉薄虚妄"这两点，跟张钊贻、张洁宇、张闳、张业松、李国华（以及后来加入的陈国恩、彭小燕）一起，继续深入挖掘《野草》那仿佛呼之欲出而又似乎总难把捉的主旨。

寇志明教授独具慧心，从"自言自语"跟《野草》的关系入手，牵一发而动全身，反复研讨鲁迅所特有的回忆性写作之修辞策略与情感内涵。寇教授将这篇论文献给他的老友、也是许多参会学者共同的朋友冯铁教授，使"回忆"的情绪从《野草》散出，激动了许多人的心。

洪昔杓、海孟德、赵京华、汪卫东四位教授将各自对《野草》研究的反思置入中、日、韩、印文化学术语境，扩宽思路，为今后的《野草》研究提供了必要的借鉴。

藤井省三教授、裴妮科教授、罗流沙教授本打算提交的论文也是关于《野草》翻译与研究在日本、意大利和俄罗斯的历史根脉。非常遗憾，截止到本论文集交稿之际，他们仍在打磨各自的论文。藤井先生出于他对鲁迅的终身情缘，也出于他对早年曾经访学过的复旦中文系的系念，最后交出一篇经过重新审定、包含了他和东北作家梅娘一段有趣交往史的旧文，多少弥补了遗珠之憾（我也祝愿罗流沙、裴妮科教授的论文能早日完成）。藤井先生讨论《野草》与"复仇"的旧文，虽旧尤新，刘云教授同样讨论《复仇》的论文就是一个证明。

Mabel教授、孙郁教授都因健康原因未能参加会议，但最后都交出研究《野草》的力作，以自己的方式实现了"只为鲁迅、只为《野草》"的约定。

二〇一七年九至十月，也正是《野草》会议最后准备阶段，我恰巧在拿波里东方大学访学，直到开会之前几天才回到上海。许多安排都很粗糙，最大的遗憾是未能邀请更多专家学者参与。至于会务工作，只能拜托博士研究生们。没有靳路遥、王佳帆、郭垚、金瑞恩、刘新林、刘振、王泽鹏、何力、李恒顺、郑依梅等同学的辛勤付出，这次会议无论如何也不能如期开成。感谢他们！

在《本味何由知——〈野草〉研索新集》即将出版之际，我匆匆写上几句拉杂的话，交代跟本书相关的那次国际会议的缘起、经过和会议期间一些难忘的情景，也算是一种纪念吧。

二〇二一年六月十五日记于上海

图书在版编目(CIP)数据

本味何由知:《野草》研索新集/郜元宝编. —上海:复旦大学出版社,2022.8
ISBN 978-7-309-15877-9

Ⅰ.①本… Ⅱ.①郜… Ⅲ.①鲁迅诗歌-诗歌研究 Ⅳ.①I210.97

中国版本图书馆 CIP 数据核字(2021)第 167064 号

本味何由知——《野草》研索新集
郜元宝 编
责任编辑/张雪莉

复旦大学出版社有限公司出版发行
上海市国权路 579 号 邮编:200433
网址:fupnet@fudanpress.com http://www.fudanpress.com
门市零售:86-21-65102580 团体订购:86-21-65104505
出版部电话:86-21-65642845
江阴市机关印刷服务有限公司

开本 787×1092 1/32 印张 9.625 字数 437 千
2022 年 8 月第 1 版
2022 年 8 月第 1 版第 1 次印刷

ISBN 978-7-309-15877-9/I·1288
定价:88.00 元

如有印装质量问题,请向复旦大学出版社有限公司出版部调换。
版权所有 侵权必究